*Autorin:*

RaeAnne Thayne hat als Redakteurin bei einer Tageszeitung gearbeitet, bevor sie anfing, sich ganz dem Schreiben ihrer berührenden Geschichten zu widmen. Inspiration findet sie in der Schönheit der Berge im Norden Utahs, wo sie mit ihrem Ehemann und ihren drei Kindern lebt.

# RaeAnne Thayne

## Hope's Crossing:
## Zauber der Hoffnung

### Seite 5

---

## Hope's Crossing:
## Nur die Liebe heilt

### Seite 267

MIRA® TASCHENBUCH
Band 26059

Konzeption/Reihengestaltung: fredebold&partner GmbH, Köln
Umschlaggestaltung: Hafen Werbeagentur gsk GmbH, Hamburg
Umschlagabbildung: Thinkstock/Getty Images, München
Redaktion: Mareike Müller
Satz: GGP Media GmbH, Pößneck
Printed in Germany
Dieses Buch wurde auf FSC®-zertifiziertem Papier gedruckt.
ISBN 978-3-95649-730-8

www.mira-taschenbuch.de

Werden Sie Fan von MIRA Taschenbuch auf Facebook!

*RaeAnne Thayne*

# Hope's Crossing:
# Zauber der Hoffnung

Roman

Aus dem Amerikanischen von
Tess Martin

Liebe Leserinnen und liebe Leser,

vor mehr als zwanzig Jahren haben mein Mann und ich unser erstes Haus in einer kleinen Stadt in Utah gekauft. Zu dieser Zeit ging es uns vor allem um den Charme des alten Hauses, wir waren zu jung und naiv, um uns viele Gedanken über Nachbarn oder die Gemeinschaft zu machen, zu der wir nun gehörten. Wir schlossen Freundschaften, bekamen unser erstes Kind und genossen das Kleinstadtleben.

Wie wichtig eine Gemeinschaft ist, wurde uns erst klar, als unser zweites Kind mit ernsthaften medizinischen Problemen geboren wurde. Auf einmal überschlugen sich unsere Nachbarn und Freunde geradezu mit Hilfsangeboten. Mahlzeiten wurden gekocht, der Rasen gemäht, Körbe voller selbstgebackener Köstlichkeiten vorbeigebracht. In unseren schwierigsten Momenten und in all den Jahren seither haben unsere Freunde uns immer wieder Mut zugesprochen.

Wir haben das Beste in diesen Menschen kennengelernt und erfahren, dass ein paar entschlossene Seelen die gesamte Gemeinschaft stärken und andere zu ebensolchen guten Taten motivieren können. Das ist die Botschaft, die Sie hoffentlich meinem Roman *Hope's Crossing: Zauber der Hoffnung* entnehmen – denn wenn wir über uns selbst hinauswachsen, vielleicht nur einen winzigen Schritt aus unserer Wohlfühlzone treten, können wir alle zusammen Leben verändern.

Alles Gute
RaeAnne

*Wie immer meinem wundervollen Mann und meinen Kindern gewidmet, die mein Leben mit Lachen und Liebe erfüllen.*
*Mein besonderer Dank geht an Nicole Jordan für hunderttausend verschiedene Dinge, aber vor allem dafür, dass sie an mich glaubt.*

# 1. Kapitel

*„Wir alle sind Engel mit nur einem Flügel. Um fliegen zu können, müssen wir uns umarmen."*

*Luciano de Crescenzo*

*Bescheuertes, albernes Horoskop.* Claire Bradford starrte – eine Hand am Türgriff, in der anderen ihren Coffee-to-go-Becher – das Chaos in ihrem Laden an. Die Sterne hatten ihr *etwas Schönes und Aufregendes* versprochen. Oder zumindest das Horoskop in der *Hope Gazette*, die sie durchgeblättert hatte, während sie im Coffeeshop/Buchladen ihrer Freundin Maura auf ihre morgendliche Koffeindosis wartete. Vielleicht konnte sie ja ein paar neue Kunden für ihren Perlenladen *String Fever* gewinnen oder einen großen Auftrag für ein maßgeschneidertes Kleid an Land ziehen?

Festzustellen, dass in der Nacht eingebrochen worden war, fand sie persönlich zwar aufregend, allerdings nicht gerade schön.

Überall auf dem beigefarbenen Berberteppich lagen glitzernde Perlen verstreut, der Einbrecher hatte die durchsichtigen Schubladen aus der Auslage gerissen und den Inhalt über den ganzen Boden verteilt. Die Kasse war aufgebrochen, und das wenige Wechselgeld, das sie immer darin ließ, fehlte. Die Bürotür stand offen. Selbst von hier aus konnte sie die staubige, leere Stelle sehen, wo sich sonst immer ihr Computer befunden hatte.

Den materiellen Verlust konnte sie verschmerzen, und die Dateien auf dem PC wurden automatisch mehrmals am Tag auf einer externen Festplatte gespeichert. Doch die Aufräumarbeiten würden ein Albtraum werden. Claire schloss stöhnend die Augen bei der Vorstellung, wie viele Stunden und Tage es dauern würde, bis sie all die Perlen sortiert und wieder in die Hunderte von winzigen Kästchen geräumt hatte. Die Existenz von *String Fever* hing in diesen wirtschaftlich schwierigen Zeiten sowieso schon an einem seidenen Faden. Woher nur sollte sie die Zeit und vor allem die Energie nehmen, hier wieder Ordnung zu schaffen?

Chester begann leise zu winseln, sein trauriges Bassetgesicht wirkte noch verdrossener als sonst. Verblüffend, wie schnell er immer ihre Stimmungen aufschnappte. Sie kraulte ihm die kilometerlangen Ohren. „Ich weiß, mein Junge. Schöner Mist, nicht wahr?"

Sie kramte in ihren Manteltaschen nach dem Handy und wollte gerade die Neun-Eins-Eins wählen, da vibrierte das Telefon in ihrer Hand, und das nervenzerfetzende Jaulen einer Sirene ging los: der Klingelton, den sie für ihre Mutter ausgesucht hatte.

Tja, auch hier war wenig Schönes zu erwarten. Verfluchtes Horoskop.

Wieder winselte Chester. Er hasste diesen Klingelton genauso sehr wie sie. Claire unterdrückte ein Seufzen und nahm den Anruf entgegen, obwohl sie es seit etwa sechsunddreißig Jahren eigentlich hätte besser wissen müssen. Aber Ruth Tatum hatte ihre Tochter gut im Griff, so viel war sicher. „Mom, ich kann im Moment nicht reden. Tut mir leid. In meinen Laden ist eingebrochen worden. Ich rufe dich so bald wie möglich zurück, okay?"

„Eingebrochen? Du machst doch Witze?"

„Wirklich? Du denkst, dass ich über so was scherzen würde?"

„Keine Ahnung." Ruth ging sofort in die Defensive, etwas, das sie besonders gut konnte. „Du hattest schon immer einen eigenartigen Sinn für Humor."

Klar. So bin ich nun mal. Für einen schnellen Lacher behaupte ich einfach mal, dass ich Opfer von Dieben wurde. „Das ist kein Witz. Der Laden wurde wirklich ausgeraubt."

„Das ist ja furchtbar! Was wurde gestohlen?"

„Ich habe mir noch keinen Überblick verschafft. Ich bin gerade erst durch die Tür gekommen. Ich muss jetzt Schluss machen, damit ich die Cops alarmieren kann, Mom."

„Gut, dann melde dich, sobald du mehr weißt. Brauchst du meine Hilfe?"

Die konnte sie in etwa so sehr gebrauchen wie ein Dutzend Stecknadeln in ihren Augäpfeln. „Im Moment nicht. Trotzdem danke fürs Angebot. Ich rufe dich später an."

Nachdem sie aufgelegt hatte, wählte sie hastig die Nummer der Polizei.

„Hope's Crossing Notrufzentrale. Wie kann ich Ihnen helfen?"

Es war Donna Mazell, eine Nachbarin und gelegentliche Kundin, deren Stimme heute allerdings ein wenig schriller als sonst klang.

„Hey, Donna. Hier ist Claire von *String Fever*. Ich möchte einen Einbruch melden. Ich habe eben mein Geschäft betreten und es entdeckt."

„Ach Gottchen. Nicht noch einer!"

„Noch einer?"

„Das ist schon der vierte Ladeneinbruch, der heute gemeldet wird. Eine richtige Einbruchsserie ist das ja. Die Jungs hier haben alle Hände voll zu tun."

Hope's Crossing hatte nur fünftausend Einwohner, wobei sich die Zahl im Winter, wenn die Skifahrer über das enorme Silver Strike Skigebiet herfielen, ungefähr verzehnfachte. Claire wusste, dass die örtliche Polizeitruppe gerade mal aus acht Mann bestand, bei Bedarf unterstützt von Mitarbeitern des County Sheriff's Office.

„Könnten Sie trotzdem jemanden herschicken?"

„Aber sicher. Kein Problem. Der neue Chief ist im Augenblick ganz in der Nähe bei *Pinecone Property Management*, doch ich glaube, er ist da fast fertig. Ich werde ihn bitten, danach sofort bei Ihnen vorbeizuschauen."

„Danke, Donna."

„Sagen Sie jetzt nicht, dass auch diese herrlichen tschechischen Perlen gestohlen wurden, die Sie extra für Genevieve Beaumonts Hochzeitskleid gekauft haben."

Claires Magen zog sich schmerzhaft zusammen. „Oh, hoffentlich nicht. Ich habe zwei Monate gebraucht, um die durch den Zoll zu kriegen. Ich bin mir nicht sicher, ob ich es schaffen würde, rechtzeitig bis zur Hochzeit neue zu besorgen."

„Ich drücke die Daumen. Und rufe gleich Riley an, damit er zu Ihnen kommt, sobald er alles beim Immobilienbüro geregelt hat."

„Danke, Donna."

„Melden Sie sich, wenn in zehn, fünfzehn Minuten noch niemand aufgetaucht ist. Und rühren Sie nichts an."

„Das weiß ich, ich schaue ab und zu Fernsehen. Ich werde einfach mit Chester draußen warten, bis Riley hier ist."

„Es ist eiskalt, Liebes. Bei diesem Wetter können Sie nicht draußen warten, genauso wenig wie Ihr Hund. Der ist schließlich nicht mehr der Jüngste. Den Chief wird es nicht stören, wenn Sie sich drinnen auf einen Stuhl setzen. Hauptsache, Sie sorgen dafür, dass Chester nicht am Tatort herumschnüffelt."

Sie war viel zu aufgewühlt, um ruhig dazusitzen und auf die Polizei zu warten, deswegen blieb sie in der Tür stehen, nicht zum ersten Mal fassungslos darüber, wie fies Menschen sein konnten. Einzubrechen war eine Sache, der Computer und das Geld interessierten sie nicht sonderlich. Aber weshalb diese Zerstörungswut? Damit hatten der oder die Einbrecher zusätzlichen Schaden anrichten wollen – Ärger machen um des Ärgers willen. So etwas hatte sie noch nie begriffen.

Wie konnte jemand so gemein sein? Und warum traf es gerade *sie*? Sie war doch immer so bemüht, zu jedem nett und freundlich zu sein. Sicher, es gab ab und zu missmutige Kunden, die es als Verbrechen betrachteten, dass sie zumindest ein klein wenig Gewinn erwirtschaften wollte bei all der Zeit und Energie, die sie ins *String Fever* steckte. Allerdings waren die bestimmt nicht so verrückt, deswegen ihr Geschäft zu verwüsten.

Sie versuchte es mit der speziellen Atemtechnik, die ihre beste Freundin Alex ihr regelmäßig empfahl – während sie durch das große Schaufenster hinaus auf die Hauptstraße von Hope's Crossing blickte. Der Morgen war grau und unfreundlich, ein trostloser Tag. Obwohl bereits Mitte April, ließ der Frühling in Colorado dieses Jahr lange auf sich warten.

Später am Abend sollte es laut Wettervorhersage sogar einen Schneesturm geben. Über ein paar Zentimeter Neuschnee würden sich die Skiliftbetreiber freuen, es gab schließlich noch ein paar Skifahrer, die den Frühlingsurlaub lieber auf der Piste als am Strand verbrachten. Zu dieser Jahreszeit hatte sie zwar die Nase gestrichen voll von Schnee, jedoch würden die grauen Schneehaufen da draußen wieder hübsch anzusehen sein.

Trotz der Kälte und des herannahenden Sturms war für einen Montagmorgen im *Center of Hope Café* auf der anderen Straßenseite ganz schön viel los. Und auch im *Dog-Eared Books & Brew*. Keiner von diesen Kunden würde natürlich heute bei ihr einkaufen, da das Geschlossen-Schild nach wie vor in ihrer Eingangstür hing.

Genau in diesem Augenblick ging die Tür mit einem fröhlichen Klimpern auf. Claire wollte gerade rufen, dass sie noch nicht geöffnet hätten, als sich ihre Laune noch verschlechterte.

Das gibt meinem aufregend schönen Tag den Rest, dachte sie, sowie die neue Frau ihres Exmannes hereingestürmt kam, jung und hübsch und vor Schwangerschaftshormonen geradezu strahlend.

„Hi, Claire!", flötete Holly Vestry Bradford und schenkte ihr dieses entzückende Lächeln, an dem ihr Vater, der Kieferorthopäde, jahrelang unermüdlich gearbeitet hatte. Sie knöpfte ihren roten Wollmantel auf und stampfte den Schnee von ihren schwarzen UGGs.

Chester, der noch nie ein großer Fan von Holly gewesen war, ließ sich schnaubend auf den Bauch fallen.

„Ähm, das ist gerade kein günstiger Zeitpunkt", begann Claire. Sie war jetzt wirklich nicht in der Stimmung, freundlich zu sein, schon gar nicht zu Holly, die es immer irgendwie schaffte, Claires schlechteste Eigenschaften hervorzukehren.

„Ach du liebe Zeit!", rief Holly aus. „Was ist denn hier passiert?"

Claire hatte es sich in den letzten beiden Jahren strikt zur Aufgabe gemacht – seit Jeff ausgezogen war und damit das offizielle Ende ihrer schon längst kaputten Ehe verkündet hatte –, so höflich wie nur irgend möglich zu Holly zu sein. „Ich glaube, das war ein Einbruch", sagte sie ohne einen Hauch von Sarkasmus.

„Oh nein! Hast du die Polizei gerufen?"

„Gerade eben. Ist schon auf dem Weg."

„Ach Claire, das tut mir so leid."

Claire wusste nicht, was sie schlimmer fand: diesen Einbruch, die endlosen Arbeitsstunden, die vor ihr lagen, um den Laden wieder in Ordnung zu bringen, oder von Holly Bradford bemitleidet zu werden.

„Nicht so schlimm. Meine Versicherung wird für den Schaden aufkommen. Allerdings muss ich dich bitten, nichts anzufassen, okay? Wir dürfen am Tatort nichts verändern."

„Tatort! Das klingt so gruselig! Genau wie bei *CSI: Miami!* Wo ist Horatio?"

War sie mit fünfundzwanzig auch so kindisch gewesen? Nein. Andererseits war sie damals schon über ein Jahr verheiratet gewesen, hatte Macy zur Welt gebracht und Doppelschichten geschoben, damit Jeff in Ruhe sein Medizinstudium abschließen konnte.

„Entschuldige die Unordnung." Sie versuchte es mit einem Lächeln und stellte fest, dass sie tatsächlich noch eines zustande bringen konnte. „Vielleicht kommst du später wieder, wenn ich hier aufgeräumt habe."

„Mach dir keine Gedanken. Ist nichts Dringendes. Ich schätze, Macy hat dir von unserer verrückten Shoppingtour erzählt, oder?"

„Sie hat so was erwähnt." Ungefähr zwanzig oder dreißig Mal. Ihre zwölfjährige Tochter betete ihre Stiefmutter geradezu an. Und warum auch nicht? Holly war die große Schwester, die Macy sich immer gewünscht hatte. Sie war witzig und jung und hip. Holly hatte alle Twighligt-Bücher gelesen und war bei MySpace, Twitter und Facebook.

Claire bemühte sich sehr, sich über diese gegenseitige Zuneigung nicht zu sehr aufzuregen. Macy liebte ihre Mutter schließlich, auch wenn es manchmal nicht so aussah, vor allem wenn sie ihre Grenzen austestete.

„Dieses Mädchen ist eine echte Shopping-Queen!", verkündete Holly schwärmerisch. „Jeff hat mir seine Kreditkarte dagelassen, während er mit Owen Snowboarden ist, und Macy hat mir geholfen, meine Schwangerschaftsgarderobe zu kaufen. Und als ich dann zu Hause die ganzen Tüten ausgepackt habe, wurde mir klar, dass ich auf jeden Fall ein paar auffällige Accessoires brauche, damit die Leute von meinem dicken Bauch abgelenkt sind."

Ja klar. Obwohl Holly schon im fünften Monat schwanger war, passte sie vermutlich immer noch in XXS-Jeans, zumindest wenn der Bund tief geschnitten war.

„Du weißt, dass du toll aussiehst, egal, was du trägst. Aber neuer Schmuck ist immer was Schönes." Vor allem wenn er aus den teuren venezianischen Glasperlen gefertigt war, die Holly so mochte. Jene Perlen, mit denen *String Fever* den meisten Umsatz erzielte. „Ich hab später bestimmt ein paar neue Ideen für dich, wenn es dir nichts ausmacht, noch einmal zurückzukommen."

„Kein Problem. Ich habe heute nichts mehr vor."

Oh, wenn sie das von sich auch nur behaupten könnte. Claire gelang es, noch einmal zu lächeln. „Ich werde dich anrufen, sobald die Polizei den Laden freigegeben hat."

„Du bist so wahnsinnig nett zu mir. Vielen, vielen Dank, Claire."

Bevor sie noch wusste, wie ihr geschah, hatte Holly sie bereits in die Arme gerissen, und Claire blieb nichts anderes übrig, als sie ein wenig zu drücken, bevor sie sich schnell aus der Umarmung löste.

Es war nicht so, dass sie Holly nicht leiden konnte, aber es war einfach merkwürdig, mit ihr und Jeff in derselben Stadt zu leben, ihnen ständig über den Weg zu laufen und denselben Freundeskreis zu haben.

Jeff behauptete steif und fest, dass Holly nicht der Grund für die Trennung gewesen wäre, außerdem wusste Claire natürlich, dass sie beide gleichermaßen am Scheitern der Ehe Schuld hatten. Und doch begann er sein neues Leben – dieses wahr gewordene Klischee mit der schönen, jungen Sprechstundenhilfe in seiner orthopädischen Praxis – nur wenige Wochen nachdem die Scheidung rechtskräftig geworden war. Sechs Monate später war er wieder verheiratet, und demnächst kam der erste Nachwuchs zur Welt.

Ob es Claire gefiel oder nicht, kümmerten sich inzwischen alle drei um die Kinder. Wenn Owen und Macy bei ihrem Vater übernachteten, war Holly nun mal ein wichtiger Teil in ihrem Leben, und deswegen wollte Claire nicht gehässig oder verbittert sein. Genauso wenig konnte sie aus Hope's Crossing wegziehen, nicht solange sie hier ihr Geschäft hatte und Macy und Owen ihren Vater brauchten.

„Bist du sicher, dass es dir gut geht?", fragte Holly. „Soll ich nicht besser hierbleiben, bis die Polizei da ist? Du weißt schon, zur moralischen Unterstützung."

„Das ist wirklich nicht nötig", erwiderte sie in dem Moment, in dem die Türglocke erneut bimmelte. Sie drehte sich um, und mit einem Schlag war der Tag trotz allem nicht mehr ganz so trostlos und düster.

Der neue Chief, dunkelhaarig, sehr attraktiv und geradezu unglaublich männlich, stand in dem mit blitzenden Perlen übersäten Eingang. Er trug Jeans, ein hellblaues Hemd und Krawatte, darüber den offiziellen Parka der Hope's-Crossing-Polizei. An seiner Hüfte hing eine Pistole, auf der anderen Seite die Dienstmarke.

Der Chief betrachtete das wilde Durcheinander und schüttelte den Kopf. „Was soll ich nur mit dir machen, Claire? Kaum habe ich dich vor fünfzehn Jahren mal aus den Augen gelassen, steckst du schon in Schwierigkeiten."

Und da musste sie lachen. Offenbar hatte Riley es nicht verlernt, ihren merkwürdigen Sinn für Humor – wie ihre Mutter es ausdrückte – zu treffen. Die Arme weit geöffnet, trat er einen Schritt auf sie zu, und ohne zu zögern, schmiegte sie sich an ihn. Anders als Hollys kurze Umarmung fühlte sich diese hier warm und vertraut und vollkommen natürlich an. Zum ersten Mal an diesem Tag hatte sie das Gefühl, in Sicherheit zu sein.

Viel zu schnell schob er sie ein Stück von sich, damit er sie betrachten konnte, und sofort war sie sich ihrer sechsunddreißig Jahre, der zwei Kinder und ihrer Scheidung schmerzhaft bewusst.

„Du siehst fantastisch aus, Claire. Wie lange ist es jetzt her?"

Diesem Lächeln hatte sie noch nie widerstehen können. Nicht einmal damals, als er nur der nervige kleine Bruder ihrer besten Freundin gewesen war, dessen einziger Lebenszweck darin bestand, sie und Alex in den Wahnsinn zu treiben. Dass sie sich nach all den Jahren nun auf einmal zu ihm hingezogen fühlte, war wirklich überhaupt nicht angebracht. Und schon gar nicht jetzt, wo ihr Leben und ihr Laden dermaßen durcheinandergeraten waren.

„Keine Ahnung. Auf jeden Fall ein paar Jahre. Wie das nun mal so ist, wenn man an die Küste abhaut und einfach alles hinter sich lässt."

„Ich habe gehört, dass du endlich Dr. Vollidiot den Laufpass gegeben hast. Wurde auch höchste Zeit. Du warst immer viel zu gut für ihn, von Anfang an. Mir ist nicht klar, was du jemals an diesem kleinen Angeber gefunden hast."

Ungefähr eine halbe Minute zu spät und mit einer Mischung aus Entsetzen und Belustigung fiel Claire wieder ein, dass Holly immer noch da war. Sie drehte sich etwas zur Seite, um Rileys Aufmerksamkeit auf die andere Frau zu lenken.

„Ähm, Riley. Darf ich dir Holly vorstellen, Jeffs neue Frau? Holly, das ist Riley McKnight, ehemals stadtbekannter Satansbraten und jetzt der neue Chief der Polizei von Hope's Crossing."

Mit hochrotem Kopf und Schmollmund sah Holly aus, als ob sie einen acht Millimeter großen venezianischen Klunker verschluckt hätte.

„Entschuldigen Sie, Ma'am." Riley schenkte ihr ein entschuldigendes Lächeln, hielt dabei aber hinter seinem Rücken die Finger so gekreuzt, dass nur Claire es mitbekam. „Claire ist eine alte Freundin von mir, ich fürchte, ich habe mich da etwas hinreißen lassen, ohne nachzudenken."

Holly schien nicht zu wissen, was zu tun war – ob sie ihren Ehemann verteidigen oder die peinliche Situation einfach ignorieren sollte. Sie wirkte verunsichert und schrecklich jung, obwohl Riley mit seinen dreiunddreißig Jahren nur acht Jahre älter als sie war.

Dann hatte sie offenbar beschlossen, ihn einfach zu übersehen. Steif sagte sie zu Claire: „Ich schätze, du brauchst mich jetzt nicht mehr, oder?"

„Nein, ich komme schon klar." Jetzt tat es ihr leid, dass sie einen Moment lang so etwas wie Schadenfreude verspürt hatte. „Aber danke dir. Und ich werde dir Bescheid geben, wann ich das Geschäft wieder aufmache. Dann können wir uns ein paar hübsche Accessoires für deine Schwangerschaftsgarderobe überlegen."

„Keine Eile, wir können das auch irgendwann mal machen. Ich schätze, dann bis heute bei Abend bei Owens Auftritt, oder? Jeff und ich können für Macy und dich Plätze freihalten, wenn du möchtest."

Wahrscheinlich hatte sie diese kleine spitze Bemerkung verdient, ob sie nun beabsichtigt war oder nicht – nämlich dass Claire bei der jährlichen Frühlingsfeier der Grundschule, dem Spring Fling, von ihrer zwölfjährigen Tochter begleitet wurde, während Holly neben ihrem attraktiven, erfolgreichen Orthopäden-Chirugen-Ehemann saß.

„Danke, ich weiß allerdings noch nicht, um wie viel Uhr wir kommen werden."

„Wir reservieren euch trotzdem Plätze. Ganz bestimmt will Macy sehen, wie mir der neue Pulli steht, den wir zusammen ausgesucht haben."

„Zweifellos", entgegnete Claire ruhig. „Dann bist später."

Kaum hatte Holly den Laden verlassen, da wand sie sich aus Rileys Umarmung und versuchte keinen weiteren Gedanken daran zu verschwenden, wie viel älter sie sich sofort fühlte. Um Himmels willen, bei ihr war eingebrochen worden. Jetzt war wirklich nicht der passende Zeitpunkt für ein fröhliches, freundschaftliches Wiedersehen.

„Donna Mazell hat mir erzählt, dass *String Fever* nicht das einzige Geschäft ist, das letzte Nacht überfallen wurde."

Riley nickte, wobei er sich vorbeugte, um Chester unterm Kinn zu kraulen. „Offenbar hatten die Einbrecher eine arbeitsreiche Nacht. Vier Einbrüche bisher."

„Ich habe eine Alarmanlage. Warum ist die nicht losgegangen? Die Sicherheitsfirma hätte reagieren müssen."

„Das ist eine gute Frage. Ich schätze jetzt einfach mal, dass du bei *Topflight Security* bist."

„Ja."

„Ist wohl kein Zufall, dass die anderen Unternehmen ebenfalls *Topflight*-Kunden sind. Das ist ein Gesichtspunkt, den wir bei den Ermittlungen zu berücksichtigen haben."

Sie runzelte die Stirn. „Du glaubst doch nicht, dass die Firma da irgendwie mit drinsteckt?" Der Besitzer der Sicherheitsfirma war ein Freund von ihr, sie konnte sich unter keinen Umständen vorstellen, dass einer seiner Mitarbeiter etwas mit den Überfällen zu tun hatte.

„Im Moment bin ich mir noch nicht sicher, was genau ich denken soll. Könnte sein, dass ihr Computersystem geknackt wurde, aber das wissen wir noch nicht. Wir sind gerade dabei, alle Hinweise zu sammeln, die wir dann später überprüfen. Wann hast du gestern den Laden geschlossen?"

„In der Zwischensaison, im Frühling und im Herbst, haben wir sonntags geschlossen. Also könnte der Einbruch irgendwann zwischen Samstagabend und heute Morgen stattgefunden haben."

„Hast du schon herausgefunden, was fehlt?"

„Mein Bürocomputer ist weg. Ein ziemlich neuer Mac, den ich erst vor einem halben Jahr gekauft habe. Die Kasse ist leer, doch da lasse ich immer nur ungefähr fünfzig Dollar Wechselgeld drin. Die Einnahmen habe ich am Samstag selbst noch bei der Bank eingeworfen, bevor ich nach Hause gegangen bin."

Zum Glück. Das Wochenende war zwar stressig gewesen, Owen hatte zur Kostümanprobe gemusst, und ihre Mutter hatte sie in der letzten Sekunde gebeten, verschiedene Medikamente aus der Apotheke zu besorgen, aber sie konnte sich glasklar daran erinnern, wie sie zur Bank gefahren war, um die Geldbombe einzuwerfen.

„Haben sie sonst noch was geklaut?"

„Um ehrlich zu sein, habe ich noch nicht so genau nachgesehen. Ich wollte keine Spuren verwischen oder so."

„Gut, dann schau jetzt nach, was fehlt."

Den abgeschlossenen Glasschrank hatten die Einbrecher zum Glück nicht angerührt. Hier bewahrte sie die wertvollen tschechischen Kristalle auf, die Donna erwähnt hatte, außerdem mundgeblasenes venezianisches Glas und die teureren Schmuckstücke, die entweder sie oder Evie für ihre Kunden angefertigt hatten. An der Wand entdeckte sie drei leere Haken, an die sie ein paar ihrer preiswerteren Ketten gehängt hatte. Das Gute war, dass sie ihre eigenen Stücke sofort erkennen würde, sollte jemand dumm genug sein, die Beute in der Stadt verkaufen zu wollen.

Sie ging quer durch den Verkaufsraum in die Werkstatt, wo sie die Materialien aufbewahrte – Perlen, Verschlüsse und Drähte, Zangen und Seitenschneider. Hier schien nichts zu fehlen.

Zum Schluss betrat sie ihr Büro und schnappte hörbar nach Luft.

Sofort war Riley an ihrer Seite. „Whoa." Er starrte das Hochzeitskleid an, das noch in der Schutzhülle mit einer ihrer eigenen Scheren aufgeschlitzt worden war. „Nun, das ist interessant."

*Interessant?* Ihr wären spontan hundert verschiedene Adjektive eingefallen, aber interessant war nicht darunter.

„Das ist ein Designerhochzeitskleid", stieß sie stöhnend aus. „Ich hatte es nur für ein oder zwei Tage hier, damit ich auf Wunsch der Kundin Perlen am Mieder anbringen konnte. Ich habe dafür eine horrende Kommission bezahlt."

Eine Kommission, die sie jetzt wohl in den Wind schießen konnte – genauso wie die Zukunft des ganzen Ladens höchstwahrscheinlich. „Wer kann nur so fies sein?"

„Reine Spekulation, doch vielleicht war es jemand, der die Braut nicht besonders mag. Wem gehört das Kleid?"

„Genevieve Beaumont. Die Tochter des Bürgermeisters."

Die Hochzeit mit dem Sohn eines der reichsten Geschäftsmänner der Gegend war das gesellschaftliche Ereignis und sollte erst in acht Monaten stattfinden. Vielleicht konnte man dasselbe Kleid noch einmal bestellen, dann hätte Claire noch genug Zeit für die Perlenstickerei.

Oder die ziemlich verwöhnte künftige Braut beschloss, Claire zu verklagen, weil sie ihren großen Tag ruiniert hatte.

Chester stupste mit dem Kopf gegen ihr Bein, und am liebsten wäre sie neben ihn auf die Erde gesunken, mitten hinein in die verstreuten Perlen, um ihn in die Arme zu nehmen und eine Weile in Selbstmitleid zu schwelgen. Ihre Kehle war wie zugeschnürt, Tränen brannten in ihren Augen, sie blinzelte sie allerdings weg und schluckte schwer. Sie hatte keine Zeit für einen Heulkrampf, nicht jetzt, wo sie dieses Chaos beseitigen musste – und vor allem nicht vor dem neuen Chief der Polizei, Himmel noch mal.

„Das ist ein Albtraum. Und es ergibt auch überhaupt keinen Sinn. Warum haben sie das Kleid zerschnitten, aber nicht mal die Perlen mitgenommen? Die sind ein Vermögen wert."

„Das kann ich dir nicht beantworten. Doch ich verspreche dir, Claire, dass ich es herausfinde."

Riley war als Junge vielleicht ein echter Quälgeist und als Teenager ein furchtbarer Unruhestifter gewesen, nach allem was sie jedoch in den vergangenen Jahren von Alex und dem Rest seiner Familie über ihn gehört hatte, schien er sich wirklich gemacht zu haben und sich mit vollem Einsatz seinem Job als Polizist zu widmen.

Die meisten Bewohner von Hope's Crossing waren froh darüber, dass er seinen Dienst als Undercover-Cop in der Bay Arena in

Kalifornien quittiert hatte, um zurückzukommen. Nur im Polizeirevier selbst hatte seine Einstellung wohl einigen Unmut ausgelöst.

„Dann erklär mir, was ich noch tun kann, um dir dabei zu helfen."

„Lass mich einfach mal in Ruhe den Tatort begehen. Wie wäre es, wenn du mit deinem Hund drüben Maura besuchst und einen Kaffee trinkst? Das hier könnte eine Weile dauern."

„Ich würde lieber bleiben, wenn es dich nicht stört. Ich werde mich auch bemühen, dir nicht im Weg rumzustehen."

„Kein Problem. Ich freue mich über deine Gesellschaft. Wünschte nur, wir hätten uns unter anderen Umständen wiedergetroffen."

Und dann saß sie eine Stunde lang ganz vorn in der ersten Reihe, während Riley arbeitete – Beweise einsammelte, Fingerabdrücke nahm und Fotos machte.

Es war nicht gerade einfach, diesen so kompetent und professionell auftretenden Gesetzeshüter mit der schrecklichen Nervensäge von früher in Einklang zu bringen. Genauso wenig wie mit dem wilden, wütenden Teenager, zu dem er nach der Scheidung seiner Eltern geworden war – wobei sie die Geschichten über seine Sauftouren und Schlimmeres nur vom Hörensagen kannte, da sie zu dieser Zeit in Boulder das College besucht hatte.

Der Riley aus ihrer Erinnerung jedenfalls hatte einmal einen Kassettenrekorder im Zimmer seiner Schwester versteckt, weil der die Gespräche mit Claire aufnehmen wollte. Damals hatten sich diese Unterhaltungen natürlich ausschließlich um Jungs gedreht. Alex und sie waren zwölf, dreizehn Jahre alt gewesen und hatten gerade angefangen, sich für das andere Geschlecht zu interessieren. Claire hatte sich in Jeff Bradford verguckt, den klügsten und hübschesten Jungen eine Stufe über ihnen. Und Alexandra hatte ein Auge auf den Quarterback des Freshman-Football-Teams geworfen, Jason Kolpecki.

Sie sprachen lang und breit über ihre Traumprinzen an diesem Nachmittag, ohne zu ahnen, dass Riley, die Schlange, alles aufzeichnete – um später damit zu drohen, den Jungs die Kassette vorzuspielen, wenn sie nicht taten, was er von ihnen verlangte.

Gut nur, dass die Kollegen bei der Polizei, die von Rileys Rückkehr nicht besonders begeistert waren, nichts von seiner Karriere als Erpresser ahnten. Zwei Monate lang hatten Claire und Alex für ihn den Rasen der McKnights mähen müssen.

Das alles schien Ewigkeiten her zu sein, tief vergraben unter den Ereignissen, die später folgten. Der skandalöse Tod ihres Vaters, der Nervenzusammenbruch ihrer Mutter, die Midlife-Crisis *seines* Vaters, durch die seine Familie schließlich auseinandergerissen wurde.

Was würde sie nicht dafür geben, wieder in dieser herrlich einfachen Zeit zu leben, als sie sich nur Gedanken über ihre Mathenoten machen musste und darüber, ob Riley ihre heimliche Schwärmerei für Jeff Bradford ausplaudern würde oder nicht.

Nach einer weiteren halben Stunde – er hatte lange mit seinen Kollegen an den anderen Tatorten telefoniert – sammelte Riley schließlich das letzte Beweisstück ein und packte alles in eine Tasche.

„Das wär's erst mal", verkündete er. „Ich werde das ins kriminaltechnische Labor schicken. Mit etwas Glück haben wir dann ein paar Fingerabdrücke."

„Danke, Riley. Ich weiß deine Hilfe wirklich zu schätzen."

„Kein Problem. Ich hoffe, dass ich schon bald Neuigkeiten für dich habe."

Er schenkte ihr dieses große, breite, umwerfende Lächeln, das er als Jüngster in einer Familie mit fünf Töchtern perfektioniert hatte, dasselbe Lächeln, mit dem er sich früher aus allen Schwierigkeiten herauswinden konnte.

Ein kleiner erregender Schauer durchlief sie – und noch einer, sowie er auf sie zutrat und nach ihrer Hand griff.

„Es ist wirklich toll, dich zu sehen, Claire. Wenn sich die Lage etwas beruhigt hat, könnten wir doch mal zusammen oben im Resort zu Abend essen und über alte Zeiten plaudern. Was meinst du?"

Okay, sie war nun seit Ewigkeiten nicht mehr in der Dating-Szene unterwegs – genau genommen seit sie mit fünfzehn Jeffs Freundin geworden war, doch dieser Vorschlag von Riley McKnight klang definitiv, als ob er mehr als nur ein Dinner im Sinn hätte.

„Ähm." Großartige Antwort, das war ihr klar. Allerdings konnte sie sich nicht erinnern, wann sie zuletzt so durcheinander gewesen war – außer wenn sie mal wieder die Einkaufsliste zu Hause hatte liegen lassen. Bestimmt hatte sie ihn falsch verstanden. Er wollte einfach nur höflich sein, oder?

„Das ist nur eine Einladung zum Abendessen, Claire." Sowie er grinste, bildete sich ein Grübchen über seinem Mundwinkel. „Ich wollte dich damit nicht in Angst und Schrecken versetzen."

Schwach lächelnd rief sie sich ins Gedächtnis, dass es sich bei diesem Mann um niemand anderen als den nervtötenden kleinen Riley McKnight handelte. „Bevor du mich in Angst und Schrecken versetzt, färbe ich mir die Haare pink und steige bei einer Punkband ein."

„Also, *das* würde ich wirklich gern erleben."

Zu spät fiel ihr wieder ein, dass er sich niemals geschlagen gab. Einmal hatte Alex einen Monat lang Hausarrest bekommen, weil sie mit ihrem Bruder gewettet hatte, dass er sich nicht trauen würde, mit dem Fahrrad den Woodrose Mountain hinunterzufahren, ohne zu bremsen. Er hatte es vor seinem spektakulären Sturz schon fast bis nach unten geschafft – und selbstverständlich die Bremse nicht ein einziges Mal berührt.

Doch das war Jahre her. Und man wurde kein erfolgreicher Gesetzeshüter, wenn man nicht wusste, worauf es eigentlich im Leben ankam.

„Wir werden bestimmt jede Menge Gelegenheiten haben, über alte Zeiten zu plaudern", entgegnete sie so gefasst wie möglich. „Alex hat erzählt, dass du das alte Harperhaus in der Blackberry Lane gemietet hast. Das ist gleich bei mir um die Ecke. Ich wohne in dem roten Ziegelhaus mit den Säulen."

Wieder lächelte er. „Großartig. Dann weiß ich ja, wo ich mir mal eine Tasse Zucker borgen kann."

Wie, in aller Welt, schaffte er es nur, dass so eine harmlose Bemerkung dermaßen erotisch klang? Sie beschloss, nicht darauf einzugehen – und nicht zu erwähnen, wie lange es her war, dass sie irgendjemandem eine Tasse Zucker geborgt hatte, um bei seinem Wortspiel zu bleiben.

„Ist es in Ordnung, wenn ich den Laden jetzt öffne? Ich kann es mir nicht leisten, ihn den ganzen Tag geschlossen zu haben."

„Was meine Arbeit betrifft, klar. Soll ich jemanden zum Aufräumen vorbeischicken?"

Sie schüttelte den Kopf. „Ich trommle selbst ein paar Leute zusammen."

„Gut. Dann rufe ich dich an, ja?"

Sie runzelte die Stirn. Da sie außer Übung war und nicht wusste, wie sie ihn auf möglichst taktvolle Art und Weise entmutigen konnte, sagte sie einfach: „Riley, ich denke, dass das keine so gute Idee wäre …"

Er warf ihr einen langen, amüsierten Blick zu. „Komisch. Ich hatte angenommen, du würdest gern über die Ermittlungen auf dem Laufenden sein."

„Natürlich will ich das!"

„Was meinst du, warum ich sonst anrufen wollte?"

Darauf gab es keine Antwort, die sie nicht wie eine Idiotin aussehen ließ. *Jetzt* erinnerte sie sich wieder ganz genau daran, wie er sie und Alex früher immer schier in den Wahnsinn getrieben hatte.

„Ich meine überhaupt nichts. Bitte ruf mich an. Wenn es um den Fall geht jedenfalls."

„Sehr schön. Ich melde mich."

Erst nachdem er gegangen war und sie die Tür hinter ihm geschlossen hatte, fiel ihr wieder das alberne Horoskop ein. *Etwas Schönes und Aufregendes steht Ihnen bevor.* Gut, so könnte man Riley McKnight durchaus beschreiben, keine Frage. Zu schade nur, dass sie momentan kein Interesse an einem Mann hatte – und schon gar nicht am kleinen Bruder ihrer besten Freundin.

# 2. Kapitel

Ausnahmsweise war Claire froh, wenig Kundschaft zu haben, da sie sowieso erst einmal das von den Einbrechern hinterlassene Chaos beseitigen musste. Aus purer Verzweiflung hatte sie die verstreuten Perlen vom Boden aufgehoben und zunächst einfach in einen großen Eimer geworfen.

„Dir ist doch klar, dass das hier Monate dauern wird, Liebling?" Ruth schien mal wieder ihre Gedanken gelesen zu haben, das beherrschte sie perfekt. Bevor Claire etwas entgegnen konnte, meldete sich schon ihre beste Freundin zu Wort.

„Machen Sie Witze, Mrs T.?" Wenn Alex McKnight lächelte, bekam sie genau so ein Grübchen wie ihr Bruder. „Wenn wir Superfrauen zusammenarbeiten, brauchen wir gerade mal drei Wochen. Höchstens."

„Ich würde sagen, wir schaffen es in zwei", behauptete Evie Blanchard, Claires Assistentin. Montags war eigentlich ihr freier Tag, doch sie hatte ihren kurzen Skiausflug sofort abgebrochen, als sie von dem Einbruch hörte, um beim Aufräumen zu helfen.

Evie und Alex waren zwei der sieben Frauen, die um den Werktisch im *String Fever* verteilt saßen, jede mit einem kleinen Häufchen Perlen vor sich, die nach Farben und Formen sortiert und dann in die Kästchen in der Mitte des Tisches gelegt wurden. Danach sollten sie nach Größe und Typ geordnet werden – Halbedelstein, Cloisonné, gebranntes oder mundgeblasenes Glas.

Claires Mutter hatte neben Maura, Alex' älterer Schwester, und deren Mutter Mary Ella Platz genommen. Links von Claire saß Evie, rechts Katherine Thorne, die ihr das Geschäft vor fast zwei Jahren verkauft hatte. Alex hatte ihr gegenüber Platz genommen.

Chester lag auf seiner Lieblingsdecke. Manchmal hatte Claire den Eindruck, dass viele ihrer Kundinnen vor allem kamen, weil sie ihren Hund besuchen wollten, der am glücklichsten war, wenn er ausgestreckt in seiner Ecke im *String Fever* dösen und dem Getratsche lauschen konnte.

In den ersten schwierigen Monaten nach Jeffs Auszug hatte sie hier in ihrem Geschäft, umringt von ihren Freundinnen, Trost und Frieden gefunden. Wie Perlen auf der Schnur waren sie alle miteinander verbunden – durch Freundschaft, Verwandtschaft, gemeinsame Erlebnisse und die Leidenschaft für selbst gefertigten Schmuck.

„Habt ihr schon von Jeanie Strebel gehört?", fragte Maura.

„Nein. Was denn?", wollte Claire wissen.

„Sie hat gestern Abend Eiszapfen mit einem Besen vom Dach geschlagen, und einer davon ist auf ihr Bein gefallen. Drei Mal gebrochen. Jeff hat sie gestern noch operiert. Ihre Tochter hat mir erzählt, dass sie bis Sonntag im Krankenhaus bleiben muss."

„Oh nein!", rief Mary Ella aus. „Als hätten sie nicht schon genug um die Ohren seit der Herzoperation von Ardell vor drei Monaten."

Maura nickte. „Ich habe heute Morgen Brianna auf dem Mark getroffen. Habt ihr schon ihre Zwillinge gesehen? Die sind irrsinnig gewachsen und haben ganz herrliche schwarze Locken und riesige Augen. Wie auch immer, ratet mal, was passiert ist, während ihr Dad mit ihrer Mom gestern im Krankenhaus war?"

Alle warteten gespannt, als Maura eine dramatische Pause entstehen ließ.

„Jetzt sag schon, Maur", rief Alex schließlich. „Rück endlich mit der Sprache raus. Was ist passiert?"

„Sie bekamen Besuch von unserem Hoffnungsengel."

Aufregung machte sich am Tisch breit. Selbst Ruth lehnte sich, die Augen weit geöffnet, nach vorn. „Wirklich? Schon wieder?"

„Scheint so. Jemand hat zehn neue Hundertdollarscheine in einem Umschlag für die Arztkosten unter ihrer Tür durchgeschoben. Ihr hättet Briannas Gesicht sehen sollen, während sie mir davon erzählte. In ihren Augen standen die Tränen, und sie hat wie von innen geleuchtet."

Seit ein paar Monaten half in Hope's Crossing ein geheimnisvoller Wohltäter immer genau dort aus, wo er gebraucht wurde. Als Caroline Bybees uralter Plymouth letzten Herbst keinen Mucks mehr machte, entdeckte sie eines Morgens ein gebrauchtes, aber neueres Modell vor ihrer Tür, zusammen mit dem Fahrzeugbrief und einer Karte, auf der stand: „Fahren Sie vorsichtig."

Ein paar Wochen davor war eine junge geschiedene Mutter in Claires Laden gekommen und hatte berichtet, dass jemand ihre Heizkostenrechnung für den ganzen Winter bezahlt hatte. In der

Weihnachtszeit hatten mehrere Familien – alle mit kleinen Kindern – Kuverts voll Bargeld vor ihrer Tür gefunden und dazu die Notiz: „Frohe Weihnachten von jemandem, der gerne hilft."

Claire fragte sich, wie viele großzügige Taten es in Hope's Crossing noch gegeben hatte, von denen sie keine Ahnung hatte. Auch konnte sie sich nicht mehr erinnern, wer zuerst den Unbekannten als Hoffnungsengel bezeichnet hatte.

So anstrengend sie es manchmal fand, in derselben Stadt wie Jeff und Holly zu wohnen, waren solche Geschichten doch immer wieder ein Grund, nicht wegzuziehen. Die Leute hier kümmerten sich um einander. Das wusste niemand besser als sie, schließlich waren auch heute ihre Freundinnen sofort herbeigeeilt, weil sie ihr helfen wollten.

„Ihr seid meine Hoffnungsengel", brach es aus ihr heraus. „Ich kann euch gar nicht sagen, wie dankbar ich euch bin, dass ihr alles habt stehen und liegen lassen, um mir ein paar Stunden unter die Arme zu greifen."

„Aber das ist doch selbstverständlich." Mary Ella lächelte, ihre grünen Augen – die Claire so sehr an die ihres Sohnes erinnerten – glänzten liebevoll. „Du hättest nicht mal zu fragen brauchen, Liebes. In der Sekunde, als ich hörte, dass in deinen Laden eingebrochen worden ist und der Mistkerl ein derartiges Durcheinander hinterlassen hat, hatte ich mich schon auf den Weg gemacht, damit ich dir beim Aufräumen helfen konnte."

„Ich kann immer noch nicht begreifen, dass jemand aus unserem Ort so was tut." Katherine schien den Einbruch geradezu persönlich zu nehmen.

„Ich könnte wetten, dass es ein Urlauber aus dem Skiresort war." Evie strich sich eine blonde Haarsträhne hinters Ohr. „Was sagt denn die Polizei?"

„Chief McKnight wollte sich mit mir in Verbindung setzen, bisher allerdings habe ich noch nichts von ihm gehört. Es ist ja auch erst ein paar Stunden her."

„Na, das kennen wir ja: Mal wieder wartet eine Frau vergeblich auf Rileys Anruf."

Für diese Anspielung erntete Alex von ihrer Mutter einen rügenden Blick. „Sein Privatleben ist die eine Sache", erklärte Mary Ella streng, „doch in seinem Beruf ist dein Bruder äußerst pflichtbewusst. Riley ist ein hervorragender Polizist. Du weißt so gut wie ich, dass Katherine und der Rest des Stadtrats sich sonst niemals für ihn entschieden hätten."

Katherine wirkte beunruhigt, da sie befürchtete, in eine Familienangelegenheit hineingezogen zu werden. „Wir fühlen uns sehr geehrt, dass Riley überhaupt bereit war, zurück nach Hope's Crossing zu kommen", meinte sie schnell. „Zuerst war ich jedoch besorgt, dass er hier nicht genug zu tun hätte."

„Ist das etwa ein Geständnis?", zog Claire sie auf. „Willst du andeuten, dass du in ein halbes Dutzend Läden auf der Main Street eingebrochen bist, damit Riley was zu tun hat und in Hope's Crossing bleibt?"

„Claire Renée!" Ruth klang ehrlich entsetzt. „Dir ist absolut klar, dass Katherine so etwas niemals machen würde, egal, wie gut Chief McKnight in seinem Job sein mag, und egal, wie sehr der Stadtrat ihn halten will."

Alex verdrehte die Augen, und Claire biss sich innen auf die Wangen, froh darüber, dass sie an diesem schrecklichen Tag überhaupt noch etwas lustig finden konnte.

„Natürlich weiß ich das, Mom", erwiderte sie. „Ein Witz. Mal wieder."

„Eigentlich gar keine schlechte Idee." Katherine lächelte. „Schade, dass ich nicht vorher draufgekommen bin. Wenn ich es gewesen wäre, hätte ich allerdings nicht so ein Chaos hinterlassen. Und mit *Sicherheit* hätte ich das Hochzeitkleid der armen Genevieve nicht zerschlitzt."

Dieser Anruf war Claire wirklich schwergefallen. Genevieve hatte es verständlicherweise nicht besonders gut aufgenommen, dass ihr Hochzeitskleid zerstört worden war. Daraufhin hatte Claire mit dem Designer telefoniert, der versprochen hatte, das gleiche Kleid innerhalb der nächsten Wochen noch einmal zu schicken – gegen einen Aufpreis natürlich. Claire musste die Kosten übernehmen, bis ihre Versicherung für den Schaden bezahlte, das war Claire allerdings unwichtig. Hauptsache, das Ganze führte nicht zu einem Streit mit der Beaumont-Familie.

„Katherine, du hast deine Ohren doch überall." Alex fuhr mit geschickten Fingern fort, die Perlen zu sortieren, während sie sprach. „Was glauben denn die Leute, wer hinter dieser Einbruchserie steckt?"

„Als ich vor einer Stunde im Diner vorbeigeschaut habe, gab es jede Menge Gerüchte. Von der ukrainischen Mafia über kalifornische Gangs bis hin zu irgendeiner Regierungsverschwörung war alles dabei. Riley wird eine Menge zu tun haben, diesen ganzen verrückten Hinweisen nachzugehen."

„Er wird den Fall lösen." Mary klang äußerst überzeugt. „Dieser Junge ist von Geburt an äußerst dickköpfig. Er wird nicht aufgeben, bevor er die Einbrüche aufgeklärt und die Verbrecher hinter Gitter gebracht hat. Egal, wie schwer es wird."

„Mit anderen Worten meint Ma damit, dass ihr einziger Sohn hinterlistig und fies ist", erklärte Alex.

„*Und* manipulativ und niederträchtig", fügte Maura hinzu.

„Nicht zu vergessen: störrisch wie ein Esel", schlug Claire vor. Durch die jahrelangen Streitereien mit Riley hatte sie sich das Recht verdient, mit den anderen über ihn herzuziehen, obwohl sie nicht seine Schwester war.

Alle Frauen lachten, außer Ruth, die die Lippen zusammenpresste. Trotz ihrer Freundschaft mit Mary Ella konnte sie Riley nicht ausstehen und fand nichts, aber auch gar nichts, was ihn betraf, amüsant. Sie konnte nicht vergessen, wie viel Ärger er in seiner Jugend verursacht und wie sehr er seine Mutter verletzt hatte. Alle anderen aber kicherten noch, als die Türglocke bimmelte und besagter Mann in den Laden trat.

So wie er dastand, das dunkle Haar zerzaust vom kalten Wind, einen Anflug von Dreitagebart auf Kinn und Wangen, schien er Unmengen überschüssiges Testosteron zu verströmen. Claire stellte sich vor, wie es wäre, mit den Fingern über seine Bartstoppeln zu streichen, die Linien seines kantigen Kinns nachzuzeichnen und das Grübchen in seinem Mundwinkel zu berühren.

Hitze schoss in ihre Wangen. Was, in drei Teufels Namen, war eigentlich ihr Problem? Es musste der Stress sein. Nur so konnte sie sich diese vollkommen unpassende Reaktion erklären.

Riley musterte die Gruppe kichernder Frauen, und Claire stellte fest, dass sie nicht die Einzige war, die seinem Blick auswich. Doch wahrscheinlich war sie die Einzige, deren Hormone gerade Purzelbäume schlugen.

„Okay, warum habe ich urplötzlich das Gefühl, dass meine Ohren heiß werden sollten?", murmelte er.

„Dafür gibt es keinen Grund, Darling", versicherte Mary Ella eilig, zwinkerte dabei aber den anderen zu.

„Sind wir etwa ein wenig narzisstisch veranlagt?", fragte Alex süffisant.

Statt einer Antwort zog er an dem dunklen Haar seiner Schwester, dann beugte er sich vor und küsste seine Mutter auf die Wange. Claire war nah genug neben ihm, um seinen Duft einzuatmen, erdig und männlich.

„Wie nett von euch allen, Claire zu helfen. Scheint so, als ob das hier Monate dauern würde."

„Sag ich doch", erwiderte Ruth murrend.

„Ich schätze, du kennst hier alle", sagte Mary Ella. „Oh, von Evie einmal abgesehen. Evie Blanchard, das ist der neue Polizeichef von Hope's Crossing und mein Baby, J. Riley McKnight. Evie arbeitet für Claire."

Riley warf seiner Mutter einen vorwurfsvollen Blick zu. „Ich würde es vorziehen, Jüngster genannt zu werden und nicht ‚mein Baby', dennoch danke, Ma. Freut mich, Sie kennenzulernen, Evie."

Er schüttelte Evies Hand, und Claire rechnete damit, dass er sofort beginnen würde, seinen Charme spielen zu lassen. Evie war eine schöne Frau, zart und blond, sie wirkte zerbrechlich – was sie nicht war –, vor allem heute mit den leichten Schatten unter den großen blauen Augen. Aber Riley schaute sie nur höflich und fast schon distanziert an.

„Wie laufen die Ermittlungen?", erkundigte sich Maura. „Wir haben gerade darüber gesprochen. Bist du vielleicht hier, weil ihr die kleinen Scheißer geschnappt habt?"

Er zog eine Augenbraue hoch. „Maur, sagt man so was? Und das ausgerechnet vor Mrs Tatum und Stadträtin Thorne. Reiß dich zusammen, sonst wird Ma dir noch den Mund mit Seife auswaschen."

„Sehr richtig", bestätigte Mary Ella, die praktischerweise vergessen zu haben schien, welche Schimpfworte sie selbst heute schon von sich gegeben hatte.

Maura hatte noch nie interessiert, was andere von ihr hielten – etwas, wofür Claire sie ehrlich bewunderte. „Du hast doch gesehen, was die hier angerichtet haben. Als was würdest du sie bezeichnen?"

„Der Punkt geht an dich."

„Ich habe wirklich Glück gehabt, dass sie meinen Buchladen nicht überfallen haben."

„Also habt ihr sie nun geschnappt oder nicht?", mischte sich Alex ein.

„Wir arbeiten daran. Ich muss Claire noch ein paar Fragen stellen."

„Bitte, wir würden auch gern erfahren, was los ist." Aus reiner Neugier hatte Ruth offensichtlich beschlossen, ihre Abneigung Riley gegenüber einen Moment lang zu vergessen.

„Wenn es euch nicht stört, würde ich gern allein mit Claire sprechen."

Ruth versuchte gar nicht erst, ihre Enttäuschung zu verbergen, während Claire sich erhob und ihm voraus in ihr Büro ging. Riley schloss die Tür, machte es sich auf dem Besucherstuhl bequem und rieb sich über die Stirn. Er sieht müde aus, dachte sie. Sein Tag war wahrscheinlich noch anstrengender gewesen als ihrer. Sie hatte schließlich nur mit einem Einbruch zu tun, er allerdings musste sich mit einer ganzen Einbruchsserie auseinandersetzen.

„Möchtest du Kaffee?", fragte sie. „Oder Tee?"

„Nein, vielen Dank. Noch mehr Koffein, und ich springe durch die Gegend wie ein Grashüpfer, wenn der Rasen gemäht wird."

„Gibt es Neuigkeiten?"

„Ich schätze, so könnte man es nennen. Viel ist es nicht gerade, aber ich habe dir schließlich versprochen, dich auf dem Laufenden zu halten. Wir haben einen möglichen Augenzeugen gefunden, der ein verdächtiges Fahrzeug vor dem Pizzaladen beobachtet hat. In den frühen Morgenstunden. Einen neueren dunkelblauen oder grünen oder schwarzen Pick-up. Groß. Der Augenzeuge war sich nicht sicher, ob es sich um einen Dodge oder einen Ford handelte."

„Super. So was fährt ungefähr die Hälfte der Leute hier."

„Ich weiß, aber es ist besser als nichts. Außerdem sind nicht alle Überwachungskameras in den anderen Läden deaktiviert worden. Im Fahrradgeschäft zeigen die Aufnahmen drei Personen am Tatort. Allerdings tragen sie Skimasken und billige Wegwerf-Regenmäntel über ihren Parkas, damit man ihre Kleidung nicht erkennen kann."

Beschämt stellte sie fest, dass sie bisher kaum einen Gedanken an die anderen Geschäfte verschwendet hatte. „Haben sie großen Schaden angerichtet?"

„Unterschiedlich. Meistens wurden Computer geklaut und Bargeld. Ein Luxusfahrrad bei *Mike's Bike*." Trotz der Müdigkeit wurde sein Blick auf einmal scharf. „Vandalismus gab es allerdings nur bei dir."

Ich Glückskind, schoss es ihr durch den Sinn. „Ich verstehe immer noch nicht, wieso. Vielleicht waren sie sauer, weil sie nicht viel Wertvolles gefunden haben."

„Kann sein. Oder es ist etwas Persönliches. Tut mir leid, das fragen zu müssen, Claire, aber kennst du irgendjemanden, der etwas gegen dich hat, von Dr. Arsch einmal abgesehen?"

Sie starrte ihn an und begann dann zu lachen. Sie konnte einfach nicht anders. „Jeff? Du denkst, Jeff ist darin verwickelt? Das ist doch völlig verrückt! Er würde so etwas niemals tun. Wie auch immer, er hat überhaupt keinen Grund, sauer auf mich zu sein. Wenn überhaupt, dann ..."

„Du auf ihn?"

Ihr Gelächter erstarb. „Jeff und ich bemühen uns sehr, gut miteinander auszukommen. Der Kinder wegen."

„Ah, die berühmte einvernehmliche Scheidung – eine Seltenheit!" Obwohl er einen neckenden Ton angeschlagen hatte, bemerkte sie etwas in seinem Blick, eine gewisse Bitterkeit – wahrscheinlich dachte er an die Scheidung seiner eigenen Eltern. Sie und Alex hatten damals gerade mit ihrem Senior Year begonnen, mussten also ungefähr siebzehn gewesen sein und Riley vierzehn. Auch wenn sie die ganze Geschichte natürlich vor allem von Alex gehört hatte, wusste sie, dass alle sechs McKnight-Kinder verwirrt und wütend gewesen waren, völlig verzweifelt darüber, dass diese so scheinbar glückliche Familie von heute auf morgen einfach zerbrochen war.

Riley hatte am meisten gelitten, als einziger „Mann" im Haus, nachdem der Vater Hope's Crossing so plötzlich verlassen hatte, um seine wissenschaftlichen Ambitionen zu verfolgen.

„Wir haben hart daran gearbeitet, sie so einvernehmlich wie möglich zu gestalten", entgegnete sie steif. Sie sprach wirklich nicht gern über ihre Scheidung.

„Was ist mit seiner neuen Frau? Wir glauben, dass zumindest eine der Personen auf dem Film eine Frau ist."

Sie versuchte sich vorzustellen, wie Holly mit einer Horde Einbrecher durch den Ort streifte, Geschäfte überfiel, Fahrräder und Computer stahl und im *String Fever* Genevieve Beaumonts Hochzeitskleid zerschlitzte. Das war in etwa genauso absurd wie der Gedanke, dass Jeff der Bandenchef wäre.

„Meinst du damit etwa, dass du eine Frau verdächtigst, die im fünften Monat schwanger ist?"

Da war sein Grübchen wieder. „Unter dem Plastikregenmantel ist es nicht allzu leicht zu erkennen, ob sie schwanger ist oder nicht. Aber okay, wahrscheinlich eher nicht."

„Kleiner Tipp von mir. Du solltest Holly nicht unbedingt in einen kleinen Raum mit einer nackten Glühbirne sperren, damit du sie befragen kannst."

Jetzt schenkte er ihr ein breites Grinsen, die Müdigkeit war aus seinem Gesicht verschwunden. Sie versuchte sich in Erinnerung zu rufen, was für ein Quälgeist er früher gewesen war, was ihr aber ziemlich schwerfiel, denn dieses Grinsen jagte ihr wohlige Schauer über den Rücken … etwas, das sie ewig nicht mehr erlebt hatte.

„Es würde den Ermittlungen helfen, wenn du in Ruhe darüber nachdenkst, wer wütend auf dich sein könnte. Vielleicht fragst du auch deine Mitarbeiter, ob ihnen jemand einfällt, jemand, der etwas gegen dich hat oder gegen sie."

Sie wollte sich gar nicht erst denken, dass irgendwo da draußen jemand existierte, der sie oder eine ihrer Angestellten nicht leiden konnte. Katherine arbeitete manchmal für sie, aber sie war die beliebteste Frau der Stadt. Evie lebte noch gar nicht lange genug in Hope's Crossing, um sich Feinde gemacht zu haben – von Brodie Thorne vielleicht abgesehen, Katherines Sohn, der Evie aus irgendeinem Grund nicht ausstehen konnte. Brodie war jedoch einer der erfolgreichsten Geschäftsmänner der Stadt. Da konnte sie sich ja sogar noch eher Holly und Jeff als eine Art Bonnie und Clyde vorstellen.

Damit blieb noch Mauras Tochter Layla übrig, die nach der Schule und samstags im Laden aushalf.

Und natürlich Claire selbst.

„Das mache ich", meinte sie. „Ich bin dir wirklich dankbar, dass du extra vorbeigeschaut hast."

„Gern geschehen." Er lehnte sich in seinem Stuhl zurück. „Wie wäre es, wenn du dich erkenntlich zeigst und mir verrätst, was die da draußen über mich gesagt haben, als ich den Laden betreten habe?"

Sie spürte, wie ihr Gesicht heiß wurde – was natürlich absolut albern war. „Ähm, was für ein guter Polizist du bist", stieß sie hervor.

Er lächelte. „Hmm. Warum glaube ich dir das nicht?"

„Weil du ein ziemlich misstrauischer Mensch bist?"

„Praktisch für einen Cop. Aber egal, ich hatte einfach gehofft, es wäre was Anrüchiges gewesen."

Bevor sie darauf etwas entgegnen konnte, erklang von draußen die Glocke, da jemand die Tür aufriss. Eine Sekunde später stürmte ihr achtjähriger Sohn ins Büro.

Dass ihr Laden nur ein paar Straßen von der Schule entfernt lag, hatte viele Vorteile. Zum Beispiel konnten ihre Kinder nach Schulschluss einfach vorbeikommen, wenn Jeff oder Claires Mutter keine Zeit hatten, sie abzuholen.

Macy bastelte dann gerne Armbänder und Ohrringe für ihre Freunde, sie hatte ein sehr gutes Gespür für Stil. Claire überließ ihr Perlen und anderes Zubehör, dafür musste Macy bei der Inventur helfen oder ab und zu leichtere Büroaufgaben erledigen.

Owen interessierte sich nicht besonders für Perlen und Edelsteine, durfte allerdings, sobald er unter ihrem strengen Blick seine Hausaufgaben gemacht hatte, eine Stunde lang Nintendo auf der Konsole in ihrem Büro spielen – die von den Einbrechern offenbar übersehen worden war. Da zu Hause keine Computerspiele erlaubt waren, war er immer ganz wild darauf, ins *String Fever* zu kommen.

Sie war froh über diese zusätzlichen Stunden mit ihren Kindern – zumindest wenn die beiden sich ausnahmsweise mal nicht stritten. Was im Moment leider nicht der Fall zu sein schien.

„Macy hat einen Freund, Macy hat einen Freund", sang Owen laut, die Wollmütze bedeckte sein blondes Haar, seine schmalen Schultern verschwanden fast unter dem riesigen Snowboardparka, den er unbedingt hatte haben wollen.

„Halt die *Klappe*!" Macy, die ihm auf den Fersen folgte, schaffte es irgendwie, zugleich stinksauer und etwas besorgt über die Reaktion ihrer Mutter dreinzuschauen. „Du weißt doch gar nichts."

„Ich weiß, dass du mit Toby Kingston nach der Schule zusammengestanden hast, und du hast gelacht und total bescheuert ausgesehen." Owen begann zu schielen und ließ die Unterlippe hängen – offenbar seine Interpretation einer liebeskranken Zwölfjährigen.

„Habe ich nicht." Macy lief rot an, sowie sie Riley im Besucherstuhl entdeckte. „Mom, er soll aufhören!"

„Owen, hör auf, deine Schwester zu ärgern", rief Claire automatisch.

„Ich hab sie nicht geärgert! Ich sage nichts als die Wahrheit! Du hättest sie sehen sollen! Macy und Toby sitzen unter einem Baum. K-U-S-S ..." Er brach mitten im Satz ab, denn endlich hatte er bemerkt, dass noch jemand im Büro war. „Sorry. Hi."

Riley betrachtete die Geschwister belustigt. Kein Wunder, konnte man ihn doch mehr oder weniger als Autor des Ratgebers „Wie ich meine ältere Schwester ärgere" bezeichnen. Oder in seinem Fall fünf ältere Schwestern. „Hey."

„Owen, Macy, das ist Chief McKnight."

Macy stellte ihre Umhängetasche auf dem Boden ab. „Anna Kramer hat erzählt, dass einige Läden in Hope's Crossing überfallen worden sind. Und *String Fever* auch. Stimmt das?"

Obwohl sie ihre Kinder nicht unnötig aufregen wollte, konnte Claire ihnen schlecht die Wahrheit verheimlichen. „Ja. Sie haben meinen Computer gestohlen und etwas Geld aus der Kasse genommen. Und sie haben sämtliche Schubladen aufgerissen und den Inhalt auf dem Boden verteilt. Deswegen sind Grandma und die anderen da. Sie helfen mir, die Perlen zu sortieren."

„Warum hast du mich nicht angerufen?" Macy starrte ihre Mutter mit einem vorwurfsvollen Blick an, einem Blick, den sie in letzter Zeit perfektioniert hatte. „Ich musste es ausgerechnet von Anna erfahren, der größten Klatschtante der ganzen Schule."

„Ich habe deine Mom gebeten, nicht zu vielen Leuten von dem Einbruch zu erzählen, solange wir an dem Fall arbeiten", wandte Riley ein.

Macy wirkte beeindruckt. „Wow, so richtige Ermittlungsarbeit?"

Sein Grübchen blitzte auf. „So richtige."

„Du bist der Onkel von Jace, oder?", wollte Owen wissen. Er und Jace, der jüngste Sohn von Rileys Schwester Angie, waren praktisch unzertrennlich.

„Schuldig."

„Jace ist mein bester Freund. Wir gehen in die gleiche Klasse."

„Dann trittst du heute Abend beim Spring Fling bestimmt auch auf."

„Klar. Dieses Jahr führen wir ein patriotisches Stück auf. Ich spiele Abraham Lincoln."

„Du solltest mal seinen bescheuerten Hut sehen", rief Macy.

„Klappe. Du bist ja nur neidisch. Abraham Lincoln war immerhin der große Befreier! Als du beim Spring Fling mitgemacht hast, musstest du irgendeine doofe Schönheit spielen."

*Und weiter geht's.* Claire seufzte. Die beiden zankten sich einfach über alles, darüber, wer im Auto wo sitzen oder wer Chester füttern durfte.

Sie kämpfte gegen drohende Kopfschmerzen an und entschied sich für ihr Lieblingsmanöver: Ablenkung. „Macy, frag Evie, ob du ihr mit den Perlen helfen kannst."

Kaum hatte ihre Tochter das Büro verlassen, wandte sie sich an Owen: „Wenn du deine Hausaufgaben fertig hast, kannst du das Lego-Star-Wars-Videospiel spielen, das dein Vater dir am Wochenende gekauft hat. Und dann gehen wir nach Hause und stecken dich in dein Kostüm für das Stück."

„Können wir bei McDonald's essen?"

Er spürte immer ganz genau, wann sie mal wieder zu gestresst und müde war, um gesundes Essen auf den Tisch zu bringen. „Warten wir mal ab, was aus deinen Hausaufgaben wird."

Schon hatte er seine Schulmappe aus dem Rucksack gezerrt und legte einen ganzen Stapel Unterlagen auf den Schreibtisch. Riley stand auf, um ihm Platz zu machen.

„Ich muss dann mal los. Gib mir Bescheid, wenn dir noch irgendwas einfällt, egal, wie unbedeutend es dir vorkommt. Es könnte genau das Detail sein, das uns noch fehlt."

„Das werde ich. Danke noch einmal für deine Hilfe."

„Du kannst mir danken, sobald ich die Dre…", er unterbrach sich im letzten Moment mit einem entschuldigenden Blick auf Owen. „… die dreisten Kerle erwischt habe. Viel Glück heute Abend, Abe. Du warst immer mein Lieblingspräsident."

Owen grinste, breitete seine Sachen auf dem Tisch aus und griff nach einem Bleistift. Claire folgte Riley zurück in den Laden, wo er sich von den Frauen verabschiedete, die noch immer unermüdlich die Perlen sortierten.

„Wow. Das sieht wirklich nach einem schlimmen Durcheinander aus", kommentierte er das Szenario.

„Wir kümmern uns schon darum", entgegnete seine Mutter. „Sorg du einfach dafür, dass die Kerle gefasst werden, die Claire das angetan haben."

„Nicht, dass du mich unter Druck setzen würdest. Bin schon auf dem Weg, Ma." Er küsste seine Mutter auf den Kopf mit den grau melierten Locken und eilte zur Tür.

# 3. Kapitel

Manche Dinge ändern sich nie, dachte Riley. Er saß in der Aula der Grundschule von Hope's Crossing neben seiner zweitältesten Schwester Angie und hatte das Gefühl, auf einer Zeitreise zu sein. Hier sah es noch genauso aus wie vor fünfundzwanzig Jahren. Dieselben knarrenden Klappstühle, dieselben roten Samtvorhänge vor der Bühne.

Seit über dreißig Jahren führte die jeweils dritte Klasse der Grundschule beim Spring Fling ein Theaterstück auf. Riley konnte sich noch lebhaft an die Darbietung seiner Klasse erinnern, eine Hommage an die Goldsucher, die hier ihr Land abgesteckt hatten. Trotz der strengen Warnungen der alten Mrs Appleton hatte er sich damals von der Begeisterung der Zuschauermenge so mitreißen lassen, dass er während eines Songs wie ein Rockstar von der Bühne ins Publikum gesprungen war. Seine Landung im Schoß eines mürrischen Lehrers war in den heiligen Hallen der Hope's Crossing Grundschule bis heute legendär.

Er war lange von zu Hause fort gewesen und hatte diese kleinstädtischen Traditionen immer gehasst. Doch jetzt, fünfzehn Jahre später, wunderte er sich selbst darüber, dass er sie auf einmal als irgendwie tröstlich empfand.

Er hatte sich sehr verändert in den vergangenen Jahren und die Stadt natürlich auch. Aber manches war beim Alten geblieben. Die Bratkartoffeln im *Center of Hope Café* waren noch immer die besten der Welt. Die Berge, die die Stadt umgaben, erhoben sich genauso dramatisch und majestätisch in den Himmel wie damals, als er gegangen war. Und der Spring Fling zog noch immer eine große Zuschauermenge an.

Er hatte sich gefreut, nach Hause zurückzukehren, und sich gleichermaßen davor gefürchtet. Die Jahre als Cop in der harten Realität von Oakland hatten ihn mindestens genauso geprägt wie seine Jugend hier. Wenn man jahrelang mit Morden, organisierter Kriminalität und Vergewaltigungsfällen zu tun hatte, kam man da nicht unbeschadet heraus. Als der ehemalige Chief der Polizei von Hope's Crossing ihn fragte, ob er nach seiner Pensionierung seinen Posten übernehmen wolle, hatte Riley zunächst gedacht, dass er gar nicht mehr in der Lage wäre, in so einer ruhigen, friedlichen Gegend zu arbeiten.

Doch wie er sich jetzt mit seiner Familie in der Aula befand, schienen diese Befürchtungen mit einem Mal meilenweit entfernt. Die Zuschauer applaudierten frenetisch, als Owen Bradford seine anrührende Rede über Brüder, die gegen Brüder kämpfen, beendet hatte, und Riley ließ den Blick von der Bühne über die Sitzreihe schweifen, in der Claire neben ihrem bescheuerten Exmann und dieser aufgetakelten Schönheit saß, die er am Morgen im *String Fever* angetroffen hatte. Claires Tochter hatte sich neben diese neue Frau gesetzt, nicht neben ihre Mutter. Eigenartig.

Wie konnte Claire nur so ruhig und gleichmütig wirken? War ihre Ruhe nur gespielt, oder interessierte es sie wirklich nicht, dass Jeff sie gegen ein neueres, jüngeres Modell eingetauscht hatte?

Aber das ging ihn nichts an. Selbst wenn ein Dutzend Exmänner um sie herum verteilt gewesen wären wie diese glitzernden Perlen in ihrem Laden, würde es ihn nichts angehen.

Wie beunruhigend, dass er von Claire Bradford noch genauso fasziniert war wie damals als dummer, kleiner Junge. Was Claire wohl dazu sagen würde, wenn sie wüsste, dass sie früher seine Traumfrau gewesen war?

Hastig richtete er seine Aufmerksamkeit wieder auf die Bühne, wo sein Neffe als Erzähler gerade Betsy Ross vorstellte. Was das alles mit einer Frühlingsfeier zu tun haben sollte, war ihm schleierhaft. Doch wahrscheinlich war es nach dreißig Jahren nicht so leicht, sich mal etwas Originelleres für die Drittklässler einfallen zu lassen.

Die Zuschauer jedenfalls schienen sich nicht daran zu stören. Kaum war das letzte Wort gesprochen, sprangen alle auf und begannen mit großer Begeisterung zu klatschen. Die kleinen Schauspieler strahlten, während der Vorhang mehrmals aufging, damit sie sich verbeugen konnten.

„Danke, dass du dir die Zeit genommen hast, Riley." Angie lächelte ihm zu, nachdem der Applaus abgeebbt war und die Leute ihre Mäntel und Taschen zusammensuchten. „Es bedeutete Jace so viel, dass du gekommen bist."

„Ich habe in den letzten Jahren einiges verpasst. Es fühlt sich gut an, wieder da zu sein."

Sie berührte seinen Arm auf ihre ganz typische Art. Angie war für sie alle wie eine kleine Mutter gewesen. Er liebte jede einzelne seiner

Schwestern und stand Alex wahrscheinlich am nächsten, dennoch hatte er für Angie einen ganz speziellen Platz in seinem Herzen reserviert. In der dunklen Zeit, als ihr Vater einfach abgehauen war, hatte sie ihn immer in die Arme geschlossen, wenn seine Mutter selbst zu unglücklich gewesen war, um Trost zu spenden.

„Du bleibst doch noch etwas, oder? Angie hat ihre berühmten Zimtplätzchen gebacken", sagte Jim, ihr Mann.

Angie und Jim waren so ziemlich die normalsten und gesündesten Menschen, die er jemals kennengelernt hatte. Nach zwanzig Jahren Ehe hielten sie noch immer Händchen und himmelten einander an.

„Und du hast deinem Lieblingspolizisten vorher keine vorbeigebracht?", zog er seine Schwester auf.

Sie schnitt eine Grimasse. „Hab ich vergessen, sorry. Ich habe mich noch immer nicht daran gewöhnt, dass du wieder zu Hause bist und ich dich jederzeit mit Keksen verwöhnen kann. Ich habe aber noch ein Extrablech gebacken, es könnte also sein, dass irgendwo noch ein paar Krümel rumliegen. Die kann ich dir morgen bringen."

„Das war nur ein Scherz. Du musst mich nicht mehr so verwöhnen."

„Kann ich aber, falls ich will. Und ich will. Ich bin einfach nur froh, dass du wieder hier bist."

Das konnte er von sich nicht gerade behaupten. Es war eine schwierige Entscheidung gewesen, und noch war ihm nicht klar, ob er die richtige Wahl getroffen hatte. Weiter als Undercoveragent zu arbeiten, dazu war er nicht länger in der Lage gewesen. Er hatte kurz davor gestanden, seine Dienstmarke abzugeben und seinen Job für immer an den Nagel zu hängen – wenn Chief Coleman ihn nicht angerufen hätte, würde Riley jetzt vielleicht irgendwo in Alaska als Bauarbeiter sein Geld verdienen. Denn für mehr fühlte er sich – von der Polizeiarbeit einmal abgesehen – nicht qualifiziert.

Alaska war allerdings immer noch eine Option. Er hatte auf einer dreimonatigen Probezeit bestanden, um herauszufinden, ob er überhaupt noch in Hope's Crossing leben konnte. Sollte er also feststellen, dass das Leben als Kleinstadtpolizist seiner Psyche genauso wenig guttat wie die Arbeit in Oakland, dann würde er den nächsten Winter eben in der Tundra verbringen.

„Hey, McKnight! Der Stadt muss es ja echt mies gehen, wenn sie einen erbärmlichen Typen wie dich zurückholt."

Er drehte sich um und grinste, sowie er seinen alten Freund erkannte. Monte Richardson war einmal der beste Quarterback des Footballteams von Hope's Crossing gewesen. Jetzt hatte er schütteres Haar, einen kleinen Bauch, einen dicken buschigen Schnurrbart und sah aus wie ein zufriedener Ehemann und Vater – dem schlafenden Baby in seinem Arm nach zu urteilen.

„Hey, Monte." Irgendwie gelang es ihnen, sich um das schlafende Baby herum die Hand zu schütteln. „Ich dachte, ich würde dir das nächste Mal über den Weg laufen, wenn ich dich wegen Trunkenheit und Ruhestörung festnehme."

Monte lachte. „Mich doch nicht, Mann. Ich habe mich total verändert. Ich trinke höchstens mal ein, zwei Bier, wenn ich das Montagabendspiel im Fernsehen anschaue. Bist jederzeit eingeladen."

Riley schüttelte den Kopf. „Wie sind die Helden gefallen! Was ist nur aus deinem Motto ‚Saufen bis zum Umfallen' geworden?", erwiderte er lachend.

„Das Leben kam dazwischen, Mann. Kinder, Familie. Ist ein echter Höllentrip. Solltest du auch mal versuchen."

Das war nichts für ihn, wie er schon vor langer Zeit herausgefunden hatte. Familie bedeutete nichts anderes als Chaos und Unsicherheit, Wahnsinn und Schmerz. Seiner Erfahrung nach war das Leben sowieso schon anstrengend genug, warum noch zusätzliche Probleme heraufbeschwören?

Gerne hätte er sich noch länger unterhalten, aber da wurden sie von Bürgermeister Beaumont unterbrochen, der Monte mit einem höflich herablassenden Lächeln begrüßte und dann Riley zehn Minuten lang über das ausquetschte, was für ihn offenbar das Wichtigste war: die Zerstörung des Hochzeitskleids seiner Tochter.

„Sie müssen die Verbrecher schnell fassen", befahl der Bürgermeister schließlich in strengem Ton. „Gennie und meine Frau wollen Blut sehen! Wir können nur hoffen, dass die beiden diesen Typen nicht als Erstes auf die Spur kommen. Denn dann hätten Sie gleich noch einen Mordfall am Hals."

Dann wurde der Bürgermeister zum Glück von einem Stadtrat angesprochen, und Riley nutzte diesen Moment, um sich mit einem kurzen Winken zu verabschieden.

Doch er kam nur langsam voran. Auch das war Segen und Fluch einer Kleinstadt. Jeder wollte mit ihm sprechen, alte Zeiten aufleben lassen und erfahren, wie es ihm in der Zwischenzeit ergangen war.

Und natürlich die vier Einbrüche, zu denen jeder seinen Senf abgeben wollte.

Der Polizeichef einer Kleinstadt zu sein unterschied sich nicht sehr von dem Job als Undercoveragent, wo es vor allem darum ging, sich unauffällig unter die Leute zu mischen. Nur dass er jetzt nicht mit Drogendealern und Zuhältern herumhing, sondern höfliche Konversation mit anständigen Leuten betrieb, Kontaktpflege sozusagen, etwas, womit er sich nicht besonders wohl in seiner Haut fühlte.

Noch merkwürdiger wurde es, als er auf J. D. Nyman traf, einen seiner Mitarbeiter, der sich ebenfalls um den Posten des Polizeichefs beworben hatte. Der Mann machte kein Geheimnis daraus, dass er Riley für diese Stelle nicht für qualifiziert genug hielt.

„Officer Nyman", sagte Riley. „Gibt es schon was Neues vom kriminaltechnischen Labor?"

„Nein", antwortete der Mann unverhohlen grob und drehte ihm dann den Rücken zu, um sich weiter zu unterhalten.

Riley wollte ihn schon zurechtweisen, entschied dann aber, dass dies nicht der richtige Ort dafür war. Stattdessen lief er aus der Aula in die Halle, wo er an der Garderobe mit Claire Bradford zusammenstieß, die gerade nach einem grauen Wollmantel griff.

Sie sieht müde aus, dachte er. Unter ihren großen blauen Augen, von denen er so oft geträumt hatte, lagen dunkle Schatten. Sie lächelte. „Hallo, Chief McKnight."

Die Wärme in ihrer Stimme tat ihm gut, vor allem nach Nymans Unhöflichkeit. „Wie es scheint, hast du dich doch noch von dem guten Doktor lösen können."

Er nahm ihr sanft den Mantel ab und half ihr hinein. Ihre Lippen wurden schmal, ob seinetwegen oder wegen der Erwähnung des Doktors wusste er nicht. „Holly war müde, deswegen sind sie früh nach Hause gegangen."

Sie hatte immer schon für Jeff Bradford geschwärmt, und dafür hasste er diesen Kerl. Kaum hatte Jeff sie irgendwann ebenfalls bemerkt, war mit ihr überhaupt nichts mehr anzufangen gewesen.

Selbst damals schon hatte sie immer davon geträumt, eines Tages in einem der alten historischen Backsteinhäuser von Hope's Crossing zu leben und eine Familie zu gründen.

Nun hatte sich ihr Wunsch nicht so ganz erfüllt, und das tat ihm wirklich leid für sie. Wenn es jemand verdient hatte, das Leben zu bekommen, nach dem er sich sehnte, dann Claire Tatum Bradford.

Als Kind war sie durch die Hölle gegangen und sollte eigentlich ganz oben auf der Liste für ein Happy End stehen.

War sie verzweifelt, weil Bradford ihr den Laufpass gegeben hatte? Hoffentlich nicht. Riley war vierzehn gewesen, als sein Vater verschwunden und seine Mutter vollkommen zusammengebrochen war. Er konnte sich noch gut an die Nächte erinnern, in denen er von ihrem Schluchzen aufgewacht war. Keiner konnte begreifen, dass James McKnight seine Frau und seine sechs Kinder tatsächlich im Stich gelassen hatte.

Das war auch so eine Sache, wenn man nach Hause zurückkehrte. Erinnerungen, die man jahrelang verdrängt hatte, drangen wieder an die Oberfläche. Hastig richtete er seine Aufmerksamkeit auf Claires Sohn.

„Toller Auftritt." Er schüttelte mit feierlichem Ernst Owens Hand. „Deine Rede hat mir am besten gefallen."

Der Junge grinste ihn an. „Danke. Ich bin superfroh, dass es vorbei ist."

„Ich auch." Ein Junge, der mit seinem flammend roten Haar und den Sommersprossen einen ziemlich untypischen Franklin D. Roosevelt dargestellt hatte, strahlte ihn an.

„Das ist Jordie. Wir bringen ihn nach Hause", erklärte Owen. „Seine Eltern konnten nicht kommen, weil sie die Kotzeritis haben."

Seine Schwester verdrehte die Augen. „Musst du immer so eklig sein?"

Er steckte einen Finger in den Mund und gab ein würgendes Geräusch von sich. Seine Mutter warf ihm einen strengen Blick zu.

„Carrie und Don haben die Grippe, die Armen. Ich habe ihnen angeboten, Jordan mitzunehmen", wandte sie sich an Riley.

Typisch Claire, ständig kümmerte sie sich um andere. „Nun, dann fahr bitte vorsichtig. Es hat zu schneien begonnen. Ich hatte ganz vergessen, wie schön der Frühling in den Rockies sein kann."

„Ich habe Allradantrieb."

„Allradantrieb bringt bei Glatteis gar nichts", erwiderte er, doch bevor sie noch etwas entgegnen konnte, klingelte sein Handy.

„Entschuldige, Claire, das ist wichtig."

Schulterzuckend fuhr sie fort, den Jungs in Jacken und Handschuhe zu helfen.

„Ja, Chief", legte Tammy los. „Ich habe gerade einen Anruf von Harry Lange bekommen. In der Silver Strike Road wird vermutlich gerade in ein Ferienhaus eingebrochen. Er sagte, die Besitzer hätten ihm erzählt, dass sie erst im Juni wieder zurückkommen wollen, aber jetzt hat er Licht bemerkt. Er denkt, dass es sich um Jugendliche handelt. Und stellen Sie sich vor: Harry meint außerdem, dass sie einen dunklen großen Pick-up fahren, so wie er auch bei den anderen Einbrüchen gesehen wurde."

„Hat er das Kennzeichen?"

„Nein. Aufgrund der Entfernung konnte er das Nummernschild nicht erkennen, und näher rangehen möchte er nicht. Was soll ich tun? Jess ist gerade bei einer Familienstreitigkeit drüben in der Claimjumper-Wohnanlage, und Marty kümmert sich um einen Blechschaden in der Highland Road. Soll ich einen von ihnen zurückrufen oder das Sheriff Department bitten, sich darum zu kümmern?"

„Ich kann schneller da sein als jeder andere. Lassen Sie den Sheriff ein paar Leute zur Verstärkung schicken, nur für den Fall."

„In Ordnung, Chief."

Und schon hielt er auf den Ausgang zu. „Sorry", rief er über die Schulter. „Ein Notfall."

Er konnte nicht sagen, welche Augen größer waren, Claires oder die der Kinder.

„Schnappst du jetzt die Typen, die den Computer meiner Mom geklaut haben?", fragte Owen.

„Das habe ich vor."

Dann warf er Claire noch ein letztes, entschuldigendes Lächeln zu und stürmte hinaus. Kaum eine Minute später fuhr er vom Schulparkplatz und raste Richtung Canyon Road östlich des Silver Strike Reservoirs.

Dicke Schneeflocken wirbelten durch die Luft, herzlich willkommen in den Rockies. Zumindest herrschte wenig Verkehr auf den Straßen. Er war noch zwei Meilen von Harry Langes Haus entfernt, da knisterte Tammys Stimme aus dem Funkgerät. „Chief, die Verdächtigen haben offenbar das Grundstück verlassen und sind jetzt auf der Silver Strike Road Richtung Stadt unterwegs."

Was nichts anderes bedeutete, als dass sie ihm direkt entgegenfuhren. Er hatte also gute Chancen, sie mit der Beute zu kriegen und somit mit den anderen Einbrüchen in Verbindung bringen zu können.

„Zehn-vier, Tammy."

Er drehte um, dankbar für all die Jahre, in denen er über diese steilen Bergstraßen gekurvt war. Dies hier war der einzige Weg, der zum Silver Strike Canyon führte und in einer Sackgasse beim Ski-resort endete. Die Verdächtigen mussten also irgendwann auf ihrem Weg zurück in die Stadt an ihm vorbeikommen.

Er bog in eine Parkbucht, hielt unter einer großen Kiefer, schaltete Motor und Licht aus und begann, in der Kälte zu warten.

Normalerweise hasste er es zu warten. Diese Ungeduld war wohl die logische Konsequenz aus seiner Vergangenheit als jüngstes von sechs Kindern und dazu einziger Junge in einem Haus mit nur zwei kleinen Badezimmern. Es kam ihm so vor, als ob er einen Großteil seiner Kindheit damit verbracht hätte zu warten, während jemand stundenlang sein Haar föhnte oder in der Badewanne lag oder einen Roman schrieb oder was, zum Teufel, die sonst da immer getan hatten.

Auf das Erscheinen von Tatverdächtigen zu warten war allerdings etwas ganz anderes, das machte ihm nichts aus. Im Gegenteil.

Viel Zeit, die Vorfreude auszukosten, blieb ihm nicht. Nur ein paar Minuten waren vergangen, als er das Röhren eines starken Motors in der kalten Nacht hörte und dann ein dunkler Pick-up an ihm vorbei-preschte, schnell genug, dass er zumindest einen Strafzettel ausstellen konnte, falls doch kein anderes Delikt vorliegen sollte.

Er wartete, bis der Wagen um die nächste Kurve war, bevor er ihm folgte. Obwohl der Schneefall heftiger geworden war, konnte er das Fahrzeug klar erkennen, einen höher gelegten Dodge Ram mit Überrollbügel. Er gab das Kennzeichen per Funk durch.

„Verstanden, Chief. Das Auto ist zugelassen auf … ähm, Bürger-meister Beaumont."

Oh, Mist. Riley überlegte angestrengt. Den Bürgermeister und seine Frau hatte er gerade erst beim Spring Fling getroffen, von denen konnte also keiner hinter dem Steuer sitzen. Was, wenn der Pick-up gestohlen worden war?

„Die Beaumonts haben doch einen Sohn, oder?"

„Ja. Charlie. Siebzehn oder so, ziemlich wilder Bursche, wie meine Töchter behaupten."

*Charlie, du steckst in ernsten Schwierigkeiten.* Er war nun nahe genug an dem Fahrzeug, um den kleinen Mistkerl zu stoppen. Er schaltete das Blaulicht an und beschleunigte.

Kurz dachte er, es würde einfach werden. Nach wenigen Sekunden bremste der Pick-up auf vierzig Stundenkilometer ab, und Riley konzentrierte sich mehr auf die schneebedeckte Straße als auf das Adrenalin, das durch seine Venen pumpte.

Zwar hielt der Dogde nicht an, doch Riley vermutete, dass Charlie Beaumont auf dieser engen Straße mit den Bergen rechts und dem Abhang links nur nach einer guten Stelle zum Halten suchte. Nach etwa zwei Minuten schoss der Wagen mit einem Mal nach vorn und begann auf der eisigen Straße zu schlingern.

Verdammt. Der Idiot wollte abhauen. Bei den Straßenverhältnissen.

Er beschleunigte nun auch und griff nach dem Funkgerät. „Der Verdächtige versucht zu fliehen. Nehme Verfolgung auf. Brauche Verstärkung. Wo sind die Leute vom Sheriff's Department?"

Eine Männerstimme, die er nicht kannte, antwortete: „Kurz vor dem Silver Strike Canyon, Boss."

„Baut eine Straßensperre an der Mündung des Canyons auf. Niemand darf rein oder raus."

In diesem Moment sah er aus der anderen Richtung Scheinwerfer auf sich zukommen. Sein Magen verkrampfte sich. Zu spät für eine Straßensperre, verflucht noch mal. Es kam ihm schon jemand entgegen. Und wahrscheinlich nicht nur ein Fahrzeug.

Sosehr er den kleinen Mistkerl schnappen wollte – auch wenn sein Vater ein mächtiger Mann war –, ging die Sicherheit der anderen Straßenteilnehmer vor. Er musste die Verfolgung einstellen, damit niemand zu Schaden kam, und einfach hoffen, dass die angeforderten Polizisten die Straßensperre rechtzeitig aufstellen würden. Doch selbst wenn Charlie Beaumont irgendwie entwischte, wusste Riley ja, wo er ihn finden konnte.

Riley stellte das Blaulicht ab, damit der Junge wusste, dass er die Verfolgung aufgegeben hatte. Aber das schien den Fahrer – aufgepeitscht von Adrenalin und was sonst noch – nicht zu interessieren. Der Wagen fuhr noch immer gefährlich schnell auf der kurvigen, dunklen Bergstraße.

Und dann geschah alles auf einmal. In der nächsten Kurve kam Charlie auf die andere Fahrbahn ab. Riley sah, wie der entgegenkommende Fahrer wie wild aufblinkte und das Auto an den Straßenrand lenkte, um einem Zusammenstoß auszuweichen. Riley hielt die Luft an. Eine Sekunde lang dachte er, das andere Fahrzeug würde es noch zurück auf die Straße schaffen, doch dann hatte er nicht einmal mehr

Zeit für ein Stoßgebet, denn der Wagen raste durch eine Lücke in der Leitplanke.

„Oh Scheiße, oh Scheiße, oh *Scheiße*!"

Riley bremste scharf ab, spürte, wie die Räder durchdrehten und sein Auto ins Schleudern geriet. Nachdem er die Kontrolle zurückgewonnen hatte, stellte er fest, dass Charlie Beaumonts Pick-up nirgendwo mehr zu sehen war. Wie hatte er so schnell entkommen können?

Er riss das Funkgerät zu sich und forderte einen Rettungswagen an, schrie, dass ein Auto ins Wasser gestürzt war. Ohne noch auf eine Antwort zu warten, schnappte er sich die wasserfeste Taschenlampe und ein Brecheisen aus dem Kofferraum, dann stürzte er zum Rand des Abhangs.

Die Kälte ließ seine Haut brennen, während er das dunkle Wasser mit Blicken absuchte. Schließlich erfasste der Strahl seiner Taschenlampe einen Wagen ungefähr fünf Meter vom Ufer entfernt. Es hatte sich nicht überschlagen, was ein gutes Zeichen war, allerdings war die Fahrerseite bedenklich zur Seite geneigt, ein Teil der Windschutzscheibe befand sich bereits unter Wasser.

Riley rutschte den Abhang hinunter und war schon fast unten angekommen, da hörte er über sich Stimmen, die bei dem Wind kaum zu verstehen waren.

„Was kann ich tun?", rief ein Mann von der Straße aus. „Soll ich Hilfe rufen?"

Er erkannte die Stimme nicht und konnte von hier unten auch nicht das Gesicht sehen. „Das habe ich schon", schrie er zurück. „Halten Sie nach dem Rettungswagen Ausschau, und zeigen Sie ihm den Weg."

Bevor er nicht die Lage abschätzen konnte, wollte er keinen weiteren Zivilisten bei sich haben, um den er sich Sorgen machen musste.

„Soll ich nach den anderen sehen?"

Riley, der gerade seine Taschenlampe in den Hosenbund steckte und sein Pistolenhalfter abschnallte, hielt mitten in der Bewegung inne.

„Den anderen?"

„Ja. Dieser Pick-up. Er ist hinter der Kurve gegen einen Baum geprallt."

Rileys Kehle schnürte sich zusammen. Er war so damit beschäftigt gewesen, voller Entsetzen zu beobachten, wie dieses Auto hier ins Wasser gesegelt war, dass er von dem Unfall des anderen Wagens nichts mitbekommen hatte.

Einen Moment lang wusste er nicht, was er tun sollte, dann zerrte er sich den zweiten Stiefel vom Fuß. Seinetwegen konnten der oder die anderen verrotten, während sie auf Hilfe warteten. Wenn Charlie Beaumont nicht so ein verdammter Idiot gewesen wäre, wäre nichts von alldem geschehen. Seiner Ansicht nach standen unschuldige Opfer ganz oben auf der Rettungsliste.

„Ja, machen Sie das", antwortete er dem Mann, den er nun als Harry Lange erkannte. Wobei er sich fragte, warum der reichste Mann der Stadt Einbrechern im Nachbarhaus hinterherspionierte und mitten in der Nacht bei einem Verkehrsunfall auftauchte. „Funktioniert Ihr Handy da oben?"

„Nicht einwandfrei, aber ich kann es versuchen."

„Rufen Sie Neun-Eins-Eins an, und sagen Sie, dass wir es jetzt mit zwei Unfällen zu tun haben. Wir brauchen alle verfügbaren Kräfte hier oben."

„Verstanden."

Die Wageninsassen mussten gerettet werden, und er hatte schon viel zu viel Zeit verloren. Also blieb ihm nichts anderes übrig, als darauf zu vertrauen, dass Lange die Notrufzentrale erreichen würde. Er holte einmal tief und langsam Luft, versuchte, sich gegen die Kälte zu stählen, und stieg ins Wasser.

Ein Schock jagte durch seinen ganzen Körper, es war, als ob Eisblöcke seine Füße und Waden umschlossen. Er ignorierte den Schmerz und watete weiter.

Nach ein paar Metern hatte das erbarmungslos kalte Wasser seine Hüfte erreicht. Schnee und Wind peitschten um ihn, jeder Atemzug schien in seine Lungen zu schneiden. Er war sich der bitteren Kälte zwar bewusst, konzentrierte sich aber auf das, was zu tun war.

„Hilfe. Bitte, wir brauchen Hilfe!"

Der verzweifelte Schrei ließ ihn heftiger zusammenzucken als die Kälte. Es handelte sich um eine Kinderstimme, ein junges Mädchen vielleicht, nass, durchgefroren, wahrscheinlich verletzt.

Kinder. Verdammt noch mal.

„Ich komme. Ich bin gleich da."

Im milchigen Mondlicht konnte er jetzt sehen, dass es sich um einen kleinen Geländewagen handelte, einen Toyota wahrscheinlich. Er konnte ein paar Köpfe ausmachen und hörte jetzt auch weitere Kinderstimmen. Er versuchte, noch schneller voranzukommen, dann tauchte er einfach unter und schwamm die letzten Meter.

Mit eisigen Händen zog er die Taschenlampe aus dem Hosenbund und leuchtete durch die Windschutzscheibe. Jemand lag zusammengesunken über dem Lenkrad und dem ausgelösten Airbag. Als er den Lichtstrahl auf den Rücksitz richtete, entdeckte er drei blasse Gesichter mit ängstlichen Augen, die ihn anstarrten.

Er versuchte, die Tür zu öffnen, doch die ließ sich wegen des Wassers nicht bewegen. „Könnt ihr das Fenster öffnen?", brüllte er.

„Nein, die funktionieren nicht."

Elektrische Fenster waren natürlich nicht gerade hilfreich, wenn die Autobatterie im Wasser schwamm. Er nahm das Brecheisen in die Hand. „Ihr müsst weg vom Fenster und eure Gesichter mit den Händen schützen. Ich werde jetzt das Fenster einschlagen, okay?"

„Okay."

„Seid ihr so weit?"

„Ja."

Er hieb mit dem Brecheisen ins Fenster und wischte dann mit dem nassen Ärmel die Scherben weg.

„Ich dachte, uns hätte niemand gesehen. Und dass wir die ganze Nacht hierbleiben müssen", presste das Mädchen weinend hervor. Ihm kam die Stimme bekannt vor, doch er konnte das Gesicht nicht richtig erkennen. Als er die Taschenlampe auf sie richtete, um nach möglichen Verletzungen zu sehen, erstarrte er.

Macy Bradford.

Das andere Kind, das sie an sich gedrückt hielt, war Owen, daneben hockte der rothaarige, sommersprossige Junge. Jordie oder so.

Er starrte zu der bewegungslosen Frau im Vordersitz. „Claire? Claire. Honey? Antworte mir."

Sie sagte nichts, er vernahm allerdings ein leises Stöhnen. Hastig fühlte er ihren Puls. Er war schwach, aber regelmäßig. Am liebsten hätte er sie genauer untersucht, doch jetzt musste er erst einmal die verängstigten Kinder aus dem Wasser ziehen und an Land bringen, wo bereits weitere Leute den Abhang herunterkletterten.

„Seid ihr verletzt?"

„Mir ist kalt. Ich habe einen Schnitt im Gesicht", antwortete Jordie schluchzend. „Und meine Schulter tut weh."

„Mein Arm", stieß Owen wimmernd aus. „Ich glaube, er ist gebrochen."

„Ich bin okay", behauptete Macy zwar, dennoch war Riley sich ziemlich sicher, dass sie log. Er konnte nicht auf die Sanitäter warten, die vielleicht noch eine Viertelstunde oder länger brauchen würden, außerdem hatte er keine Ahnung, wie es bei dem anderen Unfall aussah.

Er musste seinem Bauchgefühl vertrauen und alles vergessen, was er je gelernt hatte ... zum Beispiel, dass Verletzte nicht bewegt werden durften. Doch jetzt hatte er keine andere Wahl.

„Macy, ich werde erst die Jungs an Land bringen, und dann komme ich zurück, um dich zu holen, okay? Dort drüben sind Leute, die euch zur Straße hinaufhelfen und aufwärmen. Verstehst du?"

„Ist meine Mom okay?" Ihre Stimme zitterte vor Angst, und seine Brust zog sich schmerzhaft zusammen.

„Ich verspreche dir, dass ich alles tun werde, damit ihr geholfen wird. Warte, bis ich mich um die Jungs gekümmert habe. Und während ich weg bin, sprich mit deiner Mom, okay? Seid ihr bereit, Jungs?"

„Mhm." Owen glitt schniefend über den Sitz, Riley legte ihn sich über die Schulter und nahm dann so vorsichtig wie möglich den anderen Jungen unter den Arm.

Der Weg zurück im Mondlicht mit den wirbelnden Schneeflocken erschien ihm geradezu surreal. Einmal wäre er beinahe gestolpert, konnte aber gerade noch das Gleichgewicht halten. Als er fast an Land war, rannten ihm ein paar Leute entgegen und nahmen ihm die beiden Jungs ab.

„Meine Frau ist Krankenschwester", erklärte der Mann, der Jordie hochhob. „Sie wartet am Ufer."

„Ich schätze, sie müssen sich vor allem aufwärmen. Er hier hat Schmerzen im Arm, und der andere sagt, dass seine Schulter wehtut."

Zwei Männer trugen die Jungen ans Ufer, der dritte wandte sich Riley zu. „Ist da noch jemand drin?"

Nun erst bemerkte Riley, dass er fast noch ein Junge war. „Zwei weitere Personen, eine mit unbekannten Verletzungen."

„Ich helfe Ihnen."

Er wollte niemanden sonst in Gefahr bringen, aber dieser Junge sah kräftig aus, muskulös wie eine Bulldogge. Wahrscheinlich der Sohn eines Farmers, der von Kindesbeinen an Heuballen gewogen und mit jungen Stieren gekämpft hatte. „Sehr gut. Wenn du das Mädchen aus dem Wasser holen kannst, kümmere ich mich um dessen Mom."

Riley konnte schon seit einiger Zeit seine Füße nicht mehr spüren. Der Schnee fiel noch heftiger, der Wind peitschte über das Wasser und zerrte an seinen nassen Kleidern. Es war ihm egal. Claire brauchte seine Hilfe.

„Wie ist dein Name, Junge?", fragte er, nachdem sie sich auf den Weg gemacht hatten.

„Joe Redmond."

Was für ein Zufall. Redmond war zwar ein gängiger Name in dieser Gegend, aber er war sicher, dass der Junge irgendwie mit Lisa verwandt war, seiner ehemaligen Freundin.

Sobald sie den Wagen erreicht hatten, leuchtete Riley auf den Rücksitz. Der Junge rief erstaunt: „Mace, bist du das?"

„Ja. Hey, Joey."

„Wie geht es deiner Mom?", fragte Riley.

„Ich glaube, sie kommt langsam zu Bewusstsein. Ich habe versucht, sie zum Sprechen zu bringen, und sie hat ein paar Mal gestöhnt."

„Das hast du gut gemacht, Schatz. Ich kümmere mich jetzt um sie. Joe, bist du sicher, dass du Macy tragen kannst?"

„Aber klar. Komm schon, Kleine."

Riley wartete noch, bis Macy sicher in Joeys Armen lag, bevor er seine ganze Aufmerksamkeit auf Claire richtete. „Claire? Liebling, kannst du mich hören?"

Sie stöhnte wieder, ein ermutigendes Zeichen.

„Ich muss noch ein Fenster einschlagen. Erst werde ich dein Gesicht abdecken, okay?" Er konnte nur hoffen, dass sie ihn verstand und nicht etwa das Gefühl bekam zu ersticken. Nachdem er ihr Gesicht mit ihrem Schal geschützt hatte, watete er um das Auto herum. Dieses Fenster war schon gesplittert, er brauchte nur einen Schlag, um es komplett zu zerschmettern. So wie das Fahrzeug sich zur Seite neigte, ging er davon aus, dass es auf der Fahrerseite gelandet war. Ihr Körper hatte den Großteil des Aufpralls abbekommen, somit war sie sicherlich schwerer verletzt als die Kinder auf dem Rücksitz.

Im Wagen war das Wasser schon bis zu ihrer Hüfte gestiegen, sie zitterte unkontrolliert. Schuldgefühle ließen ihn erschauern, schlimmer als das eisige Wasser. Niemals hätte er bei diesen Wetterverhältnissen diese Verfolgungsjagd beginnen dürfen. Die Straßensperre hätte genügt, um das Fluchtauto aufzuhalten.

Als er den Schal von ihrem Gesicht nahm, blinzelte sie ihn an, der Anblick ihrer erweiterten Pupillen und ihrer Blässe versetzte ihm einen schmerzhaften Stich ins Herz.

„Kalt", stöhnte sie.

„Ich weiß, Honey. Ich hole dich hier raus, sobald ich weiß, wie ich dich am besten bewegen kann. Wo hast du Schmerzen?"

Als sie die Augen schloss, sah er, dass Blut von ihrer Schläfe tropfte.

„Was … ist geschehen?"

„Ein Unfall. Du bist von der Straße abgekommen, um einen Frontalzusammenstoß zu vermeiden. Wahrscheinlich hast du deinen Kindern das Leben gerettet." Er zerrte den schlaffen Airbag zur Seite und hantierte an ihrem Sicherheitsgurt herum.

Eine Sekunde später öffnete sie die Augen und begann, sich fieberhaft zu bewegen. „Meine Kinder?"

„Halt still. Ihnen geht es gut. Ein paar Schrammen, aber sie sind schon an Land und wärmen sich gerade auf. Nichts passiert."

Sie sank zurück in den Sitz. Sein Funkgerät quäkte, mit steifen Fingern drehte er die Lautstärke herunter, damit er mit ihr sprechen konnte.

„Wo tut es weh, Claire?", fragte er wieder, strenger diesmal.

„Beine. Handgelenke. Ähm, Kopf. Alles." Das letzte Wort war nur noch ein Wimmern.

„Ich möchte, dass du dich nicht bewegst, bis wir eine Trage hier haben. Der Rettungswagen muss jeden Moment kommen. Wir müssen einfach noch kurz warten."

„Meine Kinder. Ich muss zu meinen Kindern."

„Denen geht es gut. Sie sind in Sicherheit."

„Versprich es mir. Versprich mir, dass du dich um sie kümmerst."

„Ich bleibe hier bei dir, bis wir dich aus dem Wasser haben. Dann kümmere ich mich um sie." Er strich mit einer Hand über ihr Haar, Blut quoll aus einem Schnitt auf ihrer Stirn. „Halt einfach durch, Liebling."

„Das ist langsam nicht mehr lustig."

Trotz allem hätte er beinahe gelacht, obwohl ihm noch nie im Leben so verdammt kalt gewesen war. Außerdem raubten ihm die Schuldgefühle beinahe die Luft zum Atmen. „Nein, könnte ich auch nicht behaupten. Schätze, das soll es auch nicht sein."

„Erst mein Laden, jetzt das."

„Ich weiß. Du hattest einen ziemlich harten Tag. Wahrscheinlich den härtesten überhaupt."

„Bescheuertes Horoskop", murmelte sie aus irgendeinem Grund, den er nicht verstand. Er hätte sie ja gefragt, aber im Moment zählte nur eines: sie in Sicherheit zu bringen.

# 4. Kapitel

Wo, zum Teufel, blieben die Sanitäter?

Riley starrte hinauf zur Straße, wo kein Blaulicht zu sehen war – außer seinem eigenen. Er konnte erkennen, dass die Kinder versorgt wurden, aber der Rettungswagen war nirgends in Sicht. Wenn die Notärzte von Hope's Crossing so langsam auf einen Notruf reagierten, musste er mit dem Feuerwehrchef wohl mal ein ernstes Wörtchen reden.

„K...kalt", wimmerte Claire.

„Ich weiß, Schatz. Halte durch." Er wickelte die Decke noch fester um sie. Langsam wurde es eng. Je länger sie bei den eisigen Temperaturen hier draußen waren, desto größer die Gefahr einer Hypothermie.

Er hatte ganz vergessen, wie bitterkalt Frühjahrsstürme in den hohen Rocky Mountains sein konnten. Es war schon fast Ende April, Herrgott noch mal, dennoch musste die Temperatur minus fünf Grad betragen, und der Wind machte es nur noch schlimmer.

Claire verlor immer wieder das Bewusstsein, die Wunde über ihrer linken Schläfe blutete heftig. Sie musste verdammt noch mal schnell aus dem Wasser. Alles in ihm schrie danach, sie in die Arme zu nehmen und in Sicherheit zu bringen, es machte ihn schier verrückt, nur hilflos herumzustehen. Doch er durfte nicht riskieren, ihr noch weitere Verletzungen zuzufügen. Das Beste, das Einzige, was er tun konnte, war, ihr gut zuzureden, bis die Rettungssanitäter mit der Trage auftauchten, um sie aus dem Wasser zu holen.

Er drückte ihren Schal gegen die Wunde. „Claire, Liebes, du musst bei mir bleiben. Nur noch ein paar Minuten, das ist alles."

Sie stöhnte leise, und er strich ihr erneut das Haar aus der Stirn. „Ich weiß, Liebling, ich bringe dich hier raus. Nur noch einen Moment."

Er musste daran denken, wie strahlend und schön sie vorhin noch ausgesehen hatte, trotz des Schocks über den Einbruch. Sie jetzt so zu sehen – verängstigt und verletzt – brach ihm fast das Herz.

Sie wurde wieder ohnmächtig. Es war wichtig, sie wach zu halten.

„Claire! Claire!"

Widerwillig öffnete sie die Augen.

„Erzähl mir was über *String Fever*."

„Mein Laden."

„Ich weiß. Ich war heute dort, schon vergessen? Ich hätte nie gedacht, dass du mal einen Schmuckladen aufmachst. Ich habe geglaubt, du würdest Lehrerin werden wie meine Mutter. Hast du das nicht studiert?"

Sie nickte schwach. „Ich habe ein paar Jahre unterrichtet. Dritte Klasse. Als ... Macy ... klein war."

„Wie bist du dann darauf gekommen, ein eigenes Geschäft zu eröffnen?" Eigentlich interessierte es ihn nicht allzu sehr – okay, wenn er ehrlich war, fand er so ziemlich alles, was sie betraf, unerwartet faszinierend – aber vor allem musste er es schaffen, dass sie immer weitersprach.

Seine Taktik ging auf. Ihre Augen wurden etwas klarer, vielleicht schimmerte in ihnen sogar ein wenig Stolz. „Habe für Katherine Thorne gearbeitet ... vor der ... Scheidung. Nicht wegen des Geldes ... nur zum Spaß. Nachdem Jeff mich verlassen hat ... fragte sie mich ... ob ich ihren Laden kaufen wollte."

Das Bild von Katherine Thorne stieg vor seinem inneren Auge auf, dieses sechsundsechzig Jahre alte, ein Meter fünfzig große und vierundvierzig Kilo leichte Energiebündel. Trotz ihrer kleinen, zierlichen Statur verfügte sie über einen eisernen Willen. Hatte Katherine ihren Laden wirklich verkaufen wollen, oder war das nur ihre Art gewesen, der frisch geschiedenen Claire Halt zu bieten? So großzügig wie Katherine war, hätte ihn das nicht gewundert.

Auch hatte er Claires Formulierung sehr genau mitbekommen. *Nachdem Jeff mich verlassen hat.* Er hatte angenommen, dass die Trennung in beiderseitigem Einvernehmen gewesen war. Doch offenbar sah Claire das – zumindest unbewusst – anders.

Selbst jetzt, wo er sich eigentlich auf nichts anderes konzentrieren wollte als auf Claires Rettung, fragte er sich, wie ein Mann so dumm sein konnte, eine Frau wie Claire für irgendeine zwanzigjährige Tussi sitzen zu lassen. Und im Moment konnte er nicht sagen, auf wen er wütender war. Auf Jeff Bradford oder auf diesen blöden kleinen Mistkerl, der diesen Unfall verursacht hatte.

Wieder schlossen sich ihre Augenlider zitternd. Er fluchte leise.

Wo, zum Teufel, blieb der Rettungsdienst?

„Macht es Spaß, Geschäftsfrau zu sein?"

„W…was?“

„Dein Laden. Arbeitest du gern?“

*„In meinen Laden wurde eingebrochen.“*

Es gefiel ihm nicht, wie wirr sie klang. „Ich weiß. Das Gute ist aber, dass ich jetzt ziemlich sicher weiß, wer es war.“

Lieber tausende ungelöste Fälle als das hier, dachte er, und dann begann er sich wieder Vorwürfe wegen der Verfolgungsjagd zu machen, bis er in der Dunkelheit endlich die blinkenden Lichter eines Rettungswagens entdeckte.

Durch den dicht fallenden Schnee beobachtete Riley ungeduldig, wie die Sanitäter mit einer Trage den Abhang hinunterkamen, und redete irgendwelchen Unsinn auf Claire ein. Was genau, hätte er selbst nicht sagen können. Irgendwas von wegen, dass seine Mom und seine Schwestern ihn wahrscheinlich umbringen würden, weil er Claire so lange in dem eisigen Wasser liegen ließ, und über das Haus, das er in ihrer Straße gemietet hatte, und über einen Urlaubstrip in die Wärme, wenn das hier vorbei war. Und dann endlich wateten die Sanitäter in Taucheranzügen durch das eiskalte Wasser auf sie zu.

„Wird verdammt noch mal auch Zeit“, brummte er. „Wart ihr erst noch einen Kaffee trinken?“

„Sorry, Chief.“ Der erste Rettungsassistent sah aus wie ein Kind mit dem blond gesträhnten Haar und der waschbärartigen Skibrillenbräune eines eingefleischten Ski- oder Snowboardfahrers.

„Es dauerte eine Weile, bis wir an dem anderen Unfall vorbeikamen“, erklärte ein älterer Sanitäter mit einem buschigen dunklen Schnauzbart. „Was haben wir hier?“

Riley schob seinen Ärger zur Seite. „Frau, sechsunddreißig Jahre, wahrscheinliche Kopf-, Arm- und Beinverletzungen. Steht unter Schock. Gefahr von Hypothermie natürlich. Sie wurde in den letzten zehn Minuten immer wieder ohnmächtig. Da ich ihre Verletzungen nicht richtig sehen kann, wollte ich sie ohne Trage nicht bewegen. Aber wenn ihr noch etwas länger gebraucht hättet, wäre mir wohl nichts anderes übrig geblieben.“

„Jetzt sind wir da.“ Der Mann schaute ins Innere des Wagens, seine Augen weiteten sich.

„Hey, Claire.“

Sie blickte ihn an, und dann begriff Riley, warum der Mann ihm bekannt vorgekommen war. Er handelte sich um ihren Cousin, Doug Van Duran, ein paar Jahre jünger als er.

„Hey, Dougie."

„Da steckst du ja ganz schön in Schwierigkeiten, Claire."

„Ja." Ihr Blick war starr vor Angst und Verwirrung, als die Rettungshelfer mit ihren starken Taschenlampen in den Wagen leuchteten. „Meine Kinder?"

„Denen geht's gut", erklärte Riley wieder. „Weißt du noch, ich habe dir gesagt, dass wir sie an Land gebracht haben. Entspann dich jetzt einfach, und lass die Männer ihre Arbeit erledigen."

Er musste zugeben, dass die Sanitäter genau wussten, was zu tun war. Er stand daneben, beobachtete, wie sie Claires Verletzungen abschätzten, ihren Hals und Rücken stabilisierten und sie dann vorsichtig aus dem Wagen zogen.

„Wir haben hier alles im Griff, Chief, Sie sollten jetzt zu dem anderen Unfall", sagte Van Duran nach einem Moment.

„Ich bleibe, bis Claire und die Kinder in Sicherheit sind. Dann kümmere ich mich um den anderen Fall."

Doug warf ihm einen wachsamen Blick zu. „Sind Sie sicher? Ich meine, Claires Verletzungen sind ziemlich übel, aber nicht lebensgefährlich, und ihre Kinder haben nur ein paar Schrammen abbekommen."

„Ja. Und?"

„Ich meine ja nur, dass der andere Unfall sehr hässlich war. Ein Toter, zwei Schwerverletzte. Der Sheriff hat einen Hubschrauber angefordert."

Ein Toter. Verdammt. Er schloss die Augen. Wie viele Jugendliche waren in dem Pick-up gewesen? Okay, es handelte sich bei ihnen vermutlich um Einbrecher, und sie waren dumm genug gewesen, zu fliehen, statt sich zu stellen, dennoch verdiente es niemand, wegen ein paar idiotischer Entscheidungen zu sterben.

„Wir können auf jeden Fall noch jemanden brauchen, der uns hilft, sie aus dem Wasser zu tragen. Doch wir schaffen das ohne Sie, wenn Sie lieber zu dem anderen Unfall wollen."

Natürlich war es seine Aufgabe, an einem Unfallort mit Todesfolge in seinem Zuständigkeitsbereich zu sein, vor allem nachdem er selbst in die Sache verwickelt war, trotzdem konnte er Claire jetzt nicht allein lassen. Noch nicht.

„Nein, wir bringen Claire erst zum Rettungswagen. Ich habe ihr und den Kindern versprochen, bei ihr zu bleiben."

Es schien noch immer eine Ewigkeit zu dauern, bevor Claire

endlich auf der Trage lag und sie an Land gebracht werden konnte. Am schwierigsten war es, sie unbeschadet den schneebedeckten, rutschigen Hügel bis zur Straße hinaufzumanövrieren. Sobald sie endlich oben angekommen waren, sprang Macy Bradford aus einem Auto, ihr Gesicht weiß und ängstlich in dem schneegefilterten Licht der Scheinwerfer, den Blick auf Claire geheftet.

„Mom!", schrie sie.

Claires Augenlider flatterten. „Macy. Mein tapferes Mädchen."

„Bist du okay?"

„Das werde ich sein. Und du und Owen und Jordie?"

„Mir geht's gut. Uns geht's gut. Man wollte uns ins Krankenhaus fahren, aber ich … wir wollten auf dich warten."

Claire war durch die Hölle gegangen, sie blutete und hatte Schmerzen. Als sie trotzdem ein Lächeln zustande brachte und nach der Hand ihrer Tochter griff, da fuhr ein scharfer Schmerz in Rileys Brust.

„Wir müssen jetzt los", sagte Claires Cousin Doug, nicht unfreundlich, dann schoben sie die Trage in den Rettungswagen.

Ohne Vorwarnung brach Macy in dem Moment, in dem die Türen sich hinter ihrer Mutter geschlossen hatten, in lautes Schluchzen aus. Riley, erschöpft und klitschnass, legte tröstend eine Hand auf ihre Schulter. „Ihr geht es gut, hörst du? Ihr geht es gut."

Das Mädchen atmete zitternd ein. „Ich hatte solche Angst."

„Ich weiß, Schätzchen. Du warst wirklich toll. Aber jetzt müssen wir dich und die Jungs ins Krankenhaus schaffen. Ich werde sehen, ob ich noch einen Rettungswagen für euch auftreiben kann."

„Wir haben die Jungs aufgewärmt. Sollen wir vielleicht die Kinder in die Klinik bringen?"

Als Riley aufschaute, erkannte er die Frau, die er zuvor schon am Ufer gesehen hatte, neben dem Jungen, den er gebeten hatte, Macy an Land zu ziehen. „Ich bin Barbara Redmond. Ich arbeite in der Notaufnahme des Krankenhauses."

Riley überlegte kurz. Wenn der andere Unfall wirklich so schlimm war, wie die Sanitäter angedeutet hatten, konnte es eine Weile dauern, bis ein weiteres Rettungsteam kam. Es war besser, die Kinder mit einem Privatwagen in die Notaufnahme zu bringen.

„Danke. Das würde sehr helfen."

Die Leute von Hope's Crossing hielten in Krisensituationen zusammen, jeder bot seine Hilfe an. Das hatte er beinahe vergessen.

In manchen Gegenden in Oakland konnte es gut sein, dass Unfallopfern nicht nur nicht geholfen, sondern auch noch die Taschen geleert wurden.

Riley wartete, bis die Kinder sicher im Wagen saßen. Kurz darauf hielt das braun-weiße Fahrzeug des Sheriffs neben ihm.

Er schätzte, dass seit dem Unfall etwa eine halbe Stunde vergangen war, vielleicht eine Stunde, seit er die Grundschule verlassen hatte. Zum ersten Mal in seinem Leben verstand er, was die Leute meinten, wenn sie sagten, sie hätten in wenigen Augenblicken ein ganzes Leben gelebt. Er hatte das Gefühl, mindestens zwanzig Jahre gealtert zu sein, seit er mit seiner Schwester das Spring-Fling-Theaterstück besucht hatte.

Die Kälte drang durch seine nasse Kleidung. Riley versuchte, gegen das Zittern anzukämpfen, während er sah, wie ein Mann aus dem Fahrzeug stieg. Der Sheriff höchstpersönlich. Evan Grover.

Riley versteifte sich. Evan Grover hatte ihn schon gehasst, als Riley nur ein ständig in Schwierigkeiten steckendes Schlitzohr und Grover schon ein Polizist gewesen war, noch feucht hinter den Ohren. Soweit Riley wusste, war der Sheriff ein Unterstützer von J. D. Nyman.

Evan lief auf ihn zu, der braune Parker über seinem Bierbauch stand offen. Ihm fehlte nur noch eine Zigarre zwischen den Zähnen, und er hätte ausgesehen wie eine Imitation von Boss Hogg.

Er schüttelte den Kopf. „Verdammte Schweinerei."

Riley musste die Zähne zusammenbeißen, damit sie nicht klapperten. Auf keinen Fall wollte er dem Sheriff gegenüber Schwäche zeigen, selbst wenn er Erfrierungen an jeder einzelnen Gliedmaße haben sollte. „Kann man so sagen."

„Der andere Unfall." Der Sheriff pfiff durch die Zähne. „Nicht schön."

Ich bin Profi, rief Riley sich in Erinnerung. Cop seit vielen, vielen Jahren, und ich habe mit weitaus Schlimmerem umgehen müssen als mit einem Schmalspursheriff, der mich früher einmal auf dem Kieker hatte. „Wenn Sie das meinen. Ich habe den Unfall noch nicht gesehen, bin aber auf dem Weg dorthin, um mir einen Überblick zu verschaffen."

„Nur keine Eile. Ziehen Sie sich erst mal trockene Klamotten an. Meine Jungs und die Colorado State Patrol haben alles im Griff."

„Danke", stieß Riley hervor. „Das weiß ich zu schätzen." Zwar befanden sich diese Straße und der Canyon innerhalb von Hope's Crossings Stadtgrenzen, aber jetzt war nicht der richtige Zeitpunkt, über Zuständigkeitsbereiche zu streiten. Schon gar nicht bei einem tödlichen Unfall.

Der Sheriff war viel zu entgegenkommend, das hätte Riley gleich auffallen müssen. Aber er begriff es tatsächlich erst, als Grover fortfuhr: „Tut mir wirklich leid wegen Ihrer Nichte und allem."

Mit einem Mal schien alles in Riley zu gefrieren. Er hätte nicht gedacht, dass ihm noch kälter werden konnte als sowieso schon. „Entschuldigung, wie bitte?"

Grover starrte ihn an, fluchte dann leise. „Sie hatten keine Ahnung."

„Ich habe die letzten zwanzig Minuten in eiskaltem Wasser gestanden. Ich habe verdammt noch mal nicht den blassesten Schimmer. Wovon sprechen Sie?"

Der Sheriff sah ihn mit Bedauern an, sein großes, verwittertes Gesicht noch etwas röter als zuvor. Trotz ihrer gemeinsamen Vergangenheit lag in seinen Augen nichts als Mitgefühl.

„Dachte, Sie wüssten es schon. Die Tote bei dem anderen Unfall. Wie es heißt, handelt es sich dabei um Ihre Nichte. Die Tochter Ihrer Schwester. Die mit dem Buchladen, die mit einem Rockstar verheiratet war. Chris Parker. Tut mir leid, dass Sie es so erfahren müssen."

*Layla?* Doch nicht Layla. Er musste daran denken, wie er sie vor einer Woche beim Abendessen gesehen hatte: ihr Nasenpiercing, die ramponierten Springerstiefel und ihr wirres schwarzes Haar. Ein lustiges und kluges Mädchen, das ihn für cool hielt, weil er so lange in der Großstadt gelebt hatte.

Er sank ein wenig in sich zusammen, heftig zitternd nun, er musste sich an der offenen Autotür festhalten, um nicht umzufallen.

Er konnte nicht denken, nichts begreifen.

„Sind Sie sicher, dass sie es ist?", fragte er dann, ungläubig, dass er genauso klang wie all die Angehörigen von Opfern, denen er in den vergangenen Jahren eine solche Mitteilung überbracht hatte. Aber er musste sich an der Hoffnung festklammern, so gering sie auch sein mochte, an der erbärmlichen Hoffnung, dass es sich hierbei nur um ein schreckliches Missverständnis handelte.

„Tut mir leid, Mann. Sie ist es. Ohne Zweifel. Haben Sie die Gespräche über Funk nicht mitbekommen?"

Ihm fiel ein, dass er sein Funkgerät leise gedreht hatte. „Nein, kein Wort."

„Sie wurde hundertprozentig identifiziert. Layla Parker. Und die Sanitäter haben sie auch, ähm, erkannt."

Maura. Arme Maura. Wie sollte sie das jemals überleben? Und seine Mutter – sie hatte ihre Enkelin verloren. Seine Familie hatte schon so viel durchgemacht, wieso jetzt noch dieser unvorstellbare Verlust?

„Sie brauchen wahrscheinlich medizinische Versorgung", meinte der Sheriff nach einem Moment besorgt. „Die Rettungsassistenten sagen, dass sie die ganze Zeit in dem kalten Wasser gewesen sind."

Riley rieb sich über das Gesicht, unfähig, sich auf etwas anderes zu konzentrieren als diesen vernichtenden Schmerz. „Ich bin in Ordnung. Ich muss nur die Kleidung wechseln."

„Brauchen Sie was Trockenes zum Anziehen? Ich habe bestimmt was im Kofferraum. Wird nicht besonders passen, aber ich schätze, das spielt jetzt keine Rolle."

„Nein, ich habe selbst was dabei. Ähm, danke, Sheriff."

Grover nickte. „Sie sollten jetzt bei Ihrer Familie sein. Jemand muss es Ihrer Schwester und Ihrer Mutter beibringen. Meine Leute und die State Patrol kümmern sich um alles andere."

Er hatte recht. Verdammt, er hatte recht. Entsetzen schnürte ihm die Luft ab, als er dem Sheriff hinterherschaute, der zu seinem Wagen ging, um Absperrband sowie einen digitalen Fotoapparat herauszunehmen, um die Unfälle zu dokumentieren.

Riley hatte in seinem Berufsleben schon einige Angehörige benachrichtigen müssen. Nicht viele, aber einige. Doch nichts war mit dem hier zu vergleichen. Selbst in seinen schlimmsten Albträumen hätte er sich so ein Szenario nicht vorstellen können: seiner eigenen Schwester sagen zu müssen, dass ihre Tochter tot war, seiner Mutter, dass sie ihre Enkelin verloren hatte.

Mit steifen Gliedern stieg er in seinen Streifenwagen und startete den Motor. Luft strömte aus der Heizung, prickelte über seine nasse Haut, konnte aber den Eisklumpen in seinem Magen nicht zum Schmelzen bringen.

Er dachte an Claire und ihre Kinder, verängstigt, frierend und verletzt, und dann wieder an den unermesslichen, unvorstellbaren Schmerz, den er jetzt geliebten Menschen zufügen musste. Claire war verletzt – Layla war tot, Herrgott noch mal –, und das alles seinetwegen. Wegen ein paar kopfloser Sekunden, in denen er einen Fluchtwagen hatte stoppen wollen.

Das Gewisper, das er seit seiner Rückkehr immer wieder in der Stadt gehört hatte, schien durch seinen Kopf zu hallen. Die, die ihn nicht in Hope's Crossing haben wollten, hatten recht.

Er gehörte nicht hierher. Er hätte niemals nach Hause kommen dürfen.

Ein schreckliches Seemonster zerrte an ihren Beinen, zog sie nach unten in die schwarze, eisige Tiefe des Silver Strike Reservoirs.

Ihre Kinder. Sie musste zu ihren Kindern. Sie kämpfte mit aller Macht gegen die Kreatur an, kratzte auch noch den letzten Rest an Kraft zusammen, die Kraft einer Bärin, die ihre Jungen beschützte. Das Monster brüllte auf, Seegras drang in ihre Nase und schlang sich um ihr Gesicht. Das Monster konnte sie haben, verdammt, aber auf keinen Fall ihre *Kinder*. Claire kämpfte noch heftiger gegen den Druck an, schnappte nach Luft, rang um das Leben ihrer Kinder …

Ein Klappern und ein leises Fluchen durchdrangen ihren Albtraum, Claire blinzelte, und ihr Herz hämmerte immer noch wie wild.

Einen Moment lag war sie desorientiert, wusste nicht, weshalb sie am ganzen Körper Schmerzen hatte. Sie hatte einen metallischen Geschmack im Mund und das vage Gefühl, dass etwas Furchtbares geschehen war. Einen langen Augenblick konnte sie sich nicht daran erinnern, was.

„Oh, gut. Du bist wach."

Plötzlich tauchte übergroß das Gesicht ihrer Mutter vor ihr auf, unwillkürlich sog Claire scharf den Atem ein.

Zunächst wusste sie nicht, was so anders an ihrer Mutter war – und dann begriff sie. Zum ersten Mal, seit Claire denken konnte, trug ihre Mutter kein Make-up – nicht einmal Lippenstift, den sie sogar aufzulegen schien, wenn sie nur ins Badezimmer ging. Ruth sah eingefallen aus, die Augen rot umrandet und mit tiefen Schatten darunter.

„Die Kinder. Wo … sind sie?" Ihre Kehle war rau, sie glaubte wieder das Kitzeln von Seegras in der Nase zu spüren. Eine Nasenkanüle, wie sie erkannte. Sie lag in einem Krankenhausbett, an Monitore, Maschinen und Sauerstoff angeschlossen.

„Den Kindern geht es gut", erklärte ihre Mutter leise. „Owen hat einen gebrochenen Arm, und Macys Stirn musste genäht werden, aber davon abgesehen sind sie wohlauf. Seit dem Unfall wohnen sie bei Jeff und Holly."

Bei dem Wort Unfall brach die Erinnerung über sie herein, dieser verschneite Abend nach dem Spring Fling, aufblitzende Scheinwerfer, das panische Herumreißen des Lenkrads, um einen Zusammenprall zu verhindern …

Und dann dieser schreckliche Moment, in dem sie die Kontrolle verloren hatte, die Lücke in der Leitplanke.

„Owen hat einen Gips am Arm, und Macy wird auf der Stirn wahrscheinlich nicht einmal eine Narbe zurückbehalten."

„Jordie?"

„Hat sich eine Schulter ausgekugelt, das ist alles. Nichts gebrochen."

Claire sank ins Kissen zurück. Wie viel Zeit war seit dem Unfall vergangen? Ein paar Stunden? Sie schaute an sich herab. Ihr Bein steckte in einem Streckverband, eingegipst von den Zehen bis knapp unters Knie. Auch ihr linker Arm lag in Gips, das Violett stach lebhaft gegen die weiße Bettwäsche hervor.

„Dich hat es am schlimmsten erwischt", fuhr Ruth fort. „Sheriff Grover vermutet, dass der Wagen mit der Fahrerseite aufs Wasser aufschlug und dein Körper das meiste von dem Aufprall abbekam. Deswegen bist du so verletzt, während den Kindern weniger passiert ist."

Claire schloss die Augen und sprach ein kleines Dankesgebet. Sie konnte sich nur noch an den Bruchteil der Sekunde erinnern, der eine Ewigkeit gedauert hatte, als sie glaubte, dass sie gerade dabei war, ihre Kinder zu töten.

„Sie wollten dich unbedingt besuchen. Aber Jeff hat sie davon überzeugen können, bis morgen zu warten, bis du nach den Operationen nicht mehr so desorientiert bist."

„Operationen?"

„Nun, technisch betrachtet war es nur eine, schätze ich, weil sie gleichzeitig Schrauben in deinen Arm und deinen Fußknöchel eingesetzt haben. Da hast du dir ganz schön was eingebrockt."

Sonst hätte ihre Mutter so etwas in einem vorwurfsvollen Ton gesagt, als ob Claire sich eine hässliche Dauerwelle oder ein Augenbrauenpiercing hätte verpassen lassen. Ihr sanfter Ton ließ vermuten, dass etwas nicht stimmte.

Zudem benahm sie sich viel fürsorglicher als sonst, hatte nicht ein einziges Mal über die Schmerzen in ihren Knien gejammert oder darüber, wie unfreundlich die Krankenschwester war oder wie schlecht das Essen in der Kantine schmeckte. Was verheimlichte Ruth ihr?

Hatte sie sich das Rückgrat gebrochen oder so etwas? Sie versuchte, ihre Zehen zu bewegen, und war geradezu erleichtert, sowie flammender Schmerz ihr Bein hinaufschoss.

„Autsch."

„Vorsicht, Liebling. Versuch, dich nicht zu bewegen. Lass mich die Schwester rufen, du brauchst ein Schmerzmittel. Glaub mir."

Bevor Claire etwas dagegen einwenden konnte, hatte Ruth bereits den roten Knopf neben dem Bett gedrückt. Fast umgehend ging die Tür auf, und eine junge Krankenschwester mit kurzem blonden Haar und geblümtem Schwesternkittel kam herein.

Brooke Callahan, dachte Claire bestürzt, als sie ein Baby war, habe ich auf sie aufgepasst. Konnte dieses Mädchen wirklich alt genug sein, um legal ein Stethoskop um den Hals zu tragen?

„Hallo." Brooke lächelte süß, und sofort fühlte Claire sich hundertsechzig Jahre alt. „Ja so was, Sie sitzen ja schon und alles. Das ist super! Unglaublich, wie viel besser Sie schon aussehen als heute Morgen nach der OP!"

Dabei fühlte sie sich, als ob sie sich durch heftiges Artilleriefeuer durchgekämpft hätte. Wie schlimm musste sie wohl morgens ausgesehen haben?

„Sie sind wirklich ganz schön beliebt. Das Telefon im Schwesternzimmer klingelt ununterbrochen, weil alle möglichen Leute wissen wollen, ob sie Sie besuchen dürfen."

Sie wollte keinen Besuch. Sie wollte weder Krankenschwestern noch Ärzte noch ihre Mutter um sich haben. Sie wollte einfach nur hier liegen, die Augen schließen und dann zurückgehen in der Zeit. In Mauras Coffeeshop in der Schlange stehen, und ihre einzige Sorge wäre, ob sie für Genevieve Beaumonts Hochzeitskleid die feuerpolierten Perlen oder die Bicone-Kristalle verwenden sollte.

„Sie ist noch längst nicht bereit, Besuch zu empfangen", sagte Ruth streng, und einen Moment lang verspürte Claire den albernen Wunsch, zu widersprechen und die kleine Brooke Callahan zu bitten, jeden hereinzulassen, der es wünscht. Vor allem natürlich Macy und Owen.

„Könnte ich ein Glas Wasser haben?"

Brooke hantierte gerade an ihrer Infusionskanüle, drückte ein paar Knöpfe und lächelte dann wieder breit. „Aber selbstverständlich." Sie nahm einen großen, durchsichtigen Plastikbecher vom Rollwagen und hielt Claire den Strohhalm an die Lippen.

„Das hätte ich doch machen können", meinte Ruth. „Du hättest nur zu fragen brauchen."

Claire antwortete nichts, viel zu köstlich schmeckte das herrlich kalte Wasser.

„Im Augenblick fühlen Sie sich bestimmt schrecklich, oder?" Die sanfte Besorgnis in Brookes Stimme rührte sie auf einmal zu Tränen. Sie blinzelte sie weg, zuckte nur mit den Schultern. Sie hasste es, so hilflos zu sein. „Hatte schon bessere Tage."

„Jetzt bekommen Sie noch ein Schmerzmittel. Über die Infusion."

„Wann kann ich nach Hause?"

„Das muss Dr. Murray entscheiden. Doch ich schätze, es dauert noch mindestens ein paar Tage wegen der Kopfverletzung und der Operation."

Claire blickte ihre Mutter überrascht an. „Nicht Jeff?"

„Du weißt, dass er dich nicht operieren durfte, weil ihr verheiratet wart. Aber er hat sich immer wieder mit Jim Murray abgesprochen."

„Dr. Bradford sieht gerade nach einem anderen Patienten ein paar Zimmer weiter", sagte Brooke. „Bestimmt kann er noch schnell bei Ihnen vorbeischauen, bevor er nach Hause geht."

Brooke tippte gerade ein paar Notizen in den Computer neben dem Bett, da wurde die Tür aufgestoßen, und Jeff betrat das Zimmer. Sein Haar hatte seit einiger Zeit mindestens genauso viele blonde Strähnen wie das von Brooke, der Schnitt war jugendlich strubbelig und passte so gar nicht zu seinem grünen OP-Kittel und dem weißen Mantel.

Sie hätte schwören können, dass er sich irgendwann in den letzten Monaten Botox hatte spritzen lassen, aber er hätte sich wohl eher mit seinem eigenen Skalpell foltern lassen, als das zuzugeben.

„Hallo. Claire. Ruth. Brooke."

Brooke schenkte ihm ihr freundliches Lächeln, doch Claires Mutter blühte geradezu auf, wie immer in Jeffs Nähe. Wie es schien, betrachtete sie die Scheidung ihrer Tochter als die größte Tragödie ihres Lebens, schlimmer noch als das skandalöse Ende ihrer eigenen Ehe.

Jeff beachtete sie kaum, griff stattdessen nach Claires Krankenbericht. Als er ihn mit seinen kräftigen Finger, die sie einmal so geliebt hatte, durchblätterte, seufzte Claire auf. Sie wusste nicht, was im Moment schwerer auf ihr lastete: die Gipsverbände oder ihr eigenes Versagen.

Trotzdem war sie froh, nicht mehr mit ihm verheiratet zu sein, und zwar aus genau diesem Grund: Sie war für ihn mehr oder weniger unsichtbar geworden.

„Du hast mich nicht operiert."

Er sah auf. „Ich habe assistiert. Jim Murray war dein Chirurg. Er ist ein guter Mann. Ich habe gerade seinen Bericht gelesen."

Die beiden arbeiteten in derselben Praxis. Claire versuchte, sich an den Mann zu erinnern. Er war etwas kleiner als Jeff, hatte einen stahlgrauen Schnurrbart und freundliche Augen.

Plötzlich meldete sich der Piepser, den die Krankenschwester um den Nacken trug. Sie warf einen Blick darauf und wandte sich dann zu Jeff um. „Wenn Sie mich hier nicht brauchen, Dr. Bradford, dann muss ich mich jetzt um einen anderen Patienten kümmern."

„Danke", sagte er. Nachdem sie gegangen war, griff er nach Claires gebrochenem Arm, hob ihn an und bewegte ihre Finger. Dafür, dass er gar nicht ihr behandelnder Arzt war, führte er sich ganz schön auf.

„Wie geht es den Kindern?", fragte sie, während er seine Aufmerksamkeit auf ihren Knöchel richtete.

„Ganz gut. Ich habe gerade mit Holly telefoniert, sie sagte, dass die beiden sich den ganzen Nachmittag ausgeruht haben, selbst Owen. Sie macht Popcorn, und wenn ich nach Hause komme, wollen wir uns alle zusammen einen Film anschauen."

Claire verspürte schon wieder dieses absurde Bedürfnis loszuweinen. Noch nie hatte sie sich so sehr gewünscht, in ihrem gemütlichen Wohnzimmer auf der Couch zu liegen, an ihre Kinder gekuschelt, Popcorn zu essen und einen blöden Film zu sehen.

„Mach dir keine Sorgen um die beiden", sagte Jeff mit seiner strengen Hör-auf-mich-ich-bin-Arzt-Stimme. „Du solltest dich jetzt ganz auf dich konzentrieren."

Leider wusste sie nicht, wie das ging, und hatte es vermutlich nie gewusst.

„Das Auto. Das uns entgegengekommen ist. Hat die Polizei den Fahrer gefunden?"

Ruth und Jeff tauschten einen Blick, und Claire glaubte zu erkennen, wie ihre Mutter leicht den Kopf schüttelte. „Mach dir darüber jetzt keine Gedanken", antwortete Ruth schnell.

„Was soll das heißen?"

Sie verschwiegen ihr etwas, so viel stand fest, aber sie hatte nicht die Kraft, weiter nachzuhaken. Sie wünschte nur, sie könnte sich an mehr erinnern als die paar Sekunden vor dem Unfall und dieses schreckliche Gefühl, durch die Luft geschleudert zu werden. Und Riley McKnight. Du meine Güte. Wieso dachte sie jetzt ausgerechnet an Riley? Bruchstückhafte Erinnerungen blitzten auf. Eine sanfte Stimme, die sie tröstete, eine kalte Hand, die ihr das Haar aus dem Gesicht strich. War Riley wirklich dort gewesen, oder brachte sie da einfach etwas durcheinander?

„Wie lange werde ich hierbleiben müssen?", fragte sie Jeff.

„Das muss Dr. Murray entscheiden. Wärst du meine Patientin, dann würde ich dich wahrscheinlich noch zwei oder drei Tage hierbehalten, bis die schlimmsten Schmerzen vorüber sind und sichergestellt ist, dass durch die Kopfverletzung keine weiteren Komplikationen entstehen."

„Ich kann doch nicht vier Tage im Krankenhaus sein. Mein Laden!"

„Du wirst weitaus länger als vier Tage nicht ins *String Fever* können, Claire." Die Stimme ihrer Mutter klang schroff. „Mindestens drei oder vier Wochen. Doch keine Sorge, Evaline kümmert sich um alles."

„Dr. Murray wird das noch mit dir besprechen, aber deine Genesung wird kein Zuckerschlecken sein", sagte Jeff warnend. „Ein Knöchel ist gebrochen, der andere ist verstaucht, zu alldem noch eine Unterarmfraktur. Beweglichkeit wird dein größtes Problem sein, weil du wegen deines Arms nicht besonders gut an Krücken wirst gehen können. Du wirst Hilfe brauchen, Claire."

„Keine Sorge", mischte sich ihre Mutter ein und drückte vorsichtig ihren Arm. „Ich werde so lange bei dir wohnen und mich um alles kümmern. Du könntest in das Gästezimmer im Erdgeschoss ziehen, und ich nehme dein Zimmer."

Claire blickte zwischen den beiden hin und her und wusste nicht, wie sie reagieren sollte. Die Schmerzmittel, die Brooke in ihren Tropf gegeben hatte, begannen bereits zu wirken. Seliges Vergessen lauerte am Rande ihres Bewusstseins, lockte sie, die Augen zu schließen.

„Ruh dich jetzt aus, armes Ding", sagte Ruth. „Das ist das Beste für dich. Hab ich nicht recht, Jeff?"

„Absolut." Ihr Exmann strich sich das mit blonden Strähnen durchzogene Haar aus der Stirn, und auf seinem Gesicht zeigte sich dieses unnatürlich sanftmütige Botox-Lächeln.

Normalerweise hätte sie mit aller Kraft gegen den Schlaf ange-kämpft, doch in diesem Moment schien ihr sogar ein Kampf mit einer mystischen Wasserkreatur verlockender als die Vorstellung, in den nächsten Wochen mit ihrer Mutter zusammenleben zu müssen.

Darüber würde sie sich später Gedanken machen. Solange es ihren Kindern gut ging, konnte sie mit allem zurechtkommen.

# 5. Kapitel

Im Krankenhaus zu schlafen war einfach schrecklich. Wie erwartet waren ihre Träume quälend und unzusammenhängend, immer wenn sie gerade das Gefühl hatte, endlich etwas Ruhe zu finden, kam die Krankenschwester, forderte sie auf, ihre Arme oder Beine zu bewegen, gab ihr Medikamente oder überprüfte ihre Vitalzeichen.

Als sie am nächsten Morgen aufwachte, strömte Sonnenlicht durch den halbgeschlossenen Rollladen. Sie war zum Glück allein, und die Schmerzen waren auszuhalten.

Sie kniff die Augen zusammen und versuchte sich an den Unfall zu erinnern. Irgendetwas stimmte nicht, ihre Mutter verschwieg ihr etwas, aber sie konnte sich beim besten Willen nicht vorstellen, was.

Während die Monitore im Hintergrund leise summten und piepten, dachte sie wieder an diesen entsetzlichen Sturz ins Wasser, den Schmerz und die überwältigende Angst um ihre Kinder, dann an Rileys leise Stimme, die ihr Trost und Schutz vermittelt hatte.

Das bildete sie sich nicht etwa nur ein. In der Nacht war ihr Erinnerungsvermögen zurückgekehrt. Riley war dort gewesen, mit ihnen in dem eisigen Wasser. Er hatte sie gerettet. Es war ein Wunder, dass er sie überhaupt gesehen hatte, denn die Straße war spätabends nur wenig befahren. Wenn sie zu einem anderen Zeitpunkt von der Straße abgekommen wären, wären sie in dem See erfroren, hilflos eingeschlossen, unterdessen sich der Wagen mit eiskaltem Wasser füllte.

Mit Sicherheit hätte sie selbst nie die Kraft gehabt, die Kinder aus dem Wagen zu schaffen, nicht bei ihren Verletzungen. Was ohne Riley geschehen wäre – daran wollte sie gar nicht denken.

Riley. Ausgerechnet er war ihr Retter. Dieser nervige Quälgeist, der nur Dummheiten im Kopf hatte. Aus irgendeinem Grund war er genau in dem Moment aufgetaucht, in dem sie ihn brauchte, und er hatte sein eigenes Leben riskiert, um sie und die Kinder in Sicherheit zu bringen.

Sie konnte nur hoffen, dass er sich nichts zugezogen hatte da draußen im kalten Wasser. Sie könnte Alex anrufen, die würde es natürlich wissen. Vielleicht würde, sobald der Arzt Besuch erlaubte, jemand von den McKnights – Alex, Angie, Maura oder sogar Mary Ella – vorbeischauen.

Sowie sie ein leises Klopfen an der Tür hörte und „Herein" rief, nahm sie an, dass eine Krankenschwester mit weiteren Antibiotika oder dem Frühstück hereinkäme.

Stattdessen stand Riley dort, als hätte sie ihn mit ihren Gedanken gerufen. Er trug Hemd und Krawatte und war offensichtlich auf dem Weg zur Arbeit.

„Riley. Hi!"

Sofort wurde ihr bewusst, wie schrecklich sie aussehen musste. Ihr Haar war wahrscheinlich fettig und wirr, sie trug eines dieser unattraktiven Krankenhaushemden und hatte die Utensilien eines Schminktäschchens zuletzt vor über sechsunddreißig Stunden in der Hand gehalten. Einen Moment schämte sie sich, verdrehte dann aber innerlich die Augen. Sie lebte. Das war das Wichtigste. Alles andere konnte sie jetzt sowieso nicht ändern.

Es muss mir wirklich deutlich besser gehen, wenn ich mir über mein Aussehen Gedanken machen kann, überlegte sie, während Riley in das kleine Zimmer trat und mehr Raum einnahm, als es allen physikalischen Gesetzen nach logisch war.

„Hi. Hoffentlich habe ich dich nicht geweckt."

Sie drückte auf den Knopf, mit dem sie das Kopfteil des Bettes nach oben bewegen konnte, um aufrecht zu sitzen. „Ich bin schon eine Weile wach. Ich habe gerade an dich gedacht."

Überraschung blitzte in seinen Augen auf. „Ja?"

„Ich habe einfach gehofft, dass du keine gesundheitlichen Probleme durch den Unfall hast. Du warst mit uns sehr lange in dem Wasser."

„Nichts, was ein heißer Kaffee und ein paar warme Decken nicht wieder hingekriegt hätten. Mir geht's gut."

Er lächelte nicht, als er sprach, und wieder überfiel sie dieses merkwürdige Gefühl, dass etwas Furchtbares passiert war. Wie ihre Mutter sah er eingefallen und müde aus.

„Was ist mit dir?", fragte er. „Du siehst gut aus."

Sie schnitt eine Grimasse. „Und du bist mal ein so guter Lügner gewesen."

Jetzt lächelte er, doch das Lächeln erreichte seine Augen nicht. Er zog sich einen Stuhl heran. „Also, was meint der Arzt? Wie schwer verletzt bist du?"

Sie rief sich die Gespräche mit Jeff und später mit Dr. Murray, der sehr freundlich und beinahe väterlich mit ihr gesprochen hatte, ins Gedächtnis. „Mein Arm ist an zwei Stellen gebrochen, und in meinem Knöchel stecken mehr Eisenteile als in dem Roboter, den Owen letztes Jahr für sein Wissenschaftsprojekt in der Schule gebastelt hat. Der andere Knöchel ist verstaucht. Mein Kopf ist in Ordnung. Leichte Gehirnerschütterung, außerdem musste ich genäht werden. Dr. Murray meint, dass ich mir mindestens einen Monat lang vorkommen werde, als hätte mich ein Lastwagen überfahren."

Seine Lippen wurden sogar noch schmaler. „Es tut mir leid, Claire. So verdammt leid."

Seine Worte hingen im Raum, und irgendwie schien es sich hier um mehr als normales Mitgefühl zu handeln. Die Stirn gerunzelt, musterte sie ihn.

Hinter den Anzeichen von Erschöpfung bemerkte sie noch etwas anderes. Etwas, das sie seltsamerweise an Schuldgefühle erinnerte. „Warum sagst du das so komisch?"

Er schwieg einen Moment. „Weißt du, wodurch dein Unfall verursacht wurde?"

„Ja. Ich kann mich daran erinnern, dass irgendein Idiot zu schnell um die Kurve gefahren und auf meine Fahrbahn gekommen ist. Ich bin ihm ausgewichen."

„Richtig. Der Idiot war ein Verdächtiger, der versucht hat, vor mir zu fliehen."

Sie blinzelte. „Ein Verdächtiger? In welcher Hinsicht?"

Er seufzte. „Einbruch. Mehrere Einbrüche."

In den letzten Stunden hatte sie sich auf nichts anderes konzentriert als auf den Unfall. „In meinen Laden?"

„Deinen und die anderen in dieser Nacht. Ich erhielt einen Anruf. Ein Nachbar hatte verdächtige Aktivitäten in einem Haus beobachtet. Die Wagenbeschreibung passte zu der von der Einbruchnacht. Ich dachte, ich könnte sie schnappen, am besten noch mit der Beute. Als mir dann klar wurde, dass die Straßenverhältnisse zu schlecht waren für eine Verfolgung, habe ich es aufgegeben, aber da war es schon zu spät. Der Fahrer war in Panik. Wenn ich ihn nicht verfolgt hätte, wäre dieser bescheuerte Charlie Beaumont nicht wie ein Irrer in die Kurve gerast, du hättest ihm nicht ausweichen müssen, und wir würden dieses Gespräch hier nicht führen."

Sie starrte ihn an. „Charlie Beaumont?" Genevieves Bruder, klein für sein Alter, großspurig und – wie Riley früher – ständig in irgendwelche Schwierigkeiten verwickelt.

„Er ist gefahren?"

Riley nickte, etwas Trostloses und Kaltes lag in seinem Blick.

Wahrscheinlich funktionierte ihr Gehirn noch nicht so richtig, denn sie konnte noch immer keinen Zusammenhang herstellen. „Behauptest du, dass Charlie in unsere Läden eingebrochen ist?"

„Er ... und ein paar andere."

Der trostlose Ausdruck in seinen Augen verstärkte sich, und wieder fragte sie sich, was genau sie eigentlich verpasst hatte.

„Zumindest glauben wir das", fuhr er fort. „Bisher deutet alles darauf hin. Charlie hat sich auf Anraten seines Anwalts aber noch nicht geäußert. Allerdings haben wir die Geständnisse von ein paar anderen Jugendlichen, und die haben uns verraten, wo die Beute versteckt war."

„Das muss ein Irrtum sein. Mir ist bekannt, dass Charlie öfter Ärger macht, doch das ist ... verrückt."

„Kein Irrtum."

„Aber die Beaumonts schwimmen in Geld. Warum sollte Charlie einen Computer stehlen und das bisschen Bargeld aus meiner Kasse? Und warum sollte er das Hochzeitskleid seiner Schwester zerschneiden?"

„Wer weiß? Vielleicht ging es nur um den Nervenkitzel? Wieso auch immer, Charlie und die anderen stecken ziemlich in der Tinte. Es tut mir leid, dass du da mit reingezogen wurdest. Klassischer Fall von ‚zur falschen Zeit am falschen Ort'."

Sie dachte an all die kleinen Ereignisse, die dazu geführt hatten, dass sie genau in diesem Moment auf der Bergstraße gewesen war – Jordies Eltern, die krank geworden waren, ihr spontanes Angebot, ihn nach dem Spring Fling nach Hause zu bringen, der späte Schneesturm, der die Stadt so schnell und heftig getroffen hatte.

„Und du hast bestimmt angenommen, Hope's Crossing wäre nach Oakland nur ein Kinderspiel."

„So etwas habe ich jedenfalls mit Sicherheit nicht erwartet", stieß er durch zusammengebissene Zähne hervor.

„Okay", meinte sie schließlich, erschöpft von all den Andeutungen zwischen den Zeilen, die noch tückischer zu sein schienen als das Seegras in ihren Albträumen. „Was verschweigst du mir, genauso wie alle anderen?"

Sein Gesichtsausdruck wurde wachsam. „Wie kommst du darauf, dass ich dir etwas verschweige?"

„Ich habe zwei Kinder, Riley, und somit einen eingebauten Lügendetektor. Gehört zur Stellenbeschreibung einer Mutter dazu."

Er wirkte überrascht. Gut. Das war immer noch besser, als diese dunkle Traurigkeit in seinen Augen sehen zu müssen. „Willst du deine beiden Kinder mit einem Cop vergleichen, der die letzten fünf Jahre als Undercoveragent ständig lügen musste, um nicht im Schlaf ermordet zu werden?"

Auch wenn sie sich nicht gerne vorstellte, wie er bisher gelebt hatte, hielt sie das nicht davon ab, ihn ein wenig aufzuziehen. „Meine Kinder glauben auch immer, dass sie einfach nur das Thema wechseln müssen, damit sie mich vom eigentlichen ablenken. Warum rückst du nicht einfach mit der ganzen Geschichte heraus?"

Er musterte sie lange, atmete dann langsam aus und blickte zur Seite. „Nachdem du ihm ausgewichen bist, ist Charlie Beaumont mit seinem Pick-up gegen einen Baum gerast."

Sie schnappte nach Luft. „Oh nein. Sag, dass sie unverletzt sind."

Er antwortete nicht, und sie drückte sich in die Matratze und zog die Bettdecke höher gegen die plötzliche Kälte.

„Sind sie nicht", entgegnete sie dann, da sein Schweigen sich zu lange ausdehnte.

„Einige hatten nur leichte Verletzungen."

„Aber?"

Sie glaubte schon, dass er ihr nie mehr antworten würde. Als er es tat, klang seine Stimme sehr, sehr müde. „Zwei Mädchen wurden aus dem Wagen geschleudert. Eine erlitt schwere Kopfverletzungen und musste mit dem Rettungshubschrauber ins Krankenhaus in Denver geflogen werden. Und … die andere hat nicht überlebt."

Claire krallte die Finger in die Decke. Wie konnte sie nur hier liegen, sich selbst bedauern und sich um ihr Geschäft sorgen – über ihr *Aussehen*, um Himmels willen –, wenn eine Mutter gerade ihr Kind verloren hatte?

„Wer?", wisperte sie.

„Mach dir darüber keine Gedanken, Claire. Du musst dich jetzt ganz auf deine Genesung konzentrieren."

„Wer?", fragte sie mit Nachdruck.

Er seufzte. „Taryn Throne ist das Mädchen mit den Kopfverletzungen."

„Oh, die arme Katherine!"

Katherine vergötterte ihre Enkelin geradezu, diese fünfzehnjährige Schönheit mit den großen dunklen Augen und dem langen dunklen Haar.

Taryn kam manchmal in ihren Laden. Erst vor ein paar Wochen hatte Claire ihr dabei geholfen, ein Paar Ohrringe für den Schulball anzufertigen.

Was Katherine jetzt gerade durchstehen musste! Und sie konnte ihrer Freundin nicht helfen, weil sie in diesem blöden Bett feststeckte, statt Katherine mit Trost zur Seite zu stehen.

„Und das andere Mädchen?", fragte sie schließlich, nicht sicher, ob sie die Antwort hören wollte.

Riley schwieg wieder sehr lange, sein Blick wurde dunkel und kalt. „Darum brauchst du dir jetzt erst mal keine Gedanken zu machen."

„Hör auf, das zu sagen. Bitte, Riley."

Schließlich sprach er so leise, dass sie ihn fast nicht verstehen konnte. „Layla."

Als sie begriff, was er gesagt hatte, schien es, als würde alles in ihr zu Eis erstarren. Layla. Mauras Tochter, die Nichte von Riley und Alex. Mary Ellas Enkelin.

Layla, die manchmal in ihrem Geschäft ausgeholfen hatte und dafür Perlen für ihren Gothik-Schmuck erhielt, den sie so mochte.

„Nein. Oh nein. Oh, arme Maura."

Ihre Kehle war wie zugeschnürt, Tränen traten ihr in die Augen, sie merkte kaum, dass Riley nach ihrer Hand griff.

„Ich hätte es dir nicht erzählen sollen. Entschuldige, Claire. Du brauchst jetzt deine ganze Kraft, um gesund zu werden, statt dich um Maura und die anderen zu sorgen, die mit ihr trauern."

Da begann sie zu schluchzen. Weinte all die schmerzhaften Tränen, die ihr den Hals zuschnürten, in den Augen brannten und in ihr Herz stachen. Die ganze Zeit hielt Riley mit gequältem Gesicht ihre Hand. Sie wollte, dass er sie in den Arm nahm wie an dem Tag in ihrem Laden, aber sie wusste, dass er das nicht konnte, nicht jetzt, wo ihr Arm in Gips war und so seltsam hart und starr zwischen ihnen lag.

Er reichte ihr eine Schachtel mit Tüchern, und sie hatte ungefähr die Hälfte verbraucht, bevor ihr Tränenausbruch endlich abebbte und nichts als tiefen, alles umfassenden Schmerz zurückließ.

„Wie geht es deiner Familie?", erkundigte sie sich schließlich.

„Die hält irgendwie durch. Wir McKnights sind zäh, doch das ist ..."

„Unvorstellbar."

„Ja."

„Es tut mir leid, Riley. Es tut mir so leid."

„Ich ..."

In diesem Moment wurde die Tür weit aufgerissen, und ihre Mutter stürmte mit einer von Claires Taschen und einem Arm voll Zeitschriften und Büchern ins Zimmer.

Sie hielt mitten in der Bewegung inne und wich zwei Schritte zurück, worüber Claire vielleicht gelacht hätte, wären da nicht der Schmerz und die Trauer um Layla gewesen.

„Was haben Sie hier zu suchen?"

Riley zuckte etwas zusammen, dann wurde sein Gesicht ausdruckslos.

„Ich besuche Claire. Ich dachte, sie möchte vielleicht wissen, wie weit wir mit den Ermittlungen wegen der Einbrüche sind."

Das war Claire so egal. Sie hätte liebend gerne hunderte von Einbrüchen über sich ergehen lassen, wenn Layla mit ihren schwarz lackierten Fingernägeln und den dick getuschten Wimpern noch leben würde.

Ruth betrachtete Claire und die zerknüllten Taschentücher mit zusammengekniffenen Augen. Dann ging sie voller Wut auf Riley los. „Sie haben es ihr erzählt?"

Das also hatten ihre Mutter und Jeff ihr verheimlicht.

„Ja", erwiderte Riley. „Sie hat gefragt. Ich habe ihr geantwortet."

„Dazu hatten Sie kein Recht. Kein Recht!"

„Warum hast *du* es mir nicht gesagt, Mutter? Maura ist meine Freundin. Alex ist meine *beste* Freundin. Ich hätte es wissen müssen. Du hättest es mir nicht verschweigen dürfen."

Ruth sah sie empört und beleidigt an, etwas, das sie sehr gut konnte. „Ich wollte dich nicht aufregen. Du hast Schreckliches durchgemacht."

„Ein paar gebrochene Knochen, die heilen werden", rief Claire. „Ich habe kein Kind verloren!"

Ruth warf Riley einen weiteren giftigen Blick zu. Sie hatte Riley noch nie ausstehen können, und von jetzt an würde sie ihn hassen.

„Was hilft es dir, es jetzt zu wissen? Du hättest es doch sowieso noch früh genug erfahren. Schau doch, wie du dich aufregst."

Ruth würde nie verstehen, dass Claire auf *sie* wütend war, weil sie ihr die Information vorenthalten hatte, und nicht auf Riley. Ihre Mutter fand immer einen Weg, bei einer Auseinandersetzung als das Opfer dazustehen, warum also sollte Claire sich überhaupt die Mühe machen, es ihr zu erklären?

„Ich gehe jetzt besser. Ich muss zum Dienst."

Riley war jetzt so vollkommen anders als dieser charmante, ironische Mann, der nach dem Einbruch in ihren Laden gekommen war. Ihr wurde schwer ums Herz. „Es tut mir so leid, Riley." Sie war sich darüber im Klaren, wie furchtbar unzureichend diese Worte waren, aber ihr fielen keine besseren ein. „Danke noch mal für alles, was du für uns getan hast."

„Ich bin froh, dass es dir besser geht. Pass auf dich auf, Claire."

Sie nickte, blickte ihm nach und richtete sich innerlich auf einen anstrengenden Tag ein, an dem sie sich mit herumhuschenden Krankenschwestern, gestressten Ärzten und – das Schlimmste – mit ihrer Mutter herumschlagen musste.

„Geht es dir wirklich gut da hinten?" Jeff musterte sie im Rückspiegel.

Claire verlagerte ihr Gewicht und versuchte den Schmerz, der bei jedem Ruckeln durch ihre Muskeln zuckte, zu ignorieren.

Sie drückte Owen an sich und griff hinter seinem Rücken nach Macys Hand. Was bedeuteten schon ein paar Schlaglöcher in der Straße, wenn sie endlich wieder ihre Kinder bei sich hatte?

„Alles bestens. Die Fahrt dauert ja sowieso nur eine Viertelstunde."

„Du hättest dich wirklich nach vorn setzen sollen." Holly drehte sich zu ihr um und warf ihr einen strengen Blick zu.

Sie hatte vollkommen recht, was Claire allerdings auf keinen Fall zugeben wollte. „Aber dann hätte ich nicht bei meinen Kindern sitzen können, die ich wie verrückt vermisst habe."

Sie zwang sich zu einem Lächeln und schaffte es irgendwie, nicht aufzuheulen, als Jeff über eines der legendären Schlaglöcher fuhr. Das karge Krankenhausessen schwappte in ihrem Magen herum, ihr wurde übel.

Doch wahrscheinlich waren eher die Schmerzmittel und die Tatsache, dass sie nach fast fünf Tagen im Krankenhaus zum ersten Mal auf den Beinen war, dafür verantwortlich.

„Sieht aus, als ob ein Großteil des Schnees endlich geschmolzen wäre."

Tatsächlich war heute das eigenwillige Rocky-Mountain-Frühlingswetter mild und angenehm. Durch das Autofenster sah sie Kinder in matschigen Vorgärten spielen, das Gras wurde langsam blassgrün, und als Jeff auf die Blue Sage Road bog, entdeckte sie die knallgelben und roten Tulpen, die bereits in Caroline Bybees spektakulärem Garten blühten.

„Wurde auch Zeit", murmelte Macy. „Kommt mir vor, als ob der Winter dieses Jahr eine *Ewigkeit* gedauert hätte."

„Allerdings", bestätigte Holly. „Ich meine, Sonntag ist Ostern und alles. Ich dachte schon, wir müssten die Ostereier dieses Jahr im Schnee verstecken."

Was in Claires Erinnerung nicht selten vorgekommen war. In Hope's Crossing gab es manchmal noch bis Ende Mai schwere Schneestürme, aber normalerweise lag Anfang April nur noch auf den höchsten Bergen im Skiresort Schnee.

„Ich bin froh, dass es heute wärmer ist. Wegen Maura", sagte sie leise.

Von den Kindern abgesehen, an denen sie gerade vorbeigefahren waren, waren die Straßen ruhig, beinahe verlassen. Die meisten Einwohner von Hope's Crossing waren bei Layla Parkers Beerdigung. So wie Ruth, die mit Mary Ella von Kindesbeinen an befreundet war. Dafür hatte Claire natürlich vollkommenes Verständnis und sich darum auch nicht beschwert, dass ihre Mutter ausgerechnet Jeff und Holly gebeten hatte, sie abzuholen. Lieber hätte sie sich ein Taxi gerufen. Okay, um genau zu sein, hätte sie sich sogar lieber mit dem Rollstuhl die vier Meilen bergauf gequält, als derart auf ihren Exmann angewiesen zu sein.

„Pass auf die Schlaglöcher auf, Liebling." Holly legte eine perfekt manikürte Hand auf Jeffs Arm. „Vielleicht solltest du etwas langsamer fahren."

„Schon gut. Ich fahre doch nur fünfunddreißig, dabei sind fünfzig erlaubt."

Selbst bei einer Geschwindigkeitsüberschreitung hätte er wohl eher keinen Strafzettel bekommen, da Riley und die meisten seiner Kollegen auch bei der Beerdigung sein würden.

„Wie sieht es zu Hause aus?", fragte sie Macy.

„Okay. Wir sind jeden Tag nach der Schule vorbeigegangen, um die Zeitung und die Post reinzuholen."

„Bevor wir zum Krankenhaus sind, haben wir Chester zurückgebracht. Er ist superhappy, wieder zu Hause zu sein."

Das konnte Claire sich vorstellen. Holly war keine große Hundefreundin und hatte wahrscheinlich darauf bestanden, dass ihr armer alter Basset in der kalten Garage schlief.

„Du hättest dabei sein sollen, Mom. Er ist durch jeden Raum gelaufen und hat wie verrückt mit dem Schwanz gewedelt. Man könnte glauben, er wäre einen Monat weg gewesen und nicht nur ein paar Tage."

Wenn Claire einen Schwanz gehabt hätte, hätte sie vermutlich dasselbe getan. Sie konnte es kaum erwarten, endlich wieder in ihren eigenen vier Wänden zu sein.

War der Unfall wirklich erst fünf Tage her? Sie hatte das Gefühl, dass sie in der Zwischenzeit mindestens ein Dutzend Leben gelebt hatte.

„Ich meine immer noch, dass du zu früh entlassen wurdest." Jeff warf ihr im Rückspielgel erneut einen düsteren Blick zu.

„Ich fürchte, das musst du mit Dr. Murray besprechen. Er ist es, der die Entlassungspapiere unterschrieben hat."

„Du schaffst das nicht allein. Himmel, Claire, du kannst ja nicht einmal allein aufs Klo gehen."

Geduldig lächelte sie, obwohl sie Jeff am liebsten darauf hingewiesen hätte, dass er zwar ein Recht auf seine eigene Meinung hatte, sie sich aber nicht länger dafür interessierte. Wahrlich noch ein Vorteil, mit diesem Mann nicht mehr verheiratet zu sein.

„Ruth wird die ersten Nächte bei uns wohnen. Sie besteht darauf."

Leider hatte sie sich nicht gleichzeitig von ihrer Mutter scheiden lassen. Ruths Meinung zu ignorieren war ungleich schwieriger.

Zwar hätte Claire sich am liebsten für ein paar Wochen ins Bett verkrochen, sich die Decke über den Kopf gezogen und vergessen, dass der Rest der Welt existierte, doch sie hatte nun mal zwei Kinder, die essen und Hausaufgaben machen mussten. Und einen Hund. In Selbstmitleid schwelgen konnten nur Frauen ohne Verpflichtungen.

Und sie musste realistisch bleiben. Jeff hatte recht, sie konnte kaum richtig für sich selbst sorgen. Somit war es eine große Hilfe, dass ihre Mutter ein paar Tage bei ihr blieb. Und für eine kurze Zeit konnte sie es bestimmt aushalten, wenn Ruth sich über alles beschwerte, vom stinkenden Hund über Owens schmutzige Tennisschuhe im Flur bis hin zum schlechten Haarschnitt des Nachrichtensprechers auf ihrem Lieblingssender.

Claire war fest entschlossen, die Zähne zusammenzubeißen und immer daran zu denken, wie dankbar sie sein konnte, überhaupt noch eine Mutter zu haben, die sich um sie kümmerte und ihr ein paar Tage – und nur ein paar Tage, lieber Gott, bitte – unter die Arme griff.

„Und danach?", fragte Holly. „Soll ich vielleicht bei euch bleiben? Das würde ich wirklich gern tun."

Claire schenkte ihr ein schwaches Lächeln, während sie bei der Vorstellung innerlich zusammenzuckte. Das Einzige, was schlimmer war als Ruth in ihrem Haus, war *Holly* in ihrem Haus, mit ihren blendend weißen Zähnen und der perfekten Frisur und ihrem Bedürfnis, Claire als Freundin zu betrachten.

„Das ist wirklich nett von dir, Holly. Danke. Aber bestimmt werden die Kinder und ich nächste Woche gut allein zurechtkommen. Und du kannst im Moment sowieso keinen Stress gebrauchen. Du musst dich um dich selbst und das Kleine kümmern."

„Ich habe tatsächlich seit dem Unfall jeden Tag Wehen", gestand Holly. Sie sah so jung und besorgt aus, dass Claire den Wunsch verspürte, sie zu trösten.

„Das sind bestimmt nur Vorwehen. Nichts, worüber du beunruhigt sein musst", meinte sie.

„Das habe ich ihr auch gesagt." Jeff warf seiner jungen Frau einen liebevollen, nachsichtigen Blick zu. „Sie denkt, nur weil ich Orthopäde bin, habe ich keine Ahnung von Schwangerschaften. Auch wenn ich das schließlich schon zwei Mal durchgemacht habe."

Wenn Claire sich richtig erinnerte, hatte *sie* die Sache zwei Mal durchgemacht, sie war jetzt allerdings nicht in der Stimmung, ihn darauf hinzuweisen.

Jeff bog in die Blackberry Lane ein und kurz darauf in ihre Auffahrt.

Einen Moment lang wollte Claire einfach nur dasitzen und ihr wunderschönes, vertrautes Heim betrachten. Den verwitterten roten Backstein, die schöne Veranda, den schmiedeeisernen Gartenzaun.

Sie liebte dieses Haus seit vielen Jahren, schon lange bevor sie und Jeff es vor drei Jahren gekauft hatten. Jetzt gehörte es ihr allein, ihr und den Kindern, doch nie zuvor war sie so froh gewesen, es zu sehen, wie in dieser Sekunde.

Den Weg bis zum Haus zurückzulegen gestaltete sich schwierig. Erstens dauerte es eine Weile, bis sie sich vom Rücksitz in den Rollstuhl gehievt hatte, den sie mindestens noch ein paar Wochen brauchen würde. Außerdem hatte die Vordertreppe vier Stufen, zu viele für die tragbare Rampe, die Jeff irgendwo aufgetrieben hatte. Owen schlug schließlich vor, die Hintertür zu nehmen, die in die Küche führte, dort gab es nur zwei Stufen. Dann endlich schob Macy sie hinein, und sie war zu Hause.

Chester bellte glücklich zur Begrüßung – jedenfalls so glücklich, wie sein Bellen klingen konnte, aber dann erschrak er, vielleicht vor dem Gips oder dem Rollstuhl, und brachte sich unter dem Küchentisch in Sicherheit.

„Ist schon gut, Kumpel", krähte Owen. „Komm schon raus. Das ist doch nur Mom."

„Er wird sich daran gewöhnen", erwiderte Claire, dabei hatte sie sich selbst alles andere als daran gewöhnt.

„Er kommt nicht. Was für ein blöder Hund." Macy schüttelte den Kopf. „Vielleicht solltest du ihn mit einem Leckerli rauslocken."

Sosehr sie Chester liebte – Claire war zu erschöpft, um sich darüber Gedanken zu machen, wo ihr Name auf der Beliebtheitsskala ihres Hundes gerade zu finden war. Aber da es den Kindern wichtig zu sein schien, nahm sie den Hundekuchen, den Macy ihr reichte, und hielt ihn Chester auf Augenhöhe hin.

Chester zögerte kurz, dann tapste er an ihre Seite. Nachdem er sein Leckerli verspeist hatte, begann er, an den Rädern des Rollstuhls und ihren Zehen, die aus dem Gips herausragten, zu schnüffeln.

„Wie bereits im Krankenhaus besprochen, wird es noch einige Wochen dauern, bis du im Haus Treppen steigen kannst", sagte Jeff ein wenig breitspurig. „Wir haben einige deiner Sachen nach unten ins Gästezimmer gebracht."

„Ich weiß." Das war schon in Ordnung. Das Gästezimmer mit dem angeschlossenen Badezimmer und dem großen Fenster mit Blick auf die Berge war einer der schönsten Räume im ganzen Haus. Er war so gemütlich eingerichtet, dass Jeffs Eltern noch immer lieber hier übernachteten als in Jeffs und Hollys Haus, wenn sie aus Arizona zu Besuch kamen.

„Wir möchten in der Nähe der Kinder sein", hatte JoAnn beim letzten Mal Holly erklärt, doch Claire vermutete, dass sich das auch nicht ändern würde, wenn ihr neues Enkelkind geboren war. Auch dann noch würden die Bradfords Claires Haus mit dem sonnigen Garten und dem Basketballkorb in der Auffahrt dem todschicken Prachtbau aus Glas und Zedernholz vorziehen, den Jeff und Holly oben in Snowcrest Estates gebaut hatten.

„Ich habe all deine Kissen nach unten geschafft und deine Lieblingsdecke", erklärte Macy. „Und den Quilt, den deine Großmutter Van Duran gemacht hat, als du ein kleines Mädchen warst. Holly hat mir geholfen, dein Bett zu beziehen."

„Danke. Euch beiden." Claire gelang ein Lächeln.

„Du solltest dich jetzt ausruhen", meinte Holly streng. „Solange deine Mutter noch auf der Beerdigung ist, bleiben Jeff und ich mit den Kindern hier."

„Kann ich dich reinfahren?", fragte Owen.

Sie lächelte ihren eifrigen Achtjährigen an. „Aber natürlich."

Vorsichtig und konzentriert manövrierte er den Rollstuhl durch die Tür, die gerade breit genug war. Sie musste sich auf jeden Fall etwas anderes einfallen lassen, sonst würde ihr vorübergehender Begleiter die ganzen wunderschönen antiken Türrahmen, die sie in wochenlanger Arbeit restauriert hatte, zerkratzen.

Während sie sich umständlich aus dem Rollstuhl drückte und aufs Bett sinken ließ, wurde ihr voller Bestürzung klar, dass sie erst Rock und Bluse ausziehen musste, um in ein Nachthemd zu schlüpfen.

Das ungeheure Ausmaß dieser Aufgabe überforderte sie. „Kannst du Macy noch mal reinschicken, damit sie mir beim Umziehen hilft?", fragte sie Owen.

„Sei doch nicht albern", rief Holly aus. „Ich helfe dir."

Sie wollte das auf gar keinen Fall ausgerechnet die junge, beneidenswert schwangere Frau ihres Exmannes tun lassen, aber andererseits hatte sie keine große Wahl. „Danke", murmelte sie.

Als Jeff keine Anstalten machte, das Zimmer zu verlassen, zog Claire die Augenbrauen hoch. Die ganze Situation war äußerst unangenehm. Auch wenn sie zehn Jahre verheiratet und so intim gewesen waren, wie es zwei Menschen nur sein konnten, war das nun mal lange vorbei. Auf keinen Fall hatte sie vor, sich in Unterwäsche vor ihm zu präsentieren.

Endlich schien Jeff zu begreifen, er räusperte sich. „Komm schon, Owen. Lass uns mal sehen, ob wir was zum Mittagessen auftreiben. Hast du Hunger?"

Sie drehten sich um, schlossen die Tür hinter sich und ließen sie mit Holly allein.

Unterdessen sich Claire mit den Knöpfen ihrer Bluse abmühte, ging Holly zu der alten Kommode mit dem Spiegel und nahm eines der Nachthemden aus der Schublade, die sie und Macy offenbar nach unten gebracht hatten.

„Ich muss gestehen, dass es komisch ist, dich so zu sehen", gestand Holly.

„Wie meinst du das?"

Holly deutete auf den Rollstuhl und das Krankenbett, das Jeff dort hatte aufstellen lassen, wo sonst ein französisches Bett stand. Claire hielt das zwar für übertrieben, allerdings war es auf diese Weise leichter, vom Rollstuhl ins Bett zu gelangen und umgekehrt. „Ich weiß nicht. So bedürftig. Du bist der tüchtigste Mensch, den ich kenne. Es ist einfach mal was anderes … dich so zu sehen."

„Ich finde es auch nicht gerade angenehm", erklärte Claire.

„Tut mir leid", sagte Holly leise. „Tut mir wirklich leid. Muss schlimm für dich sein."

„Ja", gab Claire zögernd zu.

„Nun, mach dir keine Gedanken darüber. Ich helfe gern. Komm, wir machen es dir gemütlich."

Selten in ihrem Leben hatte Claire sich so zutiefst gedemütigt gefühlt wie jetzt, als sie hilflos und schwach dasaß, während die junge und schöne neue Frau ihres Exmannes ihr in das weite Baumwollnachthemd half.

Holly war wirklich sehr vorsichtig und feinfühlig, das musste sie einräumen, doch nachdem Claire endlich im Bett lag, war sie nicht nur gedemütigt, sondern dazu noch vollkommen erschöpft. Sie konnte an nichts anderes denken, als eine weitere Schmerztablette zu schlucken, was ihr leider erst in ein paar Stunden erlaubt war. Und sie hielt sich sehr genau an diesen Plan, aus Angst, möglicherweise abhängig zu werden. Sie wusste nicht, ob es eine genetische Vorbelastung gab, allerdings stand ihr das dunkle Kapitel im Leben ihrer Mutter noch allzu lebhaft vor Augen.

„So, Claire", meinte Holly und zog liebevoll die Decke bis unter Claires Kinn. „Fühlt sich schon besser an, oder?"

„Ja, vielen Dank."

„Kein Problem." Holly lächelte. „Wenn du es genau wissen willst, finde ich es zur Abwechslung ganz nett, von dir gebraucht zu werden. Ruh dich jetzt aus. Komm, Chester, wir lassen dein Frauchen allein."

Claire hatte den Hund gar nicht bemerkt. Sie öffnete ein Auge und sah, wie er auf dem Bettvorleger ein paar Kreise drehte, bereit, sich hinzulegen.

„Nein, lass ihn hier."

Holly runzelte die Stirn. „Bist du sicher? Er kann echt anstrengend sein."

„Ich bin sicher."

Holly wirkte nicht überzeugt, zuckte aber mit den Schultern. „Brauchst du sonst noch was? Wasser? Ein Buch oder so was?"

„Nur mein Handy von der Kommode, bitte."

Sie musste nach der Beerdigung noch einmal versuchen, Maura zu erreichen. Sie hatte schon oft bei ihr angerufen, doch Maura nahm nie ab. Was Claire nicht wunderte. Maura musste vor Schmerz außer sich sein und wollte sicher keine weiteren Plattitüden mehr hören. Bis Claire ihre Freundin besuchen konnte, blieb ihr allerdings nichts anderes übrig, als mit ihr am Telefon zu sprechen. Sie schwor sich, nicht eher aufzugeben, bis Maura endlich ihren Anruf beantwortete.

„Danke, dass ihr euch um die Kinder kümmert."

„Das machen wir gern. Wirklich." Holly lächelte, dann verließ sie das Zimmer und schloss die Tür hinter sich.

Claire rutschte, so weit es ging, auf die rechte Seite des Bettes und streckte ihren gesunden Arm aus. Chester leckte einen Moment lang ihre Finger und stupste sie dann an, weil er gestreichelt werden wollte.

Während sie durch sein warmes Fell fuhr, dachte sie darüber nach, wie sehr sie es hasste, auf Hilfe angewiesen zu sein. Irgendwann schlief sie ein.

„Was hat sich dieser Mann nur dabei gedacht? Du kannst hier nicht allein bleiben. Ich komme vorbei."

Claire verlagerte ihr Gewicht auf der Couch, umklammerte das Telefon mit einer Hand, während sie die andere auf die schmerzende

Wunde über der linken Augenbraue legen wollte, nur um sich dabei den Kopf am Gips anzuhauen.

Nach fast zwei Wochen sollte man meinen, dass sie sich daran gewöhnt hätte, leider schien sie aber das blöde Ding in den merkwürdigsten Momenten einfach zu vergessen.

„Das ist nicht nötig, Mom. Du brauchst nicht nach mir zu sehen. Mir geht's gut. Jeff denkt das auch, sonst wären er und Holly nicht mit den Kindern übers Wochenende nach Denver gefahren."

„Das heißt doch gar nichts. Sobald es sich um Holly dreht, setzt sein Verstand regelmäßig aus. Wenn sie mit den Kindern nach Denver will, erfüllt er ihr den Wunsch, selbst falls du bei der Abfahrt ohnmächtig auf dem Boden gelegen hättest."

Claire zog die Augenbrauen hoch. Wow. Das war ungewöhnlich – dass ihre Mutter ihren Exmann kritisierte. „Auch Dr. Murray ist mit meiner Genesung sehr zufrieden. Mit der Gehhilfe und dem Bürostuhl mit den Rollen, den Alex für mich aufgetrieben hat, komme ich im Erdgeschoss überall allein hin. Und ich habe immer mein voll aufgeladenes Handy bei mir."

„Das ist mir egal. Mir gefällt die Vorstellung trotzdem nicht, dass du allein in diesem großen Haus bist. Vor allem in einer Nacht wie heute."

Claire schaute nach draußen, wo der Regen laut ans Fenster trommelte, aufgepeitscht von dem böigen Wind. Über eine Woche lang hatte in Hope's Crossing schönes Wetter geherrscht, das sie gezwungenermaßen in ihren vier Wänden hatte genießen müssen. Heute war es den ganzen Tag bedeckt und dunkel gewesen, und vor etwa einer Stunde hatten heftige Böen und Regen eingesetzt.

Sie freute sich darauf, eine Tüte Popcorn in die Mikrowelle zu stecken und den Sturm zu genießen. Es war das erste Mal, dass sie seit dem Unfall wirklich allein war.

Seit über einer Woche war sie zu Hause und in dieser Zeit ununterbrochen von wohlmeinenden Freunden umgeben gewesen. Wenn Ruth nicht da sein konnte, sorgte sie dafür, dass jemand vorbeikam. Evie oder Alex oder Angie oder eine ihrer vielen anderen Bekannten.

So viele Leute hatten ihr zu essen vorbeigebracht, dass Claires Gefriertruhe und Kühlschrank inzwischen überquollen. Andere waren mit ihrer Einkaufsliste losgezogen, hatten ihr besorgt, was sie benötigte, und wiederum andere hatten eine Fahrgemeinschaft gebildet, damit die Kinder zum Fußball oder Klavierunterricht konnten. Seit dem kurzen Gespräch mit Maura vor zwei Tagen wusste sie, dass ihre Freundin genauso umhegt wurde.

Claire war für all das zutiefst dankbar, dennoch sehnte sie sich nach einem Augenblick nur mit sich allein, einfach um einmal Zeit zum Nachdenken zu haben.

„Mir gefällt das nicht", sagte Ruth erneut. „Nicht im Geringsten. Was ist, falls du stürzt? Du könntest dort die ganze Nacht liegen, ohne dass es jemand mitkriegt. Ich komme jetzt und schlafe in deinem Zimmer. Du wirst mich nicht einmal bemerken."

„Ich werde nicht stürzen. Und wie gesagt, ich habe mein Handy immer bei mir. Wenn ich Hilfe brauche, rufe ich an, schicke eine SMS oder eine E-Mail."

„Nicht wenn du bewusstlos bist."

Sie hielt das Telefon vom Ohr weg, verdrehte die Augen und kämpfte gegen den Impuls an, den Hörer ein paar Mal gegen ihre Stirn zu schlagen.

Nach diesen sechs Tagen sollte sie eigentlich Profi sein, was über-fürsorgliche Menschen betraf. Ihre Mutter, Holly, selbst die Kinder hatten sich geradezu auf sie gestürzt.

„Mir wird nichts passieren, Mom." *Wenn ich im Badezimmer hinfalle und mir das Genick breche, wirst du die Erste sein, die ich anrufe.* „Ich werde einfach nur auf dem Sofa sitzen, mir eine DVD angucken und dann schlafen gehen. Ich schwör's. Es ist absolut nicht nötig, dass du vorbeikommst. Ich weiß doch, wie ungern du bei diesem Wetter fährst."

Daraufhin schwieg ihre Mutter einen Moment, Claire hatte da einen wunden Punkt berührt. Ruth fuhr weder bei Dunkelheit noch bei Schnee oder Regen – ziemlich unpraktisch, wenn man in den Rocky Mountains lebte. Wenn sie bei schlechtem Wetter irgend-wohin musste, bat sie üblicherweise Claire, sie dort hinzubringen.

„Bist du sicher?"

Erleichtert atmete Claire auf. „Vollkommen sicher. Mir geht's gut. Chester leistet mir Gesellschaft, und ich habe genug zu essen im Haus bis mindestens Juli."

Ruth ließ sich noch einen Moment Zeit, bis sie schließlich ein-lenkte. „Na gut. Da du offenbar nicht wild auf meine Gesellschaft bist, bleibe ich zu Hause."

Claire war nicht bereit, sich ein schlechtes Gewissen einreden zu lassen.

„Aber ruf mich an, wenn du es dir anders überlegst."

„Das werde ich. Danke, Mom. Gute Nacht."

Ihre Mutter legte auf, Claire schloss die Augen und ließ sich auf der Couch zurückfallen. Sie genoss die Stille, die nur von Chesters Schnarchen unterbrochen wurde.

Mit ihrer Mutter zu sprechen war immer anstrengend. Manchmal war sie geradezu eifersüchtig auf die leichte, spielerische Beziehung, die Alex und ihre Schwestern zu Mary Ella hatten. So etwas hätte Claire sich auch gewünscht, aber jede Begegnung mit Ruth war anstrengend und frustrierend.

So war sie nicht immer gewesen. Vor dem skandalösen Tod ihres Mannes war Ruth eine starke, lustige und unabhängige Frau gewesen. Eine Frau, die Katherine Thorne sehr ähnelte.

Als Claire acht oder neun war, hatte ihre Mutter als Sprecherin des Elternbeirats versucht, genug Geldmittel aufzutreiben, um eine neue Grundschule zu errichten. Claire konnte sich noch gut daran erinnern, wie Ruth energiegeladene und überzeugende Reden geschwungen hatte, darüber, wie wichtig es war, dass Kinder in einer sauberen und sicheren Umgebung unterrichtet wurden.

Die Erinnerung daran machte sie jedes Mal traurig. Zu groß war der Unterschied zwischen dieser Frau und ihrer Mutter heute.

Seufzend zog sie den Bürostuhl mit den Rollen heran, den sie viel praktischer fand als den Rollstuhl aus dem Krankenhaus, setzte sich darauf und hielt damit auf die Küche zu. Sie öffnete den Kühlschrank und überlegte, was sie sich zum Abendessen aufwärmen sollte. Nach einer Weile entschied sie sich für die unglaublich leckere Kartoffelrahmsuppe, die Dermot Caine ihr vor ein paar Tagen vorbeigebracht hatte – geradezu perfekt für so eine kalte, stürmische Nacht.

Sie gab etwas davon in eine Schale, dankbar, dass die Kinder vor ihrer Abfahrt noch die Spülmaschine ausgeräumt hatten, und stellte sie in die Mikrowelle. Während sie wartete, wanderten ihre Gedanken zurück zu ihrer Mutter.

Sie konnte den Zeitpunkt genau bestimmen, an dem Ruth sich verändert hatte. Es war der zwanzigste April vor vierundzwanzig Jahren gewesen, dreiundzwanzig Uhr einundvierzig. Sie selbst war zwölf, ihr Bruder acht, genauso alt wie ihre Kinder jetzt. Es war eine regnerische Nacht. Sie hatte geschlafen und wurde durch irgendetwas geweckt. Die Klingel, wie sie später erkannte. Claire lag blinzelnd im Bett, lauschte dem Kratzen der Äste über die Fensterscheibe und fragte sich, wer sie so spät noch besuchte und ob ihr Vater wütend werden würde, weil er immer so früh zur Arbeit gehen musste.

Und dann hörte sie den Aufschrei ihrer Mutter, ein verzweifeltes, entsetzliches Geräusch. Mit einer dunklen Vorahnung verließ Claire das Zimmer, schlich zur Treppe und schaute durch die Gitterstäbe nach unten.

Sie erkannte den Polizeichef Dean Coleman, konnte aber nur einzelne Worte verstehen.

*Tot. Beide erschossen. Eifersüchtiger Ehemann. Es tut mir leid, Ruth.*

Von dieser Sekunde an hatte sich einfach alles verändert. Die Gerüchte verbreiteten sich schneller als ein Lauffeuer. Die Erwachsenen in ihrer Familie versuchten, alles von ihr und ihrem Bruder fernzuhalten. Doch immer wieder schnappten sie Bruchstücke eines Gesprächs auf und konnten sich nach einiger Zeit selbst die ganze Geschichte zusammenreimen.

Ihr Vater – der Mann, den sie bewundert hatte, Vorsitzender der größten Bank der Stadt, wichtiges Mitglied der Kirchengemeinde – hatte eine heiße Affäre mit einer Kellnerin im *Dirty Dog*, einer billigen Bar außerhalb der Stadt, angefangen.

Offenbar hatte diese Frau einen sehr eifersüchtigen Mann gehabt, einen Motorradfahrer namens Calvin Waters. Als er eines Nachts betrunken früher nach Hause kam, erwischte er die beiden zusammen und erschoss die beiden mit einem Jagdgewehr, bevor er den Lauf gegen sich selbst richtete.

Der Skandal beschäftigte ganz Hope's Crossing. Sie konnte sich noch immer an diese schrecklichen Tage erinnern, wie sie angestarrt wurde und wie die Leute hinter ihrem Rücken tuschelten und wie sie nicht wusste, wohin mit ihrer Wut und Scham – oder der Trauer um ihre verlorene kindliche Unschuld.

Claire und ihr Bruder standen die erste schwierige Zeit mithilfe weniger guter Freunde irgendwie durch.

Ruth hingegen brach vollkommen zusammen. Mehrere Monate lag sie einfach nur im Bett, süchtig nach Alkohol und dem Valium, das der Arzt ihr verordnet hatte.

Da ihr gar nichts anders übrig blieb, übernahm Claire die Hausarbeit, wusch die Wäsche, kochte das Mittagessen für ihren jüngeren

Bruder, brachte ihn zur Schule und beaufsichtigte seine Hausaufgaben. Sie tröstete ihn, wenn er nach ihrer Mutter rief, die zu tief in dem Schmerz und der Demütigung vergraben war, um zu begreifen, dass ihre Kinder sie brauchten.

Die Verantwortung zu übernehmen war Claires Art gewesen, mit dem Schmerz umzugehen, das wusste sie heute.

Sie probierte die Suppe, in der Hoffnung, dass der herrlich cremige Geschmack die bitteren Erinnerungen vertrieb. Ruth hatte sechs Monate in diesem Zustand verbracht, bis Mary Ella und Katherine sie eines Tages zwangen, sich ihren Problemen zu stellen.

Mit Mut und Stärke kämpfte Ruth gegen die Sucht an, und dafür hatte Claire ihre Mutter immer bewundert. Doch auch nach dem Entzug verließ Ruth sich darauf, dass Claire sich um alles kümmerte.

Claire war klar, dass auch sie eine Schuld daran trug, in welche Verhaltensmuster die Familie gefallen war. Selbst als sie mit Jeff während seines Medizinstudiums in einer anderen Stadt gelebt hatte, hatte sie sich aus der Ferne um jedes noch so kleine Problem ihrer Mutter gekümmert, egal, ob es um Strafzettel, Arztrechnungen oder den Anruf bei einem Klempner ging.

Natürlich konnte sie sich immer mit der Behauptung rechtfertigen, dass das Leben ihrer Mutter wieder in Chaos versinken würde, wenn sie sich nicht um alles kümmerte. Doch sie wusste, dass das nur eine Ausrede war. In Wahrheit fühlte sie sich auf diese Weise gebraucht und wichtig – wichtig für eine Mutter, die in ihrem Schmerz ihre Kinder praktisch vergessen hatte.

Seufzend stellte Claire die Suppenschüssel weg. Sie hatte überhaupt keinen Hunger mehr. Also beschloss sie, einfach nur den Film anzusehen. Sie rollte mit dem Stuhl zum Waschbecken und leerte die Schüssel aus, wobei sie den Knopf für den Müllschlucker nur mithilfe eines langen Suppenlöffels erreichte.

Danach rollte sie zurück ins Wohnzimmer und legte den Film ein, froh über jede Form der Ablenkung. In dieser Hinsicht funktionierte der Film zu gut. Sie konnte sich gerade noch an die erste Szene erinnern – als sie wieder aufwachte, lief bereits der Abspann. Chester stand mit gesträubtem Nackenhaar in der Tür.

„Was ist los, Kumpel?", fragte sie.

Er knurrte tief aus dem Hals und ging zur Tür, seine Krallen klickten auf dem Holzboden.

Claire runzelte die Stirn. Dann überwog die Neugier, sie hievte sich auf den Bürostuhl und folgte ihm. Chester war nun wirklich kein Wachhund, doch gelegentlich hatte er diese seltsamen Anfälle von Beschützerinstinkt. Wahrscheinlich drehte es sich lediglich um die Nachbarskatze oder einen Maultierhirsch, der aus den Bergen kam, weil er auf der Suche nach Futter war. Ihr alberner Hund war ja sogar in der Lage, den Wind anzukläffen.

„Komm schon, Junge. Ist okay. Beruhige dich wieder."

Aber er stand neben der Tür, sein Knurren klang irgendwie gespenstisch in dem stillen Haus.

Claire näherte sich dem Fenster neben der Eingangstür, spähte hinaus und nahm eine winzige Bewegung wahr, dann einen dunklen Schatten auf der Veranda.

Ihr Herz setzte einen Moment aus.

Da draußen war jemand.

# 6. Kapitel

Ihr trommelnder Herzschlag dröhnte in ihren Ohren. Claire versuchte, sich zu beruhigen.

Bestimmt hatte sie sich das nur eingebildet. Der Wind hatte ihr einen Streich gespielt oder so etwas.

Und selbst wenn da draußen auf der Veranda jemand stand – sie waren in Hope's Crossing. Nicht, dass es hier keine Verbrechen gab – wie die Einbruchsserie ja bewiesen hatte –, doch in ein Wohnhaus einzudringen war noch mal etwas anderes.

Keine Panik, sagte sie sich. Sie war nur so ängstlich, weil sie sich in ihrem großen Haus momentan so hilflos fühlte. Da war es nur normal, dass man sich da draußen jemanden mit einer Kettensäge und einer Hockeymaske vorstellte.

Reine Einbildung. Zwar nahm sie inzwischen nur noch eine Schmerztablette am Tag, aber vielleicht war noch genug von dem Medikament in ihrem Körper, um ihren Verstand zu verwirren.

Erneut spähte sie hinaus in den Schneeregen, spähte mit zusammengekniffenen Augen in die dunklen Ecken des Gartens. Da. Wieder. Diesmal fiel ihr keine andere Erklärung mehr ein, es handelte sich wirklich um einen Menschen, dunkel gekleidet, der sich auf ihrer Veranda befand.

Hastig überprüfte Claire, ob die Tür verschlossen war, dann knipste sie in rasendem Tempo das Verandalicht ein Dutzend Mal ein und aus.

Das war wahrscheinlich völlig albern und gab dem Typ da draußen nur zu verstehen, dass sie ihn gesehen hatte. Sie hätte die Zeit besser damit genutzt, sich im Badezimmer zu verbarrikadieren und die Neun-Eins-Eins anzurufen.

Nun, albern hin oder her, es funktionierte. Sie hatte seine Aufmerksamkeit auf sich gezogen, er drehte sich schnell zu ihr um, sie erhaschte einen kurzen Blick auf das blasse Gesicht – konnte es aber nicht erkennen, sie sah nicht einmal, ob es sich um einen Mann oder eine Frau handelte –, bevor er oder sie abrupt auf dem Absatz kehrtmachte und die Auffahrt hinuntereilte.

Was, in aller Welt, sollte das? Schwer atmend streckte Claire die Hand nach unten aus, um sie beruhigend auf Chesters warmes Fell zu legen.

„Du bist so ein guter, tapferer Hund. Ja, das bist du. Ja, das bist du. Der böse Mann ist jetzt weg. Alles in Ordnung."

Ihre Stimme klang etwas schrill und piepsig, als ob sie Helium eingeatmet hätte. Sie zwang sich, Alex' Atemtechnik anzuwenden: beim Luftholen bis fünf zählen, Beckenboden anspannen und bis fünf zählen, beim Ausatmen bis fünf zählen.

Sie wiederholte die Entspannungsübung gerade, da gab Chester auf einmal wieder dieses Knurren von sich, sein mürrisches Gesicht wirkte besorgt. Eine Sekunde später klingelte es. Claire schrie leise auf. War der Eindringling zurückgekehrt?

Fieberhaft sah sie sich nach einer Waffe um, zog schließlich den Regenschirm aus dem Ständer und spähte wieder durch das Fenster.

Der Besucher war fraglos ein Mann. Breite Brust und Schultern, Dreitagebart. Erleichterung wallte in ihr auf, süß und pur wie Frühlingsregen.

Riley!

Sie fingerte an dem Sicherheitsriegel und den Schlössern herum, riss dann die Tür auf und schob sich mit dem Bürostuhl etwas zurück, damit er eintreten konnte.

Noch schien ihr die Angst ins Gesicht geschrieben zu sein, denn Riley musterte sie besorgt.

„Was ist los? Stimmt was nicht? Ich habe gesehen, wie du das Verandalicht an- und ausgeknipst hast. Bist du verletzt?"

Claire hätte sich am liebsten in seine Arme geschmiegt, so wie an dem Tag des Einbruchs.

„Wahrscheinlich ist es nichts. Jetzt fühle ich mich total albern. Entschuldige, dass du bei diesem Regen vorbeikommen musstest."

Mit einem Mal wurde ihr bewusst, dass sie nur ein Nachthemd trug, und außerdem hatte sie keinen BH an. Zumindest war das Nachthemd, das ihr eine Bekannte vor ein paar Tagen vorbeigebracht hatte, ganz hübsch. Sonnengelb mit aufgestickten Blumen.

Über ihre Frisur wollte sie nicht einmal nachdenken, die musste zerzaust und platt am Hinterkopf sein, hatte sie doch gerade noch auf der Couch geschlafen. Warum konnte sie Riley nicht ein einziges Mal in einem besseren Zustand begegnen? Schließlich hätte sie beinahe darauf gewettet, dass sie nicht immer so gebrechlich und unvorteilhaft aussah.

„Was ist passiert?", fragte Riley.

„Chester hat wegen irgendwas geknurrt, was für ihn sehr ungewöhnlich ist. Und dann habe ich jemanden auf der Veranda entdeckt. Ich habe das Licht an- und ausgeknipst, ich weiß auch nicht, wahrscheinlich wollte ich ihn einfach ablenken. Ich hatte keine Ahnung, dass du das auch sehen würdest. Wie auch immer, es hat wohl funktioniert, denn er ist abgehauen."

„Er?"

„Ich weiß nicht genau. Hätte auch eine Frau sein können, das konnte ich nicht erkennen. Ich habe nur diesen Schatten bemerkt, der die Auffahrt hinuntergerannt ist. Ist dir etwas aufgefallen?"

Er schüttelte den Kopf, ein paar Regentropfen in seinem Haar blitzten in dem Eingangslicht auf. „Bei dem Regen kann man momentan nicht viel sehen, aber ich kann mich mal für dich umschauen. Verschließ die Tür hinter mir, und rühr dich nicht von der Stelle."

Dachte er wirklich, sie würde ihm folgen? Sie war schließlich keine *komplette* Idiotin. „Danke, Riley. Doch ich werde mir ziemlich bescheuert vorkommen, wenn du nichts findest. Tut mir leid, dass ich dir solche Umstände mache."

„Du machst mir keine Umstände. Das ist mein Job, schon vergessen?"

Er gab ihr nicht die Gelegenheit, etwas zu entgegnen, denn schon war er wieder draußen und schlug fest die Tür hinter sich zu. Er wartete, bis sie den Sicherheitsriegel wieder vorgelegt hatte. Durchs Fenster beobachtete sie, wie er mit einer Taschenlampe methodisch den Garten ablief und dann hinter dem Haus verschwand.

Wie gut es tat, Riley hierzuhaben. Nicht, dass sie grundsätzlich einen Mann brauchte, der sie beschützte, dennoch war es einfach ein gutes Gefühl, dass gerade ein bewaffneter Polizist überprüfte, ob alles in Ordnung war.

Ein ungewohntes Gefühl, wie sie sich eingestehen musste. Auch in ihrer Ehe war Jeff nicht gerade ein Mann gewesen, der in Krisen überlegt handelte. Einmal war ein Nachbar mitten in der Nacht betrunken nach Hause gekommen und hatte die Eingangstüren verwechselt. Als sein Schlüssel nicht funktionierte, versuchte er, durchs Fenster einzusteigen.

Jeff hatte Dienst im Krankenhaus, weshalb Claire sich mit den Kindern allein im Haus befand. Sie wusste noch, welche Angst sie ausgestanden hatte, bis sie den Mann erkannte und zu ihm ging, um ihm nach Hause zu helfen. Obwohl das alles lange her war, erinnerte sie sich daran, wie sie hinterher Jeff bei der Arbeit angerufen hatte, weil sie seine Stimme hören wollte, damit er sie tröstete oder beruhigte oder *irgendetwas*.

„Scheinst das ja gut geregelt zu haben", sagte er, ohne ein einziges Mal auf den Vorfall einzugehen.

So war sie nun mal. Sie bekam jede komplizierte Situation in den Griff, seit sie zwölf Jahre alt war.

Sie streichelte den verwirrten, aber duldsamen Chester noch ein paar Minuten, dann klopfte Riley an die Tür. Es dauerte einen Moment, bis sie aufgeschlossen hatte.

„Hast du etwas gefunden?"

„Keine verrückten Mörder. Zumindest soweit ich das beurteilen kann."

„Dann denkst du also, ich habe mir das nur eingebildet?"

„Nö. Du hast garantiert da draußen jemanden gesehen."

„Woher willst du das wissen?"

Er zog etwas hinter seinem Rücken hervor. „Das habe ich in einer Ecke der Veranda gefunden. Es wäre mir wahrscheinlich vorher schon aufgefallen, wenn ich mir nicht solche Sorgen um dich gemacht hätte."

Sie starrte den riesigen Korb an. „Was, in aller Welt?"

„Irgendeine Idee, wer das mitten in der Nacht auf die Veranda gestellt haben könnte?"

„Nein. Das ist verrückt. Warum sollte derjenige nicht einfach klingeln?"

„Gute Frage."

Er trug Handschuhe, wie ihr gerade auffiel. Als ob es sich hier um einen Tatort handelte oder so etwas.

„Glaubst du, das ist … etwas … Seltsames?"

„Bestimmt ist das von irgendeinem deiner vielen Bekannten. Aber nur zur Sicherheit sollte ich einen Blick hineinwerfen, wo ich doch schon mal hier bin."

„Wir sind hier in Hope's Crossing, nicht in Oakland, Riley. Ich bezweifle schwer, dass jemand eine Bombe in einem Korb vor meiner Tür deponiert hat."

Sein Blick war wachsam. „Du hast auch nicht damit gerechnet, dass jemand in deinen Laden einbricht und ihn verwüstet, oder?"

Darauf hatte sie keine passende Antwort. Riley setzte den Korb auf einem kleinen Tisch im Eingangsbereich ab und begann, ihn zu durchwühlen.

„Nun, da steht *Sugar Rush* drauf. Was ist das?"

„Ein Gourmet-Süßigkeitenladen in der Pine Street, der hat vor etwa einem Jahr eröffnet. Dort gibt es das beste Eis der ganzen Stadt."

„Hier steht Brombeer-Fudge drauf."

„Oh. Lecker. Meine Lieblingssorte."

Er warf ihr einen Seitenblick zu, bei dem ein erregendes Prickeln sich in ihr ausbreitete. „Das werde ich mir merken."

„Wobei ich da nicht wählerisch bin", gestand sie. „Ich mag alle Fudge-Sorten. Und das Eis. Oh, und die Karamellbonbons. Das ist vermutlich der Grund, warum ich immer einen möglichst großen Bogen ums *Sugar Rush* mache."

Er lächelte leicht, dann griff er wieder in den Korb. „Was haben wir noch? Sieht wie eine Körperlotion aus." Er öffnete den Deckel, um daran zu riechen. „Schön. Duftet nach Blumen."

„Christy Powell stellt Seifen und Lotionen her. Vielleicht ist der Korb von ihr."

„Bisher habe ich noch keine Karte entdeckt."

Er zog einen dicken Stapel Zeitschriften heraus, der so ziemlich jede Ausgabe aus Mauras Buchhandlung zu beinhalten schien, unter anderem einige zum Thema Perlenknüpfen, über die sie sich besonders freute.

Normalerweise las Claire selten Zeitschriften, sondern lieber einen guten Roman, doch wenn sie gestresst war, empfand sie gedankenloses Durchblättern als herrlich entspannend.

Riley war noch nicht fertig. Er holte fünf Romantik-Thriller aus dem Korb, ihr Lieblingsgenre, und eine Tüte Bonbons, ebenfalls von *Sugar Rush*.

„Wow. Da hat aber jemand eine sehr genaue Ahnung davon, was ich mag. Ich wette, das war Alex."

Riley schien nicht überzeugt. „Warum sollte sie sich auf deine

Veranda schleichen und heimlich einen Korb abstellen, statt das zu tun, was sie sonst immer tut – einfach hereinplatzen und ihre Nase überall hineinstecken."

„Gute Frage." Sie lächelte. Sie wusste, dass Riley und Alex bei aller Nörgelei eine wunderbare Beziehung zueinander hatten. Alex betete ihren einzigen Bruder an, so wie alle McKnight-Schwestern.

„Du hast recht. Außerdem besitzt Alex sowieso einen Schlüssel. Wenn sie es gewesen wäre, hätte sie den Korb auf meinem Küchentisch deponiert, mein Gewürzregal neu geordnet und mich angemeckert, warum ich den Safran, der bereits sechs Jahre alt ist, nicht ersetzt habe."

Er grinste. „Memo an mich: Darf nicht vergessen, Alex aus meiner Küche fernzuhalten."

„Weiser Entschluss."

Wieder steckte er eine Hand in den Korb. „Sieh mal hier. Ich frage mich, ob das aus Mauras Buchhandlung ist."

Er förderte ein kleines geblümtes Lesezeichen mit einem daran baumelnden Engelchen zutage.

Claire starrte es einen Moment lang an, dann, als alle Puzzleteilchen sich zusammenfügten, schnappte sie nach Luft. „Der Engel! Du meine Güte!"

„Engel?"

„Ich habe wohl Besuch vom Hoffnungsengel bekommen. Verdammt! Jetzt wünschte ich wirklich, ich hätte da draußen mehr als nur einen Schatten gesehen."

Riley legte das Buchzeichen sorgsam zurück in den Korb. Dabei bedachte er Claire mit einem Blick, als erwartete er jeden Moment, dass sie in Zungen redete. „Du glaubst, dass dich ein Engel besucht hat? Du hast doch deine Schmerzmittel nicht mit irgendwas vermischt, oder? Wie Bourbon beispielsweise. Oder was weiß ich, Peyote?"

Sie lachte. „Hat dir wirklich noch niemand vom Engel erzählt?"

Riley schüttelte den Kopf, und erst da fiel ihr auf, wie müde er wirkte. Seine Gesichtszüge waren angespannt, er hatte dunkle Schatten unter den Augen.

Laylas Beerdigung, der Unfall und sein neuer Job – das alles musste ihn natürlich aufreiben. Und sie hatte nichts Besseres zu tun, als ihn in einer Regennacht durch die Gegend zu jagen, wo er sich wahrscheinlich einfach nur nach seinem Bett sehnte.

„Was für ein Engel?", fragte er.

„Ist nicht wichtig. Das erzähle ich dir ein anderes Mal, wenn du nicht so geschafft bist."

„Warum nicht jetzt?"

„Du siehst so aus, als würdest du jeden Moment aus den Latschen kippen, wenn du dich nicht endlich mal ausruhen kannst. Ganz offensichtlich handelt es sich nicht um eine Bombe oder so was. Ich schätze, deine Arbeit hier ist erledigt, Chief. Vielen Dank."

„Ich möchte aber hören, was es mit dem Hoffnungsengel auf sich hat. Wenn es einen himmlischen Besucher in der Stadt gibt, sollte ich davon wissen."

„Okay, ich erklär es dir, doch erst, wenn wir ein gemütlicheres Plätzchen gefunden haben." Der Bürostuhl war zwar praktisch, dennoch schmerzte inzwischen ihr Bein.

Er wirkte sofort zerknirscht. „Entschuldige, ich habe nicht nachgedacht. Soll ich dich schieben?"

„Nein, ich habe da meine Methode."

Mit dem Gehstock und dem rechten Fuß manövrierte sie sich zurück ins Wohnzimmer. Nachdem sie sich umständlich auf das Sofa gehievt hatte, fühlte sie sich mindestens hundert Jahre alt.

„Brauchst du Hilfe?", erkundigte er sich erneut.

„Nein, geht schon."

„Natürlich brauchst du Hilfe." Zu ihrer Überraschung streifte Riley seinen Mantel ab und hängte ihn über die Lehne eines Stuhls, als ob er plante, eine Weile zu bleiben.

„Wie meinst du das?"

Er schüttelte den Kopf. „Es ist eiskalt hier. Wir brauchen ein Feuer."

„Ist ein bisschen schwierig für mich, den Kamin anzumachen", gestand sie. „Aber ich kann die Heizung hochdrehen."

„Das nützt reichlich wenig, wenn es wegen des Sturms einen Stromausfall gibt. Und das ist ziemlich wahrscheinlich."

Da sie wusste, dass er recht hatte, protestierte sie nicht, sowie er zu dem schönen alten Kamin ging und ein paar Holzscheite aus dem Korb daneben nahm. Nach einigen gekonnten Handgriffen prasselte ein fröhliches Feuer im Kamin. Chester ließ Riley kaum die Zeit, sich aufzurichten, bevor er seinen stämmigen kleinen Körper direkt davor auf den Boden plumpsen ließ.

„Danke", sagte sie, angenehme Wärme erfüllte bereits den Raum. „Du hattest recht, so ist es viel besser."

„Genau das Richtige in einer regnerischen, stürmischen Nacht." Riley sank in den Sessel neben dem Sofa, seufzte kaum hörbar auf und lehnte sich zurück. Vielleicht hatte er den ganzen Tag noch keine Zeit gehabt, sich einmal hinzusetzen, überlegte sie.

„Perfekt. Okay, ich bin bereit. Was ist das mit dem Hoffnungsengel in Hope's Crossing?" Er lächelte schwach, das sexy Grübchen in der Wange erschien. Sie spürte ein Flattern im Bauch, atmete tief durch und befahl sich, nicht albern zu sein.

„Hier, nimm von dem Brombeer-Fudge."

„Das ist für dich", protestierte er, doch als sie ihm ein Stück reichte, nahm er es und steckte es sich in den Mund. „Mmm. Okay, ich stimme dir zu, das ist köstlich. Kommen wir jetzt zum Engel."

Sie knabberte an ihrem Stück und ließ den süßen Geschmack auf der Zunge zergehen. „Nun, alles hat mit Caroline Bybees Auto angefangen."

„Die Witwe Bybee? Wow. Die lebt noch?"

„Psst, so alt ist sie nicht. Und sie hat die Energie einer halb so alten Frau. Hast du ihren Garten nicht gesehen?"

„Was war mit ihrem Wagen?"

„Nun, du weißt, dass sie nur eine kleine Rente bezieht. Ihr Mann ist schon lange tot, und obwohl sie zeitweise in der Bibliothek arbeitet, schätze ich, dass die Arme ganz schön zu kämpfen hat, so wie die Vermögenssteuer ständig steigt."

Das war die Schwierigkeit, wenn man in einer Stadt mit viel Tourismus lebte. Leute, die schon seit Jahren in ihren Elternhäusern wohnten, konnten es sich oft nicht mehr leisten, hier zu bleiben. Vor allem wenn sie die Möglichkeit hatten, ihre Grundstücke für Unsummen zu verkaufen, damit dort Ferienwohnungen gebaut werden konnten.

Viele Einwohner hatten sich dieses goldene Ticket besorgt und waren weggezogen, aber die, die Hope's Crossing als Heimat betrachteten und bleiben wollten, kämpften mit den ständig steigenden Steuern und erhöhten Preisen für die Lebensmittel.

Hinzu kam, dass es fast nur noch schlecht bezahlte Gastronomiejobs im Resort oder in den anderen Hotels gab – oder in den

Restaurants und Bars, die in den letzten Jahren entstanden waren –, da wunderte es nicht, dass einige Jugendliche keine Zukunft für sich sahen und in die Kriminalität abrutschten.

„Caroline hatte diesen alten himmelblauen Plymouth, erinnerst du dich? Letzten Herbst hat der dann den Geist aufgegeben, und obwohl sie viel zu stolz war, es zuzugeben, hatte sie kein Geld für einen neuen Wagen. Ein paar Wochen lang ist sie mit Freunden zur Kirche und in die Bibliothek gefahren und zu Fuß einkaufen gegangen, dann allerdings kam der Winter."

Er sagte lange nichts, und als sie zu ihm hinüberblickte, stellte sie fest, dass er die Augen geschlossen hatte. Er sah entspannt aus, gelöster, als sie ihn seit seiner Rückkehr jemals gesehen hatte. War er eingeschlafen? War ihre Geschichte so langweilig, oder fühlte er sich einfach zu wohl hier?

Er öffnete ein Auge. „Weiter. Ich höre zu."

Sie wurde rot. „Klar. Tut mir leid. Nun, nachdem der erste Schnee gefallen war, wachte Caroline auf und entdeckte ein fremdes Auto in ihrer Auffahrt. Einen nur ein paar Jahre alten Honda Accord mit Winterreifen. Natürlich hat sie sofort die Polizei verständigt. Dean Coleman kam, fand zwei Paar Schlüssel auf dem Sitz, einen auf sie ausgestellten Fahrzeugbrief und eine Nachricht mit den Worten: ‚Fahren Sie vorsichtig.' Und das war's."

Er öffnete beide Augen, und erneut staunte sie über dieses lebendige, funkelnde Grün, saftig wie frisches Gras der Gebirgsausläufer im Mai.

Alex hatte dieselben Augen, in Rileys männlichem Gesicht allerdings wirkte die Farbe noch überraschender.

Sie schob die Decke zur Seite, inzwischen war ihr warm geworden. „Jemand hat der Witwe Bybee anonym ein Auto geschenkt?"

„Verrückt, oder?"

„Und sie hat keine Ahnung, wer?"

„Überhaupt nicht. Du kennst doch Caroline, sie hat natürlich nachgeforscht und den Händler außerhalb von Denver aufgespürt. Doch weiter kam sie nicht. Dort konnte oder wollte ihr niemand etwas sagen."

Er schien fasziniert zu sein, und ihr fiel ein, wie Mary Ella immer behauptet hatte, dass Riley Rätsel über alles liebte.

„Offenbar war das noch nicht alles."

„Nein. Es gab Kuverts mit Bargeld in Briefkästen, Körbe mit

Essen wurden vor Häuser gestellt. Nicht zu vergleichen mit Carolines Auto, aber immer genau in dem Moment, in dem es den Leuten am schlechtesten ging."

Lächelnd betrachtete sie ihren eigenen Korb, zutiefst berührt von der Tatsache, dass sich jemand ihretwegen solch eine Mühe gemacht hatte. Zum ersten Mal begriff sie wirklich, wie viel so eine Geste bedeuten konnte, zu wissen, dass jemand die Zeit und Energie investiert hatte, um ihr einen Gefallen zu tun, ohne mit einem Dankeschön zu rechnen.

„Irgendjemand kam dann auf die Idee mit dem Namen Hoffnungsengel. Er ist in der Stadt inzwischen zu einer richtigen Legende geworden, und jeder versucht herauszufinden, wer es sein könnte. Bisher hat ihn niemand auf frischer Tat ertappt. Wahrscheinlich bin ich ihm heute Nacht näher gekommen als jeder andere. Ich glaube, erst da haben wir alle verstanden, wie fragil unsere Gemeinschaft geworden ist."

„Fragil? Wie meinst du das?"

„Hope's Crossing ist nicht mehr so wie damals in unserer Kindheit. Seit einiger Zeit schon nicht mehr."

„Damals wurde das Skiresort gerade erst gebaut, es gab nur einen Lift und ein paar Pisten", erwiderte er.

„Genau. Wir dachten damals ja, dass Harry Lange und die anderen was geraucht haben müssten, weil sie hier noch ein weiteres Skigebiet aufziehen wollten. Colorado ist schließlich voll davon."

„Hat sich für sie allerdings bezahlt gemacht."

„Stimmt. Und jetzt brauchen wir die ganzen Touristen, damit wir überhaupt überleben können", meinte sie verdrossen.

„Irgendeine Idee, wer diese guten Taten vollbringen könnte?"

„Da gibt es genauso viele Theorien, wie ich Perlen in meinem Laden habe. Ich dachte, dass es vielleicht deine Mom ist."

Er schnaubte. „Du spinnst. Meine Mom hat sechs Kinder allein mit ihrem Lehrerinnengehalt und dem bisschen Unterhalt, den mein Vater ihr bis zu seinem Tod gegeben hat, großgezogen. Sie könnte es sich keinesfalls leisten, der Witwe Bybee ein Auto zu kaufen, egal, wie gern sie das schrullige alte Mädchen hat."

„War ja nur so ein Gedanke. Und du hast wohl recht, nicht nur wegen des Geldes, sondern weil Mary Ella nicht in der Stadt war, als Fletcher Jones oben in *Miner's Hollow* eine Fuhre Brennholz erhalten hat."

„Auch wenn ich keine Sekunde lang glaube, dass meine Mom etwas damit zu tun hat – sie hätte die Lieferung auch übers Telefon bestellen können, bevor sie weggefahren ist."

„Das stimmt, aber sie war ein paar Mal bei mir im Laden, wenn es wieder Neuigkeiten vom Hoffnungsengel gab. Und sie war jedes Mal ehrlich überrascht und begeistert. Zum Beispiel als jemand die Hotelrechnung für Mark und Amy Denton beglichen hat, als ihr Frühchen drei Wochen lang im Kinderkrankenhaus in Denver lag. Ich denke nicht, dass Mary Ella so eine gute Schauspielerin ist. Sie hat geweint und alles."

„Ich weiß nicht. Nachdem mein Vater abgehauen ist, hat sie ziemlich gut Theater gespielt."

Sie warf ihm einen fragenden Blick zu, überrascht, dass er dieses für die ganze Familie traumatische Thema überhaupt anschnitt. Und tatsächlich schien er es bereits zu bereuen, weshalb sie es auf sich beruhen ließ.

„Später dann hatte ich angenommen, dass es vielleicht Katherine ist."

Er nickte. „Nun, *das* wiederum könnte ich mir vorstellen. Sie und Brodie haben Geld ohne Ende. Mit ihrem Sportladen und der Ferienwohnungsanlage verdienen sie genug, ganz zu schweigen davon, dass ihr Mann einer der ersten Investoren des Skiresorts war. Katherine könnte es sich locker leisten, durch die Gegend zu rennen und anderen Leuten zu helfen."

„Nur dass Katherine im Moment wirklich Wichtigeres im Kopf hat, als mir Brombeer-Fudge und Zeitschriften zu bringen. Sie ist in Denver. Ich habe mit ihr jeden Tag gesprochen, seit ich wieder zu Hause bin, und ich weiß, dass sie nicht eine Sekunde von Taryns Bett in der Klinik gewichen ist."

Sofort schalt sie sich, den Unfall angesprochen zu haben. Riley verspannte sich umgehend.

Chester schien zu spüren, dass etwas nicht stimmte. Er hob den Kopf und schaute zwischen ihnen hin und her. Dann stand er gähnend auf und tapste zu Riley, als wollte er ihm moralische Unterstützung anbieten.

Riley streckte die Hand nach unten, um seinen Nacken zu streicheln, den Mund zu einer dünnen Linie zusammengekniffen.

Sie beschloss, dem Thema nicht auszuweichen. „Hast du Maura heute gesehen?"

Beim Anblick des leeren Ausdrucks in seinen Augen sehnte sie sich auf einmal nach dem vorlauten, frechen Kerl von früher. „Ich versuche, jeden Tag bei ihr vorbeizuschauen. Heute war ich in meiner Mittagspause dort."

„Ich habe nur kurz mit ihr gesprochen. Meistens erreiche ich nur die Mailbox, wenn ich anrufe."

„Da bist du nicht die Einzige. Sie lässt niemanden an sich ran. Auch wenn ich sie besuche, will sie nicht reden. Sie tut so, als wäre alles wie immer."

„Ich schätze, mancher Schmerz sitzt so tief, dass man ihn nur allein durchstehen kann."

„Das ist sehr wahr."

„Und wie geht es dir?", fragte sie nach einer langen Pause. „Wie geht es dir *wirklich*?"

„Gut", entgegnete er knapp.

Da sie ihn nicht aus den Augen ließ, seufzte er schließlich laut. „Ich hatte schon bessere Tage."

Sie vermutete, dass er das nicht vielen Menschen gegenüber zugab, und war gerührt. Ohne darüber nachzudenken, legte sie eine Hand auf seinen Arm.

Er blickte lange auf ihre Finger herab, und als er den Blick hob, um sie anzusehen, glaubte sie, ein Funkeln in seinen Augen wahrzunehmen.

Etwas geschah zwischen ihnen, es war warm und süß wie die hausgemachte Karamellsoße auf den Eisbechern im *Sugar Rush*.

„Du hast vorhin erschöpft ausgesehen. Kannst du überhaupt schlafen?"

Er zuckte mit den Schultern, antwortete jedoch nicht direkt. „Warum sorgst du dich meinetwegen, Claire? Du bist die mit den gebrochenen Knochen."

„Meine Verletzungen werden heilen", sagte sie sanft.

Er zog seinen Arm unter ihrer Hand hervor und kratzte sich den Nacken. „Du brauchst dir keine Gedanken um mich zu machen, Claire. Sondern um Maura und den Rest meiner Familie. Und um die Thornes." Dann wechselte er hastig das Thema. „Also, wer steht als Nächstes auf deiner Liste, wenn nicht Ma oder Katherine der Hoffnungsengel sein können?"

Zwar hätte sie ihm gern gesagt, dass sie sich nun mal über ihn Gedanken machte, ob es ihm passte oder nicht, ließ ihn aber in dem

Glauben, dass er sie abgelenkt hatte. „Ich weiß es nicht. Mir fällt niemand mehr ein."

„Vielleicht ist es ja eine ganze Gruppe? So eine Art Verein?"

Sie lachte. „Wofür?"

„Was, wenn es mehr als nur einen Hoffnungsengel gibt? Eine Verbindung von Wohltätern? Sie könnten es alle zusammen sein, Ma und Katherine, vielleicht sogar deine Mutter. Ich könnte mir auch Angie und ihren Mann gut vorstellen."

Eine Moment lang dachte sie über die Idee nach. „Okay, das wäre auch eine Möglichkeit. Vielleicht hat derjenige, der Caroline das Auto geschenkt hat, nur den Anfang gemacht, und dann haben andere nachgezogen."

„Gefällt mir. Somit könnte wirklich jeder ein Hoffnungsengel sein."

Sie verfielen in ein angenehmes Schweigen, während Claire weiter darüber grübelte. Die Idee schien ihr passend. Sie hatte schon oft überlegt, wie unwahrscheinlich es war, dass ein einzelner Mensch das alles organisieren konnte.

Wie würde eine solche Gruppe vorgehen? Arbeiteten die einzelnen Mitglieder unabhängig voneinander, oder trafen sie sich, um darüber abzustimmen, wem geholfen werden sollte? Während der Regen gegen das Fenster trommelte und der Wind um das alte Haus heulte, versuchte sie sich vorzustellen, wie eine Gruppe geheimer Wohltäter sich irgendwo versammelte, Kaffee trank und über die Schwierigkeiten der Einwohner von Hope's Crossing diskutierte, ungefähr so wie Zeus mit seiner Götterversammlung auf dem Olymp.

Bei dieser Vorstellung musste sie lächeln und wollte Riley gerade davon erzählen, da bemerkte sie, dass er die Augen geschlossen hatte. Und diesmal wirklich schlief.

Seine Hand auf Chesters Fell war bewegungslos, seine Brust hob und senkte sich gleichmäßig.

„Riley?", flüsterte sie. Zur Antwort bekam sie nur Chesters schnüffelnd lautes Atmen.

Armer Mann. Er hatte praktisch zugegeben, wie sehr er unter dem Tod seiner Nichte litt. Sie wünschte, es gäbe einen Weg, seinen Schmerz zu lindern. Aber kein Korb voller Süßigkeiten und kein Umschlag mit Geld konnte daran etwas ändern. Selbst der Hoffnungsengel – oder *die* Engel womöglich – wäre nicht in der Lage, ihm zu helfen.

Genauso wenig wie sie. Es gab Schmerzen, die man einfach aushalten musste.

Riley wirkte im Licht der Stehlampe wie ein anderer Mensch. Wenn ihre Kinder schliefen, sahen sie friedvoll und süß aus, doch Riley erinnerte mehr an den frechen kleinen Jungen, der er einmal gewesen war, und nicht an den erwachsenen Mann.

Wie es wohl wäre, diese harten Lippen zu küssen? Die Finger in seinem vollen welligen Haar zu vergraben, sanft mit dem Mund über sein Ohr zu streichen ...

Sie presste eine Hand auf ihren kribbelnden Bauch. Was, in aller Welt, war nur mit ihr los? Es ging hier um *Riley*! Sie hatte kein Recht, solche Fantasien über ihn zu haben. Vom Altersunterschied einmal abgesehen ... ihre Gedanken schweiften ab. Gut, drei Jahre waren jetzt mit sechsunddreißig und dreiunddreißig vielleicht nicht viel. Aber sie konnte ihn sich noch immer lebhaft als neunjährige Plage vorstellen, die sie und Alex zur Weißglut gebracht hatte.

Sie stieß den Atem aus. Jetzt war er kein Quälgeist mehr. Er war ein Mann, stark und muskulös, gefährlich attraktiv. Und sie war eine geschiedene Mutter, deren Liebesleben ausschließlich aus schmalzigen nach Jane-Austen-Büchern gedrehten Liebesfilmen bestand – inklusive Taschentüchern und Popcorn.

Die Schmerzmittel spielten ihr einen Streich. Sie wusste, dass sie Benommenheit und Magenbeschwerden verursachen konnten. Unpassende sexuelle Bedürfnisse wurden auf dem Beipackzettel allerdings nicht erwähnt.

Eine kluge Frau hätte ihn geweckt und nach Hause geschickt, wo er sich in seinem eigenen Bett ausstrecken und seine ganze ... Männlichkeit ... mitnehmen konnte.

Sie öffnete gerade den Mund, um genau das zu tun, schloss ihn dann aber wieder. Er hatte so furchtbar müde ausgesehen, es erschien ihr grausam, ihn jetzt wachzumachen und wieder hinaus in den Regen zu schicken.

Gerade hatte sie sich doch gewünscht, ihm irgendwie helfen zu können. Vielleicht waren ein paar Stunden Schlaf genau das, was er brauchte.

„Riley?", wisperte sie noch einmal.

Er seufzte und schmiegte sich noch tiefer in den Sessel. Obwohl sie das unbestimmte Gefühl hatte, es eines Tages zu bereuen, brachte sie es nicht übers Herz, ihn zu wecken. Stattdessen nahm sie eine weiche Decke vom Sofa und breitete sie vorsichtig über ihm aus.

Dasselbe hätte ich auch für Macy und Owen getan, sagte sie sich, sowie sie zurück in die Polster sank und ihre eigene Decke um ihr schmerzendes Bein schlang. Sie war einfach nur nett zu einem alten Freund. Diese Geste hatte überhaupt nichts zu tun mit diesem idiotischen, verrückten Teil ihn ihr, der es genoss, ihn bei sich zu haben, während draußen der Sturm tobte und im Kamin ein Feuer prasselte.

# 7. Kapitel

Er träumte, dass er wieder in Oakland war, als Undercoveragent, sein langes struppiges Haar hing ihm ständig in die Augen, der Dreitagebart kratzte, und er trug Klamotten, die nach Wodka und weiß Gott was noch stanken. Er war bei Oscar Ayala, einem der wichtigsten Akteure im *Cartoce*-Drogen-Kartell. Laute Latinomusik dröhnte aus den Lautsprechern in Oscars Haus, der konstante Norteño-Rhythmus zerrte an Rileys Nerven.

Sie waren ganz nah dran, das Kartell auffliegen zu lassen. Sechs Monate lang hatte er die Rolle des Lieferanten gespielt und einige schreckliche Dinge gesehen. Schreckliche Dinge getan. Nur noch ein paar Wochen, und die Sondereinheit würde eingreifen – Hauptsache, er konnte seine heikle Position als Vertrauter von Oscar Ayala noch so lange aufrechterhalten. Langsam wurde es allerdings ziemlich brenzlig, denn Oscars *Chica*, Gabriela, eine heiße kleine Nummer aus Venezuela, hatte ein Auge auf Riley geworfen.

Er hatte ihre Annäherungsversuche nun schon seit Wochen abgewehrt, doch es wurde immer schwieriger, sie sich taktvoll vom Leib zu halten. Ihr Einfluss auf Ayala war immens. Also dufte er Oscar auf keinen Fall das Gefühl geben, dass er mit seinem Mädchen rummachte, zugleich konnte er es sich nicht leisten, dass eine beleidigte Gabriela irgendwelchen Blödsinn über ihn herumerzählte.

Er war in der Küche, schenkte Getränke ein, die Musik hämmerte, da drängte sie ihn in eine Ecke. Offenbar hatte sie keine Lust mehr, sich länger zurückzuhalten. Sie wählte den direkten Weg und legte ihm eine Hand in den Schritt.

„Oscar ist eingepennt, das ist unsere Chance", murmelte sie in der Traum-Erinnerung und schlang sich um ihn wie eine Boa Constrictor. Sie küsste ihn, ließ ihre Lippen hart und geschickt über seinen Mund gleiten.

Außer zu behaupten, dass er schwul wäre, wusste er nicht, wie er sich aus dieser Situation befreien sollte. Und das würde sie ihm vermutlich nicht abkaufen, so wie sein bescheuerter Körper auf ihren Annährungsversuch reagierte – eine geschmeidige, schöne Frau drückte sich gegen seine empfindlichsten Stellen nach Monaten der vollkommenen Enthaltsamkeit, in der er mit nichts anderem beschäftigt gewesen war, als diese verdammte Rolle eines Dealers zu spielen.

Und trotzdem wollte er gerade die Schwulen-Karte ausspielen, als das Schlimmste geschah. Er hörte ein Brüllen von der Tür, sah auf und erblickte Oscar, die Gefängnis-Tätowierungen in seinem Gesicht sogar noch bedrohlicher als sonst.

„Er ist über mich hergefallen", schrie das Miststück in abgehacktem Spanisch. „Ich wollte mir nur noch einen Drink holen, und plötzlich hat er mich gepackt. Ich habe versucht, mich zu wehren, Baby."

Riley stand nur einen Moment zu lange einfach da, sein Gehirn hatte sich ausgeschaltet, und Oscar stürzte in die Küche und zog seine Glock.

„*Puta*", zischte er, und bevor Riley irgendetwas sagen konnte, schoss er Gabriela in den Kopf. Blut und Gehirnmasse spritzten auf Riley. In seinem Traum spielte sich dieses Geschehen in Zeitlupe ab, Bild für Bild, also ungefähr so, wie es sich im wahren Leben angefühlt hatte.

„Sie ist eine Nutte", meinte Oscar selbstgefällig grinsend. „Ich hab die Schnauze voll von ihrem Scheiß. Ein Schwanz nach dem anderen, das sehe ich nicht mehr ein. Am Ende steckt die mich noch mit Filzläusen an oder so was."

Riley stand da. Bedeckt von Körperfetzen eines anderen Menschen. Er wusste nicht, was er sagen oder tun sollte. Er war ein Cop, der gerade gesehen hatte, wie eine Frau direkt vor seinen Augen ermordet wurde. Sollte er diesen verrückten Scheißkerl jetzt festnehmen oder noch ein paar Wochen stillhalten?

„Ziehst du irgendeinen Scheiß mit mir ab?", fragte Oscar. „Du hast sie doch nicht gevögelt, oder?"

„Ich hab sie nicht angerührt." Die Worte schmerzten in seinem Hals, doch er würgte sie trotzdem hervor. „Ich wollte, hab's aber nicht. Sie hat dir gehört. Was mich betrifft, kannst du mit ihr machen, was du willst. Geht mich nichts an."

Oscar schaute ihn wieder mit diesem widerlichen Lächeln an. „Sehr richtig. Weiß schon, warum ich dich mag, Mann."

Im Traum trat Riley über die Leiche und goss sich noch einen Drink ein, die Norteño-Musik hämmerte in seinem Kopf, sein Herz schlug heftig. Er sah Ratten aus den Schränken kriechen und das Gesicht der Frau auffressen.

Etwas strich gegen seine Hand, ein Ruck durchzuckte seinen Körper, als er aufwachte und seine Hand außer Reichweite der Ratten zog. Dabei tastete er instinktiv nach seiner Waffe, noch ehe er richtig bei sich war.

Er brauchte etwa zwanzig Sekunden, bis ihm klar wurde, dass es hier keine Ratten gab und er auch nicht in diesem hässlichen Apartment in Oakland war, wo er vorgegeben hatte, die Sorte Mann zu sein, die ohne sichtliche Reaktion den gewaltsamen Tod eines anderen Menschen beobachtete.

Ein Hund leckte seine Hand. Hässlich, stämmig und mit kummervollem Blick. Claires Hund, wie es ihm allmählich dämmerte. Er war in Claires Haus mit den hübschen, hell gestrichenen Wänden und den bequemen Möbeln. Er war in ihrem Haus, in einem Stuhl neben einem fast erloschenen Kaminfeuer, in eine weiche Decke gehüllt. Auf dem Sofa konnte er in der Dunkelheit die Silhouette von Claire erkennen und verschwommen ihr schlafendes Gesicht sehen.

Dann bemerkte er, dass er seine Waffe in der Hand hielt. Schnell steckte er sie zurück in das Halfter und holte zitternd Luft, ein wenig desorientiert von dieser rasanten Fahrt aus der Hölle in dieses warme, schöne Haus, in dem es nach frisch gewaschener Wäsche roch und nach Wildblumen und Erdbeermarmelade.

Ein Geruch, der typisch für Claire war. Frisch und süß. Köstlich. Lag es an einer speziellen Seife? Einem Shampoo? Vielleicht war es einfach nur sie. Er wusste noch genau, wie er als Junge einmal nach der Schule nach Hause gekommen war und von purem Glück erfüllt wurde, weil er Claires Duft im Zimmer wahrgenommen hatte und somit wusste, dass sie da war.

Er rieb sich über das Gesicht. Monatelang hatte er nicht mehr an Oscar oder Gabriela gedacht. Weshalb jetzt?

Das jedenfalls war der letzte Tropfen gewesen, der das Fass zum Überlaufen gebracht hatte. Zwei Wochen später griff das Sondereinsatzkommando endlich ein und verhaftete jedes verdammte Mitglied der *Catorces* anhand der Beweise, die Riley gesammelt hatte. Kurz darauf hatte er den Anruf von Dean Coleman erhalten, der ihn gefragt hatte, ob er sich nicht als Polizeichef in Hope's Crossing bewerben wolle.

Zuvor wäre er niemals auf diese Idee gekommen, doch zu diesem Zeitpunkt in seinem Leben hatte er sich verzweifelt nach etwas Ruhe gesehnt. Nach einem Ort, wo das Leben noch etwas wert war, wo Kinder nicht im Schmutz schliefen und, kaum in der ersten Klasse, bereits lernten, wie man eine Crackpfeife anzündete.

Der krasse Kontrast zwischen der Hässlichkeit seines Traums und den sanften hübschen Farben und Stoffen in diesem Haus brachte ihn noch immer durcheinander.

Hatte Claire ihn zugedeckt? Wer sonst, er konnte sich nicht daran erinnern, sich selbst eine Decke genommen zu haben. Genau genommen konnte er sich auch nicht daran erinnern, überhaupt eingeschlafen zu sein. Sie hatten über den Hoffnungsengel gesprochen und verschiedene Theorien über seine Identität entwickelt. Da musste er mitten im Gespräch weggenickt sein.

Er verlagerte sein Gewicht und begann selbstvergessen, den Hund unter seinen Hängeohren zu streicheln, ein wenig beschämt, dass er sich Claire gegenüber so hatte gehen lassen. Wieso hatte sie ihn nicht geweckt? Und sich auch noch die Mühe gemacht, ihn zuzudecken, wo sie sich wegen ihrer Verletzungen doch kaum bewegen konnte?

Er musterte sie, verblüfft über diese Frau und seine schon länger als zwanzig Jahre andauernde Zuneigung zu ihr.

Warum fühlte er sich so stark zu ihr hingezogen? Lag es an ihrer Großzügigkeit? An dieser Freundlichkeit, die jedem sofort ins Auge stach? Er seufzte. Alles, was er wusste, war, dass er in Claire Tatum schon als dummer kleiner Junge verschossen gewesen war, in die beste Freundin seiner älteren Schwester.

Anfangs war Claire für ihn auch so etwas wie eine Schwester gewesen, die ihn herumkommandierte und ihm ständig auf die Nerven fiel. Wann genau sich das änderte, konnte er nicht sagen, aber er erinnerte sich noch, wann er sie zum ersten Mal als Frau wahrgenommen hatte.

Er war dreizehn gewesen, und sie hatte wie so oft bei seiner Schwester übernachtet, um ihrem eigenen deprimierenden Leben zu Hause zu entfliehen. Er war mitten in der Nacht aufgestanden, weil er auf die Toilette musste. Claire kam in derselben Sekunde heraus, sie trug dünne Shorts und ein Tanktop ohne BH. Es war ein kühler Abend, und er konnte die dunklen Umrisse ihrer Brustwarzen unter dem fast durchsichtigen Stoff erkennen.

Schläfrig hatte sie ihn angelächelt, ehe sie über den Flur zurück in Alex' Zimmer verschwunden war. Deutlich sah er vor sich, wie er nur dagestanden hatte, viel länger als nötig, mit trockenem Mund. Sein Körper hatte reagiert wie ... nun, wie der Körper eines Dreizehnjährigen nun einmal reagierte.

So hatte seine sexuell höchst aufgeladene, aber doch eher enthaltsame Pubertät begonnen. Dieser Moment, an den er öfter gedacht hatte, als gut für ihn gewesen war.

Genau genommen stellte dies vermutlich bis heute den erotischsten Moment seines Lebens dar.

Er streckte sich ein wenig aus und blickte auf die Uhr. Zwei. Er hatte drei Stunden lang in Claire Bradfords Sessel geschlafen – länger, als es ihm jemals in den letzten zwei Wochen gelungen war.

Der Unfall. Ein Schauer fuhr über seinen Rücken und verjagte auch noch den letzten schönen Gedanken. Sofort stach wieder der vertraute Schmerz mitten in sein Herz.

Layla.

Ach Layla.

Er schloss die Augen und sah wieder Maura vor sich. Er fuhr täglich bei ihr vorbei, immer in der Hoffnung, dass sich etwas geändert hatte, doch seine fröhliche, glückliche Schwester war verschwunden. Sie war in den letzten beiden Wochen gealtert, ihre Haut wirkte blass und trocken, ihre Züge waren angespannt und bitter.

Sie behauptete, ihm keine Vorwürfe zu machen. Erst gestern hatte sie ihre Hände an sein Gesicht gelegt. „Es war nicht dein Fehler, Ri. Wage ja nicht, das zu denken. Du hast nur deine Arbeit getan."

Sein Verstand sagte ihm, dass sie recht hatte, dadurch wurden seine Schuldgefühle allerdings nicht kleiner.

Er hatte wirklich hässliche Dinge in seiner Zeit als Undercoveragent erlebt, Dinge, die ihn in seinen Träumen noch immer verfolgten. Aber in mehr als zehn Jahren in diesem Job hatte ihn nichts so getroffen wie dieser Unfall, bei dem das Kind seiner Schwester getötet worden war.

Die Kälte kroch noch tiefer in seine Knochen, und er schaute zum Kamin in die ersterbende Glut. Der Wind hatte irgendwann in der Nacht nachgelassen, aber er konnte noch immer das sanfte Prasseln des Regens hören.

Mit einem schnellen Blick auf Claire versicherte er sich, dass sie noch immer tief und fest schlief. Leise stand er auf und ging – gefolgt von ihrem komisch aussehenden Hund – zum Kamin. Irgendjemand – vielleicht dieser Idiot Bradford? – hatte einen Stapel Holz aufgeschichtet. Er stocherte einen Moment mit dem Schürhaken durch die Asche, bis sie rot aufglühte, und warf dann einen Holzblock darauf. Es knisterte einen Moment, bevor er Feuer fing. Riley starrte in die Flammen, da hörte er ein Geräusch hinter sich.

Als er sich umdrehte, hatte Claire sich aufgesetzt und streckte ihre gesunde Hand nach der Lampe aus. Ihr Haar war zerzaust, ihre Wange vom Kissen zerknittert, dennoch sah sie immer noch wunderschön und vor allem viel erotischer als damals mit sechzehn aus.

Und sein Körper zeigte – wenig überraschend – dieselbe Reaktion wie damals in seinem Elternhaus.

„Wie spät ist es?" Ihre Stimme klang heiser, was in dieser Hinsicht auch nicht gerade hilfreich war.

„Kurz nach zwei. Du hättest mich nicht schlafen lassen dürfen."

Gähnend massierte sie sich den Arm oberhalb des Gipses. „Du hast so müde ausgesehen. Ich dachte, ein paar Minuten Ruhe würden dir guttun."

„Ein paar Minuten, ja. Doch das war vor drei Stunden."

Sie lächelte ihn reumütig an. „Ich fürchte, ich bin auch eingenickt. Tut mir leid. Hast du Nackenschmerzen wegen des Sessels?"

„Nein. Offen gestanden, habe ich besser geschlafen als … irgendwann in letzter Zeit."

Voller Mitgefühl betrachtete sie ihn, etwas, was er nicht wollte, deshalb entschied er sich, sie zu schockieren. „Ich muss allerdings zugeben, dass ich als Vierzehnjähriger in meinen Tagträumen etwas ganz anderes mit dir im Sinn hatte."

Vor Verblüffung stand ihr der Mund offen, im gedämpften Licht der Lampe und des Feuers konnte er erkennen, wie ein hübsches Rot in ihre Wangen kroch. „Das ist nicht wahr."

„Ach Claire, Liebes, und ob das wahr ist. Ich hatte eine Menge heiße Fantasien über dich. Ein vierzehnjähriger Junge hat leider meist eine ganz schön lebhafte Vorstellungskraft."

Noch immer schien sie ihm nicht zu glauben. „Warum, in aller Welt, hättest du auch nur eine Sekunde lang von mir träumen sollen? Ich war doch nur die Freundin deiner älteren Schwester. Und du hast uns immer ignoriert, wenn du dir nicht gerade wieder einen neuen Streich ausgedacht hast."

So wie idiotische Jungs es schon seit Jahrhunderten machten, war es ihm dabei immer nur um Claires Aufmerksamkeit gegangen. Vermutlich hatte er sich von Anfang an zu ihr hingezogen gefühlt, sogar schon, bevor er sie als weibliches Wesen betrachtet hatte.

Trotz allem, was in den letzten Wochen geschehen war, musste er angesichts ihrer Überraschung lächeln. Wahrscheinlich hatte sie nicht die geringste Ahnung, dass sie nicht nur für ihn, sondern für einen ganzen Haufen pubertierender Jünglinge in Hope's Crossing ein Objekt der Begierde gewesen war.

„Du brichst mir das Herz, Claire. Ich war schon in dich verknallt, ehe ich alt genug war zu kapieren, dass man von Mädchen nicht wirklich die Krätze kriegt. Ich hatte all diese wirklich tollen Fantasien über uns ... dass du irgendwann mit sexy zerzaustem Haar zu mir kommst – Schmollmund und dunkel geschminkte Augen wie in einem Bon-Jovi-Video, du weißt schon – und mir erklärst, dass du genauso auf mich stehst wie ich auf dich. Und jetzt sagst du mir im Grunde, dass du niemals auf diese Weise an mich gedacht hast. Das ist hart."

Ihre Augen waren riesig, er wusste nicht, ob sie entsetzt oder erfreut war. Oder beides.

Sie öffnete den Mund, wollte etwas erwidern, aber kein Wort kam heraus, sie tat ihm fast schon leid.

„Ich mach doch nur Spaß, Claire. Oh, das mit den Fantasien stimmt, wie ich zu meiner Schande gestehen muss, aber das alles ist lange her. Damals waren wir vollkommen andere Menschen."

Er bemerkte, dass sie schwer schluckte und die Finger in die Decke krallte. Jetzt hatte er sie nervös gemacht.

„Ich sollte gehen und dich weiterschlafen lassen. Hatte sowieso nie vor, so lange zu bleiben. Soll ich vorher vielleicht mal kurz mit dem Hund rausgehen?"

Wieder schluckte sie, blickte von ihm zu dem Hund, dann aus dem Fenster in die regnerische Dunkelheit.

„Das wäre toll. Danke. Noch kann ich vieles leider nicht selbst tun. Verstehst du?"

Er hätte sie am liebsten zurück in ihr Kissen gedrückt, seine Hände in ihrem Haar vergraben und diesen herrlichen Mund geküsst. „Kann's mir ziemlich gut vorstellen", entgegnete er trocken. „Komm schon, Chester."

Riley konnte sich zwar nicht erklären, wie er das machte, aber der Hund wirkte trotz seiner angeborenen bekümmerten Basset-Gesichtszüge begeistert. Riley öffnete ihm die Küchentür, und Chester jagte hinaus in den Regen.

Riley wartete auf ihn und genoss die kühle, feuchte Luft. Er war nur froh, dass er am nächsten Tag freihatte, vielleicht konnte er endlich etwas Schlaf nachholen. Wobei er ziemlich sicher war, dass Claire ihn ab sofort wieder in seinen Träumen besuchen würde.

Was natürlich noch immer tausend Mal besser war als diese Albträume über seine Undercoverzeit oder den Unfall.

Während er wartete, betrachtete er im Verandalicht ihren Garten.

„Scheint, dass der Sturm ein paar Äste abgebrochen hat", sagte er, nachdem er den Hund wieder hereingelassen und mit einem Handtuch, das neben der Tür hing, abgetrocknet hatte.

„Ach, verflixt", murmelte sie.

Wer sagt heutzutage noch verflixt, überlegte er hingerissen.

Dieses kleine alberne Wort war wie eine Mahnung. Jeder, der *verflixt* sagte anstelle der Verwünschungen, die er üblicherweise ausstieß, war viel zu süß für jemanden wie ihn. Er hatte eine viel zu dunkle Seele, um eine Frau wie Claire Tatum Bradford zu verdienen.

„Ich schätze, so was passiert eben in einem Garten voller hundertjähriger Bäume. Können Macy und Owen die Äste wegräumen, wenn sie Sonntagabend aus Denver zurückkommen, oder glaubst du, sie sind zu schwer?"

„Das konnte ich bei dem Licht nicht genau sehen, dennoch denke ich, du wirst für einige eine Kettensäge brauchen."

„Oh. Na, ich finde sicher jemanden, der mir hilft."

Er zögerte einen Moment. Aber auch wenn er wusste, dass er nicht zu viel Zeit in ihrer Nähe verbringen sollte, musste er ihr dieses Angebot einfach machen. Er war jetzt in Hope's Crossing, und so waren die Leute in einer Kleinstadt eben nun mal. Sie halfen sich gegenseitig, wenn sie konnten. Davon abgesehen war er ihr noch etwas schuldig. Wäre er nicht gewesen, würde sie nicht hilflos hier liegen und hätte keine Probleme, sich selbst um die Äste zu kümmern.

„Ist schon ein paar Jahre her, doch bestimmt hab ich nicht vergessen, wie man eine Kettensäge anwirft."

Sie schaute ihn überrascht an. „Du bist doch viel zu eingespannt, Riley. Du hast keine Zeit, meinen Garten aufzuräumen. Ich habe da jemanden, der für mich kleinere Reparaturen und so weiter erledigt. Andy Harris. Falls er keine Zeit hat, wird sicherlich Jeff das für mich erledigen."

Riley versuchte sich vorzustellen, wie der aalglatte Herr Doktor sich im Garten der Exfrau mit seiner schönen jungen Ehefrau an der Seite die Hände schmutzig machte. Allerdings wollte ihm das nicht so recht gelingen.

„Ich besorge mir eine Kettensäge und komme später am Vormittag vorbei. So gegen elf?"

„Riley ..."

Er wollte nicht länger darüber diskutieren, denn er musste sich mit aller Willenskraft davon abhalten, sie einfach in die Arme zu nehmen. „Bis dann", sagte er knapp. „Brauchst du noch was, bevor ich verschwinde?"

„Nein ... danke."

„Wofür sind denn Freunde da?", murmelte er und verließ eilig dieses warme, hübsche Heim, solange er noch die Kraft dazu hatte.

# 8. Kapitel

Sie sollte das wirklich nicht tun.

Während das laute Kreischen der Kreissäge die Mittagsstille zerschnitt, hockte Claire auf diesem blöden Bürostuhl, Chester zu ihren Füßen, und spähte durch die dünnen Vorhänge des Fensters wie in einem Alfred-Hitchcock-Film. Nur dass sie nicht heimlich die Nachbarn dabei beobachtete, wie sie eine Leiche im Garten vergruben, sondern einen unglaublich attraktiven Mann, der mit der Säge ihre Bäume bearbeitete.

Irgendwas war mit ihr ernsthaft nicht in Ordnung.

Riley hatte mit den herabgestürzten Ästen kurzen Prozess gemacht und war danach kurz ins Haus gekommen, um ihr mitzuteilen – und nicht etwa nachzufragen, denn es interessierte ihn nicht, als sie widersprach –, dass er jetzt noch die von dem langen Winter beschädigten Äste abschneiden würde.

Sie hatte darauf bestanden, dafür einen Profi zu bestellen, doch er hatte sie nur angelächelt und war zurück an die Arbeit gegangen.

Sie sollte ihn nicht so anglotzen und schon gar nicht bemerken, wie ihm das T-Shirt am Körper klebte und die Muskeln in seinem Rücken arbeiteten, während er die größeren Äste auf ihren Holzstapel wuchtete.

Das hier war Riley. Alex nerviger Bruder, der immer hinter irgendwelchen Ecken hervorgestürzt war, weil er sie erschrecken wollte, der immer die Düse des Wasserhahns so verklebt hatte, dass jeder, der das Wasser aufdrehte, von oben bis unten vollgespritzt wurde. Dessen Lieblingshobby es im Sommer gewesen war, im Garten darauf zu warten, dass sie sich in die Sonne legten, damit er sie mit dem Schlauch vollspritzen konnte.

Jetzt war er allerdings *definitiv* kein kleiner Junge mehr, sondern ein ein Meter achtzig großer Mann mit harten Muskeln.

*Ich war schon in dich verknallt, ehe ich alt genug war zu kapieren, dass man von Mädchen nicht wirklich die Krätze kriegt. Ich hatte all diese wirklich tollen Fantasien …*

Das kaufte sie ihm noch immer nicht ab, bestimmt hatte er sie nur auf den Arm genommen. Und doch geisterten seine Worte seitdem ständig in ihrem Kopf herum.

Bei ihrem Seufzer sah Chester sie neugierig an. „Entschuldige. Schlaf weiter. Ich hab gerade nur gedacht, was für ein Idiot ich bin." Er bellte einmal zustimmend, dann ließ er den Kopf wieder auf die Pfoten sinken. Plötzlich wurde Claire klar, dass das Geräusch der Kettensäge nicht mehr zu hören war.

Sowie sie in den Garten spähte, entdeckte sie Riley, der vor ihrem Lieblingsbaum – einer Gleditschie – kniete und die Kreissäge in einer orangefarbenen Kiste verstaute.

War er fertig? Ja. Eine Minute später sah sie, wie er die Kiste zuklappte, aufstand und auf das Haus zusteuerte. Es war reines Glück, dass Chester rechtzeitig aus dem Weg sprang, als sie sich hastig mit dem Stuhl vom Fenster zurückrollen ließ. Sekunden später klopfte Riley an die Hintertür und kam herein, ohne ihre Antwort abzuwarten.

Er schien das gesamte Haus auszufüllen, groß und männlich, dieses Haus, das sie nach Jeffs Auszug recht mädchenhaft eingerichtet hatte.

„So. Jetzt solltest du, was die Bäume betrifft, einige Zeit Ruhe haben."

„Zumindest bis zum nächsten Sturm. Vielen Dank für deine Hilfe."

Er zuckte die Achseln. „Gern geschehen. Ich habe heute frei, außerdem verbringe ich meine Zeit lieber im Freien bei der Gartenarbeit, anstatt in meinem Büro irgendwelchen Papierkram zu erledigen."

„Möchtest du etwas essen? Ich habe ein paar Sandwiches gemacht." Sie deutete verlegen auf den Tisch. Die Brote waren krumm und schief und lagen auf nicht zusammenpassenden Tellern, die sie aus der Spülmaschine geholt hatte. An die oberen Schränke reichte sie nicht heran.

Aber Riley schien das nicht aufzufallen. „Du hast Schmerzen und kannst dich kaum bewegen. Da solltest du dich nicht darum kümmern, ob ich was zu essen kriege."

„Mir geht es gut. Großartig sogar." Sie fügte nicht hinzu, dass sie sich beim Belegen dieser mitleiderregenden Sandwiches nützlicher gefühlt hatte als seit Wochen. „Und außerdem ist es doch nur ein

Sandwich, Riley. Und kein Fünf-Gänge-Menü, wie Alex es kochen würde."

„Dann vielen Dank", sagte er nach einem Moment. „Das sieht köstlich aus, und ich bin tatsächlich am Verhungern. Doch zuerst sollte ich mir die Hände waschen."

„Das Badezimmer ist den Flug entlang, die erste Tür links."

Als er kurz darauf zurückkam, war sein Haar feucht, Wassertropfen hingen noch an seinem Hals.

Er sah wundervoll aus. Sie hingegen machte nun wirklich nicht gerade viel her. Sie trug ein schlichtes, mit winzigen blauen Blütenblättern bedrucktes Baumwollkleid, da sie dieses bequem über den Kopf an- und ausziehen konnte. Ihr Haar hatte sie zusammengebunden und zumindest etwas Make-up aufgelegt, wenn auch nicht sehr geschickt.

Er setzte sich auf den Stuhl am Tisch und blickte sich in ihrer sonnigen, gemütlichen Küche um.

„Ich muss schon sagen, hier hat sich einiges verändert, seit diese fiese, gruselige Mrs Schmidt hier gewohnt hat."

„Sie war weder fies *noch* gruselig. Nur alt und einsam."

„Siehst du immer nur das Gute in den Menschen?"

Sie spürte, wie ihr Gesicht heiß wurde. „Wenn man sich die Zeit nimmt, dann entdeckt man an jedem etwas Gutes."

„Vielleicht solltest du mal ein, zwei Tage bei der Polizei arbeiten. Das würde deinen Blick aufs Leben erheblich verändern." Er nahm eine Gewürzgurke aus dem Glas, das sie mit großer Mühe aus dem oberen Fach des Kühlschranks genommen hatte.

Sie trank einen Schluck Wasser. „Nein, besten Dank. Ich bleibe lieber in meinem Perlenladen. Ich bin gern dumm und naiv."

„Ich habe dich weder das eine noch das andere genannt. Ehrlich gesagt, finde ich es sogar … süß."

Sie wollte nicht süß sein. Zumindest nicht in Rileys Augen.

„Also, erzähl mir von deinem Haus", bat er. „Wie bist du zur stolzen Besitzerin von Mrs Schmidts baufälligem alten Steinhaufen geworden?"

„Ich habe schon als Schulmädchen immer davon geträumt, einmal hier zu wohnen", gestand sie.

„Obwohl es so gruselig ausgesehen hat mit den Spinnweben und den schiefen Fensterläden?"

„Ich hab unter dem ganzen Staub und Dreck immer das Schmuckstück wahrgenommen, was es in Wirklichkeit war. Die Bausubstanz war gut, und ich wusste, mit ein bisschen Arbeit könnte man es zum Funkeln bringen."

„Also hast du dir deinen Traum erfüllt."

„Mrs Schmidt starb, ein paar Monate bevor Jeff mit seiner Facharztausbildung fertig war. Als wir uns nach einem Haus umschauten, wollten ihre Kinder das Haus gerade wieder vom Markt nehmen. Unser Immobilienmakler hat mit ihnen Kontakt aufgenommen, und wir haben es einfach gekauft."

Jeff hätte lieber ein neues Haus gebaut, etwas Modernes und Luftiges, doch sie hatte ihn davon überzeugt, dass dies das perfekte Heim war, wo sie Kinder großzuziehen konnten.

Sie wunderte sich noch immer über ihre Ignoranz – dass sie nicht gesehen hatte, wie sehr sich Jeff über die Jahre verändert hatte.

„Habt ihr das ganze Haus entkernt?"

„Mehr oder weniger. Wir haben ein ganzes Jahr harte Arbeit hineingesteckt, bis daraus das Heim wurde, das wir uns vorgestellt hatten." Und während sie Schicht um Schicht Tapeten entfernt, Wände gestrichen und die alten Holzböden abgeschliffen hatte, um für ihre Familie ein hübsches, warmes Zuhause zu schaffen, hatte sie überhaupt nicht mitbekommen, dass ihre Ehe in die Brüche ging.

„Ich kann mir gar nicht vorstellen, wie viel Arbeit das gewesen sein muss."

„Ja, aber wie ich meinen Kindern immer sage, wenn sie sich über ihre Hausaufgaben beschweren oder übers Aufräumen, schätzen wir das am meisten, wofür wir hart gearbeitet haben."

„Das stimmt allerdings."

Sie biss in ihr Sandwich. Es hätte mit ihrer berühmten Fünf-Gewürze-Mayonnaise so viel besser geschmeckt, allerdings konnte sie die Zutaten nicht oben vom Regal holen.

„Ist dir das Haus nach der Scheidung nicht zu viel geworden?"

„Frag mich im Herbst noch mal, wenn ich das Gemüse ernte – vorausgesetzt, ich schaffe es dieses Jahr, welches anzupflanzen – und die Blätter zusammenrechen und das Haus winterfest machen muss."

„Also ist das ein Ja?"

„Meine Mutter hat mich gedrängt, das Haus zu verkaufen, nachdem … nun, nachdem Jeff ausgezogen war, aber ich konnte es einfach nicht nach all der Arbeit, die wir in die Renovierung gesteckt hatten. Ich wollte nicht *alles* verlieren, verstehst du?"

Die Worte waren ihr einfach so herausgerutscht, jetzt war es allerdings zu spät.

Riley kniff die Augen zusammen, seine Miene verdüsterte sich, und zugleich wirkte er ungeheuer sexy. „Ich sage es jetzt einfach frei heraus. Der Mann war ein Idiot, nicht zu kapieren, was er alles hatte."

Er schaute sie so durchdringend an, dass sie ein Schauer überlief. Sie erwiderte den Blick, bis die Spannung fast unerträglich wurde.

Sie stellte ihr Wasserglas ab, fragte sich, ob ihr Gesicht wirklich so rot sein konnte, wie es sich anfühlte, und bemühte sich, freundlich zu lächeln. „Vielen Dank, Riley. Nett von dir, so was zu sagen."

„Daran ist nichts nett, Claire."

Seine Stimme klang heiser. Bevor sie etwas entgegnen oder sich bewegen oder *irgendetwas* tun konnte, streckte er die Hand nach ihr aus und strich mit dem Daumen zärtlich über ihr Kinn. Hitze jagte durch ihren Körper, pulsierend und lebendig, sie wollte sich an ihn schmiegen, wie ihr alberner Hund es bei ihr immer tat, um nach weiteren Streicheleinheiten zu betteln.

„Claire", flüsterte er sanft, und dann legte er die ganze Hand unter ihr Kinn, rückte näher an sie und küsste sie.

Seine Lippen fühlten sich hart und warm an und schmeckten nach frischer Luft. Herrlich und ein wenig wild. Er überstürzte nichts, bewegte seinen Mund kaum, und alles in ihr seufzte auf.

Sie hatte das Gefühl, als wäre sie jahrelang eingefroren gewesen, als hätte sie wie die Berge nur darauf gewartet, dass nach langen Tagen der Dunkelheit endlich die Sonne aufging. Die Augen geschlossen, genoss sie seinen Duft und seinen Geschmack, die Wärme seiner Finger, diese wundervolle, köstliche Hitze, die in ihr aufstieg.

Hör nicht auf, dachte sie. Oh bitte, hör nicht auf.

Sowie er leise aufstöhnte, beugte sie sich weiter vor, er griff in ihr Haar …

Undeutlich nahm sie ein unschönes Geräusch war, eine Haustür, die irgendwo ins Schloss fiel, und dann eine Stimme, die einfach nicht zu diesem herrlichen Moment gehörte, den sie gerade erlebte.

„Hey du", hörte sie Alex aus dem Flur rufen. „Warum steht Rileys Pick-up mit Ästen vollgeladen vor deiner Tür?"

Sie erstarrte, wich schnell zurück, sah in seine lindgrünen – jetzt irgendwie verschleierten – Augen und griff mit zitternden Händen nach ihrem Sandwich.

Gerade noch rechtzeitig. Sekunden später erschien Alex in der Küche. „Hey. Hier seid ihr."

„Richtig. Ähm. Hier sind wir. Hi."

Chester, der Rileys Schwester heiß und innig liebte, sprang auf und eilte zu ihr hinüber, um sich seine Streicheleinheiten bei ihr abzuholen. Während Alex ihn eingehend kraulte, ließ sie ihren Blick zwischen Claire und Riley hin und her wandern.

Claire kannte ihre beste Freundin zu gut, sodass sie nicht erschrocken zusammenzuckte, als diese die Augen zusammenkniff. Was genau sah sie? Waren ihre Lippen geschwollen? Ihr Haar zerzaust? Sie hätte gerne mit einer Hand ihre Frisur wieder gerichtet, allerdings konnte sie das schlecht tun, denn Alex musterte sie derart prüfend, wie sie es immer mit dem Gemüse auf dem Wochenmarkt machte.

Zitternd holte Claire Luft, doch aus irgendeinem Grund entschied Alex sich dafür, nichts zu sagen.

„Hey, kleiner Bruder. Das ist ja eine Überraschung. Was treibst du denn hier an diesem schönen Maitag?"

„Claires Bäume wurden durch den Sturm letzte Nacht in Mitleidenschaft gezogen. Ich habe ein paar Äste abgesägt."

„Nun, wenn das mal nicht nachbarschaftlich von dir ist."

Riley schien sich von ihrem ironischen Ton nicht beeindrucken zu lassen. Er lächelte freundlich, und trotzdem wirkte er noch immer ein wenig verstört. „Ich bemühe mich."

„Möchtest du ein Sandwich?", fragte Claire schnell.

„Vielleicht."

Als Claire versuchte, den bescheuerten Bürostuhl zum Kühlschrank zu manövrieren, hielt Alex sie mit einem strengen Blick und einem Fuß vor den Rollen davon ab.

„Wenn du es wagst, mir ein Sandwich zu schmieren, breche ich dir auch noch das andere Bein", warnte Alex sie zischend.

„Ach, komm. Ich kann das. Hier, ich habe auch welche für Riley und mich zubereitet."

„Lass mich bitte aus dem Spiel", sagte Riley belustigt.

„Du solltest im Bett sein, anstatt Babysitter für meinen kleinen Bruder zu spielen."

Claire riskierte einen Blick auf Riley, nur um festzustellen, dass er sie mit ausdrucksloser Miene beobachtete.

Claire räusperte sich. „Ich spiele für niemanden den Babysitter, sondern habe einfach nur ein Sandwich gemacht."

„Und genau das brauchst du für mich nicht zu tun. Wenn ich Hunger habe, schmiere ich mir mein eigenes verdammtes Sandwich."

„Nur um das mal festzuhalten, ich habe Claire nicht darum gebeten", meinte Riley. „War alles schon vorbereitet, als ich in die Küche kam."

„Andererseits hast du nie was gegen ein gutes Essen einzuwenden. Oder sonst etwas, was das betrifft."

„Was soll denn das heißen?", hakte Riley nach. Auf einmal wirkte er fast gefährlich.

Claire hatte keine Lust auf ihre geschwisterlichen Sticheleien, sie fühlte sich auch so schon ziemlich matt und geschwächt.

„Du weißt ja, wo alles steht", sagte sie zu Alex. „Mach dir selbst was."

„Das werde ich."

Während Alex in der Küche herumhantierte und Zutaten zusammensuchte – viel effektiver, als Claire es jemals gekonnt hätte, selbst vor ihrem Unfall –, saß Claire da, tätschelte Chester und vermied es, Riley anzusehen. Sie hatten sich eben geküsst. Na und? Sie konnte schließlich küssen, wen sie wollte. Männer könnten in ihrer Küche Schlange stehen, hinaus bis auf die Straße, wenn sie Lust dazu hatte.

Nicht, dass sie so viele Männer kannte, die sie gern geküsst hätte. Seit ihrer Scheidung vor zwei Jahren war sie exakt mit einem Mann ausgegangen, einem verwitweten Versicherungsangestellten aus Telluride, den sie in einem Supermarkt kennengelernt hatte.

Die ganze Sache hatte sich in dem Moment, als er mit seinen drei Kindern in ihrem Haus aufgetaucht war, zu einem Desaster entwickelt.

„Ich habe keinen Babysitter gefunden", entschuldigte er sich, woraufhin sie das ganze Abendessen damit verbrachte, Fleisch klein zu schneiden, Münder abzuwischen und schnippische Kommentare seiner zickigen vorpubertären Tochter zu überhören.

Danach hatte sie wenig Lust verspürt, noch weitere Erfahrungen auf dem Single-Markt zu sammeln.

Nicht, dass sie darüber nachdachte, mit Riley irgendwelche Erfahrungen zu sammeln. Es war nur ein Kuss gewesen, Himmel noch mal. Zugegeben, ein ziemlich erstaunlicher, geradezu umwerfender Kuss. Aber eben nur ein Kuss.

Sie war nicht verpflichtet, Alex davon zu erzählen – schon gar nicht, wo Ms McKnight ihre eigenen Probleme mit dem anderen Geschlecht hatte. Alex war auf kurzfristige Partnerschaften spezialisiert und verabredete sich nur mit verrückten Skifahrern oder mit Urlaubern, die ihr Restaurant besuchten. Jeden, der etwas Ernsteres wollte, hielt sie auf Distanz.

„Die Kinder sind also noch immer mit Jeff und der Tussi unterwegs?", fragte Alex.

„Bis morgen. Sie haben für heute Abend Musicalkarten."

Jeff und Holly wollten mit den Kindern *Der König der Löwen* sehen. Claire wäre gern selbst mit ihnen in das Musical gegangen, konnte sich momentan aber keine Karten für jeweils hundertfünfzig Dollar leisten. Dafür hätte sie schon eine ganze Menge Perlen verkaufen müssen.

„Und wie kommst du allein zurecht?"

Sie musterte Riley, der sich entspannt zurückgelehnt hatte, einen Arm auf die Lehne des Stuhls neben seinem gelegt. Claire krümmte sich innerlich, sowie sie an ihre alberne Reaktion in der Nacht zuvor dachte, als sie Besuch vom Hoffnungsengel bekommen und wie eine Verrückte das Verandalicht an- und ausgeknipst hatte.

„Gut. Ich muss einfach noch ein paar Wochen durchhalten, bis ich einen Gehgips bekomme und diesen bescheuerten Bürostuhl endlich vergessen kann."

„Toll." Alex war mit ihrer Sandwich-Kreation fertig, die sie locker in ihrem Restaurant hätte servieren können.

So war sie schon immer gewesen, selbst als kleines Mädchen. Claire lächelte bei dem Gedanken an all die Stunden, die sie gemeinsam in der McKnight-Küche verbracht hatten, um Brownies oder Popcornkugeln oder Kekse zu machen.

„Hast du heute schon nach Maura gesehen?", erkundigte sich Claire und bemerkte, dass Rileys Miene versteinerte.

„Ich habe ihr gerade einen Korb mit Muffins vorbeigebracht."

„Wie geht es ihr?"

„Schwer zu sagen. Sie ist wie ferngesteuert. Man könnte glauben, sie steht unter Medikamenten oder so, dabei weigert sie sich, irgendetwas zu nehmen. Sie meint, das würde nur ihr Hirn betäuben und den Schmerz hinauszögern."

„Ist jemand bei ihr?", fragte Riley. Claire hörte die Bitterkeit in seiner Stimme, sie sah, dass seine Kiefermuskeln zuckten.

„Sage. Gott sei Dank ist sie da."

Arme Sage. Claire hatte ein schlechtes Gewissen, weil sie bei aller Sorge um Maura überhaupt nicht an deren zweite Tochter gedacht hatte, die immerhin ihre einzige Schwester verloren hatte. Sage. Klug und witzig und ungewöhnlich hübsch. Sage wollte Architektin werden. Sie studierte gerade im zweiten Jahr in Boulder an der University of Colorado.

„Sie muss Montag wieder zurück", erklärte Alex und setzte sich an den Tisch. „Übernächste Woche sind die Abschlussprüfungen."

„Das wird hart für Maura, ganz allein im Haus zu sein." Es war auch für Claire anfangs schwierig gewesen, wenn Jeff die Kinder abholte und sie in dem großen Haus zurückblieb.

„Sage wollte die Uni hinschmeißen und zu Hause bleiben, weil sie sowieso schon zwei Wochen verpasst hat. Aber Maura will davon nichts hören. Und sie hat recht. Immerhin steht Sage kurz vor dem Abschluss, und es wäre dumm, ein ganzes Semester hinzuwerfen. Ich weiß nur nicht, wie Maura damit zurechtkommt, wenn Sage wieder weg ist. Ich schätze, Ma wird eine Weile bei ihr bleiben, falls sie damit einverstanden ist."

Das bezweifelte Claire. Wie allen McKnight-Frauen war Maura ihre Unabhängigkeit wichtig, sie brauchte ihren Freiraum, selbst im größten Schmerz.

Rileys Gesichtsausdruck war während des Gesprächs immer verschlossener geworden. Jetzt stand er auf, stellte seinen Teller in die Spüle wie jemand, der von einem Haushalt voller Frauen gut erzogen worden war.

„Wahrscheinlich schließt die Deponie samstags früher", sagte er mit rauer Stimme. „Ich fahr mal besser los, damit ich die Äste noch abliefern kann."

Er nahm Handschuhe und Schutzbrille von der Küchentheke, bei der Bewegung spannte sich sein T-Shirt über seinen kräftigen Rückenmuskeln. Claire schluckte schwer und wandte schnell den Blick ab.

„Danke noch mal für …" Deine Hilfe im Garten, dass du mich um den Verstand geküsst hast, dass ich mich begehrt gefühlt habe. „… alles."

Er lächelte, dennoch konnte sie seine große Trauer deutlich in seinen grünen Augen sehen. „Gern geschehen. Danke für das Essen."

Er zupfte leicht an Alex' Haar. „Bis bald, Nervensäge."

„Tschüss, Idiot."

Claire schaute ihm nach, dann wandte sie sich wieder Alex zu, nur um festzustellen, dass ihre Freundin sie wieder mit diesem bohrenden Blick musterte.

„Okay, was ist hier los?"

Claire zwang sich, nicht zu erröten. „Was meinst du?"

„Hat Riley dich belästigt?"

„Belästigt? Nein, natürlich nicht. Er hat mir geholfen. Du hast doch die Äste auf seinem Pick-up gesehen. Er hat mindestens zwei Stunden in meinem Garten gearbeitet."

„Und das war *alles*, was er getan hat?"

„Worauf willst du hinaus, Alexandra?"

„Keine Ahnung. Vielleicht spinne ich ja. Aber irgendwas kam mir komisch vor."

„Okay, du spinnst. Hier ist nichts komisch."

Alex wirkte nicht überzeugt, und Claire deutete mit ihrem Gips auf ihr Bein. „Schau mich mal an. Nicht besonders verführerisch."

„So ein bisschen Gips würde Riley sicher nicht aufhalten. Du weißt doch, wie er ist."

Claire runzelte die Stirn. Natürlich hatte sie in all den Jahren immer wieder mitbekommen, was Rileys Schwestern über seinen Frauenverschleiß behaupteten. Und auf einmal störte es sie. Mehr noch, es machte sie traurig.

„Warum tust du das?"

„Was tue ich?", fragte Alex mit vollem Mund.

„Du lässt ihn immer dastehen wie einen Schuljungen mit einer Schublade voller Kondome. Er ist inzwischen ein erfolgreicher Polizist. Vielleicht solltest du *daran* ab und zu mal denken und ihm etwas mehr Respekt zeigen."

Alex blinzelte. „O…kay", presste sie hervor.

„Ich meine, was ist denn schon der Unterschied zwischen euch beiden? Du bist fünfunddreißig und warst in deinem ganzen Leben mit keinem Mann länger als zwei Wochen zusammen. Du hast genau dieselben Schwierigkeiten, dich zu binden, wie er. In deinem Fall ist es in Ordnung. Riley allerdings ist gleich ein Schweinehund."

„Willst du damit andeuten, dass ich eine Schweinehündin bin, Claire? Denn darüber können wir gern diskutieren, wenn du das willst."

Obwohl Alex' Stimme ruhig klang, konnte Claire die Wut in ihren Augen erkennen. Das brachte sie wieder zur Vernunft. Warum hatte sie das überhaupt gesagt? Alex war ihre beste Freundin. Sie liebte sie wie eine eigene Schwester.

„Entschuldige. Du weißt, dass ich nichts Schlechtes über dich denke, Süße. Aber Riley ..." Sie hielt inne. „Er ist am Boden zerstört wegen des Unfalls und dem, was passiert ist. Layla und Taryn und ... alles. Lass ihn in Ruhe, okay?"

„Schön", erwiderte Alex nach einem Moment. „Und um dir zu beweisen, was für eine nette, liebende Schwester ich bin – nicht zu vergessen gute Freundin –, werde ich dich nicht einmal fragen, warum du ihn plötzlich derart verteidigst."

Claire war sich nicht sicher, ob sie die Frage überhaupt hätte beantworten können, auch wenn Alex nicht so großmütig gewesen wäre.

„Jetzt, wo wir das geklärt haben, sag mir die Wahrheit: Wie geht es dir wirklich?"

Seit Rileys Erscheinen vor zwei Stunden hatte Claire nicht mehr an ihre Schmerzen gedacht.

„Zumindest fühle ich mich nicht mehr so, als ob mich eine Pistenraupe einen ganzen Skihang hinuntergezerrt hätte."

„Das ist doch schon mal was."

„Jetzt kann ich es nicht mehr abwarten, wieder im Laden zu sein. Es gefällt mir gar nicht, die ganze Arbeit auf Evie abzuwälzen."

„Sie kriegt das gut hin." Alex stand auf und trug ihren Teller zur Spüle, so wie ihr Bruder zuvor. Allerdings setzte sie noch einen drauf und begann, die Spülmaschine auszuräumen.

„Ich habe heute Morgen mit Katherine gesprochen", sagte Claire.

„Ich habe schon ein paar Tage nicht mehr mit ihr geredet. Was gibt es Neues?"

„Taryn wird künstlich ernährt."

„Mann, das ist wirklich schrecklich." Für Alex, der gutes Essen alles bedeutete, musste die Vorstellung, durch einen Schlauch in der Nase Nahrung zugeführt zu bekommen, besonders schlimm sein.

„Sie sind auf der Suche nach einer Reha-Klinik. Die Ärzte meinen, sie könne noch eine Woche im Krankenhaus bleiben, doch wenn sie bis dahin nicht aus dem Koma erwacht ist, wird sie verlegt."

So viel Trauer. Sie konnte es fast nicht aushalten. Sie musste irgendetwas tun, um ihren Freundinnen den Schmerz ein wenig zu erleichtern, aber sie wusste einfach nicht, was. Das Übliche – Mahlzeiten kochen oder Grußkarten schreiben – reichte einfach nicht aus. Sie musste mehr tun.

„Genug davon", bestimmte Alex mit fester Stimme und schloss die Tür der jetzt leeren Spülmaschine. „Lass uns was Schönes machen. Ich muss erst um fünf im Restaurant sein, also bleib ich bis dahin bei dir."

„Ich brauche keinen Babysitter."

Alex zog eine Augenbraue hoch. „Wer hat denn mit dir gesprochen? Ich bin hier, weil ich Chester besuchen wollte."

Als er seinen Namen hörte, hob Chester den Kopf und warf Alex den glücklichsten Blick zu, den er mit seinen herabhängenden Augen zustande brachte.

„Sehr gut, du prächtiger Schmuseaffe. Du bist so ein guter Junge. Ja, das bist du." Chester erhob sich ergeben, trottete zu Alex und drückte sich an ihr Bein. „Chester und ich kuscheln uns zusammen und schauen uns *Charade* an, stimmt's?"

Er leckte ihre Hand, sein Schwanz rotierte so aufgeregt, dass man damit hätte Butter schlagen können.

Alex grinste den Hund an, dann sah sie zu Claire auf. „Ich schätze, du könntest dich uns anschließen."

„Besten Dank", entgegnete Claire trocken.

„Der perfekte Nachmittag, oder? Wir bewundern Audrey Hepburn und ihre Hüte und schmachten den wunderbaren Cary Grant an."

Das klang wirklich perfekt, wie Claire zugeben musste.

Besser wäre höchstens gewesen, Riley noch etwas länger zu küssen.

# 9. Kapitel

Er ging Claire in der darauffolgenden Woche nicht etwa aus dem Weg, er war einfach nur sehr beschäftigt.

Zumindest redete Riley sich das ein, während der ungewöhnlich kalte und nasse Mai voranschritt. Noch immer versuchte er sich an seine neue Rolle als Polizeichef einer Kleinstadt zu gewöhnen, was sich durch die scharfe Kritik von J. D. Nyman und ein paar anderen Männern nicht gerade einfacher gestaltete.

Er hatte viel für die Gerichtsverhandlung wegen der Einbruchs-serie vorzubereiten – Formulare ausfüllen, die anderen beteiligten Teenager befragen, eine Bestandsaufnahme des sichergestellten Die-besguts erstellen, damit die Stücke an ihre rechtmäßigen Besitzer zurückgegeben werden konnten. Und das war noch längst nicht alles auf seiner Aufgabenliste.

Dazu kam eine halbherzige Messerstecherei im *Dirty Dog* zwi-schen idiotischen betrunkenen Urlaubern, ein Diebstahl im Super-markt und ein Fall von häuslicher Gewalt. Da blieb wirklich nicht viel Zeit, sich um sein Privatleben zu kümmern.

Und beinahe glaubte er es auch, wenn da nicht diese nervige kleine Stimme in seinem Kopf gewesen wäre, die ihm ständig die Wahrheit einflüsterte.

Denn tief im Herzen wusste er, dass er tatsächlich einen großen Bogen um Claire machte. Dieser Kuss hatte ihn vollkommen aus der Bahn geworfen, und er hatte keine Ahnung, was er davon halten sollte.

Claire war anders als die Frauen, mit denen er sich sonst verabre-dete. Sie war sanft und hübsch und häuslich, eben die Art Frau, die Monate damit verbrachte, ein heruntergekommenes altes Haus für ihre Familie zu renovieren. Sie war der Typ für flauschige Quilts und warme Plätzchen und bunte Blumenkörbe auf der Verandatreppe.

Also alles, wovon er damals mit wehenden Fahnen geflohen war.

Als er am Donnerstagabend nach der Arbeit auf dem Heimweg war, fast eine Woche nachdem er das Aufflackern ihrer Verandabe-leuchtung gesehen hatte, dachte er über all die guten Gründe nach, warum er sein Bedürfnis, bei Claire vorbeizuschauen, ignorieren musste. Im Grunde war es dieselbe Litanei, die er sich seit diesem umwerfenden Kuss immer wieder vorbetete.

So unglaublich diese Erfahrung für ihn gewesen war, sie durfte sich nicht wiederholen.

Claire und er waren vollkommen unterschiedlich. Seine Beziehungen waren immer locker und von kurzer Dauer, mit Frauen, die genau dasselbe wollten wie er. Sicher hatte das damit zu tun, dass sein Vater James seine Familie verlassen hatte, als Riley vierzehn war. Während er zusehen musste, wie für seine Mutter die Welt unterging, hatte er sich geschworen, niemals selbst in die Situation zu kommen, dass ein Mensch eine derartige Macht über ihn besaß. Und niemals einem anderen einen solchen Schmerz zuzufügen.

Einmal hätte er fast geheiratet. Da war er gerade mal siebzehn gewesen, und seine Freundin hatte ihm erzählt, dass sie schwanger war. Die Ehe wäre eine Katastrophe geworden, das war ihm jetzt klar. Die Fehlgeburt, die seine Freundin im zweiten Monat erlitten hatte, war damals eine Tragödie für ihn gewesen, doch im Nachhinein ein Segen.

Riley glaubte einfach nicht, dass er für ein solches Leben geschaffen war. Und die Eheprobleme seiner Schwestern hatten ihn in seiner Überzeugung nur noch bestätigt. Locker und lustig und ohne Tiefgang, das war seine Art, dann endete auch niemand mit einem gebrochenen Herzen.

Claire war ganz anders. Sie brauchte einen Mann, der bei ihr blieb. Und weil Riley nicht dieser Mann war – und zugleich keine Sekunde in ihrer Nähe verbringen konnte, ohne genau dieser Mann sein zu wollen –, war es besser, sich fernzuhalten.

Das sagte er sich also auf seinem Heimweg, während er ein Kind mit Gipsarm Fahrrad fahren sah, ohne den Pfützen auf der Straße auszuweichen.

Er musste lächeln, sowie er Owen Bradford unter dem blauen Helm erkannte. Schön zu sehen, dass ein gebrochener Arm ihn nicht davon abhielt, Spaß zu haben. Riley hatte früher selbst viele Stunden damit verbracht, das Wasser in den Pfützen möglichst hoch aufspritzen zu lassen.

Er winkte, hupte kurz beim Vorbeifahren und sah, wie Owen ihn angrinste. Er hob den eingegipsten Arm, um zurückzuwinken, kam ins Schwanken, sein Vorderrad versank in einer Pfütze, die sich als tiefes Schlagloch herausstellte. Owen baute einen ziemlich spektakulären Sturz über seinen Lenker.

*Verdammter Mist.* Riley trat aufs Bremspedal und hielt am Straßenrand. Als er Owen erreichte, hockte der Junge neben seinem Fahrrad und schaute ihn mit einer Mischung aus Schmerz und Wut an.

Er war von Kopf bis Fuß mit Matsch bespritzt, seine Jeans war zerrissen, etwas Blut drang durch den Stoff. Er hatte die Lippen fest zusammengepresst, um nicht zu weinen.

So war Riley früher auch gewesen, stets wild entschlossen, keine Schwäche zu zeigen, und diese Miniausführung von sich selbst zu sehen war ein wenig beunruhigend.

„Bist du okay, Kumpel?"

„Klar." Owens Stimme klang ein wenig zittrig, aber er räusperte sich. „Glaub schon. Blöde Pfütze."

„Bei denen musst du vorsichtig sein. Man weiß nie, wie tief sie sind oder was sich unter dem Wasser befindet."

In dem Moment dachte er, dass Claire es sicher nicht schätzen würde, mit einer Pfütze verglichen zu werden, doch im Grunde war sie genau so. Sie hatte verborgene Tiefen und Fallstricke, die einen Mann nur zu schnell ins Straucheln bringen konnten.

Oder er musste einfach mal aufhören, jede verdammte Sekunde an sie zu denken.

„Ich muss schon sagen, da hast du einen spektakulären Sturz hingelegt. Ich würde dir zehn Punkte für den Schwierigkeitsgrad und neun Komma fünf für die Ausführung geben."

Wie er gehofft hatte, musste Owen kichern. Langsam schien der Schreck nachzulassen, und das war Rileys Erfahrung nach der heikelste Moment, wenn das Adrenalin nachließ und der Schmerz einsetzte.

„Wie geht's dem Gips?", erkundigte er sich. „Ist er zerbrochen?"

Owen hob den Arm und musterte ihn im Abendlicht. „Schmutzig. Meine Mom wird ganz schön sauer sein."

„Schätz ich kaum. Das war ein Unfall. Außerdem ist der aus Fiberglas, da kann man den Schmutz abwischen. Soll ich dir aufhelfen?"

„Danke."

Owen ergriff seine Hand und stand auf. „Ich glaube, mein Fahrrad ist kaputt."

Riley stellte das Fahrrad auf, um es zu inspizieren. „Nun, die Gabel ist verbogen. Wird nicht leicht, das wieder hinzubiegen, ist aber machbar."

„Ich brauche es wirklich. Jetzt, wo der Schnee geschmolzen ist, fahre ich damit zur Schule."

„Dann reparieren wir es wieder. Komm, ich bringe dich nach Hause, bevor es wieder zu regnen anfängt. Wir können dein Rad hinten auf meinen Wagen werfen."

Owen kaute auf der Unterlippe. „Ja, nur dass ich nicht bei Fremden ins Auto steigen darf."

Für den Bruchteil einer Sekunde dachte er an die Jahre als Undercoveragent, an diese schmutzige und harte Zeit. Die Kinder in dieser Gegend hatten solche Bedenken nicht, sie hatten immer seinen Wagen umlagert und ihn um Süßigkeiten oder kleines Spielzeug angebettelt. Und so unklug es gewesen war – schließlich spielte er hier die Rolle des rücksichtslosen Verbrechers –, hatte er immer etwas bei sich, weil er die Not der Kleinen einfach nicht ertragen konnte. Es war zwischen ihm und den Kindern irgendwann zu einer Art Spiel geworden, ihnen heimlich immer etwas zuzustecken.

„Du hast absolut recht", sagte er jetzt zu Claires Sohn. „Aber eine Frage: An wen sollst du dich wenden, wenn du in Schwierigkeiten steckst? Was hat deine Mom gesagt?"

Owen warf ihm einen Seitenblick zu, dann grinste er. „An die Polizei, glaub ich."

„Nun, ich bin der Polizeichef, Owen. Der oberste Cop in Hope's Crossing also. Ich kenne deine Mom schon seit Ewigkeiten, da war ich jünger als du. Bei mir bist du sicher, das schwöre ich. Willst du deine Mom anrufen und fragen?"

Owen sah einen Moment unschlüssig aus, dann zuckte er die Achseln. „Ich denke, das ist schon okay. Sorry. Wahrscheinlich finden Sie mich doof."

„Ich finde es sehr klug von dir, so vorsichtig zu sein. Los, steig ein. Du musst hinten sitzen. Da kommen all meine schwierigen Kunden rein."

„Haben Sie Handschellen und alles?"

Riley öffnete seine Jacke und zeigte ihm die Innentasche, wo er die Handschellen aufbewahrte. Dann zog er sie heraus und hielt sie Owen, dessen Augen riesig wurden, vor die Nase. „Cool!"

Riley lächelte, half Owen in den Wagen, schnallte ihn an und warf die Tür zu. Danach lud er das Fahrrad auf. Als er sich in den Verkehr einfädelte und einen Blick in den Rückspiegel warf, stellte er amüsiert fest, wie fasziniert Owen von dem Polizeifahrzeug war.

„Bisschen spät, um aus der Schule zu kommen, oder? Sag nicht, dass du nachsitzen musstest?"

„Gar nicht! Musste ich noch nie."

„Hattest du Fußballtraining oder so was?"

Owen schüttelte den Kopf, schwieg aber. Da Riley genug Erfahrung mit unwilligen Zeugen hatte, wusste er, wann jemand etwas verheimlichte.

Er war der festen Überzeugung, dass Kinder ihre Geheimnisse haben sollten, solange sie niemanden in Gefahr brachten. Doch war er zu sehr Polizist, um nicht nachdenklich zu werden. „Was hast du also noch so spät draußen zu suchen? Warst du bei einem Freund?"

Wieder schüttelte Owen den Kopf.

„Hattest du ein Date?", neckte Riley ihn.

„Ich! Nein!" Der Junge verzog angewidert das Gesicht.

„Was dann?"

„Schwören Sie, meiner Mom nichts zu verraten?", wollte Owen nach einem Moment wissen.

„Kommt darauf an", entgegnete Riley ehrlich. Er war der Meinung, dass man Kinder nicht aus Bequemlichkeit anlügen sollte. Vielleicht weil seine eigenen ersten vierzehn Jahre, als er geglaubt hatte, in einer normalen, glücklichen Familie zu leben, nichts als eine Lüge gewesen waren. „Ist es was Illegales oder etwas, worüber deine Mutter besser informiert wäre?"

Owen schnaubte. „Nein, nicht so was." Wieder sagte er nichts. „Ich habe meiner Mom ein Geschenk gemacht."

„Ah, das geheime Geschenk für die Mom. Verstehe."

„Sie wissen doch, dass am Sonntag Muttertag ist, oder?"

Er zuckte zusammen. Tatsächlich hatte er diesen Tag vergessen. Er nahm sich fest vor, seine Schwestern zu fragen, worüber seine eigene Mutter sich freuen würde. Er musste all die verpassten Muttertage nachholen, die er in Kalifornien verbracht hatte. „Danke für den Hinweis. Schätze, ich sollte unbedingt was Schönes kaufen."

„Meine Mom hat gleich einen Tag später Geburtstag, deswegen müsste ich ihr eigentlich zwei Geschenke machen."

„Oh, doppeltes Pech. Das ist wirklich hart, Mann."

Owen lachte erneut, Riley grinste ihn durch den Rückspiegel an und fühlte sich so gut wie seit Tagen nicht mehr.

„Ich will ihr was Tolles schenken, aber ich habe nicht viel Geld. Deswegen hilft mir Evie, was Schönes für sie zu basteln."

„Was aus Perlen?"

„Ja. Meine Mom hat diese coole Uhr, wo man das Armband austauschen kann, weißt du? Evie hilft mir, ein neues für sie zu machen."

Riley hatte keine Ahnung, warum ihn das so berührte, doch die Vorstellung, wie dieser kleine Frechdachs mit seinem Gipsarm ein Perlenarmband für seine Mutter knüpfte, versetzte ihm einen Stich mitten ins Herz. Und wenn ihn das schon anrührte, dann würde Claire vermutlich losheulen wie ein Schlosshund. „Das wird ihr gefallen", versicherte er dem Jungen.

„Das hoffe ich."

„Was glaubt deine Mutter, wo du steckst?", fragte er, während er in die Blackberry Lane einbog.

„Ich hab ihr erzählt, dass ich nach der Schule zu meinem Freund Robbie gehe."

„Und wenn deine Mom da anruft und nach dir fragt?"

„Robbies Mom arbeitet bis sechs in der Bank. Seine große Schwester passt nach der Schule auf ihn auf, und ich hab ihr versprochen, ihr Ohrringe zu basteln, wenn sie ..." Er verstummte, und Riley sah im Spiegel, wie er errötete.

„Wenn sie dir ein Alibi gibt", beendete er Owens Satz.

„Genau. Sie verraten meiner Mom doch nichts?"

„Machst du Witze? Ich werde ihr und dir doch nicht die Überraschung verderben."

Owen strahlte. „Vielen Dank."

„Aber du musst mir dann erzählen, wie es ihr gefallen hat, ja?", bat Riley, unterdessen er in die Auffahrt einbog. Die Fenster des Hauses wirkten einladend und heimelig in der Dämmerung.

Obwohl es allem widersprach, was er sich die ganze Woche vorgebetet hatte, blieb Riley nichts anderes übrig, als auszusteigen.

„Sie müssen nicht mit reinkommen", meinte Owen.

„Vielleicht brauchst du jemanden, der dir hilft, das mit dem Matsch zu erklären. Außerdem ist deine Mom eine alte Freundin von mir, ich will mal sehen, wie es ihr geht. Und wir müssen dein Fahrrad reparieren, oder? Du und deine Mom, ihr habt zusammen nur zwei gesunde Arme. Ich schätze, ich sollte euch helfen."

„Kennen Sie sich mit Fahrrädern aus?", fragte Owen misstrauisch. „Mein Dad kann mein Fahrrad nie reparieren und Macys auch nicht. Wir bringen sie immer zu *Mike's Bikes*, auch wenn wir nur einen Platten haben."

Liegt daran, dass dein Vater ein blödes Weichei ist, dachte er – sprach es aber natürlich nicht laut aus.

„Anfangs bei der Polizei bin ich mit dem Rad gefahren."

„Mit einem Motorrad?", stieß Owen fasziniert aus.

„Nein, mit einem Fahrrad. Zwei Räder, Pedalen, Kette und so weiter."

„Cops fahren nicht mit dem Fahrrad."

„Vielleicht nicht in Hope's Crossing. Das wäre hier auch nicht besonders sinnvoll. Aber in einer Stadt, in der es nur selten schneit, kann man sich mit einem Fahrrad schnell bewegen."

„Vor allem bergab."

„Sehr richtig." Riley lächelte. „Wenn man einen Typen verfolgt, der gerade mit der Handtasche einer alten Dame die Straße hinunterrennt, dann hat man keine Zeit, sein Fahrrad in eine Werkstätte zu bringen. Deswegen mussten wir sie oft ganz schnell selbst reparieren."

„Fahren Sie noch immer Fahrrad?"

Er dachte an sein Dreitausend-Dollar-Mountainbike, das momentan in einem leeren Zimmer in seinem Haus stand. In dieser Gegend konnte man hervorragend wandern, bergsteigen, Rad fahren und fischen und im Winter natürlich Skifahren oder Langlauf machen – auch Gründe, warum er den Job schließlich angenommen hatte.

Bisher war er leider viel zu beschäftigt für solche Freizeitaktivitäten gewesen.

„Ich habe zu Hause ein Fahrrad. Wenn dein Gips weg ist, kannst du mir ja vielleicht ein paar neue Radwege zeigen, die ich noch nicht kenne."

„Klar, das wäre lustig", sagte Owen, während er die Beifahrertür aufschob. Claires Hund begrüßte sie mit einem höflichen Bellen und beschnüffelte ihre nassen Schuhe.

„Hey, Mom. Ich bin wieder da. Wo sind die Pflaster?"

Es dauerte ungefähr fünf Sekunden, dann hörte er Claires Stimme, die immer näher kam. „Im Medizinschränkchen im Badezimmer, da, wo sie immer sind. Wozu brauchst du Pflaster?"

Beim Wort „Pflaster" kam sie aus der Küche, ohne diesen Bürostuhl, wie er erfreut feststellte. Sie ging an Krücken mit einer Stütze, auf der sie ihren Arm ablegen konnte. Sie trug ein Baumwollkleid mit Blumenmuster, diesmal in blassem Lila, das ihn an ein Meer aus Wiesenblumen erinnerte. Sie blieb wie angewurzelt in der Küchentür stehen. „Riley! Oh! Hallo."

Er betrachtete ihre Lippen und konnte auf einmal an nichts anderes mehr denken als an diesen erschütternden Kuss. Nachdem er es geschafft hatte, seinen Blick von ihrem Mund loszureißen, und ihr in die Augen schaute, wusste er, dass auch ihre Gedanken zu diesem Moment gewandert waren, er erkannte es an Claires leicht geweiteten Pupillen und den geröteten Wangen.

„Hi", entgegnete er unbeholfen, dann fiel ihm nichts ein, was er noch hätte sagen können. Sein Kopf war ausgefüllt mit den Erinnerungen an ihre zarte Haut, ihren frühlingshaften Geschmack und wie ihr der Atem gestockt hatte.

„Was tust du hier?", fragte sie. „Und warum braucht mein Sohn ein Pflaster? Owen, warum bist du mit Matsch bedeckt? Und ist das Blut?"

Der Junge grinste. „Ich habe in so einer doofen Pfütze einen Sturz gebaut und bin über den Lenker geflogen. War der Hammer."

Sie musterte ihren Sohn wie eine merkwürdige, fremde Kreatur. Da sie nun einmal selbst nie ein achtjähriger Junge gewesen war, konnte sie natürlich nicht begreifen, wie cool so ein Stunt mit dem Fahrrad sein konnte.

„Der Hammer", wiederholte sie.

„Ja, wie bei X-Games. Hättest du sehen sollen."

„Allerdings", warf Riley ein. „Ein wirklich spektakulärer Sturz."

Sie blickte von einem zum anderen. „Ihr seid beide verrückt."

Riley und Owen schauten sich grinsend an. Als Riley sich wieder Claire zuwandte, schüttelte sie den Kopf, doch schien sie eher amüsiert als verärgert zu sein.

„Und was genau haben Sie damit zu tun, Chief McKnight?"

Er schenkte ihr ein – wie er hoffte – unschuldiges Lächeln. Bei seinen Schwestern jedenfalls hatte es immer funktioniert. „Ich war nur Augenzeuge, ich schwöre es." Sowie sie eine Augenbrauch hochzog, sah er sich gezwungen, die ganze Wahrheit zu erzählen.

„Okay, könnte sein, dass ich ihn durch mein Hupen und Zuwinken abgelenkt habe."

„Sie können nichts dafür. Nur das bescheuerte Schlagloch."

„Und das werde ich der Stadtverwaltung melden, versprochen, im Interesse des Allgemeinwohls."

„Er sagt, dass er mein Fahrrad reparieren kann, Mom. Also müssen wir es nicht zu *Mike's Bikes* bringen. Cool, hm?"

Sie lächelte. „Der Hammer."

Riley deutete auf ihre Krücken. „Darfst du überhaupt schon herumlaufen? Ich dachte, die Ärzte wollten, dass du noch eine Weile den Rollstuhl benutzt."

Sie schaute ihn schuldbewusst an. „Das habe ich ja versucht. Wirklich. Aber ich halte es nicht mehr aus. Ständig knalle ich gegen Türrahmen, und ich fühle mich wie eingesperrt, wenn ich nicht einen einzigen Schritt gehen darf. Bei meinem letzten Termin habe ich Dr. Murray überredet, mir Krücken zu verschreiben. Ist immer noch nicht einfach, mich im Haus zu bewegen, und manchmal benutze ich noch den Bürostuhl, um von einem Zimmer ins andere zu gelangen. Ist aber immer noch besser als dieser blöde Rollstuhl."

Riley konnte sie sehr gut verstehen. Vor ein paar Jahren, nach einem Schuss ins Bein, hatte er es ungefähr drei Tage zu Hause ausgehalten, bevor er seinen Chef anflehte, ihn wieder arbeiten zu lassen.

„Also geht es dir besser?"

„Viel besser. Ich bekomme allerdings langsam einen Lagerkoller, um ehrlich zu sein. Ich muss einfach wieder in meinen Laden."

„Hey, Mom, ich verhungere. Was riecht da so gut?"

Und es duftete tatsächlich köstlich, nach Tomaten, Knoblauch, Basilikum und Oregano.

„Deine Schwester kocht das Abendessen. Ist bald fertig, doch vorher müssen wir dir den Dreck abwaschen, junger Mann."

„Und ich brauche immer noch ein Pflaster."

„Richtig." Sie wollte sich gerade umdrehen, Riley hielt sie allerdings auf.

„Du solltest dich hinsetzten. Sag mir, wo der Erste-Hilfe-Kasten ist, dann kann ich mich darum kümmern."

„Mir geht es gut. Du brauchst nicht …"

Er schnitt ihr das Wort ab. „Badezimmer, oder? Okay, bin schon dabei. Owen, wisch dir erst mal den gröbsten Schmutz mit Papiertüchern ab, okay?"

Er steuerte auf das Badezimmer zu, in dem er sich nach der Gartenarbeit die Hände gewaschen hatte, ein hübscher Raum mit golden und beige gestrichenen Wänden.

Er nahm Pflaster und Heilsalbe aus dem Medizinschränkchen, dann folgte er den Stimmen in der Küche. Owen schilderte gerade seinen Sturz in allen Einzelheiten, diesmal seiner Schwester, die in einer roten Schürze vor dem Herd stand und in einem Topf rührte.

„Wow. Das riecht wirklich gut."

Macy warf ihm ein erfreutes Lächeln zu und erinnerte ihn sehr an Claire, als sie in diesem Alter gewesen war.

„Danke. Hey, Mom, wie viel frischen Rosmarin soll ich noch mal nehmen?" Claire viertelte gerade Tomaten für den Salat. „Ein Teelöffel sollte reichen. Soll ich mal probieren?"

„Nein. Ich kann das. Und du hast versprochen, du würdest dich hinsetzen. Also setz dich."

Er fand, dass Macy ein ungewöhnlich vernünftiges Mädchen war.

„Nur noch einen Moment. Ich bin fast fertig", erwiderte Claire.

Sie verlagerte ihr Gewicht ein wenig, und er bemerkte, wie sich ihr Gesicht vor Schmerz für eine Sekunde verzerrte. Seufzend legte er Pflaster und Salbe auf den Küchentisch, stellte sich hinter Claire und fing ihre Hand mitten in der Bewegung ab. Dann hob er sie rasch hoch und trug sie zum Tisch.

Macy und Claire stießen gleichzeitig einen überraschten Schrei aus, aber Owen kicherte nur.

„Lass mich runter", rief Claire. „Auf der Stelle."

Aber warum sollte er das tun, wo sie sich so weich und warm anfühlte und nach Erdbeeren und Frühling duftete? Er lächelte und registrierte zufrieden, dass sie kurz seine Lippen anstarrte, bevor sie hastig den Blick senkte.

„Das habe ich vor", entgegnete er ruhig. „Siehst du? Ich lasse dich genau auf diesem Stuhl runter. Jedenfalls werde ich nicht hier herumstehen und mit ansehen, wie du dich überanstrengst."

„Fahrrad reparieren, Wehwehchen versorgen und Invaliden herumtragen. Du platzt ja fast vor Hilfsbereitschaft."

Er musste über ihren beißenden Ton lachen. „Ich tue hier nur meine Bürgerpflicht, das ist alles."

Nun, er hatte sie jetzt lange genug im Arm gehalten – vermutlich sogar länger, als klug war. Deshalb setzte er sie auf dem Stuhl ab. Ihr Sohn beobachtete die ganze Angelegenheit sichtlich belustigt.

„Worum soll ich mich zuerst kümmern? Den Salat oder das Wehwehchen?"

Sie sah ihn düster an. „Ach, auf einmal werde ich gefragt?"

„Falls du eine weise Entscheidung treffen kannst, schon."

Sie verdrehte die Augen, doch er glaubte, ein kleines Lächeln darin zu entdecken. Lag vielleicht aber auch nur an den Lichtverhältnissen. „Ich kann Owens Verletzung versorgen. Natürlich könnte ich auch die Tomaten fertig schneiden, aber irgendwie werde ich das Gefühl nicht los, dass du darauf bestehst, etwas zu tun, also kümmere du dich doch um den Salat."

„Falsch. Ich bestehe darauf, mich um beides zu kümmern. Du hast nur eine Hand frei. Entspann dich einfach."

Sie wirkte verärgert, dennoch war nicht zu übersehen, wie sie vor Schmerzen die Lippen verzog.

„Ich wasche mir nur schnell die Hände, und dann versorge ich als Erstes diese BMX-Verletzung."

Er streifte die Jacke ab, hängte sie über einen Stuhl und ging hinüber zur Spüle. „Riecht wirklich fantastisch", sagte er zu Macy, die ihn interessiert musterte. Er krempelte die Ärmel hoch und wusch sich die Hände. „Was gibt es denn?"

„Spaghetti. Ist nicht sonderlich schwer. Muss nur die Nudeln kochen. Grandma hat die Soße vorbeigebracht, aber wir mögen sie schärfer als sie, deswegen verfeinern wir sie immer noch etwas."

„Was es auch ist, es riecht grandios."

„Danke." Sie lächelte und tat die Spaghetti ins kochende Wasser. „Das sind wahrscheinlich die Grissini. Sind tiefgefroren und echt lecker und superleicht zuzubereiten."

Riley brachte die restlichen Tomaten, eine Gurke, Schneidebrett und Messer zu Claire an den Tisch. Zwar war er nach wie vor der Meinung, dass sie sich ausruhen sollte, er kannte sie allerdings gut genug, um zu wissen, dass sie sich über diese kleine Geste freuen würde. Und obwohl er sich absolut im Klaren darüber war, dass es falsch und womöglich sogar gefährlich war, wollte er sie einfach glücklich machen.

„Danke", murmelte sie, ihre Augen strahlten.

„Gern geschehen." Er drehte sich zu Owen. „Okay, Kumpel, dann werfen wir mal einen Blick auf deine Wunde."

Der Junge rollte das Hosenbein hoch und entblößte einen eher kleinen Kratzer.

„Nicht schlecht. Du brauchst wahrscheinlich fünf Spritzen und – hm, zehn, vielleicht zwölf Stiche."

Owen lachte, und Riley dachte, wie friedlich es in dieser warmen, duftenden Küche war, während der Regen ans Fenster prasselte.

„Brauche ich nicht."

„Okay, vielleicht nur sieben oder acht." Er fing Macys Blick auf, und die grinste genauso wie ihr Bruder.

„Machen Sie es einfach sauber, dann kleb ich ein Pflaster drauf", rief Owen ungeduldig.

„Ganz schön herrisch, junger Mann. Das musst du von deiner Mom haben!"

„Hey!", protestierte Claire. „Ich bin nicht herrisch. Ich weiß einfach meistens, was das Beste ist."

Er riskierte einen Blick zu ihr, bereute es aber sofort, da er feststellte, dass sie wieder seinen Mund anstarrte.

„Hey, Mom, Chief McKnight war mal ein Fahrrad-Cop!"

Sie räusperte sich. „Ja, das wusste ich. Alex ist schließlich meine beste Freundin. Und Riley – Chief McKnight – ist ihr Bruder. Sie hat mich immer auf dem Laufenden gehalten, was ihren Bruder betraf."

Hatte sie in all den Jahren also ab und zu an ihn gedacht? Die Vorstellung, dass sie über ihn gesprochen hatten, verursachte ihm ein Kribbeln zwischen den Schulterblättern.

„Was hat sie denn erzählt?"

„Dass du ein guter Cop bist und manchmal Dinge machst, über die du nicht sprechen darfst. Oh, und dass du angeschossen wurdest und niemandem was davon gesagt hast, doch dein Partner hat angerufen und sich verplappert. Und dann haben alle so getan, als hätten sie keine Ahnung von dem Vorfall."

„Sie wurden angeschossen?", fragte Owen und riss die Augen weit auf.

Riley warf Claire einen bösen Blick zu. „War nur eine kleine Verletzung. Konnte nach ein paar Tagen schon wieder arbeiten. Echt, die haben das gewusst? Warum hat mir niemand was erzählt?"

„Sie dachten wohl, wenn du darüber reden wolltest, würdest du es von selbst tun. Alex wollte schon nach Oakland fliegen, Angie hat es ihr allerdings ausgeredet."

„Schwestern können einem echt auf die Sa… die Nerven gehen."

„Wem sagen Sie das", stimmte Owen mit schmerzverzerrter Stimme zu, woraufhin Macy ihn wütend anfunkelte.

„Hey, pass auf, was du da von dir gibst", rief sie.

„Wenn du meinst, eine Schwester ist anstrengend, dann versuch es mal mit fünf."

„Was für ein Albtraum!"

Riley lachte laut, klebte ein großes Pflaster über den Kratzer und strich dem Jungen durchs Haar. „Das sollte reichen. Jetzt kannst du wieder durch ein paar Pfützen fahren. Vielleicht solltest du dir was Sauberes anziehen, bevor du diese sicher köstlichen Spaghetti isst, die deine Schwester kocht."

„Danke. Hat nicht mal wehgetan."

„Vergiss nicht, du musst das auf jeden Fall noch nähen lassen."

Owen strahlte. „Hey, bleiben Sie zum Essen, wenn Mom nichts dagegen hat? Wir machen sowieso immer viel zu viel."

Das Messer, mit dem Claire gerade eine Tomate zerteilen wollte, hing einen Moment bewegungslos mitten in der Luft, dann schnippelte sie mit frisch erwachtem Eifer weiter, wie er interessiert bemerkte.

„Danke für die Einladung, doch lieber nicht. Bestimmt hast du noch Hausaufgaben zu erledigen, und deine Mom und Macy sind sicher nicht auf unangekündigte Besucher eingestellt."

„Ich hab meine Hausaufgaben schon gemacht, ehe ich rüber bin in den …" Er brach den Satz ab. „Ehe ich zu Robbie bin. Mom, ist doch okay, oder?"

Claire sah ihn nicht an. „Aber natürlich. Riley ist hier immer willkommen. Ich bin sicher, dass er das weiß. Wir sind ihm sowieso noch was schuldig für die Gartenarbeit und weil er dich nach Hause gefahren hat."

Er dachte an das Sandwich, das sie so sorgfältig zubereitet hatte, und den süßen Kuss. Sie war ihm überhaupt nichts schuldig.

Er sollte ablehnen. Er sollte aus dieser warmen, gemütlichen Küche verschwinden, solange er noch konnte. „In diesem Fall sehr gerne", meinte er stattdessen. „Ich bin am Verhungern, und diese Grissini duften herrlicher als alles, was ich seit Jahren gerochen habe."

Ist doch eine gute Sache, schoss es ihm durch den Kopf. Auf diese Weise konnte er wieder ein ganz normales Verhältnis zu Claire herstellen. Diese unkomplizierte Freundschaft, die sie seit vielen Jahren hatten. Kein Flirten mehr und mit Sicherheit kein weiterer Kuss.

Egal, wie sehr er sich danach sehnte.

# 10. Kapitel

Sie war in Riley McKnight verknallt.

Wäre sie in der Lage gewesen, noch etwas anderes als blankes Entsetzen zu verspüren, dann wahrscheinlich Erstaunen. Sie war sechsunddreißig Jahre alt, hatte zwei Kinder und bereits eine gescheiterte Ehe hinter sich. Und trotzdem führte sie sich auf wie ein Teenager in Macys Alter, die den beliebtesten Jungen der Schule irgendwie dazu bringen wollte, sie zumindest wahrzunehmen.

Das war in verschiedener Hinsicht absolut demütigend. Jedes Mal, wenn er sie anlächelte, wurde sie knallrot, ungefähr so rot wie die Spaghettisoße, mit der sie sich vermutlich jeden Moment von oben bis unten vollspritzen würde, während sie versuchte, die Nudeln auf die Gabel zu wickeln und gleichzeitig seinen Erzählungen zu lauschen.

„Ich hatte die Polizeiakademie gerade eine Woche hinter mir, als ich schon mit einem brandneuen Fahrrad in ein geparktes Auto gekracht bin."

„Wirklich?", stieß Owen aus, wobei seine Augen glänzten. Hier schien ein schwerer Fall von Heldenverehrung vorzuliegen, obwohl Rileys Geschichte ihn ja nicht gerade in bestem Licht dastehen ließ.

„Klar. Wir verfolgten diesen Jungen, der nach einem versuchten Raubüberfall zu Fuß flüchtete. Mein Partner und ich teilten uns auf, damit wir ihm den Weg abschneiden konnten. Ich musste einen Hügel hinaufstrampeln, um ihn zu überholen. Plötzlich hörte ich ein Auto hinter mir, das direkt auf mich zuraste. Wir wussten nicht, dass der Junge einen Komplizen mit einem Fluchtfahrzeug hatte. Ich weiß nicht, ob er mit Absicht versuchte, mich anzufahren – und das war mir auch egal. Ich wich ihm aus, rammte das parkende Auto und segelte durch die Luft."

Claire erschauderte bei der Vorstellung, doch Owen fragte nur: „War Ihr Fahrrad kaputt?"

„Völlig im Eimer. Ich brauchte ein neues. Danach haben meine Kollegen mich McFlight genannt."

„Waren Sie verletzt?", wollte Macy wissen.

„Nicht schlimm. Ein paar Tage hatte ich Schmerzen, aber zumindest war nichts gebrochen. Nicht wie bei euch."

Ihre Blicke trafen sich, Claire wurde schon wieder rot und begann, sich den Mund mit der Serviette abzutupfen, in der Hoffnung, sich auf diese Weise nicht mit roter Soße zu verschmieren.

Sie war *nicht* verknallt. Allein die Idee war vollkommen albern. Sie reagierte, wie jede Frau reagieren würde, wenn ein Mann sie und ihre Kinder aus einer lebensgefährlichen Situation gerettet hatte. Riley hatte seine eigene Gesundheit aufs Spiel gesetzt, indem er so lange in dem eiskalten Wasser ausgeharrt hatte, bis sie alle in Sicherheit gewesen waren. Jede Mutter wäre ihm dafür zutiefst dankbar gewesen – oder vielleicht nicht?

Ganz zu schweigen davon, dass er ein außergewöhnlich gut aussehender Mann war, ein erotischer Mann – mit diesen grünen Augen und dem vollen dunklen Haar. Ein Teil von ihr – der verletzte, der sich so *alt* vorkam nach dieser demütigenden Scheidung – wollte in seiner Aufmerksamkeit baden, so wie Chester sich an einem sonnigen Tag im Gras wälzte.

Wie konnte sie sich nur so lächerlich machen?

Und der vernünftige Teil von ihr flüsterte ihr ununterbrochen eine Warnung ein. Riley war ein Playboy. Er sammelte Frauen wie Evie ihre antiken Perlen.

Seine Mutter und Schwestern erzählten mit Begeisterung von seinen Erfolgen als Polizist. Aber Alex erzählte auch immer wieder – gleichermaßen genüsslich wie genervt – von seinen unzähligen Frauengeschichten.

Gut, sie hatten sich geküsst. Und einen besseren Beweis dafür, wie unterschiedlich sie waren, konnte sie nun wirklich nicht verlangen. Dieser Kuss hatte sie erschüttert und vollkommen durcheinandergebracht, während Riley sich aufführte, als ob nichts Außergewöhnliches zwischen ihnen geschehen sei.

„Haben Sie den Bösen dann geschnappt?", fragte Macy gerade, und Claire entschied, dass es besser war, sich wieder auf das Gespräch zu konzentrieren und sich nicht weiter das Hirn zu zermartern über einen Kuss, den es gar nicht hätte geben dürfen.

Riley grinste. „Das haben wir tatsächlich. Er rannte nämlich auch den Berg rauf, um in das Fluchtauto zu steigen. Ich lag auf dem Gehweg, bekam kaum Luft und befürchtete schon, dass er uns entwischen würde. Aber direkt neben meiner Hand lag mein Vorderrad, das bei dem Unfall abgebrochen war. Und das habe ich, ohne groß nachzudenken, wie eine Frisbeescheibe nach ihm geworfen. Er stürzte, und noch bevor er wieder aufstehen konnte, war mein Partner da und außerdem ein weiterer Streifenwagen, der dem Auto den Fluchtweg versperrte."

Die Kinder kicherten. Claire lächelte bei der Vorstellung, wie ein ramponierter Riley mit einem Rad auf einen Verdächtigen zielte.

Ihre Kinder waren ganz verrückt nach ihm, das war nicht zu übersehen. Sie lachten über seine Witze, löcherten ihn mit Fragen und wetteiferten darum, ihm ihre eigenen Geschichten zu erzählen. Sie hätte gedacht, dass ihn diese simplen Erlebnisse langweilen würden, doch Riley schien Owens Schilderung von dem Klettergerüst, das unter ihm zusammengekracht war, als das Faszinierendste zu empfinden, was er jemals gehört hatte.

Claire wusste selbst nicht, warum es sie so erstaunte, dass ihre Kinder ihn toll fanden. Riley war schon immer gut darin gewesen, Leute um den Finger zu wickeln. Schließlich war er mit fünf Schwestern aufgewachsen, die ihm genug Gelegenheiten geboten hatten, seinen Charme spielen zu lassen.

Sie hatte seine Technik oft genug beobachtet. Sie konnte sich noch lebhaft an den Tag erinnern, als Angie einen ganzen Sommernachmittag damit verbracht hatte, zu backen, nur weil er ganz nebenbei erwähnt hatte, dass er am Morgen mit einem heftigen Verlangen nach Kokosmakronen aufgewacht war.

Als die nächstältere Schwester war Alex meistens immun gegen seinen Charme gewesen und hatte ihm Manipulation vorgeworfen – aber selbst sie ging ihm manchmal in die Falle, wenn sie nicht aufpasste.

Riley hatte mit seinem Charme so ziemlich jeden auf seine Seite ziehen können, zumindest bis zu dem Tag, an dem aus ihm ein launischer, unglücklicher Teenager geworden war.

Die Kinder versuchten, das Abendessen so lange wie möglich auszudehnen, doch irgendwann war jeder satt. Chester hockte sich direkt neben Claires Stuhl, ein deutliches Anzeichen dafür, dass er dringend vor die Tür musste.

„Ich mach das, Mom", erklärte Owen und schob seinen Stuhl zurück.

„Danke", antwortete sie.

Owen öffnete dem Hund die Tür, dann kam er zurück und räumte seinen Teller weg, für alle anderen offenbar das Signal, dass das Essen beendet war.

Macy stand auf, um ihrem Bruder zu helfen. Als Claire sich ebenfalls erheben wollte, ließ Rileys strenger Blick sie mitten in der Bewegung innehalten.

„Wenn du es wagst, auch nur einen einzigen Teller anzufassen, bin ich gezwungen, dich mit Handschellen an den Tisch zu ketten. Und glaub ja nicht, dass ich scherze", fügte er hinzu.

Das fanden sowohl Macy als auch Owen offenbar zum Totlachen. Claire hingegen fand es nicht halb so lustig, dass sie gezwungen war, still auf ihrem Stuhl zu sitzen und zu beobachten, wie Riley und die Kinder herumalberten, die Reste von den Tellern kratzten und die Spülmaschine einräumten.

Riley trocknete gerade die Pfanne mit einem hübschen bestickten Handtuch ab und sah dabei interessiert aus dem Fenster. Grub Chester mal wieder ihre Blumen aus, wie er es aus purer Langeweile manchmal tat?

„Auf dem Schuppendach scheinen ein paar Schindeln zu fehlen. Liegt wahrscheinlich an dem vielen Wind und Regen in letzter Zeit."

Sie runzelte die Stirn. „Ist mir gar nicht aufgefallen." Kein Wunder. Wenn sie schon mal so am Fenster stand, dass sie den Garten überblicken konnte, war sie zumeist damit beschäftigt, nicht umzufallen. „Fehlen viele?"

„Ich bin mir nicht sicher, es ist schon zu dunkel. Aber einige sind es auf jeden Fall."

„Oje." Noch etwas, das sie auf ihre Aufgabenliste setzen musste.

„Die Reparatur dürfte nicht lange dauern. Ich wette, dass Owen und ich in einer Stunde damit durch wären. Meinst du nicht, Kumpel?"

„Vielleicht sogar in einer *halben* Stunde", entgegnete ihr Sohn, der einer Herausforderung einfach nie widerstehen konnte.

Claire wusste nicht, was sie denken sollte. Was für ein Spiel trieb Riley da? Wenn sie doch wenigstens die Spielregeln kennen würde, statt hier in vollkommen fremden Gewässern herumzuirren.

Warum hatte er das Bedürfnis, ihr ununterbrochen zu helfen? Warum wollte er eine Stunde seines Lebens dafür verschwenden, das Dach ihres Gartenschuppens zu reparieren? Und noch während die misstrauische Erwachsene eine Antwort zu finden versuchte, quietschte das alberne Schulmädchen in ihr vor Glück auf und vollführte einen glücklichen kleinen Tanz.

„Ich mache jetzt meine Hausaufgaben", verkündete Macy, die das Gerede über Dachschindeln zu langweilen schien.

„Sag Bescheid, wenn du Hilfe brauchst."

„Ist Algebra."

„Und?"

„Du bist in Algebra schlechter als ich, Mom."

Wohl wahr. „Aber gemeinsam bekommen wir es meistens hin."

„Danke für das Angebot", meinte sie zu Riley, nachdem Macy verschwunden war. „Aber das musst du wirklich nicht tun. Ich habe dir doch erzählt, dass ich einen Handwerker habe. *Handy Andy Harris.* Kennst du ihn? Seine Familie ist vor fünf oder sechs Jahren hierhergezogen."

„Ich glaube, ich habe ihn noch nicht getroffen."

„Ein sehr netter Kerl. Seine Frau kommt oft in meinen Laden."

„Du bezahlst ihn also für Reparaturen, und dann kommt seine Frau in deinen Laden und gibt das Geld wieder aus?"

Sie lächelte über sein erstauntes Gesicht. „Mehr oder weniger. So läuft das eben in einer Kleinstadt."

„Nun, ich will Handy Andy natürlich keinesfalls Arbeit wegnehmen – oder seiner Frau irgendwelche Perlen, was das betrifft –, aber das ist wirklich eine ganz simple Sache. Im Ernst. Es würde überhaupt nicht lange dauern, und ich hatte ja sowieso vor, das Rad wieder fahrtüchtig zu machen. Zwei Fliegen mit einer Klappe, stimmt's? Betrachte das als Dankeschön für die Spaghetti."

Claire seufzte. Diesen Ton kannte sie zu gut. Er würde nicht nachgeben. Ein dickköpfiger Riley McKnight war ungefähr genauso starr und unbeweglich wie der Woodrose Mountain.

Sie konnte ebenfalls dickköpfig sein, zumal sie es hasste, bei anderen in der Schuld zu stehen. Allerdings würde eine Diskussion das Unvermeidliche höchstens hinauszögern, mehr auch nicht. Außerdem musste das Dach repariert werden, Riley hatte sich dazu bereit erklärt, und es gab keinen vernünftigen Grund, sein Angebot abzulehnen.

„Ich kann gleich nach der Schule vorbeikommen. Dann reparieren wir zuerst das Fahrrad und kümmern uns anschließend um das Dach. Einverstanden, Kumpel?"

„Cool!" Owen wirkte in etwa so begeistert, als ob Riley ihm eine Fahrt nach Disneyland vorgeschlagen hätte. Jeff nahm ihn zwar oft zum Snowboarden und Skifahren mit, war aber nicht besonders handwerklich begabt. Owen arbeitete gern mit den Händen. Seit über einem Jahr bettelte er darum, ein Baumhaus in einem der alten Ahornbäume bauen zu dürfen.

„Kann ich auf dem Computer spielen?", bat Owen.

„Ja. Für eine halbe Stunde. Danach müssen wir Lesen üben." Als Owen sich verzogen hatte, murrte sie: „Du spielst nicht fair."

„Das weißt du doch schon seit Jahren."

Sie verdrehte die Augen. „Warum bist du nur so stur? Ich kann mich selbst um diese Reparaturen kümmern. Und wenn ich es nicht kann, bezahle ich jemanden dafür. Ich bekomme das seit über zwei Jahren alles sehr gut allein hin. Länger, um genau zu sein, weil ich es immer war, die sich um solche Dinge gekümmert hat."

Jeff war viel zu beschäftigt mit dem Studium, der Facharztausbildung und schließlich seiner eigenen Praxis gewesen, um solche Alltagsprobleme selbst in die Hand zu nehmen.

„Dann wird es höchste Zeit, dass dir mal jemand etwas abnimmt."

„Warum muss dieser Jemand ausgerechnet du sein, Riley?", fragte sie verärgert.

Einen Moment lang antwortete er nicht. Als er es tat, klang seine Stimme ernst. „Wenn ich nicht gewesen wäre, wärst du gesund und munter und hättest dein Leben mit deiner üblichen beängstigenden Tüchtigkeit im Griff."

Sie starrte ihn an. „Treibt dich das noch immer um? Ich sagte doch, dass du nichts für den Unfall kannst."

Er biss die Zähne zusammen und schwieg.

„Darum geht es also. Deswegen willst du das Dach und Owens Fahrrad reparieren, deswegen hast du die Äste aus meinem Garten geschafft. Du glaubst, dass du mir wegen des Unfalls etwas schuldest. Du fühlst dich verantwortlich."

Er warf ihr einen kühlen Blick zu. „Natürlich nicht", erwiderte er langsam, doch sie erkannte, dass sie ins Schwarze getroffen hatte. „Hast du's immer noch nicht kapiert, Claire? Ich bin ein Mann. Ich will einfach nur mit dir schlafen."

Auf einmal lag eine Spannung in der Luft, elektrische Ladungen wirbelten durch den Raum wie die strudelnden Bäche aus Schmelzwasser im Sweet Laurel Creek. Sie konnte beinahe vor sich sehen, wie sie sich liebten, Münder und Körper miteinander verschmolzen, Hitze und Feuer und wilde Leidenschaft.

Ein Schauer jagte über ihren Rücken, allerdings wusste sie nicht, ob das an ihrer vernachlässigten Libido lag oder an schierer Panik.

„Reg dich nicht auf, Claire, das war nur ein Scherz. Ich werde nicht hier in der Küche über dich herfallen."

„Natürlich nicht. Das habe ich auch nicht vermutet."

Dieses verflixte Grübchen blitzte wieder auf. „Man weiß ja nie."

In ihrem Bauch begann es zu kribbeln, und zum ersten Mal war sie froh, dass sie wegen dieses bescheuerten Gipses nur schwer aufstehen konnte. Denn wenn sie es versucht hätte, hätten wahrscheinlich ihre Knie unter ihr nachgegeben.

Glücklicherweise brauchte sie nichts darauf zu erwidern, weil in diesem Moment Owen mit Chester im Schlepptau in die Küche kam.

„Hey, Mom, mit dem Internet stimmt was nicht. Ich komme nicht auf die Spieleseite."

Sie atmete tief durch, während sie sich bemühte, sich mit diesem neuen Thema zu beschäftigen. „Darum werde ich mich kümmern, nachdem Chief McKnight gegangen ist."

„Was ich genau jetzt tun werde." Riley schnappte sich seine Jacke.

„Ich meinte nicht, dass du sofort gehen sollst."

„Hausaufgaben und Internetverbindungen rufen nach dir, und ich habe noch ungefähr vier Stunden Büroarbeit vor mir. Owen, ich komme morgen mit den Dachziegeln vorbei. Bist du noch dabei?"

Schlitzohrig sah ihr Sohn in an. „Darf ich einen Hammer benutzen?"

„Darauf bestehe ich, Kumpel. Bis morgen Claire. Pass auf dich auf."

Guter Rat, dachte sie, als sie ihm hinterherblickte. Wenn sie ihn annähme, müsste sie ihn allerdings bitten, nicht mehr wiederzukommen. Das Letzte, was sie jetzt noch brauchen konnte, war diese Art von Liebeskummer, die ein Riley McKnight zwangsläufig mit sich brachte.

# 11. Kapitel

Als Riley dieses Mal in ihrem Garten herumwerkelte, zwang Claire sich, ihn nicht durchs Fenster anzustarren. Stattdessen konzentrierte sie sich auf das eher schlichte Armband, das sie aus wunderschönen wasserfarbenen und recycelten Glasperlen aus Ghana und silbernen Seesternanhängern herstellte, ihr erstes Schmuckprojekt seit dem Unfall.

Sie hatte das Zubehör vor sich auf dem Esstisch ausgebreitet – die Perlen, die Abstandshalter, die Zangen und Scheren. Mit einem gebrochenen Arm Schmuckstücke herzustellen war wirklich eine Herausforderung. Jetzt konnte sie die Rentnerinnen besser verstehen, die sie im Gemeindezentrum unterrichtet hatte und denen das Basteln mit ihren steifen und von Arthritis geschwollenen Fingern nicht leichtgefallen war.

Normalerweise verspürte sie so etwas wie tiefen Frieden, wenn sie arbeitete, genoss es, die verschiedenen Materialien und Formen zu berühren, das unvergleichliche Gefühl, aus ihrer eigenen Fantasie etwas Schönes zu kreieren. Doch an diesem Nachmittag war es sogar frustrierend, den gewachsten Faden durch das Nadelöhr zu fädeln, und mindestens ein Dutzend Mal wollte sie genervt aufgeben.

Aber dann erinnerte sie sich daran, dass sie auf diese Weise ihren Arm und ihre Hand trainierte, wie es ihr der Therapeut empfohlen hatte.

Gerade kämpfte sie mit den Abstandshaltern, da klingelte ihr Handy.

Eigentlich hasste sie es, beim Perlenknüpfen gestört zu werden, und stellte deswegen meist den Klingelton ab. In diesem Fall war sie froh, eine Pause einlegen zu können, vor allem als sie den Namen auf dem Display las.

„Hi, Evie. Wie geht es der genialsten Geschäftsführerin in ganz Mountain West?"

Ihre Geschäftsführerin schnaubte leise. „Lass stecken. Glaubst du wirklich, dass so was bei mir funktioniert?"

Claire lächelte, ihr Ärger löste sich bei den Worten einer ihrer liebsten Freundinnen in Luft auf. „War einen Versuch wert. Wie laufen die Dinge?"

„Irre viel zu tun. Du kannst dir nicht vorstellen, was hier kurz vor dem Muttertag los ist. Dieser Kurs für das Glücksbringerarmband, das du entworfen hast, war bis auf den letzten Platz ausgebucht. Ernsthaft."

„Das ist großartig, Evie. Tausend Dank, dass du das alles für mich übernimmst."

„Keine Ursache."

„Ich habe noch immer vor, am Montag wieder im Laden zu sein. Dr. Murray hat mir heute sein Okay gegeben. Ich hoffe, dass ich dir dann einiges abnehmen kann."

„Keine Eile. Wirklich, du brauchst nicht zu kommen, bevor du nicht so weit bist."

„Ich bin so was von so weit! Wenn ich nicht endlich mal dieses Haus verlassen kann, drehe ich noch durch. Fange vielleicht mit dem Stricken an oder so was."

Evie lachte. „Das wollen wir natürlich keinesfalls. Du hast schon genug Hobbys, Liebes."

„Und kann mir keine weiteren leisten."

„Aber du wirst dich selbst etwas bremsen müssen. Du kannst nicht einfach wieder so loslegen wie früher, wirklich, geh es langsam an."

„Sagst du das als Freundin oder als Physiotherapeutin?"

„Exphysiotherapeutin", korrigierte Evie sie. „Aber okay, als beides."

„Ich weiß, ich weiß. Und ich verspreche, brav zu sein."

Evie gab schon wieder ein ungläubiges Schnauben von sich, widersprach allerdings nicht. „Eigentlich rufe ich an, weil wir kaum noch dicken Draht haben. Wenn ich vor Geschäftsschluss noch eine Bestellung aufgebe, erhalten wir die Lieferung am Montag. Ich wollte dich aber gerne vorher fragen."

„Was immer du für das Richtige hältst."

„Wir brauchen den Draht, ist ja klar, allerdings hat unser bisheriger Lieferant vor ein paar Wochen die Preise um fünf Prozent erhöht. Soll ich mich mal nach besseren Konditionen umsehen?"

Schnell begann Claire im Kopf zu kalkulieren, und auch wenn Mathematik nicht gerade ihre Stärke war, fiel es ihr nach zwei Jahren als Ladenbesitzerin nicht besonders schwer, mit Prozentzahlen zu rechnen.

„Lass uns die Hälfte der normalen Anzahl bestellen. Was wir dann als Mengenrabatt verlieren, können wir vielleicht durch einen günstigeren Anbieter wettmachen."

„Genau das hatte ich mir auch überlegt, wollte jedoch zu erst mit dir darüber sprechen."

„Dafür brauchst du mich nicht, Evie. Wir wissen beide, dass du diesen Laden im Schlaf schmeißt."

Welch ein Glück, dass da jemand war, dem sie so vollkommen vertrauen konnte. Evie war klug und kreativ und geschickt ... und wahrscheinlich viel geschäftstüchtiger als sie selbst.

„Der zweite Grund, aus dem ich anrufe, ist, dir das Neueste über die Beaumont-Hochzeit zu erzählen. Oder hast du es schon gehört?"

„Vergiss nicht, dass ich in totaler Abgeschiedenheit lebe, völlig isoliert von der Außenwelt."

„Von Handy, Telefon, Fernseher und dem Internet einmal abgesehen ... und deiner Mutter natürlich."

Sie lachte. „Tja, richtig. Davon abgesehen. Trotzdem ist mir nichts über Genevieve zu Ohren gekommen. Was ist los? Sie weiß, dass der Designer versucht, schnell ein Ersatzkleid zu liefern, richtig? Sag jetzt nicht, dass sie jemand anderem den Auftrag geben will."

„In dieser Stadt bist du die Einzige, die so was kann."

„Und du. Und wahrscheinlich Katherine."

„Okay. Wir drei. Gen weiß, dass sie niemand Besseres finden kann."

Obwohl sie ihr Bestes tat, keinen Blick aus dem Fenster zu werfen, bemerkte Claire eine Bewegung, und als sie hinsah, steuerte Riley gerade mit einer Ladung Dachziegeln auf die Straße zu. Owen folgte ihm wie ein kleiner Schatten.

Schnell richtete sie ihre Aufmerksamkeit wieder auf die Perlen, nahm eine davon in die Hand und drehte sie zwischen den Fingern. „Wo liegt dann das Problem?"

„Nun, die gute Nachricht ist, dass du weitere sechs Monate Zeit hast, bevor du mit ihrem Kleid anfangen musst."

„Wieso?"

„Gen hat die Hochzeit verschoben."

Die Perle entglitt ihren Fingern, fiel vom Tisch und rollte auf einen Teppich. Claire musste sich seitlich nach unten beugen, um sie wieder aufzuheben. „Du machst Witze! Warum?"

„Familienkrise. Ich schätze, sie hat mit ihrem Verlobten in Denver gesprochen und beschlossen zu warten, bis sich alles wieder beruhigt hat."

„Wegen Charlie."

„Genau. Der Junge muss sich für den Raubüberfall und den Unfall verantworten. Zuletzt hieß es sogar, dass ihm fahrlässige Tötung angelastet werden soll."

Claire schnappte nach Luft. „Oh nein. Arme Laura."

Die Frau des Bürgermeisters gehörte zu ihren Kundinnen. Sie bevorzugte große, auffällige und teure Perlen und brachte Claires Mitarbeiterinnen meistens mit listigen kleinen Bitten dazu, für sie die Arbeit zu übernehmen. „Können Sie mir nur schnell beim Anfang helfen?", sagte sie etwa, oder: „Könnten Sie mir diese Technik noch einmal zeigen?", oder: „Sie wissen ja, dass ich mit diesem speziellen Draht immer so meine Probleme habe."

Normalerweise standen Claires Angestellten den Kundinnen gerne zur Seite, doch Laura Beaumonts Trick, anderen die ganze Arbeit aufzuhalsen, ohne sie dafür irgendwie zu entlohnen, war einfach zu durchschaubar, und die meisten verdrehten schon die Augen – unauffällig natürlich –, wenn sie nur den Laden betrat.

„Arme Gen. Das war bestimmt keine leichte Entscheidung für sie. Ich frage mich, wie ihr Verlobter und ihre Familie darauf reagieren."

Genevieve Beaumonts Hochzeit mit dem Sohn einer der angesehensten, reichsten und politisch mächtigsten Familien von Colorado hätte das gesellschaftliche Ereignis des Jahres werden sollen. Claire hoffte, dass Sawyer Danforths Familie nicht vorhatte, sich wegen Charlies Schwierigkeiten von den Beaumonts zu distanzieren.

„Warum hat Charlie wohl das Hochzeitskleid zerschnitten? Ich dachte immer, dass Charlie und Gen gut miteinander klarkommen, trotz der acht Jahre Altersunterschied."

„Wer weiß." Claire brauchte ihre Freundin nicht zu sehen, um zu wissen, dass sie mit den Schultern zuckte. „Vielleicht hatte Charlie ein Problem damit, dass Gen die ganze Aufmerksamkeit erhielt. Oder er mag den Bräutigam nicht. Vielleicht fand er das Kleid auch einfach nur hässlich."

So viel Zerstörungswut konnte Claire sich einfach nicht erklären.

„Er muss wirklich große Probleme haben, wenn er sich so aufführt."

Wieder bemerkte sie Riley am Fenster vorbeigehen. Sie dachte an die Schwierigkeiten, die er sich als Jugendlicher eingehandelt hatte, wie heftig er auf eine für ihn verwirrende, schmerzhafte Welt reagiert hatte. Er müsste eigentlich vor allen anderen ein gewisses Verständnis für Charlie Beaumont haben.

„Ich lege jetzt besser auf, damit ich die Bestellung noch rechtzeitig aufgeben kann."

„Danke, Evie. Noch ein paar Tage, dann kann ich dir endlich wieder ein paar Dinge abnehmen."

„Bisher bekomme ich das allein ganz gut hin. Ich sag's noch einmal: Überstürze nichts."

„Hör mal, ich muss ja nicht wie Alex den ganzen Tag in einer heißen Restaurantküche auf den Beinen sein. Nein, ich kann mich jederzeit hinsetzen. Und wenigstens habe ich dann außer Chester noch jemanden, mit dem ich mich unterhalten kann."

„Also, Chester ist überhaupt der einzige Grund, warum ich dich gerne schnell wieder hierhätte. Ich vermisse dieses hässliche Viech. Ich vermisse es sogar so sehr, dass ich schon überlege, mich um einen Hund aus dem Tierheim zu kümmern. Die suchen gerade ein vorübergehendes Heim für einen Labradoodle. Würde zwar ganz schön eng werden in meinem Apartment, allerdings für ein paar Wochen würde das schon funktionieren. Aber da es deine Wohnung ist, habe ich den Leuten vom Tierheim erklärt, dass ich erst mit dir Rücksprache halten müsste."

„Du weißt, dass mir das nichts ausmacht."

Claire war wahrscheinlich die nachsichtigste Vermieterin der Welt, doch das hatte Evie als perfekte Mieterin, Mitarbeiterin und Freundin auch mehr als verdient.

Evie hatte sich schon öfter um Tiere aus dem Tierheim gekümmert, bis für sie ein festes Zuhause gefunden werden konnte, bisher hatte es sich allerdings immer um Katzen oder kleine Hunde gehandelt. Wie es schien, baute sie keine wirkliche Bindung zu ihnen auf, auch zu sonst nichts und niemandem, was Claire manchmal beunruhigte. Evie hatte einige dunkle Geheimnisse, eine schmerzhafte Vergangenheit, die sie für sich behielt.

„Dann bis Montagmorgen", meinte Claire nach kurzem Zögern.

„Soll ich dich abholen?", fragte Evie.

Verflucht. Darüber hatte sie noch gar nicht nachgedacht. Oh, wie sie es hasste, von anderen Leuten abhängig zu sein. „Vielleicht kann Alex mich fahren. Ansonsten hat meine Mutter bestimmt Zeit."

„Gib Bescheid, wenn ich es machen soll. Ruth gleich als Erstes am Morgen um sich zu haben ist nicht gerade einfach."

Claire lächelte. Nachdem sie aufgelegt hatte, saß sie einen Moment da, rollte die seidige Perle zwischen den Fingern und dachte über das Ereignis nach, das so viele Leben in Hope's Crossing verändert hatte. Charlie Beaumonts Leben würde nie wieder sein wie zuvor. Von nun an musste er mit seinen Schuldgefühlen leben. Und Maura. Rileys Schwester ging nach wie vor meistens nicht ans Telefon. Claire war fest entschlossen, sie zu besuchen, und wenn sie höchstpersönlich mit dem Rollstuhl die vier Blocks dorthin fahren musste.

Seufzend konzentrierte sie sich wieder auf das Armband, in der Hoffnung, dass die Arbeit sie beruhigen würde.

Kaum dass sie ihren Rhythmus gefunden hatte, wurde die Hintertür geöffnet, und Riley und Owen kamen herein.

„Mom? Wo bist du, Mom?"

„Wohnzimmer", rief sie.

Ihr Sohn stürzte zu ihr, die Baseballkappe falsch herum auf dem Kopf, das Gesicht gerötet vor Aufregung.

„Hast du mich mit der Nagelpistole gesehen, Mom? Ich hab eine ganze Reihe Schindeln selbst festgemacht."

Bei der Vorstellung blieb ihr fast das Herz stehen. Ihr Sohn auf einer Leiter mit einer Nagelpistole, mit der er seine eigene Hand ans Dach hätte tackern können. Nur gut, dass sie sich verboten hatte hinzuschauen.

„Du hast ihn mit der Nagelpistole arbeiten lassen?", fragte sie Riley mit – wie sie hoffte – ruhiger Stimme.

„Mit meiner Hilfe", versicherte er schnell. „Ich hatte die ganze Zeit meine Hand an ihr."

„Das war super", rief Owen. „Ich glaube, ich spare jetzt mein Taschengeld, damit ich mir selbst eine kaufen kann. Mann, dann kann ich das tollste Baumhaus der ganzen Stadt bauen!"

Riley lachte. „Du solltest erst mit leichterem Werkzeug üben und mal abwarten, wie das läuft. Man fährt ja auch nicht gleich beim ersten Mal mit dem Snowboard die schwarze Piste hinunter."

Dieses Argument schluckte ihr Sohn mit ungewohnter Gelassenheit – und der üblich kurzen Aufmerksamkeitsspanne. „Hey, Mom, können wir heute Abend Pizza essen?"

„Das habe ich mir auch schon überlegt. Schließlich ist heute Freitag." Wenn sie die Kinder über das Wochenende hatte, war es ihr wichtig, dass sie zu dritt möglichst viel Spaß miteinander hatten. „Ich bestelle das Essen, sobald Macy vom Fußballtraining zurück ist. Wollen wir auch einen Film gucken? Wir haben noch die ganzen DVDs, die dein Dad und Holly mir extra geliehen haben, um mich vor der Langeweile zu retten. Außerdem haben wir ja noch die Online-Videothek. Gibt es da nicht so eine Superheldenshow, die du sehen wolltest?"

„Kann ich unsere Merkliste checken?"

„Klar. Mein Laptop steht auf dem Küchentisch."

Sie war zutiefst dankbar, dass es diese neuen Technologien gab – und noch dankbarer, dass ihre Kinder damit noch viel besser zurechtkamen als sie selbst.

Kaum hatte ihr Sohn das Wohnzimmer verlassen, da hätte Claire ihn am liebsten sofort zurückgerufen. Seine Anwesenheit war wie eine Art Puffer zwischen ihr und Riley. Ohne ihn war dieses bescheuerte Schulmädchen in ihr einfach nicht in der Lage, den Kuss zu vergessen.

„Owen ist ein toller Junge. Das hast du wirklich gut hingekriegt."

„Er ist wirklich ein toller Junge, aber ich bin mir nicht sicher, ob das viel mit mir zu tun hat. Er kam so auf die Welt. Er war das einfachste und bestgelaunte Baby, das man sich vorstellen kann."

„Er hat eine gute Mutter, die ihn liebt. Das ist schon eine ganze Menge."

„Danke." Sie lächelte. „Und danke für deine Hilfe, Riley." Sie hielt inne. „Wahrscheinlich hast du schon gemerkt, dass ich nicht gerne von der Hilfe anderer abhängig bin."

„Wäre mir nicht aufgefallen", bemerkte er trocken.

„Ich arbeite daran. Also, vielen Dank."

„Gern geschehen. Wir müssen noch das Fahrrad reparieren, das dürfte allerdings nicht lange dauern." Er trat näher, und ihr Herz begann schneller zu schlagen. Er war einfach so *groß* und verdrängte auch noch den letzten Rest Verstand, an den sie sich so gern klammern wollte. „Was fertigst du da?"

„Ein Armband. Ich wollte Brooke Callahan etwas schenken, weil sie sich im Krankenhaus so um mich gekümmert hat. Mir ist aufgefallen, dass sie ein paar Schwesternkittel in diesen Farben hat."

Er warf ihr einen reichlich verzweifelten Blick zu. „Tust du jemals was für dich selbst?"

„Schmuck *mache* ich für mich selbst. Auch wenn ich ihn dann verschenke oder verkaufe, geht es beim Herstellen nur um mich. Ich habe viel Spaß daran, mir ein Design einfallen zu lassen und dann die richtigen Perlen dafür zu suchen. Sie in meinen Fingern zu spüren. Diese recycelten Perlen aus Afrika sehen aus wie Glas aus Meerwasser, das von den Wellen poliert wurde."

Er beugte sich vor, um das Glas zu berühren, seine Hände wirkten besonders groß im Kontrast zu den zierlichen Perlen. „Ganz glatt. Du hast recht."

So nah neben ihm konnte sie nicht atmen. Er roch nach Moschus und nach Mann, sie fühlte sich wie ein albernes kleines Mädchen. Sie versuchte, ihm unauffällig auszuweichen, doch es fiel ihm trotzdem auf.

„Warum machst du das?"

„Was?" Sie gab vor, nicht zu wissen, was er meinte.

„Mir ausweichen."

Kurz überlegte sie, ihn anzulügen, so zu tun, als ob er sich das nur einbildete, aber das ging nicht. „Du machst mich nervös", gestand sie schließlich.

Seine Augen weiteten sich. „Warum? Du kennst mich doch seit Ewigkeiten. Du weißt doch, dass ich dir niemals wehtun würde."

Vielleicht nicht körperlich. Claire wischte sich die feuchten Hände an ihrem Rock ab. „Ich werde nicht eine von diesen Frauen sein, Riley. Nur dass das klar ist."

Er sah sie ausdruckslos an. „Oh, absolut. Ich bemühe mich immer um Klarheit in jeder Hinsicht. Von welchen Frauen sprichst du?"

„Mir ist klar, dass du mich nur aufziehst, so wie immer schon. All diese kleinen Kommentare über … darüber, mit mir schlafen zu wollen, und dass du früher in mich verliebt warst und alles. Dass du mich geküsst hast. Du willst einfach nur schauen, wie ich darauf reagiere. So wie früher, wenn du hinter einer Ecke hervorgesprungen bist, nur weil du uns kreischen hören wolltest. Aber jetzt falle ich nicht mehr auf dich herein."

Zu ihrer Erleichterung trat er einen Schritt zurück, allerdings nur, um sie noch intensiver mustern zu können. „Da musst du mir jetzt ein wenig helfen, Claire. Klarheit, du weißt schon."

Wie sie es hasste, wenn sie sich einer Situation nicht gewachsen fühlte, und dann platzte es aus ihr heraus: „Ich werde nichts mit dir anfangen, Riley."

Er blinzelte. „Okay. Gut zu wissen."

„Nicht, dass ich … ähm … das nicht wollte …" Sie war sich unsicher, wie sie sich ausdrücken sollte. „Ich bin nicht mondän und welterfahren oder irgend so was. Ich bin eine richtige Glucke, seit sechs Jahren im Elternbeirat der Grundschule. Jetzt wurde ich sogar zur Vorsitzenden gewählt, Himmelherrgott!"

„Und das ist in diesem Gespräch warum genau von Belang?"

„Weil ich nicht die Art von Frau bin, die mit irgendjemandem in die Kiste springt. Schon gar nicht mit dir."

Er kniff die Lippen zusammen, und mit einem Mal hatte sie das lächerliche Gefühl, ihn verletzt zu haben. „Wieso schon gar nicht mit mir?"

„Aus hunderten von Gründen, Riley. Erstens ist mir vollkommen klar, dass es dir damit nicht ernst ist, dass es sich hierbei nur um eines deiner Spielchen handelt."

„Sehr faszinierend. Fahr fort." Er verschränkte die Arme vor der Brust, was leider dazu führte, dass sein Bizeps noch deutlicher hervortrat.

„Nun, du bist der kleine Bruder meiner besten Freundin."

„Jüngere. Ich ziehe es vor, ‚jüngerer Bruder' genannt zu werden. Und das sind auch nur ein paar Jahre, Claire."

Okay, das stimmte. Würde sie ihn nicht schon ein Leben lang kennen, würde der Altersunterschied bedeutungslos sein. Aber sie *kannte* ihn eben so lange. Sie hatte gesehen, wie aus einem nervtötenden Kind ein zorniger Teenager geworden war. Er war nahe, so nahe, dass sie einen Muskel in seinem Kinn zucken sehen konnte. Sie wollte die Lippen auf die Stelle drücken, alle Vernunft über Bord werfen und …

Die spannungsgeladene Atmosphäre im Raum verflog, als die Haustür aufgerissen wurde.

„Hey, Mom!", rief Macy aus dem Flur. „Rate mal! Julie Whitaker hat einen verstauchten Knöchel, und wer darf morgen im Tor stehen?"

Ihre Tochter stürmte ins Wohnzimmer, schlank und selbst in ihren

Trainingsklamotten und den Kniestrümpfen wunderschön. Bei Rileys Anblick grinste sie. „Hey, Chief."

„Gratuliere! Torfrau, wie?"

„Yeah. Julie ist supergut, deswegen durfte ich bisher nicht auf dieser Position spielen. Aber jetzt fällt sie mindestens für zwei Spiele aus, und ich springe für sie ein. Wenn ich es richtig gut mache, dann wird unser Coach vielleicht künftig uns beide abwechselnd einsetzen. Mir macht's zwar nichts aus, Stürmerin zu sein, dennoch wäre ich am liebsten Torwart."

„Das ist ja wunderbar, Liebling." Sie musste sich anstrengen, um wieder in die Mutterrolle zu wechseln. „Du hast wirklich hart trainiert und verdienst diese Chance. Hey, ich bestelle für heute Abend Pizza, und Owen sucht einen Film für uns aus."

„Okay. Ich dusche schnell. Das Spielfeld war supermatschig."

In einem seltenen Anfall von Zärtlichkeit schlang Macy die Arme um Claires Hals, dann drückte sie sich an Ruth vorbei aus dem Zimmer.

„Danke, dass du mich gefahren hast, Grandma", sagte sie.

„Gern geschehen, Liebes", entgegnete Ruth. „Claire, wer hat, um Himmels willen, draußen bei den Mülleimern so eine Unordnung hinterlassen? Sieht wie Dachziegel aus. Sind die von Andy Harris, der hier was repariert? Der sollte hinterher wirklich besser aufräumen!"

Riley machte einen Schritt nach vorn, sodass Ruth ihn entdeckte. Sofort presste sie die Lippen zu einer dünnen Linie zusammen.

„Ich habe dieses Durcheinander hinterlassen, Mrs Tatum. Von Claires Schuppen sind letzte Woche beim Sturm einige Dachziegel gefallen, die ich ersetzt habe. Keine Sorge, ich werde mich um den Abfall kümmern, bevor ich gehe."

Ruth ließ ihren scharfen Blick von Riley zu Claire wandern und wieder zurück. Claire krümmte sich innerlich, als sie sah, dass sich im Blick ihrer Mutter Fragen und Verdächtigungen zusammenbrauten wie ein Sommergewitter über den Bergen.

Während sie sich dagegen wappnete, wünschte sie stumm, Riley irgendwie vorwarnen zu können.

„Chief McKnight, das ist aber eine Überraschung." Ruth lächelte ihn kalt an. „Gibt es nicht irgendwo einen Teenager, den Sie in halsbrecherischem Tempo verfolgen können?"

Riley zeigte keinerlei Reaktion. Wenn er von den Leuten in der

Stadt auf diese Weise behandelt wurde, war es wahrlich kein Wunder, dass er solche Schuldgefühle mit sich herumschleppte.

„Mom", sagte Claire warnend.

Ruth schaute sie unschuldig an. „Was habe ich denn gesagt?"

„Dir ist vollkommen klar, wie unfair das ist", begann sie, doch Owens „Hey, Grandma" brachte sie zum Schweigen.

„Hallo, mein Lieber. Was hast du heute gemacht?"

„Ich und Riley haben das Dach repariert, und weißt du was? Ich habe die Nagelpistole gehalten."

Ach du liebe Zeit. Jetzt würde Ruth damit loslegen, dass Riley ihren Sohn in Gefahr brachte. „Wolltet ihr zwei euch nicht um das Fahrrad kümmern?", fragte sie ein wenig verzweifelt.

Riley zog eine Augenbraue hoch angesichts der Tatsache, dass sie plötzlich so wild darauf war, seine Hilfe anzunehmen, nickte allerdings nur. „Genau das wollten wir. Lass uns mal nachsehen, was genau kaputt ist, Kumpel."

„Ich habe gerade die Sendung im Internet gefunden, Mom", informierte Owen sie. „Ich habe sie gleich auf den ersten Platz der Merkliste gesetzt."

„Wunderbar. Ich bestelle in ein paar Minuten die Pizza."

Als die beiden nach draußen marschiert waren, wandte sich Claire ihrer Mutter zu. „Mom, das war unhöflich. Riley hat nur seine Arbeit getan. Das weißt du."

Ruth begann im Zimmer herumzulaufen, die Zeitschriften auf dem Couchtisch zu ordnen und die Verpackung des Müsliriegels aufzuheben, die Owen hatte liegen lassen. „Entschuldige bitte, Claire, aber ich kann einfach nicht vergessen, dass er dadurch beinahe dich und meine Enkel umgebracht hätte. Sieh dich doch an. Du kannst ja nicht einmal laufen und seit über zwei Wochen nicht arbeiten. Das ist einfach nicht richtig."

„Wenn du irgendjemandem die Schuld in die Schuhe schieben willst, dann den Teenagern, die beschlossen haben, ohne erkennbaren Grund irgendwelche Einbrüche zu begehen. Gib Charlie Beaumont die Schuld. Er ist es, der beschlossen hat zu fliehen."

Ruth schnaufte verächtlich. „Charlie ist nur ein gedankenloser Junge, der aus lauter Angst abgehauen ist."

„Richtig. Aus Angst, geschnappt zu werden. Die haben meinen und ein halbes Dutzend weitere Läden ausgeraubt, ganz zu schweigen von dem Ferienhaus. Nichts davon ist Rileys Schuld."

„Ich will sie auch gar nicht verteidigen. Es bricht mir das Herz, so ist das, und ich verstehe es einfach nicht. Wie sollte das auch möglich sein? Kinder aus gutem Hause werden zu Verbrechern und Vandalen. Irgendwas läuft da falsch, das kann ich dir sagen. Ich persönlich glaube ja, dass das an den ganzen Videospielen liegt, die ihr Eltern eure Kinder spielen lasst."

Nur weil sie Owen ein paar Stunden die Woche absolut harmlose Computerspiele erlaubte, hatte ihre Mutter nun wirklich keinen Grund, sie auch in diese Kategorie zu packen, aber das war nicht der springende Punkt.

„Warum auch immer, Charlie und die anderen Kids haben diese Entscheidung getroffen. Mit Riley McKnight hat das *nichts* zu tun."

„Er hätte sie niemals verfolgen dürfen", beharrte ihre Mutter. „Nicht bei diesen Straßenverhältnissen. Und jetzt ist ein Mädchen tot, und ein anderes wird entweder auch sterben oder vielleicht den Rest seines Lebens dahinvegetieren."

„Riley hat nichts falsch gemacht."

„Denk doch, was du willst. Und ich auch."

Ob der Schmuckdraht fest genug war, um daraus eine Schlinge zu drehen? Wobei Claire selbst nicht genau wusste, für wen. Für ihre Mutter oder für sie selbst. Fünf Minuten mit ihrer Mutter reichten, und sie hätte am liebsten mehrmals ihren Kopf auf den Tisch gehauen.

„Was hätte er denn deiner Ansicht nach tun sollen? Die Teenager einfach entwischen lassen? Dann hättet du, J. D. Nyman und jeder andere in dieser Stadt gemeckert, dass er zu nachgiebig ist."

Ihre Mutter richtete jetzt ihre Aufmerksamkeit auf den Fernsehschrank, begann herumliegende DVDs zu stapeln und die Unmengen von Fernbedienungen, die es offenbar brauchte, um alles zum Laufen zu bringen, ordentlich nebeneinander aufzureihen.

„Was weiß denn ich. Er hätte ihnen unauffällig folgen können, das Kennzeichen herausfinden und Charlie dann später zu Hause festnehmen. Aber ich persönlich glaube ja, dass er ein Spektakel daraus machen wollte, um gleich in den ersten Wochen seines Jobs Aufsehen zu erregen."

„Das ist nicht fair. Du kennst ihn doch nicht mal. Zumindest nicht mehr."

„Mir reicht, was ich weiß. Dieser Junge bedeutet Ärger, genauso wie Charlie Beaumont. Das war schon immer so. Du hast genauso wenig vergessen, wie er früher war. Wild und unberechenbar. Hatte nichts anderes im Kopf, als sämtliche Mädchen zu schwängern."

„Ein Mädchen, Mom. Ein Mädchen."

„Von dem wir wissen. Die Stadtverwaltung hat einen Riesenfehler gemacht, ihn zurückzuholen, und ich bin froh, dass diese Entscheidung gerade noch einmal überprüft wird."

Claire bemerkte aus den Augenwinkeln eine Bewegung, sah zum Eingang und erschrak. Im Eifer des Gefechts hatte keiner von ihnen bemerkt, dass Riley zurückgekommen war. Hatte er die boshaften Bemerkungen ihrer Mutter gehört?

„Da bin ich anderer Ansicht", sagte sie, Riley fest in die Augen blickend. „Ich denke, Riley ist genau das, was Hope's Crossing braucht."

„Ein Frauenheld, der erst handelt und dann denkt?", höhnte Ruth.

„Ein verdienter, hingebungsvoller Polizist, dem die Stadt und ihre Bewohner wichtig sind", antwortete sie entschieden, und da leuchtete etwas Warmes in seinem Blick auf.

„Er macht immer nur Schwierigkeiten", beharrte Ruth. „Du wirst schon sehen. Ich mag Mary Ella sehr, das weißt du. Sie ist eine gute Freundin, und ihre Töchter mag ich auch. Aber dieser Junge hat ihr unzählige Male das Herz gebrochen. Er hätte niemals zurückkehren dürfen."

Riley hatte offenbar beschlossen, dass er jetzt lange genug im Eingang herumgestanden hatte. Er trat einen Schritt vor. „Tut mir leid, dass Sie das so sehen, Mrs Tatum."

Falls Ruth so etwas wie Unbehagen verspürte, ließ sie es sich nicht anmerken. „Mit tut es leid, dass Sie das gehört haben, allerdings nicht, dass ich es gesagt habe."

„Sie haben das Recht auf Ihre eigene Meinung. So wie J. D. Nyman auch und jeder andere in der Stadt, der davon überzeugt ist, dass ich nicht der Richtige für den Posten des Polizeichefs von Hope's Crossing bin. Ich bin der Erste, der zugibt, dass mir in dieser Nacht ein gewaltiger Fehler unterlaufen ist. Und ich muss jetzt mit ihm leben."

„Genauso wie meine Tochter!", blaffte Ruth ihn an. „Genauso wie Taryn und ihre Familie. Von Ihrer Familie ganz zu schweigen. Sie gehören nicht hierher. Nicht nach Hope's Crossing und nicht in das Haus meiner Tochter."

Claire starrte ihre Mutter an, entsetzt von deren Grobheit. „Dazu hast du kein Recht, Mutter. Riley ist hier immer willkommen."

Er zuckte mit den Schultern. „Ist schon okay. Ich bin nur hereingekommen, weil ich dir sagen wollte, dass wir das Fahrrad repariert haben. Wir mussten nur die Gabel geradebiegen, jetzt ist es so gut wie neu. Owen unternimmt gerade eine Testfahrt um den Block."

„Es ist nicht okay. Und du brauchst nicht zu gehen. Um genau zu sein, wollte ich gerade Pizza bestellen, wir schauen uns einen Film an. Und wir würden uns freuen, wenn du noch bleibst."

Mit diesem Vorschlag wollte sie vor allem ihre Mutter ärgern, und allen dreien war das auch klar, dennoch hatte sie deswegen nicht vor, ein Wort davon zurückzunehmen.

Ruth stieß ein eingeschnapptes Zischen aus. „Dann gehe ich und überlasse euch eurer Pizza, da ja niemand Wert auf meine Meinung legt."

Claire war auf einmal sehr müde, erschöpft von all den Jahren, in denen sie versucht hatte, mit den Launen und Unverschämtheiten ihrer Mutter zurechtzukommen. Sie vermisste die lustige, glückliche Mutter, an die sie sich inzwischen kaum noch erinnern konnte, die Mutter, die Ruth vor dem Mord und den erniedrigenden Umständen gewesen war. Sie vermisste es, mit ihr unter einer Decke auf dem Sofa zu schmusen, während draußen ein Schneesturm tobte, vermisste Wanderungen auf dem Woodrose Mountain und die Mom, die immer eine witzige Geschichte parat hatte. Diese kluge und fähige Mutter hatte sich in eine bedürftige, hilflose und verbitterte Frau verwandelt.

„Danke, dass du Macy abgeholt hast", meinte Claire und versuchte, sich auf das Positive zu konzentrieren.

„Du weißt, dass ich immer gern helfe. Ich bringe sie morgen früh zu ihrem Fußballspiel."

„Danke für das Angebot, doch Holly und Jeff machen das schon. Falls sie es sich noch anders überlegen, gebe ich dir Bescheid."

Steif nickte Ruth und ging zur Eingangstür. Sowie sie die Tür sanft hinter sich ins Schloss zog, zuckte Claire schlimmer zusammen, als wenn ihre Mutter sie laut zugeknallt hätte. Ein geräuschvoller Abgang wäre ihr lieber gewesen, diese stille Wut hingegen war fatal.

Sie musste einen Weg finden, die Sache mit ihrer Mutter wieder einzurenken, hatte allerdings nicht den blassesten Schimmer, wie. Außer Riley aus dem Haus zu werfen, was sie aber nicht vorhatte.

„Es tut mir leid, Riley. Meine Mutter kann ganz schön …"

„Ich weiß, wie deine Mutter sein kann. Direkt, aber ehrlich."

„Sie hat ihre eigene Meinung. Die ich übrigens nicht teile."

„Viele andere hingegen schon. J. D. hat eine Menge Freunde, die der Ansicht sind, dass er der bessere Polizeichef wäre. Und was geschehen ist, hat nicht gerade dazu geführt, dass sie ihre Meinung ändern."

„Aber ich meinte das vorhin ernst. Du machst deinen Job sehr gut."

„Danke." Er sah sie wachsam an. „Hör mal, ich freue mich über die Pizzaeinladung. Das war eine nette Geste von dir, doch wirklich nicht nötig. Ich bin schon mit schlimmerer Kritik in meinem Job konfrontiert worden. Zumindest will hier niemand auf mich schießen. Noch nicht jedenfalls."

„Die Einladung war ernst gemeint. Die Kinder haben gestern Abend so viel Spaß gehabt. Sie würden sich wahnsinnig freuen, ihre Pizza mit dir zu teilen."

„Und was ist mit dir?" Sein Blick wurde dunkel, bohrend, ihr Magen zog sich schmerzhaft zusammen.

„Was soll mit mir sein?"

„Hast du mir nicht gerade erst die Gründe dafür aufgezählt, warum wir uns gegenseitig nicht guttun? Möchtest du, dass ich hierbleibe?"

„Sonst hätte ich dich nicht eingeladen", erwiderte sie. „Was ich vorhin gesagt habe, ist noch immer so, aber nur weil da etwas … zwischen uns ist … heißt das doch nicht, dass wir nicht Freunde sein können."

„Richtig. Freunde." Er musterte sie einen langen Moment, dann lächelte er leicht. „Und es gibt ja nichts Normaleres auf der Welt, als mit Freunden eine Pizza zu essen und einen Film zu schauen, nicht wahr?"

Schwierigkeiten. Er machte nichts als Schwierigkeiten, sehr richtig.

Riley saß im Lehnsessel, Claire lag auf dem Sofa, und die Kinder hatten sich auf einem dicken Kissen auf dem Boden ausgestreckt. Sie schauten irgendeinen Superhelden-Film, aber er hätte selbst unter Androhung der Todesstrafe nicht sagen können, worum es darin überhaupt ging.

Die Worte von Ruth Tatum hallten in seinem Kopf wider und übertönten alles andere. Wo er auch auftauchte, machte er Schwierigkeiten.

Die verschiedenen Frauen in seinem Leben hätten vermutlich jederzeit eine Annonce in der Sonntagszeitung mit genau demselben Wortlaut aufgegeben. Riley McKnight hatte vom Tag seiner Geburt nichts anderes als Schwierigkeiten gemacht. *Er hat seiner Mutter unzählige Male das Herz gebrochen.* Das konnte er nicht abstreiten. Seine Mutter hatte viele Tränen um ihn vergossen, lange bevor er nach Ansicht aller die größte Sünde überhaupt begangen und seine Freundin im Senior Year geschwängert hatte.

Wenn Lisa Redmond das Kind nicht ein paar Wochen später verloren hätte, dann wäre sein Leben vollkommen anders verlaufen. Er hätte Lisa mit siebzehn geheiratet und irgendeinen Job in der Gegend angenommen, vielleicht im Skiresort oder als Bauarbeiter. Wenn man den Statistiken Glauben schenken konnte, hätten sie sich in jungen Jahren scheiden lassen. Er hätte jetzt ein sechzehnjähriges Kind, etwas, das er sich nur schwerlich vorstellen konnte.

Lisa hatte das Baby jedoch in der neunten Woche verloren. Ihre Eltern hatten sie zu einer Tante nach Idaho geschickt, damit sie dort die Highschool beenden konnte. Und Riley hatte das Kleinstadt-Getratsche über sich ergehen lassen müssen. Einer der Gründe dafür, warum er es kaum hatte erwarten können, endlich abzuhauen.

Während er den dumpfen Geräuschen des Films lauschte, dachte er daran, wie er das Gefühl, von seinem Vater verlassen und verraten worden zu sein, mit Sauftouren, Partys und ungeschütztem Sex verdrängt hatte.

Er war dumm und gedankenlos gewesen, hatte seine Mutter wahrscheinlich schlimmer verletzt als sein Vater. Da hatte Ruth vollkommen recht.

Er hatte nicht gewusst, wohin mit der ganzen Wut. Als der einzige Junge in einem Haushalt voller Mädchen hatte er einen Vater gebraucht, verdammt. Er hatte jemanden gebraucht, der ihm zeigte, wie man seine Impulse beherrschte, wie man andere Menschen respektierte. Stattdessen hatte sein Vater alles hingeworfen, um seinen eigenen Träumen zu folgen, war nach Südamerika abgehauen, weil er dort die Ruinen einer lange verschwundenen Zivilisation studieren wollte.

Riley war in den letzten Jahren ein Experte für unverbindliche

Beziehungen geworden. Was also hatte er hier zu suchen, bei einer Frau wie Claire, die das Gegenteil von dem war, was er eigentlich brauchte? Er passte in dieses kitschige Bild eines glücklichen Heims ungefähr so gut wie ein Strandhäuschen an die Liftstation des Silver Strike. Sie hatte ihm ins Gesicht gesagt, dass ihr nicht der Sinn nach einer Affäre stand, und das war nun mal das Einzige, wozu er in der Lage war.

Er spürte, dass sie ihn beobachtete. Sowie er den Kopf drehte, lächelte sie ihn unsicher an. Er ließ den Blick lange auf ihren Lippen ruhen, erinnerte sich daran, wie zart sie waren, wie sie sich anfühlten, dann schaute er weg.

Sie war so schön, strahlend und lebendig wie ein Sonnenstrahl, der an einem trostlosen Tag durch dunkle Wolken bricht. Irgendwie vergaß er das immer wieder bis zu dem Moment, in dem er sie wiedersah und es ihm dann mit neuer Verwunderung auffiel.

Zwischen den Schulterblättern spürte er eine unangenehme Spannung. Er sollte nicht hier sein. Er gehörte nicht hierher.

„Du musst nicht bleiben", flüsterte sie ihm zu, und er fragte sich, auf welche Weise ihn seine Körpersprache verraten hatte.

Er hätte sich auf ihr Angebot stürzen und den Heimweg antreten sollen. Allerdings erschien ihm das irgendwie feige. Ein weiterer McKnight, der sich einfach aus dem Staub machte, wenn es ihm in den Kram passte.

„Der Film ist fast vorbei. Ich kann noch nicht gehen", erwiderte er ebenfalls flüsternd.

Sie schien nicht überzeugt, und auch das war einzigartig an ihr. Die meisten Frauen waren nur allzu bereit zu glauben, was man ihnen erzählte. Sie nicht. Sie schien jedes Wort zu analysieren, jeden einzelnen Satz. Und vermutlich hatte er nicht nur ein Mal ihre inneren Alarmglocken zum Schrillen gebracht.

Aber das war's jetzt. Er würde diesen Film zu Ende gucken, und dann trennten sich ihre Wege. Claire Bradford hatte ein paar gebrochene Knochen, einen Idioten zum Exmann und zwei sehr lebhafte Kinder. Sie konnte keine weiteren Probleme gebrauchen.

Als der Abspann lief, knipste Claire die Lampe neben dem Sofa an.

„Toller Film. Hast du gut ausgesucht, Owen. Jetzt ist Zeit fürs Bett. Macys Fußballspiel ist morgen schon sehr früh."

Niemand antwortete, und Riley bemerkte erst jetzt, dass die beiden sich schon seit geraumer Zeit nicht mehr gerührt hatten.

„Wie es scheint, hat es sie längst umgehauen."

Claire richtete sich etwas auf, um einen besseren Blick auf die Kinder zu haben, Dann lächelte sie traurig. „Sehen aus wie zwei aneinandergeschmiegte Kätzchen. Schade, dass sie sich nur so gut verstehen, wenn sie schlafen."

„Das wird schon. Meine Schwestern und ich sind als Kinder auch nicht immer miteinander ausgekommen."

„Ach wirklich?"

Er ignorierte ihren sarkastischen Ton. „Und jetzt finde ich sie ganz erträglich."

„Na, dann kann ich mich ja auf etwas freuen."

„Und jetzt? Willst du sie hier liegen lassen?"

„Auf dem Boden?" Sie schien entsetzt von der Idee, und er lächelte.

„Meine Nichten und Neffen schlafen die meiste Zeit lieber auf dem Boden als im Bett."

„Das kann ja sein, trotzdem denke ich, dass sie es in ihren Betten bequemer haben. Macy. Owen. Wacht auf, Kinder."

Macy bewegte sich ein wenig, wurde allerdings nicht richtig wach. Claire wiederholte ihren Namen, das Mädchen blinzelte nur einen Moment und rieb sich dann die Augen. „Ich glaube, ich bin eingeschlafen."

Sie war so entzückend wie ihre Mutter, hatte dieselben blauen Augen und glänzendes braunes Haar. In ein paar Jahren würde sie eine echte Schönheit sein. Riley konnte nur hoffen, dass Jeff Bradford Manns genug war, um die dann um sie herumscharwenzelnden Jungs das Fürchten zu lehren.

„Sorry." Macy gähnte. „Wie ist der Film ausgegangen?"

„Genauso wie das letzte Mal, als wir ihn gesehen haben", murmelte Claire. „Und wie das Mal davor. Und davor."

Macy grinste schläfrig. „Vielleicht bin ich ja deshalb weggenickt. Nächstes Mal suchen wir einen Film aus, den ich nicht schon in- und auswendig kenne."

„Owen war dran, und er hat ihn sich gewünscht."

„Nur dass auch er mittendrin eingeschlafen ist. Wach auf, Idiot."

Owen grunzte nur.

„Wir machen das schon, Macy. Du kannst schon mal hochgehen."

Macy stand mit mädchenhafter Anmut auf. „Nacht. Hab dich

lieb, Mom." Sie tapste zum Sofa und schlang ihrer Mutter die Arme um den Nacken.

Claire drückte sie an sich. „Hab dich auch lieb, Schätzchen."

Macy warf ihm ein müdes Lächeln zu. „Nacht, Chief." Dann ging sie aus dem Zimmer.

„Owen, wach auf", sagte Claire nun etwas lauter.

Chester, der unter seinem Arm lag, öffnete die Augen und betrachtete sie gelangweilt. Owen hingegen rührte sich nicht.

„Komm schon, Schatz. Zeit fürs Bett."

Der Hund gähnte herzhaft, schlüpfte unter Owens Arm hervor und watschelte hinüber zu Claire. Er stupste sie mit seiner Schnauze am Arm.

„Muss er raus?", fragte Riley.

„Wahrscheinlich. Könntest du?"

„Natürlich."

Er steuerte die Hintertür an, Chester dicht auf seinen Fersen. Zum ersten Mal seit über einer Woche war der Himmel klar und wolkenlos mit funkelnden Sternen, die aussahen, als ob man sie pflücken könnte.

Der Hund schien damit zufrieden, am Zaun entlangzuschnüffeln, wohl um nach Eindringlingen zu suchen. Riley ließ ihn allein und lief zurück zu Claire und ihrem Sohn, der sich nicht bewegt hatte.

„Kein Glück gehabt?"

Sie schüttelte den Kopf. „Er schläft wie ein Murmeltier. Einmal ist er in einem Karussell auf dem Jahrmarkt eingeschlafen. Er hat drei Runden gedreht, bevor wir es schafften, ihn zu wecken."

„Soll ich ihn ins Bett tragen? Ich vermute mal, dass sein Zimmer oben ist."

„Das stimmt. Aber lass es mich noch einmal versuchen."

„Owen, Zeit für die Badewanne."

Der Junge öffnete die Augen. „Muss ich?"

Claire lachte leise, und etwas Warmes und Gefährliches zerrte an Rileys Herz. „Heute Abend nicht mehr. Das kannst du morgen früh machen. Schaffst du es in dein Zimmer?"

„Glaub schon."

Er gähnte wie zuvor der Hund und stand schwankend auf. „Warum hast du mich mitten im Film einschlafen lassen?", fragte er vorwurfsvoll.

„Dass du nicht mehr wach bist, habe ich erst gemerkt, da war der

Film schon vorbei. Doch wir können ihn uns morgen noch einmal anschauen, wenn du magst."

„Nächstes Mal musst du mich aber wecken", murrte er verdrossen.

„Leichter gesagt als getan, Schatz."

Owen war noch immer verärgert. Er winkte Riley halbherzig zu, dann trottete er die Treppe hinauf.

„Ich finde es furchtbar, dass ich ihn nicht zudecken kann", meinte Claire traurig. „Das ist fast das Schlimmste an der ganzen Sache, doch ich komme die Stufen einfach nicht hinauf."

„Soll ich das machen?"

Sie sah ihn überrascht an. „Würdest du? Normalerweise übernimmt Macy das für mich, aber sie schläft bestimmt schon."

„Klar mache ich das. Warum denn nicht?"

„Ich schaue normalerweise einfach nur nach, ob er gut zugedeckt ist und das Licht ausgeschaltet hat. Solche Sachen."

„Claire, ich habe vielleicht keine eigenen Kinder, trotzdem bin ich nicht vollkommen ahnungslos. Ich bin sicher, dass ich das hinkriege."

Ihre Wangen färbten sich rot, in dem gedämpften Licht sah sie hübsch und süß und einfach hinreißend aus. „Entschuldige. Natürlich kannst du das."

Dankbar für die Ablenkung, eilte er aus dem Wohnzimmer, ließ schnell den Hund durch die Küchentür hinein und stieg dann die Treppe hinauf.

Owen war bereits im Bett, die Augen halb geschlossen. Riley stellte fest, dass er nicht unter seiner richtigen Decke lag, sondern nur unter einem Quilt, auf den ein Cowboyhut und Cowboystiefel gestickt waren. Riley fragte sich, ob Claire ihn selbst gemacht hatte.

Owen Augen wurden riesig, sowie er Riley bemerkte. „Hi."

„Hey, Kleiner. Deine Mom ist traurig, weil sie dich nicht zudecken kann, deswegen schau ich jetzt nach dir. Scheint ganz so, als ob wir dich erst noch unter deine Bettdecke stecken müssen."

Owen blickte an sich herab. „Oh. Stimmt."

Schnell schlüpfte er unter dem Quilt hervor und deckte sich mit seiner Bettdecke zu. „Danke, dass Sie mein Fahrrad repariert haben", sagte er dann. „Ich bin total froh, dass ich es nicht in die Werkstatt bringen musste."

„Ich auch. Schlaf gut, Owen."

„Danke." Er zögerte. „Lassen Sie bitte meine Tür auf? Vielleicht braucht meine Mom heute Nacht Hilfe, und ich höre sie sonst nicht."

Riley starrte den Jungen mit dem ernsten, sommersprossigen Gesicht an. Auch er hatte die blauen Augen seiner Mutter. Und wieder spürte er diesen speziellen Druck auf der Brust. Wie viele achtjährige Jungen sorgten sich darüber, ob es ihren Müttern nachts gut ging? Er hatte sich über so was jedenfalls sicher nie Sorgen gemacht.

Er räusperte sich. „Na klar."

„Hey, wollen wir irgendwann mal Basketball spielen? Ich hab zu Weihnachten einen neuen Korb bekommen, doch bisher hat es immer geschneit oder geregnet."

„Kannst du das denn mit dem Gips?"

„Oh, klar. Aber meine Mutter nicht, und Macy spielt lieber Fußball."

„Was ist mit deinem Dad?"

Owen zuckte die Achseln. „Er mag Basketball nicht sonderlich."

Noch ein Minuspunkt für den Idioten Jeff Bradford. „Klar. Vielleicht. Ich muss mal in meinem Terminkalender nachschauen."

Owen nahm seine unverbindliche Antwort mit Gleichmut hin. „Okay. Bis dann, Chief."

„Mach's gut, Junge."

Er ließ die Tür einen Spalt offen und lief dann die Treppe hinunter. Claire wartete im Wohnzimmer auf ihn, Chester zu ihren Füßen.

„Alles in Ordnung?", fragte sie.

Er sollte sofort verschwinden, einfach ohne ein weiteres Wort auf dem Absatz kehrtmachen. Diese ganze Familie ging ihm irgendwie unter die Haut, rührte eine ungeschützte Stelle in seinem Herzen an. „Owen hat mich gefragt, ob wir mal zusammen Basketball spielen."

Sie warf ihm ein klägliches Lächeln zu. „Tut mir leid. Ich fürchte, er sucht verzweifelt nach jemandem, der endlich mit ihm spielt. Wahrscheinlich denkt er, weil du ein Mann bist und ziemlich … ähm … sportlich, musst du einfach Basketball mögen."

„Ich könnte bei Gelegenheit mal vorbeischauen. Er ist ein toller Junge."

Sie schwieg einen Moment. „Du kommst wirklich gut mit ihm und Macy zurecht. Hast du als Cop viel mit Kindern zu tun gehabt?"

Mehr, als ihm lieb war. Als Opfer und als Täter. „Ein wenig."

„Nun, jedenfalls scheinst du immer das Richtige zu sagen. Das dachte ich auch schon an dem Abend, als der Spring Fling war. Du wärst wirklich ein toller Vater."

Er schnaubte laut genug, dass Chester ihn anstarrte. „Oh. Sicher nicht."

„Wieso? Hast du nie überlegt, einmal selbst Kinder zu haben?" Allein bei der Vorstellung wurden seine Hände feucht. „Vergiss nicht, dass die McKnight-Männer nicht gerade vorbildliche Familienväter abgeben."

Sie starrte ihn einen langen Moment an, dann runzelte sie die Stirn. „Du bist nicht dein Vater, Riley."

Er zuckte mit den Schultern. „Wer sagt, dass ich nicht genauso wäre wie er? Als er und Mom sich ewige Treue geschworen haben, hatte er sicher nicht vor, zwanzig Jahre später seine Frau und seine sechs Kinder im Stich zu lassen."

„Das tut noch immer weh, oder?"

Er öffnete den Mund und wollte ihr erklären, dass sein Vater vor neunzehn Jahren verschwunden und seit fünfzehn Jahren tot war. Und dass die Wunden längst geheilt waren. Aber diese Lüge wollte ihm einfach nicht über die Lippen.

„Ja", stieß er schließlich hervor. „Albern, oder?"

„Das finde ich gar nicht. Nur traurig. Ich vermisse meinen Dad auch."

Er blickte sie an, sie sah so schön und nachdenklich aus in dem schwachen Licht, und auf einmal konnte er nicht anders. Er beugte sich vor, drückte sanft die Lippen auf ihre, dann noch einmal. Ihr leises Seufzen durchdrang ihn von Kopf bis Fuß. Oh, gefährlich. So wunderschön Claire Bradford war, konnte sie einen Mann in ernste Schwierigkeiten bringen.

Als er ein wenig zurückwich, um wieder zur Vernunft zu kommen, folgte sie seiner Bewegung, beugte sich ihm entgegen und streckte sich nach oben, als ob sie einfach nicht aufhören könnte, ihn zu küssen. Er schloss die Augen, verachtete sich selbst dafür, küsste sie jetzt allerdings richtig. Mit Zunge und Zähnen, mit Hitze und Leidenschaft.

Der Kuss schien endlos zu dauern. Fast war Riley so weit, sich aufs Sofa sinken zu lassen und seinen Körper eng an ihren zu pressen, mit den Händen unter Claires Bluse zu gleiten, da tönte ein scharfes, hündisches Schnauben durch den Raum, so laut, als ob jemand eine Kettensäge angeworfen hätte.

Er erstarrte. Dann blickte er sie an, die geschwollenen Lippen, die halb geschlossenen Augen. Sie sah umwerfend aus, so sinnlich, dass er schnell einen großen Schritt vom Sofa wegmachte, sonst hätte er sie erneut in die Arme gerissen.

„Siehst du?" Seine Stimme klang heiser. „Ich kann nicht die Finger von dir lassen, obwohl wir beide wissen, dass ich dir nicht guttue. Ich nehme mir immer, was ich will, egal, welche Konsequenzen es hat. Da bin ich nicht anders als mein alter Herr, nicht wahr?"

Sie starrte ihn an, blinzelte mehrmals. Dann stieß sie zitternd den Atem aus, drückte die Finger an ihre bebenden Lippen, und er zwang sich, schnell wegzusehen.

„Gute Nacht. Vergiss nicht, hinter mir abzuschließen."

Er stürzte durch die Hintertür hinaus in die Nacht.

# 12. Kapitel

Oh, wie gut es tat, wieder zurück zu sein.

Claire verlagerte ihr Gewicht in dem dick gepolsterten burgunderfarbenen Sessel neben dem antiken Tisch, auf dem die Kasse stand. Wo Evie diesen alten Sessel und den dazu passenden Schemel aufgetrieben hatte, wusste sie nicht. Sie waren bequem, hatten genau die richtige Höhe und hatten bereits im *String Fever* auf sie gewartet, als sie vor ein paar Stunden ihren Laden betreten hatte.

Auf diese Weise konnte sie ihr blödes Gipsbein hochlegen und trotzdem tatkräftig mitarbeiten. Evie hatte sogar einen kleinen Werktisch mit Rollen besorgt, der genau über die Lehnen des Sessels passte. Darauf konnte sie ihren Laptop abstellen und das Zubehör für kleinere Schmuckstücke ausbreiten.

Sie hörte, wie einige Kundinnen Evie Fragen über einen Kurs stellten, der in ein paar Wochen stattfinden sollte, und kam sich vor, als wäre sie aus einem langen, dunklen Winterschlaf befreit worden und würde endlich wieder warmen Sonnenschein auf der Haut spüren.

Zum ersten Mal seit drei Wochen hatte sie nicht dieses nagende Gefühl, ihr Leben nicht mehr selbst kontrollieren zu können. Sie fühlte sich geerdet und ruhig. Sie wünschte nur, sie wäre schon eine Woche früher in ihren Laden gekommen.

Die Kundinnen meldeten sich für den Kurs an und verließen den Laden. Evie beugte sich wieder über die Inventurliste, die sie zuvor gemeinsam durchgegangen waren.

„Wir haben zu wenige Ohrringverschlüsse und Schmuckdraht."

„Wow, jetzt schon?", rief Claire aus. „Ich hätte schwören können, dass ich die erst letzte Woche bestellt habe. Muss aber wohl schon länger her sein."

Evie sah im Computer nach. „Sechs Wochen. Kurz vor Muttertag gab es darauf einen regelrechten Ansturm. Und wie ich bemerke, gefällt dir dein Uhrband."

Lächelnd drehte Claire ihr Handgelenk im Licht, um zu sehen, wie die Perlen darin funkelten. „Du bist echt ganz schön hinterlistig, weißt du das? Wie konntest du nur meinen Sohn dazu anstiften, mich dermaßen anzulügen?"

Evie grinste. „War nicht meine Idee. Er kam von ganz allein damit an. Und hat sogar die Perlen selbst ausgesucht."

„Auf jeden Fall vielen Dank. Das war ein wunderschönes Geschenk."

Sie hatte wie ein Schlosshund geheult, genauso wie über die passenden Ohrringe und den Anhänger, den Macy ihr ebenfalls heimlich gebastelt hatte. Ihre Kinder kannten sie wirklich gut. Mit selbst gemachtem Schmuck konnte man wirklich ihr Herz gewinnen.

„Hattest du gestern einen schönen Tag?"

Sie dachte an das Frühstück, zu dem ihre Mutter sie eingeladen hatte und das besser geschmeckt hatte als die Kröte, die Claire schlucken musste, um die Spannungen, die seit dem Streit zwischen ihnen herrschten, zu lösen.

„Es war nett. Meine Mom hat ihre fantastischen Crêpes gezaubert. Und was hast du gemacht?"

Evie lächelte ein wenig bittersüß, wie Claire fand, und sie fragte sich wieder einmal, warum Evie nie über ihre Vergangenheit sprechen wollte. „Ich habe den Hund abgeholt, von dem ich dir erzählt habe. Er ist einfach umwerfend."

„Wo ist er? Oben in deiner Wohnung? Du musst ihn hinunterbringen, ich will ihn unbedingt sehen! Er und Chester werden bestimmt gute Freunde."

„Er hat in seiner Kiste geschlafen, als ich gegangen bin, und ich wollte ihn nicht wecken. Ich werde in ungefähr einer Stunde hochgehen und ihn holen. Mal schauen, wie er sich im Laden so benimmt. Ich dachte, wenn es dich nicht stört, könnte ich ihn im Garten herumtollen lassen."

„Aber natürlich!" Dieser Garten war fast das Beste an dem Laden – zumindest bei gutem Wetter. Er war zwar nicht sonderlich groß, aber wunderschön. Im letzten Sommer hatte sie auf dem Flohmarkt hübsche Gartenmöbel erstanden und Blumen gepflanzt. An sonnigen Tagen erledigten ihre Kinder dort ihre Hausaufgaben oder spielten mit Chester.

„Das hier ist die Krawattennadel, die ich im nächsten Kurs im Seniorenzentrum gern herstellen würde. Was meinst du dazu?"

Claire bewunderte das geschickt konstruierte Stück. „Das ist eine tolle Idee. Vielleicht können wir sogar ein paar Ehemänner zum Mitmachen überreden, die sonst immer in ihren Autos sitzen und Radio hören, während ihre Frauen im Kurs sind."

Evie lächelte spitzbübisch. „Genau das war der Plan. Die Männer so zu ködern, damit sie zukünftig nichts dagegen haben, wenn ihre Frauen unsere Kurse besuchen."

„Du bist ein teuflisches Genie."

„Ich würde alles dafür tun, um weiterhin dort Kurse anbieten zu können", erwiderte Evie. „Das ist mein Lieblingstag der Woche."

Das konnte Claire gut verstehen. Die alten Damen waren einfach fantastisch – klug, energisch und ungeheuer kreativ. Die Resonanz war überwältigend, reiche Damen mit riesigen Ferienhäusern kamen genauso wie die bescheidene Mrs Redmond aus dem Nebenhaus. Und nach ein paar Monaten behaupteten viele von ihnen sogar, dass die Arthritisschmerzen nachgelassen und sie an Fingerfertigkeit dazugewonnen hätten.

Claire hatte mit großem Bedauern die Gruppe nach ein paar Monaten Evie übertragen, nachdem diese vor einem Jahr aus Südkalifornien hierhergezogen war. Ihre Ausbildung als Physiotherapeutin hatte nicht zuletzt den Ausschlag dafür gegeben.

„Und nächsten Monat?", fragte Claire.

Evie wirkte auf einmal verschlossen. „Ehrlich gesagt, wollte ich genau darüber mit dir sprechen."

„Du kannst nicht kündigen", entgegnete Claire sofort. „Das lasse ich nicht zu. Ich weiß, dass es heutzutage keine Leibeigenschaft mehr gibt, doch ich werde einen Weg finden, sie wieder zu legalisieren", scherzte sie.

Evie lachte. „Keine Panik. Ich habe nicht vor, zu gehen. Nun, jedenfalls habe ich nicht vor, mir einen neuen Job zu suchen. Du weißt, wie sehr es mir hier gefällt. Aber ich spiele schon die ganze Zeit mit der Idee, im Sommer auf verschiedene Kunsthandwerksmärkte zu fahren. So viele unserer Kundinnen, die bei uns gelernt haben, Schmuck zu fertigen, haben finanzielle Probleme. Ich dachte, ich könnte ihre Arbeiten in Kommission nehmen und auf Märkten in Colorado ausstellen. Ich würde ihnen eine kleine Gebühr berechnen, um die Standkosten bezahlen zu können. Und für das *String Fever* wäre das auch gut, weil die Frauen ihr Zubehör bei uns kaufen werden. Außerdem können wir auf den Märkten Werbung für den Laden machen."

„Evie, das ist einfach brillant!" Sofort fielen ihr alle möglichen

Kundinnen ein, die ein kleines Nebeneinkommen gut gebrauchen konnten. Bei den hohen Steuern und Lebenshaltungskosten in Hope's Crossing war die Liste leider länger, als sie hätte sein sollen. „Ich finde die Idee grandios. An welche Märkte hast du denn gedacht?"

„Nun, da du gerade fragst …" Evie lächelte. „Ich habe bereits eine Liste zusammengestellt." Sie nahm ein Blatt Papier aus einem Ordner. „Das sind Märkte innerhalb eines Radius von dreihundert Kilometern."

„Wow! So viele! Ich hatte ja keine Ahnung."

„Ja, ich dachte, ich fange mit …"

Was immer sie sagen wollte, wurde von dem melodiösen Klingeln der Eingangstür abgeschnitten. Chester sah interessiert auf. Nachdem er Ruth entdeckt hatte, ließ er den Kopf wieder sinken.

„Hi, Mom", begrüßte Claire sie.

„Ach, Gott sei Dank. Hier bist du."

Sofort zog sich ihr Herz zusammen, ihr Gipsbein rutschte beinahe vom Schemel, da sie sich erschrocken aufrichtete.

„Was ist los? Ist was mit den Kindern? Hat die Schule bei dir angerufen?"

Ruth runzelte die Stirn. „Die Schule? Nein. Warum, in aller Welt, sollten die bei mir anrufen?"

Claire zwang sich, wieder ruhiger zu atmen und die Schultern zu entspannen. „Keine Ahnung. Aber deine Stimme klang so aufgeregt, dass ich angenommen habe, es wäre etwas mit den Kindern."

„Natürlich bin ich aufgeregt. Ich habe mir schreckliche Sorgen um dich gemacht! Ich war bei dir zu Hause, und als ich dich nicht angetroffen habe, habe ich dich auf dem Handy angerufen. Du bist allerdings nicht rangegangen. Ich hatte Angst, du wärst vielleicht im Krankenhaus. Ich bin nur froh, dass ich zuerst hier noch mal nachgesehen habe."

„Wenn Claire in die Klinik eingeliefert worden wäre, hätte sie Sie bestimmt als Erste angerufen", wandte Evie mit ihrer ruhigen, sanften Stimme ein.

„Da bin ich mir manchmal nicht so sicher", erwiderte Ruth grummelnd.

Claire war sich da auch nicht so sicher, jetzt war allerdings nicht der richtige Zeitpunkt, das zu erwähnen.

„Ich habe es wohl leise gestellt. Tut mir leid." Sie nahm ihre Tasche vom Boden und stellte fest, dass sie tatsächlich sechs(!) Anrufe von ihrer Mutter versäumt hatte.

„Ich hätte mir im Traum nicht einfallen lassen, dass du schon wieder bei der Arbeit bist. Was tust du hier? Du bist noch längst nicht so weit!"

Claire unterdrückte ein Seufzen. „Mom, der Unfall ist drei Wochen her. Dr. Murray hat mir letzte Woche die Erlaubnis gegeben, und auch Jeff meinte, es gäbe keinen Grund, nicht wieder zu arbeiten, solange ich mich nicht überanstrenge."

„Was in deinem Fall leichter gesagt als getan ist. Du wärst fast gestorben. Ich würde denken, da könntest du ruhig länger als ein paar Tage zu Hause bleiben."

Drei Wochen waren nicht direkt ein paar Tage – und auch wenn der Unfall ziemlich beängstigend gewesen war und sie nicht vorhatte, so etwas noch einmal zu erleben, war sie mitnichten fast gestorben.

„Mir geht es schon viel besser. Es war höchste Zeit, dass ich wieder zur Arbeit komme."

„Das wird dir noch leidtun. Wart's nur ab. Du wirst dich überanstrengen und dafür bezahlen. Du bildest dir immer ein, dass du alles schaffst."

Seit wann denn das? Claires Ansicht nach war eher das Gegenteil der Fall. Ständig hatte sie das Gefühl, unter der Belastung zusammenzubrechen, und wunderte sich selbst darüber, dass sie trotzdem alles irgendwie unter einen Hut bekam.

„Ich schwöre dir, ich mache hier fast überhaupt nichts. Du kannst Evie gern fragen."

„Das stimmt wirklich, Ruth", bestätigte Evie. „Sie sitzt hier schon den ganzen Morgen auf ihrem faulen Hintern und scheucht mich herum."

Ruth schaute unsicher zwischen ihnen hin und her.

Auf einmal tat sie Claire leid. „Warum hast du mich denn gesucht? Brauchst du etwas?"

Ruth spielte nervös an einem durchsichtigen Kästchen mit Visitenkarten herum. „Ach, weißt du. Ich wollte nur nach dir sehen."

„Bist du sicher?", hakte Claire nach.

Jetzt nahm Ruth die Krawattennadel in die Hand, rieb mit einem Finger über den Stein und wich Claires Blick aus. „Nun, die Wahrheit ist, dass ich dich gern um deine Meinung bitten würde."

Sie zögerte, und Evie, ihre sensible und aufmerksame Freundin, sagte: „Ich schau mal nach meinem Hund. Ruth, würden Sie mich bitte entschuldigen?"

„Bring ihn mit nach unten", bat Claire.

Als Evie gegangen war, wandte Claire sich an ihre Mutter. „Mom, stimmt was nicht? Was ist denn los?"

„Nichts ist los. Nicht direkt. Ich wollte nur wissen, wie du es fändest, wenn ich vorübergehend arbeite."

Claire starrte sie an. „Arbeiten."

„Nur vorübergehend. Mary Ella hat mich heute Morgen gefragt. Aber ich sollte besser ablehnen, vor allem nachdem du und die Kinder mich momentan so sehr braucht. Damit ich euch herumfahre und so weiter."

„Ich bin dir für deine Hilfe wirklich dankbar, doch ich kann das auch anders regeln. Was für ein Job denn?"

„Ich könnte in der Buchhandlung aushelfen. Du weißt doch, dass Sage wieder am College ist, da sie ihren Abschluss macht, und Mary Ella führt das *Dog-Eared* jetzt ganz allein, bis Maura wieder auf dem Damm ist. Angie hilft, wann immer sie kann, aber sie hat so viel mit ihren Kindern zu tun. Und Alex hat ja ihr Restaurant."

„Das ist eine fantastische Idee!" Claire lächelte. „Du liest furchtbar gern. Bestimmt würdest du in so einer Umgebung aufblühen!"

„Als ich jünger war, wollte ich immer eine eigene Buchhandlung führen."

Das hörte Claire zum ersten Mal. „Wirklich?"

Ruth zuckte mit den Schultern. „Stattdessen habe ich geheiratet und wurde mit dir schwanger. Ich würde es nicht für immer tun wollen, aber für ein paar Wochen ist es bestimmt ein Spaß. Und wenn ich Maura unter die Arme greifen kann, mache ich das gern. Allerdings nur, wenn du und die Kinder auch ohne mich auskommt."

„Ich weiß wirklich zu schätzen, was du für uns getan hast, aber wir kriegen das hin", versicherte sie ihrer Mutter, noch immer überwältigt. Ruth hatte ab und zu im *String Fever* ausgeholfen, wenn viel los war, außerdem gelegentlich in einem karitativen Laden in der Stadt, aber überwiegend lebte sie von den Zinsen der Lebensversicherung ihres Mannes und dem Verkauf von hundert Morgen

174

Land am Silver Strike Canyon, das seit Generationen ihrer Familie gehört hatte.

„Wann fängst du an?"

„Morgen. Mary Ella wird mich einarbeiten." Sie schwieg einen Moment. „Hältst du mich für verrückt?"

„Nein, überhaupt nicht! Wieso denn? Ich denke sogar, dass es dir guttun wird. Es wird dir gefallen, Mom."

„Wir werden sehen. Jedenfalls werde ich Maura sicher nicht in den paar Wochen ruinieren."

„Du kannst das. Mach dir keine Gedanken."

Daraufhin beschloss ihre Mutter, noch eine Weile zu bleiben und Ohrringe für ihren neuen Job zu basteln. Kurz darauf kam Evie mit ihrem vorübergehenden Gast nach unten.

Claire verliebte sich sofort in das braune, schlaksige, ungewöhnlich aussehende Tier mit dem Kopf eines Labradors, aber festem, drahtigem Fell. Auch Chester schien den Neuankömmling in Ordnung zu finden. Er wedelte sogar mit dem Schwanz, als der andere Hund – den Evie als Jacques vorstellte – um ihn herumschnüffelte.

Ruth hingegen war nicht sonderlich begeistert. Bei der freudigen Begrüßung des Tieres kräuselte sie die Lippen. „Ich hoffe, du beabsichtigst nicht, diesen Hund regelmäßig mit in den Laden zu bringen. Chester ist schon ein Hund zu viel hier, wenn du mich fragst."

Da Claire das schon tausend Mal von ihr gehört hatte, lächelte sie nur.

„Komm, Jacques", sagte Evie. „Raus."

Der Hund gehorchte aufs Wort – genauso wie Chester, der offenbar sicherstellen wollte, dass der Neuankömmling verstand, wer hier das Sagen hatte.

Evie kam gerade mit den Hunden aus dem Garten zurück, da läutete die Türglocke.

„Claire. Du bist zurück!"

Mary Ella kam in den Laden gestürzt, steuerte direkt auf sie zu und riss sie in die Arme.

„Es ist herrlich, dich wieder da zu sehen, wo du hingehörst. Wurde aber auch höchste Zeit."

Claire widerstand dem albernen Bedürfnis, ihrer Mutter einen Sag-ich-doch-Blick zuzuwerfen. „Allerdings. Vielen Dank."

„Ruth, hast du Claire schon erzählt, dass du ein paar Wochen in der Buchhandlung einspringen wirst?"

„Das habe ich."

„Ich halte das für eine großartige Idee", sagte Claire.

„Ruths Hilfe ist ein Gottesgeschenk. Ohne sie müssten wir den Laden schließen, bis Sage mit dem College fertig ist." Mary Ella setzte sich an den Werktisch, nahm eine der Perlen in die Hand, mit denen Ruth arbeitete, und betrachtete sie bewundernd. „Die Ohrringe werden fantastisch aussehen, Ruthie. Machst du mir bitte auch ein Paar?"

„Wenn du mir hilfst", entgegnete Ruth säuerlich. Mary Ella lächelte, und Claire verspürte eine tiefe Dankbarkeit gegenüber der anderen Frau. Sie wusste nicht, wie, aber Mary Ella hatte es irgendwie geschafft, weiterhin mit Ruth befreundet zu bleiben, trotz allem. Vielleicht hatte es etwas damit zu tun, dass sie fünf Mädchen und einen wilden Sohn großgezogen hatte, jedenfalls war Mary Ella die Einzige, der es gelang, Ruth regelmäßig aus ihren Stimmungstiefs herauszuholen.

„Wie geht es dir?", erkundigte sich Claire. „Ich meine, wie geht es dir wirklich?"

Mary Ella nahm eine Handvoll Perlen und ließ sie wie Sand durch die Finger auf ein kleines Tablett rieseln. „Mein Herz tut die ganze Zeit weh", sagte sie nach einem Moment. „Ich denke immer wieder, dass das alles nur ein furchtbarer Irrtum sein muss, verstehst du? Ein karmischer Irrtum. Und dass Layla jeden Moment in mein Haus hereinstürmt mit ihrem albernen pinkfarbenen Haar und all den Ringen an den Fingern, mit denen sie wie wild auf ihrem Handy herumtippt." Ihre Stimme brach beim letzten Wort, Ruth drückte ihre Hand.

„Das wünschen wir uns auch mehr als alles andere auf der Welt."

„Das Schlimmste ist das Gefühl, dass eine dunkle Wolke über der Stadt liegt. Jeder hier ist so traurig. Selbst dem Hoffnungsengel scheinen die Flügel gestutzt worden zu sein. Ich habe seit dem Unfall von keinem einzigen Besuch mehr gehört."

Claire musste an die Nacht denken, als Riley wegen ihrer aufflackernden Verandalichter zu ihr gekommen war. „Ich hatte einen."

Die drei Frauen starrten sie an. „Was?!", rief ihre Mutter. „Warum hast du nichts davon erzählt?"

Diese Nacht, in der Riley im Wohnzimmer eingeschlafen war, war für sie eine so wertvolle Erinnerung, dass sie ihr noch immer geradezu unwirklich erschien. „Ich weiß nicht. Ich schätze, ich wollte es eine Weile für mich allein genießen. Jedenfalls, es war nichts Großartiges. Er … der Engel hat einen Korb mit Zeitschriften und Büchern und einigen Süßigkeiten auf der Veranda abgestellt."

„Hast du ihn gesehen?", fragte Evie mit durchdringendem Blick, was Claire zum wiederholten Male vermuten ließ, dass ihre Freundin vielleicht doch hinter dem Geheimnis steckte. Evie war kurz vor dem ersten Auftauchen des Engels nach Hope's Crossing gekommen, und auch wenn sie eher bescheiden lebte, hatte Claire ab und zu den Eindruck, dass sie in Wahrheit sehr wohlhabend war und sich die guten Taten des Engels leisten konnte.

Außerdem wusste Evie genau, was Claire gerne las und was sie im *Sugar Rush* am liebsten kaufte.

Sie forschte in Evies Gesicht nach einem Hinweis darauf, dass sie mehr über den Hoffnungsengel wusste, als sie zugeben wollte, entdeckte aber nichts als echte Neugier darin.

„Nur einen Schatten in der Dunkelheit", antwortete sie schließlich. „Mehr nicht. Riley hat den Garten abgesucht, konnte aber keine Spuren entdecken."

Wahrscheinlich hätte sie dieses Detail besser unerwähnt gelassen. Ruth kniff die Lippen zusammen, und Mary Ella warf ihr einen langen, fragenden Blick zu. Evie hingegen – die sah aus, als ob sie ein Grinsen kaum unterdrücken könnte.

„Riley?", hakte Mary Ella nach.

Claire räusperte sich. „Ja, lustige Geschichte. Ich sah diesen Schatten und dachte, dass es sich um einen Einbrecher handelt. Deswegen habe ich das Verandalicht an- und ausgeknipst, weil ich ihn so verscheuchen wollte. Riley fuhr genau in diesem Moment vorbei und schaute nach, ob alles okay ist."

„Wie nett von ihm", murmelte Evie.

„Genau. Ähm, gut, er hat hinterm Haus nachgesehen, konnte allerdings keine Hinweise entdecken."

Dass er dann im Wohnzimmer eingeschlafen war und dass er, als er aufwachte, vollkommen unpassende Dinge zu ihr gesagt hatte, die sie nicht aus dem Kopf bekam, ließ sie lieber unerwähnt. Auch, wie oft er inzwischen vorbeigekommen war und dass er sie geküsst hatte, bis sie sich an ihren eigenen Namen nicht mehr erinnern konnte.

Es war sicherlich eine gute Idee, jetzt das Thema zu wechseln. „Wer immer es ist", meinte sie schnell, „die ganze Sache ist irgendwie magisch, findet ihr nicht? Dieses Geheimnis. Ich bin froh, dass ich nicht herausgefunden habe, wer es war. Ich glaube, ich möchte es gar nicht wissen. Glaubt ihr nicht auch, dass etwas von dem Zauber verloren gehen würde, sobald wir es wüssten?"

Mary Ella nickte. „Ich denke, du hast recht."

„Ihr seid beide verrückt. Ich möchte wissen, wer es ist", wandte Ruth ein.

„Aber auf diese Weise denken wir immer das Beste von den anderen", beharrte Claire. „Wir fragen uns, ob es unser Nachbar sein könnte. Wir schauen Leute auf der Straße an und überlegen, ist sie es? Oder er? Es könnte jeder sein."

„Was redest du da?" Ruth blickte sie verwirrt an.

Mary Ella lächelte. „Sie meint, dass dieses ganze Herumspekulieren ein Teil des Guten ist, das der Hoffnungsengel in dieser Stadt bewirkt. Weil wir alle vielleicht über die anderen etwas besser denken und uns auch mehr im Klaren darüber werden, was unsere Nächsten vielleicht brauchen. Der Engel hilft uns allen, egal, ob wir von seinen guten Taten direkt profitieren oder nicht."

Claire starrte Mary Ella an, während ihre Gedanken sich fast überschlugen. „Das ist genau das, was Hope's Crossing braucht!"

„Was? Den Besuch eines Engels?", fragte Ruth.

„Nein. Wir alle müssen zu Hoffnungsengeln werden!"

Die drei Frauen starrten sie an. Ruth wirkte noch immer verstört, doch Evies und Mary Ellas Gesichter schienen zu leuchten.

„Das ist einfach genial, Claire", rief Mary Ella.

„Was schwebt dir da vor?"

Ideen wirbelten durch ihren Kopf, viel zu schnell, um sie zu sortieren. „Wir müssen etwas tun, damit die Leute in dieser Stadt einander näherkommen. Jeder in Hope's Crossing ist von diesem Unfall auf die eine oder andere Art betroffen. Habt ihr nicht das Gefühl, dass etwas zerstört wurde?"

„Von deinem Arm und deinem Bein einmal abgesehen?", stichelte Ruth und deutete auf ihren Gips.

„Mehr als ein paar Knochen. Wir alle haben einen großen Verlust erlitten. "

„Wir sollten tun, was immer wir können, damit die Wunden heilen", sagte Evie leise, und Claire lächelte ihr zu, unendlich dankbar dafür, dass eine Laune des Schicksals Evie ausgerechnet in die Berge von Colorado verschlagen hatte.

„Wie wäre es mit einem Tag der Hilfe? Nachbarn helfen Nachbarn", schlug Mary Ella vor. Zum ersten Mal, seit sie den Laden betreten hatte, wirkten ihre grünen Augen klar und hell, nicht umschattet von Trauer.

„Ja. Ja!" Claire dachte an all die Möglichkeiten. Zäune, die gestrichen, Fenster, die geputzt, Decken, die gestrickt werden mussten. „Wir könnten alle dazu einladen. Kinder, Familien, Jugendgruppen."

„Wir sollten etwas Spezielles für die Teenager planen. Sie haben so viel verloren", sagte Evie.

Claires Gedanken wanderten zu Taryn, Cheerleader und eines der beliebtesten Mädchen an der Highschool, die in einem Krankenhausbett in Denver lag, zu Charlie Beaumont, dem eine schwere Strafe bevorstand, und zu den anderen Jugendlichen, die bei dem Unfall dabei gewesen waren.

Und natürlich zu Layla.

Sie beugte sich abrupt vor und ignorierte den Schmerz, der sofort durch ihr Bein fuhr. „Wir könnten den Tag mit Dinner, Tanz und einer Versteigerung abschließen. Die Einkünfte daraus gehen an einen wohltätigen Zweck. Vielleicht etwas, das vor allem den jungen Menschen hilft."

„Ein Stipendium in Laylas Namen", stieß Ruth plötzlich aus.

„Oh." Mary Ella lächelte warmherzig.

Claire strahlte ihre Mutter an. „Das ist perfekt, Mom. Einfach perfekt."

„Das würde Maura gefallen, meint ihr nicht?", fragte Evie.

„Wie lange brauchen wir wohl für die Organisation?", wollte Claire wissen. „Würde ein Monat reichen?"

„Layla wäre am vierten Juni sechzehn geworden", entgegnete Mary Ella.

Claire rechnete schnell nach. Dreieinhalb Wochen. Konnten sie in dieser kurzen Zeit eine solche Veranstaltung auf die Beine stellen? „Etwas weniger als ein Monat also."

„Das ist viel zu viel Arbeit", meinte Ruth.

„Nein, das kriegen wir hin. Ich könnte mir kein besseres Datum dafür vorstellen."

Sie zog den Rolltisch mit ihrem Laptop zu sich, Begeisterung kribbelte durch ihren ganzen Köper. Das war genau das, was die Stadt brauchte, etwas, woran man sich festhalten konnte. Ein heller Strahl der Hoffnung, der durch die dunklen Wolken brach, die sich seit der Tragödie über der Stadt zusammengeballt hatten.

# 13. Kapitel

Abende wie diese kamen ihm immer unwirklich vor. Sogar ein bisschen gruselig.

Riley fuhr an den eng stehenden viktorianischen Häusern von Old Hope vorbei, wo er Nachbarn mit Nachbarn reden sah, wo Rasen gemäht wurden und Jugendliche mit ihren Skateboards über selbst gebaute Rampen in den Auffahrten fuhren.

Durch das offene Fenster seines Streifenwagens konnte er frisch gemähtes Gras riechen und die scharfe Süße von Wüstenbeifuß, irgendwo in der Nähe hatte jemand Steaks auf den Grill geworfen.

Das hatte so gar nichts mit der schmutzigen, dunklen Welt eines Undercoveragenten im sozialen Brennpunkt von Oakland zu tun. Sosehr sich die Stadt seit seiner Kindheit in den letzten zwanzig Jahren verändert haben mochte, diese besondere Schönheit eines warmen Frühlingsabends war offenbar zeitlos.

Oh, er war nicht so naiv zu glauben, dass in Hope's Crossing alles so perfekt wie im Bilderbuch war. Nach einem Monat als Polizeichef wusste er, welche Hässlichkeiten unter der Oberfläche brodelten. Häusliche Gewalt, Überfälle, Betrug. Sogar Drogendelikte. Um all das ging es in den Berichten, die sich momentan auf seinem Schreibtisch stapelten.

Der Unterschied war nur, dass solche Fälle in Hope's Crossing die Ausnahme darstellten und nicht die Regel.

Hope's Crossing war eine hübsche Stadt. Der zunehmende Tourismus gestaltete das Leben hier etwas interessanter und hatte einiges verändert, aber noch immer war dies hier ein guter Platz zum Leben.

Zumindest für die meisten Menschen. Allerdings war hinter ihm jetzt der Untersuchungsausschuss her. Vielleicht würde er in vier Wochen keinen Job mehr haben, wenn seine zweimonatige Probezeit ablief. J. D. Nyman setzte jedenfalls alles daran, Ärger zu machen und offiziell seine Kompetenz anzuzweifeln.

Als er in die Blackberry Lane bog, winkte er Mrs Redmond an der Ecke zu, die gerade ihren knallgelben Forsythienstrauch stutzte. Sie bedachte ihn mit einem säuerlichen Blick und wandte ihm dann den Rücken zu.

Lisas Großmutter war eine dieser alten Leute, die wirklich gute Gründe hatten, ihn nicht hierhaben zu wollen. Bei ihr ging es nicht um irgendwelche Vorurteile oder Bosheiten, nein, ihrer Familie hatte Riley in seiner wilden Jugend wirklichen Schaden zugefügt.

Andere jedoch schoben ihm einfach für alles, was in der Stadt schieflief, die Schuld in die Schuhe, unabhängig davon, wie absurd es auch sein mochte. Sie machten ihn sogar dafür verantwortlich, dass diese Gruppe von Teenagern auf einmal vom rechten Weg abgekommen war. Wie sie darauf verdammt noch mal kamen, war ihm ein Rätsel. Mit Charlie Beaumont und den anderen hatte er nichts zu tun, außer dass er der Onkel einer der Mädchen war.

Er seufzte, während er an Claires Haus vorbeifuhr. Plötzlich rollte ein Basketball von der Auffahrt, und Riley trat hart auf die Bremse, um ihn nicht platt zu machen.

„Hey, Chief", rief Owen ihm vom Bürgersteig aus zu, wo er stehen geblieben war, statt dem Ball hinterherzurennen.

„Hey, Junge."

Er blickte hinauf zum Haus und entdeckte Claire in einem Schaukelstuhl auf der Veranda sitzen. Sie schützte ihre Augen mit einer Hand gegen das Sonnenlicht, und obwohl ihr Lächeln vorsichtig wirkte, war es noch immer mindestens dreißig Grad wärmer als der Blick, den ihm Mrs Redmond zugeworfen hatte.

Er hob eine Hand, und sie winkte mit ihrem gebrochenen Arm zurück.

„Soll ich warten, bis Sie weitergefahren sind, bevor ich den Ball hole?", wollte Owen wissen.

„Nein, mach ruhig."

Der Junge rannte neben seinen Wagen und griff nach dem Ball. „Hey, wollen Sie spielen?", fragte er. „Macy ist nicht zu Hause, und Mom kann nicht. Und ich hab keine Lust mehr, allein zu spielen."

Er sollte sich schleunigst irgendeine Entschuldigung ausdenken und den Heimweg antreten. Das wäre klug. Und sicher. Andererseits konnte es ja wohl nicht schaden, ein paar Körbe zu werfen, oder? Davon abgesehen hatte er Owen schließlich mehr oder weniger versprochen, irgendwann mit ihm zu spielen.

„Sicher", antwortete er und wurde dafür mit einem Jubelschrei belohnt.

Er parkte den Wagen und bemerkte Claires überraschten Blick, als sie ihn aussteigen sah.

Chester begrüßte ihn mit so viel Begeisterung, wie er aufbringen konnte, und plumpste dann wieder zurück ins kühle grüne Gras.

„Achtung!", schrie Owen und rannte auf den Basketballkorb zu.

„Wow, Kobe Bryant. Dein linkshändiger Wurf ist ja wirklich gefährlich."

Owen warf ihm grinsend den Ball zu. Riley schmiss ihn direkt in den Korb.

„Nicht schlecht." Nun schnappte sich Owen den Ball wieder und versuchte es mit einem Dreipunktewurf. Der Ball tanzte ein paar Sekunden auf der Kante und fiel dann durch.

Riley fühlte sich fast glücklich. Der warme Abend, die untergehende Sonne tauchte alles in goldenes Licht, die süße Luft der Rocky Mountains duftete nach Heimat und dem bevorstehenden Sommer.

Claire sah ihnen zu.

Nach einem speziellen Wurf, einhändig hinter dem Rücken hervor, wurde ihm klar, dass er für sie eine große Show abzog. Diese Erkenntnis war ziemlich peinlich, zumal ihn das daran erinnerte, wie er als Kind immer wieder verzweifelt versucht hatte, irgendwie ihre Aufmerksamkeit auf sich zu lenken.

Was sie wohl sagen würde, wenn sie wüsste, dass er noch immer Narben von einem Fahrradsturz auf dem Rücken hatte, weil er einmal probiert hatte, vor ihrem Haus einen Wheelie vorzuführen, und spektakulär gestürzt war.

Sehnsucht erfüllte ihn. Bescheuert. Sie hatte ihm das letzte Mal klipp und klar mitgeteilt, dass sie kein Interesse an einer Affäre mit ihm hatte. Das sollte er besser mal nicht vergessen.

„Okay, Sie sind dran", sagte Owen.

Während Riley sich in Position brachte, riskierte er einen weiteren Blick auf Claire und stellte fest, dass sie ihn beobachtete. Ihre Blicke trafen sich, sie errötete und sah schnell weg. Er war so abgelenkt, dass er den Korb verfehlte.

„Ich hab gewonnen!", schrie Owen.

„Gutes Spiel, Kumpel."

„Wie wär's mit zwei von drei?", fragte der Junge.

Riley schaute Claire an. „Vielleicht ein anderes Mal. Ich sollte jetzt mal deiner Mom Hallo sagen."

„Okay. Ich muss sowieso aufs Klo."

Riley legte den Ball auf den Boden, tätschelte kurz Chesters braunes, schlaffes Gesicht und lief dann die Verandatreppe hinauf. Dabei musste er ständig an den Kuss denken, sosehr er sich auch dagegen wehrte. Es gab tausend Gründe, warum es besser war, sie nie mehr wieder zu küssen.

Und doch konnte er nicht anders, zumindest gab er ihr einen flüchtigen, freundschaftlichen Kuss auf die Wange. Wenn er auf diese Weise ihren Duft einatmete, frisch wie dieser Frühlingsabend, dann ging das verdammt noch mal niemanden etwas an.

„Danke, dass du mit ihm ein paar Minuten gespielt hast", meinte sie. Er fragte sich, ob er sich den heiseren Ton in ihrer Stimme womöglich nur einbildete. „Ist für mich im Moment etwas schwierig mit dem Bein."

„Und der eingegipste Arm macht es auch nicht direkt besser."

Sie lächelte. „Ich schätze, in dieser Hinsicht bin ich ein Wrack."

„Wie ich höre, hast du heute wieder angefangen zu arbeiten", sagte er nach einem unbehaglichen Moment des Schweigens und schwang sich auf die weiße Brüstung, die um das Haus herum verlief.

„Wow, wirklich? Wusste nicht, dass ich es in die *Hope Gazette* geschafft habe."

„Manchmal habe ich das Gefühl, dass die *Hope Gazette* in dieser Gegend reine Papierverschwendung ist. Ich meine, wer braucht diese Zeitung schon, wenn jeder sowieso alles brühwarm aus erster Hand erfährt? Donna Mazell hat mir erzählt, dass sie dich im Laden gesehen hat. In einem hübschen, bequemen Sessel neben der Kasse hast du gethront wie die Perlenkönigin von Hope's Crossing."

„Queen Claire. Das bin ich. Ich hatte ganz vergessen, dass Donna da war. Sie brauchte Kunststoffperlen, um mit ihren Enkeln zu basteln."

Er hätte Kunststoffperlen nicht von Pintobohnen unterscheiden können, genauso wenig wie er wusste, warum Donna eigentlich glaubte, dass er sich für das Kommen und Gehen einer bestimmten gemeinsamen Bekannten interessierte.

„Sie erzählte, dass sie ungefähr fünfundsiebzig Dollar für Perlen ausgegeben hätte, die sie gar nicht vorgehabt hatte zu kaufen. Und dass sie keine Ahnung hätte, was sie mit denen jetzt anstellen soll."

Claire lächelte. „Das ist das Problem beim Perlenknüpfen, ungefähr so wie beim Stricken. Ich habe mehr Perlen in meiner Privatsammlung, als ich jemals verarbeiten kann. Sag Donna, dass sie es einfach hinnehmen soll. Widerstand ist zwecklos."

Nun, das war mal eine Aussage, mit der er etwas anfangen konnte. Ihr zu widerstehen, brachte er nämlich auch nicht fertig.

Owen, der offenbar seinem körperlichen Bedürfnis nachgekommen war, stürzte gerade aus dem Haus und wollte zu seinem Basketball rennen, da rief ihm seine Mutter zu: „Hast du schon alles gepackt, was du für die Übernachtung bei deinem Dad brauchst?"

„Oh, stimmt. Hab ich vergessen."

Er wirbelte herum und raste mit Vollgas zurück ins Haus.

„Ich wusste gar nicht, dass sie auch unter der Woche bei Jeff und Holly übernachten."

„Ist eine Ausnahme. Jeff hat Geburtstag."

„Ah."

„Wir entscheiden das meist ganz spontan. Gleich nach der Trennung waren sie die Hälfte der Zeit bei ihrem Vater, allerdings war das zu anstrengend für die Kinder. Eine Woche hier, eine Woche da. Sie hatten das Gefühl, nirgends richtig zu Hause zu sein. Nach Hollys und Jeffs Hochzeit haben wir beschlossen, dass es besser ist, wenn sie die Wochenenden mit ihrem Dad verbringen, weil er dann sowieso am meisten Zeit für sie hat."

„Macht Macy gerade ihre Hausaufgaben?"

„Nein, sie ist nach der Schule mit Holly losgezogen, weil sie ein Geburtstagsgeschenk besorgen wollte. Owen hätte sie begleitet, aber er war bis gerade eben bei den Pfadfindern."

Wie schön es hier ist, dachte er. Wie herrlich, nach einem langen Tag auf ihrer Veranda zu sitzen, Vögel huschten durch die Bäume, und die duftende Bergluft wehte durch sein Haar. Ein merkwürdiges Gefühl ergriff ihn, so unbekannt, dass er eine Weile brauchte, bis er es erkannte.

Zufriedenheit.

Obwohl seine Sehnsucht nach ihr unerfüllt blieb, genoss er ihre Gegenwart so sehr, dass der Schmerz in seinem Innersten, der niemals wieder ganz verschwinden würde, ihm auf einmal egal war.

„Ich habe dich unterbrochen. Woran hast du vorhin gearbeitet? Etwas für deinen Laden?"

Ihr Gesicht strahlte vor Begeisterung. „Wir hatten heute eine fantastische Idee."

„Ich schätze, damit meinst du, dass *du* eine Idee hattest."

Sie strich sich eine Haarsträhne hinters Ohr. „Nein, es war eher eine Art Brainstorming. Jeder hat gesagt, was ihm spontan einfiel."

„Und wer ist jeder?"

„Also, Evie Blanchard. Du hast sie mal in meinem Geschäft kennengelernt, glaube ich. Und deine und meine Mutter."

„Das klingt dann eher nach Ärger. Als Polizeichef sollte ich besser erfahren, was ihr vorhabt, damit ich vorbereitet bin."

Sie verdrehte die Augen. „Wir wollen einen Nachbarschaftstag organisieren, bei dem hoffentlich alle in der Stadt mitmachen und anderen helfen."

„Hört sich ehrgeizig an."

„Vielleicht, aber ist dir denn nicht klar, was da alles möglich wäre? Hinterher werden die Leute nicht nur näher zusammengerückt sein, ich hoffe auch, dass jeder ein bisschen glücklicher ist. Das Ganze könnte dann mit einer Charity-Party enden. Eine echte Stadtfeier mit Galadinner. Wie findest du das?"

Er konnte sich diese Bilderbuchutopie von Nachbarschaftshilfe zwar nicht recht vorstellen, dennoch riss ihn Claires Begeisterung mit. Ihr Gesicht glühte, und sie sah so hübsch aus in dem Abendlicht, dass er einfach den Blick nicht von ihr lösen konnte.

„Du meinst das wirklich ernst, oder?"

„Allerdings. Ich glaube, es ist genau das, was die Leute von Hope's Crossing brauchen, um … sozusagen geheilt zu werden."

Sie lächelte leicht und nahm seine Hand. Sein Herz machte einen Satz, als ob er gerade eine Stufe verfehlt hätte und eine Treppe hinunterstolpern würde. Er wollte nicht, dass sie ihre Hand wieder wegnahm. Jemals wieder.

Was geschah hier bloß? Seine Kehle war trocken, seine Brust zog sich zusammen. Nie zuvor hatte er so etwas für eine Frau empfunden, nie dieses überwältigende Bedürfnis gehabt, jemanden in die Arme zu reißen und an sein Herz zu drücken.

Er konnte nicht wegsehen. All seine Instinkte, trainiert während Gang-Schießereien und gefährlichen Drogengeschäften, warnten ihn jetzt, nicht länger zu bleiben, zu verschwinden, solange er noch konnte.

Claire, nichts von seinem Gefühlstumult ahnend, lächelte sanft. „Riley, die Einnahmen sollen in ein Stipendium in Laylas Namen fließen. Wäre das nicht wundervoll?"

„Ein Stipendium."

Layla sollte selbst aufs College gehen. Stattdessen war seine Nichte tot, und Claire bildete sich, dass irgendetwas besser wurde, indem sie irgendeine alberne Wohltätigkeitsparty schmiss.

„Das alles soll an ihrem Geburtstag stattfinden."

„Der ist in weniger als einem Monat. Wie wollt ihr in der kurzen Zeit so etwas auf die Beine stellen?"

„Das wird auf jeden Fall viel Arbeit, aber wir werden Komitees bilden, die sich um alles kümmern. Das Wohltätigkeitsdinner soll im Grand Ballroom im *Silver Strike* stattfinden. Nachdem die Saison vorbei ist, wird das bestimmt kein Problem sein. Und Alex wird für das leibliche Wohl sorgen."

Sie brach ab, offenbar bemerkte sie erst jetzt seinen Mangel an Begeisterung.

„Dir gefällt die Idee nicht", meinte sie geknickt.

„Das habe ich nicht gesagt."

„Geht es um das Dinner? Das muss nichts Elegantes sein. Nein, bestimmt ist es besser, wenn wir es nicht übertreiben."

Mit einem Mal wurde er wütend. Wütend auf das Schicksal, das ihn auf die Straße geschickt hatte, auf sich selbst, weil er geglaubt hatte, nach so vielen Jahren wieder zurückkehren zu können, und vor allem wütend auf sie, weil sie so anständig und nett und somit für ihn vollkommen unerreichbar war.

„Hör mal, Claire. Du kannst nicht mal richtig laufen und bildest dir trotzdem ein, die ganze verdammte Stadt retten zu können."

Sie blinzelte, überrascht von seinem plötzlichen Angriff. „Stimmt nicht. Ich versuche, niemanden zu retten. Ich möchte nur, dass wir alle zusammenkommen. Damit wir merken, dass der Schmerz ein wenig erträglicher wird, wenn wir anderen helfen."

„Sollen die Leute etwa vergessen, dass Layla tot ist?"

„Das habe ich nicht gesagt. Mit keinem Wort."

„Du glaubst, nur weil ein paar Leute für andere den Rasen mähen oder Fenster putzen, kann man die ganze Sache einfach wegpacken und vergessen? Bisschen auf die Wunde blasen, und alles ist wieder gut?"

Verletzt sah sie ihn an. „Nein. Niemals. Ich möchte, dass jeder sich an Layla erinnert. Sie auf gute Weise in Erinnerung behält. Deswegen das Stipendium."

„Du willst so tun, als ob Hope's Crossing noch immer das nette kleine Bergstädtchen ist, friedlich und schön, überall Herzen und Blumen. Liebe deinen Nachbarn und diesen ganzen Scheiß. Tja, ich sage es ja nur ungern, aber die Leute hier können genauso gierig und egoistisch sein wie überall sonst auf der Welt."

Sie blickte ihn kalt an. „Ich bin nicht doof, Riley, auch wenn du das offensichtlich denkst. Ich weiß, dass das Leben in Hope's Crossing nicht perfekt ist. Aber was ist falsch daran, es etwas besser machen zu wollen?"

Er hatte selbst keine Ahnung, warum er so sauer war, aber der Zorn brannte in ihm, heiß und grimmig. Der Frust über seine Arbeit, die Trauer um seine Nichte und seine unmöglichen Gefühle für Claire, all das ballte sich zusammen zu einem einzigen gleißenden Ball der Wut.

„Reine Energieverschwendung! Zum Schluss hast du vielleicht ein paar hundert Dollar für ein Universitätsstipendium zusammen, das wahrscheinlich irgendein bescheuerter überehrgeiziger Idiot erhält. Doch die Stadt wird sich nicht verändern, nur weil du es willst, weil du dir einbildest, dass ein paar gute Taten so was bewirken könnten."

„Vielleicht ändern wir nicht alles, aber wir können ein paar Leuten helfen."

„Wozu? Letzten Endes – egal, wie viel Arbeit du da reinsteckst – wird sich rein gar nichts verändert haben. Die Leute hier werden immer noch so engstirnig sein wie überall sonst auf der Welt. Und du wirst noch immer eine geschiedene Mutter sein, die von ihrem Mann für irgendeine Tussi mit perfekten Zähnen und unechten Brüsten verlassen wurde."

Kaum hatte er diese Worte ausgesprochen, da hätte er sie am liebsten sofort wieder zurückgenommen. Es war, als hätte er einem Kätzchen einen Tritt verpasst. Er bemerkte, wie sie bleich wurde, nach Luft schnappte, als ob er ihr gerade einen weiteren Knochen gebrochen hätte.

Er hasste sich dafür und schloss die Augen. „Tut mir leid. Das war …"

Was immer er auch sagen wollte, wurde von dem Motorenlärm eines glänzenden schwarzen Cadillac SUV übertönt, der vor dem Haus abbremste und in die Einfahrt fuhr.

„Das ist Jeff", sagte Claire tonlos.

„Claire …"

Sie richtete sich mithilfe ihrer Krücken auf. „Owen", rief sie ins Haus. „Dein Dad ist hier."

Von drinnen hörte man ein entferntes „Okay."

Die Spannung zwischen ihnen war fast unerträglich geworden, während Jeff Bradford aus dem Wagen stieg und auf sie zueilte. Er trug ein enges Ed-Hardy-T-Shirt und Jeans mit einem breiten Gürtel und künstlich abgenutzte Stiefel, die besser zu einem zehn Jahre jüngeren Mann gepasst hätten.

Er schien überrascht und keineswegs erfreut, Riley auf der Veranda seiner Exfrau vorzufinden.

„Chief." Das Wort klang aus seinem Mund kalt und geringschätzig.

„Doc", entgegnete Riley im selben Ton.

Jeff beugte sich vor, um Claire auf die Wange zu küssen. Riley sah, dass sie sich zu einem Lächeln zwang, noch immer blass. „Happy Birthday", sagte sie.

„Danke."

„Dein Geschenk liegt drinnen auf dem Tisch."

Diese Frau konnte sich kaum rühren, und doch hatte sie es irgendwie hingekriegt, für diesen Vollidioten von Exmann ein Geschenk zu besorgen. Der seltsame Schmerz in seiner Kehle kehrte zurück, all die beängstigenden zärtlichen Gefühle. Er musste hier schleunigst weg.

„Ich verschwinde besser. Bis dann, Claire."

Er wollte nicht gehen, solange noch diese Spannung zwischen ihnen bestand, aber er konnte einfach nicht hierbleiben und höflich zu Jeff Bradford sein. Nicht wenn er diesem Typ am liebsten einen Schlag mitten auf diesen lächerlichen Drachen auf seinem T-Shirt dafür verpasst hätte, dass er Claire dermaßen verletzt hatte.

Doch während er die Verandatreppe hinunterstieg, musste er sich leider die Frage stellen, welcher dieser beiden erwachsenen Männer auf ihrem Grundstück eigentlich das größere Arschloch war.

# 14. Kapitel

Eigentlich dürfte er gar nicht die Macht haben, sie derart zu verletzen. Das war Claire durchaus klar, und doch hörte sie wieder und wieder seine Worte, sie waren ihr unter die Haut gegangen, und während sie Riley jetzt hinterherschaute, musste sie gegen Tränen der Wut ankämpfen.

*Du wirst noch immer eine geschiedene Mutter sein, die von ihrem Mann für irgendeine Tussi mit perfekten Zähnen und unechten Brüsten verlassen wurde.*

Das war also die ungeschminkte Wahrheit. Riley betrachtete sie als bedauernswerte Frau, die ihrem Mann nicht genügt hatte und von ihm fallen gelassen worden war.

Schnell schob sie den Schmerz beiseite und konzentrierte sich auf das, was im Moment zu erledigen war, nämlich sich an den Krücken hochzuziehen und ins Haus zu humpeln.

„Owen, beeil dich. Dein Vater ist da."

„Ich weiß. Bin gleich da, eine Sekunde noch", rief Owen die Treppe hinunter. „Ich will ein paar Legosachen mitnehmen."

Jeff verdrehte die Augen. „Als ob er nicht eine ganze Kiste mit diesem Legoquatsch bei mir hätte."

„Er hat eben seine Lieblingsfiguren. Möchtest du etwas trinken?"

„Nein danke."

„Ich jedenfalls brauche ein Glas Wasser. Entschuldige mich einen Moment."

Sie war nicht überrascht, dass Jeff ihr nicht anbot, ihr das Wasser zu holen – was sie sowieso nicht angenommen hätte. Sie hatte einfach die Nase voll von frustrierenden Männern.

Sie war so darauf konzentriert, den Weg in die Küche zurückzulegen, dass sie gar nicht merkte, wie Jeff ihr folgte. Erst als sie sich ein Glas gefiltertes Wasser aus dem Kühlschrank genommen hatte, bemerkte sie ihn.

„Du kommst gut zurecht", stellte er fest.

„Ich hasse es."

„Ja, schlimm, ich weiß. Das ist immer der Augenblick, in dem meine Patienten am liebsten ihre Beine abhacken würden. Doch in ein, zwei Wochen bekommst du sicher einen Gips, der dir mehr Bewegungsfreiheit lässt."

„Kann nicht sagen, dass ich mich auf einen Sommer mit juckendem Gips freue."

„Keine Sorge, das wird nicht den ganzen Sommer so sein. Ich schätze, in einem Monat oder so bist du den an deinem Arm los. Das mit dem Bein dauert wohl noch ein paar Wochen länger. Aber im Juni hast du's wohl hinter dir."

Das stimmte mit dem, was Dr. Murray ihr erklärt hatte, überein.

„Gut", stieß sie erleichtert aus.

Er verschränkte die Arme vor der Brust. „Was hatte McKnight hier zu suchen?"

*Außer mir einen Dolch ins Herz zu stoßen und mir freundlich mitzuteilen, wie bescheuert ich bin?* Sie zuckte mit den Schultern. „Er wohnt nur ein paar Häuser weiter. In diesem kleinen Mietshaus gegenüber von den Stimsons. Er ist vorbeigefahren und hat bemerkt, dass Owen Basketball spielt. Also hat er gehalten, um auch ein paar Körbe zu werfen."

„Ich mag es nicht, wenn er hier herumhängt."

Eine Sekunde lang konnte sie ihn nur anstarren. „Wie bitte?"

„Ruth hat mir gesteckt, dass er öfter hier ist. Das gefällt mir nicht. Er hat keinen guten Einfluss auf Macy und Owen."

„Das gefällt dir nicht." Die Wut, die schon die ganze Zeit in ihr brodelte, begann überzukochen und schien sie zu verbrennen.

„Du kennst doch seinen Ruf, was Frauen betrifft. Du bist seit Ewigkeiten mit Alex befreundet, und die Gerüchte hast du auch gehört. Er ist ein Weiberheld, das war er schon immer. Er wechselt Frauen wie ich meine Untersuchungshandschuhe, und dann wirft er sie genauso gedankenlos weg. Er ist nichts für dich, Claire."

Sie atmete tief durch, das nützte allerdings wenig. Dass ihr Exehemann – inzwischen verheiratet mit einer zehn Jahre jüngeren Frau und gekleidet wie in einer MTV-Reality-Show, Himmel noch mal – es wagte, ihr Vorschriften zu machen, war einfach unglaublich.

„Ich werde mit dir darüber nicht sprechen."

Er ignorierte ihre leise Warnung. „Du bist mir nicht egal, Claire. Ich kenne dich doch, wie du sein kannst, wenn du dir etwas in den Kopf gesetzt hast. Dann hörst du nicht auf, bis es zu spät ist. Ich möchte einfach nicht, dass dir das mit McKnight passiert. Was für ein Spielchen er da auch mit dir treibt, ich will nicht, dass du am Boden zerstört bist, wenn er dich schließlich sitzen lässt."

Hielt sie eigentlich *jeder* für eine armselige Verliererin, die erstens einen Mann nicht halten konnte und dann zweitens daran zerbrach, wenn besagter Mann sie verließ?

Verdammt noch mal, sie brauchte keinen von ihnen. Sie war vollkommen zufrieden mit ihrem Leben, so wie es war. Ein tolles Leben. Tolle Freunde, ein gut gehendes Geschäft, ein schönes Heim in einer Stadt, die sie liebte. Sie hatte nicht vor, irgendeine Leere in ihrem Leben mit ungesunden Beziehungen zu kompensieren.

Sie nippte an dem kalten Wasser, in der Hoffnung, dass ihre Wut abkühlen würde.

„Riley und ich sind Freunde, Jeff. Das ist alles." Und um ehrlich zu sein, hatte sie momentan nicht die geringste Ahnung, ob das überhaupt noch stimmte.

„Bist du sicher? Denn Riley McKnight scheint mir nicht der Typ Mann zu sein, der mit einem Kind Basketball spielt und Bäume stutzt und Dächer repariert, wenn er nicht vorhätte, die dazugehörende Frau zum Dessert zu vernaschen."

„Offenbar haben meine Mutter und du ja viel, worüber ihr euch unterhalten könnt."

„Ich mache mir eben Sorgen um dich."

Sie setzte ihr Glas mit einem lauten Knall in der Spüle ab. „Interessant. Liegt hier nicht irgendwo ein Scheidungsurteil herum, das eindeutig beweist, dass du kein Recht mehr hast, dir eine Meinung über meine Freunde zu bilden?"

„Nur weil wir irgendwann aufgehört haben, uns zu lieben, heißt das nicht, dass du mir egal bist."

*Du* hast aufgehört, mich zu lieben, hätte sie am liebsten geschrieben. Aber das wäre nur ein Impuls gewesen, und es stimmte nicht einmal. Nach seinem Medizinstudium und der Rückkehr nach Hope's Crossing waren sie aus irgendeinem Grund plötzlich eher Freunde als Liebende gewesen.

Und selbst wenn es möglich gewesen wäre, hätte sie ein solches Leben nicht mehr führen wollen. Sie war ein anderer Mensch geworden, wahrscheinlich würde sie keine Woche mehr mit ihm verheiratet bleiben können.

192

„Sei einfach vorsichtig. Das ist alles, was ich sagen will. Die Kinder müssen nicht unbedingt mitbekommen, wie du dich seinetwegen blamierst."

Oh, wie gerne sie ihn auf sein Ed-Hardy-T-Shirt und die Botoxspritzen angesprochen hätte, doch sie versuchte schließlich, ein netter Mensch zu sein, nicht wahr?

„Riley und ich sind Freunde, das ist alles", wiederholte sie. „Schon seit Jahren. Genau genommen kenne ich ihn schon länger als dich. Tut mir leid, wenn es dir nicht gefällt, ich werde ihn allerdings nicht vor den Kopf stoßen, nur weil du dir einbildest, dass wir eine heiße Affäre hätten."

Jeff musterte sie einen Moment, dann grinste er plötzlich selbstgefällig. „Du hast recht. Das war albern von mir, oder?"

Dass er so schnell klein beigab, verschlimmerte die Situation noch. Nur ein einziges Mal im Leben wäre sie gerne wild, leidenschaftlich, verrückt gewesen. Die Art von Frau, für die ein Mann sich zum Narren machte. Nicht unbedingt, indem er sich Strähnchen färben ließ und eine Kosmetikerin aufsuchte wie Jeff wegen Holly. Aber, hey, inzwischen war sie fast so weit, zu nehmen, was sie noch kriegen konnte.

Der Lärm von polternden Schritten auf der Treppe beendete die Diskussion, eine Sekunde später platzte Owen in die Küche.

„Okay, ich bin fertig."

„Dann lass uns verschwinden, Kumpel." Jeff warf sich Owens prall gefüllten Rucksack über die Schulter.

„Wir sehen uns am Mittwoch nach der Schule."

„Hab dich lieb, Mom. Bye."

Als sie ihn umarmte, spürte sie wie immer, wenn er mit seinem Vater fortging, diesen kleinen Stich im Herzen.

„Vergiss dein Geschenk nicht", meinte Owen zu seinem Vater.

Jeff griff es sich vom Tisch und schüttelte es ein wenig. „Ganz schön schwer."

„Ich hab ein Geschenk von meinem Taschengeld gekauft und Macy auch", verkündete Owen. „Das hier aber ist von uns allen zusammen."

„Toll." Jeff öffnete die Eingangstür. „Der Wagen ist nicht abgeschlossen. Geh schon mal vor, und hüpf auf den Rücksitz."

Owen drückte Chester noch kurz, dann sauste er nach draußen.

„Danke für das Geschenk, Claire."

„Ist nicht besonders toll verpackt. Klappt nicht so gut mit einer Hand."

„Wird mir bestimmt gefallen."

Das hatte sie auch gedacht, als sie die gerahmte Fotografie vor ein paar Wochen für ihn gekauft hatte.

Er umarmte sie kurz, und ihr schoss der Gedanke durch den Kopf, wie merkwürdig es war, dass sie nach allem, was zwischen ihnen gewesen war, nicht mehr das geringste Bedürfnis verspürte, etwas mit ihm zu tun zu haben. Außer wenn es sich um die Kinder drehte natürlich.

„Sei einfach vorsichtig, was McKnight betrifft, okay? Selbst eine Freundschaft mit ihm ist im Moment vielleicht nicht gerade das Klügste. Würde mich nicht wundern, wenn er seinen Job hier verliert. Dieser Unfall hat die Leute ganz schön in Aufruhr versetzt. Als kleine Geschäftsfrau, die versucht, ihren Lebensunterhalt in dieser Stadt zu verdienen, kannst du es dir nicht leisten, dich mit den falschen Leuten blicken zu lassen."

Instinktiv wollte sie Riley verteidigen, zugleich hatte sie aber keine Lust, das Gespräch mit Jeff noch länger auszudehnen, weshalb sie ihm nur ein höfliches Lächeln schenkte. „Ich werde daran denken."

Nachdem er gegangen war, schloss sie die Tür fest hinter ihm, dann sank sie auf eine Bank im Eingangsbereich. Ihre Knochen schmerzten. Sie glaubte nicht einmal mehr genug Kraft zu haben, um sich einen bequemeren Platz zu suchen. Erst den ganzen Tag arbeiten und dann auch noch diese beiden frustrierenden Männer – das hatte sie vollkommen erledigt.

Das Knarren des großen alten Hauses hallte in ihren Gedanken nach, während sie die Augen schloss und überlegte, wie sie den Rest des Abends verbringen sollte.

Eigentlich wünschte sie sich nichts anderes, als ein langes heißes Bad zu nehmen, aber erstens wusste sie nicht, ob sie die fünfzehn Stufen nach oben schon bewältigen konnte, und zweitens durfte sie mit dem verdammten Gips sowieso nicht baden. Es blieb ihr also nichts anderes übrig, als sich wieder auf diesen Stuhl in der Dusche zu hocken, den die Pflegerin aufgebaut hatte, und sich vorsichtig zu waschen.

Chester hatte offensichtlich genug von seinem Schläfchen im Freien und schien nun lieber die Schlafplätze drinnen ausprobieren zu wollen. Er bellte sie heiser an, und sie rappelte sich hoch, um ihm die Tür zu öffnen.

Er kam hereingewatschelt, in seinem wedelnden Schwanz schien mehr Energie zu stecken als im Rest von ihm, aber er war erfreut, sie zu sehen. „Du bist so ein guter Hund. Ja, das bist du", säuselte sie und rieb ihm die meterlangen Ohren. „Du liebst mich, nicht wahr, Kumpel?"

Er schenkte ihr ein hündisches Grinsen, das so gar nicht zu seinen traurigen Augen und Hängebacken passte. Während sie seine Lieblingsstelle am Hals streichelte, spürte sie, wie sich ihre Schultern lockerten und etwas von der Anspannung der letzten halben Stunde nachließ. Wenigstens ein Mann in ihrem Leben bereitete ihr keinen Ärger. Essen und ein warmes Bett, das war alles, was er verlangte.

„Du hast Hunger, oder?"

Als Antwort tapste er Richtung Küche, seine Pfoten patschten auf dem Holzboden, und seine Hundemarken klirrten.

Sie folgte ihm, wechselte das Wasser und gab ihm Futter, was mit dem Gips nicht ganz leicht, aber zu bewerkstelligen war.

Nachdem die Bedürfnisse des Hundes gestillt waren, öffnete sie den Kühlschrank und dachte über ihr eigenes Abendessen nach. Das letzte Stück von Alex' sündhaft leckerem Schokoladenkuchen mit Himbeersoße und Schokoladenflocken sah äußerst verlockend aus. Und nach einem solchen Tag hatte sie ihn sich mehr als verdient, oder nicht?

„Du verrätst es keinem, okay, Kumpel?"

Chester blickte kaum von seinem Fressnapf auf, was Claire als Zustimmung wertete. Sie holte die Schachtel heraus und stellte sie auf den Tisch. Kaum hatte sie die Gabel in der schokoladigen Herrlichkeit versenkt, da klopfte es leise an der Hintertür.

Chester bellte nicht, schlug nur eifrig seinen Schwanz auf den Küchenboden und fraß ein paar Kuchenkrümel auf, die sie aus Versehen hatte fallen lassen.

Seufzend zog sie die Gabel wieder heraus, legte sie auf den Teller und humpelte zur Tür, um durch den dünnen Vorhang nach draußen zu spähen. Es überraschte sie nicht sonderlich, Riley zu erspähen, die Hände in den Hosentaschen vergraben.

Er hatte sich umgezogen, trug jetzt Jeans und ein rotes Baumwollhemd mit aufgerollten Ärmeln.

Ihr Magen schlug Purzelbäume, und eine Sekunde lang überlegte sie, einfach nicht aufzumachen. Sie wollte nichts anderes, als in Frieden den Schokoladenkuchen zu essen, sich dann auf diesen erbärmlichen Stuhl in der Dusche zu setzen, den halben Körper in Plastik gehüllt, und anschließend ins Bett zu kriechen. War das denn verdammt noch mal zu viel verlangt?

Ein weiterer Streit mit Riley passte einfach nicht in diesen Plan.

Das einzige Problem war, dass er sie schon entdeckt hatte. Sosehr sie es auch wollte, sie konnte nicht einfach zurück zu ihrem Kuchen gehen und ihn ignorieren.

Seufzend öffnete sie die Tür.

„Ich habe hier hinten Licht gesehen und vermutet, dass du in der Küche bist", erklärte er. „Ich wollte nicht, dass du durch das ganze Haus zur Eingangstür humpeln musst."

Dass dieser verflixte Typ manchmal so rücksichtsvoll und nett sein konnte! Und dass er ohne großen Aufwand so attraktiv aussah – was Jeffs Versuche, jung und hip zu wirken, nur noch lächerlicher erscheinen ließ.

Wieder hätte sie sich zu gern in eine erotische, sinnliche Frau verwandelt, die einfach die Tür aufriss und sich in seine Arme warf, ohne über die Konsequenzen nachzudenken. Aber diese paar feurigen Küsse mal nicht weiter beachtet, war Riley sowieso nichts weiter als ein Freund, nicht wahr?

„Komm rein", sagte sie endlich und öffnete die Tür ein Stück weiter. Nach kurzem Zögern drückte er sich an ihr vorbei in die Küche und brachte den Geruch des Maiabends herein, nach Salbei und Kiefern und Lehm.

Er betrachtete das einsame Stück Kuchen auf dem Tisch. „Ich störe dich gerade beim Nachtisch."

„Richtig. Ja. Mein Nachtisch. Genau das ist es." Keinesfalls würde sie zugeben, dass dieser Kuchen ihr komplettes Abendessen darstellte.

„Tut mir leid. Ich werde dich nicht lange stören. Ich bin nur gekommen, um mich zu entschuldigen."

Sie schwieg, nicht sicher, ob sie bereit war, ihm einfach so zu verzeihen. Er hatte ihr das Gefühl gegeben, klein und erbärmlich zu sein, und sie glaubte nicht, dass sie so tun konnte, als ob nichts geschehen wäre.

„Ich bin ein Idiot."

Sie war die Letzte, die ihm da widersprechen würde. „Kann mir vorstellen, dass das ein Problem für dich ist."

Er lächelte leicht, doch seine Augen waren noch immer dunkel vor Bedauern.

„Es tut mir leid, Claire. Das vorhin, das war nicht so gemeint. So denke ich nicht über dich."

„Das musst du aber, sonst hättest du es nicht gesagt."

„Ich schätze, ich würde gern so über dich denken", gestand er ein.

„Dann wäre es leichter … mich von dir fernzuhalten."

„Wieso?"

Darauf erwiderte er nichts, und mit einem Mal schien die Atmosphäre erotisch aufgeladen. Wieder stellte sie fest, dass sie seine Lippen anstarrte, und riss den Blick los, allerdings erst, nachdem einige wilde Fantasien in ihrem Kopf aufgeblitzt waren, sie beide zusammen, mit verschlungenen Körpern, sein Mund auf ihrer Haut …

Richtig. Nein. Sie waren Freunde. Sie hatte nicht vor, in solch gefährliche Gewässer zu waten.

„Es ist ein schöner Abend", meinte er abrupt. „Hast du Lust rauszugehen? Ich hatte überlegt, dass wir einen kleinen Spaziergang unternehmen könnten, wenn du magst."

Sie hätte ablehnen und bei ihrem Plan bleiben sollen: Kuchen und dann ab unter die Dusche. Doch der Abend war wirklich herrlich, und die Vorstellung, ihn allein zu verbringen, hatte auf einmal seinen Reiz verloren. Mit einem Mal war ihre Müdigkeit wie weggeblasen.

„Klar. Okay. Ein Spaziergang wäre schön", sagte sie schnell, bevor sie ihre Meinung doch noch einmal ändern konnte.

„Es hat etwas abgekühlt. Brauchst du eine Jacke?"

„Wahrscheinlich."

„Ich hole sie dir. Sag mir nur, wo sie ist."

Sie besaß ein halbes Dutzend hübsche Jacken, die sie wegen des Gipses nicht anziehen konnte, deswegen entschied sie sich für den apricotfarbenen Pashminaschal.

„Ich nehme ein Tuch. Ich glaube, ich habe es über einen Stuhl im Wohnzimmer gehängt."

Es dauerte nicht lang, und er war zurück in der Küche. „Jetzt der Rollstuhl."

„Ich kann laufen, wenn du genug Geduld hast, um auf mich zu warten."

„Mir macht es nichts aus, dich zu schieben. Ich dachte, wir könnten rüber zu den Sweet Laurel Falls. Das ist mit den Krücken bestimmt zu weit."

Sie hasste den Rollstuhl, doch er hatte recht. Mit den Krücken schaffte sie es gerade mal bis zum Ende der Straße und zurück.

„Okay", stimmte sie zögernd zu.

„Was ist mit Chester? Wo ist seine Leine?"

Bei dem magischen Wort stieß Chester ein tiefes Bellen aus, sein trauriger Gesichtsausdruck hellte sich minimal auf. Riley legte ihn an die Leine. Dann brachte er den Rollstuhl aus dem Wohnzimmer und trug ihn die Verandatreppe hinunter. Sie folgte ihm auf Krücken, aber er schüttelte nur den Kopf, hob sie auf den Arm, und die Krücken fielen krachend zu Boden.

„Riley", schrie sie auf, ihre Wangen wurden heiß. „Das ist vollkommen unnötig. Ich kann gehen."

„Tu mir den Gefallen." Er schlang die Arme fester um sie, und sie versuchte nicht auf seinen sexy Dreitagebart zu achten, genauso wenig wie auf seinen verlockenden männlichen Duft. Wieder wünschte sie, leichtherziger und verrückter zu sein, denn dann hätte sie ihn geküsst, direkt hier auf der Veranda.

Er trug sie mühelos die Treppe hinunter und setzte sie in den bescheuerten Rollstuhl, dann schnappte er sich die Hundeleine, und es ging los.

Kaum auf dem Gehsteig, hätte sie ihn am liebsten gebeten, wieder umzukehren. Sie brauchte nur noch eine Omabrille und würde aussehen, wie eine dieser uralten Ladies, die im Garten des Altersheims durch die Gegend geschoben wurden. Der Pashminaschal tat sein Übriges dazu.

Sie sah auf die Uhr, die mit dem Perlenarmband, das Owen ihr zum Muttertag geschenkt hatte. Es war nach acht Uhr abends. Die Bewohner der Blackberry Lane waren zu Hause, entspannten sich vor ihren Fernsehern. Die Sonne verschwand hinter den Bergen, die Luft kühlte sich schlagartig ab, wie immer, selbst in den Sommermonaten.

„Erzähl mir mehr von deiner Nachbarschaftsidee", sagte Riley, während sie das Ende der Straße erreicht hatten und Richtung Berge liefen.

„Ich würde lieber über etwas anderes sprechen", erwiderte sie.

„Woran kannst du dich am schwersten gewöhnen, seit du wieder in Hope's Crossing bist?"

„An alte Freundinnen, die meine Fragen einfach ignorieren. Im Ernst, ich möchte mehr über diese Veranstaltung erfahren. Ist das eine One-Woman-Show, oder hast du vor, ein Komitee zu gründen?"

Sie drehte den Kopf, um ihn anzusehen, konnte aber keine Spur von Sarkasmus in seinem Gesicht oder seiner Stimme entdecken. Er schien ehrlich interessiert. „Ich organisiere die Versteigerung und die Nachbarschaftshilfe. Alex sorgt für das Essen und lässt ihre Kontakte zu den örtlichen Restaurants spielen. Evie kümmert sich um die Dekoration und, ähm, Holly, Jeffs Frau, hat darauf bestanden, die Werbetrommel zu rühren."

„Willst du im Ernst behaupten, dass du erst heute diese Idee hattest und bereits alle Aufgaben verteilt sind? Und das an deinem allerersten Arbeitstag? Wie ist das nur möglich?"

„Ich sagte doch, kaum hatten wir angefangen, darüber zu sprechen, haben sich alle sofort bereit erklärt mitzuhelfen. Und jeder, dem wir davon erzählt haben, ist total begeistert."

„Jeder außer mir." Seine Stimme klang leise in der kalten Nacht, in dem fahlen Licht konnte sie sein Gesicht nicht klar erkennen.

„Stört dich die ganze Idee, oder liegt es daran, dass ich damit zu tun habe?"

„Weder noch."

Sie näherten sich dem Wasserfall. Claire konnte bereits sein leises Rauschen vernehmen. „Ich bin ein zynisches Arschloch, Claire. Was du da tust, wirkt auf den ersten Blick so nett und großmütig. Aber ich bin mir einfach nicht sicher, ob das wirklich so große Veränderungen in der Stadt anstößt, wie du es dir wünschst."

„Ich weiß selbst nicht, ob es etwas nützt oder nicht, allerdings schadet es zumindest nicht, es auch zu versuchen, oder? Ich bin nur in einem völlig sicher: Immer wenn ich anderen Menschen helfe, statt nur an mich selbst zu denken, geht es mir sofort besser."

Er schob den Rollstuhl zu einer kleinen verwitterten Bank, von der man eine wunderschöne Aussicht auf den Wasserfall in der einen Richtung und die etwas tiefer liegende Stadt in der anderen Richtung hatte.

Riley setzte sich, Chester begann wie ein anständiger Basset wild herumzuschnüffeln.

„Die heilige Claire. Immer bereit, nur das Beste in den Menschen zu sehen."

„Das stimmt nicht", protestierte sie. Sie dachte an ihre verquere Beziehung zu Holly, wie sehr sie sich bemühte, die andere Frau zu mögen, und trotzdem einfach nicht in der Lage war, ihre negativen Gefühle zu überwinden.

„Niemand ist nur gut oder schlecht, Riley. Ich bin sicher, dass du das in deinem Job oft genug erlebt hast."

„Ja, der Punkt geht an dich. Selbst die härtesten Kriminellen heulen sich bei Vorabendserien ihre kleinen Augen aus dem Kopf."

Sie lächelte. „Wirklich?"

Er zog eine Augenbraue hoch. „Wann habe ich schon jemals gelogen?"

Sie lachte. „Oh, keine Ahnung. Wie wäre es mit damals, als du Alex und mir erzählt hast, dass die New Kids on the Block allesamt bei einem Flugzeugunglück ums Leben gekommen wären? Wir haben eine ganze Stunde geflennt, bis wir die Idee hatten, die Nachrichten zu hören, und herausfanden, dass du dir das nur ausgedacht hast."

„Na schön, da habe ich möglicherweise die Wahrheit etwas verdreht. Aber ich wollte einfach nur, dass du mich bemerkst."

„Ich glaube, du wolltest einfach nur deine Schwester quälen, und ich war dabei der Kollateralschaden."

Er schüttelte den Kopf. „Nein, Claire. Es ging um dich. Es ging *immer* um dich."

Seine Worte umfingen sie wie die kühle Maibrise. Sie wusste nicht, was sie antworten sollte, während sich schon wieder diese knisternde Spannung zwischen ihnen aufbaute.

„Warum hast du damals nie etwas gesagt?", fragte sie schließlich.

„Was sollte ich denn sagen? Du warst drei Jahre älter als ich."

„Das bin ich noch immer. Danke, dass du mich daran erinnerst."

„Drei Jahre bedeuten jetzt nichts mehr. Damals allerdings lebten wir auf vollkommen verschiedenen Planeten. Überleg doch mal. Ich war gerade mal Freshman und du schon fast achtzehn. Du hättest genauso gut ein Filmstar sein können, was meine Chancen bei dir betraf. Außerdem hast du sowieso immer nur Augen für Jeff Bradford gehabt."

Da hatte er vollkommen recht. Sie hatte sich nach diesem Und-sie-lebten-glücklich-bis-an-ihr-Lebensende gesehnt, nach einem friedlichen Familienleben mit einem Mann, der sie liebte und niemals eine Affäre mit der Kellnerin einer Motorradclubkneipe anfangen würde.

In Jeff hatte sie sich so heftig verliebt, weil er klug und ehrgeizig gewesen war und scheinbar dieselben Ziele hatte wie sie. Seine Familie erschien ihr nach dem Skandal, der sie in ihrer Jugend so erschüttert hatte, so normal, und seine Eltern waren ganz vernarrt in sie gewesen. Manchmal fragte sie sich, ob sie Jeff nur wegen seiner Eltern geheiratet hatte.

Riley griff nach ihrer Hand und spielte mit ihren Fingern. „Wenn ich damals etwas gesagt hätte? Was hättest du damals getan, wenn ich dir gestanden hätte, wie verrückt ich nach dir bin?"

Sie fühlte sich, als ob sie gerade vom Wasserfall einen Kopfsprung in den kleinen See darunter gemacht hätte. „Keine Ahnung", antwortete sie ehrlich. „Die alte Claire war ziemlich dumm."

„Und was ist mit der neuen Claire?"

Sie ballte die Hand zur Faust, die Fingernägel gruben sich in ihr Fleisch. „Sie würde sich wahrscheinlich fragen, warum du deine Zeit mit einer geschiedenen Mutter verschwendest, die von ihrem Mann für irgendeine Tussi mit perfekten Zähnen und unechten Brüsten verlassen wurde."

Er schloss die Augen. „Das wirst du mir nicht verzeihen, oder?"

„Trotzdem würde ich gerne eine Antwort bekommen. Warum bist du hier, Riley? Warum kommst du immer wieder, obwohl wir beide wissen, dass du das nicht tun solltest?"

Er sah sie lange an, dann legte er einen Finger unter ihr Kinn und küsste sie.

# 15. Kapitel

Die Zartheit seines Kusses raubte ihr den Atem. Sie wollte sich an Riley schmiegen, ihr Tuch um sie beide schlingen und in seinen Armen bleiben, während die Grillen in den Sträuchern zirpten und irgendwo in der Ferne ein Virginia-Uhu heulte.

Eine Stimme in ihr ermahnte sie, ihn von sich zu schieben, solange sie es noch konnte, doch statt darauf zu hören, gab sie sich dem Kuss vollkommen hin.

Das konnte kein gutes Ende nehmen. Riley McKnight würde ihr Herz in tausend Stücke zerbrechen, und es gab rein gar nichts, was sie dagegen tun konnte.

Er wich etwas zurück, sein Gesicht nur verschwommen erkennbar im Mondlicht. „Ich kann einfach nicht anders. Ich zähle mir ständig die Gründe auf, warum das mit uns nicht funktionieren kann. Und dennoch ..."

Sie sagte nichts, zitterte nur leicht vor Angst und Erregung.

„Du frierst", meinte er.

Warum, wollte sie ihm nicht verraten. „Ein wenig."

„Ich bringe dich besser wieder zurück. Vorhin dachte ich noch, ein Spaziergang wäre eine gute Idee, aber ich vergesse immer wieder, wie schnell die Temperaturen in den Bergen fallen können."

Beide sprachen sie kein Wort, während Riley sie den kleinen Hügel hinunter zu ihrem Haus schob. Sie hatte nicht die geringste Ahnung, was sich in seinem Kopf abspielte, sie jedenfalls konnte an nichts anderes denken als an diesen umwerfenden, zarten Kuss.

Irgendetwas geschah hier, etwas, wofür sie vielleicht noch nicht bereit war. Ihre Gefühle für Riley waren ein einziges Durcheinander. Hier ging es nicht länger nur darum, sich zu einem außerordentlich attraktiven Mann hingezogen zu fühlen. Sondern um mehr.

Er nahm einen anderen Weg zurück, einen kürzeren, der sie am Bach und an dem kleinen Cottage vorbeiführte, in dem Maura lebte. Drinnen brannte Licht, und Claire bemerkte, dass sich hinter dem Vorhang jemand bewegte.

„Oh, halt. Bitte halt an."

Er sah zu ihr hinab mit einem Blick, den sie nicht deuten konnte.

„Es ist schon spät, Claire."

„Sie ist noch wach. Ich habe sie gerade gesehen. Ich hatte noch keine Möglichkeit, sie seit dem Unfall zu besuchen. Alex und ich haben heute Morgen auf dem Weg zur Arbeit kurz angehalten, doch Maura hat nicht aufgemacht. Wir haben bisher nur telefoniert, aber das ist einfach nicht dasselbe. Bitte."

Es gefiel ihm nicht. Er hatte den Mund zu einer schmalen Linie zusammengepresst, aber dann zuckte er mit den Schultern und bugsierte den Rollstuhl auf die gewundene Auffahrt seiner Schwester.

Vier Stufen führten auf die Veranda.

„Warte. Sie lässt einen nicht immer rein."

Claire faltete die Hände und wartete, während er sanft klopfte. Nach einem langen Augenblick, gerade als sie schon dachte, Maura würde wieder nicht öffnen, schwang die Tür auf.

Maura war dünner geworden, beinahe hager. Ihre dunklen Locken wirkten platt und leblos, sie trug ein ausgeblichenes Hope's-Crossing-High-T-Shirt und Jogginghosen. Überraschung blitzte kurz in ihren grünen Augen auf, doch sie blinzelte nur, als hätte sie nicht genug Energie für diese Gefühlsregung übrig.

„Riley, hallo. Was hast du hier so spät verloren?"

„Claire und ich waren spazieren und haben noch Licht gesehen."

Maura schaute die Stufen hinunter, und nie zuvor hatte Claire sich mehr über ihre Unbeweglichkeit geärgert als in diesem Moment, als sie am liebsten die Stufen hinaufgerannt wäre, um ihre Freundin zu umarmen. Ohne ihre Krücken jedoch oder wenigstens einen Stock wagte sie es nicht. Zu ihrer Erleichterung kam Maura ihr entgegen. Claire umklammerte die Armlehnen und richtete sich mühsam auf. Dann drückte sie Maura fest, auch mit dem eingegipsten Arm und trotz der Schmerzen. Manchmal war der einzige Trost, den man spenden konnte, eine feste Umarmung. Sie selbst wusste das am besten, und so stand sie eine Weile nur da und wünschte, Maura etwas von ihrem Leid abnehmen zu können.

„Es tut mir so leid, dass ich nicht früher kommen konnte."

„Nicht. Du hattest deine eigenen Probleme."

„Das ist keine Entschuldigung."

Maura löste sich aus ihrer Umarmung, und Claire sank zurück in den Rollstuhl. Maura beugte sich hinunter, um Chester zu tätscheln.

Der Hund wirkte überrascht, dass sie ihn nicht wie sonst mit Zärtlichkeit überschüttete.

„Mom hat mir von dieser Wohltätigkeitsveranstaltung erzählt, die ihr plant."

Claire sah ihr forschend ins Gesicht, konnte ihren Ausdruck allerdings nicht deuten. „Es ist nicht viel, aber zumindest *etwas*."

„Du kannst es nicht rückgängig machen, Claire."

Mauras leise Worte spiegelten genau das wider, was sie schon von Riley gehört hatte. Sie blickte zu ihm und stellte fest, dass er sie beobachtete.

Claire seufzte. „Ich weiß, Liebes. Es ist nicht wieder rückgängig zu machen. Aber wir alle wollen ihrer gedenken. Das ist nur eine kleine Sache, doch wenn es uns ein wenig Frieden schenkt und das Leben in der Stadt ein wenig verbessert, dann ist es das doch wert, oder?"

„Ich werde nicht kommen. Bitte mich nicht darum."

„Sollen wir die ganze Sache einfach vergessen? Wir können damit auch noch warten, Maura."

Maura schwieg einen Moment, ihre Finger zupften rastlos an dem ausgeleierten T-Shirt-Bund. Riley ließ seine Schwester nicht aus den Augen. Schließlich schüttelte sie den Kopf. „Nein, es ist eine schöne Geste. Es ist nicht so, dass ich sie nicht zu schätzen weiß. Aber momentan … ich kann einfach nicht."

Claire griff nach ihrer Hand und drückte sie fest.

„Sieht so aus, als ob deine Tür schief in den Angeln hängt."

Wie konnte Riley nur mit so etwas Alltäglichem kommen? Erst als sie ihn prüfend ansah, bemerkte sie die tiefe Trauer in seinem Blick.

Maura schaute zur Tür, als ob ihr zuvor nichts aufgefallen wäre. „Ich hatte in letzter Zeit recht häufig Besuch. War wohl zu viel für die Tür."

„Ich werde sie morgen reparieren."

Maura öffnete den Mund, um abzulehnen, schloss ihn dann wieder und nickte nur.

Er umarmte seine Schwester, und Maura, sonst so souverän und selbstsicher, erschien ihr jetzt zerbrechlich wie antike mundgeblasene Perlen. „Versuch, etwas zu schlafen." Er küsste sie auf den Scheitel.

„Danke, Ri. Claire, danke, dass du vorbeigekommen bist."

Er wartete, bis Maura wieder im Haus verschwunden war, bevor er sich abwandte und Claire wieder auf die Straße schob. Beide schwiegen, selbst Chester schien niedergeschlagen.

Sowie sie an Mrs Redmonds Haus an der Ecke vorbeikamen, entdeckte Claire die alte Dame, die gerade in ihrem Lieblingshausanzug mit ihrer Mülltonne kämpfte.

Die Mülltonne wog wahrscheinlich mehr als Mrs Redmond. Zwar hasste sie es, Riley schon wieder um etwas zu bitten, doch sie konnte es nicht einfach ignorieren, wenn ein Nachbar Hilfe brauchte.

„Riley, warte. Könntest du Mrs Redmond mit der Mülltonne helfen? Normalerweise tue ich das, aber ich habe vollkommen vergessen, dass morgen der Müll abgeholt wird."

Er versteifte sich urplötzlich, biss die Zähne zusammen. „Natürlich", meinte er nach kurzem Zögern. Dann stellte er die Bremse an dem blöden Rollstuhl fest und ging auf die alte Dame zu. „Lassen Sie mich Ihnen helfen, Mrs Redmond."

„Wer ist da?" Sie blinzelte in die Dunkelheit.

„Ich bin's, Claire", rief Claire schnell. „Claire Bradford. Und der Polizeichef. Lassen Sie ihn die Mülltonne auf die Straße rollen."

„Der Polizeichef? Der McKnight-Junge?" Verachtung triefte aus ihrer Stimme. „Ganz sicher nicht. Ich schaffe das allein."

„Ach, kommen Sie, Mrs Redmond. Es tut mir leid, dass ich mich nicht rechtzeitig darum gekümmert habe, dass Ihnen jemand hilft."

„Ich will seine Hilfe nicht. Er ist ein durch und durch schlechter Mensch. Sie wissen doch, dass er meine Enkelin geschwängert hat, oder? Er hat ihr Leben ruiniert. Bis er aufgetaucht ist, war sie ein gutes Mädchen. Und dann macht er ihr ein Kind und lässt sie sitzen."

Ach du liebe Zeit. Claire hatte vollkommen vergessen, dass Rileys damalige Freundin Mrs Redmonds Enkelin war. Sie wusste von dem alten Skandal, obwohl sie zu dieser Zeit nicht in der Stadt gewesen war. Alex war außer sich gewesen, dass Riley seiner Mutter solche Sorgen bereitete, aber vor allem, dass er so dumm gewesen war, kein Kondom zu benutzen.

„Das stimmt nicht", erwiderte Riley jetzt tonlos. „Ich habe Lisa nicht sitzen gelassen. Sie und alle anderen wissen, dass ich das Richtige tun und sie heiraten wollte. Selbst nach der Fehlgeburt wollte ich das noch tun."

Lisa Redmond war Cheerleader gewesen, sehr beliebt und hübsch. Sie war sechzehn gewesen, Riley siebzehn.

„Ich war bereit, sie trotzdem zu heiraten", wiederholte Riley. „Aber Ihre Schwiegertochter hat sie weggeschickt."

Mrs Redmond stieß ein geringschätziges Schnauben aus. „Damit sie von *Ihnen* loskommt. Glauben Sie, wir wollten, dass Lisa jemanden wie Sie heiratet? Diese Ehe wäre für das Mädchen doch eine einzige Qual gewesen. ‚Ein klarer Schnitt ist das Beste‘, habe ich meinem Sohn gesagt. ‚Und der einzige Weg.‘ Ich hatte recht. Schließlich haben Sie der Stadt den Rücken gekehrt, sobald es nur ging, richtig?"

„Richtig."

Claire konnte sein Gesicht nicht erkennen, aber sie hörte die grimmige Anspannung in seiner Stimme, und sie fühlte mit ihm. Zum ersten Mal erhielt sie einen Eindruck davon, wie schwer er es seit seiner Heimkehr in Hope's Crossing hatte, weil es so viele Menschen gab, die in ihm noch immer den Teufelsbraten sahen, der er einmal gewesen war.

Riley war nicht willens, sich von den Worten einer bitteren alten Frau verletzen zu lassen – zumal er ihren Hass verdient hatte. Leicht fiel es ihm allerdings nicht, vor allem jetzt, kurz nach ihrem Besuch bei Maura.

„Mrs Redmond, bitte lassen Sie sich doch mit dem Mülleimer helfen", sagte Claire sanft. „Das ist doch albern. Die ganze Sache ist fast zwanzig Jahre her. Lisa ist inzwischen glücklich. Sie hat einen netten Mann geheiratet, diesen Apotheker aus Highlands Ranch. Ich selbst war bei ihrer Hochzeit. Die beiden haben einen Sohn, richtig?"

„Da hat *er* ja noch mal Glück gehabt."

„Tut mir leid, dass Sie so denken", sagte Riley geduldig, so wie er als Cop in schwierigen Situationen immer reagierte. „Jetzt möchte ich Ihnen einfach nur helfen, Ihre Mülltonne auf die Straße zu bringen, und genau das werde ich tun. Sie können mich ja gerne weiterhin hassen – und wenn Sie nie mehr ein Wort mit mir sprechen wollen, dann müssen Sie das nicht. Aber ob es Ihnen gefällt oder nicht, ich stelle Ihnen jetzt diese Mülltonne raus."

Sie begann zu toben, als er ihr die Mülltonne abnahm. „Ich will Ihre Hilfe nicht. Ich lasse Sie wegen unerlaubten Betretens verhaften!", schrie sie.

„Das können Sie gern versuchen, aber ich bin der Chef der Polizei, und meine Leute werden mich sicher nicht für das schreckliche Verbrechen, Ihnen helfen zu wollen, verhaften."

Sie folgte ihm auf die Straße, schimpfend. Riley hätte den Mülleimer und diese alte Hexe am liebsten einfach stehen lassen, aber das konnte er nicht, solange Claire ihn beobachtete. Okay, wahrscheinlich hätte er der Alten sowieso seine Hilfe angeboten, dieser eine Monat in Hope's Crossing hatte schon auf ihn abgefärbt.

Als die Sache erledigt war, drehte er sich zu der dünnen alten Frau um, deren Gesicht jetzt genauso pink war wie ihr Hausanzug.

„Falls es Sie interessiert, Mrs Redmond", sagte er leise, in der Hoffnung, dass Claire zu weit entfernt war, um ihn zu verstehen. „Ich habe eine Menge Fehler in meinem Leben gemacht, ich bin der Erste, der das zugibt. Aber das, was mit Lisa geschehen ist, bereue ich am meisten. Ich war siebzehn und dumm, doch das ist keine Entschuldigung."

„Da haben Sie verdammt noch mal recht. Sie haben ein naives Mädchen einfach ausgenutzt."

Er biss sich auf die Zunge, damit er nicht laut rief, dass er weder Lisas erster Freund noch der Erste gewesen war, mit dem sie geschlafen hatte – oder dass tatsächlich sie *ihn* verführt hatte.

„Ich hoffe, dass Sie Claire nicht auch nur ausnutzen." Sie hatte zum Glück nun auch die Stimme gesenkt. „Sie ist ein gutes Mädchen und hat eine schlimme Zeit hinter sich, genauso wie meine Lisa. Das Letzte, was sie braucht, ist jemand, der ihr Leben ruiniert."

Ihre Worte trafen ihn bis ins Mark und bestätigten genau das, was er sich in den letzten Minuten selbst überlegt hatte. Sie hatte recht, verflucht. Claire konnte ihn nicht gebrauchen. Sie mochte ihr Leben hier in Hope's Crossing. Er würde alles nur verkomplizieren.

Und deswegen musste er dem Ganzen endgültig ein Ende setzen. Offenbar konnte er sich selbst nicht trauen, sobald er in ihrer Nähe war. Immer wenn er sich gerade eingeredet hatte, dass die Beziehung zu ihr rein freundschaftlich war, kam es zu einem dieser überwältigenden Küsse.

Er wandte Mrs Redmond den Rücken zu, lief zu Claire und schob sie, nachdem er die Bremsen gelöst hatte, zu ihrer Haustür.

„Das mit Mrs Redmond tut mir leid", sagte sie, und mehr brauchte es nicht, damit er explodierte.

„Könntest du aufhören, dich für die ganze verdammte Stadt zu entschuldigen, Claire? Erst deine Mutter, jetzt Mrs Redmond. Lass es doch einfach. Wir ernten, was wir säen, oder nicht? Das hat Pater Joe uns doch ständig gepredigt. Ich habe als Jugendlicher ein paar schlimme Fehler begangen, und dafür muss ich eben geradestehen."

„Aber sie sollten dir nicht ständig unter die Nase gerieben werden."

„Ich war verrückt zu glauben, dass ich einfach zurückkommen und einen guten Job machen könnte, trotz dieser latenten Abneigung gegen mich, die jahrelang unter der Oberfläche gebrodelt hat."

Das hatte er gar nicht sagen wollen, jetzt war es allerdings zu spät.

„Die Leute hier vergessen nicht so schnell, aber unterschätze sie nicht. Sie können trotz allem auch zuvorkommend und höflich sein. Schau dir doch nur deine Mom und Harry Lange an."

Er stutze. „Was *ist* mit Mom und Harry Lange?"

Im Verandalicht sah er, wie sie überrascht die Augenbrauen hochzog. „Sie hassen einander. Wusstest du das nicht?"

Er schnaubte. „Meine Mutter hasst niemanden. Ich glaube, sie ist nicht einmal wütend auf meinen *Vater*, Himmelherrgott, nach allem, was er ihr angetan hat."

„Dann muss Harry die berühmte Ausnahme sein. Sie kann ihn nicht leiden, das hat sie oft und laut genug geäußert. Und ich habe den Eindruck, ihm geht es mit ihr nicht anders."

„Weshalb?"

„Keine Ahnung. Das will Mary Ella nicht verraten. Wenn sie aufeinandertreffen, sind sie jedenfalls immer sehr höflich zueinander."

Er konnte sich einfach nicht vorstellen, dass seine stille, freundliche Mutter mit irgendjemandem eine Fehde hatte. Aber wenn schon, dann konnte es sich wirklich nur um Harry Lange handeln. Die Bewohner von Hope's Crossing verehrten oder hassten ihn. Als er seinerzeit Investoren um sich versammelte und sein großes Grundstück am Silver Strike Canyon verkaufte, damit dort ein Skiresort entstehen konnte, betrachteten ihn einige Leute als Retter von Hope's Crossing. Andere wiederum waren der Ansicht, dass er durch den Verkauf das Kleinstadtleben für immer ruiniert hatte.

„Du musst Hope's Crossing einfach eine Chance geben", fuhr Claire fort. „Wenn die Leute mal begriffen haben, dass du einen echt guten Job als Polizeichef machst, und wenn sie dich erst einmal besser kennengelernt haben, dann werden sie auch umgänglicher."

Sie sah so süß und ernsthaft aus, dass es ihm einen Stich ins Herz versetzte. „Hübsche Theorie, Claire, aber diese Chance habe ich vertan, als ich den Unfall verursacht und meine eigene Nichte getötet habe."

„Riley ..."

Er ließ sie nicht ausreden. „Na los, ich bringe dich hinein."

„Du brauchst mich nicht hochzutragen. Wenn du mir einfach die

Krücken reichst, dann kann ich dir zeigen, wie gut ich schon mit der Treppe zurechtkomme."

All die Emotionen, die er zu unterdrücken versuchte, schossen hervor wie ein Geysir. „Halt die Klappe. Halt bitte einfach die Klappe, ja? Ich bin jetzt wirklich nicht in der Stimmung, mir schon wieder von jemandem anzuhören, warum er meine verdammte Hilfe nicht annehmen will."

Mit aufgerissenen Augen öffnete sie den Mund, schloss ihn aber sofort wieder, da er sie aus dem Rollstuhl hob, die Treppe hinaufstieg und ins Haus marschierte, den Hund dicht auf den Fersen.

„Wo soll ich dich absetzen?"

„Ähm, im Wohnzimmer, schätze ich." Ihre Stimme war leise, und augenblicklich fühlte er sich schrecklich, weil er seinen Ärger an ihr ausgelassen hatte.

Er ließ sie aufs Sofa sinken. „Ich hole dir die Krücken und den Rollstuhl und lasse Chester von der Leine. Einen Moment."

Voller Schuldbewusstsein trug er den Rollstuhl hinein, stellte ihn in der Küche ab, dann reichte er ihr die Krücken. Das kalte Metall erinnerte ihn daran, dass er sie schon körperlich genug verletzt hatte. Er musste die Sache nicht noch schlimmer machen.

„Kommst du jetzt allein zurecht?"

„Ich … ja. Danke."

„Dann gute Nacht. Danke für den Spaziergang", sagte er, und seine Stimme klang weitaus barscher, als er beabsichtigt hatte.

„Warum bist du ausgerechnet auf *mich* sauer, Riley?" Sie klang nicht verärgert, nur verwirrt und vielleicht ein wenig verloren.

Er seufzte. Den ganzen Abend lang hatte er seine schlechte Laune an ihr ausgelassen. Das hatte sie wirklich nicht verdient. Nein, sie verdiente es, die Wahrheit zu erfahren, egal, wie schwer sie auszusprechen war. „Ich kann mich nur wiederholen. Weil ich ein Idiot bin."

Er nahm neben ihr auf der Couch Platz, ergriff wieder ihre Hand und überlegte einen Moment. „Ich bin nicht auf dich sauer. Sondern auf mich."

„Warum?"

„Ich bin immer noch verliebt in dich, Claire. Wobei, das stimmt nicht ganz. Meine Gefühle gehen tiefer, auch wenn ich zugeben muss, dass ich mir da nicht sicher bin. Denn ich habe so etwas bisher noch nicht erlebt."

Ihre Hand zitterte leicht, aber sie zog sie nicht weg.

„Die Sache ist die", fuhr er fort. „Ich fürchte, eine Freundschaft ist für mich einfach nicht mehr genug. Zugleich weiß ich genauso gut wie du, dass alles andere unmöglich ist."

„Ist es?", fragte sie leise, ihre blauen Augen glitzerten. „So verrückt es klingen mag, ich, ähm, empfinde genauso. Das hätte ich mir vor ein paar Wochen noch nicht vorstellen können. Oder selbst vor ein paar Tagen vielleicht, aber … ich glaube, ich würde gerne herausfinden, wohin es führt."

Einen Moment lang glaubte er, vor Glück platzen zu müssen, doch schon in der nächsten Sekunde umklammerte eine eisige Faust sein Herz. Er ließ ihre Hand los und stand auf. „Ich werde dir verraten, wohin es führt. Wo es bei mir immer hinführt. Du hast es doch selbst gesagt. Du möchtest keine Affäre mit mir haben. Mehr würde es allerdings nie werden. Wir hätten eine heiße, leidenschaftliche Affäre für ein paar Wochen, und dann würde ich wieder unruhig werden und das Gefühl haben zu ersticken. Bis ich etwas unglaublich Dummes sagen oder tun würde, das dich verletzt."

„Nett von dir, mir den Programmablauf zu schildern, damit ich vorher Bescheid weiß."

Düster starrte er ihr lächelndes Gesicht an. „Das ist nicht witzig, Claire. Überhaupt nicht witzig. Ich möchte nicht, dass es so passiert, denn das mit dir ist anders. *Alles* ist anders. Du bist mir wichtig. Davon abgesehen bist du die beste Freundin meiner Schwester, du gehörst praktisch zur Familie. Du hast etwas Besseres verdient, als dich unter all den Frauen einzureihen, denen ich wehgetan habe."

Was, zum Teufel, war in ihn gefahren? Er konnte nicht fassen, dass er sich hier wie ein Gentleman benahm. Nachdem Claire ihm vor Kurzem noch erklärt hatte, dass zwischen ihnen nichts laufen würde, gab sie ihm jetzt praktisch grünes Licht. Er sollte einfach die Klappe halten und sie verdammt noch mal küssen.

Musste er ausgerechnet in diesem Moment beschließen, ein Ehrenmann zu sein? Ja. Letztlich hatte er überhaupt keine andere Wahl. Er musste nur an Mauras Trauer und an Mrs Redmonds Wut denken, um zu wissen, dass er das Richtige tat.

„Es tut mir leid, Claire. Es steht einfach zu viel auf dem Spiel, für dich und für mich."

Er küsste sie ein letztes Mal auf die Wange, ihr Duft brannte sich in sein Gedächtnis, dann verließ er ihr Haus.

# 16. Kapitel

Zum ersten Mal in ihrem Leben war Claire dankbar, dass sie so viel zu tun hatte. Mit all den Dingen in ihrem Leben zu jonglieren ließ kaum Platz für irgendetwas anderes. Da waren die Eltern-Lehrer-Konferenz zum Schulende, die Arzttermine, *String Fever* und der rasend schnell näher rückende Nachbarschaftstag, und erst spätabends, wenn sie todmüde ins Bett fiel, hatte sie Zeit, über Riley nachzudenken. Dann lag sie unter dem Quilt, den ihre Großmutter genäht hatte, als Claire ein Kind gewesen war, und hatte das Gefühl, etwas Besonderes verloren zu haben.

Die restliche Zeit war sie viel zu beschäftigt, so wie jetzt. Nur noch zwei Wochen blieben bis zum Giving-Hope-Day, und Claire musste noch die äußerst komplizierte Halskette fertigstellen, die sie extra für die Auktion entworfen hatte.

Im Augenblick befanden sich zwei Kundinnen im Laden, die unterschiedlicher nicht hätten sein können. Janie Hamilton war eine dralle, hübsche, aber müde aussehende Frau, die vor Kurzem erst nach Hope's Crossing gezogen war. Sie saß an dem Werktisch und bastelte bunte Ohrringe aus Draht und Lampwork-Perlen, während die schlanke und elegante Sarah Colville, die regelmäßig den Sommer hier verbrachte, gerade auf der Suche nach Inspiration einige Zeitschriften durchblätterte.

„Danke, dass ich Ihr Werkzeug benutzen darf." Janie lächelte vorsichtig. „Bei meinem Umzug habe ich meine Werkzeugkiste irgendwie verloren, und bisher hatte ich noch keine Zeit, eine neue zu kaufen. Die Werkzeuge waren wirklich gut, und ich kaufe nur ungern auf die Schnelle irgendetwas Billiges."

„Das ist überhaupt kein Problem. Ich freue mich über Ihre Gesellschaft. Haben Sie und Ihre Kinder sich bereits gut eingelebt?"

„Ja, danke. Alle sind sehr freundlich zu uns."

Claire hatte von Ruth erfahren, dass Janie Witwe und hierhergezogen war, um näher bei ihrer Mutter und ihrer Tante zu wohnen. So kurz vor Schuljahresende umzuziehen erschien Claire allerdings merkwürdig, doch sie wollte nicht neugierig sein.

„Wenn ich fragen darf, woran arbeiten Sie gerade?", fragte Janie. „Sieht so aus, als würde das etwas ganz Besonderes werden. Dieses große Herz hier ist toll. Ist das aus Rosenquarz?"

Claire schloss einen Bindering mit der Zange. „Ja. Den hat eine Freundin nicht weit von hier gefunden."

„Das ist ein toller Anhänger für die Kette."

„Danke. Ich hoffe, dass ich bald damit fertig werde. Leider bin ich im Moment nicht in Höchstform. Jedenfalls mache ich diese Halskette für den Benefiz-Tag."

In das Schmuckstück wollte sie verschiedene Edel- und Halbedelsteine einarbeiten, die alle in den Rocky Mountains gefunden worden waren. Dazu wollte sie verschiedene Knüpftechniken verwenden, die ihr im Moment allerdings schwerfielen.

„Kann mir vorstellen, dass das mit dem Gips nicht leicht ist."

Claire lächelte. „Stimmt, aber ich werde mich da irgendwie durchkämpfen. Ich hoffe, dass das Stück bei der Auktion einen guten Preis erzielt. Das Geld fließt dann in einen Stipendium-Fonds."

„Lassen Sie mich mal einen Blick darauf werfen", bat Sarah, die an den Tisch getreten war, und auf einmal hätte Claire das Schmuckstück am liebsten versteckt. Sarah war eine richtige Künstlerin, im wahrsten Sinne des Wortes, eine bekannte Malerin, die mit ihrem Mann ein Ferienhaus in Hope's Crossing besaß. Die Winter verbrachten sie lieber in ihrem Haus in Tucson, doch im Sommer bevorzugten sie die kühleren Berge.

Sie war eine von Claires Lieblingskundinnen, und sie freute sich immer, wenn Sarah den Laden betrat. Nur eben heute nicht, wo sie so hart mit dieser Halskette zu kämpfen hatte.

„Ist noch lange nicht fertig", sagte sie.

„Ach, seien Sie nicht so bescheiden. Sie wissen doch, dass die Kette einfach spektakulär aussehen wird, ganz besonders der Kontrast zwischen diesem Aquamarin und dem Topas. Wie wäre es, wenn ich sie Ihnen einfach sofort abkaufe? Dann kann ich es mir ersparen, bei der Auktion mitzubieten."

„Aber wo bleibt denn dann der Spaß?"

„Ich merke schon, Sie werden es mir nicht leicht machen, oder?"

„Ich muss doch etwas zu der Auktion beisteuern. Schließlich organisiere ich die ganze Angelegenheit."

„Von der Auktion habe ich noch gar nichts mitbekommen", erklärte Janie. „Wann findet sie statt?"

„Morgen in zwei Wochen. Wir planen einen ganzen Nachbarschaftstag, wo die Leute sich gegenseitig helfen sollen. Im Gedenken an ein Mädchen, das letzten Monat bei einem Autounfall gestorben ist."

„Was für eine wundervolle Idee!", erwiderte Janie voller Mitgefühl.

„Sie haben ein Haus in der Sage Hill Road gekauft, oder? Falls Sie irgendwie Unterstützung beim Einrichten Ihres neuen Zuhauses brauchen, lassen Sie es uns bitte wissen. Im Moment haben wir mehr freiwillige Helfer als Projekte."

„Mir fällt gerade nichts ein. Unser Haus ist sehr gut in Schuss, aber ich fände es wunderbar, wenn meine Kinder ihre Hilfe anbieten würden. Zumindest kämen sie so einmal raus und würden vielleicht neue Freundschaften schließen."

„Wir hoffen, dass alle Helfer an diesem Tag Spaß haben werden. Es gibt eine Tombola und kleine Geschenke, außerdem Essen für alle. Wir stellen eine Hüpfburg auf und andere Spielgeräte, und für jede halbe Stunde freiwilliger Arbeit erhalten die Kinder eine Eintrittskarte."

„Hört sich so an, als ob Sie an alles gedacht hätten." Janie lächelte, als sie mit dem zweiten Ohrring fertig war. „Ich muss schon sagen, dass ich sehr beeindruckt von Hope's Crossing bin. Ich hätte nicht damit gerechnet, vom ersten Tag an so warmherzig aufgenommen zu werden."

„Es ist bestimmt nicht alles perfekt hier", erwiderte Claire, und ihre Gedanken schweiften zu Riley und der Abneigung, die ihm entgegengebracht wurde, allen voran von J. D. Nyman. „Aber es ist ein hübsches Städtchen."

„Deswegen kommen wir auch jedes Jahr hierher", sagte Sarah. „Jedes Mal, wenn uns das Gefühl überfällt, dass es zu aufwändig ist, zwei Häuser in Schuss zu halten, erinnern wir uns wieder, wie wohl wir uns in Hope's Crossing fühlen. In Tucson halten die Menschen nicht so zusammen wie hier."

„Unser Umzugswagen stand gerade mal zehn Minuten vor unserem neuen Haus, da hatten sich bereits fünf Nachbarn angeboten, uns beim Ausladen zu helfen", erwiderte Janie. „Zuerst hat mich das etwas beunruhigt, um ehrlich zu sein. Ich dachte, sie alle hätten davon gehört, dass mein Mann gerade erst gestorben war." Sie zwang sich zu einem Lächeln. „Aber jetzt glaube ich, dass sie so oder so geholfen hätten."

Claire versuchte sich vorzustellen, wie es war, den Ehemann nach langer, schwerer Krankheit zu verlieren, und sie schwor sich, Janie und die Kinder einmal zu sich zum Abendessen einzuladen, sobald der Nachbarschaftstag gelaufen war und sie wieder etwas Luft zum Atmen hatte.

Später, als Janie die Perlen bezahlte, sagte Claire: „Vielleicht würden Ihre Kinder gern beim Aufbau einiger neuer Spielplatzgeräte ganz in der Nähe Ihres Hauses helfen. Sie wissen schon, der Platz in dem kleinen Park, auf dem es im Moment nur ein paar erbärmliche kleine Schaukeln und eine Rutsche gibt. Ich kann Ihnen die Informationen zukommen lassen, wenn Sie mögen."

„Das wäre wunderbar!"

Claire reichte ihr eine der vielen Listen. „Schreiben Sie mir Ihre Adresse auf, dann gebe ich sie dem Projektleiter weiter. Und hier ist meine Karte. Wenn Sie bis nächste Woche noch nichts gehört haben, rufen Sie mich bitte an. Dann kümmere ich mich darum."

„Vielen Dank!" Mit ihren neuen Ohrringen, die sie gleich angesteckt hatte, wirkte Janie irgendwie fröhlicher beim Verlassen von *String Fever*. Das war auch ein Grund, warum Claire ihre Arbeit so viel Freude bereitete. Ihre Kundinnen gönnten sich hier kleine Luxusartikel, die sie sich sonst vielleicht lieber verkniffen. Hinzu kam die Freude daran, mit den eigenen Händen etwas herzustellen. Fast alle Kundinnen gingen aus dem Laden glücklicher, als sie ihn zuvor betreten hatten.

Eine Perle nach der anderen versuchte Claire, die Welt ein kleines bisschen besser zu machen.

Nachdem Janie verschwunden war, legte Sarah wieder ihre Zeitschrift weg. „Ich wollte nichts sagen, solange Sie noch eine andere Kundin hatten, aber ich finde, was Sie für diese Stadt tun, ist einfach fantastisch. Und deswegen würde ich gern eines meiner Bilder zu der Auktion beisteuern. Letzte Woche habe ich ein Ölgemälde von einer Elchherde auf der Lichtung über dem Dutchman's Pass beendet. Es ist ganz schön geworden."

„Sind Sie sicher?", fragte Claire ehrfürchtig. Sarahs Bilder hingen in eleganten Galerien überall im ganzen Land.

„Nun, ich kann nicht garantieren, dass es jemand kauft, aber zumindest Walter wird ein Angebot abgeben, somit werde ich mich nicht blamieren."

Sarahs Bilder waren bei Kunstsammlern im ganzen Land heiß begehrt, und wie Claire gehört hatte, wurden dafür fünfstellige Summen gezahlt. Sie bekam Gänsehaut am ganzen Körper. „Sarah, ich kann das nicht glauben. Vielen Dank, doch das ist viel zu viel."

„Es ist nur zu viel, wenn ich sage, es ist zu viel. Ich möchte das gerne tun. Ich fühle von ganzem Herzen mit Maura. Sie war immer so freundlich zu uns, wenn wir in ihrer Buchhandlung einen Kaffee getrunken haben. Das ist keine große Sache, aber wenn ich mithelfen kann, ihren Schmerz ein klein wenig zu lindern, dann möchte ich das machen."

Maura war in ganz Hope's Crossing unglaublich beliebt. *Dog-Eared Books & Brew* war in der Stadt genauso eine Institution wie das *Center of Hope Café*. Als Claire und Alex Anfang der Woche Maura besucht hatten, mussten sie bestürzt feststellen, wie sehr Maura sich verändert hatte. Jeder, der Maura kannte und mochte, hoffte, dass dieser Nachbarschaftstag ihr wieder ein wenig Hoffnung schenkte.

„Ich warne Sie", fuhr Sarah fort. „Auf keinen Fall werde ich Blätter zusammenfegen oder Spielgeräte aufbauen oder irgendeine alte Scheune streichen. Ein Bild ist alles, was Sie von mir bekommen. Doch das ist auch etwas."

Impulsiv schlang Claire die Arme um Sarahs dünne Schultern, die einen Moment überrascht zögerte und dann die Umarmung kurz erwiderte.

„Ich gehe jetzt besser. Ich habe Walter versprochen, ihm zum Mittagessen diese klebrigen Käse-Makkaroni aus dem Café mitzubringen. Wenn ich mich nicht beeile, wird er wie ein hungriger Grizzly durchs ganze Haus stapfen, Küchenschränke aufreißen und den Kühlschrank auseinandernehmen."

„Das wollen wir natürlich keinesfalls."

„Ich kaufe diese Zeitschrift. Wahrscheinlich werde ich dieses Armband hier für meine Enkelin zum Geburtstag herstellen. Haben Sie dafür das nötige Zubehör?"

Claire las sich kurz die Liste durch, dann nickte sie. „Ja. Ich habe noch eine weitere Ausgabe hier, also werde ich schon mal alles für Sie zusammenstellen. Dann können Sie die Sachen einfach abholen, wenn Sie wieder vorbeischauen."

„Genau das ist der Grund, warum ich nur bei Ihnen einkaufe. Das und Chester selbstverständlich."

Als er seinen Namen hörte, schlug der Faulpelz mit seinem Schwanz auf den kleinen Teppich, auf dem er lag. Claire lächelte sie beide an, dann kassierte sie das Geld für die Zeitschrift.

Als Sarah aufgebrochen war, ließ sie Chester durch die Hintertür in den Garten. Kaum saß sie erneut an dem Werktisch, da gab ihr Handy ein leises Windspiel-Geräusch von sich. Sie brauchte einen Moment, bis sie sich daran erinnerte, dass sie den Klingelton ihrer Mutter in etwas Freundlicheres als eine schrillende Sirene geändert hatte. Das betrachtete sie als Fortschritt.

„Hi, Mom. Wie geht es dir?“

„Gut. Bist du beschäftigt?“

Claire dachte an all die Anrufe, die sie heute noch für den Nachbarschaftstag erledigen musste, an die Bestellung der venezianischen Glasperlen, die sie schon seit einer Woche vor sich herschob, und an die Arbeit an der Halskette, die nur furchtbar langsam voranschritt.

„Geht so. Was ist los?“

„Könntest du den Laden vielleicht für eine halbe Stunde schließen und in die Buchhandlung kommen? Ich wollte eigentlich nach dem Mittagsansturm zu dir, aber ich habe hier ein paar Kunden, die wohl glauben, ich hätte den ganzen Tag Zeit.“

Claire biss sich auf die Innenseite der Wange, froh, dass ihre Mutter sie nicht sehen konnte. Offenbar hatte Ruth noch nicht so ganz begriffen, dass für eine Verkäuferin immer die Bedürfnisse des Kunden im Vordergrund standen und nicht umgekehrt.

„Evie ist in ein paar Minuten hier. Sie kann dann für mich übernehmen.“

„Sehr gut. Bis später dann, ich muss weitermachen. Nein, Sir, ich fürchte, wir haben keine Bergsteiger-Führer auf Norwegisch“, hörte sie Ruth noch sagen, bevor sie auflegte.

Claire staunte über die Veränderung, die ihre Mutter in den letzten Wochen durchgemacht hatte. Manchmal verwandelte sie sich zwar wieder zurück in diese bedürftige, fordernde Frau, aber die Arbeit in Mauras Buchhandlung schien ihr gutzutun und ihr das Gefühl zu geben, nützlich zu sein.

Wenn sie gewusst hätte, wie sehr ihre Mutter aufblühen würde, hätte sie ihr schon vor Jahren vorgeschlagen, sich einen Job zu suchen. Mauras Buchhandlung befand sich auf der Main Street, drei Häuser neben dem Café. Eine Viertelstunde später, nachdem Evie ihre Schicht angetreten hatte, schnappte Claire sich ihren Stock, den sie seit ein paar Tagen anstatt der Krücken benutzte, und humpelte hinaus in den herrlich warmen und sonnigen Mainachmittag.

Bis auf die schneebedeckten Berggipfel war nun alles grün. In wenigen Wochen ging das Schuljahr zu Ende. Ihre Kinder hatten jede Menge Pläne von Basketballtraining über Tennisstunden bis zu einem Campingausflug. Außerdem würde ihr Halbbruder in ein paar Monaten zur Welt kommen ... der Sommer würde also genauso hektisch werden wie die letzten Wochen.

Claire kam an dem Fahrradladen vorbei, dann an dem Geschäft mit dem blinkenden Weihnachtsschmuck, den die Touristen zu jeder Jahreszeit stürmten, überquerte den Zebrastreifen und steuerte auf die Buchhandlung zu. Hoffentlich würde das Wetter am Giving-Hope-Day genauso schön werden. Sie schaute in den weiten blauen Himmel mit nur wenigen weißen Wolken ...

Uff. Sie war so damit beschäftigt gewesen, in den Himmel zu starren, dass sie blindlings gegen etwas Großes, Hartes gelaufen war. Als starke Arme sie umfingen, damit sie nicht hinfiel, schnappte sie nach Luft.

„Entschuldige, Claire. Mein Fehler. Alles in Ordnung?"

Riley. In ihrem Bauch begann es zu kribbeln, sie blickte auf. Tja. Er war so umwerfend wie immer. Sie hatte ihn seit diesem einen Abend nicht mehr aus der Nähe gesehen. Zwar war er ein paar Mal an ihrem Haus vorbeigefahren, während sie gerade mit den Kindern im Garten spielte, hatte allerdings nicht angehalten.

Irgendwie hatte sie fast vergessen, wie grün seine Augen waren, wie ausgeprägt sein Kinn. Er trug ein braunes Jackett und ein hellblaues Hemd ohne Krawatte, die Dienstmarke baumelte an der Jackentasche, und sie hatte das verrückte Bedürfnis, sich einen Moment an seine Brust zu schmiegen. Oder hundert Momente.

Sein Blick war dunkel vor Besorgnis, er sah so aus, als ob er nur darauf wartete, sein Handy aus der Tasche zu zerren und den Notarzt zu rufen.

„Mir geht es gut", versicherte sie ihm, und ihre Wangen glühten. Warum stand sie bei jedem Zusammentreffen mit ihm eigentlich wie eine Idiotin da? „Ich hätte aufpassen sollen, wohin ich gehe, doch ich war einfach ... Es ist so ein schöner Tag, und ich bin den ganzen Morgen noch nicht draußen gewesen. Ich fürchte, ich war ein wenig abgelenkt."

„Ich auch. Bist du sicher, dass alles in Ordnung ist?"

„Ja. Ganz fantastisch."

„Du siehst gut aus. Keine Krücken mehr, wie ich sehe."

Sie hob ihren Fuß. „Laufgips. Wir befinden uns im Endspurt, wie der gute Dr. Murray meint. In ein paar Wochen soll ich den Gips am Arm loswerden und ein oder zwei Wochen später auch den hier."

„Wie geht es dir?"

Sie dachte an die zärtlichen Küsse, an die Leidenschaft und Magie zwischen ihnen und konnte es nicht fassen, dass dies alles nun auf langweiligen Smalltalk reduziert sein sollte.

„Besser als erwartet."

„Das ist toll. Gefällt mir." Er deutete auf ihren mit Strass beklebten Stock.

„Holly und Macy haben mich damit letzte Woche überrascht. Mit so was scheinen die ganzen todschicken Stockträger heutzutage rumzulaufen."

Noch vor ein paar Tagen hatte sie den Stock als trendig und witzig empfunden, aber jetzt kam sie sich alt und gebrechlich vor, verglichen mit Riley, der vor Kraft geradezu strotzte.

„Und wie geht es dir?"

„Ich bin noch hier." Er ließ die Worte wie einen Witz klingen, dennoch wusste sie, dass die letzten Wochen für ihn nicht leicht gewesen sein konnten. Sie hatte gehört, dass J. D. Nyman Unterschriften sammelte, um die Stadtverwaltung dazu zu bringen, Riley aus dem Amt zu entlassen. Noch war sie nicht darauf angesprochen worden, aber derjenige, der sie um eine Unterschrift bitten würde, tat ihr jetzt schon leid.

Einen Moment lang standen sie einfach nur da, unbehaglich. Wie schrecklich, dass es so weit hatte kommen müssen.

„Ich bin zum Mittagessen verabredet", sagte er endlich. „Sonst hätte ich dich zu einem Sandwich drüben im Café eingeladen."

„Das ist nett, aber ich bin sowieso gerade auf dem Weg in die Buchhandlung, um meine Mom zu treffen."

„Dann vielleicht ein anderes Mal." Nach kurzem Zögern beugte er sich vor, küsste sie auf die Wange und eilte davon.

Sie atmete tief durch, dann humpelte sie die letzten paar Meter bis zum *Dog-Eared Books & Brew*. Dabei fragte sie sich, wie es möglich war, dass dieses kurze Zusammentreffen mit Riley ihr die ganze gute Laune verdorben hatte. Seufzend setzte sie ein Lächeln auf und öffnete die Ladentür.

Ihre Mutter kassierte gerade bei einem Kunden, den Claire nicht kannte und der einen großen Stapel Kinderbücher kaufte. „Ihre Enkel werden viel Spaß mit den Büchern haben. Wenn ich meinem Enkel daraus vorlese, ist er immer ganz begeistert."

Claire wartete und blätterte ein paar Neuerscheinungen durch.

„Oh, den ganzen Morgen war die Hölle los", verkündete Ruth, nachdem der Kunde den Laden verlassen hatte. „Ich bin völlig *fertig*. Ich schwöre dir, ich habe heute keine Sekunde durchatmen können."

„Das bezahlt die Miete, Mom." Sie schmunzelte. „Mir gefällt das Schaufenster mit den Garten- und Wildblumenbüchern. Was für eine tolle Idee, das Ganze mit Samentütchen und Topfpflanzen zu dekorieren. Hast du das gemacht?"

Ihre Mutter schien erfreut. „Ja. Ich dachte, wir alle könnten eine kleine Erinnerung daran vertragen, dass der Sommer vor der Tür steht."

„Sieht gut aus. Vielleicht solltest du mal mein Schaufenster dekorieren. Du hast wirklich ein Händchen dafür."

Freude blitzte in den Augen ihrer Mutter auf und ließ sie um Jahre jünger erscheinen. „Mal schauen. Im Moment bin ich hier ziemlich ausgelastet."

Ruth rückte stolz einige der Samentütchen im Schaufenster gerade.

„Dir macht das richtig Spaß, oder?"

Ruth zuckte mit den Schultern. „Wahrscheinlich nur, weil ich weiß, dass es nicht auf Dauer ist. Sage ist in einer guten Woche mit der Uni fertig. Dann kann sie den Laden übernehmen, und ich springe ab und zu ein, bis Maura in der Lage ist zurückzukommen."

Claire hatte den Eindruck, dass Maura noch weit davon entfernt war, ihr altes Leben wieder aufzunehmen.

„Was wolltest du mir zeigen?", fragte sie.

„Oh, richtig. Ich habe es hinten."

Sie ließ kurz den Blick über die Kunden schweifen, die sich im Laden umsahen, dann schob sie Claire in den Lagerraum mit Regalen voller Kartons.

Aus der gesteppten Tragetasche, die Claire ihrer Mutter zum Muttertag genäht hatte, zog Ruth eine dünne Schachtel.

„Ich weiß schon jetzt, was du sagen wirst. Aber glaube mir, ich habe lange darüber nachgedacht, und ich denke, dass ich das Richtige tue. Ich möchte die Kette meiner Ururgroßmutter für die Versteigerung spenden."

Claire starrte sie an. „Mutter! Das kannst du nicht machen! Die Kette war dir doch immer so wichtig!"

Als Mädchen hatte Claire zu besonderen Gelegenheiten ab und zu einen Blick auf den wertvollen antiken Schmuck werfen dürfen. Mehr nicht. „Ich wollte mit dir darüber sprechen, weil du es ja irgendwann erben würdest. Wenn du nicht möchtest, dass ich den Schmuck spende, dann werde ich es nicht tun."

„Das ist ein Teil von Hope's Crossings Geschichte."

Und diese Geschichte kannte sie gut. Ihre Vorfahrin Hope Goodwin Van Duran war als erste Lehrerin in diese Gegend gekommen, als die Stadt nicht viel mehr als ein ärmliches Bergarbeitercamp gewesen war. Sie hatte sich in einen rauen Mienenarbeiter verliebt, auf dessen Land sich – wie sich später herausstellte – eine der größten Silberminen des ganzen Canyons befand. Silas Van Duran hatte die Stadt gegründet und sie nach seiner geliebten Frau benannt. Durch falsche Investitionen und die Wirtschaftskrise hatte sich ein Großteil des Familienvermögens in Rauch aufgelöst, doch Silas hatte diese wunderschöne Halskette aus filigranem Silber und drei Halbedelsteinen trotzdem in Auftrag gegeben. Claire liebte diese Kette. Manchmal glaubte sie, dass sie nur aus diesem Grund so fasziniert von Schmuck und Perlen war.

„Ich würde das gerne tun", fuhr ihre Mutter fort. „Wenn dadurch mehr Geld hereinkommt, ist es nur ein kleines Opfer. Ich denke, Ururgroßmutter Hope wäre damit einverstanden gewesen."

Diese Großzügigkeit sah ihrer Mutter überhaupt nicht ähnlich, und Claire hatte keine Ahnung, was sie sagen sollte.

„Hängst du so sehr daran?", fragte Ruth schließlich.

Tatsächlich verspürte sie eine Art Verlust, dennoch hatte ihre Mutter recht. „Wir können einen ziemlich hohen Mindestpreis ansetzen", schlug sie vor. „Und wenn der nicht geboten wird, dann kannst du die Kette zurücknehmen und vielleicht irgendwann einem Museum anbieten."

„Damit kennst du dich besser aus als ich", erwiderte Ruth. „In Wahrheit ist dieser Schmuck wohl nicht mehr als ein paar hundert Dollar wert."

„Aber historisch betrachtet ist die Kette von unschätzbarem Wert."

„Ich hoffe, dass jemand aus Hope's Crossing genauso denkt."

„Mutter, vielen Dank."

„Pass nur darauf auf. Du solltest sie an einem sicheren Platz aufbewahren, bis der Giving-Hope-Day stattfindet."

„Das werde ich." Claire schloss ihre Mutter impulsiv in die Arme. Ruth ließ es einen Augenblick geschehen, drückte ihre Tochter ein wenig unbeholfen und befreite sich dann aus der Umarmung.

„Ich muss jetzt wieder zurück", sagte Ruth.

„Natürlich."

Claire folgte ihrer Mutter aus dem Lagerraum und beobachtete erneut voller Überraschung, wie Ruth sich davon überzeugte, ob vielleicht ein Kunde gerade ihre Hilfe benötigte. „Deine Kinder sind dieses Wochenende bei Jeff und Holly, oder?"

„Sie wollen eine Wiege aussuchen, glaube ich." Etwas, das Macy großen Spaß machen und Owen zutiefst langweilen würde. Jeff kam aber einfach nicht auf die Idee, dass ein Achtjähriger sich nicht sonderlich für die Ausstattung eines Kinderzimmers interessierte.

„Soll ich dir Gesellschaft leisten? Ich bin zwar mit Janice Ostermiller bei einem Kammerkonzert im Resort, doch ich kann früh wieder zurück sein, falls du dich einsam fühlst."

Was hatte *das* denn zu bedeuten? Seit zwei Jahren verbrachte sie jedes zweite Wochenende allein, und ihre Mutter hatte ihr nie angeboten, ihr Gesellschaft zu leisten … oder nur dann, wenn sie etwas wollte.

„Nein, du brauchst deine Pläne nicht zu ändern. Um ehrlich zu sein, freue ich mich auf die Ruhe. Außerdem habe ich für den großen Tag noch viel zu erledigen."

„Owen sagte, dass er den Polizeichef schon eine Weile nicht mehr gesehen hat." Ruths Stimme klang beiläufig. „Schön, dass du meinem Rat gefolgt bist."

Und dahin war das wohlige Gefühl. Es starb einen schnellen, einsamen Tod.

Seufzend dachte sie daran, wie er gerade erst draußen auf der Straße die Hand auf ihren Arm gelegt hatte, und an das lächerliche Bedürfnis, die Augen zu schließen und sich an ihn anzulehnen. Für eine Woche oder zwei.

„Ich habe dir bereits erklärt, dass Riley und ich nur Freunde sind. Und das sind wir noch immer. In dieser Hinsicht hat sich nichts verändert."

„Tja, ich schätze, er wird nicht mehr lange hier sein."

Bei der Vorstellung, dass er die Stadt verlassen könnte, zog sich ihr Herz zusammen. „Wieso? Was hast du gehört?"

„Nichts. Also nicht so richtig. Ach, du weißt doch, wie die Leute reden."

„Entschuldigen Sie, ich suche einen Fotoband über diese Gegend." Ein Mann, den sie nicht kannte, vermutlich ein Tourist, unterbrach ihr Gespräch.

„Natürlich. Ich bin sofort bei Ihnen."

„Ich muss gehen. Bis später, Mom. Danke für deine Spende. Überlege es dir noch mal."

„Das brauche ich nicht", sagte Ruth fest, dann eilte sie zu dem Kunden.

Claire blieb noch einen Moment in Mauras behaglichem Buchladen, dann trat sie auf die Straße. Aus dem Café duftete es nach frischem Brot und irgendetwas Scharfem. Claires Magen begann zu knurren. Sie musste auf der Stelle etwas essen, und bei dem Gedanken an den fantastischen heißen Hühnersalat des Cafés lief ihr das Wasser im Mund zusammen. Sie stieß die Tür auf und wäre am liebsten sofort rückwärts wieder hinausgegangen. *Ich bin zum Mittagessen verabredet, sonst hätte ich dich zu einem Sandwich drüben im Café eingeladen.*

Riley hatte nicht erwähnt, dass er mit einer jungen, schönen Rothaarigen mit langen Fingernägeln und einem auffällig heiseren Lachen verabredet war. Am liebsten hätte sie auf dem Absatz kehrtgemacht, doch sie war hungrig, ihr Bein schmerzte, und Dermot Caine, der Besitzer des Cafés, rannte bereits auf sie zu.

„Claire, Liebes. Hab Sie ja eine Ewigkeit nicht mehr hier gesehen!"

„Hi, Mr Caine. Kann ich ein Hühnersalat-Sandwich zum Mitnehmen haben? Ich bin etwas in Eile."

„Kommt sofort, Schätzchen. Setzen Sie sich einen Moment, ist in einer Sekunde fertig."

Die folgenden fünf Minuten vergingen quälend langsam. Obwohl sie es geflissentlich vermied, hinüber zu Rileys Tisch zu schauen, war das kokette Lachen der Rothaarigen nicht zu überhören.

Endlich tauchte Dermot mit einer weißen Papiertüte in der Hand auf, hastig bezahlte sie, dann riss sie sich zusammen und sah zu Rileys Tisch hinüber und winkte ihm freundlich zu. Er warf ihr einen Blick zu, den sie nicht deuten konnte, und winkte zurück.

Als sie sicher sein konnte, dass man sie vom Café aus nicht mehr sehen konnte, sank sie auf eine Bank, lehnte den Kopf gegen die von der Sonne gewärmte Wand und schloss die Augen. Sie musste sich langsam wirklich wieder in den Griff bekommen. Hope's Crossing war eine kleine Stadt, somit ließ es sich nicht vermeiden, dass sie sich regelmäßig über den Weg liefen. Riley würde andere Frauen treffen, das war klar und absolut nicht Claires Angelegenheit – so viel hatte er deutlich gemacht. Und sie konnte doch nicht jedes Mal am Boden zerstört sein, nur weil sie ihn mit einer anderen Frau an seiner Seite antraf.

# 17. Kapitel

Riley fuhr in seinem Streifenwagen in die Auffahrt seines Mietshauses, freute sich auf ein kaltes Bier und die letzten Minuten des NBA-Playoffs. Er hatte einen höllischen Vierzehnstundentag hinter sich, und so langsam fragte er sich wirklich, warum er überhaupt nach Hope's Crossing gekommen war. Er hatte einer Gruppe alter Damen vor den Kopf gestoßen, als er ihnen erklärte, dass es sich bei ihrer wöchentlichen Pokerrunde technisch gesehen um etwas Illegales handelte, denn in Colorado war es verboten, um Geld zu spielen. Und dann vor einer Stunde, er hatte bereits Dienstschluss, hatte er am Pinenut einen Raser angehalten. Der Fahrer war betrunken und versuchte, die Ich-habe-einflussreiche-Freunde-Karte zu nutzen. Seine Freundin wäre die Sekretärin des Gouverneurs. Als ob das Riley interessierte. Ihn interessierte nur, diesen Idioten aus dem Verkehr zu ziehen – bis besagter Idiot sich auf Rileys Schuhe übergab. Seine Hose bekam auch einige Spritzer ab, und so musste er zurück ins Büro fahren, wo er immer eine Reserve-Jeans und ein T-Shirt aufbewahrte.

Der einzige Lichtblick an diesem Tag war das kurze Zusammentreffen mit Claire zur Mittagszeit gewesen.

Er hatte sie in den letzten Wochen wirklich vermisst, er hatte seine ganze Willenskraft mobilisieren müssen, damit er nach der Arbeit nicht ab und zu bei ihr vorbeischaute, sondern immer direkt nach Hause ging. Irgendwann hatte er sogar beschlossen, ab sofort einen Umweg zu nehmen, um gar nicht erst an ihrem Haus vorbeizukommen.

Als er ausstieg, sah er, dass neben seiner Mülltonne ein dunkler Haufen lag. Wahrscheinlich ein Waschbär, nichts Ungewöhnliches in dieser Gegend. Vor einer Woche war der Inhalt seines Mülleimers schon einmal auf dem Gehweg verteilt gewesen.

Er griff nach der Tüte mit der ekelhaft verschmutzten Hose und beschloss, sie lieber wegzuwerfen, als das Erbrochene irgendeines Typen auszuwaschen. Vielleicht war er empfindlich, aber alles hatte seine Grenzen.

Er hob den Deckel der Mülltonne geräuschvoll an, denn er wollte mögliche Tiere verscheuchen, und warf die Tüte hinein. Plötzlich rannte etwas direkt auf ihn zu – er erkannte ein vertrautes Schwanzwedeln und die langen, fast auf dem Boden schleifenden Ohren. Der Eindringling bellte eine kleine Begrüßung. Riley lachte ungläubig auf. Da bemühte er sich mit aller Kraft, Claire aus dem Weg zu gehen, und das Schicksal schickte ihm eine ganz andere Botschaft.

„Du solltest nicht hier sein, Kumpel."

Chester schenkte ihm einen unbeeindruckten Blick und fuhr fort, in seinem Hof herumzuschnüffeln. Vermutlich roch er die Katze aus dem Nachbarhaus, die es sich hier gerne gemütlich machte und sich keinen Deut um Grundstücksgrenzen scherte.

„Na komm schon. Ich bringe dich mal besser nach Hause, bevor die Kinder anfangen, sich um dich zu sorgen."

Chester tapste in seinen Garten, und seufzend verabschiedete Riley sich von seiner Bier-und-Basketball-Fantasie. In seinem Streifenwagen suchte er nach etwas, das ihm als Leine dienen konnte, und entschied sich schließlich für den Ledergürtel, den er zuvor aus der widerlichen Hose gezogen hatte.

„Hier, mein Junge. Komm her, Chester."

Der Hund umrundete das Haus, kam auf ihn zu, und Riley schob schnell den Gürtel durch sein Halsband. Dann schloss er die Schnalle und steuerte auf Claires Haus zu.

Es war ein wunderschöner Abend, die Luft war kühl, aber angenehm, es duftete nach Pinien, Flieder und den frühen Kletterrosen am Nachbarhaus. Das mochte eine der sechzig frostfreien Nächte werden, auf die die Bewohner von Hope's Crossing jedes Jahr zählen konnten.

Während er sich Claires Haus näherte, hörte er sie schon mit dieser typischen Stimme gepresst schreien, mit der man probierte, jemanden zu rufen, ohne die Nachbarn aufzuwecken.

„Komm schon, mein Junge. Wo steckst du? Chester! Hierher, Junge. Ich hab was Leckeres für dich. Nun komm doch."

Riley hätte darauf vorbereitet sein sollen, dass Chester bei seinem Namen nach vorne sprang. Der Gürtel entglitt seinen Fingern, und schneller, als er es dem Hund jemals zugetraut hätte, jagte dieser auf die Veranda zu und ließ ihn in einer einzigen Staubwolke zurück.

„Da bist du ja", sagte Claire erleichtert. „Du hast mir vielleicht eine Angst eingejagt!"

Nachdem der Hund die Treppe hinaufgewatschelt war, beugte sie sich vor und nahm stirnrunzelnd den Gürtel in die Hand.

„Was, in aller Welt?"

Stöhnend trat Riley ins Verandalicht. „Das ist meiner. Tut mir leid. Ich musste improvisieren, sowie ich ihn in meinem Hof herumschnüffeln sah."

„Bitte entschuldige, dass er dir solche Umstände bereitet hat", erwiderte sie. „Ich habe keine Ahnung, was in ihn gefahren ist. Er rennt sonst nie weg. Wahrscheinlich hat eines der Kinder das Gartentor offen gelassen, und ich habe es nicht bemerkt, als ich ihn vorhin im Dunkeln rausließ. Ich kann nicht glauben, dass er die ganze Straße hinuntergelaufen ist."

„Ich glaube, die Katze der Simons war heute Abend auf der Jagd."

„Das könnte eine Erklärung sein. Unser Chester ist nicht gerade ein großer Katzenfreund."

„Ich fürchte, da bin ich seiner Ansicht."

Sie kämpfte noch immer mit dem Gürtel, behindert durch den eingegipsten Arm.

„Warte. Ich mach das."

Er kam zu ihr auf die Veranda, versuchte ihren Duft zu ignorieren, den Duft nach Erdbeeren und Frühling, und dass ihre Bluse einen Knopf weiter geöffnet war, als sie vermutlich wusste. Darunter blitzte etwas von der Spitze ihres BHs hervor.

Vorhin fand er die Idee mit dem Gürtel noch gut, doch ihn zu entfernen war schwieriger als erwartet. Schließlich kniete er sich neben den Hund – und hatte einen perfekten Blick auf Claires Beine unter dem knielangen Blumenrock. Eines davon in Gips, das andere nackt und glatt. Die Zehennägel beider Füße hatte sie in einem lebhaften, herrlichen Pink lackiert.

Er räusperte sich, zerrte den Gürtel heraus und wickelte ihn sich um die Hand, damit er nicht in die Versuchung geriet, die Finger dieses verlockend lange Bein hinaufwandern zu lassen und …

„Danke", sagte Claire. „Bestimmt wäre er allein zurückgekommen, aber ich bin wirklich froh, dass du ihn nach Hause gebracht hast."

Er richtete sich auf. „Kein Problem. Ich wollte nicht riskieren, dass er noch weiter die Straße entlangläuft und sich schließlich verirrt."

Sie musterte ihn einen Moment unschlüssig, dann fragte sie schnell: „Möchtest du einen Moment mit rein? Angie hat vorhin frische Zimtplätzchen vorbeigebracht."

„Meine Schwester Angie?"

„Ich nenne sie nur Teufelsbrut. Vor allem wenn sie mit diesen Zimtplätzchen hier auftaucht. Sie hat uns ein ganzes Dutzend geschenkt, allerdings sind die Kinder dieses Wochenende bei ihrem Vater. Wenn ich niemanden finde, der sie mir aus den Händen reißt, werde ich sie alle selbst aufessen."

„Diese Frau ist wirklich nachtragend. Ich konnte am Sonntag nicht zum Abendessen zu ihr kommen. Und um es mir heimzuzahlen, backt sie dir Zimtplätzchen und vergisst einfach, dass ich nur ein paar Häuser weiter wohne."

„Vielleicht denkt sie, dass dir sowieso jede Menge Süßigkeiten angeboten werden", murmelte sie.

Etwas in ihrer Stimme ließ ihn aufhorchen, doch sie lächelte ihn nur unschuldig an.

„Ja, das ist wirklich ein Problem in meinem Job. Ständig werden einem Donuts aufgedrängt, ob man sie will oder nicht."

„Scheint so." Sie öffnete die Tür. „Angie hat mir mehr als genug dagelassen. Komm rein, ich kann dir ein paar einpacken."

„Für Angies Zimtkekse bin ich immer zu haben. Das perfekte Frühstück, bevor ich morgen zur Arbeit gehe. Danke."

Sie humpelte nur noch wenig, während sie über den Flur ging.

Wieder einmal war er geradezu überrumpelt von der Wärme und Behaglichkeit, die ihr Haus ausstrahlte. Man hatte sofort den Wunsch, die Schuhe von den Füßen zu schleudern und es sich gemütlich zu machen. Aus der Küche duftete es herrlich nach Zitrone und Gewürzen und Braten. Sein Magen knurrte, doch er achtete nicht darauf. Chester steuerte direkt auf seinen Wassernapf zu. Claire holte eine Plastikschüssel aus dem Schrank. Riley lehnte sich an den Türrahmen und sah ihr dabei zu, wie sie die Hälfte der Zimtplätzchen in den Behälter legte.

„Irgendwas riecht verdammt gut hier."

Sie schnitt eine Grimasse. „Mein Abendessen. Ich weiß, es ist schon spät, aber da die Kinder bei Jeff und Holly sind, habe ich bis eben gearbeitet. Ich habe den ganzen Tag das Hühnchen mariniert und es fast vergessen, bis ich vor einer Stunde nach Hause kam. Und wie war dein Lunch?", erkundigte sie sich und schien die Frage augenblicklich zu bereuen, wobei er sich nicht vorstellen konnte, wieso.

„Gut. Du kennst doch Sharilyn Lundberg? Sie ist Bezirksstaatsanwältin."

„Nein, ich glaube nicht. Sie scheint sehr nett zu sein."

Ihm war an dieser Frau nichts aufgefallen außer ihrem scharfen Verstand und dieser nervigen Angewohnheit, viel zu oft seinen Arm zu berühren, um ihre Worte zu unterstreichen.

„Wir arbeiten zusammen an der Anklage gegen Charlie Beaumont und die anderen Teenager, die an den Einbrüchen beteiligt waren."

„Ach so. Klar. Natürlich." Mit einem Mal sah Claire nicht mehr ganz so blass aus. „Wie weit seid ihr denn?"

Der ganze Ärger, den er seit dem Treffen mit Sharilyn verspürt hatte, überfiel ihn wieder. „Nicht weit. Kleinstadtpolitik kann wirklich hart sein."

„Ja, das ist bestimmt nicht leicht, immerhin ist Charlie der Sohn des Bürgermeisters."

„Ziemlich anstrengend." Er wollte nur den Job erledigen, für den er bezahlt wurde. Seine Arbeit als Cop erledigen. Stattdessen musste er sich durch dieses verdammte Mienenfeld kämpfen. „Der Bürgermeister versucht natürlich, einen Deal auszuhandeln, das wird allerdings nicht funktionieren. Die Staatsanwältin will hier ein Exempel statuieren und Charlie als Erwachsenen behandeln, weil er gerade siebzehn geworden ist. Er hatte getrunken. Nicht viel zwar, nur null Komma vier Promille, was weit unter der Grenze für einen Erwachsenen liegt. Jedoch dürfen Minderjährige überhaupt keinen Alkohol konsumieren. Layla ist tot, und Taryn Thorne liegt noch immer im Koma. Sie wird vielleicht nie wieder aufwachen."

„Katherine sagte, dass es in den letzten Wochen einige hoffnungsvolle Anzeichen gegeben hätte."

„Wir können nur hoffen und beten. Wie auch immer, Charlie wird sich nicht aus der Verantwortung stehlen können, egal, an wie vielen Fäden der Bürgermeister auch ziehen mag."

„Mir tut diese ganze Familie so leid. Mrs Beaumont kommt manchmal in meinen Laden. Und natürlich auch Gen. Der macht die ganze Angelegenheit schwer zu schaffen. Soweit ich weiß, ist ihr Verlobter politisch ziemlich ehrgeizig, und Gen befürchtet nun, dass seine Familie sie als Belastung empfinden könnte."

Bevor Riley etwas entgegnen konnte, klingelte der Timer des Backofens. „Das ist mein Hühnchen", erklärte sie.

Er richtete sich ein wenig auf. „Dann lasse ich dich mal in Ruhe essen."

Wieder hatte er das eigenartige Gefühl, dass sie mit sich rang. „Hast du schon gegessen?", fragte sie schließlich.

„Ich werde dir sicher nicht dein Dinner wegessen."

„Ich habe genug. Wenn die Kinder bei Jeff sind, koche ich immer eine Extraportion, die ich dann wieder aufwärmen kann. Doch ich warne dich, es ist nichts Besonderes. Zitronen-Rosmarin-Hühnchen mit Reis."

Wieder knurrte sein Magen. Ihm war völlig klar, wie unklug das war, aber dennoch konnte er nicht widerstehen – nicht nur, was das Essen betraf. In den letzten zehn Minuten hier in dieser Küche waren der ganze Stress und die Anspannung des Tages einfach von ihm abgefallen. So ruhig hatte er sich in den ganzen letzten Wochen nicht gefühlt. Er wollte Ja sagen, wollte mit ihr an einem Tisch sitzen, essen und sich mit ihr in dieser ruhigen, friedlichen Küche unterhalten. Die Heftigkeit dieses Verlangens erschreckte ihn zu Tode.

„Besser nicht. Ich habe heute Abend noch ungefähr drei Stunden Schreibarbeit zu erledigen, die ich seit Tagen vor mir herschiebe."

„Natürlich." Obwohl sie sich schnell fing, konnte er ihre Enttäuschung sehen. „Das verstehe ich. Du bist beschäftigt. Dann richte ich dir schnell einen Teller zum Mitnehmen, damit du bei der Arbeit essen kannst."

Als sie wieder eine Schranktür öffnete, schnürte sich seine Kehle zusammen. Auch sie hatte den ganzen Tag gearbeitet, noch dazu mit eingegipstem Arm und Bein, und hatte trotzdem das Bedürfnis, ihn zu umsorgen.

Oh Mann, er saß wirklich tief in der Tinte.

„Ach, weißt du, jetzt hat die Arbeit schon so lange auf mich gewartet, dass eine halbe Stunde oder so sicher auch nichts mehr macht."

„Sehr gut. Dann schnippele ich nur noch schnell einen Salat."

Er stellte zwei Teller auf den Ecktisch in der Küche und holte anschließend Besteck aus der Schublade. Es beunruhigte ihn sehr, dass er sich bereits so gut in ihrer Küche auskannte. Kurz darauf hatte er ein Abendessen vor der Nase, das besser aussah als alles, was er in den letzten Wochen zu sich genommen hatte, sogar noch fantastischer als das immer sehr gute Essen im Diner.

„Das schmeckt wirklich klasse, Claire", sagte er nach dem ersten Bissen. „Viel leckerer als die kalte Pizza, die ich normalerweise gegessen hätte."

„Danke. Frischer Rosmarin ist das Geheimnis. Das habe ich von Alex gelernt."

„Alex gibt dir Kochunterricht, Angie bringt dir Zimtplätzchen. Du gehörst mehr zu meiner Familie als ich selbst."

„Das stimmt nicht! Deine Schwestern himmeln dich an."

Würden sie das auch noch tun, wenn er beschloss, Hope's Crossing wieder zu verlassen? Schnell wechselte er das Thema. „Ist es hart für dich, wenn Owen und Macy bei ihrem Vater sind? So allein in diesem großen Haus?"

Sie ließ sich Zeit, bevor sie antwortete. „Das Haus kommt mir dann tatsächlich etwas still vor. An solchen Abenden arbeite ich immer lang, falls es möglich ist. Ich bin nicht gerade ein Fan dieser Stille."

Er hingegen war so an Stille gewöhnt, dass sie ihm nicht mehr auffiel. Er hatte nie mit einer Frau zusammengelebt und zum letzten Mal im ersten Collegejahr einen Mitbewohner gehabt.

„Ich vermisse sie", fuhr Claire fort, „aber es ist wichtig für sie, Zeit mit ihrem Vater und seiner neuen Familie zu verbringen. Das kann ich verstehen. Immer wenn ich mal wieder den Wunsch verspüre, einfach alles zusammenzupacken und so weit wie möglich abzuhauen, denke ich daran, dass es für die Kinder so am besten ist."

Er starrte sie an. „Ich dachte, du lebst gern in Hope's Crossing und kannst dir nicht vorstellen, jemals woanders zu wohnen."

„Manchmal träume ich davon", erwiderte sie nur. „Versteh mich nicht falsch, ich lebe tatsächlich gerne hier. Während der Skisaison gibt's zwar eine Menge Trubel, aber davon abgesehen, ist Hope's Crossing im Herzen noch immer eine Kleinstadt. Hier wohnen gute Menschen, die sich umeinander kümmern. Und wenn ich mal wieder daran zweifle, muss ich mir nur die überwältigende Hilfsbereitschaft für den Giving-Hope-Day in Erinnerung rufen."

„Warum überlegst du überhaupt wegzuziehen?"

„Dafür gibt es einige Gründe. Ich frage mich, was es da draußen sonst noch gibt. Manchmal habe ich das Gefühl, in der Falle zu sitzen. Meine Mutter. Muss ich noch mehr sagen?"

Er lachte. „Aber du wirst nicht gehen, oder?"

„Nicht solange die Kinder noch im Haus sind."

„Meinst du nicht, dass die meisten Menschen in deiner Situation da egoistischer wären?"

„Ich bin keine Heilige, Riley. Das ist uns beiden doch klar. Meine Gründe sind überwiegend egoistisch. Ich liebe das *String Fever* und meine Freunde. Es geht mir gut hier."

„Du gehörst hierher."

„Genauso wie du."

„Da kann ich nur sagen, dass die Jury sich da gerade überhaupt nicht sicher ist."

Sie musterte ihn einen Moment. „Warum bist du nach Hause gekommen, Riley? Ich meine, warum wirklich? Und erzähl mich jetzt bloß nicht, nur wegen der Position des Polizeichefs. Ich bin mir sicher, du hättest hundert andere Jobs kriegen können, nachdem du die Bay Area verlassen hast."

„Vielleicht." Er seufzte. „Als ich hörte, dass Chief Coleman sich zur Ruhe setzt, hatte ich gerade einige Monate als Undercoveragent in der Drogen- und Zuhälterszene hinter mir. Davor habe ich mich ein Jahr als weißer Rassist ausgeben müssen. Ich wollte diesen ganzen Schmutz loswerden und dachte, der Job hier wäre dafür gerade richtig."

„Du wolltest zu Hause sein", entgegnete sie sanft.

„So würde ich es nicht ausdrücken. Aber ja, wahrscheinlich."

„Du machst deine Arbeit sehr gut, Riley. J. D. Nyman ist ein Idiot, das war er schon immer. Gib den Leuten hier nur etwas Zeit. Wenn die Wunden der letzten Monate ein bisschen verheilt sind, werden die Leute kapieren, dass du genau der Richtige für Hope's Crossing bist."

Dass sie ihn so stur verteidigte und ihm dieses Vertrauen entgegenbrachte, das er gar nicht verdiente, wärmte sein Herz. Er sah sie an, sie war so ernst und hübsch. Er sehnte sich danach, sie zu küssen, sie fest an sich zu ziehen und nicht mehr loszulassen.

Er stieß den Atem aus und schob den halbvollen Teller von sich. „Das war köstlich, Claire, doch es ist schon spät. Ich sollte jetzt aufbrechen."

Sie schien befremdet von seiner Schroffheit, nickte aber. „Danke, dass du geblieben bist. Es war schön, außer Chester noch etwas Gesellschaft zu haben."

Er betrachtete den Hund, der weit ausgestreckt auf dem Boden lag. „Ich schaue noch schnell nach, ob das Gartentor richtig geschlossen ist, damit er nicht wieder abhauen kann."

„Danke."

Er ging durch die Hintertür, froh über die gute Ausrede, wieder den dringend benötigten Abstand zu ihr zu gewinnen. Die Bergluft fühlte sich kühl auf seinem Gesicht an, er atmete tief ein. Niemals wieder hätte er dieses Haus betreten dürfen. Er hätte einfach diesen mürrischen kleinen Hund auf der Veranda absetzen und wieder nach Hause gehen sollen. Dorthin, wo er sicher war.

Er hatte Monate seines Lebens unter skrupellosen Verbrechern gelebt, doch keiner hatte ihm auch nur annähernd so viel Angst eingejagt wie Claire Bradford.

Er ließ sich viel Zeit im Garten. Als er es nicht mehr länger hinauszögern konnte, betrat er erneut die Küche, wo Claire gerade die Spülmaschine anstellte.

„Du hattest recht, das Gartentor war offen. Ich habe es zugemacht, jetzt sollte es dem kleinen Ausreißer nicht mehr gelingen abzuhauen."

„Fantastisch. Danke dir."

„Gute Nacht dann. Und noch mal vielen Dank für das Abendessen."

„Gern geschehen", entgegnete sie, als er schon auf dem Weg nach draußen war. „Oh, warte. Vergiss die Zimtkekse nicht."

Behalte sie, hätte er beinahe gesagt, aber sie würde sowieso darauf bestehen, dass er sie mitnahm.

Er kam noch einmal zurück in die Küche. Sie streckte ihm den Plastikbehälter hin. „Hier, bitte. Dazu morgen früh noch ein Kaffee aus Mauras Buchhandlung, und du hast das perfekte Frühstück."

Es gelang ihm, zurückzulächeln, wobei er mit einer Hand fest den Türknauf umklammert hielt. Er nahm den Behälter entgegen, als ob er mit Sprengstoff gefüllt wäre, der jede Sekunde explodieren konnte.

„Ich fand es sehr nett", sagte sie. „Warum sollen wir nicht weiterhin gute Freunde bleiben, nur weil …"

Sie verstummte und errötete.

Er schloss die Augen. „Weil ich keine Minute in deiner Nähe sein kann, ohne dich am liebsten mit Angies Zimtplätzchen von Kopf bis Fuß einzureiben, um dir dann den Zimt Zentimeter für Zentimeter wieder abzulecken."

Sie schluckte, blickte auf die Zimtkekse, auf seine Lippen und wieder auf das Gebäck in seiner Hand. Mit einem unterdrückten Stöhnen schleuderte er den Behälter auf die Küchentheke, packte sie und ließ die Tür mit einem schnellen Fußtritt ins Schloss fallen.

Er stürzte sich auf ihren Mund, schmeckte Zimt und Kaffee und noch einen Hauch von Rosmarin. Sie öffnete die Lippen, ihre Zungen umkreisten sich. Sie seufzte auf, vergrub die Finger in seinem Haar, und sowie sie ihn fester an sich zog, verlor er auch noch das letzte bisschen Willenskraft.

Der Kuss war wild und leidenschaftlich, aufgeladen mit all der Wut und Sehnsucht der letzten beiden Wochen.

Trotz allem wurde sein übermächtiges Verlangen von dem Gedanken durchdrungen, dass sie wahrscheinlich nicht länger auf ihrem Gipsbein stehen konnte. Wenn er sie weiter küssen wollte – und das wollte er! –, musste er sie in eine bequemere Position bringen.

Ohne den Kuss zu unterbrechen, hob er Claire hoch. Sie rang kurz nach Atem, wehrte sich allerdings nicht, sondern schlang die Arme um seinen Nacken und hielt sich an ihm fest, während er sie durch die Küche ins Wohnzimmer trug.

Er bettete sie auf das Sofa, und da sie die Arme nicht von seinem Hals löste, hatte er keine andere Wahl, als sich auf sie sinken zu lassen, vorsichtig, um ihr nicht wehzutun.

Sie küssten sich lange, nebeneinander auf der Couch ausgestreckt, und nichts war mehr wichtig außer ihrer zarten Haut, ihrem weichen Mund, ihrem zitternden Körper.

„Ich konnte in den letzten beiden Wochen an nichts anderes denken", flüsterte sie dicht an seinen Lippen. „Ich habe jede Nacht von dir geträumt. Morgens allein und voller Sehnsucht nach dir aufzuwachen war einfach schrecklich."

Er schloss die Augen, ihre Worte jagten ihm einen sanften Schauer über den Rücken. Was sollte er erst sagen? Vielleicht hatte sie zwei Wochen lang von ihm geträumt, er aber träumte schon ein halbes Leben lang von ihr.

Er küsste sie, aufs Neue davon überwältigt, dass Claire Tatum Bradford hier war, in seinen Armen, und ihn küsste, als ob sie nie genug davon bekommen könnte.

Ihm erging es nicht anders. Er wollte mehr, er wollte sich in ihr verlieren, in ihrem Duft und der Zartheit ihrer Haut.

Er stützte sich auf einem Ellbogen ab, verzaubert von dem leicht klopfenden Puls an ihrem Hals. Zärtlich ließ er seine Zunge darübergleiten. Claire stöhnte auf und bäumte sich ihm entgegen. Der Stoff ihrer Bluse war weich, warm von ihrem Körper. Nachdem er den ersten Knopf öffnete, entblößte er noch mehr von der Spitze ihres BHs. Dann ließ er es darauf ankommen und knöpfte die Bluse noch weiter auf.

Sein Körper fühlte sich hart und schwer vor Lust an, während er mit dem Mund über die sanfte Wölbung ihrer Brust strich. Ihr Duft berauschte ihn, Erdbeere und Wildblumen, er wollte sich noch enger an sie pressen.

Sie stöhnte erregt auf, mit den Lippen wanderte er weiter über den Stoff ihres BHs.

„Mehr", murmelte sie mit dunkler, heiserer Stimme, wobei sie mit einer Hand den Vorderverschluss ihres BHS aufhakte und die Träger abstreifte.

Das Wort schien ihn zu überfluten, alles andere um ihn herum löste sich auf, es gab nur noch Claire und diesen Moment und das Rauschen seines Blutes.

Er riss den Blick von ihren verführerischen Rundungen los und schaute ihr in die Augen. „Ich bin sechsunddreißig und habe zwei Kinder zur Welt gebracht. Nur dass du das nicht vergisst", wisperte sie mit geröteten Wangen.

„Du bist wunderschön", erwiderte er rau. „Sieh mich an, ich zittere, so schön bist du."

Er senkte den Kopf, küsste erst eine Brustspitze, dann die andere. Als Nächstes begann er sie mit der Zunge aufreizend zu liebkosen.

Wieder stieß sie dieses leise, erregte Stöhnen aus und hielt seinen Kopf fest, während sie sich wild auf dem Sofa wand.

Da er keine Sekunde länger klar denken konnte, ließ er eine Hand über ihren Bauch gleiten und genoss es, wie sie unter seinen Fingern erschauerte. Er musste sie berühren, musste ihre feuchte, seidige Hitze spüren. Gerade wollte er die Knöpfe ihres Rockes öffnen, als sein Blick auf etwas Dunkelblaues fiel.

Ihr Gips.

Der Anblick dieses harten, wuchtigen Ungetüms um ihr Bein traf ihn wie ein Schlag mitten in den Magen.

Abrupt setzte er sich auf, heftig atmend und mit rasendem Herzschlag, sein ganzer Körper schien vor Enttäuschung aufzuheulen.

„Was ist denn?", fragte sie, wobei sie ihre Augen weit aufriss.

Er rieb sich über das Gesicht. „Ich ... Das können wir nicht machen."

Sie blinzelte kurz, und da dachte er, dass er nie im Leben etwas Schöneres gesehen hatte als Claire, hier auf ihrem Sofa, mit zerzaustem Haar, geschwollenen Lippen und diesen herrlichen Brüsten, die im Schein der Lampe weiß leuchteten.

„Du hast ein gebrochenes Bein und einen gebrochenen Arm. Ich möchte dir nicht wehtun."

„Du bist doch ein kreativer Typ. Ganz bestimmt fällt dir was ein, wie du um sie herumarbeiten kannst." Sie warf ihm ein winziges, sinnliches Lächeln zu. „Handelt sich ja sowieso nicht gerade um die entscheidenden Regionen."

Beim Anblick ihrer herrlichen Rundungen und der zarten Haut hätte er am liebsten laut gestöhnt.

„Ich kann nicht, Claire. Noch nie im Leben habe ich etwas so sehr gewollt. Dich und ... alles."

„Warum hörst du dann auf?"

Er seufzte. „Haben wir das nicht schon tausend Mal besprochen? Ich glaube, dass keiner von uns mit den Konsequenzen leben könnte."

Ihr Lächeln verblasste, und nach einem kurzen Moment ergriff sie die Zipfel ihrer Bluse und zog sie vor ihrer Brust zusammen. „Warum muss es diese Konsequenzen geben?"

„Weil du nun mal so bist, Claire. Du bist eine Frau, die erst so etwas wie ... eine ernsthafte Bindung braucht, bevor sie sich hierauf einlässt."

„Vielleicht will ich nicht länger diese Frau sein", erwiderte sie heftig. „Ich bin seit zwei Jahren allein. Vielleicht wäre ich gern eine Frau, die nicht nur langweilige weiße Unterwäsche trägt. Die unter dem Sternenhimmel Liebe macht oder ... oder sich von einen Mann Schlagsahne ablecken lässt."

„Das bist du. Und du solltest das alles unbedingt tun. Nur nicht mit mir", meinte er leise, obwohl sich ihm bei der Vorstellung, sie könnte mit einem anderen Mann zusammen sein, die Kehle zusammenschnürte.

Er zwang sich dazu, aufzustehen. „Claire, ich empfinde mehr für dich als jemals zuvor für eine Frau. Mehr, als ich jemals empfinden *wollte*. Um genau zu sein, bin ich in dich verliebt. Das war ich schon als kleiner dummer Junge, der keine Ahnung hatte, dass aus dem hübschesten Mädchen der Stadt eines Tages eine kluge, liebenswerte und unglaublich erotische Frau werden würde."

Sie starrte ihn an, und er sah, wie die verschiedensten Emotionen über ihr Gesicht huschten. Schock und Unsicherheit, noch ein letzter Hauch von Lust. „Riley ..."

„Ich liebe dich, Claire. Aber obwohl ich weiß, wie unglaublich das mit uns sein könnte, nicht nur das hier ..." Er deutete auf das Sofa. „Sondern einfach alles. Aber gleichzeitig will ich am liebsten davonrennen, so wie es seinerzeit mein alter Herr getan hat. So wie ich immer reagiere, wenn mir jemand zu nahe kommt. Und ich möchte dich nicht verletzen. Das kann ich nicht."

„Und was, glaubst du, machst du gerade?", fragte sie mit leiser, schmerzerfüllter Stimme. „Denkst du vielleicht, ich wäre hier mit dir, wenn ich nichts für dich empfinden würde, Riley? Ich bin mein Leben lang mit keinem anderen Mann zusammen gewesen als mit Jeff. Mein Plan war, so lange zu warten, bis die Kinder älter sind. Erst dann wollte ich überhaupt darüber nachdenken, einen anderen Mann in mein Herz zu lassen. Und dann bist du nach Hause gekommen, und alles hat sich verändert."

Nie zuvor hatte er sich so sehr gehasst wie jetzt in diesem Moment, und nie zuvor hatte er sich so sehr gewünscht, ein anderer Mann zu sein.

So gerne hätte er sein Gewissen zum Teufel gejagt und sich einfach genommen, wonach er sich so verzehrte. Aber da waren die Bilder von all den Frauen, denen er in seinem Leben Unrecht getan hatte – angefangen bei Lisa Redmond, schwanger und verängstigt mit ihren sechzehn Jahren. Er dachte an Oscar Ayalas *Chica*, die vor seinen Augen ermordet worden war, während er keinen Finger gerührt hatte, um sie zu retten, dachte an seine Schwestern und seine Mutter. An Layla.

Wenn er das hier tat, sich in ihrer Umarmung zu verlieren, in ihrem Körper, würde Claire danach natürlich einiges von ihm erwarten. Sie war so eine Frau. Das Verrückte war, dass er ihr all das geben wollte, dass er diese abwegige Vorstellung hatte, mit ihr in diesem Haus zu leben, ihr zu helfen, die Kinder großzuziehen, im Winter nachts mit ihr Arm in Arm im Bett zu liegen, während der Januarschnee durch die Luft wirbelte und die Auffahrt bedeckte.

Dieses Bild erschien ihm in diesem Moment einfach wundervoll, doch wie lange würde es wohl dauern, bis er in Panik geriet und den Wunsch hatte, so schnell wie möglich davonzurennen?

Besser, es gleich zu machen, bevor er noch größeren Schaden anrichtete.

„Ich kann nicht, Claire. Es tut mir leid. Es tut mir so leid."

Nachdem die Tür hinter Riley ins Schloss gefallen war, saß Claire eine Weile einfach nur da, umklammerte den Saum ihrer Bluse, entsetzt und zutiefst verletzt. Mühsam versuchte sie zu begreifen, wie aus dieser leidenschaftlichen Hitze von einer Sekunde auf die andere eisige, schrecklich Kälte hatte werden können.

Was war eigentlich gerade geschehen? Zitternd holte sie Luft und versuchte, ihre Bluse zuzuknöpfen, gab es kurz darauf genervt auf und riss sie sich einfach herunter. Dann wickelte sie sich in eine weiche Decke.

Heiße Tränen brannten hinter ihren Lidern, doch sie war nicht bereit zu heulen. Verfluchter Riley. Zur Hölle mit Riley McKnight. Wie konnte er in einem Moment behaupten, sie zu lieben, und im nächsten einfach aus der Tür marschieren, ohne auch nur einen Blick zurückzuwerfen?

*Es liegt nicht an dir, sondern an mir.* Das hatte er zwar nicht wortwörtlich gesagt, aber darauf lief es hinaus. Und das kaufte sie ihm einfach nicht ab. Sie fühlte sich alt und vertrocknet, ungefähr so schön wie eine verdorrte Blume.

Das Gesicht in den Händen vergraben, schaukelte sie auf dem Sofa vor und zurück, voller Schmerz und einsamer als jemals zuvor in ihrem Leben.

Das Schlimmste an der ganzen Geschichte war, dass sie diesen Idioten liebte. Irgendwie hatte er sich in ihr Herz geschlichen – mit seiner Stärke und seinem verflixten Charme und seiner Fähigkeit, sie zum Lachen zu bringen – und füllte dort nun all die kalten, leeren Stellen aus.

Was sollte sie jetzt bloß tun?

Die Tränen brannten noch heißer, und sie wollte nichts mehr, als ausgestreckt auf der Couch zu liegen und zu weinen und zu schluchzen und ihn laut zu verfluchen.

Chester wählte exakt diesen Augenblick, um ihr Bein mit der Nase anzustupsen. Er blickte sie mit dermaßen viel Mitgefühl an, dass sie trotz allem zitternd lachen musste. Sie schmiegte ihr Gesicht an seinen warmen, felligen Nacken.

Aus irgendeinem seltsamen Grund musste Claire plötzlich wieder an das alberne Horoskop denken, das sie am Morgen des Einbruchs gelesen hatte, nur Minuten bevor Riley wieder in ihr Leben getreten war. Etwas Schönes und Aufregendes steht Ihnen bevor, hatte das verdammte Ding behauptet.

Bescheuertes, blödes Horoskop.

Liebend gern würde sie den Rest ihres Lebens in quälender Monotonie verbringen, Hauptsache, sie erlebte nie wieder solch einen schrecklichen Verlust von etwas, das ihr sowieso nie gehört hatte.

# 18. Kapitel

Es hatte funktioniert. Irgendwie hatten sie diesen logistischen Alb-traum hingekriegt – trotz der wenigen Zeit, der Konflikte und Ver-wirrungen.

Am Samstag um drei Uhr, an Layla Parkers Geburtstag, war offensichtlich, dass der allererste Giving-Hope-Day ein überwältigender Erfolg werden würde.

Claire saß an einem Tisch vor dem Gemeindezentrum, das Bein auf einer Getränkekiste abgelegt, die Hände tief in Erde vergraben, und pflanzte von der Gärtnerei gespendete Blumen in kleine Töpfe ein.

Besseres Wetter hätten sie sich nicht wünschen können. Offenbar war ihnen der Himmel wohlgesonnen. In der vergangenen Woche hatte es immer wieder geregnet, und sie hatte inbrünstig gebetet, dass kein weiterer Sturm bevorstand. Doch jetzt zogen nur ein paar hohe, flauschige weiße Wolken über den weiten Himmel von Colorado. Der Juninachmittag war wunderschön, warm und sonnig, die Berge schimmerten in strahlendem, überwältigendem und an den Gipfeln mit Schnee getüpfeltem Grün.

Der Geruch von Erde, Petunien, vermischt mit dem süßscharfen Duft der Kiefern, lag in der warmen Luft. Es roch frisch und neu und, so übertrieben es auch klingen mochte, nach Hoffnung.

Obwohl sie den nicht abreißen wollenden Besucherstrom den ganzen Tag über beobachtet hatte, konnte sie es noch immer nicht fassen. Egal, wo sie heute gewesen war, hatte der Andrang sie jedes Mal überwältigt. Rentner schwangen gemeinsam mit Teenagern die Pinsel, um der Highschool-Tribüne einen neuen Anstrich zu verpassen. Kleine Kinder schleppten Werkzeug und Nägel und Wasser-flaschen für ihre Eltern hin und her, die dabei waren, einen neuen Spielplatz auf einem von – Überraschung! – dem griesgrämigen Harry Lange geschenkten Grundstück zu errichten. Im Gemeinde-zentrum nähten ein Dutzend Hände Quilts für das Kinderkranken-haus in Denver, und Claire hatte beobachtet, dass eingeschworene Feinde wie Frances Redmond und Evelyn Coletti sich beim Fäden-abschneiden vorsichtig zugelächelt hatten.

Bei der Erinnerung musste sie schmunzeln. Sie ließ ihre schmerzenden Schultern kreisen, aber es war eine glückliche, zufriedene Erschöpfung.

Lange Stunden der Planung, der ganze Papierkram, schlaflose Nächte … nichts davon bereute sie.

Noch war der Tag nicht vorbei – das Dinner und die Versteigerung fanden erst in einigen Stunden statt –, doch schon jetzt hatte der Tag all ihre Erwartungen übertroffen. Die Einwohner von Hope's Crossing redeten mehr miteinander als sonst, kümmerten sich um ihre Nachbarn und arbeiteten zusammen.

Der Hoffnungsengel – wer immer das auch sein mochte – war bestimmt sehr erfreut darüber.

Sie griff nach einem Handtuch, nach drei Tagen war es noch immer ein merkwürdiges Gefühl, den Gips endlich los zu sein. Auch wenn es noch einige Zeit dauern würde, bis ihre Hand wieder voll funktionsfähig war, sah zumindest ihre Haut nicht mehr ganz so verschrumpelt aus wie am ersten Tag.

„Da hast du für Hope's Crossing wirklich etwas Tolles auf die Beine gestellt."

Claire wirbelte mit einem kleinen, glücklichen Aufschrei herum.

„Katherine!" Instinktiv zog sie ihre Freundin in die Arme, ohne an ihre schmutzigen Hände zu denken.

„Oje", sagte sie dann, sowie sie die Schmutzstreifen bemerkte, die sie auf dem pfirsichfarbenen Pullover hinterlassen hatte. „Tut mir leid, jetzt bist du ganz dreckig."

„Kann man rauswaschen, keine Sorge. War sowieso nie mein Lieblingspulli."

Claire blickte sie kopfschüttelnd an. Katherine blieb einfach immer Katherine. Wenn jemand ihr Haus niederbrannte, würde sie auch noch behaupten, dass sie sowieso vorgehabt hatte umzuziehen.

„Wie schön, dich zu sehen!", rief Claire. „Ich hätte nie gedacht, dass du es tatsächlich noch schaffst. Wie geht es Taryn?"

Katherines sonst so hübsches Gesicht wirkte ausgezehrt, die Falten schienen sich tiefer in ihre Haut eingegraben zu haben. Ihr Haar hätte längst wieder gefärbt und geschnitten werden müssen, am liebsten hätte Claire sie zur Aufmunterung schnell zu einem Friseur geschleppt.

„Leider nicht so gut, wie wir gehofft hatten, um ehrlich zu sein", antwortete Katherine. „Wir waren wohl etwas zu optimistisch, als sie vor ein paar Wochen aus dem Koma erwachte. Wir dachten, jetzt würde alles sehr schnell gehen."

Claire und Alex waren einen Tag nach dem verheerenden Abend mit Riley vor zwei Wochen nach Denver ins Krankenhaus gefahren. Da hatte Taryn die Augen geöffnet, allerdings hatte das Mädchen ansonsten nicht reagiert. Claire war fest entschlossen gewesen, bald wieder Taryn in der Klinik zu besuchen, aber die Vorbereitungen für diesen Tag hatten ihr einfach keine Minute freie Zeit gelassen.

All das kam ihr jetzt vollkommen unwichtig vor. Irgendwie hätte sie es einrichten müssen, ein Besuch wäre eine viel wertvollere Aufmunterung gewesen als eine frische Haarfarbe.

„Ich habe geglaubt, dass sie Fortschritte macht."

„Jeder Tag ist noch immer ein Kampf." Katherines Kinn bebte leicht. „Ich fürchte, wir müssen so langsam akzeptieren, dass Taryn nie mehr die Alte sein wird."

„Ach Katherine." Sie drückte die Hand ihrer Freundin, erneut fassungslos, wie ein einziger Augenblick so viele Leben hatte verändern können. So entsetzlich der Unfall für Maura und ihre Familie gewesen war – der unerträgliche Schmerz, ein Kind zu verlieren –, Katherine und ihr Sohn Brodie mussten noch immer eine schreckliche Enttäuschung nach der anderen ertragen.

„Vielleicht wird sie nie mehr die alte Taryn sein", sagte Claire sanft. „Doch sie ist tough. Ich bete jeden Tag dafür, dass ihr alle das durchsteht."

„Danke meine Liebe." Katherine lächelte, ließ schließlich ihre Hand los und trat einen Schritt zurück. „Du und die anderen seid in der Tat sehr beschäftigt."

„Bisher ist der ganze Tag einfach fantastisch gelaufen."

„So etwas haben wir gebraucht. Als Erinnerung daran, dass es nur eines gibt, was unseren Schmerz etwas lindern kann. Nämlich einen Moment innezuhalten und einem anderen die Last von den Schultern zu nehmen."

Claire nickte. „Du und Mary Ella habt mir das in all den Jahren zumindest so beigebracht."

„Reich mir mal diese Kelle und diese Sechserpackung Steinkraut."

Claire wollte gerade einwenden, dass Katherine in der cremeweißen Hose und dem pastellfarbenen Twinset für eine solche Arbeit nicht richtig gekleidet war, doch nachdem sie ihren Pulli sowieso schon ruiniert hatte – und er ja auch nicht ihr Lieblingspulli war –, hätte Katherine davon sowieso nichts hören wollen.

„Irgendwo müssen noch ein Paar Handschuhe herumliegen. Warte eine Sekunde, ich hab sie gleich."

„Nein, bemüh dich nicht. Ich möchte heute einmal in der Sonne sein und mir die Hände schmutzig machen."

Mit wehem Herzen lächelte Claire sie an. Dann begannen sie, schweigend nebeneinander zu arbeiten. Nach einer Weile hatte Claire das Gefühl, dass Katherine nicht mehr ganz so traurig und angespannt wirkte.

Nachdem sie die letzte Pflanze in einen Topf gesetzt hatte, meinte Katherine: „Ich finde, du hast da etwas Wundervolles ins Leben gerufen. Aber du solltest nicht so viel arbeiten. Du steckst doch selbst noch mitten in der Genesung."

„Du hast doch gerade selbst gesagt, dass man seinen Schmerz lindern sollte, indem man einem anderen eine Last abnimmt. Das kann ich im Moment auch gut gebrauchen."

Niemals hätte sie sich träumen lassen, wie sehr. Hätte sie in den letzten Wochen nicht tausend Dinge um die Ohren gehabt, wäre sie nach allem, was mit Riley vorgefallen war, sicher vollkommen am Boden zerstört gewesen.

„Wie auch immer", fuhr sie fort. „Ich hatte ja nur die Idee, und die anderen haben sich sofort darauf gestürzt. Es tut so gut zu sehen, wie die ganze Stadt zusammenarbeitet."

„Ich vermisse Hope's Crossing", sagte Katherine. „In Denver sind die Leute wirklich sehr freundlich, sowohl in der Klinik als auch in dem Haus, in dem wir diese Wohnung gemietet haben, dennoch ist es einfach nicht dasselbe, wie daheim zu sein. Diese ganze Sache macht Brodie wirklich schwer zu schaffen, das kann ich dir sagen. Mein Sohn ist noch nie besonders geduldig gewesen. In dieser Hinsicht kommt er zu sehr nach seinem Vater."

Claire hatte Katherines Sohn immer schon als sehr kühl und unfreundlich empfunden. Wie so eine warme, großzügige Frau so einen Sohn haben konnte, war ihr ein Rätsel. Und es wunderte sie nicht, dass Brodie ein Problem mit einer vielleicht für immer behinderten Tochter hatte.

Sie öffnete gerade den Mund, wollte etwas erwidern, da fuhr ein vertrauter silberner Pick-up auf den Parkplatz, voll mit Baumaterial. Was immer sie gerade hatte sagen wollen, war sofort vergessen, als

Riley aus dem Wagen stieg. Seit dieser Nacht waren sie sich nicht mehr begegnet, und es tat weh, ihn jetzt zu sehen, so albern und sinnlos es auch sein mochte.

Er wandte sich in ihre Richtung, blieb allerdings wie angewurzelt stehen, sowie er sie entdeckte. Nach kurzem Zögern näherte er sich, ohne ihr auch nur einmal in die Augen zu schauen.

„Hallo, Katherine." Er nahm die ältere Frau in die Arme und küsste sie auf die Wange. Danach entstand eine unangenehme Pause, in der er Claire normalerweise auf dieselbe Weise begrüßt hätte. Stattdessen warf er ihr ein angespanntes Lächeln zu und stopfte die Hände zurück in die Hosentaschen. „Claire."

„Riley", murmelte sie und zog einen schmächtigen Drachenbaum aus der Kiste.

„Äh, ich glaube, wir sind mit dem Spielplatz fertig. Wir haben noch ein paar Dinge übrig, und man hat mich gebeten, sie hierherzubringen."

Oh, wie sie ihn vermisst hatte. Sie wollte nichts mehr, als sich an ihn zu schmiegen, die Arme um seinen Nacken zu schlingen und Riley einfach festzuhalten.

Zwei Wochen lang hatte sie sich jeden Morgen vorgebetet, dass sie es schon durchstehen würde. Sie hatte ihre Scheidung überlebt, das Ende ihrer Ehe mit ihrer Highschool-Liebe. Da würde sie mit Sicherheit über Riley McKnight hinwegkommen, den sie nur ein paar Mal geküsst hatte.

Warum schmerzte ihr Hals nur so sehr, wieso brannten ihre Augen?

Sie räusperte sich. „Ja, richtig. Wir sammeln Spenden von unbenutztem Baumaterial, von dem sich jeder, der etwas braucht, etwas nehmen kann. Und zwar neben dem Gemeindezentrum bei den Mülltonnen. Soll ich jemanden rufen, der dir beim Abladen hilft?"

„Nein, das geht schon. Danke. Bis später, Ladies."

Er kletterte wieder in seinen Pick-up, fuhr ein Stück rückwärts und steuerte dann auf die andere Seite des Parkplatzes zu.

Claire schaute ihm lange nach, bevor sie sich zwang, ihre Aufmerksamkeit wieder auf den Blumentopf zu richten. Als sie aufsah, zuckte sie zusammen. Katherine beobachtete sie sehr genau, in ihrem Blick lag eine Mischung aus Neugier und Mitgefühl.

„Schade, dass es für unseren neuen Polizeichef so schlecht läuft. Es ärgert mich riesig, dass bestimmte Leute ihm einfach keine Chance geben wollen."

Claire konnte nur hoffen, dass ihr die pure Sehnsucht nicht ins Gesicht geschrieben stand. „Warum sagst du das? Hast du etwas gehört?"

„Ach, so dies und das. Ich habe meine Aufgaben in der Stadtverwaltung nicht komplett ruhen lassen, weißt du. Gestern Abend war ich beispielsweise bei einer Versammlung, bei der unter anderem Personalfragen auf der Tagesordnung standen. Es gab so einige Stimmen, die der Ansicht sind, dass wir uns nach der Probezeit am Ende des Monats von Chief McKnight trennen sollten."

„Unter anderem J. D. Nyman."

„Dass sein Bruder auch im Stadtrat ist, macht es nicht gerade besser. Oder dass Riley sich bei unserem Bürgermeister gerade ganz oben auf der Abschlussliste befindet."

Claire hatte mitbekommen, dass Bürgermeister Beaumont alles versuchte, um seinem Sohn eine Anklage zu ersparen, was ihm niemals gelingen würde, darüber waren sich alle in dieser Stadt einig.

„Das ist nicht fair! Riley ist ein guter Polizeichef."

„Entspann dich, Claire. Ich bin ganz deiner Meinung."

„Er hat nichts *falsch* gemacht."

Sie bemerkte, dass sie den armen Drachenbaum fast zerquetscht hatte, und lockerte hastig den Griff. Ehrlich gesagt dachte sie manchmal, dass es besser wäre, wenn Riley die Stadt wieder verließ. Zumindest müsste sie sich dann nicht immer darüber Gedanken machen, ihm im Supermarkt oder an der Tankstelle über den Weg zu laufen – gleichzeitig wollte sie natürlich auf keinen Fall, dass er entlassen wurde.

„Das ist einfach Kleinstadtpolitik, nichts sonst", entgegnete Katherine. „Ein paar Leute sind noch immer sauer auf ihn wegen einiger Dinge, die er vor Jahren angestellt hat, und die flüstern sie ständig irgendwelchen anderen Abgeordneten ein, die nicht so nachtragend sind."

„Und wie stehen die Dinge?"

„Momentan drei zu zwei, dass er bleiben soll. Der Bürgermeister ist nur abstimmungsberechtigt, wenn es unentschieden ist – sollte jemand bei der Abstimmung fehlen oder sich der Stimme enthalten. Deswegen bin ich auch aus Denver extra hergekommen, damit ich diese Versammlung auf keinen Fall verpasse."

„Ist Riley darüber informiert?", erkundigte sich Claire und riskierte einen weiteren Blick in seine Richtung.

„Ganz bestimmt hat er die Gerüchte gehört."

Hätte er nicht so deutlich gezeigt, dass er nicht mit ihr sprechen wollte, wäre sie zu ihm gegangen, um ihm ein paar aufmunternde Worte zu sagen. Damit er wusste, dass sie noch immer zu ihm hielt, egal, was vorgefallen war. Die ganze Angelegenheit machte sie furchtbar traurig, sie fühlte sich so hilflos.

„Wo sollen die Blumentöpfe hin?", fragte Katherine.

„An die Laternenpfosten auf der Main Street. Du weißt schon, wo vor ein paar Jahren die Haken für die Sommerfest-Fahnen angebracht worden sind. Wir werden jeden zweiten Laternenmast schmücken."

„Das wird wunderschön aussehen, Claire. Was für eine tolle Idee."

Ein paar Männer halfen Riley inzwischen beim Abladen. Kurz darauf fuhr er rückwärts vom Parkplatz und brauste davon. Sie sah ihm einen Moment hinterher, dann widmete sie sich wieder ihrer Arbeit.

„Bleibst du lange genug in der Stadt, um am Dinner und der Benefiz-Auktion teilzunehmen?", wandte sie sich an Katherine.

„Ja. Brodie ist diese Woche bei Taryn in Denver. Ich habe ihm versprochen, die Familie hier zu vertreten. Ist alles vorbereitet? Mary Ella hat gemeint, dass du eine wunderschöne Kette und passende Ohrringe angefertigt hast. Und ich habe gehört, dass Ruth tatsächlich Hope Van Durans Silberkette versteigern lässt. Unglaublich. Ich werde auf jeden Fall mein Scheckbuch mitnehmen."

„Ich hoffe, dass alle anderen Bewohner von Hope's Crossing dasselbe tun werden!"

„War das nicht ein fantastischer Tag?"

Riley blickte auf seine Mutter hinab, die er in den Armen hielt. Sie tanzten zusammen im Ballsaal des Silver-Strike-Hotels zu einer besonders schönen Version von „I've Got You Under My Skin."

Mary Ella sah hübsch aus, obwohl sie dunkle Schatten unter den Augen hatte und ein paar weiße Strähnen mehr im Haar, die im Saallicht funkelten.

Sie trug ein blaues Satinkleid, dasselbe wie schon einmal auf der großen Geburtstagsfeier vor ein paar Jahren, die die Familie in Malibu für Lila und ihre Zwillingsschwester Rose organisiert hatte. Lila war geschieden und eine erfolgreiche Geschäftsfrau in Kalifornien, während Rose einen Dermatologen geheiratet hatte und mit ihm nach Utah gezogen war, wo es offenbar viele junge Menschen mit schlechter Haut gab.

„Ein wunderschöner Abend nach einem herrlichen Tag", sagte Mary Ella.

„Wie könnte er nicht wunderschön sein, wo ich doch mit dem hübschesten Mädchen in ganz Hope's Crossing tanzen darf?"

Mary Ella verdrehte nur die Augen.

„Stimmt doch", meinte er. „Du bist noch immer sehr schön."

Sie lächelte leicht, ihre Finger umklammerten seine Hand fester.

„Wie süß von dir, das zu sagen, mein Sohn."

„Das ist mein Ernst, Mom." Und Hauptsache, er konnte sich irgendwie von Claire ablenken. Immer wenn er sich umdrehte, schien sie zufällig genau in seinem Blickfeld aufzutauchen. Sie sah umwerfend aus in ihrem schwarzen Cocktailkleid, das ihre wunderschönen Rundungen betonte.

Während er jetzt mit seiner Mutter über die Tanzfläche schwebte, entdeckte er Claire auf dem Podium, das für die Versteigerung aufgebaut worden war. Sie strich gerade die Tischdecke glatt, Himmel noch mal, als ob sich nicht mal jemand anderes um dieses Detail kümmern könnte.

Wahrscheinlich war sie den ganzen Tag ohne Unterbrechung auf den Beinen gewesen, trotz Gips. Am liebsten hätte er sie sich geschnappt und sie auf einen Stuhl gedrückt, doch dann rief er sich wieder in Erinnerung, dass Claires Übereifer ihn nichts anging.

Er riss den Blick von ihr los und richtete die Aufmerksamkeit wieder auf seine Tanzpartnerin. „Ma, warum hast du eigentlich nie wieder geheiratet, nachdem Dad uns verlassen hat? Du hast doch bestimmt Angebote bekommen."

Selten nur erwähnte er die dunkle Zeit, in der James McKnight sich davongemacht hatte, und deswegen musterte Mary Ella ihn jetzt überrascht. „Nicht so viele, aber ja, es hätte ein paar Gelegenheiten gegeben."

„Warum hast du sie nicht ergriffen?"

„Dasselbe könnte ich dich fragen. Du bist dreiunddreißig Jahre alt, Riley. Findest du nicht, dass es an der Zeit wäre, dich nicht länger wie ein pubertierender Teenager aufzuführen?"

Sehr wohl hatte er ihren abrupten Themenwechsel bemerkt, schließlich benutzte er diese Taktik oft selbst genug, wenn er einen

Verdächtigen verhörte. Und doch fiel er darauf herein wie der dümmste Kleinkriminelle.

„Das ist unfair", verteidigte er sich aus Reflex. „Ich bin jetzt seit zwei Monaten in Hope's Crossing und habe mit keiner Frau etwas angefangen."

„Zählt Claire etwa nicht?"

Er verpasste einen Schritt und wäre seiner Mutter beinahe auf den Fuß getreten. „Wie hast du … Ich habe nichts mit Claire."

„Zu spät. Du bist nicht halb so clever, wie du denkst. Ich sehe doch, wie du sie immer anschaust."

„Das bildest du dir ein, du verrückte alte Frau." Er hoffte, dass sein Grinsen ungezwungen wirkte. Durch einen Witz konnte er vielleicht davon ablenken, dass er beinahe rot geworden wäre. „Du solltest mal deine Gleitsichtbrille überprüfen lassen."

Sie zwickte ihn in den Nacken.

„Au!"

„Als Strafe dafür, dass du deiner Mutter gegenüber so respektlos bist." Sie zwickte ihn noch einmal. „Und das dafür, was immer du angestellt hast, um Claire zu verletzen."

„Wer sagt, dass ich was angestellt habe?"

„Ich. Du bist der Grund dafür, warum sie seit Tagen so verloren wirkt, stimmt's? Himmel, James Riley. Was hast du dir nur dabei gedacht? Claire ist doch keine von deinen dummen kalifornischen Mädchen."

„Das weiß ich. Glaub mir, das weiß ich", erwiderte er leise.

Seine Mutter starrte ihn mit zusammengekniffenen Augen an. Obwohl er schnell wegschaute, musste sie etwas in seinem Blick entdeckt haben, denn auf einmal rührte sie sich nicht mehr, stand einfach nur wie angewurzelt da auf der Tanzfläche.

Dann legte sie die Hände an seine Wangen, sah ihm tief in die Augen, und nun konnte er den Blick nicht mehr abwenden, auch wenn ihm vollkommen klar war, dass darin all die Trauer und der Schmerz lagen, die ihn innerlich zerfraßen.

„Du liebst sie. Ach du meine Güte."

„Nein", entgegnete er schnell und zog den Kopf zurück. „Du magst also nicht mehr tanzen? Das Lied ist noch nicht zu Ende."

Er hätte einfach eine Doppelschicht schieben sollen, so wie er es eigentlich geplant hatte. Doch dann hatte Katherine Thorne ihm quasi den Befehl erteilt, sich hier zu zeigen. Ob eine halbe Stunde wohl lang genug war?

„Was hast du ihr angetan?", fragte seine Mutter laut genug, dass sie die Aufmerksamkeit von einigen Leuten auf sich lenkten.

„Nichts", sagte er. „Absolut überhaupt nichts. Könnten wir vielleicht ein anderes Mal darüber sprechen?"

„Nein, ich möchte wissen, was du getan hast. Hab ich denn wirklich einen derartigen Idioten großgezogen, der nicht kapiert, dass Claire das Beste ist, was ihm jemals passieren könnte? Gut, sie ist vielleicht etwas älter als deine Frauen normalerweise, aber sie ist tiefgründig und besitzt eine gewisse Reife. Sie ist klug, sie ist schön, und sie ist mitfühlend. Was, in aller Welt, willst du denn noch?"

„Ma, hör bitte auf. Du hast recht. Claire ist fantastisch. Meinst du, das ist mir nicht bewusst? Sie ist einfach perfekt ... und ich bin es nicht."

Sie fixierte ihn mit ihren Blicken, die Augen vor Entsetzen aufgerissen.

„Riley ..."

„Lass es einfach gut sein, Ma, okay? Danke für diesen Tanz."

Er führte sie an den Rand der Tanzfläche, umarmte sie kurz und lief davon, bevor sie all die Gedanken loswerden konnte, die sich unübersehbar in ihrem Kopf zusammenbrauten.

Er musste hier weg. Die vielen Menschen und die Musik gingen ihm auf die Nerven, er brauchte dringend frische Luft. Hastig eilte er in die Hotellobby und trat dann durch die schwere Holztür ins Freie.

Die kühle Bergluft war frisch und roch süß. Wo auch immer er letztlich landen sollte, dieser spezielle Duft – nach Salbei und Pinien und wilder Natur – würde für ihn immer Heimat bedeuten.

Die Jazzmusik war hier draußen immer noch zu hören, aber gedämpft. Riley atmete tief durch und sehnte sich auf einmal nach einer Zigarette. Er hatte nicht mehr geraucht, seitdem er ein rebellischer Teenager gewesen war, und auch nicht vor, jetzt wieder damit anzufangen, doch ab und zu traf ihn dieses wilde Verlangen wie ein Faustschlag in den Magen.

Eine dünne Rauchwolke schwebte auf ihn zu. Zigarre. Teuer. Offenbar verspürte gerade noch jemand dasselbe Verlangen wie er.

Er drehte den Kopf und spähte in die Dunkelheit. Er erkannte nur einen dunklen Schatten, sah das rote Glimmen der Zigarre, und dann trat ein Mann ins Licht des riesigen Leuchters aus ineinander verschlungenen Elchgeweihen.

„McKnight", begrüßte Harry Lange ihn schroff, die Zigarre zwischen den Zähnen.

„Mr Lange", entgegnete er genauso barsch. Er war nicht in der Stimmung, höflich zu sein, vor allem nicht zu diesem missmutigen Mistkerl, dem die halbe Stadt gehörte, die Hotelanlage eingeschlossen. Er sollte einfach weiterlaufen, vielleicht einmal über das Grundstück spazieren, um sicherzugehen, dass Henry Langes Sicherheitssystem auch ordentlich funktionierte.

„Ziemlich großer Erfolg."

Riley seufzte. Er konnte nicht einfach grob zu diesem Mann sein, sosehr er es sich auch wünschte. „Es überrascht mich, Sie hier zu sehen."

„Wieso?", erwiderte Harry brummend. „Nur weil ich denke, dass die meisten Leute in der Stadt Spatzenhirne haben?"

Riley konnte nicht anders, er musste grinsen. Lag es an seinem maßlosen Reichtum, dass Harry Lange so ein Miesepeter war? Oder hatte er sich auch schon so aufgeführt, lange bevor seine Grundstücksverkäufe ihm ein Vermögen eingebracht hatten?

„Ja, so was in der Art. Ich hatte nicht das Gefühl, dass Sie sich gern mit den Leuten von Hope's Crossing abgeben."

Harry zog an seiner Zigarre. „Scheint mir eine gute Sache zu sein, eine Gedenkfeier für dieses tote Mädchen. Ich wollte bei der Versteigerung des Sarah-Colville-Bildes mitbieten. Ich habe bereits einige Gemälde von ihr und würde gern ein paar weitere zu meiner Sammlung hinzufügen. Doch aus irgendeinem Grund weigert sie sich, mir noch eines zu verkaufen, zumindest direkt. Ich schätze, das hier ist eine gute Gelegenheit, ein Bild billig zu erstehen. Die Leute hier haben keine Ahnung, was gut ist, außerdem besitze ich offensichtlich mehr Geld als sonst jemand in der Stadt. Ich rechne also mit einem Schnäppchen."

Eine Benefizveranstaltung zu missbrauchen, um ein Schnäppchen zu machen, war wirklich typisch für Harry Lange. Dieser Mann hatte Unausstehlichkeit zu einer Kunstform erhoben. Auf einmal fiel ihm wieder ein, wie Claire ihm erzählt hatte, dass zwischen Mary Ella und Harry irgendeine Fehde herrschte. Riley konnte sich gut vorstellen, dass Lange extrem nachtragend sein konnte, egal, worum es ging. Allerdings traute er seiner Mutter so etwas nach wie vor nicht zu.

„Das tote Mädchen war die Tochter einer Ihrer Schwestern, oder?"

„Ja. Mauras Jüngste."

„Maura. Das ist die, die den Musiker geheiratet hat, richtig?" In Harrys Stimme lag mehr als die übliche Neugier, wobei Riley sich nicht vorstellen konnte, warum er sich so für seine Familie interessierte.

„Ja. Laylas Vater ist Chris Parker. Der Rockstar."

Maura hatte, was Männer betraf, nie besonders viel Glück gehabt. Sie war auch nur eine weitere McKnight, die das mit den Beziehungen nicht richtig hinkriegte. Als sie mit Sage schwanger wurde, war sie gerade mal siebzehn gewesen und hatte die Identität des Vaters nie verraten. Wer immer dieser Dreckskerl gewesen war, er hatte jedenfalls nicht versucht, für sein Kind aufzukommen – noch ein Grund, warum Riley so wild entschlossen gewesen war, Lisa Redmond zu heiraten. Er hatte doch mit eigenen Augen gesehen, wie schwer Maura und Sage damals zu kämpfen hatten. Auf keinen Fall wollte er einem Kind so etwas antun.

Chris Parker lernte sie dann kennen, als Sage drei oder vier Jahre alt war. Zu dieser Zeit trat Parker mit seiner Rockband an den Wochenenden in Bars und Casinos auf. Die beiden heirateten, blieben aber nur ein paar Jahre zusammen. Layla kam zur Welt, lange bevor Chris auf einmal zu den ganz Großen zählte. Obwohl Maura nie darüber gesprochen hatte, zumindest nicht mit ihm, hatte Riley den Eindruck, dass der Typ sich auf dem Weg nach oben nicht mit einer Familie hatte belasten wollen.

„Ihre Schwester habe ich heute Abend aber nicht gesehen."

„Sie ist nicht gekommen." Maura war noch längst nicht stark genug dafür. Noch immer verloren in ihrem Schmerz, ließ sie niemanden an sich heran.

Harry paffte weiter seine Zigarre. „Ich hätte gedacht, dass sie zumindest kurz auftaucht, um sich zu bedanken. Die Leute hier haben sich eine Menge Arbeit aufgehalst im Gedenken an ihre Tochter."

Es gab nicht sonderlich viele Menschen, die Riley nicht leiden konnte, doch jetzt hätte er Harry Lange am liebsten seine Zigarre in den Hals gestopft. „Sie macht eine schwere Zeit durch", entgegnete er so ruhig wie möglich. „Jeder trauert auf seine eigene Weise."

„Wissen Sie noch, dass ich da war?", fragte Harry nach einem Moment. „Bei dem Unfall? Es gab nichts, was man für das Mädchen noch hätte tun können. Sie war schon tot, ehe ich überhaupt dort ankam. Ich schätze, es ist eine gewisse Erleichterung, dass sie nicht leiden musste."

War das Harrys Art, sein Mitgefühl auszudrücken? Gott sei Dank war Maura *nicht* hier. Sie hätte aus seinen Worten mit Sicherheit keinen Trost gezogen.

„Was hatten Sie überhaupt mitten in der Nacht während des Schneesturms da draußen zu suchen, als sie den Einbruch beobachtet haben?", fragte Riley ihn auf einmal. Darüber hatte er schon öfter nachgedacht, bisher allerdings keine Gelegenheit gefunden, dieser Sache auf den Grund zu gehen.

„Ich war mit meinen Hunden spazieren", antworte Lange knapp.

Das erschien Riley gleichzeitig unlogisch und traurig. Er wusste, dass Lange allein in einem riesigen Haus hier ganz in der Nähe lebte. Seine Frau war vor Jahren gestorben, und soweit Riley im Bilde war, hatte der Mann nie wieder geheiratet. Er hatte einen Sohn, der einige Jahre älter als Riley war und die Stadt gleich nach der Highschool verlassen hatte. Wie man sich erzählte, hatten sich die beiden vorher furchtbar gestritten.

Trotz seines Erfolgs hatte Harry nur noch seine Hunde und war ein verbitterter, einsamer alter Mann geworden.

Nicht, dass er etwa irgendwelche Parallelen zu seinem eigenen Leben ziehen konnte, wie Riley sich selbst schnell versicherte.

„Wir sollten wahrscheinlich wieder rein", meinte er. „Die Musik hat aufgehört, was bedeutet, dass die Auktion bald anfängt. Und Sie wollen doch all den anderen unbedingt dieses Gemälde wegschnappen, oder?"

Der alte Mann schnippte die Asche von seiner Zigarre, in seinen Augen blitzte so etwas wie Belustigung auf. „Wir haben noch Zeit. Das Beste kommt immer zum Schluss. Im Moment versteigern sie wahrscheinlich gerade einen Quilt oder ein Blumengesteck oder irgendeinen anderen Mist. Wie man hört, haben Sie ein paar Probleme mit der Stadtverwaltung."

Riley kratzte sich über der Augenbraue. Er hätte wirklich einfach weitergehen sollen, solange er noch gekonnt hatte. „Wie man hört."

Wahrscheinlich hätte er sich über diese Tatsache ärgern sollen, aber in Wirklichkeit interessierte es ihn wenig. Er dachte sowieso ständig darüber nach, hier wieder zu verschwinden. Die letzten beiden Wochen waren die Hölle gewesen – nur ein paar Häuser von Claire entfernt zu wohnen, ständig an ihrem Laden vorbeizufahren und zu wissen, dass sie so nah und doch unerreichbar für ihn war.

„Ich halte das alles für dummes Gerede, falls es Sie interessiert", fuhr Lange fort. „Dieser J. D. Nyman ist ein kleiner Scheißkerl, das war er schon immer. Einen Mann hinter seinem Rücken schlechtmachen. Was für ein Feigling."

Die Worte überraschten ihn. „Jeder hat ein Recht auf seine eigene Meinung."

„Wahrscheinlich." Lange warf ihm einen prüfenden Blick zu, zog ein letztes Mal an seiner Zigarre und drückte sie dann in einem Aschenbecher aus. „Was nicht heißt, dass seine Meinung irgendwas wert ist."

Riley hatte keine Ahnung, wie er auf diese recht schmeichelhafte, wenn auch unausgesprochene Anerkennung reagieren sollte.

„Nebenbei bemerkt, ich habe nichts dagegen einzuwenden, wie Sie Ihren Job hier machen. Ich war in dieser Nacht dabei. Ich habe gesehen, dass Sie die Verfolgung abgebrochen und das Blaulicht abgeschaltet haben, sobald Ihnen klar wurde, dass die Straßenverhältnisse gefährlich waren. Ich begreife nicht, warum manche Ihnen die Schuld für den Unfall geben wollen."

„Ich … Vielen Dank."

„Anders als bei J. D. Nyman zählt meine Stimme etwas in dieser Stadt. Einer der wenigen Vorteile, wenn man der reichste Mann ist. Die Leute hören einfach hin, wenn ich die Klappe aufreiße. Falls Sie wollen, kann ich diesen Sturköpfen in der Stadtverwaltung klarmachen, dass Sie meiner Meinung nach immer noch der Richtige für diesen Job sind. Das sollte sie zum Schweigen bringen."

Riley suchte fieberhaft nach einer Antwort. „Nun, ich weiß Ihr Angebot zu schätzen, aber um ehrlich zu sein, frage ich mich inzwischen selbst, ob die Position des Polizeichefs überhaupt zu mir passt. Vielleicht wäre es das Beste, wenn ich der Stadtverwaltung den ganzen Ärger erspare und selbst kündige."

Harrys Miene verdüsterte sich. „Ihre Mutter ist bestimmt stolz auf einen Sohn, der wie ein kleines Mädchen davonrennt, sobald es Ärger gibt."

Ja, klar. Jetzt fiel ihm wieder ein, warum Harry Lange von niemandem gemocht wurde. „Warum soll ich nicht dazu stehen, dass ich einen Fehler gemacht habe?", erwiderte er steif. „Vielleicht ist das Leben eines Kleinstadtpolizisten einfach nichts für mich."

Er blickte über Harrys Schulter durchs Fenster und sah, dass die Auktion begonnen hatte. Den Auktionator, der gerade – wie von Lange vorausgesehen – einen Quilt mit einem bunten Stern in der Mitte in die Höhe hob, kannte er nicht.

Claire stand am Rand des Podiums, um die Stücke für die Auktion weiterzureichen. Riley konnte erkennen, dass sie über etwas lächelte, das jemand zu ihr sagte, und es versetzte ihm einen schmerzhaften Stich mitten ins Herz. Er wollte das einfach nicht mehr. Er hatte seine halbe Jugend damit verbracht, sie zu beobachten und zu begehren. Warum sollte er sich als Erwachsener erneut in diese Situation manövrieren?

„Möglicherweise wäre es für alle Beteiligten am besten, wenn ich einfach gehe, damit Hope's Crossing einen Polizeichef bekommt, der besser hierherpasst."

Als Lange nichts entgegnete, drehte Riley sich schließlich zu ihm um. Lange musterte ihn aufmerksam, dann wanderte sein Blick zwischen Riley und dem Auktionspodium hin und her.

„Aah."

Riley starrte ihn finster an. „Was, zum Teufel, heißt hier *aah*?"

„Nichts, mein Junge. Nichts."

„Nein, raus damit. Sie sagten doch vorhin, wie verdammt wichtig Ihre Meinung in dieser Stadt ist. Ich würde sie gern hören."

„Hübsches Mädchen, diese Claire Tatum."

„Bradford", korrigierte er.

Harry schnaubte abfällig, als ob Claires Ehe nichts bedeutete. „Ihre Mutter kann ganz schön nerven, aber Claire ist einer der nettesten Menschen in der Stadt. Ehrlich nett und nicht nur, weil ein anderer Kohle bis zum Abwinken hat."

Darauf wusste Riley nichts zu erwidern. Auf keinen Fall fühlte er sich jetzt besser, was vermutlich auch nicht Harrys Absicht gewesen war. Warum bildete der Typ sich überhaupt ein, dass ihn interessierte, was er über Claire dachte? Erst hatte seine Mutter erraten, was Riley für Claire empfand, und jetzt auch noch ein praktisch Fremder. Stand ihm das Ganze vielleicht verdammt noch mal auf die Stirn geschrieben?

„Schätze, es ist wohl wirklich besser, wenn Sie abhauen. So ein Vollidiot wie Sie verdient kein so nettes Mädchen."

Warum hörte er diesem verrückten alten Mann überhaupt zu? „Vergessen Sie's. Mich interessiert Ihre Meinung doch nicht."

„Weil Ihnen klar ist, dass ich recht habe. Sie verdient was Besseres als einen Blödmann, der schon mit einem Fuß aus der Tür ist. Ich werden Ihnen mal einen kleinen Ratschlag erteilen, Junge."

„Bitte, ich kann's kaum erwarten."

Harry ignorierte seinen Sarkasmus. „Die meisten Leute denken, dass ich alles habe, was man sich wünschen kann. Schickes Haus, wertvolle Gemäldesammlung, genug Geld, um die ganze Stadt zu kaufen, falls ich wollte. Aber ich verrate Ihnen was. Sein Leben lang etwas zu bereuen lässt einen ganz schön verbittert werden. Überlegen Sie sich gut, was Sie aufgeben." Harry richtete sich auf. „Genug gequatscht, ich habe jetzt ein Bild zu ersteigern."

Mit einer abrupten Drehung wandte er sich ab und marschierte zurück ins Hotel. Riley blieb allein zurück, das Echo von Harrys letzten Worten mischte sich unter das Rufen des Auktionators, als die Eingangstür sich öffnete.

Riley starrte in die Nacht und die dunklen Schatten der Berge.

*Überlegen Sie sich gut, was Sie aufgeben.*

Nur all das, von dem er sich nie eingestanden hatte, dass er es wollte. Diese Stadt. Ein Heim, eine Familie.

Claire.

Lange hatte recht. Er war *wirklich* ein Vollidiot.

Sein Vater hatte alles weggeworfen, um seinen Träumen zu folgen. Und inwiefern, zum Teufel, war Riley auch nur einen Deut besser? Er warf seine Träume weg – die Chance, ein wunderschönes, glückliches Leben mit der Frau, die er liebte, zu verbringen –, weil er befürchtete, zu sein wie sein Vater.

Er war *nicht* James McKnight. Das war er nie gewesen. Mit einem Schlag erkannte Riley, dass er der Typ Mann war, der sich eher die rechte Hand abhacken würde, als vor seinen Verpflichtungen davonzulaufen, wie sein Dad es getan hatte.

Es bestand überhaupt keine Gefahr, dass er wie sein Vater wurde. Das hatte er doch die letzten zwanzig Jahre bewiesen. Diese Befürchtung hatte er immer nur als Ausrede vorgeschoben, weil er in Wahrheit Angst davor hatte, verletzt zu werden. Und Angst davor, zu versagen, einfach alles zu vermasseln.

Er hatte Claire erzählt, dass er sie nicht verletzen wolle. In Wahrheit fürchtete er sich vor seiner eigenen Verletzlichkeit, vor diesem überwältigenden Bedürfnis, mit ihr zusammen zu sein, sie lächeln zu sehen und ein besserer Mensch zu werden, nur weil sie an ihn glaubte.

Wieso sollte er Angst davor haben? Claire bedeutete Frieden und Trost. Immer wenn er mit ihr zusammen war, erschien ihm das Leben schöner und bunter.

Er hatte behauptet, dass er ihr nicht noch mehr Schmerz zufügen wollte. Dass er sie eines Tages verlassen würde, so wie James McKnight es getan hatte. Aber warum sollte er so etwas Dummes, Selbstzerstörerisches tun, wenn alles, was er wollte, genau hier war?

# 19. Kapitel

Der Raum war brechend voll. Er konnte keinen einzigen freien Stuhl ausmachen. Claire war bestimmt begeistert über den Erfolg. Auf diese Weise kam vielleicht sogar genug Geld für zwei oder drei Stipendien zusammen.

Da es keinen Platz für ihn gab, lehnte Riley sich mit der Schulter an die Wand und schaute sich suchend um. Er lauschte nur mit einem Ohr den Geboten, die für irgendeine antike Kette abgegeben wurden, entdeckte seine Schwester Angie mit ihrem Mann, wie sie Händchen hielten und einfach glücklich zusammen wirkten. Seine Mutter saß mit Ruth und Katherine ganz vorn und hatte offenbar schon etwas ersteigert, zumindest lag ein kleines Päckchen auf ihrem Schoß. Alex war mit irgendeinem Typen erschienen, den er nicht kannte.

Ein paar freie Sitze waren doch noch vorhanden, wie er schließlich feststellte, in der Nähe des Bürgermeisters und Mrs Beaumont. Die haben vielleicht Nerven, hier aufzutauchen, dachte er, wo sie doch die ganze Zeit versuchten, ihrem Sohn die Konsequenzen für sein Verhalten zu ersparen – das immerhin zum Tod des Mädchens geführt hatte, zu dessen Ehren diese Versteigerung überhaupt abgehalten wurde.

War es ein Zufall, dass die beiden in einigem Abstand zu allen anderen saßen? Laura Beaumont wirkte so gefasst und distanziert wie immer in ihrem Designerkleid, mit perfektem Make-up, eine auffällige Kette um den Hals. Die beiden hatten nebeneinander Platz genommen, ohne dass sich ihre Schultern auch nur berührten, und als sie sich kurz in seine Richtung drehte, entdeckte Riley dunkle Schatten unter ihren Augen, die auch das Make-up nicht ganz verbergen konnte.

Er hatte sich in den letzten Wochen dermaßen über den Bürgermeister geärgert, dass dieses unerwartete Mitgefühl ihn komplett überrumpelte. Ja, der Mann ging mit der Situation vollkommen falsch um, aber wie schrecklich musste es für Laura und William sein, dass ihr Sohn sich seine ganze Zukunft verbaut hatte.

Kinder ließen ihre Eltern immer wieder durch die Hölle gehen. Er war nicht anders gewesen. Ein Wunder, dass seine Mutter überhaupt noch bereit war, mit ihm zu sprechen.

„Ich bitte Sie", sagte der Auktionator gerade. „Denken Sie daran, dass dies ein Teil von Hope's Crossings Historie ist, gefertigt aus Silber, das aus der original Silver-Strike-Mine stammt."

Riley richtete seine Aufmerksamkeit auf die Auktion. Es handelte sich um eine hauchdünne, filigrane Kette auf einem Samtbett.

„Sie haben die Chance, ein Stück Geschichte mit nach Hause zu nehmen. Geboten sind zweitausend Dollar. Höre ich zweitausendeinhundert? Nein? Zum Ersten, zum Zweiten, verkauft an die Nummer fünfundsiebzig für zweitausend Dollar. Sir, kommen Sie bitte aufs Podium, holen Sie Ihr Schmuckstück ab, und geben Sie Ihre Daten unseren netten Assistenten."

Holly Bradford sprang mit einem leisen Schrei auf, umarmte ihren Mann, dann eilten die beiden nebeneinander zum Podium, wo Claire mit der Kette auf sie wartete. Er stand so nah, dass er ihr Gesicht sehen konnte. Sie hatte die Lippen zusammengepresst, und er glaubte, so etwas wie Traurigkeit in ihren Augen wahrzunehmen, war sich allerdings nicht so sicher, ob dieser Eindruck vielleicht nur durch die Beleuchtung hervorgerufen wurde. Zumal sie freundlich lächelte, während Holly sie kichernd in die Arme schloss.

Er konnte zwar nicht hören, was sie sagten, es aber in etwa erahnen, vor allem als Holly sich umdrehte, damit Claire ihr die Kette umlegen konnte.

Claire lächelte freundlich weiter, selbst als die junge Frau ihres Exmannes vor Begeisterung zappelte, und Rileys Kehle schnürte sich zusammen. In diesem Moment liebte er Claire mit einer Heftigkeit, dass er fast keine Luft mehr bekam.

„Unser letztes Schmuckstück des Abends ist diese exquisite handgefertigte Kette, entworfen von der Organisatorin dieses unglaublich erfolgreichen Abends, von unserer Claire Bradford. Leute, bitte eine Runde Applaus!"

Riley klatschte am lautesten, und Claire schaute in seine Richtung. Ihre Blicke trafen sich für einen langen Moment, ihrer vorsichtig, seiner feierlich. Etwas Bedeutendes ging zwischen ihnen vor, unausgesprochen, doch unübersehbar.

Errötend wandte sie sich ab.

Der Auktionator hob die Kette in die Höhe, die ebenfalls auf ein

Samtkissen gebettet war. Er kannte sich nicht besonders aus, aber selbst er konnte erkennen, dass dieses Schmuckstück einzigartig war mit den vielen Farben, die im Licht des Festsaals strahlten, und dem atemberaubenden rosafarbenen Herz in der Mitte.

„Claire hat mir erzählt, dass die Kette aus Edel- und Halbedelsteinen ist, von dem jeder einzelne aus den Bergen von Colorado stammt. Aquamarin, das Juwel des Staates Colorado, außerdem Topas und Turmalin. Ungefähr einhundert Arbeitsstunden sind in diese Kette geflossen – und vergessen Sie nicht, das alles, während die Designerin einen gebrochenen Arm hatte!"

Die Menge applaudierte erneut, und Claire lächelte zugleich unbehaglich und erfreut.

„Claire nennt dieses Schmuckstück *Heart of Hope*. Außerordentlich passend, finden Sie nicht? Beginnen wir mit hundert Dollar. Wer bietet hundert Dollar?"

Riley betrachtete die im Licht funkelnde Kette, dann die Frau, die er liebte und deren Stärke und Schönheit für immer alles andere überstrahlen würden.

Er lächelte, als ihm klar wurde, was zu tun war, trat vor und hob die Hand. „Zweitausendfünfhundert Dollar", rief er.

Alle Blicke richteten sich auf ihn, einige Leute schnappten nach Luft. Doch die interessierten ihn nicht, genauso wenig wie die Tatsache, dass er sich vollkommen albern vorkam, für eine Halskette zu bieten. Alles, was ihn interessierte, war Claire. Sie sah ihn ungläubig an, die Augen riesig und die Lippen leicht geöffnet. Dann schluckte sie, und ihr Gesicht leuchtete förmlich.

„Okay." Der Auktionator zögerte nur eine Sekunde. „Genau das habe ich gemeint, Leute! Der neue Polizeichef macht das ganz richtig. Das Gebot steht bei zweitausendfünfhundert, wer bietet zweitausendsiebenhundertfünfzig?"

„Dreitausend", erklang eine barsche Stimme.

Riley wirbelte herum, nur um festzustellen, dass Harry Lange, der verdammte Bastard, sein Widersacher war. Der alte Mann warf ihm ein großspuriges Grinsen zu, das Riley ihm am liebsten aus dem Gesicht geschlagen hätte.

„Dreitausendfünfhundert", sagte Riley.

„Dreitausendsiebenhundertfünfzig", hielt Lange dagegen.

„Viertausend." Jetzt war er voll bei der Sache. Ihm war klar, dass Harry nicht wirklich an der Kette interessiert war, sondern ihn nur anstacheln wollte. Warum genau, wusste er zwar nicht, das war ihm aber in diesem Moment herzlich egal. Endlich hatte er begriffen, was in seinem Leben wirklich zählte, und war nicht bereit, sich diese Chance von irgendeinem verbitterten alten Mann nehmen zu lassen.

„Wir haben ein Gebot über viertausend. Wer bietet viertausendfünfhundert?"

„Viertausendzweihundertfünfzig", rief Lange.

„Viertausendzweihundertfünfzig zum Ersten, zum Zweiten …"

„Fünftausend", sagte Riley hastig.

Er wartete mit angehaltenem Atem darauf, dass der alte Mann ihn überbot. Riley hatte leider nicht unendlich viel Geld in den Taschen wie Lange. Doch er besaß ein ganz hübsches finanzielles Polster und konnte es sich durchaus leisten, für diesen speziellen Zweck fünftausend Dollar auszugeben. Zumal es im Grunde um ein Stipendium zu Ehren seiner Nichte ging, nicht um Claires Halskette.

Das Schweigen dehnte sich aus, jeder im Publikum schien gespannt darauf zu sein, wie dieses kleine Drama wohl endete.

„Fünftausend zum Ersten, zum Zweiten."

Lange gab sich mit einer kleinen Handbewegung geschlagen, noch immer dieses selbstgefällige Grinsen im Gesicht.

„Und zum Dritten. Verkauft an den neuen Polizeichef für fünftausend Dollar. Chief, kommen Sie doch bitte herauf, und holen Sie das Stück ab."

Während er sich den Weg zum Podium bahnte, hörte er Getuschel darüber, warum der ungebundene Polizeichef wohl fünftausend Dollar für ein hübsches Schmuckstück ausgab.

„Die Kette wird fantastisch zu deiner Dienstmarke aussehen", zog seine Schwester Angie ihn auf, als er an ihr vorbeikam.

Er ignorierte sie genauso wie Alex' Blick aus zusammengekniffenen Augen. Er sah, dass seine Mutter zufrieden lächelte, doch er erwiderte ihr Lächeln nicht, weil er einzig und allein darauf konzentriert war, nach vorne zu gehen und endlich seinen Preis in Empfang zu nehmen.

Und wenn er schon dabei war, konnte er auch noch die Kette einpacken.

Riley schien sich in Zeitlupe auf sie zuzubewegen. Claires Gedanken überschlugen sich.

Fünftausend Dollar für ihre Kette! Das war einfach unfassbar. Sie hatte höchstens mit einem Zehntel davon gerechnet, und tausend

258

Dollar hätten sie geradezu umgehauen. Fünftausend! Warum hatte Riley das getan?

Sie hörte nichts mehr außer ihrem hämmernden Herzen, während Riley sich ihr weiter näherte, die grünen Augen verdunkelt von Gefühlen, die sie nicht so recht deuten konnte. In seinem Smoking sah er wahnsinnig elegant aus – nicht gerade seine übliche Kleidung, aber sie stand ihm hervorragend.

Sie hatte den ganzen Abend über versucht, ihn nicht anzustarren – als er mit seiner Mutter tanzte, als er sich mit Angie kabbelte, als er schamlos mit ein paar alten Damen flirtete, die sie aus ihren Schmuckkursen für Seniorinnen kannte. Aus irgendeinem Grund schien er sich immer genau in ihrem Blickfeld zu befinden.

Jetzt jedenfalls konnte sie einfach nicht mehr wegschauen.

„Hi", murmelte er, als er nur noch ein paar Schritte entfernt von ihr war. Die Auktion ging ohne sie weiter. Was sie betraf, hätte gerade ihr Haus versteigert werden können, es wäre ihr egal gewesen.

Sie räusperte sich. „Du hast viel zu viel dafür bezahlt."

„Da bin ich anderer Ansicht. Es ist immerhin für einen guten Zweck."

Claire war sich viel zu bewusst, dass verschiedene Leute um sie herum – vor allem seine Familie und ihre Mutter – genauso wenig von der Auktion mitbekamen wie sie selbst und sich stattdessen für das Geschehen am Rande des Podiums interessierten.

„Äh, ich habe eine Schachtel, damit du die Kette mit nach Hause nehmen kannst."

„Ich nehme sie einfach so. Eine Schachtel ist nicht notwendig. Vielen Dank."

Er streckte die Hand aus, und sie hatte keine Ahnung, was sie sonst hätte machen sollen. Also überreichte sie ihm die Kette und dachte, wie unpassend all die hübschen glitzernden Steine in seiner großen, männlichen Hand wirkten.

„Dreh dich um", befahl er.

Sie starrte ihn an. „Wie bitte?"

„Dreh dich um, damit ich dir die Halskette umlegen kann."

Sie zogen immer mehr Aufmerksamkeit auf sich, wie Claire bemerkte, während sie wie betäubt einfach nur dastand. Ausgerechnet Harry Lange warf ihnen einen belustigten Blick zu, der beinahe einem Lächeln ähnelte … etwas, was sie bei ihm noch nie erlebt hatte. Merkwürdig. Ruth stierte sie düster an, was weniger überraschend war. Jeff und Holly wirkten beide verblüfft, während Katherine und Mary Ella einander anstrahlten.

„Ich verstehe nicht", sagte sie schließlich.

„Was gibt es da zu verstehen? Ich habe die Kette für dich ersteigert."

„Du hast was?"

„Sie gehört dir. Du hast sie *Heart of Hope* getauft, nicht wahr?", fragte er leise. „Dann ist es nur richtig, dass sie dem Menschen gehört, der tatsächlich das Herz von Hope's Crossing ist."

Sie starrte ihn immer noch an, ihr war klar, dass sie errötete – sogar noch mehr, sowie er hinter sie trat und die Kette öffnete, die sie trug, eine schlichte Perlenkette, die besser als ihr anderer Schmuck zu dem Abendkleid gepasst hatte. Noch mehr Leute drehten sich in ihre Richtung. Selbst der Auktionator schien zu spüren, dass er die Aufmerksamkeit seiner Bieter verloren hatte, und machte eine kurze Pause.

Riley schlang ihr die Kette um den Hals, sie spürte das kühle, weiche Gewicht.

„So", murmelte er. „Perfekt. Absolut perfekt."

Er sprach nicht von der Halskette, so viel stand fest. Fragend schaute sie ihm in die Augen, in seinem Blick lag nichts als Zärtlichkeit.

Er beugte sich vor, um sie auf die Wange zu küssen, hier, vor allen Leuten.

„Du bist perfekt", flüsterte er ihr ins Ohr. „Und jetzt gehören dir meine beiden Herzen."

Claire stieß den Atem aus. Sie wollte so gern glauben, dass das alles wirklich geschah, aber wie? In der Liebe ging es nicht um großartige, romantische Gesten. Liebe war harte Arbeit, war Kampf und Kompromiss. Abgebrochene Äste nach einem Sturm aufzusammeln und ein kaputtes Fahrrad zu reparieren und sich um den anderen kümmern.

Zu ihrer großen Erleichterung schaffte der Auktionator es durch einen witzigen Kommentar, die Aufmerksamkeit des Publikums wieder auf das Auktionsstück zu lenken, nämlich das von Sarah Colville gespendete Gemälde.

„Hast du hier noch zu tun, oder können wir von hier verschwinden und kurz reden?", fragte er.

Claire betrachtete ihre Helfer in dem Komitee, die ihre Aufgaben so gut im Griff hatten. Natürlich hätte sie sich herausreden können, hätte behaupten können, dass sie noch viel zu tun hätte. Und ein Teil in ihr drängte sie, genau das zu machen. Er hatte sie doch erst vor Kurzem so tief verletzt. Was sollte dieses Mal anders sein?

Doch dann dachte sie daran, wie schrecklich die letzten beiden Wochen gewesen waren, die graue Wolke, die über ihrem gesamten Leben hing. Wie es sie innerlich zerfraß, sich vorzustellen, was sie beide zusammen hätten haben können.

Riley hatte bei dem Unfall sein Leben riskiert, um ihres und das ihrer Kinder zu retten. Was für ein Feigling wäre sie, wenn sie sich nun weigerte, auch nur das geringste Risiko für ihn einzugehen?

„Okay", sagte sie schließlich.

Er fasste sie an der Hand und steuerte auf die Tür zu. Claire humpelte hinter ihm her mit ihrem Gips und auf der einen hochhackigen Sandale, die sie an ihrem gesunden Fuß trug. Nach ein paar Schritten bemerkte er ihre Probleme. Er blieb stehen, warf einen Blick auf die Menschenmenge und die Leute, die ihnen nach wie vor gespannt nachschauten, dann hob er sie auf seine Arme, ihr langes Abendkleid flatterte.

Sie hörte lautes Aufatmen und Kichern hinter sich, aber in diesem Moment war Claire alles egal, am liebsten hätte sie laut aufgelacht.

In null Komma nichts hatte er die Lobby durchschritten und trat mit ihr durch die Holztür in die kühle Bergluft. Sterne funkelten am Himmel.

„Das war eine ganz schön romantische Geste, Chief McKnight. Ich bin sicher, da haben mehr als nur ein paar Herzen höher geschlagen."

Er grinste sie an und sah zugleich dunkel und gefährlich und einfach umwerfend aus. „Was soll ich sagen? Ich bin eben ein romantischer Typ."

„Wohin gehen wir?"

„Das wirst du gleich wissen."

Er trug sie noch ein paar Meter weiter, bis sie eine Bank erreichten, von der aus man einen einzigartigen Blick über den Canyon und die Lichter von Hope's Crossing hatte. Sie zitterte ein wenig, und sofort zog Riley sein Jackett aus, um es ihr über die Schulter zu legen.

„Claire", sagte er. Nur das, nur ihren Namen, und dann ließ er die Hand unter sein eigenes Jackett gleiten, presste Claire an sich und küsste sie. Claire vergrub die Finger in seinem Hemd. Oh, hier war der Himmel. Genau hier in seinen Armen. Tränen brannten in ihren Augen, so bittersüß war es, seine zärtlichen Lippen zu spüren.

Sie wollte ihm so gern vertrauen, doch das ging nicht, sie rückte ein Stück von ihm ab und zog ihre Finger weg.

Dann schluckte sie und atmete zitternd durch. „Es tut mir leid, Riley, ich verstehe das nicht. Das letzte Mal hast du mir doch all die Gründe aufgezählt, warum du nicht gut genug für mich bist."

„Die Gründe sind immer noch wahr."

„Und trotzdem sind wir jetzt hier."

Er schwieg einen langen Moment, dann griff er nach ihrer Hand. „Mich haben einige Leute heute Abend wissen lassen, dass sie mich für einen erstklassigen Vollidioten halten."

„Du musst nicht alles glauben, was man dir erzählt", flüsterte sie.

„In diesem Fall hatten sie recht." Er drückte sanft ihre Finger. „Ich bin ein Cop, Claire. Ich bin nie vor schwierigen Situationen davongelaufen. Für jede einzelne Undercoveraktion habe ich mich freiwillig gemeldet, obwohl mir klar war, was auf mich zukommen würde. Ich war bei Geiselnahmen dabei und habe erlebt, wie irgendwelche Verbrecher versucht haben, mich umzubringen. Ich habe dir gesagt, dass ich bei einem schiefgelaufenen Drogendeal angeschossen wurde."

„Und du bist für uns in das eiskalte Wasser des Silver-Strike-Reservoirs getaucht."

Er winkte ab. „Ich müsste lügen, wenn ich behaupte, dass ich in solchen Situationen nicht nervös war. Ich weiß, was Angst ist. Oder zumindest dachte ich, dass ich es wüsste." Er hielt inne. „Nichts hat mich in all diesen Jahren auf das hier vorbereitet."

„Das hier?"

Er schaute ihr fest in die Augen, und sie hielt die Luft an, als ihre Brust sich schmerzhaft zusammenzog. „Nach Hause zu kommen und mich zu verlieben."

Sie starrte ihn an, spürte dieses köstliche Glücksgefühl in sich aufsteigen. „Riley …"

„Ich liebe dich, Claire. Ich habe mit aller Macht versucht, dagegen anzukämpfen, seit ich wieder in Hope's Crossing bin. Hunderte von Gründen habe ich mir einfallen lassen, warum es verrückt wäre, zu glauben, dass das mit uns funktionieren könnte. Und all diese Gründe waren vollkommen logisch. Das sind sie noch immer."

Sie kämpfte das Glücksgefühl in sich wieder nieder und stählte sich innerlich gegen den Schmerz, den er ihr wieder zufügen würde. Aber stattdessen führte er ihre Hand an seine Lippen und küsste ihre Finger.

„Die Sache ist die. Egal, wie weit ich auch weglaufe, irgendwie ende ich immer wieder hier. Heute Abend ist mir klar geworden, dass ich es mir nie verzeihen könnte, wieder wegzulaufen. Ich liebe dich, Claire. Du bist alles, wovon ich immer geträumt habe, alles, was ich je wollte. Ich möchte mit dir leben, hier in Hope's Crossing."

Sie schlug eine Hand vor den Mund. Zwar hatte sie noch nie eine Geiselnahme erlebt und war auch noch nicht von einem Verbrecher angeschossen worden, doch mit Ängsten kannte sie sich aus. Angst bedeutete, zu hören, dass ihr Vater von einem eifersüchtigen Ehemann umgebracht worden war. Zu sehen, wie ihre Mutter in einem Nebel aus Drogen und Alkohol versank. Hilflos danebenzustehen, während ihre Ehe den Bach hinunterging und ihren Kindern das sichere Heim genommen wurde.

Und sich zu fragen, ob sie genug Mumm hatte, um das Geschenk anzunehmen, das er ihr anbot.

Sie holte noch einmal zitternd Atem. „Deine Mutter hat mir einmal gesagt, dass Angst und Mut wie Blitz und Donner sind. Sie beginnen gleichzeitig, nur schlägt die Angst immer zuerst zu. Wenn wir aber lange genug warten, dann wird der Mut, den wir brauchen, bald darauf folgen."

„Meine Mutter ist eine kluge Frau. Sie war übrigens eine von denen, die mich einen Idioten genannt haben, weil ich vor dem Besten, was mir passieren kann, weglaufen wollte."

Und einfach so verlöschte auch noch der letzte Zweifel. Das hier war richtig. Sie liebte diesen Mann, diesen starken, guten, wundervollen Mann, der ihr das Gefühl vermittelte, schön und lebendig zu sein.

Geliebt zu werden.

So wie in der Nacht des schrecklichen, alles verändernden Unfalls, als er sie und ihre Kinder gerettet und ihr tröstende Worte gesagt hatte. Und mit einem Mal wusste sie, dass Riley McKnight alles in seiner Macht Stehende tun würde, damit es ihr gut ging.

Endlich ergab sie sich diesem Glücksgefühl, das die Angst noch überlagert hatte, unbändige Freude jagte durch ihren Körper, hell und pulsierend. Sie beugte sich vor, um ihn zu küssen. „Ich liebe dich, Riley", murmelte sie dicht an seinen Lippen.

Er stöhnte leise auf – ob vor Erleichterung oder Glück, wusste sie nicht –, dann erwiderte er ihren Kuss voller Leidenschaft und zog sie in eine starke, warme Umarmung. „Danke, dass du meine Kette ersteigert hast", meinte sie später. „Sie herzustellen war in den letzten Wochen wie eine Therapie für mich, in vielerlei Hinsicht. Es wäre mir schwergefallen, sie wegzugeben."

„Ich habe große Pläne für diese Kette", murmelte er.

„Hast du?"

„Vergiss nicht, ich habe zwanzig Jahre Claire-Fantasien in mir, die ich Wirklichkeit werden lassen möchte. Und in nicht allzu ferner Zukunft habe ich vor, eine davon auszuleben: du in meinem Bett mit nichts an als dieser Kette."

Bei seinen Worten durchlief sie ein köstlicher Schauer, eine berauschende Hitze erfüllte ihren ganzen Körper. „Das können wir bestimmt arrangieren. Habe ich eigentlich jemals erwähnt, dass ich schon seit vielen Jahren Schmuck fertige? Ich habe unendlich viele Ketten."

Er keuchte leise. „Du bringst mich noch um den Verstand, Claire."

Sie lachten, doch als sie die Zärtlichkeit in seinem Blick sah, wurde sie wieder ernst.

„Es war nicht leicht für dich, dass die andere Kette an Holly ging, oder?", fragte er. „Schade, dass ich nicht rechtzeitig genug da war, damit ich sie auch noch ersteigern konnte."

Sie schaute ihn erstaunt an. „Das ist dir aufgefallen? Dabei habe ich mich so bemüht, mir nichts anmerken zu lassen."

„Ich glaube nicht, dass sonst jemand etwas bemerkt hat."

Kannte er sie denn wirklich so gut? Der Gedanke war überwältigend.

„Es ist ein Familienerbstück, das meine Mutter für die Auktion gespendet hat", erklärte sie. „Es ist eigentlich nicht besonders viel wert, aber historisch betrachtet unbezahlbar für unsere Familie. Jeff weiß das, und er wird gut darauf aufpassen. Vielleicht wird Holly die Kette ab und zu tragen, doch er wird dafür sorgen, dass Macy sie eines Tages bekommt. Und das ist genau das, was ich mir wünsche."

Er schüttelte den Kopf. „Du bist eine unglaubliche Frau, Claire."

„Bin ich nicht. Ich habe viel zu viel Zeit in meinem Leben damit verschwendet, es allen anderen recht zu machen. Für mich war immer das Wichtigste, dass es allen gut ging. Ich wollte nicht so bedürftig wie meine Mutter sein, deswegen habe ich mir eingeredet, dass ich niemanden brauche. Dass ich alles gut allein schaffe. Und jetzt habe ich Angst davor, wie sehr ich dich brauche, Riley."

„Ich werde dich niemals verletzen", versprach er. „Ich schwöre es."

„Ich weiß", entgegnete sie grinsend. „Deine Schwestern und deine Mutter sind meine besten Freundinnen. Ich sehe das so: Wenn du das hier vermasselst, dann kriegst du mächtig Ärger."

Er stöhnte gespielt auf, seine Augen funkelten amüsiert. „Dann muss ich eben einfach dafür sorgen, es nicht zu vermasseln, richtig?"

Es war unfassbar, wie in so kurzer Zeit aus dunkelstem Kummer solch ein berauschendes Glück werden konnte. „Ich sollte wohl besser wieder reingehen. Die Auktion ist gleich zu Ende, und ich muss dafür sorgen, dass die Stühle aufgestellt werden und ..."

Sein Kuss ließ sie alles andere vergessen. Er hatte recht. Sie musste sich nicht mehr länger um alles kümmern. Irgendjemand in Hope's Crossing würde schon für sie einspringen.

Nirgendwo sonst sollte sie jetzt sein, außer in den Armen des Mannes, den sie liebte.

– ENDE –

*RaeAnne Thayne*

# Hope's Crossing:
# Nur die Liebe heilt

Roman

Aus dem Amerikanischen von
Tess Martin

Liebe Leserinnen,

von allen Leuten in Hope's Crossing, die etwas Hoffnung brauchen können, stehen Brodie Thorne und seine Tochter Taryn wahrscheinlich ganz oben auf der Liste. Taryn wurde bei einem Autounfall, der vor einigen Monaten die ganze Stadt erschütterte, schwer verletzt. Es gibt wenig Hoffnung, dass sie sich jemals ganz von ihren Verletzungen erholen wird. Doch wie alle liebenden Eltern auf der ganzen Welt weigert sich ihr alleinerziehender Vater, aufzugeben. Er lässt nichts unversucht, damit seine Tochter ein möglichst gutes Leben führen kann, selbst wenn das bedeutet, um die Hilfe einer Frau zu bitten, die er so sehr ablehnt wie Evie Blanchard.

Evie andererseits möchte nicht wieder in ihr altes Leben als Physiotherapeutin zurückkehren, weil sie genau weiß, wie viel Kraft diese Aufgabe sie kostet. Sie befürchtet, dass Brodie und Taryn die hart erarbeitete Ausgeglichenheit gefährden, die sie durch ihre Arbeit in einem Schmuckladen in Hope's Crossing gefunden hat.

Zusammen mit ihrem geduldigen Hund – und anderen überraschenden Helfern – ist Evie in der Lage, zu Taryn durchzudringen ... und zu Brodie.

Für mich ist dies eine Geschichte über die Heilung von Herzen und Verletzungen, eine Geschichte über Erlösung und Vergebung und darüber, wie man mit Kraft und Vertrauen die Wunden der Vergangenheit heilen kann, um einer helleren Zukunft entgegenzusehen.

Alles Liebe
RaeAnne

*Für alle Lehrer, Pfleger und Ergo-, Sprach- und Physiotherapeuten, die so ein wichtiger Teil unseres Lebens gewesen sind. Danke für die unermüdliche Arbeit, die Kindern hilft, über sich selbst hinauszuwachsen.*

# 1. Kapitel

Es war ein warmer Sommerabend. Die Häuser von Hope's Crossing schmiegten sich zwischen den hohen Bäumen aneinander wie bunte Schmucksteine an einer Kette – ein strahlend lapislazuliblaues Dach hier, eine karneolrote Garage dort, dazwischen das warme Topasbraun des alten Krankenhauses.

Evie Blanchard lehnte sich mit der Hüfte an einen großen Granitfelsen, um tief durchzuatmen. Vom Woodrose-Mountain-Wanderweg aus, der durch einen Kiefernwald oberhalb der Stadt führte, konnte sie die malerischen Gebäude und die farbenfrohen Blumengärten überblicken. Kurz vor Sonnenuntergang an einem Sonntag war die Stadt überaus ruhig – nur ein paar Autos parkten vor der historischen Episkopalkirche, dem ersten Backsteinbau von Hope's Crossing aus einer Zeit, als die Stadt noch eine hektische Bergarbeitersiedlung mit einem Dutzend Saloons gewesen war.

Etwas weiter entfernt, in der Nähe von *Miner's Park*, entdeckte sie noch weitere Wagen, und plötzlich fiel ihr ein, dass heute eine Bluegrass-Band auf der Freilichtbühne im Park auftrat.

Vielleicht hätte sie lieber den Abend bei Musik verbringen sollen, statt den Berg hinaufzujoggen. Es war immer sehr schön, an einem lauen Sommerabend mit Nachbarn und Freunden im Park zu sitzen, gute Musik zu hören, ein Glas Wein zu trinken und sich vielleicht etwas zum Essen aus dem Café zu holen.

Aber nein, das hier war die bessere Wahl gewesen. Sosehr sie diese Open-Air-Konzerte mochte – nach drei anstrengenden Tagen am Schmuckstand beim Kunsthandwerksmarkt in Grand Junction sehnte sie sich nach Ruhe.

Jacques, ihr heller Labradoodle, streckte sich gelangweilt neben ihr auf dem Fußweg aus und schnappte nach einer Fliege, die die Frechheit besaß, um seinen Kopf herumzuschwirren.

„Du kannst einfach nicht verstehen, dass ich auch mal kurz verschnaufen muss, oder?"

Endlich erbarmte er sich der Fliege – sozusagen –, verschluckte sie, zog die Lefzen hoch und schien so stolz zu grinsen, als hätte er einen unglaublichen Trick der Jedimeister angewandt. Dann stellte er sich auf seine großen Pfoten und schaute Evie erwartungsvoll an, offensichtlich begierig auf weitere körperliche Betätigung.

Was sie ihm nicht verübeln konnte. Er war die letzten drei Tage am Stand unendlich geduldig gewesen und verdiente es, einmal richtig zu rennen. Zu dumm nur, dass ihre Pobacken und Beinmuskulatur da nicht mitmachten.

Endlich hatte sie wieder genug Luft, damit sie weiterjoggen konnte. Sosehr ihre Muskeln auch schmerzten, spürte sie doch, wie die Anspannung sich mit jedem Schritt löste.

Früher in Kalifornien war sie gern am Strand gelaufen, die salzige Seeluft im Gesicht, das Hämmern der Schuhe auf dem feuchten Sand und den herrlichen Blick auf den Pazifik direkt vor sich.

Hier war weit und breit kein Meer in Sicht. Nur hohe Kiefern und Espen, weiße Zimthimbeeren und wilde Rosen, ab und zu das grelle Aufblitzen eines Berghüttensängers, der durch die Sträucher flog.

Sie war auch ohne das Schreien der Möwen über ihrem Kopf zufrieden. Zwar liebte sie das Meer noch immer, keine Frage, und manchmal sehnte sie sich danach, irgendwo allein am Strand zu sein und zuzusehen, wie die Brandung ans Ufer rollte. Aber irgendwie war diese Stadt ihre Heimat geworden.

Wer hätte jemals gedacht, dass ein in Kalifornien geborenes und aufgewachsenes Mädchen diese Art von Frieden und Heimatgefühl in einer kleinen Touristenstadt in den Rocky Mountains finden würde?

Tief atmete sie die nach Salbei duftende Luft ein, und die Verspannung wich noch weiter aus ihren Schultern. Hektische drei Tage lagen hinter ihr. Es war der vierte Kunsthandwerksmarkt der Saison gewesen, und bis September standen noch einige auf ihrem Terminplan. Ihre spontane Idee, bei Märkten in ganz Colorado ihren eigenen Schmuck und den einiger Kunden vom *String Fever* – dem Schmuckladen, in dem sie arbeitete – zu verkaufen, lief besser, als sie es sich in ihren wildesten Träumen hätte ausmalen können.

Besonders glücklich über ihren Erfolg war sie, weil alle Mitwirkenden einverstanden gewesen waren, einen Teil der Einnahmen für das Layla-Parker-Stipendium zu spenden.

Layla, die Tochter ihrer guten Freundin Maura McKnight-Parker, war im April bei einem tragischen Autounfall ums Leben gekommen, der ganz Hope's Crossing zutiefst erschüttert hatte.

Auf Kunsthandwerksmärkten auszustellen war aufregend, alles war so bunt und laut und lebendig. Gleichzeitig bedeutete es harte Arbeit, vor allem, da Evie alles selbst erledigte: den Stand aufbauen, die Schmuckauslage dekorieren, die Kunden beraten und die Kreditkartenabrechnungen auflisten. Das alles war eine große Herausforderung.

Am Wochenende musste sie sich mit zwei Diebstählen und dem unvermeidlich darauf folgenden Papierkram herumschlagen Deswegen war dieser Joggingausflug jetzt genau das, was sie brauchte.

Da sie schließlich müde war und ihre Muskeln angenehm brannten, nahm sie eine Abzweigung des Wanderwegs, der zurück in die Stadt führte. Sie hatte in der Eile ihre Trinkflasche vergessen, und auf einmal konnte sie an nichts anderes mehr denken als an einen großen Schluck kaltes Wasser.

Auf ihrem Heimweg, die Sweet Laurel Road runter, kamen sie und Jacques an einigen der älteren kleinen Holzhäuser vorbei, die gebaut worden waren, als die Stadt noch neu gewesen war. Evie entdeckte Caroline Bybee – die drahtigen grauen Zöpfe von einem großen Strohhut bedeckt –, die gerade ihre prächtigen Blumen goss.

Die Luft roch nach Sommer, nach Grillfleisch, gebratenen Zwiebeln und frisch gemähtem Gras, wie immer mischte sich zu all dem der Duft von Kiefern und Salbei.

Sie erreichte die steile Main Street, lief an den Geschäften vorbei und steuerte auf ihre kleine Zweizimmerwohnung über dem *String Fever* zu. Sie war hungrig und müde und wollte nur noch die Füße hochlegen, ein gutes Buch lesen und eine Tasse Tee trinken.

Das *String Fever* befand sich in einem zweistöckigen Backsteingebäude, das einmal das berüchtigtste Bordell der Stadt gewesen war. Evie bog in eine kleine Gasse ein, über die sie direkt zu dem hübschen, eingezäunten Garten hinter dem Laden gelangte. Die verwitterten Backsteine leuchteten in der Abendsonne.

Jacques bellte einmal scharf auf, als sie das Holztor erreichten. Der Garten war gerade groß genug für ein Blumenbeet, ein Stückchen Rasen und einen Tisch mit vier Stühlen, an dem die Mitarbeiter vom *String Fever* ihre Pausen verbringen oder die Kinder von Claire Bradford – künftige Claire McKnight – ihre Hausaufgaben machen konnten, während ihre Mutter arbeitete.

Sie musste sich wirklich eine größere Wohnung suchen, in der Jacques mehr Platz hatte. Bei ihrem Einzug in das Apartment über dem

Laden hatte sie nicht geplant, einen Hund zu halten, geschweige denn einen derart großen wie Jacques. Sie hatte ihn nur für ein paar Wochen bei sich aufnehmen wollen, bis das Tierheim einen Besitzer für ihn gefunden hatte. Aber dann hatte sie sich in diesen großen, freundlichen Hund mit dem so unpassenden Pudelfell verliebt.

„Ganz langsam, du verrückter Hund! Wahrscheinlich bist du genauso durstig wie ich. In einer Minute kann ich dich von der Leine lassen."

Sie trat durch das Gartentor und erstarrte, da Jacques einen Mann anbellte, der auf einem der Gartenstühle saß. Im Schatten des Sonnenschirms konnte sie die Gesichtszüge des Fremden nicht erkennen. Ihr Herzschlag schien einen Moment auszusetzen.

Früher in L. A. hätte sie in solch einer Situation das Pfefferspray gezückt und mit dem Zeigefinger der anderen Hand bereits die letzte 1 der Notrufnummer 911 gedrückt. Nur für den Fall.

Doch hier in Hope's Crossing erschrak sie zwar, wenn ein fremder Mann im Halbdunkeln auftauchte, wurde allerdings nicht panisch. Noch nicht.

Sie kniff die Augen etwas zusammen und erkannte ihn auf einmal – was ihre inneren Alarmglocken laut aufschrillen ließ. Lieber hätte sie sich mit einem halben Dutzend mit Messern bewaffneten Verbrechern angelegt, als Brodie Thorne gegenüberzustehen.

„'n Abend", begrüßte er sie und erhob sich.

Jacques zerrte an seiner Leine, was er normalerweise nicht machte. Weil Evie damit nicht gerechnet hatte, glitt ihr die Leine durch die Finger, und Jacques nutzte seine frisch gewonnene Freiheit, um begeistert auf den Mann zuzurennen.

Sie konnte nicht einmal rechtzeitig „Sitz" rufen, bevor er Brodie erreicht hatte. Nach allem, was sie von Brodie wusste, rechnete sie damit, dass er den Hund von sich schieben würde, verbunden mit einem unhöflichen Kommentar nach dem Motto, sie habe ihren Hund nicht im Griff. Doch er überraschte sie, indem er anfing, den Hund zwischen den Ohren zu kraulen.

Sie wollte nicht, dass er nett zu Hunden war. Das passte nicht zu ihm und dem Bild, das sie von ihm hatte.

Ihre Bekanntschaft mit Brodie hatte schon holprig begonnen, als sie vor zwei Jahren eine E-Mail-Freundschaft mit seiner Mutter Katherine in einem Schmuckforum geschlossen hatte, die dazu führte, dass Evie nach Hope's Crossing zog, um im *String Fever* zu arbeiten. Diesen Laden hatte Katherine vor Jahren eröffnet und irgendwann an Claire Bradford verkauft.

Seine Mutter war eine gute Freundin geworden, die Evie geholfen und unterstützt hatte, eine sehr dunkle Zeit zu überstehen. Evie hatte ihr unendlich viel zu verdanken. Höflich zu ihrem unfreundlichen Sohn zu sein war wohl das Mindeste, was sie tun konnte, zumal Brodie im Augenblick selbst mit großen Problemen zu kämpfen hatte.

„Tut mir leid. Warten Sie schon lange?", fragte sie nach einer unangenehm langen Pause.

„Etwa zehn Minuten. Ich wollte Ihnen schon eine Nachricht hinterlassen."

Sie hatte wenig Lust, mit ihm zu sprechen, zumal sie wahnsinnigen Durst hatte. „Entschuldigen Sie, aber ich habe vergessen, meine Trinkflasche einzupacken, und bin am Verdursten. Haben Sie noch einen Moment Zeit?"

„Sicher."

„Möchten Sie hinaufkommen oder hier auf mich warten?"

„Ich komme mit."

Sie hätte anders fragen sollen. *Wie wäre es, wenn Sie hier einen Moment warten und sich verdammt noch mal aus meinem Privatleben raushalten?* Nun war es wohl zu spät, die Einladung zurückzunehmen.

Sie stieg vor ihm die enge Treppe hinauf, sich bei jedem Schritt deutlich bewusst, dass er ihr folgte. Auf einmal wurde ihr klar, dass sie die Nähe eines Mannes nicht mehr gewohnt war. Gut, sie hatte inzwischen ein paar Verabredungen in Hope's Crossing gehabt, allerdings war nie etwas Ernsthaftes daraus geworden. Und keinen dieser Männer hätte sie in ihr persönliches Heiligtum eingeladen.

Die meiste Zeit war sie von Frauen umgeben. Sie arbeitete in einem Perlenladen, Himmel noch mal, einem Ort, der nicht gerade vor Testosteron strotzte. Wenn sie jemals wieder eine Beziehung haben wollte, würde sie sich etwas einfallen lassen müssen. Jetzt, wo sie ein gewisses Maß an Ruhe nach den schwierigen letzten beiden Jahren gefunden hatte, war es vielleicht wirklich an der Zeit, in dieser Hinsicht etwas zu unternehmen.

*Falls* sie irgendwann wieder ernsthaft daran denken sollte, sich auf dem Markt umzusehen, dann würde ihr der Name Brodie Thorne jedenfalls garantiert nicht in den Sinn kommen, *obwohl* er großartig aussah – wenn man auf diesen verführerischen, dunkelhaarigen Geschäftsmann-Typ stand.

Was bei ihr nicht der Fall war.

Sie nahm den Hausschlüssel aus der kleinen Tasche im Bund ihrer Jogginghose und schloss die Tür auf. Dann zuckte sie zusammen. Sie hatte das Durcheinander vergessen, das sie hinterlassen hatte, als sie gleich nach ihrer Rückkehr zum Joggen aufgebrochen war. Einen Berg von Kartons und Taschen und Koffern. Sie hätte Brodie wirklich mit Jacques unten im Garten warten lassen sollen.

Brodie zog eine Augenbraue angesichts des Chaos hoch – oder vielleicht auch wegen ihres ungewöhnlichen Einrichtungsstils – und der nicht zusammenpassenden Möbel: Berge von Kissen, zarte Vorhänge an den Fenstern und perlenbesetzte Lampenschirme, die sie in einer langen Winternacht gebastelt hatte. Viel schlichter als ihr Heim in Topanga Canyon oder ihr Elternhaus, eine große Villa in Santa Barbara. Aber ihr gefiel es.

Brodie lebte in einem riesigen Designerhaus aus Zedernholz und Glas oben am Canyon High, und sie konnte sich sehr gut vorstellen, was er von ihrem bescheidenen Apartment hielt. Und die Tatsache, dass sie sich auch nur einen Moment lang dafür schämte, machte sie wütend. Wütend auf sich und ungerechterweise auch auf ihn.

„Entschuldigen Sie das Durcheinander! Ich bin erst vor einer Stunde von einem Kunstmarkt in Grand Junction zurückgekommen und habe nur schnell mein Auto ausgeräumt."

Sie schob den Koffer aus dem Weg, damit sie ins Wohnzimmer gehen konnten, und unverzüglich schien das Zimmer auf halbe Größe zu schrumpfen. Nur gut, dass sie Jacques unten gelassen hatte, mit den beiden großen männlichen Wesen in der kleinen Wohnung wäre kaum genug Luft zum Atmen geblieben.

„Kein Problem."

Er betrat das Zimmer, blieb allerdings stehen. Für einen Mann, der normalerweise so selbstbewusst war, dass es schon an Arroganz grenzte, wirkte er aus irgendeinem Grund merkwürdig unsicher. Sie konnte selbst nicht sagen, weshalb sie diesen Eindruck hatte. Vielleicht lag es an seiner angespannten Haltung oder dem wachsamen Blick in seinen Augen.

Sie musste schlucken, und nun fiel ihr auch wieder ein, warum sie ihn überhaupt in ihre Wohnung eingeladen hatte. Weil sie am Verdursten war. Sie steuerte auf den Kühlschrank der offenen Küche zu und nahm den Wasserkrug heraus. „Kann ich Ihnen etwas anbieten? Wasser? Eistee oder eine Cola?"

„Nein danke."

Sie warf die Tür zu, goss sich ein Glas ein und trank einen tiefen, köstlichen Schluck.

Wieso nur war Brodie in ihrer Wohnung und wirkte so nervös? Seit sie in Hope's Crossing lebte, hatten sie nur wenige Worte miteinander gewechselt. Meistens waren sie bei irgendwelchen öffentlichen Anhörungen aufeinandergetroffen, wo sie sich gegen seine Pläne ausgesprochen hatte, diesen pittoresken Ort in eine schlechte Kopie jeder anderen Stadt zu verwandeln.

Ein Privatbesuch passte überhaupt nicht zu ihm.

Womit hatte sie ihn so sehr verärgert, dass er sie zu Hause aufsuchte? Wegen der vielen Kunstmärkte war sie doch in diesem Sommer nur selten in Hope's Crossing gewesen. Vielleicht war er noch immer sauer, da sie bei der Planungskommission gegen eines seiner Bauprojekte gestimmt hatte, das sie persönlich für eine Verschandelung der Umwelt hielt.

Sie wurde sich plötzlich ihres verschwitzten T-Shirts und der engen Jogginghosen bewusst und der Tatsache, dass sie ihm vorhin auf der Treppe einen ungehinderten Blick auf ihren Hintern erlaubt hatte.

Um sich das Unbehagen nicht anmerken zu lassen, hob sie ihren Pferdeschwanz etwas an und fächelte sich Luft zu. Im Zimmer war es so heiß wie in einer Sauna. Schnell stellte sie ihr Glas auf der Küchentheke ab und ging zum Fenster, um es zu öffnen. Das hätte sie eigentlich tun sollen, bevor sie mit Jacques losgelaufen war.

„Haben Sie keine Klimaanlage?"

Evie zuckte mit den Schultern und verspürte sofort das Bedürfnis, ihre Arbeitgeberin und Vermieterin – vor allem aber gute Freundin – zu verteidigen. „Claire hatte angeboten, eine einzubauen, aber das wollte ich nicht. Ein Ventilator reicht mir normalerweise, und ich kann mich jederzeit in den Garten setzen, wenn es hier zu stickig wird."

Sie stellte den Ventilator an. Die Luft, die er verteilte, war zwar nicht gerade kühler, aber zumindest fühlte sie sich jetzt im Raum etwas weniger drückend an.

„Ich gehe allerdings davon aus, dass Sie nicht hier sind, um über mein Raumklima zu sprechen, Brodie."

Er schaute durch das Fenster in die dunkler werdende Abenddämmerung. Seine Gesichtszüge waren angespannt, als ob er sich für etwas besonders Unangenehmes bereit machte, und so langsam wurde sie nun doch neugierig.

„Ich möchte Ihren Service in Anspruch nehmen."

Okay. Sie blinzelte. Das Gebäude war zwar in den wilderen Zeiten der Stadt mal ein Bordell gewesen, dennoch war sie sich fast sicher, dass Brodie das nicht so meinte, wie es geklungen hatte.

Davon abgesehen fand sie es nicht gerade erfreulich, dass ihr bei der Vorstellung ein warmer Schauer über den Rücken lief.

Sie trank einen weiteren Schluck Wasser. „Möchten Sie ein Schmuckstück kaufen? Ein Geschenk für Taryn?"

„Es betrifft Taryn, ja. Doch es geht nicht um Schmuck." Wieder blitzte eine Art Unbehagen in seinen Augen auf, das er aber schnell wegblinzelte. „Sie haben offenbar noch nicht mit meiner Mutter gesprochen, oder?"

„Nein. Nicht, seit ich am Donnerstag weggefahren bin."

„Dann wissen Sie es wahrscheinlich noch nicht. Taryn kommt nach Hause."

Etwas von ihrer Anspannung verschwand. „Oh Brodie. Das ist fantastisch!"

Auch wenn sie den Mann nicht ausstehen konnte, so war sie doch froh über diese großartige Neuigkeit. „Das ging nun aber doch schnell. Wie erstaunlich! Vergangene Woche hatte Ihre Mutter noch gesagt, dass Taryn noch mindestens ein paar Monate in der Reha bleiben müsste. Wie schön für Sie, dass sie derartige Fortschritte macht!"

„Sollte man denken."

Bei seinem Tonfall runzelte sie die Stirn. „Finden Sie nicht?"

„Das würde ich gerne."

„Der Unfall ist schon mehr als drei Monate her. Sind Sie denn nicht überglücklich?"

„Ich bin glücklich, dass meine Tochter nach Hause kommt. Selbstverständlich", antwortete er knapp.

„Aber?"

Langsam stieß sie den Atem aus und verlagerte das Gewicht. „Die Rehaklinik wirft sie mehr oder weniger hinaus."

„Das kann ich mir nicht vorstellen."

„Natürlich nennen sie es anders. Die freundliche Umschreibung lautet vielmehr, dass es an der Zeit sei, Taryn woanders unterzubringen."

„Warum in aller Welt sollten sie so etwas sagen?"

„Die Ärzte und Physiotherapeuten von *Birch Glen* sind zu der Ansicht gelangt, dass sie Taryn nicht mehr weiterhelfen können. Sie arbeitet nicht mehr mit, es ist sogar so schlimm geworden, dass sie sich weigert, weiter zur Therapie zu gehen."

„Aber es ist die Aufgabe der Ärzte, Taryn weiter zu motivieren."
Evie wusste, wovon sie sprach, immerhin hatte sie fast zehn Jahre als Physiotherapeutin gearbeitet. Zahllose Male hatte sie gedacht, bei einem Patienten die Grenze erreicht zu haben, nur um dann eine neue Übung oder Dehnung zu entdecken, die alles veränderte.

„Das sollte man meinen. *Birch Glen* ist die angesehenste Rehaklinik in ganz Colorado. Angeblich gibt es eine ellenlange Warteliste von Patienten, die auch wirklich Hilfe annehmen wollen. Es ist kein böser Wille, allen tut es wirklich sehr leid. Und so weiter, bla, bla, bla. Der Direktor denkt, dass *Birch Glen* Taryn so weit unterstützt hat, wie sie es zulässt, und dass sie mit den Mitarbeitern einer anderen Klinik vielleicht besser zurechtkommt."

Das konnte Evie verstehen. Manchmal passten Patienten und Therapeuten einfach nicht zusammen, egal, wie sehr sie sich bemühten. „Das muss sehr schlimm für Sie sein – und vor allem für Taryn. Es tut mir so leid, Brodie. Ich habe von einigen exzellenten Rehakliniken in der Gegend um Denver gehört. Vielleicht gibt es dort Therapeuten, die Ihre Tochter besser anspornen können."

„Sollte man meinen, nicht wahr? Aber hier geht es um ein fünfzehnjähriges Mädchen, das schwere Hirnverletzungen erlitten hat. Sie verhält sich nicht rational."

„Spricht sie inzwischen?" Von Katherine hatte sie erfahren, dass das Mädchen sich weigerte zu reden, da jedes Wort ein Kampf zu sein schien.

„Ihre Sprache ist besser geworden. Nun, zumindest besser als am Anfang. Sie konnte jedenfalls ganz eindeutig klarmachen, dass sie nach Hause möchte. Das war's. Sie will einfach nur nach Hause." Er seufzte. „Sie hat gesagt, dass sie auch nirgendwo sonst mitarbeiten würde – nicht mal in der besten Rehaklinik des ganzen verdammten Landes. Alles, was sie möchte, ist nach Hause zu kommen nach Hope's Crossing."

Er wirkte so verzweifelt, dass sie Mitleid mit ihm hatte. Gut, sie konnte ihn nicht ausstehen und fand ihn arrogant und humorlos. Aber es war auch nicht gerade leicht, ihren ersten – und zweiten und dritten – Eindruck von ihm mit dem Bild dieses hingebungsvollen Vaters in Einklang zu bringen, der in den letzten drei Monaten alles dafür getan hatte, dass seine Tochter wieder gesund wurde.

„Sie hat praktisch einen Tobsuchtsanfall wie eine Dreijährige gekriegt", fuhr er fort.

„Sie ist durch die Hölle gegangen."

„Genau. Und sosehr ich ihre Wünsche am liebsten ignorieren und einfach eine andere Klinik für sie suchen würde, muss ich darauf hören, was sie uns sagt. Sie macht keine Fortschritte mehr, und einige Therapeuten haben vorgeschlagen, dass wir uns darauf einlassen, was sie möchte. Sie nach Hause holen und dort eine Therapie beginnen."

Jetzt dachte sie an seine Worte: *Ich möchte Ihren Service in Anspruch nehmen* – und auf einmal fielen alle Puzzleteilchen an ihren Platz.

„Und warum sind Sie hier?", fragte sie, sich noch an die Hoffnung klammernd, dass sie sich täuschte.

Er wirkte, als würde er sich lieber eigenhändig sämtliche Fußnägel herausreißen, als hier in ihrem Wohnzimmer zu stehen und sie um einen Gefallen zu bitten.

„Das war eigentlich die Idee meiner Mutter. Bestimmt haben Sie eine Ahnung davon, wie viel Pflege Taryn benötigt, wenn wir sie nach Hause holen. Sie wird eine Krankenschwester brauchen und ein umfangreiches Rehaprogramm. Physio-, Ergo- und Sprachtherapie. Sie kann – oder will – noch immer nicht mehr als einen oder zwei Schritte allein gehen. Sie kann ihre Hände nur eingeschränkt benutzen, vor allem die linke. Im Moment hat sie sogar Probleme, allein zu essen. Die Ärzte sind sich nicht sicher, welche Fähigkeiten – wenn überhaupt – sie zurückgewinnen kann."

Hirnverletzungen konnten grausam und unberechenbar sein. Von einer Sekunde auf die andere wurde aus einem gesunden, lebhaften Mädchen, das gerne Snowboard fuhr, sich mit seinen Freunden traf und im Cheerleader-Team war, ein vollkommen anderer Mensch – womöglich für immer.

Er steckte die Hände in die Taschen. „Die Leute von *Birch Glen* haben mir erklärt, dass ich jemanden brauche, der die Pflege von

Taryn koordiniert. Jemanden, der mit den ganzen Therapeuten und Pflegern zusammenarbeiten kann und dafür sorgt, dass sie alle Hilfe erhält, die sie benötigt."

Evie wappnete sich gegen das, was er als Nächstes sagen würde. Sie musste an ein anderes Mädchen und diese schrecklichen Wochen und Monate nach dessen Tod denken, und alles in ihr schrie Nein. Nie wieder wollte sie so etwas durchmachen.

„Meine Mutter hat sofort Sie vorgeschlagen. Sie wären perfekt für die Aufgabe. Und ich bin hier, um Sie zu bitten, es sich zu überlegen."

Da war es. Sie sog den Atem ein und schluckte den Kloß hinunter, der sich in ihrer Brust zusammenzuballen schien.

„Ich arbeite jetzt in einem Schmuckladen", erwiderte sie leise.

„Aber Sie sind ausgebildete Physiotherapeutin. Meine Mutter meinte, dass Sie nach Ihrem Umzug auch die Zertifizierung für Colorado beantragt haben."

Wenn das mal nicht eine ihrer dümmeren Ideen gewesen war. Sie hatte es mehr oder weniger als Herausforderung betrachtet und einfach herausfinden wollen, ob sie die Zertifizierung bekommen würde. Außerdem war das offizielle Papier nützlich für den Fall, dass irgendjemand Einwände gegen ihre freiwillige Arbeit für das lokale Seniorenzentrum hatte. Jetzt allerdings bereute sie diesen Schritt zutiefst.

„Nur weil ich etwas Bestimmtes kann, heißt es noch lange nicht, dass ich es auch *tun* will."

Du meine Güte, sie klang vielleicht zickig. Warum brachte er das Schlimmste in ihr zum Vorschein?

Sein sowieso schon kalter Blick wurde eisig. „Weshalb nicht?"

Aus Hunderten von Gründen. Tausenden. Ihre Gedanken wanderten zu Cassie und diesen schrecklichen Tagen und zu dem schwer erkämpften inneren Frieden, der ihr seither über alles ging.

„Ich arbeite jetzt in einem Schmuckladen", wiederholte sie. „Ich habe meinen alten Beruf an den Nagel gehängt. Und ich habe Verpflichtungen. Neben meiner Arbeit für Claire habe ich auch verschiedene andere Projekte angenommen, ganz zu schweigen von einem weiteren Kunstmarkt im August. Ich kann Ihnen Ihre Bitte unmöglich erfüllen."

„*Nichts* ist unmöglich. Das ist nicht nur ein verdammter Slogan."

Er trat näher. Evie musste gegen den Drang ankämpfen, zurückzuweichen. „Wir sprechen hier über meine Tochter", entgegnete er brummend. „Nach dem Unfall glaubte kein einziger Arzt, dass Taryn ihre Hirnverletzungen überleben könnte. Als sie all die Wochen im Koma lag, haben mich manche sogar dazu gedrängt, die lebenserhaltenden Maschinen ausschalten zu lassen. Es gebe für sie keine Chance, jemals ein normales Leben zu führen, sagten sie. Sie sei nichts als eine leere Hülle. Doch das ist sie *nicht*. Da drinnen ist noch immer die dickköpfige Taryn von früher!"

Die Liebe zu seinem Kind rührte Evie an. Aber das bedeutete noch lange nicht, dass sie sich deswegen von ihm überreden lassen würde.

„Ich mache das nicht mehr, Brodie. Vielleicht kann Ihnen die Klinik jemanden aus der Gegend empfehlen, der Ihnen helfen kann."

„Ich zahle Ihnen, was immer Sie verlangen."

Dann nannte er einen Betrag, bei dem sie blinzeln musste. Einen winzigen Moment lang stellte sie sich vor, wie sie das Geld zwischen dem Layla-Parker-Stipendium und der Stiftung, die sie in Kalifornien unterstützte, aufteilen würde.

Nein. Der Preis, den sie bezahlen müsste, war einfach zu hoch.

„Es tut mir leid", erklärte sie. „Doch ich gehöre nicht mehr in diese Welt."

„Aus freiem Willen."

„Richtig. Aus freiem Willen."

Sein Blick – diese Augen, blau wie schillernder Achat – fixierte ihr Gesicht. „Bedeutet es Ihnen denn gar nichts, dass ein junges Mädchen Ihre Hilfe benötigt? Sie könnten ihr Leben verändern. Ist das denn nichts?"

Oh, das war einfach nicht fair. Woher kannte dieser verflixte Mann ihre verwundbarste Stelle?

Allerdings würde sie sich von ihm keine Schuldgefühle einreden lassen. „Sie müssen jemand anders finden", wiederholte sie.

„Und wenn ich Ihr Honorar um zwanzig Prozent erhöhe?"

„Es spielt keine Rolle, wie viel Sie mir anbieten. Hier geht es nicht um Geld. Sie sollten wirklich nach jemandem mit mehr Erfahrung suchen."

Jegliche Höflichkeit in seinem Ausdruck verschwand. Jetzt wirkte er nur noch verärgert. „Ich habe meiner Mutter gesagt, dass Sie es nicht tun würden. Niemals hätte ich jemanden wie Sie um Hilfe bitten sollen. Tut mir leid, dass ich meine und Ihre Zeit verschwendet habe."

Und da war er wieder, der arrogante Mistkerl. *Jemanden wie Sie.*
Was hatte das zu bedeuten? Jemand, der dagegen kämpfte, dass der
Charme von Hope's Crossing den üblichen Fast-Food-Restaurants
und Kaufhäusern weichen musste? Jemand, der ein soziales Gewissen
hatte?

„Nächstes Mal sollten Sie gleich auf Ihr Bauchgefühl hören", fuhr
sie ihn an.

„Es wird kein nächstes Mal geben. Da können Sie verdammt sicher sein."

Er marschierte zur Tür, riss sie auf und stürmte die Treppe hinunter.

Nachdem er verschwunden war, presste Evie die Hand auf ihren
plötzlich schmerzenden Magen. Wahrscheinlich hatte sie nur Hunger.
Schließlich hatte sie außer einem Sandwich vor sechs Stunden noch
nichts gegessen.

Sie sank auf einen Stuhl. Nein, es lag nicht am Hunger. Sondern
an Brodie Thorne. Der Mann hatte sie nervöser gemacht als ein
ganzes Zimmer voller Anwälte.

Vielleicht hätte sie zustimmen sollen. Sie mochte Katherine und
stand tief in ihrer Schuld. Und Brodie hatte recht. Trotz des Alters-
unterschieds kannte sie Taryn gut. Sie war regelmäßig ins *String Fever* gekommen, ein Mädchen mit den Träumen und Plänen und den
typischen Ängsten eines Teenagers.

Sie wollte ihr helfen, aber wie sollte das funktionieren? Es würde
sie einfach viel zu viel kosten. Seit sie nach Hope's Crossing gezogen war, hatte sie hart dafür gearbeitet, ein besseres Leben zu
führen als zuvor. Als sie verloren und voller Trauer gewesen war.
Ausgelaugt.

Sie wusste um ihre eigenen Grenzen, hatte sie auf eine harte Weise
erkennen müssen. Wenn sie mit Patienten arbeitete, dann gab sie alles, was sie hatte – all ihre Energie, Kraft, Leidenschaft. Sie verlor
jegliche professionelle Distanz, jegliche Objektivität.

Nach Cassies Tod und ihrem eigenen Zusammenbruch war ihr
klar geworden, dass sie einfach nicht länger in diese Welt gehörte,
ganz egal, wie viele Menschen sie dadurch enttäuschte.

Brodie musste den letzten Rest seiner Selbstbeherrschung aufbringen, um die Tür nicht hinter sich zuzuknallen. Dann stapfte er
die Treppe hinunter in den Garten hinter der Wohnung.

Er war so wütend, dass er am liebsten ein paar Blumen herausgerissen hätte. Oder jede verdammte einzeln. Ihr Hund – halb Pudel, halb Labrador und genauso komisch wie sie – wedelte zur Begrüßung bellend mit dem Schwanz. Brodie kraulte ihn zwischen den Ohren, stieß den Atem aus, und etwas von seiner Anspannung löste sich auf.

Allerdings nur etwas, nicht alles. Was zum Teufel sollte er jetzt machen? Gut, wahrscheinlich war er zu naiv gewesen, aber er hätte niemals gedacht, dass sie tatsächlich Nein sagen würde.

Welch eine Ironie! Er hatte diese Frau sowieso nicht für Taryns Pflege engagieren wollen. Seine Mutter hatte er für verrückt gehalten, als sie ihm Evie Blanchard vorgeschlagen hatte, nachdem der Direktor der Birch-Glen-Klinik – damals noch sehr vorsichtig – angedeutet hatte, dass die Behandlung für Taryn möglicherweise nicht die richtige war.

Evie Blanchard hatte eine Schraube locker. Sie trug ihr langes, blondes Haar offen oder in Zöpfen, zog offenbar lieber Sportsandalen als hohe Schuhe an und hatte immer irgendein auffälliges, vermutlich selbst gebasteltes Schmuckstück um. Meistens sah man sie in fließenden, blumigen Kleidern, als wäre sie eine Art Mutter-Erde-Hippie. Allerdings wusste er nun, dass sie manchmal auch unglaublich enge Sporthosen trug. Durch seinen Körper ging ein kleiner Ruck bei der Erinnerung daran – sehr zu seinem Ärger.

Er *wollte* sich nicht zu Evie Blanchard hingezogen fühlen. Sie gehörte zu diesen verflixten Gutmenschen, die in ihrer Freizeit nichts Besseres zu tun hatten, als Dinge durcheinanderzubringen, die zuvor vollkommen in Ordnung gewesen waren. Alles an ihr ging ihm auf die Nerven.

Als sie in die Stadt gekommen war, hatte er zuerst geglaubt, sie sei eine Schwindlerin, die seine viel zu vertrauensselige Mutter ausnutzen wollte. Im Ernst, welche normale Frau packte ihren Kram, ließ alles hinter sich und zog ans andere Ende des Landes, nur wegen einer E-Mail-Freundschaft?

Entweder war sie die geduldigste Betrügerin, von der er je gehört hatte, oder sie war wirklich nach Hope's Crossing gekommen, um noch einmal neu zu beginnen. Seit einem Jahr war sie nun hier und schien sich gut eingelebt zu haben. Seine Mutter und all ihre Freundinnen jedenfalls mochten sie.

Er streichelte den Hund ein letztes Mal, dann trat er durch das Eisentor und marschierte die Gasse zurück auf die Main Street.

Evie Blanchard war vielleicht keine Betrügerin, dennoch hatte er sich immer bemüht, einen großen Bogen um sie zu machen. Sie hatte so eine Art, einen anzusehen, die ihn beunruhigte. Bevor er auch nur ein Wort gesagt hatte, fühlte er sich von ihr schon abgeurteilt. Er wusste genau, wofür sie ihn hielt. Für einen miesen Bauunternehmer mit einem dicken Scheckbuch, der Hope's Crossing ruinieren wollte. Was nicht stimmte. Er liebte diese Stadt. Das war sein Zuhause, hierher hatte er seine damals dreizehnjährige Tochter nach seiner gescheiterten Ehe gebracht. Und jetzt wollte er Taryn wieder nach Hause holen, damit sie endlich gesund werden konnte. Zählte das denn nicht?

Nun, wohl nicht für Evie Blanchard. Sie konnte ihn einfach nicht leiden. Es half auch nicht gerade, dass sie jedes Mal bei einem Planungstreffen oder einer öffentlichen Anhörung alles, was er vorhatte, mit eloquenten Äußerungen attackierte. Und er war jedes Mal entsetzt über das vollkommen unpassende Begehren, das er bei diesen Gelegenheiten mit jeder Faser seines Körpers verspürte.

Natürlich konnte er das schlecht seiner Mutter erzählen. Er wollte diese Tatsache ja nicht einmal sich *selbst* gegenüber eingestehen.

Deswegen hielt er lieber einen gesunden Abstand zu Evie Blanchard, ihrem welligen blonden Haar und ihrer schlanken Figur, die sich unter den engen Laufhosen äußerst vorteilhaft abgezeichnet hatte.

Dumm genug, dass seine Mutter ihn letztlich doch davon überzeugt hatte, dass Evie im Moment die einzige Person war, die seiner Tochter helfen konnte.

Katherines Argumente waren einleuchtend gewesen, voller Zitate aus medizinischen Artikeln, die Evie vor ein paar Jahren geschrieben hatte, und Zeitungsberichten über die unglaublichen Fortschritte, die sie bei einigen ihrer Patienten erzielt hatte. Seine Mutter hatte ihre Hausaufgaben gründlich gemacht und ihm alles präsentiert, was sie über Evie herausfinden konnte. Selbst Berichte von Eltern ihrer jugendlichen Patienten waren darunter gewesen. Nachdem er das Dossier über Evies Zeit als Therapeutin in Kalifornien gelesen hatte, war er schwer beeindruckt gewesen. Danach war er sich nicht mehr sicher, ob er sich noch mit einem anderen Physiotherapeuten zufriedengeben könnte.

Seufzend steuerte er auf seinen Wagen zu, der auf dem Parkplatz hinter dem *Center of Hope Café* stand. Er entdeckte Dermot Caine, den Besitzer des Cafés, der mit Mülltüten in beiden Händen zum Container ging. Brodie winkte.

„Stimmt es, dass dein Mädchen nach Hause kommt?", fragte Dermot mit einem hoffnungsvollen Ausdruck auf seinem sonnengebräunten Gesicht.

„Das ist der Plan. Sie hat aber noch einen langen Weg vor sich." Er wünschte wirklich, dass er diesen Satz nicht jedes Mal hinzufügen müsste, wenn er mit jemandem sprach, doch die Leute in Hope's Crossing hatten schon genug Enttäuschung und Verzweiflung in den letzten drei Monaten erlebt. Er wollte nicht, dass jemand überzogen hohe Erwartungen anstellte.

„Gib ihr eine herzliche Umarmung von mir, ja? Die Kleine ist eine echte Kämpferin. Wenn sie auf irgendwas Lust hat – auf meinen Heidelbeerkuchen oder die Schokoladenmousse, die sie immer so mochte –, dann sag mir einfach Bescheid, und ich werde persönlich liefern."

„Das mache ich. Danke, Dermot." Es hatte eine Zeit gegeben, als der Besitzer des Cafés Brodie nur als Störenfried betrachtet hatte. Brodie hatte in den letzten Jahren hart daran gearbeitet, seinen Ruf in der Stadt zu verbessern, und es war schön für ihn zu sehen, dass Dermot sich um seine Tochter Gedanken machte.

„Ich meine es so. Jeder in der Stadt betet für dein Mädchen. Sie ist ein kleines Wunder, wirklich, das ist sie, und wir können es kaum erwarten, sie wieder bei uns zu haben."

„Das freut mich. Und ich bin sicher, Taryn auch."

Alle in Hope's Crossing hofften darauf, dass Taryns Zustand sich besserte, und das bedeutete eine Menge Druck für eine Fünfzehnjährige, die gerade mal ein paar Worte am Stück sprechen konnte.

Wild entschlossen öffnete Brodie die Tür seines Wagens – Evie Blanchard war noch immer seine große Hoffnung.

Er war nicht bereit, jetzt schon aufzugeben. Das war einfach nicht seine Art, war es nie gewesen. Nicht früher, als er Skispringer war und für die Olympischen Spiele trainiert hatte, und auch nicht später als Geschäftsmann. Auf gar keinen Fall würde er sein kleines Mädchen im Stich lassen.

Er hatte als alleinerziehender Vater genug Fehler begangen. Angefangen damit, dass er eine Frau geheiratet hatte, die die erste Gelegenheit ergriff, abzuhauen, als Taryn gerade mal drei Jahre alt gewesen war. Mit der Hilfe seiner Mutter hatte Brodie es irgendwie geschafft,

Taryn ein stabiles Zuhause zu bieten, mit allem, wonach ein Kind verlangen konnte.

Allerdings hatte er ihr nicht besonders viel von sich selbst gegeben. Während der letzten Jahre war ihre Beziehung schwierig gewesen, voller Streit und Wutausbrüche. Als sie dreizehn wurde, musste er feststellen, dass er nicht die geringste Ahnung von pubertierenden Mädchen und ihren Stimmungsschwankungen hatte. Bei all den Diskussionen und Androhungen von Hausarrest hatte er nicht bemerkt, dass Taryn immer mehr vom Weg abgekommen war und sich mit einer Clique eingelassen hatte, in der Alkohol getrunken wurde und die sogar in Häuser einbrach.

Vor dem Unfall war er also vielleicht ein schlechter Vater gewesen, aber dieses Mal würde er seine Tochter nicht im Stich lassen. Er war fest entschlossen, die bestmögliche Hilfe für sie zu finden, um ihr Rehaprogramm zu Hause fortzusetzen. Und ob es ihm nun passte oder nicht, war Evie Blanchard genau die richtige Person dafür.

Welche Rolle spielte es, dass er sie persönlich nervig und provozierend fand? Er war ein erwachsener Mann, er konnte das aushalten, vor allem, wenn sie die Person war, die seiner Tochter die bestmögliche Pflege garantieren konnte.

# 2. Kapitel

Am nächsten Morgen wachte Evie früh auf, erschöpft und mit geschwollenen Augen. Jacques steckte seine Schnauze in ihren Nacken, und sie lachte heiser.

„Ja, okay. Ich weiß, was du willst", murmelte sie. Sie setzte sich behutsam auf, alle Knochen schmerzten von dem langen Wochenende. Jacques musste hinaus, und ein früher Marsch über den Woodrose-Wanderweg war jetzt genau das Richtige, um fit zu werden.

Schnell kleidete sie sich an, schnappte sich zehn Minuten später Jacques' Leine und lief mit ihm hinaus in die Morgendämmerung.

Als sie den Ausgangspunkt des Weges erreicht hatten, waren sie beide schon etwas ruhiger. Der Pfad war feucht vom nächtlichen Regen, und Evie fragte sich, ob man von dem intensiven Duft des durchnässten Salbeis und der Kiefern berauscht werden konnte.

Je weiter sie nach oben stieg, desto atemberaubender wurde die Aussicht, die sie jedes Mal aufs Neue überwältigte. Hope's Crossing wirkte klein und provinziell, vor allem im Schatten der riesigen Bergketten, die sich nach allen Richtungen ausbreiteten.

Die Stille war so vollkommen anders als der Lärm und Verkehr in L. A. – und sie hätte um nichts in der Welt tauschen wollen. Als sie in Hope's Crossing angekommen war, erschöpft und verloren, hatte sie hier, wo sie atmen und denken konnte, nach und nach wieder zu sich selbst gefunden. Der Schmerz, die Trauer und die Selbstzweifel waren langsam geheilt.

Allerdings nicht ganz und gar. Seufzend hielt sie das Gesicht in die Sonne, die hinter dem Gipfel aufging. Gerade als sie geglaubt hatte, endlich einen guten Platz für sich gefunden zu haben, zufrieden mit sich und der Welt, schlug ihr die Realität wieder mitten ins Gesicht wie ein unerwarteter Ast, der sich über ihren Lebensweg streckte.

Müde von dem Wochenende, hatte sie nicht gut geschlafen und wilde Träume voller Erinnerungen und alter Gespenster gehabt. Da musste man nicht lange überlegen, wer schuld daran war. Brodie Thornes unerwartete Bitte war wohl die ganze Nacht durch ihre Gedanken gegeistert.

Sie kam sich wie ein Feigling vor, weil sie abgelehnt hatte. Aber das war sie nicht. Es hatte sie viel Mut gekostet, ihren Beruf aufzugeben, ihr Heim und ihre Freunde, und etwas zu suchen, das sie in L. A. nicht mehr finden konnte. Sie hatte hart dafür gekämpft, ihr Gleichgewicht wiederzugewinnen – Harmonie oder Erlösung, wie immer man es nennen wollte. Sosehr ein Teil von ihr auch ein schlechtes Gewissen wegen ihrer Absage hatte, so wusste sie doch, dass ein Nein die einzig richtige Antwort gewesen war.

Nachdem sie und Jacques sich genug bewegt hatten, lief sie den Weg wieder hinab, vorbei an einigen Touristen – angesichts der Wanderstäbe und Birkenstock-Schuhe und mit diesem gewissen Elan offensichtlich Europäer. Sie grüßten sie mit starkem Akzent, dann sagten sie etwas in melodischem Französisch und zeigten dabei auf Jacques mit seinem Labradorkörper und dem wolligen Pudelfell, das sie im Sommer kurz scheren ließ. Er schenkte ihnen ein hoheitsvolles Nicken, bevor er weiter den Pfad hinuntertapste, und Evie streichelte ihm lächelnd den Kopf. Mann, wie sie diesen Köter liebte.

Zurück in ihrer Wohnung, verbrachte sie den Morgen mit einigen Bastelanleitungen, die sie einer Schmuckzeitschrift vorlegen wollte, dann aß sie schnell ein Sandwich und ging zur Arbeit.

Es war einfach unmöglich, ihren momentanen Arbeitsweg – sechzehn enge Stufen über die Treppe und dann durch den Hintereingang ins *String Fever* – mit den endlosen Stunden zu vergleichen, die sie im südkalifornischen Stop-and-go-Verkehr zugebracht hatte.

Als sie den Laden betrat, studierte ein junges Mädchen gerade die verschiedenen Schmuckdrähte, und zwei junge Mütter saßen in der Leseecke und blätterten die Musterbücher durch, während ihre Kinder das Spielzeug inspizierten, das Claire immer für die Kleinen bereithielt.

Evies Chefin war am Telefon in ihrem kleinen Büro. Durch die geöffnete Tür winkte Claire ihr zu, dann nahm Evie die Schürze mit den vielen Taschen vom Haken, in denen sie die Schmuckwerkzeuge verstauen konnte.

Claire beendete ihr Telefonat. Sie leuchtete heute geradezu. Ihre Augen glänzten, und ihr Lächeln war breit und strahlend. Sie trug ihr neu gefundenes Glück wie ein schimmerndes Diadem, und Evie freute sich für sie. Claire war die großzügigste Frau, die sie kannte, immer bemüht, anderen zu helfen. Obwohl sie nie verbittert gewirkt hatte, weil ihr Exmann kurz nach der Scheidung eine zehn Jahre jüngere Frau geheiratet und geradezu stolz mit ihr ein prächtiges Haus in Hope's Crossing bezogen hatte, musste es für sie bestimmt ein Schlag ins Gesicht gewesen sein.

Aber jetzt machte Riley McKnight sie glücklich. Jeder in der Stadt konnte das sehen, der Mann betete sie geradezu an.

„Du solltest frühestens in …", Claire sah auf ihre Uhr, „einer Stunde hier sein."

Evie lächelte. „Ich wollte noch mal das ganze Zubehör für den Workshop heute Abend checken."

„Das ist wahrscheinlich eine gute Idee. Wir hatten am Wochenende noch ein paar kurzfristige Anmeldungen. Ich glaube, es sind allein am Samstag noch sechs dazugekommen. Deine Workshops sind immer voll. Seien wir ehrlich, du bist der Rockstar unter den Schmuckbastlern in Hope's Crossing."

Evie lachte. „Nicht schlecht, oder?"

„Ich hoffe nur, dass wir genug Platz an der Werkbank haben. Und wenn du immer noch der Meinung bist, dass wir eine zweite brauchen, dann sag mir Bescheid. Also, wie war es in Grand Junction?"

„Viel besser als erwartet. So gut sogar, dass es ziemlich stressig werden wird, das Sortiment vor dem nächsten Kunstmarkt am Labor-Day-Wochenende aufzufüllen."

„Ich werde ein Schild an der Kasse anbringen, dass du noch weitere Schmuckstücke in Kommission nimmst. Was du da machst, ist wirklich toll, Evie. Ich kann kaum glauben, wie viel Geld in ein paar Monaten in das Stipendium geflossen ist. Mit dem gigantischen Betrag von der Wohltätigkeitsauktion im Juni und dem Geld, das seither mit deiner Hilfe eingegangen ist, könnten wir gleich mehrere Stipendien pro Jahr in Laylas Gedenken vergeben. Das machst du fantastisch, Evie."

„Ich tue doch gar nicht viel. Du bist es, die den ganzen Papierkram und die Organisation erledigt. Schmuck zu verkaufen ist dagegen einfach Spaß."

„Ich war auch schon auf Kunsthandwerksmärkten. Das ist auch harte Arbeit."

„Bisher genieße ich es. Und für dieses Jahr bin ich fast fertig. Nur noch der Markt über das Labor-Day-Wochenende in Crested Butte." Schnell wechselte sie das Thema. „Und wie kommst du mit den Hochzeitsvorbereitungen voran?"

„Wessen?"

Evie lachte. „Ähm, deinen. Welche Hochzeit sollte ich denn sonst meinen?"

„Nun, für viele hier ist die Beaumont-Danforth-Hochzeit das wichtigste Ereignis in dieser Stadt, obwohl die erst in neun Monaten stattfindet. Gen Beaumont war jeden Tag hier und fragte nach den Glassteinen, die sie bestellt hat, um Geschenke für ihre Brautjungfern zu machen. Ich habe ihr immer wieder gesagt, dass die Lieferung zwei Wochen dauert, aber sie scheint zu glauben, es ginge schneller, nur weil sie es will."

„Wenn jemand das Raum-Zeit-Kontinuum manipulieren kann, dann Genevieve Beaumont."

Claires Lachen wirkte etwas angestrengt. „Ich spreche wohl im Namen aller Geschäftsleute von Hope's Crossing, wenn ich zugebe, wie froh ich bin, wenn diese Hochzeit nur noch eine ferne Erinnerung ist."

Genevieve Beaumont war die Tochter des Bürgermeisters von Hope's Crossing und die bekannteste Anwältin der Stadt. Ihre Hochzeit war schon vor Monaten geplant gewesen und hätte im Oktober stattfinden sollen, doch dann hatte Gen sie wegen des tragischen Unfalls, der die ganze Stadt erschüttert hatte, verschoben.

„Und hattest du Zeit, dich um deine eigene Hochzeit zu kümmern?", fragte Evie.

„Das wird so langsam. Wir denken jetzt an Dezember, mit einem kleinen, intimen Abendessen mit Tanz im *Silver Strike Ballroom*."

„Wie schön! Ich kann es mir jetzt schon vorstellen. Alles in Silber und Weiß und Blau, mit bunten Lichtern und meterweise Tüll."

Claires Gesichtsausdruck wurde nur einen Moment lang verträumt, bevor sie mit den Schultern zuckte. „Ich habe das ganz große Ding schon einmal gemacht. Dieses Mal möchte ich nicht so übertreiben."

„Für Riley ist es aber das erste Mal."

„Ihm ist es egal. Er würde am liebsten morgen mit mir nach Vegas durchbrennen, wenn seine Schwestern und seine Mutter ihn hinterher nicht umbringen würden."

Evie lächelte zwar, war aber verblüfft über den unerwarteten Stich, den sie verspürte.

Wie kam das auf einmal? Sie war doch nicht neidisch auf Claire. Überhaupt nicht. Sosehr sie sich über das Glück ihrer Freundin freute, so wenig suchte sie selbst eine Beziehung. Hatte sie denn nicht gerade letzte Nacht wieder festgestellt, dass sie vollkommen zufrieden mit ihrem freien Singleleben war? Jacques leistete ihr Gesellschaft, und die war um Längen angenehmer als jede romantische Verwicklung, die sie bisher erlebt hatte.

„Ihr beide verdient einfach eine wunderschöne Hochzeit. Und du weißt, dass ich dich bei allem unterstützen werde", versicherte sie Claire.

„Sei vorsichtig." Claire lachte. „Ich könnte darauf zurückkommen, wenn der Termin näher rückt."

„Du weißt sehr gut, dass ich dir das nicht anbieten würde, wenn ich es nicht ernst meinte."

Claire wollte gerade etwas antworten, doch in diesem Moment kam das junge Mädchen, das sich bisher umgesehen hatte, zögernd auf sie zu. „Tut mir leid, dass ich Sie unterbreche. Ich kann auch später noch mal kommen."

„Aber nein", sagte Evie schnell. „Hannah, richtig? Du bist eine Freundin von Lara, die hier ab und zu arbeitet."

„Nicht so richtig. Wir kennen uns nur von der Schule und so."

Etwas an diesem Mädchen, ihr Unbehagen und ihre Unbeholfenheit, rührten Evies Herz.

„Wie können wir dir helfen?", fragte Claire. In diesem Augenblick klingelte das Telefon.

„Ich übernehme das", bot Evie an. „Geh du ans Telefon."

„Das ist wahrscheinlich schon wieder Gen", vermutete Claire seufzend und durchquerte den Verkaufsraum, um in ihr Büro zu gelangen.

„Wenn Sie keine Zeit haben, dann kann ich ein anderes Mal wiederkommen."

„Aber gar nicht", beruhigte Evie das Mädchen. „Ich bin ganz Ohr. Wie kann ich dir helfen?"

„Ich kenne mich überhaupt nicht aus, aber ich würde gerne lernen, Schmuck zu machen. Ich dachte, ich bastle erst mal Ohrringe für meine Mom. Sie hat nächste Woche Geburtstag."

„Wie schön!"

„Sie ist in letzter Zeit irgendwie traurig, wissen Sie, und ich dachte, na ja, dass sie sich über ein neues Paar Ohrringe freuen würde."

Kirk. Das war ihr Nachname, wie Evie sich plötzlich erinnerte. Hannah Kirk. Sie kannte die Familie nicht gut, wusste aber, dass

Hannahs Vater sie direkt nach Weihnachten wegen einer anderen Frau verlassen hatte. Und jetzt musste sich die Mutter um Hannah und ihre drei jüngeren Geschwister kümmern.

Wenn man den Gerüchten glauben konnte, war der Hoffnungsengel – der rätselhafte Wohltäter, der im letzten halben Jahr so vielen Familien mit Problemen geholfen hatte – seit Weihnachten mehrfach bei den Kirks aufgetaucht. Sie hoffte, dass es so war. Gretchen Kirk und ihre Kinder hatten so viel Pech gehabt, dass sie eine helfende Hand mehr als verdienten.

„Deine Mutter wird sich wahnsinnig über neue Ohrringe freuen, vor allem über selbst gemachte."

„Das ist nur so eine verrückte Idee. Wie gesagt weiß ich gar nicht, wie das geht, und ich würde viel Hilfe brauchen."

„Dann bist du hier genau richtig", erwiderte Evie lächelnd. „Wir helfen gern, glaub mir. Vor allem unseren Anfängern. Wir haben hier einen Arbeitstisch mit Werkzeugen und allem Zubehör, das du brauchst. Und es ist immer jemand da, der dich beraten kann."

Hannahs Gesicht leuchtete vor Erleichterung auf. „Wirklich? Das wäre toll. Danke. Vielen Dank. Sie haben recht, meiner Mutter würde das sehr gefallen, glaube ich."

„Moms sind ganz verrückt nach selbst gemachten Geschenken. Möchtest du gleich anfangen? Wir können uns die Perlen und Schmucksteine ansehen und überlegen, welche Farben deine Mutter am liebsten hat."

Hannah zog ein etwas älteres Handy aus der Tasche und sah auf die Zeitanzeige. „Ich muss jetzt gehen. Ähm, ich arbeite am Eisstand drüben beim Baumarkt, und nachmittags ist immer besonders viel los. Kann ich ein anderes Mal wiederkommen?"

„Na sicher. Wenn ich nicht hier sein sollte, dann ist Claire oder jemand anderes da, der dir helfen kann. Denk einfach mal darüber nach, was für Ohrringe deine Mom mag, dann schauen wir uns die Bücher an und suchen uns ein Superdesign für sie aus."

„Aber trotzdem was Einfaches, ja?"

„Ganz klar."

„Danke. Das ist wirklich nett von Ihnen." Hannahs süßes Lächeln ließ ihr etwas grobes Gesicht hübsch und strahlend werden. „Ich habe aber nicht viel Geld. Ich kann wahrscheinlich nur ein Paar machen."

„Das kriegen wir schon hin. Wir haben bestimmt ein paar Sachen übrig, die wir dir günstig geben können." Falls Claire etwas dagegen haben sollte – was sicher nicht der Fall war –, dann hatte sie selbst jede Menge Steine und Perlen, die sie dem Mädchen schenken konnte.

„Dann bis bald, ja?"

Das Mädchen lächelte. Sie sah so viel glücklicher aus als zuvor. „Toll. Danke. Vielen, vielen Dank."

Hannah eilte zur Tür und streckte gerade die Hand nach dem Knauf aus, als Katherine Thorne den Laden betrat.

Evie rutschte das Herz in die Hose, all die Befürchtungen der vergangenen schlaflosen Nacht kamen wieder hoch.

Katherine war wie immer äußerst elegant – von ihrem aschblond gesträhnten kinnlangen Haar bis zu ihren Riemchensandalen und den lackierten Fußnägeln. Dennoch hatten die letzten drei Monate seit dem Unfall ihrer Enkelin erkennbar ihren Tribut verlangt. Sie war dünner denn je und hatte ein paar Falten mehr bekommen.

Das gute Gefühl, das Evie gerade noch bei der Vorstellung gehabt hatte, einem jungen Mädchen zu helfen, verpuffte umgehend. Zu Brodie Thorne Nein zu sagen war so leicht gewesen, wie eine einzelne Perle auf einen Faden zu ziehen – etwas, das sie im Schlaf konnte. Doch Katherine zu enttäuschen war eine ganz andere Sache.

Hannah verließ mit einem unsicheren Lächeln den Laden, und Katherine schloss die Tür hinter ihr. Evie suchte händeringend nach einer Ausrede, um nicht mit ihrer Freundin sprechen zu müssen. Aber Hannah war gegangen, und die beiden jungen Mütter schienen leider vollkommen zufrieden damit zu sein, die Zeitschriften durchzublättern, während ihre Kinder in der Spielecke kicherten.

Evie saß in der Falle. Sie riss sich zusammen, begrüßte Katherine mit der üblichen warmherzigen Umarmung und atmete den blumigen Duft von Estée Lauder Beautiful ein, des Parfüms, das Katherine benutzte. Katherine fühlte sich zerbrechlich an, ihre Knochen standen scharf hervor. Sie aß einfach nicht genug. Wie viel mehr Verantwortung würde sie sich aufbürden, wenn ihre Enkelin nach Hope's Crossing zurückkkam?

„Wie war deine Reise, Liebes?", erkundigte sich Katherine.

Evie trat einen Schritt zurück. „Sehr schön. Der Markt war dieses Jahr gut besucht, und die Leute waren auch wieder bereit, Geld auszugeben."

„Ich war auch ein- oder zweimal dort und fand es toll."

Katherine schien nicht wütend zu sein. Sie schrie nicht und fragte nicht, wie Evie sie nur derart enttäuschen konnte. Vielleicht wusste sie noch gar nicht, dass Brodie sie gefragt hatte – oder dass ihre Antwort Nein gewesen war.

Aber das konnte sie sich nicht vorstellen. Katherine trug einen entschlossenen Gesichtsausdruck zur Schau, und Evie war nicht so naiv zu glauben, dass Brodies Mutter hier war, um sich Perlen anzusehen.

Sie tauschten noch einige Freundlichkeiten aus, bis Evie es fast nicht mehr ertragen konnte und aufseufzte. „Also gut. Du kannst auch einfach mit der Sprache rausrücken, Kat. Brodie hat dich geschickt, um mich umzustimmen, richtig?"

Katherine kräuselte die Nase. „Ich weiß überhaupt nicht, wovon du sprichst."

„Ha." Evie strich einige der Ketten glatt, die an der Wand hingen, nur um ihre Hände zu beschäftigen. Genau das hatte sie die ganze Nacht wach gehalten, die Furcht, dass sie gezwungen sein würde zu entscheiden, ob sie ihr zufriedenes Leben aufgeben oder eine sehr, sehr gute Freundin verlieren wollte.

In gewisser Weise war Katherine eine Ersatzmutter für sie geworden. Nach Cassies Tod war ihre E-Mail-Freundschaft ein Trost für sie gewesen, ein Hoffnungsschimmer. Als Katherine ihr vorgeschlagen hatte, für eine Woche zu ihr nach Colorado zu kommen, hatte Evie die Chance ergriffen und sich sofort in die Stadt und deren Bewohner verliebt.

Nun, in die meisten zumindest.

„Du willst so tun, als ob Brodie dich nicht geschickt hätte."

„Hat er nicht. Um genau zu sein, hat er es mir sogar verboten."

„Und doch bist du hier."

„Nur weil wir verzweifelt sind, Liebes. Brodie und ich möchten einfach die beste Pflege, die Taryn bekommen kann. Das verstehst du doch sicher."

Oh, wie sie das hasste. „Alle Eltern würden das wollen."

„Du bist die Beste", sagte Katherine nur. „Kannst du es uns da vorwerfen, dass wir dich um Hilfe bitten?"

„Was immer ich auch mal früher gewesen bin, ist lange her. So bin ich nicht mehr, Katherine. Jetzt arbeite ich in einem Perlenladen."

„Ich dachte, du würdest in diesem Fall eine Ausnahme machen. Wenn nicht für Brodie, dann vielleicht für mich und vor allem für Taryn."

Die Spannung in ihren Schultern verstärkte sich schmerzhaft. Kein Wunder, dass Katherine so ein gefürchtetes Mitglied der Stadtverwaltung war. Sie wusste genau, welche Knöpfe man drücken musste.

„Das ist nicht fair", murmelte Evie.

„Ich weiß." Katherine schien es nicht leidzutun. „Mein Sohn ist nicht der einzige skrupellose Mensch in unserer Familie."

Ein unlösbares Dilemma. Entweder sie lehnte ab und verletzte eine gute Freundin. Oder sie sagte zu und verletzte sich selbst.

Dass Claire in diesem Augenblick auftauchte, war eine willkommene Unterbrechung. „Katherine! Ich habe dich gar nicht hereinkommen hören. Hallo, Schätzchen! Wie geht es Taryn?"

Katherine warf Evie einen schnellen Blick zu, dann wandte sie sich wieder an Claire. Evies Anspannung verstärkte sich noch.

„Sie kommt Ende der Woche nach Hause."

Claires Mund klappte auf, ehrliche Freude erhellte ihr hübsches, ruhiges Gesicht. „Du machst Scherze! Das wusste ich gar nicht. Wie wunderbar! Das müssen wir feiern! Mit Feuerwerk und Konfetti. Wir veranstalten eine Parade oder so was!"

Katherine schüttelte leicht den Kopf. „Ich fürchte, dass wir die Champagnerflasche noch nicht köpfen können. Diese Ärzte in Denver werfen sie mehr oder weniger raus, weil sie sagen, dass sie nichts mehr für Taryn tun können. Sie ist das, was Experten eine widerspenstige Patientin nennen."

Claires Begeisterung ebbte ein wenig ab, doch sie war von Natur aus so optimistisch, dass sie sich ihre Freude von einem kleinen Rückschlag nicht nehmen lassen wollte. „Nun, es ist auf jeden Fall wunderbar, dass wir sie wieder hier in Hope's Crossing haben. Was können wir tun? Weißt du schon, wie wir Brodie am besten helfen können?"

Angesichts Claires Bereitschaft, sofort ihre Hilfe anzubieten, egal, worum es ging, fühlte Evie sich klein und schlecht. So war Claire einfach immer, ständig überlegte sie, womit sie anderen helfen konnte. Egal, wie sehr sie Claire auch mochte, insgeheim fand sie, dass sie es mit ihrer Selbstlosigkeit ein wenig übertrieb.

Katherine umarmte Claire erneut. „Das wissen wir noch nicht. Zuerst müssen wir uns um so viele Details kümmern. Zum Glück haben wir schon vor einiger Zeit ein paar Umbaumaßnahmen in Angriff genommen. Paul Harris hat einiges am Haus verändert, ein paar

Wände herausgerissen, um eine behindertengerechte Dusche einzubauen, außerdem ein paar Rollstuhlrampen. Und einen Lift. Solche Sachen."

Katherine warf Evie wieder einen bedeutungsvollen Blick zu. *Jetzt geht's los.*

„Und wir versuchen, Evie zu überreden, uns bei dem Rehaprogramm zu helfen."

Claires Augen leuchteten auf. „Fantastisch!"

„Genau das meinen Brodie und ich auch. Ich fürchte allerdings, Evie ist anderer Ansicht."

Claires sah von einer zur anderen, und Evie konnte genau sehen, wann sie die unterschwellige Spannung zwischen den beiden Frauen bemerkte.

„Geht es um den Laden?", fragte sie. „Wenn es das ist, dann keine Sorge, Evie. Ich hab zwar gesagt, dass du ein Schmuck-Rockstar bist, aber wir kommen auch mal ohne dich zurecht, wenn wir müssen. Vor allem, wenn es für einen guten Zweck ist. Ich kenne da ein paar junge Mädchen, die ständig mit einem Lebenslauf hier auftauchen und nach einem Ferienjob suchen. Die könnte ich einstellen, bis die Schule wieder losgeht, und danach fällt mir schon was ein. Du kannst dir so viel Zeit mit Taryn nehmen, wie du brauchst."

„Das ist ehrlich gesagt einer der Gründe, warum ich vorbeigekommen bin", erklärte Katherine ruhig. „Du sollst nicht glauben, dass wir dir Evie einfach so wegnehmen wollen, vor allem in den Sommerwochen, wenn hier so viel los ist. Deswegen möchte ich dir einen Vorschlag machen."

Als Evie ein kleines Mädchen war, hatte ihr Kindermädchen sie und ihre jüngere Schwester immer zum Spielplatz in der Nähe der Villa in Santa Barbara gebracht. Jedes Mal wollte Lizzie unbedingt mit ihr Karussell fahren, und Evie gab nach einer gewissen Zeit immer nach, obwohl sie dieses unkontrollierte Gefühl, dieses Wirbeln und Drehen nicht mochte. Das Gespräch jetzt fühlte sich in etwa so an, als würde sie sich gerade an den Handgriffen des Karussells festklammern, um nicht hinunterzufallen.

Claire lächelte Katherine an. „Ich höre."

„Ich möchte mich als Aushilfskraft bewerben, um Evies Job hier im Laden vorübergehend zu übernehmen", sagte Katherine. „Vielleicht könnte ich sogar einige ihrer Workshops leiten. Dann hätte sie genug Zeit, um mit meiner Enkelin zu arbeiten."

Evie kämpfte gegen das Bedürfnis an, die Augen zu schließen. Jetzt saß sie erst recht in der Falle. Denn Claire schien begeistert von dem Angebot zu sein. Und warum auch nicht? Katherine war die Gründerin vom *String Fever*. Sie hatte Claire nach deren Scheidung vor ein paar Jahren den Laden verkauft. Niemand in der Stadt – und schon gar nicht Evie – wusste mehr über Modeschmuck als Katherine.

„Großartige Idee, Kat. Du bist ein Genie."

„Ich würde eher sagen, durchtrieben", murrte Evie.

Claire wirkte überrascht, doch Katherine lächelte triumphierend.

„Nur wenn es sein muss, Liebes."

„*Muss* es aber nicht in diesem Fall. Ich arbeite jetzt hier und nicht mehr als Physiotherapeutin", wiederholte sie zum gefühlt tausendsten Mal. „Ich habe in Colorado überhaupt keine Erfahrung."

„Aber eine Lizenz, richtig?"

„Katherine. Du weißt, warum ich damit aufgehört habe."

Zum ersten Mal entdeckte sie einen Hauch von Mitgefühl in den Augen der älteren Frau, doch dann sah diese nur noch entschlossener aus. Und das konnte Evie ihr kaum vorwerfen. Sie verstand Katherine nur zu gut. Ihre Enkelin hatte eine monate- oder vielleicht jahrelange schmerzhafte und schwierige Therapie vor sich, ohne Garantie darauf, jemals ganz gesund zu werden.

Ja, sie konnte Katherine verstehen. Sie hätte auch alles getan, um den Menschen zu helfen, die sie liebte. Sie hätte auch Freundschaften aufs Spiel gesetzt, um ihrer Schwester Lizzie und ihrer Mutter nach dem Feuer zu helfen, bei dem sie so schwer verletzt wurden.

Und Cassie. In diesem einen Jahr, das ihr mit ihrer Tochter geblieben war, hatte sie mit aller Kraft dafür gekämpft, die bestmögliche Pflege für sie zu bekommen – doch am Ende hatten all ihre Bemühungen zu nichts geführt.

„Ich weiß. Und es tut mir leid. Aber wir brauchen dich, Evie."

Claire blickte verwirrt von der einen Frau zur anderen. „Ich verstehe kein Wort", sagte sie. Und wie sollte sie auch? Evie hatte nie über die Gründe gesprochen, aus denen sie ihre Praxis in L. A. aufgegeben hatte. Soweit Claire wusste, war sie nach Colorado gekommen, weil sie eine Veränderung brauchte.

Katherine aber wusste, worum es ging. Sie hatte Evie getröstet, ihr durch die dunkelste und schrecklichste Zeit geholfen. Evie wünschte von Herzen, sie könnte nun dasselbe für sie tun.

„Ich verstehe, dass du zögerst, Liebes", fuhr Katherine fort. „Die Verantwortung und der Druck wären sehr groß."

„Du weißt, dass es darum nicht geht. Wenn ich dir helfen könnte, würde ich es tun."

Katherine nickte und zog Evie zu deren Unbehagen wieder in die Arme. „Ich verstehe das", murmelte sie. „Tut mir leid, dass ich dich in diese Situation gebracht habe."

„Du bist der einzige Mensch, für den ich wieder mit meiner alten Arbeit anfangen würde, um zu helfen. Das weißt du, oder?"

„Ja, das weiß ich. Und ich werde jetzt noch einmal unsere Freundschaft schrecklich ausnutzen, indem ich dich um einen einzigen Gefallen bitte."

Evie wappnete sich.

„Würdest du wenigstens darüber nachdenken, uns ein oder zwei Wochen zu helfen, während wir versuchen, einen Therapieplan für Taryn zusammenzustellen?", bat Katherine. „Mit deinem Wissen und deiner Erfahrung kannst du zumindest überprüfen, ob Brodie das Haus mit allem ausgestattet hat, was wir brauchen werden. Ein paar Wochen würden uns Luft geben, um uns nach jemandem für den Job umzusehen."

Diese Bitte war vernünftig und sinnvoll. Wegen ein paar Wochen ihres Lebens eine Freundin wegzuschicken, wäre kleinlich. Und geradezu kindisch.

„Wann kommt Taryn an?", fragte Evie, bemüht, nicht allzu resigniert zu klingen.

Eines musste man Katherine lassen. Sie wirkte kein bisschen selbstzufrieden, obwohl sie natürlich gewusst haben musste, dass Evie ihr diese Bitte nicht abschlagen konnte. „Freitag."

„Ich schätze, ich kann mich ein oder zwei Wochen um sie kümmern, wenn du so lange meine Arbeit bei Claire übernimmst."

Claire drückte ihren Arm. „Natürlich. Nimm dir so viel Zeit, wie du brauchst."

„Zwei Wochen. Länger nicht. Ich helfe euch, jemand anderes zu finden, der die Therapien koordinieren kann, und stelle einen Therapieplan auf. Das ist alles."

Das würde sie schon zwei Wochen lang hinbekommen, oder etwa nicht?

„Das reicht, um uns eine ungefähre Richtung zu zeigen." Katherine presste ihre Wange an Evies. „Danke. Ich weiß, wie schwer es für dich ist, und es tut mir sehr leid. Aber du kannst dir nicht vorstellen, wie dankbar wir dir sind. Ich weiß nicht, wie wir dir das jemals zurückzahlen sollen."

„Du schuldest mir nichts, Katherine", entgegnete Evie. „Brodie soll einfach so viel für das Stipendium spenden, wie er für richtig hält."

Dann wird wenigstens etwas Gutes aus dieser Geschichte entstehen, dachte sie, als Katherine und Claire über eine weitere Wohltätigkeitsveranstaltung sprachen, die die Highschool im Namen der Layla-Stiftung veranstalten wollte.

Evie hörte kaum hin. Sie konzentrierte sich stattdessen auf Werkzeug und Zubehör, das sie für den Workshop am Abend brauchte. Dann hatte eine der Mütter eine Frage zu den griechischen Gebetsperlen, und Evie war dankbar dafür, eine Ausrede zu haben, um ihre Freundinnen allein zu lassen.

„Man nennt sie Komboloi", erklärte sie. „Traditionell werden sie mit einer ungeraden Zahl von Perlen geknüpft und einem Abstandshalter aus Metall. Die Perlen öfter am Tag zu berühren soll für Entspannung sorgen."

„Die kann ich nun wirklich gut gebrauchen", sagte die Frau und warf einen bedeutungsvollen Blick auf ihr Kind in der Spielecke.

Evie lächelte. „Die kann man leicht selbst machen, und sie bauen wirklich Stress ab. Es ist sehr beruhigend, mit den Fingern die Perlen zu berühren. Viele Leute hängen sie sogar an ihren Schlüsselbund. Wollen Sie es versuchen?"

Die beiden Frauen tauschten einen Blick. „Klar. Hört sich gut an", meinte die andere junge Mutter.

„Sie können alle möglichen Perlen nehmen, allerdings entscheiden sich die meisten Kundinnen für Bernstein oder Koralle, wegen der weichen Textur."

Evie zeigte ihnen die Perlen, dann suchte sie die entsprechenden Werkzeuge für sie zusammen. Während sie den beiden Frauen half, konnte sie auch ein Komboloi für sich selbst machen. Es war lange her, dass sie etwas einfach nur aus reinem Spaß gefertigt hatte – außerdem ließ sie das Gefühl nicht los, dass sie alles, was Stress minderte, in den nächsten beiden Wochen gut gebrauchen konnte.

# 3. Kapitel

Brodies Haus in der exklusiven Wohnanlage *Aspen Ridge* war ganz anders, als Evie erwartet hatte.

Da dieser Mann ihrer Ansicht nach immer etwas noch Größeres und Schöneres haben wollte als jeder andere – zumindest was die verschiedenen Bauprojekte in der Gegend um Hope's Crossing betraf –, hätte sie ein opulenteres und überwältigenderes Gebäude erwartet. Dieses Haus war zwar groß und elegant, mit riesigen Fenstern und Zedernwänden, ungewöhnlichen Formen und Winkeln, doch das Design war geschmackvoll und lehnte sich an die einheimischen Bäume und Granitfelsen an. Wer immer dieses Haus entworfen hatte, hatte darauf geachtet, dass es wunderbar zu der Gegend passte und sich anmutig an einen Bergausläufer schmiegte.

Der Ausblick war spektakulär, so viel stand fest. Selbst von ihrer Lieblingsstelle auf dem Woodrose-Mountain-Wanderweg aus konnte sie nicht bis zum Silver Strike Canyon sehen. Doch hier hatte man einen Blick sowohl auf die Stadt als auch auf das höher gelegene Skiresort im Canyon.

Sie hätte diesen Ausblick noch länger genießen können, doch leider war sie nicht gerade in der Stimmung, sich zen-artig in die Betrachtung von Bergen zu versenken – schließlich stand sie gerade mit einem Korb voller Kataloge über Therapiegeräte vor Brodies Tür.

Sie wollte nicht hier sein. Drei Tage nach Katherines emotionaler Erpressung fühlte Evie sich noch genauso unwohl mit ihrer Entscheidung, Taryn zu helfen, wie am Anfang. Sie wollte nicht wieder in dieses Leben hineingezerrt werden, nicht, nachdem sie so hart dafür gekämpft hatte, ihren Frieden woanders zu finden.

Nun, sie musste jetzt eben stark sein und vor allem immer daran denken, dass dies alles nur vorübergehend war. Zwei Wochen lang würde sie in der Lage sein, ihre Gefühle beiseitezuschieben und regelrecht klinisch vorzugehen. Sie würde sich emotional nicht in die Sache hineinziehen lassen, egal, wie gut sie mit Katherine befreundet war.

Es war nur ein Job.

Mit diesem Gedanken klingelte sie an der Tür und wartete auf eine Haushälterin oder Sekretärin, die ihr die Tür öffnete. Stattdessen wurde sie von Brodie begrüßt.

Er trug Jeans und ein weißes Hemd mit hochgekrempelten Ärmeln. Sein dunkles Haar war etwas zerzaust, als ob er gerade mit den Fingern hindurchgefahren wäre, und er hatte einen Dreitagebart, der ihn verwegen und gefährlich aussehen ließ. Fehlten nur noch ein Schwert und eine Augenklappe, und er hätte mit Jack Sparrow und seinen Kumpanen um die Welt segeln können.

Zum Anbeißen.

Dies war das Einzige, was sie in der ersten Sekunde denken konnte. Aber dann sprach er und zerschmetterte die kleine Piraten-Fantasie in tausend Teile.

„Evaline. Hallo. Ich hatte Sie nicht erwartet." Sein Ton war steif, formal, als ob er einen unerwünschten Gast bei einer abgehobenen High-Society-Veranstaltung begrüßte. Sofort musste sie gegen eine instinktiv scharfe Erwiderung ankämpfen.

„Katherine hat mich gebeten, vorbeizukommen und mir Taryns Schlaf- und Badezimmer anzusehen, damit ich weiß, welche Ausrüstung wir möglicherweise noch bestellen müssen.

„Richtig. Natürlich." Er schenkte ihr ein halbes Lächeln. „Sie hat erwähnt, dass Sie vielleicht vorbeikommen. Das ist eine großartige Idee, auf die ich selbst hätte kommen sollen." Er öffnete die Tür weit für sie. „Treten Sie ein. Ehrlich gesagt möchte ich vor allem wissen, was Sie zu dem Umbau der Räume sagen, und ob ich irgendetwas vergessen habe."

Brodie deutete mit dem Kinn in Richtung des Hämmerns, das sie aus dem hinteren Teil des Hauses hören konnte. „Die Mannschaft arbeitet möglicherweise die Nacht durch, damit bis morgen alles fertig ist. Aber wir können uns einen Weg durch den ganzen Staub bahnen."

Sie betrachtete die Tür und den muskulösen Arm, mit dem Brodie sie für sie offen hielt, und wunderte sich selbst über ihr Zögern. Wie albern. Das war einfach nur eine Tür, und es ging einfach nur um einen Job. Für zwei Wochen, das war alles, und dann konnte sie wieder in ihr ruhiges Leben im *String Fever* zurückkehren.

Als sie sich endlich zwang einzutreten, führte Brodie sie in einen einladenden, über zwei Stockwerke reichenden Empfangsbereich. Die Einrichtung war schön und gemütlich, womit sie hätte rechnen können. Schließlich hatte niemand je behauptet, dass dieser Mann ein geschmackloser Rüpel sei. Sein Sportartikelladen war modern, ohne zu trendig zu sein, und sie hatte gehört, dass die meisten der Restaurants, die ihm in Hope's Crossing gehörten, Designerpreise gewonnen hatten.

Er ging ihr durch einen langen Flur voraus, der mit Fotografien bekannter Sehenswürdigkeiten von Hope's Crossing dekoriert war. Die Brücke in der Nähe der Sweet Laurel Falls, das im Mondlicht schimmernde Silver Strike Reservoir, ein Elch in einem Teich, an dem sie oft auf ihren Wanderungen vorbeikam.

Während sie den Anblick der Bilder genoss, meldete sich die Therapeutin in ihr mit dem Gedanken, dass dieser lange Flur mit dem polierten Holzboden perfekt dafür war, mit Taryn das Gehen zu trainieren.

„Ich habe ihr Schlafzimmer nach unten verlegen lassen", erklärte Brodie, als sie am ersten Zimmer ankamen. Hinter einer besonders breiten Tür war der Baulärm noch lauter zu hören.

„Das ist eine gute Idee."

„Das denken wir beide vielleicht, aber ich befürchte, dass Taryn anderer Ansicht sein wird. Sie hat ihr Zimmer oben geliebt, und ich könnte mir vorstellen, dass sie einen Wutanfall bekommt, weil sich schon wieder etwas Wesentliches für sie ändert."

„Manche Dinge sind eben so. Sie wird schon darüber hinwegkommen."

„Ich bin schockiert. Sie sind tatsächlich einmal einer Meinung mit mir?"

Sie lächelte leicht. „Keine Sorge, das wird nicht zur Gewohnheit werden. In diesem Fall haben Sie aber recht. Es ist das Beste, wenn ihr Zimmer zunächst im Erdgeschoss ist."

„Zunächst. Richtig." Er runzelte die Stirn. „Ich würde ihr ja gern sagen, dass sie irgendwann wieder ihr altes Zimmer nutzen kann, aber das wäre nur ein weiteres Versprechen, das ich ihr im Moment nicht geben kann. Es wäre grausam, solange wir nicht wissen, ob sie jemals ohne Rollstuhl zurechtkommt."

Evie spürte, dass dieses Thema besonders wichtig für ihn war. Kein Wunder. Er war ein sehr aktiver, kraftstrotzender Mann und früher ein hervorragender Skispringer gewesen.

Katherine hatte ihr erzählt, dass Brodie und Taryn im Winter Ski fahren und im Sommer zusammen wandern gewesen waren. Zweifellos war für ihn die Vorstellung, es könnte damit für immer vorbei sein, niederschmetternd. Hoffentlich setzte er Taryn nicht mit unrealistischen Hoffnungen unter Druck, sondern behielt die Realität im Auge. Wieder gehen zu können war nur eine der vielen Hürden, die Taryn zu überwinden hatte.

Als er die Tür öffnete, wehte ihnen der Geruch nach frischer Farbe entgegen, und das Hämmern und Bohren wurde lauter. Sie betraten einen Raum mit großen Fenstern und hellem, gemasertem Holzboden. Das Zimmer war weiß gestrichen mit einem Hauch Lavendel, und eine riesige Spiegelwand reflektierte die Berglandschaft vor dem Fenster.

Die Handwerker brachten gerade dicke Haken in den Decken an, an denen man Handläufe oder Knäufe befestigen konnte. Um die Ecke, in einer geräumigen Nische, befand sich der Schlafbereich mit einem Krankenhausbett unter einer flauschigen lavendelfarbenen Decke. Eine gepolsterte Behandlungsliege stand an einer Wand, daneben ein rollbarer Lift, mit dem man Taryn vom Rollstuhl aus in verschiedene Positionen bringen konnte. Die Handwerker arbeiteten gerade an einem großen Einbauschrank mit offenen Regalen, in denen allerlei Kleinkram wie Übungsbänder, Handgewichte und kleine Bälle aufbewahrt werden konnten.

Evie hatte in erstklassigen Therapiezentren gearbeitet, die nicht halb so gut ausgestattet gewesen waren.

„Wow", war alles, was sie sagen konnte.

„Wir haben einige Wände herausgenommen, um mehr Platz zu schaffen. Das meiste haben wir im Badezimmer verändert. Dort gibt es jetzt eine stufenlose Dusche und eine Badewanne mit Wannenlift."

„Es sieht hier wirklich großartig aus, Brodie. Perfekt."

„Ich hoffe, wir haben an alles gedacht. Zumindest, was den Umbau betrifft. Wenn Ihnen noch irgendwelche Geräte einfallen, die wir brauchen, dann sagen Sie es nur. Im Gymnastikraum oben habe ich ein Laufband und ein Trimmrad. Wir können beides herunterbringen oder andere kaufen, wenn Sie wollen. Ich möchte auch ein Allwetterdach über dem Pool anbringen lassen, damit Taryn mit der Schwimmtherapie weitermachen kann, wenn das Wetter schlechter wird."

Sie wollte es nicht zugeben, nicht einmal sich selbst gegenüber, aber es berührte sie, dass Brodie keine Kosten und Mühen für seine

Tochter scheute. Entgegen ihren besten Absichten fand sie es auf einmal schwierig, diesen Mann nicht zu mögen, der sich so dafür einsetzte, dass seine Tochter irgendwann ihr altes Leben wiederaufnehmen konnte.

„Auf die Schnelle fällt mir nur ein, dass wir noch einen Tisch und ein paar Stühle brauchen könnten, damit der Ergotherapeut mit ihr an der Feinmotorik arbeiten kann."

„Oh, richtig. Daran hatte ich gar nicht gedacht. Das kann ich aus dem Fernsehzimmer herbringen lassen."

Sie streckte ihm den Korb hin und fühlte sich ein wenig wie Rotkäppchen, das dem bösen Wolf Süßigkeiten anbietet. „Ich habe einige Kataloge mit den wichtigsten Hilfsmitteln mitgebracht, die wir wahrscheinlich nutzen könnten. Therapiebälle und so etwas. Ich habe sie mit Post-its markiert. Es wird im Laufe der Zeit sicher noch einige andere Dinge geben, über die wir nachdenken müssen, aber zuerst einmal sollten der Ergotherapeut und ich ein paar Tage mit Taryn arbeiten und einen Therapieplan zusammenstellen, bevor wir weitere Entscheidungen treffen."

„Großartig." Er nahm ihr den Korb ab, lehnte sich mit der Hüfte an den Behandlungstisch und begann, einen Katalog durchzublättern.

Sie fand es interessant, dass er selbst in einem solchen Moment, wo er einfach nur einen Katalog durchsah, so rastlos wirkte. Er zappelte ein wenig mit dem Fuß, verlagerte immer wieder sein Gewicht, blätterte eine Seite um und dann wieder zurück. Ihr wurde klar, dass sie diesen Mann noch nie entspannt gesehen hatte. Lag das an ihr, oder war er einfach so?

Aber da es nicht ihre Aufgabe war, sich über ihn Gedanken zu machen, begann sie, durch den Raum zu gehen und sich innerlich Notizen zu machen. Sofort schossen ihr die verschiedensten Ideen durch den Kopf, wie sie dieses Zimmer für die Therapie nutzen konnte.

Und es kam ihr so normal vor, so richtig, als hätte der medizinische Teil ihres Gehirns einfach eine Zeit lang Winterschlaf gehalten und nur auf den richtigen Augenblick gewartet, um aufzuwachen und im Sonnenlicht neue Energie zu tanken.

Sie hätte wissen müssen, dass sie die vielen Jahre der Ausbildung und Erfahrung nicht einfach aus ihrem Gedächtnis verbannen konnte. Das alles war ein Teil von ihr. Bis zu Cassies Tod war sie gerne Therapeutin gewesen und hatte es geliebt, Kindern nach einem Unfall oder einer Krankheit zu helfen, ihre Fähigkeiten so weit es ging zurückzugewinnen.

Aber als ihre Adoptivtochter gestorben war, hatte sich ihr ganzes Leben geändert. Alles, was sie zuvor mit Zufriedenheit erfüllt hatte, war mit einem Mal nichts anderes mehr als eine schmerzliche Erinnerung an ihr eigenes Versagen. Nach der Beerdigung hatte sie zwar noch weitergearbeitet, aber schnell entdeckt, dass die unbedingt notwendige Leidenschaft für ihren Beruf sich in nichts aufgelöst hatte. Nach wenigen Wochen hatte sie zugegeben, dass sie so nicht mehr weitermachen konnte. Ihre Patienten verdienten jemanden, der mehr tat, als einfach nur seine Pflicht zu erfüllen. Wenn sie es selbst nicht schaffte, über den Schmerz hinauszugehen – und das war ihr einfach nicht mehr möglich –, dann war es Zeit, damit aufzuhören.

Doch wie sich nun herausstellte, war es ihr doch nicht so leichtgefallen, ihrem einmal so geliebten Beruf den Rücken zu kehren.

„Bitte sagen Sie mir ganz ehrlich, was Sie denken." Brodie legte den Katalog zurück zu den anderen.

„Das ist immer mein kleinstes Problem." Sie lächelte matt. „Wenn überhaupt, dann bin ich manchmal etwas zu direkt."

„Direkt ist genau das, was ich im Moment brauche. Die meisten Ärzte geben immer nur Plattitüden von sich. Dass das Gehirn noch immer das größte Mysterium in der Medizin ist und wir abwarten müssen, bla, bla, bla. Der Unfall ist jetzt über drei Monate her, und ich brauche etwas Konkreteres als das. Ich weiß, dass Sie Taryn in Denver besucht haben, und ganz bestimmt haben Sie schon Patienten mit ähnlichen Kopfverletzungen gesehen. Lassen Sie uns realistisch sein: Wie stehen ihre Chancen, vollkommen gesund zu werden?"

Oh, die allzeit gefürchtete Frage. Ihr Magen zog sich zusammen, und sie fluchte innerlich, dass sie sich doch wieder in diese Lage gebracht hatte. Schön, vielleicht war sie aus einer Art Winterschlaf aufgewacht, doch in diesem Moment wollte sie nichts anderes, als sich wieder in ihrer warmen, sicheren Höhle zusammenzurollen und weiterzuschlafen.

„Ich habe Taryn aber noch nicht als Therapeutin betrachtet, Brodie. Und selbst wenn, könnte ich diese Frage einfach nicht beantworten. Zunächst einmal ist *vollkommen gesund* sehr subjektiv. Wird sie jemals so sein, als ob der Unfall nicht stattgefunden hätte? Wahrscheinlich nicht. Das ist die bittere Wahrheit. Menschen mit derart schweren Kopfverletzungen haben damit oft bis an ihr Lebensende zu kämpfen. Heißt das, dass sie nie wieder ein gutes, erfolgreiches Leben führen wird? Ich bin sicher, dass die Ärzte in der Rehaklinik Ihnen darüber einen viel umfassenderen Ausblick gegeben haben, als ich es jemals könnte."

„Sie haben überhaupt nichts gesagt. Eben nur, dass jeder Fall anders verläuft und was für ein Wunder es ist, dass sie den Unfall überhaupt überlebt hat."

„Bis vor sechs Wochen lag sie noch im Koma. Überlegen Sie doch mal, wie weit sie schon gekommen ist!"

„Ist sie das? Manchmal scheint es mir nicht so."

„Dann sagen Sie das mal zu Maura!" Sie hatte versucht, sich ihren Ärger nicht anmerken zu lassen, aber das hatte offenbar nicht funktioniert. Denn bei Erwähnung von Maura, deren Tochter Layla bei demselben Unfall ums Leben gekommen war, begann ein Muskel in seiner Wange zu zucken.

„Taryn lebt. Ich weiß. Sie hat überlebt, und dafür bin ich zutiefst dankbar. Aber ich frage mich, was für ein Leben das für sie ist."

Obwohl sein Gesichtsausdruck hart war, konnte sie den Schmerz in seiner Stimme hören. Ihr Ärger löste sich in Luft auf. Was immer sie auch von ihm hielt, Brodie war ein hingebungsvoller Vater, der sich Sorgen um die Zukunft seiner Tochter machte und von dem langsamen Verlauf ihrer Genesung frustriert war. Sie hatte in ihrer Laufbahn oft genug mit solchen Eltern zu tun gehabt – und war ein paar Jahre lang selbst so gewesen.

Beschwichtigend berührte sie seinen nackten Unterarm, doch als ein winziger Funke von seiner warmen Haut auf sie übersprang, zog sie die Hand hastig zurück.

„Wenn ich mich hier so umsehe, wird sie die beste Pflege bekommen, die nur möglich ist. Taryn hat Sie, und sie hat Katherine, außerdem beten alle Menschen in Hope's Crossing für sie, was keine Kleinigkeit ist."

Er sah nicht überzeugt aus. „Wir tun, was wir können. Ich hoffe nur, dass es reicht."

„Morgen kommt sie also nach Hause?"

„So ist der Plan."

Sie sah, wie Furcht in seinem Blick aufflackerte, und wusste genau, was er dachte. Als sie Cassie nach Hause geholt hatte, war sie auch starr vor Angst gewesen. Obwohl sie so viele Jahre mit ähnlich behinderten Kindern gearbeitet hatte, war die Vorstellung, nun allein für dieses zarte Wesen verantwortlich zu sein, überwältigend gewesen.

„Katherine soll mich anrufen, wenn Sie die Klink verlassen, damit ich hier bin, wenn Sie ankommen. Ich würde gerne sofort anfangen."

Seine blauen Augen weiteten sich überrascht. „Glauben Sie nicht, dass Taryn sich erst einmal ausruhen sollte? Die Fahrt von Denver könnte anstrengend für sie werden, vor allem, wenn sie vier Stunden im Rollstuhl sitzen muss."

„Ganz genau. Deswegen würde ich gerne sofort mit der Muskelarbeit beginnen."

„Nun, was immer Sie für das Richtige halten." Doch er bemühte sich nicht, seinen Zweifel zu verbergen.

„Sie haben mich gebeten, Ihnen zu helfen, schon vergessen? Also sollten Sie auch auf mein Urteilsvermögen vertrauen."

Das würde für sie beide nicht einfach werden. Brodie war ein Mann mit festen Vorstellungen – das hatten ihre sporadischen Zusammentreffen in der Vergangenheit ganz deutlich gezeigt.

„Ich möchte eines noch einmal klarstellen", fuhr sie fort. „Ich habe mich bereit erklärt, Ihnen vorübergehend auszuhelfen, aber nur, bis Sie jemand anderen für diese Position gefunden haben."

„Keine Angst, das habe ich nicht vergessen. Sie möchten so schnell wie möglich zu Ihrem Schmuck zurück."

Sie zuckte angesichts der Verachtung in seiner Stimme nicht zusammen. Sollte er doch denken, was er wollte, ihr war es egal. „Aber auch wenn ich nur zwei Wochen mit Taryn arbeiten werde, möchte ich trotzdem das Fundament für die anschließenden Therapien legen."

„Ich stimme Ihnen vollkommen zu." Jetzt war er wieder der steife Geschäftsmann, was sie merkwürdig erleichternd fand. Diesen Brodie jedenfalls konnte man viel leichter in eine Schublade stecken als den besorgten und mitfühlenden Vater.

„Gut. Das macht es für uns alle einfacher."

Er musterte sie misstrauisch. „Macht was einfacher?"

„Sie müssen mir etwas versprechen, bevor Taryn morgen nach Hause kommt."

„Da sollten Sie etwas konkreter werden. Ich habe schon vor langer Zeit gelernt, dass der Teufel im Detail steckt. Um welche Art von Versprechen handelt es sich?"

„Ich muss das alleinige Sagen bei der Therapie haben. Es kann nicht sein, dass Sie alles, was ich tue, infrage stellen. Wenn Sie Bedenken wegen meiner Methoden haben sollten, können wir natürlich darüber sprechen. Und ich lade Sie herzlich ein, den ganzen Tag dabei zu sein, wenn ich mit Ihrer Tochter arbeite."

Wobei sie wirklich hoffte, dass er das Angebot nicht annehmen würde. Sie konnte sich kaum etwas Unangenehmeres vorstellen, als von Taryns viel zu gut aussehendem Vater die ganze Zeit bei ihrer Arbeit beobachtet zu werden. „Aber Sie müssen mir versichern, dass Sie nicht alles kontrollieren wollen, was ich tue."

„Das alleinige Sagen? Das haben nicht mal meine Geschäftsführer."

„Es geht um Vertrauen. Wenn Sie nicht an meine Fähigkeiten glauben, wird das hier nicht funktionieren, nicht einmal kurzfristig. Dann sollten Sie die Pflege besser selbst koordinieren."

„Da verlangen Sie ganz schön viel von mir."

„Zu viel?"

Er dachte einen Moment nach. „Nun, es ist wohl nur fair. Vor allem, nachdem meine Mutter Sie quasi erpresst hat, damit Sie uns helfen."

Sie lachte. „Sie geben also zu, dass Sie Ihre Mutter auf mich gehetzt haben? Respekt!"

„Ich wäre nicht so weit in meinem Leben gekommen, wenn ich mich geweigert hätte, Vorteile zu nutzen. Meine Mutter war mein letzter Trumpf. Mir war klar, dass Sie mir ohne mit der Wimper zu zucken einen Korb geben würden, aber meine Mutter hat das Talent, zu bekommen, was sie will."

„Gut zu wissen, dass sie etwas davon an die nächste Generation vererbt hat."

„Neben blauen Augen, guten Zähnen und einer besonderen Vorliebe für Artischocken." Er lachte leise, und ihr Magen begann zu flattern.

Oh, das war nicht gut. Überhaupt nicht gut. Nicht nur, dass sie wieder in einem Beruf arbeitete, von dem sie geglaubt hatte, ihn für immer hinter sich gelassen zu haben. Nein, sie war zudem gezwungen, jeden Tag in Brodies Nähe zu verbringen.

Vorhin noch war sie sicher gewesen, dass nichts auf der Welt sie dazu bringen könnte, diesen Mann jemals zu mögen. Doch nun überkam sie das irritierende Gefühl, dass sie sich in dieser Hinsicht ganz schön was vorgemacht hatte.

Fünfzehn Minuten später sah Brodie ihr nach, wie sie in ihrem sportlichen kleinen Honda SUV durchs Tor fuhr.

Was genau hatte Evie Blanchard eigentlich an sich, das ihm derart unter die Haut ging?

Er begriff nicht, wie diese kleine schlanke Frau es schaffen konnte, dass er sich nach jeder Begegnung so fühlte, als sei er mit einem bissigen Hund aneinandergeraten. Sobald er auf sie traf, war er verärgert und irgendwie nervös, und das passte ihm überhaupt nicht. Lag wohl daran, dass er sie so attraktiv fand. Natürlich war es nicht gut, sich zu ihr hingezogen zu fühlen. Es war vielmehr völlig unsinnig, insbesondere, da sie beide eine vollkommen gegensätzliche Vorstellung von so ziemlich allem hatten. Politik, Philosophie, Geld. Gerade wegen seines Aufmerksamkeitsdefizit-Syndroms, kurz ADS genannt, mit dem er nach wie vor zu kämpfen hatte, brauchte er Ordnung in seinem Leben, klare Strukturen, die ihm halfen, mit dem Chaos in seinem Kopf zurechtzukommen.

Evie hingegen war wie diese Perlen und Schmucksteinchen, die sie so gern mochte – bunt, glitzernd, außergewöhnlich.

Selbstverständlich war seine Reaktion auf sie rein körperlich. Irgendetwas an diesem schlanken Körper, ihrer zarten, sonnengebräunten Haut und dem vollen, honigblonden Haar fuhr ihm direkt in den Magen.

Die nächsten beiden Wochen mit ihr im Haus musste er sich also in Selbstbeherrschung üben. Besonders, wenn seine widerspenstigen Gedanken mal wieder in alle möglichen unerwünschten Richtungen abschweiften – wie etwa, sich zu fragen, was sie tun würde, wenn er einfach die Lippen auf ihren herrlichen, faszinierenden Mund presste.

Zweifellos würde sie ihm schneller an den Hals gehen als besagter Hund, wenn er es wagte, ihr zu nahe zu treten. Und er konnte es sich nicht leisten, sie noch weiter gegen sich aufzubringen. Das tat er ja schon zur Genüge damit, dass er überhaupt existierte. Diese Frau war in ihrem Beruf ein Profi, damit hatte seine Mutter recht gehabt. Obwohl er sie noch nicht einmal mit Taryn zusammen erlebt hatte, spürte er, dass sie auf ihrem Gebiet absolut kompetent war.

Sie hatte ihn mit ihrer Entschiedenheit, die Arbeit mit Taryn sofort zu beginnen, schwer beeindruckt. Und mit der Forderung, das alleinige Sagen zu haben. Er schüttelte den Kopf, während er ihren kleinen Wagen den Berg hinuntersausen sah. Das alles würde nicht leicht für ihn werden, aber er begriff durchaus, dass er aus dieser Situation lernen konnte. Jede einzelne seiner Unternehmungen brauchte einen Chef. Meistens weigerte er sich, die Kontrolle abzugeben, obwohl er hin und wieder festgestellt hatte, wie gut es sich anfühlte, einem anderen zu vertrauen. Ob es ihm nun passte oder nicht, hier musste er sich fügen. Wenn er jede ihrer Entscheidungen hinterfragte, würde sie sich nach wenigen Tagen bereits aus dem Staub machen.

Er wusste jetzt schon, dass ihm ihre Zusage, für zwei Wochen zu helfen, nicht reichte. Er wollte sie dauerhaft hier haben. Sie war die Beste für Taryn, das wusste er einfach. Und das bedeutete nichts anderes, als dass er sie mit allen Mitteln überzeugen musste, länger zu bleiben.

Welche Wahl hatte er denn? Er war bereit, alles in seiner Macht Stehende zu tun, damit seine Tochter ein möglichst normales Leben führen konnte – egal, was es kostete.

# 4. Kapitel

Zu Hause.

Sie hatte es fast geschafft.

Taryn sah durch das Autofenster. Die Stadt. Die Bäume. Die Berge.

Zu Hause.

Sie war froh. So froh.

Ihr Rücken schmerzte von der langen Fahrt, vorsichtig verlagerte sie ihr Gewicht.

„Wir sind fast da, Baby", sagte ihr Vater vom Fahrersitz aus.

„Nur noch ein paar Meilen." Grandma lächelte. Sie sah hübsch aus. Und müde.

Kein Krankenhaus mehr. Ihre Freunde. Ihr Zimmer.

Normalität.

Ihr fiel das richtige Wort ein, doch wenn sie zu sprechen versuchte, kam nur ein albernes Gemurmel heraus. „Nooormmmt."

Grandma lächelte wieder. „Du wirst überrascht sein. Dein Dad hat sich mächtig ins Zeug gelegt, um alles für dich herzurichten. Du hast jetzt unten ein wunderschönes neues Zimmer mit einer breiten, ebenerdigen Dusche und deinem ganz privaten Trainingsraum."

Sie runzelte die Stirn. „Nein. Oben." Sie dachte an ihre Poster an der Wand, an die weiche Couch mit den vielen Kissen, die lila Wände. Ihr Zimmer.

Ihr Dad drehte sich stirnrunzelnd um. „Wir haben noch keinen Fahrstuhl. Deswegen ist es so besser, Kleines."

Sie wollte ihr Zimmer. Die Sitznische am Fenster, das Himmelbett, alles. Sie wollte darüber diskutieren, aber die Worte blieben stecken. „Nein. Oben."

„Warte, bis du dein neues Zimmer gesehen hast, Taryn." Dads Stimme klang unecht, zu fröhlich. „Es ist in deiner Lieblingsfarbe gestrichen und hat einen wirklich schönen Ausblick. Ich bin sicher, es wird dir gefallen."

Sie schüttelte den Kopf. Würde es nicht.

Das war nicht richtig. Sie kam nach Hause, und doch war es nicht dasselbe. Durch das Fenster sah sie die Bäume, Blumen, Berge.

Zu Hause.

Alles *andere* war normal. Nur sie nicht. Nicht mehr. Nie wieder.
Sie war zerstört.

Im Rückspiegel bemerkte Brodie, wie das Kinn seiner Tochter bebte,
und er befürchtete, sie würde zu weinen beginnen. Sie wollte ihr altes Zimmer zurück, ihr altes Leben. Dass sie all das nicht haben
konnte, war zu viel für ein Mädchen, das bereits so viel durchgemacht hatte.

Er richtete den Blick wieder auf die Straße, während er den für
Rollstühle geeigneten Kleinbus lenkte, den er vor wenigen Tagen für
einen schwindelerregenden Preis bei einem Händler in Loveland erstanden hatte. Hin und wieder aber sah er zu seiner Tochter, bis sich
ihr Gesicht endlich wieder etwas entspannte.

Sie war noch immer hübsch, seine Kleine. Ihre Gesichtszüge
wirkten ein wenig schlaffer als vor dem Unfall, und sie würde für
immer einige blasse Narben behalten, aber die meisten davon waren
unter dem Haaransatz.

Ihr Haar war kurz, da es für die Operationen hatte rasiert werden
müssen, aber es war dunkel und lockig wie zuvor. Und ihre Augen
waren noch immer tiefblau wie der Himmel kurz vor einem Gewitter.
Er fragte sich, ob auch andere ihren Mut und ihre Stärke sehen würden
oder nur den Rollstuhl und die Narben.

„Oh, es wird dir zu Hause so gefallen", sagte Katherine hinter
ihm.

Sie blickte aus dem Fenster, als ob sie jahrelang fort gewesen wäre,
und er war einmal mehr dankbar für all die Opfer, die seine Mutter für
ihn und ihre Enkelin brachte. Nach dem Unfall hatte Katherine ihr
eigenes Leben praktisch aufgegeben und war nach Denver gezogen,
um rund um die Uhr bei Taryn sein zu können. Er selbst hatte so viel
Zeit wie möglich im Krankenhaus verbracht und viele Geschäfts-
verpflichtungen auf seinen Partner bei *Thorne and Co.* übertragen.
Danach hatte er sich ein mobiles Büro in dem Apartment neben dem
Krankenhaus eingerichtet und irgendwie versucht, alles möglichst gut
am Laufen zu halten.

„Seht mal", rief Katherine auf einmal aus.

Er blickte in die Richtung, in die sie zeigte, und sah ein knapp zwei
Meter hohes Schild, das mit Pfählen in ein Rasenstück in der Nähe
von Miner's Park gerammt war. „Willkommen zu Hause, Taryn", las

er. Etwas weiter war mit abwaschbarer Farbe dieselbe Botschaft im Fenster eines Fast-Food-Restaurants zu lesen.

Auf der Markise des Lebensmittelladens, wo sonst normalerweise die Sonderangebote für Hühnerbeine oder Brokkoli standen, entdeckte er eine weitere.

Und als sie durch die Main Street fuhren, war in großen Buchstaben „Taryn Rocks!" auf die Straße gemalt.

Dafür waren wahrscheinlich die Schüler der Highschool verantwortlich.

Er freute sich darüber, obwohl er insgeheim dachte, dass einige der Leute sich lieber die Mühe hätten machen sollen, Taryn im Krankenhaus zu besuchen.

Aber das war nicht ganz fair. In den ersten Wochen nach dem Koma hatte Taryn Unmengen von Besuchern gehabt. Zu viele, um genau zu sein. Das Cheerleader-Team, in dem sie theoretisch noch Mitglied war. Die Spielführer der Football-Teams, die Schülervertretung.

Doch dann war praktisch niemand mehr gekommen. Wahrscheinlich konnte man das den Jugendlichen nicht vorwerfen. Es lag auf der Hand, dass Taryn nicht mehr das witzige Mädchen von früher war und sich nicht einmal richtig mit jemandem unterhalten konnte.

Diese kleine Geste war immerhin *etwas*. Nur darum geht es, dachte er, während seine Mutter auf all die anderen Willkommensgrüße zeigte und Taryn bei jedem Einzelnen leicht lächelte.

Weitere Grußschilder hingen an den Läden, unter anderem am *String Fever*, dem Café und sogar an Maura Parkers Buchladen.

„Wir hätten auch etwas am Sportladen und den Restaurants aufhängen sollen", sagte Brodie. „Ich habe einfach nicht daran gedacht."

„Wir hatten auch ein paar andere Dinge im Kopf."

„Das stimmt allerdings." Er lächelte, erneut dankbar für die bedingungslose Unterstützung seiner Mutter. Ohne sie hätte er die letzten Monate kaum durchgestanden.

Schon immer hatte er seine Mutter geliebt, aber lange hatte sich eine vage Wut daruntergemischt. Er hatte nicht verstehen können, dass eine so freundliche und großzügige Frau wie seine Mutter bei einem Mann wie seinem Vater blieb, einem harten, kompromisslosen Menschen ohne Sinn für Humor und wenig Geduld für einen Sohn mit Lernschwierigkeiten und einem Aufmerksamkeitsdefizit.

Doch diese Wut war nun weit weg und unwichtig. Wahrscheinlich lernte man als Erwachsener seine Eltern erst richtig zu schätzen, wenn man mit ihnen zusammen einen wirklich schweren Weg zurückgelegt hatte.

Sie wurde älter. Das war die ernüchternde Realität, die jetzt in dem harten Sonnenlicht nur allzu deutlich wurde. Da waren neue Falten um ihren Mund und graue Strähnen in ihrem normalerweise immer perfekt gefärbten Haar.

„Du solltest in den nächsten Wochen mal Urlaub machen", sagte er plötzlich. „Eine Kreuzfahrt oder eine Reise in die Provence oder so etwas. Das hast du dir weiß Gott verdient, und wir kommen bestimmt mal einen Monat ohne dich zurecht."

„Vielleicht nächstes Frühjahr, wenn sich alles etwas eingespielt hat."

Das Frühjahr schien ihm im Moment noch sehr weit entfernt. Die Espen färbten sich gerade blassgold an den Rändern – in wenigen Monaten würde Hope's Crossing tief verschneit sein, und die Skifahrer würden zurückkehren wie die Schwalben nach Capistrano.

„Eis", sagte Taryn plötzlich.

Einen Moment überlegte er, ob sie irgendwie seine Gedanken gelesen hatte. „Es ist August, Liebling", sagte er dann. „Hier gibt's in den nächsten Monaten sicher kein Eis." Die Vorstellung, bei Schnee und Eis mit dem Rollstuhl in der Stadt unterwegs zu sein, war erschreckend, aber vielleicht brauchten sie ihn bis dahin ja nicht mehr.

„Eis!", sagte sie eindringlicher und sah mit größerer Lebhaftigkeit aus dem Fenster. So temperamentvoll hatte er sie seit langer Zeit nicht mehr erlebt. Er warf seiner Mutter einen kurzen, ratlosen Blick zu. Sie zuckte nur mit den Schultern.

Einen Moment später fuhren sie an einem kleinen Stand vorbei, der wie eine Schweizer Berghütte aussah. Einige Leute saßen mit ihren Styroporbechern voll *Shave Ice* in der Hand unter den Sonnenschirmen an Tischen, und da endlich ging ihm ein Licht auf.

„Ach so! Eis!", rief er aus.

Taryn lächelte ein wenig schief und nickte, und er fühlte sich, als wäre er gerade eine schwarze Piste auf frischem Pulverschnee hinuntergewedelt.

Obwohl er es kaum erwarten konnte, sie nach Hause zu bringen und mit der nächsten Etappe dieser verrückten Reise zu beginnen, auf der sie sich seit April befanden, musste er zugeben, dass Taryn ihn nie um etwas gebeten hatte. Jetzt hatte sie erstmals einen Wunsch ausgesprochen, und – noch wichtiger – er hatte sie verstanden! Das war ein ganz besonderer Moment, der gefeiert werden musste, unabhängig von der Tatsache, dass sie nicht in der Lage wäre, den Eisbecher selbst in der Hand zu halten.

„Du möchtest ein Eis, du bekommst ein Eis, Liebling."

Er wendete den Wagen und fand wie durch ein Wunder einen breiten Parkplatz zwischen einem schicken roten Cabrio und einem voll beladenen Kleinbus. Noch waren jede Menge Sommergäste hier – den größten Touristenansturm hatte er allerdings durch seine Zeit in Denver verpasst.

„Welche Sorte?"

Sie runzelte die Stirn, während sie nachdachte, dann schenkte sie ihm ein Lächeln, das nur ein Schatten ihres früheren frechen Grinsens war. „Blau."

Nun, das sollte wohl blaue Himbeere bedeuten. Das jedenfalls war vor ihrem Unfall ihre Lieblingssorte gewesen, und es beruhigte ihn, dass er trotz der gewaltigen Veränderungen noch immer viel Altbekanntes an seiner Tochter entdecken konnte.

Er öffnete die Tür. „Mom, möchtest du auch eines?"

Katherine betrachtete ihn amüsiert „Ich glaube, ich passe ausnahmsweise."

Es war warm, aber durch die Bergluft viel angenehmer als im heißen Denver. In Hope's Crossing war es immer einige Grad kühler als in der Hauptstadt und ihrem Umland. Das war einer der Gründe, warum die Touristen der umgebenden Städte so gern herkamen, um in den kleinen Geschäften einzukaufen und in den vielen Restaurants zu essen.

Er erkannte das Mädchen, das am Stand arbeitete, als eine von Taryns Freundinnen aus der Grundschule. Hannah Kirk. Vor dem Umzug in die Aspen-Ridge-Gegend waren sie Nachbarn gewesen.

„Hallo, Hannah."

Sie legte den Lappen weg, mit dem sie gerade die Theke abgewischt hatte. „Hi, Mr Thorne", sagte sie. „Wie geht es Taryn? Ich habe gehört, dass sie heute vielleicht nach Hause kommt."

„Das stimmt. Jetzt, um genau zu sein. Sie sitzt im Wagen. Wir sind gerade auf dem Nachhauseweg, und sie wollte so gern ein Eis."

Hannah strahlte. „Sie hat nach einem Eis gefragt? Das ist ja toll. Ich habe gehört, dass sie nicht sprechen kann." Sie brach ab, auf ihrem rundlichen Gesicht zeichnete sich Verlegenheit ab. „Entschuldigung. Ich meinte ..."

„Sie *kann* sprechen. Es ist allerdings manchmal etwas schwierig, sie zu verstehen, deswegen redet sie nicht viel. Nur das Wichtigste. Also vermute ich, dass sie wirklich unbedingt ein Eis haben möchte."

„Gar kein Problem. Welche Größe?"

„Medium, würde ich sagen. Blaue Himbeere. Und ich nehme Pfirsich-Kokosnuss, auch medium."

Reiner Zucker, so viel war ihm klar, aber ab und zu durfte ein Mann sich doch wohl etwas gönnen. Warum er in diesem Moment plötzlich an Evie Blanchard denken musste, war ihm selbst ein Rätsel.

Während er wartete, bis Hannah das Eis in der Maschine zermahlen hatte – was so lange dauerte, als ob sie ein Meisterwerk aus einem Stück Marmor hauen wollte, – stand er neben der imitierten Schweizer Hütte und ließ den Blick über die Main Street von Hope's Crossing wandern. Die Stadt wirkte einladend und gemütlich im Nachmittagslicht. Eltern, die Kinderwagen schoben, ein älteres, Arm in Arm spazierendes Paar und einige Jogger, denen weiße iPod-Kabel von ihren Ohren baumelten.

Er mochte Hope's Crossing, doch als Jugendlicher hatte er gar nicht schnell genug von hier verschwinden können. Damals hatte er die Stadt als provinziell empfunden, voller kleinmütiger Leute mit noch kleineren Träumen. Doch nach dem Scheitern seiner Ehe war er hierher zurückgekehrt, ein verlorener, unreifer Junge von 24 Jahren, der sich plötzlich allein um sein dreijähriges Kind kümmern musste und nicht die geringste Ahnung hatte, wie das gehen sollte.

Er hatte die Hilfe seiner Mutter nach der Scheidung gut gebrauchen können. Allerdings war er nicht sicher, ob er sich genauso entschieden hätte, wenn sein Vater damals nicht gerade gestorben wäre. Raymond Thornes tödlicher Herzinfarkt zu genau der richtigen Zeit in Brodies Leben konnte man vermutlich als die einzige selbstlose Tat dieses Mistkerls betrachten.

Bei diesem Gedanken angekommen, sah er einen Jungen mit blond gesträhntem Haar auf einem teuren Mountainbike die Straße entlangradeln. Er trug Surfershorts und ein schwarzes T-Shirt mit einem geschmacklosen Bild darauf.

„Hey, Hannah-Banana. Eine Portion Wassermelone medium."

Blinde Wut kochte in Brodie hoch. Er konnte sie förmlich auf der Zunge schmecken, scharf und giftig. Mit jeder Faser seines Körpers hasste er diesen Jungen, und es bedurfte der gesamten Selbstbeherrschung eines ehemaligen Skispringers, um den Jungen nicht zu packen und sein Gesicht in die Eismaschine zu drücken.

Er trat um die kleine Hütte herum und stellte voller Genugtuung fest, dass der Junge ein wenig blass wurde unter seiner Sonnenbräune.

„Hübsches Rad", sagte er zu Charlie Beaumont, dem Mistkerl, der Taryns Leben ruiniert hatte.

Der Junge wirkte, als ob er lieber woanders wäre. Wahrscheinlich wäre er lieber wieder auf sein Rad geklettert und davongebraust. Seine blassen Wangen wurden knallrot, er konnte Brodie nicht in die Augen sehen.

„Mr Thorne", murmelte er.

Tausend Dinge hätte Brodie diesem Jungen, der offenbar glaubte, ungestraft das Leben anderer zerstören zu können, gern ins Gesicht geschleudert.

Charlies Vater war der Bürgermeister von Hope's Crossing und einer der mächtigsten Männer der Stadt. Er war zudem Anwalt und ließ – zusammen mit seinen Partnern – nichts unversucht, damit sein Sohn für seinen Fehler nicht geradestehen musste.

Dieser kleine Scheißer hatte das Leben seiner Tochter zugrunde gerichtet. Während er auf seinem Fünftausend-Dollar-Rad durch die Stadt strampelte und Eis kaufte, war Taryn gezwungen, zahllose Behandlungen und Spritzen über sich ergehen zu lassen, konnte kaum ihre dringendsten Bedürfnisse äußern und verbrachte ihre Tage in einem Rollstuhl. Dabei sollte sie tanzen und rennen und das Leben als Teenager genießen.

Ihn in die Eismaschine zu stecken erschien Brodie da noch zu harmlos.

„Äh, wie geht es Taryn?", fragte Charlie schließlich.

Brodie musste gestehen, dass der Junge ganz schön Mumm hatte. „Interessiert es dich wirklich? Ich kann mich nicht erinnern, dass du irgendwann in den letzten drei Monaten im Krankenhaus aufgetaucht wärst."

Charlie hatte zumindest den Anstand, verlegen zu wirken. „Das wollte ich ja. Es ist nur … meine Eltern, ähm, also die meinten, dass ich das nicht tun sollte."

„Klar. Warum solltest du auch der unangenehmen Wahrheit ins Gesicht sehen?"

Falls überhaupt möglich, errötete Charlie noch mehr. Brodie hätte gerne etwas Bösartiges zu ihm gesagt, aber in diesem Moment tauchten hinter ihm weitere Kunden auf, eine Familie in Shorts und mit Baseballkappen. Und was hätte es denn auch gebracht? Den Jungen anzubrüllen half Taryn auch nicht weiter, und er selbst würde sich hinterher vermutlich auch nicht gerade besser fühlen.

Kurz darauf rief Hannah: „Hier, bitte sehr, Mr Thorne. Und richten Sie Taryn aus, dass wir alle für sie beten, ja?"

Er zwang sich zu einem höflichen Lächeln und erwähnte nicht, dass Gebete bisher nicht sonderlich geholfen hatten.

„Das werde ich ihr ausrichten. Und danke für das Eis. Es wird ihr bestimmt schmecken."

Hannah zögerte. „Wäre es in Ordnung, wenn ich ihr ab und zu mal eines vorbeibringe, jetzt, wo sie wieder zu Hause ist?"

Das war ein nettes Angebot von ihr, vor allem, da ihre Freundschaft zu Taryn nach der Grundschule deutlich abgekühlt war. „Da würde sie sich bestimmt freuen."

Charlie verfolgte ihr Gespräch. „Moment. Sie ist wieder zu Hause?", erkundigte er sich.

„Hast du nicht die ganzen Schilder in der Stadt gesehen?", fragte Hannah etwas schärfer, als es typisch für sie zu sein schien. „Mr Thorne bringt sie gerade nach Hause. Deswegen kauft er ihr hier ein Eis und nicht in Denver."

Eine interessante Mischung von Gefühlen wanderte über Charlies Gesicht, stellte Brodie fest. Er wirkte froh, zugleich aber unglücklich und wachsam. „Dann ist sie okay?"

Chief McKnight würde ihn wahrscheinlich nicht verhaften, wenn er „aus Versehen" das *Shave Ice* über Charlies Kopf schüttete, oder? „Klar", antwortete er brummend. „Wenn ‚okay' bedeutet, dass jemand rund um die Uhr Pflege braucht, nur ein paar Worte sagen und nicht einmal dieses Eis selbst essen kann. Dann ist sie wohl *okay*. Im Gegensatz zu Layla Parker."

Es war grausam, so etwas zu sagen, das wusste er, und er fühlte sich mies, als Charlie nach Luft schnappte, als ob Brodie ihm einen Schlag in die Magengrube verpasst hätte. Der Junge starrte ihn lange an, dann stieg er wieder auf sein Mountainbike und radelte davon, ohne sein Eis mitzunehmen.

Brodie stand noch einen Moment wie ein Idiot da und sah ihm hinterher, dann schüttelte er den Kopf. Während er zurück zum Wagen ging, versuchte er, den Vorfall zu vergessen. Heute war doch ein guter Tag, nicht wahr? Das war viel wichtiger als dieses miese kleine Großmaul.

Er öffnete die linke Hintertür – die ohne Rampe – stellte den Eisbecher in den Getränkehalter und steckte den Löffel in Taryns Eis.

„Bitte schön, Liebling. Blau. Genau, wie du es wolltest."

Wieder schenkte sie ihm dieses schiefe Lächeln, das – wie die Ärzte ihn gewarnt hatten – womöglich dauerhaft war, dann öffnete sie den Mund.

„Mmmm", sagte sie, also gab er ihr einen weiteren Löffel und wischte ihr den Mund ab, als etwas von dem Eis aus den Mundwinkeln tropfte.

„Reicht das erst mal? Du kannst mehr haben, wenn wir zu Hause sind."

„Ja", antwortete sie und lächelte wieder. Sein Herz schmerzte vor lauter Liebe zu ihr. Wie furchtbar, dass erst dieser schreckliche Unfall hatte geschehen müssen, um ihn wieder daran zu erinnern, wie viel sie ihm bedeutete.

„Alles in Ordnung?", fragte seine Mutter, als sie weiterfuhren.

„Warum denn nicht?" Er konzentrierte sich lieber auf die Fahrt als auf die vielen Gefühle, mit denen er sowieso nicht umgehen konnte. Wut auf Charlie, Liebe für seine Tochter, Verbitterung wegen der ganzen verdammten Situation.

„Du scheinst etwas angespannt."

Im Rückspiegel konnte er sehen, dass Taryn aus dem Fenster schaute und nicht auf ihr Gespräch achtete, deswegen beschloss er, seiner Mutter die Wahrheit zu sagen.

„Charlie Beaumont stand hinter mir am Eisstand", sagte er leise.

Katherine schien das nicht für ein welterschütterndes Ereignis zu halten. „Und was hast du getan?"

„Er ist nicht verletzt, falls du das meinst."

Seine Mutter lächelte leicht. „Schön, das zu hören. Ich schätze, es haben schon genug Menschen unter seinem Fehler gelitten, meinst du nicht?"

Außer Charlie selbst. Dieser Junge hatte kein bisschen gelitten. Durch eine wundersame Fügung des Schicksals war er vollkommen unverletzt aus dem Unfallwagen gestiegen – und Brodie war sich tief im Innern ziemlich sicher, dass er erst Frieden finden würde, wenn der Junge endlich für all die zerstörten Leben bezahlt hatte.

Sie war die Schweiz.
Matterhorn, Lederhosen und diese meterlangen Trompetendinger.
Aber vor allem: Neutralität.
Evie saß in Brodies großem Eingangsbereich und wunderte sich über die Verspätung. Katherine hatte ihr vor einer halben Stunde eine SMS geschickt, in der stand, dass sie in etwa einer Viertelstunde zu Hause seien. Vielleicht hatten sie noch unterwegs angehalten, um sich die Begrüßungstafeln und -schilder anzusehen.

Sie wusste nicht, wie Taryns Heimkehr durchgesickert war, aber jeder schien Bescheid zu wissen. Vielleicht hatte die Handelskammer eine Telefonkette gestartet oder etwas Ähnliches, denn tatsächlich hatte sich fast jedes Geschäft in der Stadt irgendeinen Willkommensgruß ausgedacht.

Sie konnte nur hoffen, dass Brodie diese Form der Unterstützung als das aufnahm, was es sein sollte: ein gut gemeinter Ausdruck der Anteilnahme der Bewohner.

„Kann ich Ihnen etwas zu trinken bringen, während wir warten? Ein Mineralwasser oder einen Tee?" Mrs Olafson, Brodies beängstigend tüchtige und ausnehmend stämmige Haushälterin, stand im Türrahmen. Auf den ersten Blick hatte sie trotz ihrer freundlich wirkenden Apfelbäckchen einen sehr strengen Eindruck auf Evie gemacht. Doch so, wie sie ständig aus dem Fenster sah, schien sie Taryns Ankunft genauso ungeduldig zu erwarten wie Evie.

„Nein danke", lehnte Evie freundlich ab. „Warum setzen Sie sich nicht und warten zusammen mit mir?"

„Das kann ich nicht. Ich muss noch den Salat fürs Abendessen vorbereiten."

„Abendessen ist doch erst in ein paar Stunden. Bitte. Setzen Sie sich."

Mrs Olafson sah sie zögernd an, dann ließ sie sich schließlich auf dem Rand der Holzbank neben der Haustür nieder.

„Wie lange arbeiten Sie schon für die Thornes?", fragte Evie. Sie hatte die ältere Frau öfter in der Stadt gesehen, aber ihre Wege hatten sich bisher nie gekreuzt. Da sie in den nächsten Tagen eng zusammenarbeiten würden, wäre es gut, sie besser kennenzulernen.

Auf jeden Fall konnte es nicht schaden, freundlich zu sein und mehr über Mrs Olafson zu erfahren. Bisher wusste Evie nur, dass sie selten lächelte und ihr Haar immer zu einem sehr strengen grauen Knoten zusammengefasst trug. Bei ihrem Anblick musste Evie immer an ihre Grundschullehrerin denken oder – ganz allgemein – an die Aufseherin eines Frauengefängnisses.

„Ich bin seit fast fünf Jahren hier im Haus. Mein Mann war Koch und hat in Mr Thornes Restaurant im Skiresort gearbeitet."

„Ach, von ihm haben Sie also so gut kochen gelernt?"

„*Ich* habe *ihm* alles beigebracht, was ich kann", berichtigte Mrs Olafson, und zum ersten Mal umspielte ein Lächeln ihre Lippen. Es verblasste schnell. „Nur wenige Monate, nachdem wir von Minneapolis hierherkamen, wurde bei ihm Leberkrebs diagnostiziert."

„Oh. Das tut mir leid."

Mrs Olafson zuckte mit den Schultern. „Ich war mir sicher, dass Mr Thorne ihn feuern würde, aber das hat er nicht getan. Er hat weiter sein Gehalt bezahlt, selbst als er nicht mehr arbeiten konnte. Nach Davids Tod hat Mr Thorne mich gefragt, ob ich bei ihm als Haushälterin arbeiten wolle. Seitdem bin ich hier." Sie nestelte an ihrer Schürze herum, mit ihren blassblauen Augen starrte sie wieder hinaus zur Auffahrt. „Mr Thorne ist ein sehr guter Mensch. Ich bin zwar eine gute Köchin, hatte aber keine Berufserfahrung. Ich habe jung geheiratet und meine Jungs großgezogen, die jetzt beide aufs College gehen. Mr Thorne war es egal, dass ich noch nie in diesem Beruf gearbeitet hatte. Er hat mich trotzdem angestellt."

Wenn sie bloß nicht gefragt hätte! Sie wollte keine Lobhudeleien über Brodie hören. Ungeduldig zappelte Evie mit den Zehen. Auf einmal sollte er ein großzügiger Mensch sein und nicht der steife, unangenehme Mann, für den sie ihn immer gehalten hatte?

„Nun, wenn man jahrelang für eine Familie sorgt, hat man wohl mehr als genug Erfahrung. Falls dieser köstliche Duft aus der Küche irgendein Anhaltspunkt ist, dann bin ich davon überzeugt, dass Sie Ihre Arbeit hervorragend machen."

Die Haushälterin schien sich ein wenig für Evie zu erwärmen, ihr Gesichtsausdruck war nicht mehr ganz so abweisend. „Ich bemühe mich. Wenn Sie jemals meine Hilfe mit Taryn brauchen, dann sagen Sie unbedingt Bescheid."

„Vielen Dank. Ich komme bestimmt auf Ihr Angebot zurück."
Brodie hatte Krankenschwestern engagiert, die sich um Taryns medizinische Bedürfnisse kümmerten, aber Evie wollte mit dem Mädchen sechs Stunden am Tag ein straffes körperliches Programm durchziehen. Jeden Tag zwischen zehn und sechzehn Uhr, bis Brodie jemanden gefunden hatte, der ihre Arbeit übernehmen konnte. Zudem würde ein Ergotherapeut, den sie von früher kannte, dreimal die Woche für zwei Stunden ins Haus kommen.

Für höchstens zwei Wochen – das würde sie schon irgendwie hinbekommen. Sie hatte in der vergangenen Nacht von ihrer Adoptivtochter geträumt, von Cassies süßem Lächeln, ihrem großen Herzen und ihrer liebevollen Art.

Sie hatten zusammen in der Hängematte hinter ihrem Bungalow in Topanga Canyon gelegen, sich Geschichten erzählt, alberne Liedchen gesungen und dem Rauschen des Baches zugehört. Cassie hatte glücklich gelacht – genau das Lachen, an das Evie sich erinnerte –, und dann war sie mit der schmerzhaften Erkenntnis aufgewacht, dass es ihre Tochter nicht mehr gab.

Es war fast zwei Jahre her, doch Evie trauerte nach wie vor um Cassie. Auch wenn sie ihren Frieden in Hope's Crossing gefunden haben mochte, blieb der Schmerz. Allerdings war er nicht mehr so unerträglich wie zu Beginn, und vielleicht hatte sich ja inzwischen eine schützende Hülle um ihr Herz gebildet.

Jetzt musste sie nur verhindern, dass Taryn Thorne und ihr viel zu attraktiver Vater diese Hülle wieder sprengten.

Die Schweiz. Stoisch und distanziert, ohne eine Spur von emotionaler Verstrickung. Das würde sie schon schaffen, auch wenn ihre Freundschaft mit Katherine die ganze Sache erheblich erschwerte.

Ein silberner Kleinbus fuhr in die Auffahrt.

„Oh, sie ist da!", stieß Mrs Olafson aus.

Lächelnd drückte Evie ihr die Hand, dann erhob sie sich.

Brodie schien einen Moment zu zögern, bevor er den Knopf für die Rampe drückte, und wieder spürte Evie dieses unwillkommene Mitgefühl in sich aufsteigen. Sie konnte sich gut an das panische *Und-was-nun*-Gefühl erinnern, als sie Cassie nach Merediths Beerdigung zu sich nach Hause geholt hatte.

Ehe sie darüber nachdenken konnte, war sie schon mit einem strahlenden Lächeln auf den frisch geebneten Asphaltweg getreten, auf dem man sich bequem mit einem Rollstuhl fortbewegen konnte. „Hi. Willkommen zu Hause! Wie war die Fahrt?"

Brodie blinzelte kurz, als ob er mit einer so freundlichen Begrüßung nicht gerechnet hätte. „Gut. Sie ist eine echte Kämpferin, aber bestimmt müde."

Mrs Olafson war ihr gefolgt. „Mr Thorne, der Pflegedienst hat angerufen und gesagt, dass die Krankenschwester sich verspätet. Sie sollte in etwa einer Stunde hier sein."

„Danke, Mrs O."

Einen Moment lang stand er hilflos da, als wüsste er nicht, was er als Nächstes tun sollte. Am liebsten hätte Evie ihn in die Arme genommen und ihm ins Ohr geflüstert, dass alles gut werden würde. Doch sie konnte sich nur zu gut vorstellen, wie er auf so etwas reagiert hätte.

Sie beugte sich ins Innere des Busses und legte eine Hand auf die Lehne des Rollstuhls. „Hi, Taryn. Erinnerst du dich an mich? Evie Blanchard aus dem *String Fever*?"

Taryn nickte, ihr Mund verzog sich zu einem halben Lächeln. „Hi."

*Was haben Sie hier zu suchen?* Obwohl Taryn die Worte nicht aussprach, konnte Evie die Frage regelrecht hören. Wenn sie etwas von ihren Patienten gelernt hatte, dann war es, nonverbale Zeichen zu verstehen. Taryn war von ihrer Anwesenheit vollkommen überrumpelt.

„Du möchtest wissen, weshalb ich hier bin, stimmt's?"

Taryn senkte das Kinn und hob es dann wieder, was Evie als Zustimmung deutete.

„Gute Frage. Ich bin nicht sicher, ob du das weißt, aber bevor ich nach Hope's Crossing kam und für Claire in dem Schmuckladen gearbeitet habe, war ich Physiotherapeutin in Kalifornien. Dein Dad und deine Großmutter haben mich gebeten, ein Therapieprogramm für dich zusammenzustellen. Bist du damit einverstanden?"

Taryn hob eine Schulter, schien aber nicht sonderlich begeistert von der Idee zu sein.

„Du möchtest bestimmt erst mal ins Haus, oder? Ich weiß jedenfalls, dass mir mein Hintern immer wehtut, wenn ich eine Weile im Auto sitze. Also strecken wir uns jetzt mal aus, okay?"

„O-kay."

„Und ich bringe dir dein Eis", sagte Katherine.

*„Shave Ice.* Lecker. Blaue Himbeere? Mag ich auch am liebsten."

„Wir haben diesen kleinen Stand am Ende der Main Street entdeckt, und Taryn wollte unbedingt eines haben."

Deshalb die Verspätung, dachte Evie. Brodie war also nicht so ungeduldig und unflexibel, dass er seiner Tochter diesen kleinen Wunsch abgeschlagen hätte. Schon wieder fühlte sie ein sanftes Kratzen an der Hülle.

Evie trat zurück, während Brodie den Rollstuhl über die Rampe hinunterließ und dann zur Eingangstür schob. Als er sich im Haus auf die Suite zubewegte, riss Taryn den Kopf Richtung Treppe herum. „Mein Zimmer. Oben."

„T, darüber haben wir doch gesprochen. Erst einmal wohnst du hier unten."

„Nein. Mein Zimmer."

Brodie warf Evie einen frustrierten und Hilfe suchenden Blick zu.

„Du möchtest wieder in dein altes Zimmer?"

Taryn nickte eifrig.

„Dann musst du hart daran arbeiten, wieder dort hinaufzukönnen. Bist du dazu bereit?"

„Yeah", sagte Taryn, und ein kämpferisches Licht leuchtete in ihren Augen auf.

„Wunderbar. Ich auch."

„Komm jetzt, Liebling", sagte Katherine. „Ich zeige dir dein neues Zimmer."

Katherine schob den Rollstuhl den Gang hinunter, und obwohl Evie sofort mit dem Mädchen loslegen wollte, blieb sie noch einen Moment stehen. Brodie sah seiner Tochter und seiner Mutter mit so einem verzweifelten, hoffnungslosen Blick hinterher, dass sie ihn am liebsten schon wieder trösten wollte. Ihm versprechen, dass alles gut werden würde. Aber sie durfte ihn nicht belügen.

„Hat Taryn das Eis geschmeckt?" Sie deutete auf den Becher, den Katherine ihm in die Hand gedrückt hatte.

„Sie hat nur ein paar Löffel gegessen, aber ich denke schon. Ich allerdings hätte gut ohne die Gesellschaft dort auskommen können."

Als sie ihn verständnislos ansah, zuckte er mit den Schultern. „Ich habe diesen kleinen Mistkerl Charlie Beaumont am Eisstand getroffen. Und bevor Sie fragen: nein. Ich habe ihn nicht verprügelt – aber um ehrlich zu sein, hätte ich beinahe mein Pfirsich-Kokosnuss-Eis über seinem Kopf ausgeleert."

„Ich bewundere Ihre Selbstbeherrschung", sagte sie mit einem Lächeln. Sie beschloss, ihm nicht zu sagen, dass ihr der Junge, der von jedermann in der Stadt geschnitten wurde, ein bisschen leidtat. „Eine Freundin von Taryn arbeitet an dem Eisstand. Sie hat angeboten, mal vorbeizukommen. Da Sie absolute Autorität beanspruchen, sollten Sie das wohl besser entscheiden."

„Ich beanspruche keine absolute Autorität", widersprach sie leise.

„In Denver hatte sie nicht besonders viel Besuch", fuhr Brodie fort, ohne darauf einzugehen. „Aber jetzt, wo sie wieder zu Hause ist, gehe ich davon aus, dass ihre Freunde sie sehen wollen. Was denken Sie?"

„Warum halten Sie das für ein Problem?"

„Sie haben sie doch gesehen. Sie kann sich nicht richtig unterhalten. Ich habe Angst, dass es vielleicht zu schwer für Taryn ist, ständig daran erinnert zu werden, was sie alles verloren hat."

„Regelmäßiger Kontakt zu Gleichaltrigen ist wichtig für Teenager, ganz egal, mit welchen körperlichen Beschwerden sie sich herumschlagen müssen."

„Das kann ich mir gut vorstellen. Vor dem Unfall hatte sie ständig ein oder zwei Freundinnen zu Besuch. Wenn Sie es also für richtig halten, werde ich Hannahs Mutter anrufen und ihr sagen, dass das Mädchen vorbeikommen kann."

„Vielleicht könnten wir die Besuche von Freunden sogar in den Therapieplan einarbeiten. Ich werde mit der Sprachtherapeutin darüber reden, wenn sie morgen kommt."

„Danke." Er schien sich unbehaglich zu fühlen. „Ich fürchte, ich habe das beim letzten Mal nicht gesagt. Natürlich weiß ich, dass Sie eigentlich nicht hier sein wollen. Meine Mutter hat mir nicht verraten, weshalb. Sie sagte nur, Sie hätten Ihre Gründe, aber … Ich möchte mich bei Ihnen bedanken, dass Sie uns trotzdem helfen."

Plötzlich hatte sie ein schlechtes Gewissen, weil sie so sauer und genervt reagiert hatte, als er sie zum ersten Mal darauf angesprochen hatte. Unter anderen Umständen, wenn sie selbst stabiler gewesen wäre, hätte sie diese Herausforderung wahrscheinlich begeistert angenommen. Jeder einigermaßen mitfühlende Mensch hätte die Chance ergriffen, einem Mädchen zu helfen, das schon so viel durchgemacht hatte. Jetzt schämte sie sich, weil sie sich eine ganze Woche Zeit für die Antwort gelassen und sich dabei Tausend Ausreden überlegt hatte, um sich irgendwie aus der Verantwortung zu stehlen.

Vermutlich überlegten selbst die Schweizer hin und wieder, nach vorn zu treten und mit anzupacken.

„Gern geschehen", erwiderte sie schließlich und spürte, wie ihre Wangen heiß wurden.

Er betrachtete sie mit seinen unglaublich blauen Augen, die von dunklen Wimpern umrandet waren, und einen Moment lang hatte sie den Eindruck, dass sein Blick länger auf ihren Lippen verharrte.

„Ich helfe mal besser Ihrer Mutter mit Taryn", sagte sie schnell.

„Ach ja, richtig. Brauchen Sie Hilfe? Ich muss noch ein paar Telefonate erledigen, aber die können warten."

Sie schüttelte den Kopf. „Das geht schon. Besser, wir üben schon mal, allein mit der Hebevorrichtung zurechtzukommen, die Sie installiert haben."

„Mein Büro ist am anderen Ende des Flurs. Wenn Sie mich brauchen, rufen Sie einfach."

Sie nickte und sah ihm hinterher, wie er davonging, sein Körper stark und athletisch. Oh, in der Nähe dieses unglaublich anziehenden Mannes musste sie wirklich vorsichtig sein. Es würde wohl nicht leicht werden, immer daran zu denken, dass sie die verflixte Schweiz war, vor allem jetzt, wo sie am liebsten alle Grenzen geöffnet hätte.

# 5. Kapitel

Nur wenige Tage später verwarf Evie die Idee mit der Schweiz und beschloss, lieber Napoleon zu sein, der mit wehenden Fahnen durch Europa marschierte und Grenzen sprengte.

Sosehr sie es auch versucht hatte, es gelang ihr nicht länger, distanziert zu bleiben. Im Gegenteil. Sie war frustriert, müde und schlecht gelaunt. Auch der letzte Rest Geduld war aufgebraucht.

In den fast zehn Jahren als Therapeutin in Los Angeles hatte sie jede Menge widerspenstige Patienten kennengelernt. Kinder, die sich weigerten, ihre Übungen zu machen, wenn sie gerade nicht in der Stimmung waren. Teenager, die einen bestimmten Song hören wollten oder bei denen das Licht genau richtig sein musste, bevor sie auch nur darüber nachdachten, ihr Trainingsprogramm zu beginnen.

Aber das war nichts im Vergleich zu dem unbeugsamen Willen dieser Fünfzehnjährigen. „Komm schon, Taryn. Du kannst das. Ich habe die Berichte deiner Therapeuten in der Klinik gelesen, und demnach konntest du in den letzten beiden Wochen zwanzig Sekunden am Stück allein stehen. Aber mir hast du es noch kein einziges Mal gezeigt. Lügen die alle, oder hast du vergessen, wie es geht?"

Taryn zuckte mit den Schultern, und Evie hätte am liebsten laut aufgeschrien. Jedes Mal, wenn sie am Aufstehen arbeiteten, knickten Taryns Beine ein, als wären sie aus Pudding. „Ich möchte es doch nur einmal sehen. Ein einziges Mal. Los, Liebes. Wie willst du jemals die Treppe zu deinem Zimmer hochkommen, wenn du mir nicht mal zeigst, wie gut du schon stehen kannst?"

„Ich will … fernsehen", sagte Taryn.

Sie drehte den Kopf zu dem Großbildschirm an der Wand, und Evie war zugleich wütend und ermutigt. Taryn konnte schon jetzt besser Worte aneinanderreihen als vor ein paar Tagen, und Evie fragte sich, was sie mit dem Kind eigentlich falsch machte.

„Schön", sagte sie. „Wenn du dreißig Sekunden stehst, dann kannst du dir für eine Viertelstunde alles ansehen, was du möchtest. Einverstanden?" Taryn schaute am liebsten völlig sinnlose Reality-Dokus, aber Evie war bereit, alles zu versuchen.

Taryns Mund verzog sich zu diesem schiefen Lächeln. „Gut."
Evie zog sie aus dem Stuhl und spürte die Anstrengung in ihrem Rücken, als sie fast das gesamte Gewicht des Mädchens hielt, auch wenn Taryn noch immer dünn war, ihre Handgelenke dürr wie Äste. Vor dem Unfall war sie quicklebendig und fit gewesen, ständig umgeben von irgendwelchen Freundinnen. Sobald sie das *String Fever* betreten hatte, war ihre Fröhlichkeit immer sofort auf alle anderen im Laden übergesprungen.

Hirnverletzungen sind einfach beschissen, dachte Evie. Zwei Menschen konnten genau dieselben Verletzungen erleiden – an derselben Stelle, gleich schlimm, alles identisch – und sich vollkommen anders entwickeln.

Inzwischen verstand sie sehr gut, dass die Ärzte in der Rehaklinik aufgegeben hatten. Und jetzt, wo Taryn wieder zu Hause war, schien sie sogar noch weniger bereit zu sein, das anstrengende Programm durchzuziehen.

Evie musste unbedingt einen Weg finden, an sie heranzukommen, hatte aber nicht den blassesten Schimmer, wie ihr das gelingen sollte. Keine Technik, die sie bisher versucht hatte, funktionierte. Wenn Taryn also bereit war, wegen einer dummen Fernsehshow endlich ein wenig mitzuarbeiten, dann sollte es eben so sein.

„Die Gehhilfe ist gleich hier, falls du sie brauchst. Bist du so weit? Kann ich dich loslassen?"

Als Taryn nickte, löste Evie ihre Umklammerung, wobei sie die Hände allerdings in Griffnähe behielt. Taryn gelang es, ihr eigenes Gewicht zu halten und zu stehen, wobei sie sich an der Gehhilfe festhielt.

Evie hatte gerade bis fünfzehn gezählt, als sie aus den Augenwinkeln eine Bewegung bemerkte und sah, dass Brodie ins Zimmer gekommen war.

„Dad", rief Taryn und sank nach hinten.

Evie fing sie auf, bevor sie stürzen konnte. „Das waren keine dreißig Sekunden. Es haben noch mindestens zehn gefehlt. Also kein Fernsehen für dich."

Taryn zog ein Gesicht, dann richtete sie sich wieder auf. Exakt zehn Sekunden später fiel sie in ihren Stuhl.

Evie lachte. „Na, so was! Kopfrechnen funktioniert auf jeden Fall. Also schön, du hast es dir verdient. Eine Viertelstunde, okay?"

Sie schob das Mädchen zum Fernseher und reichte ihm die Fernbedienung mit den großen Knöpfen, die Taryn mühelos drücken konnte.

„Interessante Art der Motivation", murmelte Brodie hinter ihr. Sie konnte an seinem Tonfall nicht erkennen, ob er einverstanden war oder nicht.

„Hey, wenn ich irgendetwas finde, das funktioniert, dann muss ich das ausnutzen. Selbst wenn es sich um totalen Mist handelt."

Da ihre Patientin nun ein paar Minuten beschäftigt war, begann Evie, die Übungsbälle und anderen Geräte zu reinigen, die sie heute benutzt hatten – Hauptsache, sie war von Brodies Anwesenheit im Zimmer abgelenkt.

„Das brauchen Sie nicht zu machen. Mrs O. kann das übernehmen."

„Reine Gewohnheit. Als ich meine eigene Praxis hatte, waren die meisten meiner Patienten sehr krankheitsanfällig. Deswegen haben wir nach jeder Behandlung alles desinfiziert. Ich schätze, es kann nicht schaden. Auch wenn Taryn als Einzige damit arbeitet."

„Tut sie das? Damit arbeiten, meine ich? War es heute etwas besser?"

Brodie kam jeden Nachmittag vorbei, und Evie musste sich eingestehen, dass sie sich inzwischen auf seine Besuche freute.

„Die letzten Minuten waren die besten seit Tagen, auch wenn ich MTV gebraucht habe, um Taryn zu motivieren. Ich verdiene mir hier jeden einzelnen Penny, den Sie an die Layla-Parker-Stiftung bezahlen, das können Sie mir glauben. Wie läuft es mit der Suche nach meiner Nachfolgerin?"

„Ich habe morgen ein Gespräch mit einer weiteren Bewerberin. Wären Sie bereit, wieder dabei zu sein und mir Ihre Meinung zu sagen?"

Bisher waren die Bewerber entweder nicht qualifiziert genug gewesen oder hatten nach einer weniger langfristigen Aufgabe gesucht. Es schmeichelte ihr, dass Brodie ihrem Urteil vertraute. Wenn sie nach einem Gespräch Bedenken anmeldete, war er sofort bereit, sich nach jemand anderem umzusehen.

„Wann?"

„Um neun."

„Gut. Dann komme ich etwas früher als sonst."

Taryn lachte über irgendetwas, und dieses Lachen klang genauso wie früher – laut und voller Leben.

Als Evie sich wieder zu Brodie drehte, sah sie, wie liebevoll er seine Tochter betrachtete.

„Dieses Lachen habe ich vermisst. Albern, oder?"

„Überhaupt nicht", versicherte sie.

Er trommelte mit den Fingern auf den Tisch. „Die letzten Jahre waren ziemlich schwierig, wir haben eigentlich ständig gestritten, wissen Sie? Jetzt kommt es mir so vor, als ob ich viel zu viel Zeit mit Vorwürfen und unrealistischen Erwartungen an sie verschwendet hätte – statt mir einfach die Zeit zu nehmen und ihr zuzuhören."

Der Orangenduft des Desinfektionstuchs wurde stärker, als sie es fest zwischen den Fingern zusammenpresste, um nicht seinen Arm zu berühren. „Jetzt haben Sie die Chance dazu. Vielleicht sollten Sie einfach ein paar Minuten Ihre Bedenken beiseiteschieben und mit ihr zusammen fernsehen."

Er schnitt eine Grimasse. „Oh Mann! Mit Taryn zusammen *Jersey Shore* gucken? Da können Sie mich ja gleich erschießen."

Sie lachte auf. Viel zu angetan von diesem verdammten Typen. Sein Blick wanderte wieder zu ihren Lippen, und Evie hielt die Luft an, als sie die Hitze spürte, die sich zwischen ihnen entwickelte. Die Geräusche der bescheuerten Fernsehsendung lösten sich auf, beim Anblick dieser hypnotischen blauen Augen vergaß sie sogar, dass Taryn im selben Zimmer saß.

Ihr Magen zog sich zusammen, sie verspürte den verrückten Wunsch, einen Schritt nach vorn zu machen, die Finger in sein Hemd zu krallen und ihn zu sich zu ziehen.

Halt. Mal ganz langsam. Es war ganz und gar nicht in Ordnung, dass er sie mit einem einzigen Blick dermaßen durcheinanderbringen konnte. Ja gut, vielleicht war er nicht der arrogante Idiot, für den sie ihn immer gehalten hatte, aber das bedeutete noch lange nicht, dass sie sich deswegen gleich auf ihn stürzen musste.

Er war nach wie vor überhaupt nicht ihr Typ, und daran änderte sich auch nichts, nur weil sie ein paar überraschende Facetten an ihm entdeckt hatte. Er war womöglich ein guter Vater. Aber er war auch jemand, dem Geld alles bedeutete, genauso wie ihrem eigenen Dad.

Er wandte den Blick ab, um auf seine Uhr zu sehen. „Ich habe nur eine Viertelstunde Zeit. Danach muss ich zu einer Telefonkonferenz."

„Das reicht genau, um noch das Ende der Show mitzubekommen", sagte sie.

„Was für ein Glück", murrte er, dann ging er zu seiner Tochter und setzte sich neben sie auf einen der Stühle, die er in das Zimmer hatte bringen lassen.

Evie beschloss, dies sei der geeignete Moment, um ihre Berichte auf den neuesten Stand zu bringen. Nachdem sie ihren Laptop angeschaltet hatte, setzte sie sich an den Tisch und versuchte, sich auf ihre Aufzeichnungen zu konzentrieren. Von der frustrierenden Stunde im Schwimmbad am Morgen, als Taryn sich geweigert hatte, das Schwimmbrett zu benutzen, bis hin zu dem erfolglosen Versuch, Taryn dazu zu bringen, mit eigenem Besteck zu essen.

All diese Misserfolge hinterließen einen bitteren Geschmack in ihrem Mund. Sie konnte sich nicht daran erinnern, sich jemals zuvor als eine derartige Versagerin gefühlt zu haben. Vielleicht sollte sie das Handtuch werfen und Brodie bitten, jemanden zu suchen, der besser an Taryn herankam. Sie jedenfalls schien nicht gut genug für diese Aufgabe zu sein.

„Aus", hörte sie Taryn gereizt sagen.

„Mist. Gerade, als es spannend wurde", bemerkte Brodie trocken.

„Dann müssen Sie eben die Sendung nächste Woche wieder mit Taryn anschauen", zog Evie ihn auf.

Er warf ihr einen düsteren Blick zu. „Gibt es nicht vielleicht eine interessante Dokumentation oder so was?"

„Langweilig", stieß Taryn hervor.

Brodie schüttelte den Kopf, beugte sich aber hinüber, um seiner Tochter einen Kuss auf das lockige Haar zu drücken. „Erinnere mich daran, dass wir was gegen deinen schlechten Geschmack unternehmen, Schätzchen. Aber nicht jetzt. Ich muss telefonieren. Und nun gib alles, ja? Weißt du noch, wie wir über den Skiurlaub in Chamonix gesprochen haben? Du hast noch ein ganzes Stück Arbeit vor dir, wenn wir das diesen Winter schaffen wollen."

Taryns Lächeln verblasste, sie sah auf ihre Beine. „Ich kann … nicht … Ski fahren."

„Bleib dran, Liebling", sagte Brodie fest. „Du schaffst alles, was du wirklich willst. Und Evie ist hier, um dir zu helfen."

Er winkte ihnen zu, dann eilte er aus dem Zimmer. Gedankenverloren sah Evie ihm nach, dann richtete sie ihre Aufmerksamkeit wieder auf Taryn.

Es war idiotisch, sich auch nur eine Sekunde lang diesen verrückten Fantasien über Brodie hinzugeben. Ihrer Erfahrung nach ging so etwas sowieso nie gut aus.

Taryn lag auf dem bescheuerten Behandlungstisch und hasste ihr Leben. Dieses blöde Zimmer, ihre kraftlosen Beine, den riesigen Spiegel, in dem sie sehen konnte, wie hässlich sie geworden war.

Und Evie. Vor allem Evie.

Evie war hübsch mit ihren blauen Augen und dem langen blonden Haar, sie sah wie ein Engel aus.

Ein böser Engel.

„Komm schon. Noch vier. Du schaffst das."

„Ich ... mag ... Beinheben ... nicht." Ihre Worte klangen ebenfalls bescheuert. Undeutlich, als hätte sie Watte im Mund. Warum war es nur so schwierig, die Worte auszusprechen, die sie doch so klar im Kopf hatte? Jedenfalls war es einfacher, möglichst wenig zu sagen. „Beinheben ... tut weh."

„Wir haben es fast geschafft. Gib jetzt nicht auf!"

„Ich will ... ausruhen."

„In einer Minute. Nur noch vier."

Nein. Das war's. Sie wollte fernsehen und still sein und ihr blödes Leben vergessen.

„Entschuldigen Sie die Unterbrechung." Mrs Olafson streckte ihren Kopf ins Zimmer. Taryn ließ die Beine sinken. *Unterbrechen Sie ruhig. Bitte. Gut so.*

„Kein Problem." Evie lächelte. „Was können wir für Sie tun?"

„Hier ist eine junge Dame, die Taryn besuchen möchte. Eine ihrer Freundinnen. Ich weiß nicht, ob Taryn schon Besuch empfangen kann."

Taryn sah in den verhassten Spiegel. Kurze Haare und Narben auf den Wangen. Und das Schlimmste war, dass Evie sie vorhin gezwungen hatte, sich selbst zu schminken. Jetzt sah sie aus wie ein Clown.

„Du siehst hübsch aus", hatte Evie behauptet, als Taryn alles wieder abwischen wollte. „Und es wird immer leichter werden. Ob du es glaubst oder nicht, das ist eine gute Übung und hilft dir, deine Feinmotorik zu trainieren."

Was sie gar nicht wollte. Sie wollte nur, dass alle sie endlich in Ruhe ließen.

„Was meinst du, Taryn?", fragte Evie. „Hast du Lust auf Besuch? Es ist allein deine Entscheidung."

Besuch war immerhin besser als Therapie. Und Evie konnte an ihrer Stelle sprechen. „Erst ... das ... wegwischen", nuschelte sie und deutete mit der Hand, die noch funktionierte, auf ihr Gesicht,

Evie verdrehte die Augen. „Du siehst zwar gut aus, aber was soll's." Zu Mrs Olafson sagte sie: „Geben Sie uns fünf Minuten, damit wir Taryn etwas zurechtmachen können."

Die Haushälterin lächelte. „Natürlich. Ich werde mich draußen mit dem Mädchen unterhalten."

Evie half Taryn in den Rollstuhl und wischte dann das grässliche Make-up von ihrem Gesicht. „Soll ich dich frisch schminken?"

„Lid … schatten", antwortete Taryn mit ihrer dummen, verwaschenen Stimme.

Wer sie wohl besuchte? Wahrscheinlich Brittney oder Lyndsey. Bald fing die Schule wieder an. Vielleicht hatten sie eine neue Cheerleader-Uniform bekommen, die sie ihr zeigen wollten.

Evie schminkte sie, und es sah ganz okay aus. Jedenfalls besser als zuvor.

„Bist du bereit?", fragte Evie.

„Ja."

Evie öffnete die Tür und ließ Mrs Olafson wissen, dass der Besuch hereinkommen konnte.

Es war nicht Brittney und auch nicht Lyndsey, wie Taryn überrascht feststellte, sondern Hannah Kirk. Ihre ehemals beste Freundin. Sie war ziemlich pummelig und ein bisschen verschwitzt.

„Hannah, hi!" Evie lächelte erfreut.

„Hi, Ms Blanchard. Ich wusste nicht, dass ich Sie hier treffe."

„Ich helfe Taryn ein paar Tage, bis sie sich zu Hause eingewöhnt hat."

„Wie nett von Ihnen."

„Das tue ich gerne", erklärte Evie. „Es macht Spaß."

Lüge, dachte Taryn. Sie tat das nicht gerne und es machte keinen Spaß. Evie wollte überhaupt nicht hier sein, das hatte Taryn von Anfang an gespürt.

„Tut mir leid, dass ich dir nicht mit den Ohrringen für deine Mutter helfen konnte", sagte Evie. „In den letzten Tagen war ich ziemlich beschäftigt."

„Kein Problem. Ich habe sowieso keine Zeit gehabt. Ich arbeite jetzt immer ziemlich lange am Eisstand. Ah, da fällt mir ein", sie zog die Hand hinter dem Rücken hervor, „ich habe Taryn Himbeereis mitgebracht. Das hat ihr Dad vor ein paar Tagen für sie bestellt, und ich dachte, sie mag vielleicht noch eines. Es ist so heiß draußen!"

„Das ist wirklich sehr nett von dir", meinte Evie lächelnd.

Taryn starrte das Eis an und wusste nicht, was sie sagen sollte. „Es ist auf dem Weg hierher schon ein bisschen geschmolzen. Ich bin mit dem Fahrrad gekommen. Aber ich habe es in einen Thermobecher gepackt, es sollte also okay sein."

„Wie clever von dir! Taryn, sieh mal, was Hannah dir mitgebracht hat. Ist das nicht toll?"

Taryn sah Hannah an. Dann den Becher. Ihre Hände. Sie konnte das Eis ohne Hilfe nicht halten oder essen. Wie ein Baby.

„Was Besseres gibt es an einem heißen Augustnachmittag nicht. Hier, Liebes, möchtest du etwas davon?"

Sie blickte finster. „Nein."

Evie blinzelte. „Nein?"

„Ich will nicht."

Hannah wurde rot wie Wassermeloneneis. Taryn hatte ein schlechtes Gewissen, aber sie fand die richtigen Worte nicht. Flehend sah sie Evie an.

„Später."

„Du bist wahrscheinlich noch satt vom Mittagessen, richtig? Wir können es ins Eisfach stellen, vielleicht hast du ja in einer Stunde oder so Lust darauf."

„Gut. Ja."

„Ich bringe es nur schnell in die Küche und wasche den Kaffeebecher aus, damit du ihn wieder mit nach Hause nehmen kannst. Ja?", sagte Evie an Hannah gewandt.

„Das wäre gut. Meine Mutter nimmt den immer mit zur Arbeit."

„Warum unterhaltet ihr euch nicht ein bisschen, während ich schnell in die Küche gehe?"

Taryn wollte sie anbrüllen, wollte ihr sagen, dass sie bleiben solle, damit jemand mit Hannah reden konnte, aber sie war schon verschwunden.

Hannah schaute auf ihre Beine. Die waren stämmig, aber gebräunt. Und *ihr* Hirn war in der Lage, sie richtig zu bewegen. Irgendwann sah sie auf. „Dein Dad sagte, dass ich dich besuchen darf. Aber du würdest wohl lieber allein sein, oder?"

*Ja. Verschwinde.* Aber Taryn zuckte mit den Schultern.

„Ich weiß, dass wir eigentlich keine richtigen Freundinnen mehr sind. Ich verstehe das. Du bist so klug und hübsch und beliebt und alles. Und ich, na ja, ich nicht. Aber trotzdem bin ich superfroh, dass du bei dem Unfall nicht gestorben bist. Alle sind froh."

*Ich nicht. Ich wäre lieber gestorben.*

Taryn runzelte die Stirn. Alle möglichen Worte stauten sich in ihrem Hals, aber sie konnte sie nicht aussprechen. Hannah war noch immer rot. Sie blickte zur Tür, aber Evie blieb verschwunden.

„Das ist ein wirklich hübsches Zimmer", sagte Hannah nach einer Weile. „Toller Blick. Man kann von hier aus ganz Hope's Crossing sehen."

Taryn nahm von dem Blick meistens keine Notiz, nur nachts, wenn man die Lichter der Stadt sehen konnte.

„Ich bin ja noch nie hier gewesen. Das Haus ist viel größer als das bei uns im Glacier Lily Drive, oder? Es ist sehr schön."

Taryn konnte sich an das alte Haus gut erinnern. An ihr kleines Zimmer und die Schaukel im Garten. Hannah hatte genau gegenüber gewohnt. Sie hatten mit ihren Barbies gespielt und zusammen Musik gehört.

Mit Hannah war es immer witzig gewesen.

„Weißt du noch, wie du bei uns übernachtet hast und wir uns geschminkt und mit den Klamotten meiner Mutter verkleidet haben, um uns dann gemeinsam einen Tanz auszudenken? Wir wollten unsere eigene Band gründen, erinnerst du dich? Du solltest die Sängerin sein und ich Schlagzeug spielen. Wir haben uns *Danger Girls* genannt und sogar ein Schild gemalt, das wir an die Basstrommel kleben wollten. Ich habe es gestern hinten in meinem Schrank gefunden. Vielleicht bringe ich es dir mal vorbei. Es ist wirklich *sehr* hässlich."

Taryn lachte laut auf, obwohl ihr das Herz wehtat. Sie vermisste die Zeit, als sie tanzen und singen und albern sein konnte. Vermisste sie so sehr.

Hannah stimmte in ihr Lachen ein, doch dann wurde sie ernst. „Wahrscheinlich hast du schon gehört, dass mein Dad vor ein paar Wochen ausgezogen ist. Er wohnt jetzt in Steamboat Springs."

„Sorry." Sie wollte mehr sagen, aber die Worte waren nicht da.

„Ich weiß. Das ist wirklich beschissen." Hannahs rundliches Kinn zitterte ein wenig, und Taryn wünschte, sie könnte ihr irgendwie helfen. „Mir geht's ganz okay, aber für meine Brüder ist es schwer. Mein kleiner Bruder Jake – weißt du noch, was für ein süßes, blondes Baby er war und wie wir ihn immer im Kinderwagen rumgeschoben haben, damit meine Mom sich ein bisschen ausruhen konnte? Er ist jetzt sechs und weint viel mehr als früher. Das geht uns allen wirklich ganz schön auf die Nerven. Und Caleb ist sogar noch schlechter gelaunt als sonst. Er ist neun. Daniel denkt, er sei zu cool, um sich was anmerken zu lassen, aber er ist auch immer schlecht drauf."

Obwohl sie über traurige Sachen sprach, fand Taryn es schön, dass Hannah da war.

„Meine Mom weint auch viel. Sie musste sich einen Job suchen, und das war ziemlich schwierig. Ich passe jetzt viel öfter auf meine Brüder auf und koche und so. Deswegen arbeite ich auch so oft am Eisstand, damit ich ein bisschen Geld beisteuern kann."

Sie schwieg lange, und Taryn wollte etwas sagen. „Aber das wird schon wieder besser, stimmt's? Weißt du noch, wie wir immer zu dem alten Howard-Jones-Song *Things Can Only Get Better* getanzt haben? Ich habe ihn vor ein paar Tagen im Radio gehört, und da musste ich daran denken, wie viel Spaß wir immer zusammen hatten. Es hat sich einfach gut angefühlt, weißt du?"

Tränen brannten in Taryns Hals, als sie daran dachte. Hannah war einmal ihre beste Freundin gewesen. Was war zwischenzeitlich nur geschehen?

„Am Eisstand zu arbeiten ist gar nicht so schlimm. Das mache ich sowieso nur noch eine Woche, bis die Schule wieder losgeht. So ziemlich jeder aus der Stadt kommt irgendwann vorbei. Außerdem viele Touristen."

Sie lächelte und sah auf einmal hübsch aus. „Süße Jungs auch. Gestern waren ein paar aus Kalifornien da. Ich hatte gerade keine Kunden, und sie sind ziemlich lang geblieben und haben sich mit mir unterhalten. Sie wollten wissen, wie die Wanderwege sind und so was." Hannah lachte leise. „Wenn du da gewesen wärst, hättest du bestimmt mit denen geflirtet. Das hast du immer viel besser gekonnt als ich. Ich habe ihnen nur ihr Tigerblut-Eis gemacht und das Geld genommen und irgendwas Dummes gesagt. Dass man vom Woodrose-Mountain-Weg aus den besten Blick auf die Stadt hat oder so."

„Wie … schön." Sie meinte den Wanderweg, aber auch alles andere. Dass Hannah gekommen war und ihr *Shave Ice* mitgebracht hatte und Erinnerungen daran, wie lustig es früher mit ihr gewesen war.

„Es tut mir wirklich sehr leid, was du alles durchmachen musst, Taryn. Du hast es nicht verdient, dass dir so was Schreckliches passiert."

Doch, das hatte sie. Sie hatte alles verdient. Es war ihre eigene Schuld. Layla war tot, und es war ihre Schuld.

„Entschuldige, dass ich so vor mich hin plappere. Ich meine, wieso solltest du dich für mein langweiliges Leben interessieren?"

„Tu ich." Und das stimmte. Das *stimmte*. Sie verlagerte mit aller Kraft ihr Gewicht, um Hannahs Hand berühren zu können. „Sorry." Für alles. Vor allem dafür, dass sie ihre beste Freundin einfach hatte fallen lassen, weil sie nicht besonders beliebt war und wahrscheinlich niemals sein würde. Das war nicht nett gewesen. Und auch nicht richtig.

Hannah lachte. Ein schönes, lautes Lachen, das sie ganz vergessen hatte. „Du meinst sorry, dass mein Leben so langweilig ist. Kann ich dir nicht übel nehmen. Keinem tut das mehr leid als mir, das kannst du mir glauben."

Die Tür ging auf, und Evie kam zurück, hübsch und lächelnd.

„Hat etwas länger gedauert. Ich habe mit Mrs Olafson geplaudert und die Zeit vergessen. Amüsiert ihr euch?"

Hannah stand auf. „Ja. Aber ich muss jetzt gehen. Meine Mom arbeitet heute länger, und ich muss die Pizza für meine Brüder in den Ofen schieben." Sie hielt inne. „Ist es okay, wenn ich irgendwann wiederkomme, Ms Blanchard?"

Evie sah Taryn fragend an.

Sie formte das Wort besonders vorsichtig, damit niemand sie falsch verstehen konnte. „Jaaa."

Hannah war früher ihre beste Freundin gewesen. Und vielleicht konnten sie wieder Freundinnen werden.

„Da kommt mir eine Idee", rief Evie plötzlich. „Musst du morgen arbeiten?"

„Meine Schicht beginnt erst um vierzehn Uhr."

„Und hast du vormittags Zeit?"

„Ich glaube schon. Freitags muss meine Mom nicht arbeiten."

„Hervorragend! Ich möchte dir nämlich noch immer mit den Ohrringen für den Geburtstag deiner Mom helfen. Ich hab auch noch ein paar andere Dinge im Laden zu erledigen. Wie wäre es, wenn ich morgen mit Taryn ins *String Fever* komme und wir alle zusammen die Ohrringe machen?"

„Das wäre toll!" Hannah war begeistert von der Idee.

Taryn nicht. Sie hatte Angst. Zu viele Leute, die sie kannten, kamen in den Perlenladen.

Evie sah, dass sie die Stirn runzelte. „Was meinst du? Wir können so früh hingehen, dass höchstens deine Großmutter und Claire dort

sind. Und wäre es nicht toll, mal woanders zu sein als in einem Krankenhaus oder in deinem Zimmer?"

Eigentlich nicht. Nicht, wenn sie von Leuten angestarrt wurde.
Aber Hannah schien so glücklich über den Vorschlag, und sie wollte
ihr den Spaß nicht verderben. Sie zuckte mit den Schultern.

„Dann treffen wir uns dort um halb zehn. Was meinst du?"

„Das könnte klappen. Und wenn nicht, rufe ich noch mal an.
Danke. Vielen, vielen Dank, Ms Blanchard. Dann bis morgen."

Taryn sah ihr hinterher, wütend, weil sie nicht Nein gesagt hatte.
Sie verdiente es sowieso nicht, Freunde zu haben. Und sie verdiente
es auch nicht, glücklich zu sein und gesund zu werden. Sie hätte
Hannah sagen müssen, dass sie nicht mehr kommen sollte. Sie würde
ihr nur wieder wehtun, so wie sie jedem Menschen wehtat.

Auch der kleinste Fortschritt zählt, dachte Evie. Durch den Türspalt
hatte sie gehört, wie liebevoll Hannah mit Taryn sprach, und die
Freude in Taryns Gesicht gesehen. Obwohl sie nicht viel sagte,
wirkte sie aktiver und fröhlicher als sonst. Evie war sich sicher, dass
Taryn den Besuch ihrer Freundin wirklich genossen hatte.

Ein Schritt vor, zwei Schritte zurück – das machte sie schier wahnsinnig. Denn nachdem Hannah gegangen war, hatte Taryn sich sofort wieder in sich selbst zurückgezogen. Den ganzen restlichen
Nachmittag war sie mürrisch und abweisend gewesen und hatte zu
jeder einzelnen Übung mehr oder weniger gezwungen werden müssen.

Zum ersten Mal hatte sie sich sogar geweigert, mit der Sprachtherapeutin zu arbeiten, die Brodie engagiert hatte. Sie war eine sehr
nette Dame mittleren Alters, die genauso wie die Ergotherapeutin
dreimal die Woche aus Denver kam.

Was so vielversprechend begonnen hatte, endete in einem langen,
frustrierenden Nachmittag. Als schließlich die Krankenschwester
für die Abendschicht kam, um Taryn ihre Medikamente zu geben
und ihr beim Duschen zu helfen, wusste Evie nicht, wer erschöpfter
war. Sie oder Taryn. Jeder Muskel ihres Körpers schmerzte. Sie hatte
ganz vergessen, wie anstrengend diese Arbeit auch körperlich war.

„Ich komme morgen wieder", sagte sie zu Taryn. „Du kannst dich
bemühen, sosehr du willst, aber du wirst mich nicht so leicht los. Was
könnten wir machen, damit es morgen besser wird?"

„Vielleicht ... sollte ich ... Sie ... schminken."

Sie starrte Taryn an. „Du hast einen Witz gemacht! Wow! Und dazu noch einen sehr guten."

Taryns Lächeln wirkte etwas müde, aber verschmitzt. „Kein Witz. Das möchte ich."

Das Kichern, das Evie ausstieß, war vermutlich nur eine Reaktion auf ihre emotionale und körperliche Erschöpfung, aber egal. Auf einmal fühlte sie sich großartig, vor allem, weil Taryn ebenfalls zu lachen begann.

Ein warmes Gefühl stieg in ihr auf. Ja, Taryn war vielleicht mürrisch und uneinsichtig. Wer wäre das nicht unter diesen Umständen? Sie war ein Teenager, dessen Leben vollkommen auf den Kopf gestellt worden war. Und trotzdem blitzten gelegentlich ihr Humor und ihre Anmut durch. Und das machte es Evie äußerst schwer, sie nicht zu mögen – sosehr sie sich auch geschworen hatte, auf Distanz zu bleiben.

„Gut. Dann machen wir das so. Morgen, bevor wir ins *String Fever* gehen, kannst du mich schminken."

„Mit ... Lippenstift?"

Evie erschauerte innerlich bei der Vorstellung, wie sie danach aussehen mochte, ließ sich aber nichts anmerken. Das Schlimmste konnte sie ja verstohlen mit einem Papiertuch entfernen, wenn es sein musste. „Wenn du versprichst, morgen härter zu arbeiten, dann sogar mit Lippenstift."

„Das wird bestimmt interessant."

Als sie die Stimme hinter sich hörte, fuhr sie herum. Brodie lehnte am Türrahmen, seine Augen blitzten amüsiert.

„Dad! Hi."

Aus irgendeinem albernen Grund wurden Evies Wangen heiß. Wie stellte er das bloß immer wieder an? Dieser Mann hatte die unangenehme Eigenschaft, genau dann aufzutauchen, wenn sie überhaupt nicht darauf vorbereitet war. Nun, um fair zu bleiben: Dies war schließlich sein Haus. Trotzdem wäre es ihr lieber gewesen, wenn er vorher angeklopft hätte.

„Hey."

„Muss ja ein übler Tag gewesen sein, wenn ihr jetzt schon über Extrem-Make-up verhandelt."

„Ach, morgen wird es wieder besser laufen, nicht wahr, Taryn?"

„Kann sein", erwiderte Taryn.

„Hannah Kirk hat Taryn besucht, und es war wirklich sehr schön mit ihr", erzählte Evie. „Danach haben wir Stretchübungen gemacht und die Muskeln aufgebaut."

„Und wie war es?"

Als würde man in einem Fass voll Öl mit einem sehr unfreundlichen Alligator ringen. „Super", log sie. „Taryn hat schwer gearbeitet."

Taryn zog den Kopf ein und weigerte sich, einen von ihnen anzusehen.

Brodie sagte einen Moment lang nichts, und als sich ihre Blicke trafen, entdeckte Evie einen entschuldigenden Ausdruck in seinen Augen. „Solange du nur dein Bestes gibst, Kleines. Das ist das Wichtigste. Seid ihr für heute fertig?"

„Ja. Ich bin schon auf dem Heimweg", sagte Evie.

Plötzlich wollte sie einfach ein paar Stunden allein sein. Sie brauchte Abstand und Zeit, um sich all die Gründe in Erinnerung zu rufen, warum sie Taryns Charme nicht erliegen durfte – und Brodies noch viel weniger.

„Ich bringe Sie zur Tür."

Sie starrte auf seine Finger, stark und lang, mit denen er leise auf das Holz der Tür trommelte, unruhig wie immer.

Bemühen Sie sich nicht, hätte sie sagen sollen. Und dass sie den Weg nach draußen schon allein finden würde. *Tut mir leid, aber Sie machen mich so nervös, dass ich lieber nicht in Ihrer Nähe wäre* schien ihr nicht gerade eine erwachsene und intelligente Bemerkung zu sein. Also zwang sie sich zu einem Lächeln. „Schön. Ich hole nur schnell meine Tasche."

Sie verabschiedete sich von der Krankenschwester, dann versprach sie Taryn, am nächsten Morgen ihre Schminksachen mitzubringen.

Evies Nerven flatterten, als sie nebeneinander zur Haustür gingen. Sie war sich seiner Nähe fast schmerzhaft bewusst. Wie Zahnschmerzen, sagte sie sich.

Als sie nach draußen traten, atmete Evie die kühle und süße Abendluft ein. Obwohl es noch nicht ganz dunkel war, schrie eine Eule im Wald. Sommerabende in Hope's Crossing waren immer spektakulär – und die Nächte umso mehr, weil in ihnen ein Hauch von Verzweiflung lag. Die Natur schien einen jeden aufzufordern, noch schnell zu genießen, was man hatte, bevor sie die Welt in wenigen Wochen wieder mit scharfen Winden, Kälte und Schnee überzog. So empfand es zumindest Evie.

An ihrem kleinen Geländewagen angekommen, öffnete Brodie für sie die Tür. „Morgen habe ich ein Bewerbungsgespräch. Wollen Sie dabei sein? Tut mir leid, dass die Bewerberin heute Morgen wieder nicht die Richtige war."

„Kommt darauf an. Wann?"

„Früh. Um halb neun. Passt das in Ihre Make-up-Pläne?"

„Das wird schon irgendwie hinhauen. Danach möchte ich mit Taryn gerne einen kleinen Ausflug in die Stadt machen, wenn Sie einverstanden sind."

Seine blauen Augen wirkten in der Dämmerung undurchdringlich. „Halten Sie das für eine gute Idee?"

„Sie nicht?"

„Ich weiß nicht. Sie kommt mir immer noch so verletzlich vor, emotional wie auch körperlich. Die Leute sind neugierig, ich weiß nicht, ob sie schon so weit ist, derart ausgestellt zu werden."

Sie spürte Gereiztheit in sich aufsteigen und versuchte mit aller Kraft, sich nichts anmerken zu lassen. „Niemand stellt sie aus. Ich möchte nur, dass sie mal aus dem Haus kommt."

„Und das finde ich auch gut, verstehen Sie mich bitte nicht falsch. Ich weiß aber auch, wie die Leute sein können. In der Sekunde, in der sie in die Stadt kommt, werden alle anfangen zu starren und zu tuscheln. *Da ist das Mädchen, das sechs Wochen im Koma lag. Sie war früher so hübsch.*"

„Sie ist noch immer hübsch", entgegnete Evie steif.

Ihr Tonfall schien ihn zu erstaunen. „Da stimme ich Ihnen vollkommen zu. Meine Tochter ist wunderschön. Für mich sogar schöner denn je, weil ich weiß, wie tapfer sie ist. Aber das wird nicht jeder so sehen. Menschen können ziemliche Idioten sein. Ich möchte einfach nicht, dass irgendjemand etwas Falsches zu ihr sagt."

Ihr Ärger verrauchte. Brodie war nur ein Vater, der das Beste für sein Kind wollte, und das rechnete sie ihm hoch an. Zugleich fühlte sie sich verpflichtet, die bittere Wahrheit auszusprechen.

„Sie können Taryn das nicht abnehmen, Brodie", murmelte sie. „Irgendwann wird jemand etwas Dummes oder Gedankenloses zu ihr sagen. Oder beides."

„Ich weiß. Aber können Sie es mir denn übel nehmen, dass ich sie davor so lange wie möglich beschützen möchte?"

„Natürlich nicht. Hören Sie, ich habe vor, sie höchstens eine Stunde mit ins *String Fever* zu nehmen. Und zwar so früh, dass der

Laden die meiste Zeit noch nicht einmal geöffnet haben wird. Die einzigen Leute, die wir treffen, sind Claire Bradford und vielleicht Ihre Mutter. Keine Sorge, Brodie, ich passe auf Taryn auf, ich verspreche es."

Er wusste, dass sie es gut meinte.

Evies blaue Augen glühten vor Entschlossenheit. Sie berührte sogar seinen Arm auf diese unnachahmliche Weise, wie sie es immer tat, wenn sie ihren Worten besondere Bedeutung verleihen wollte. Hitze strahlte von ihren Fingern ab, und einen Moment lang verlor er komplett den Faden.

„Falls wir sonst noch jemanden sehen, dann höchstens ein paar Kunden. Ich weiß nicht, ob Sie unsere Kunden kennengelernt haben, als Ihre Mutter den Laden noch hatte, aber ich kann Ihnen versichern, dass die meisten unglaublich freundlich und mitfühlend sind. Niemand wird Taryn wehtun."

„Sie glauben also wirklich, dass sie schon so weit ist?"

„Es geht nur um einen kurzen Ausflug in einen Schmuckladen, Brodie. Ich bin sicher, dass sie das hinbekommt. Ich schwöre Ihnen, dass ich sie nicht zwingen werde, bei der Independence-Day-Parade im Festwagen mitzufahren. Aber ich glaube, dass ein kurzes Treffen mit freundlichen Menschen ihr wirklich helfen könnte."

Der Wind frischte auf und spielte mit ein paar blonden Strähnen, die sich aus der Spange gelöst hatten, mit der sie ihre üppigen Locken bändigte. Es erschreckte ihn selbst, wie sehr er sich danach sehnte, die Finger in ihrem Haar zu vergraben. Und herauszufinden, ob es so weich war, wie es aussah.

„Sie halten mich wahrscheinlich für verrückt, weil ich mir so viele Sorgen um Taryn mache."

„Ich glaube einfach, dass Sie ein guter Vater sind, der auf sein Kind aufpasst. Daran ist nichts Falsches."

„Wer weiß? Am Ende tut es ihr sogar gut, an vertraute Orte zurückzukehren. Vielleicht motiviert es sie. Idiotische Fernsehsendungen jedenfalls scheinen nicht zu helfen."

Sie lachte auf, dunkel und sexy, und ein Schauer fuhr ihm über den Rücken. Er musste sich wirklich langsam in den Griff bekommen. Jedes Mal, wenn sie in seiner Nähe war, fühlte er sich magnetisch zu ihr hingezogen. Anfangs hatte er ja vermutet, seine Gefühle seien vollkommen einseitig. Doch inzwischen begann er, daran zu zweifeln.

Wann immer er in den letzten Tagen unangekündigt Taryns Zimmer betreten hatte, war Evie ein klein wenig rot geworden. Fast war er sicher, dass sie dieses Knistern zwischen ihnen ebenfalls bemerkte.

Aber er durfte nicht vergessen, dass sie nur hier war, weil seine Mutter sie erpresst hatte. Sie würde die erstbeste Chance am Schopfe packen und wieder in diesen Perlenladen zurückkehren. Und danach würden sie sich wie früher wegen irgendwelcher städtebaulicher Themen ständig in den Haaren liegen.

„Dann ist es wohl in Ordnung", sagte er schließlich, weil es hier um Taryn ging und nicht um sein eigenes, schon so lange brachliegendes Liebesleben. „Nehmen Sie den Kleinbus, wenn Sie morgen in die Stadt fahren. Ich kann Ihnen nach dem Bewerbungsgespräch schnell zeigen, wie die Rampe funktioniert."

Die feinen Haarsträhnen begannen jetzt, über ihr Gesicht zu tanzen. Sie blickte ins Tal hinab und sah auf einmal sehr verwundbar aus. „Vor ein paar Jahren habe ich ein krankes Mädchen adoptiert", sagte sie.

Fassungslos starrte er sie an. Er konnte sich beim besten Willen nicht vorstellen, dass sich jemand freiwillig all die Sorgen und Nöte auflud, die er in den letzten Monaten durchgemacht hatte. „Im Ernst?"

Evie seufzte. „Ist eine lange Geschichte. Sie war eine Patientin von mir. Ihre Mutter und ich wurden Freundinnen. Als Meredith, Cassies Mutter, unheilbar an Krebs erkrankte, gab es niemanden, an den sie sich wenden konnte. Sie hatte keine Eltern mehr, und Cassies Vater war schon lange über alle Berge. Daher hat sie mich gefragt, ob ich mich um Cassie kümmern würde. Ich hatte schon ein paar Jahre mit ihr gearbeitet, und sie war mir sehr wichtig geworden. Schließlich konnte ich nicht zulassen, dass sie in ein Heim kommt, und deswegen habe ich Ja gesagt."

Mit Sicherheit war die ganze Sache nicht so einfach gewesen, wie sie es mit dieser nüchternen Stimme darstellte. Welche Opfer sie wohl hatte bringen müssen, um für das Kind einer anderen Frau zu sorgen?

„Cassie saß im Rollstuhl, so wie Taryn, und wir hatten auch einen Kleinbus mit Rampe. Deswegen weiß ich, wie die funktioniert. Und wenn nicht, finde ich es schnell heraus."

Alles Mögliche hätte er Evie Blanchard zugetraut, mit ihren Hippie-Klamotten und ihren politischen Ansichten konnte er sie sich gut in einem Waisenhaus in Lateinamerika vorstellen, oder wie sie in einem abgelegenen afrikanischen Dorf Lebensmittel auslieferte. Wie sie dem Friedenskorps beitrat und in einer Schule in Neuguinea unterrichtete. Warum also war er so verwundert darüber, dass sie ein behindertes Kind adoptiert hatte?

„Was ist aus ihr geworden?" Die Frage musste er einfach stellen, obwohl er fast sicher war, dass er die Antwort nicht hören wollte.

Sie blickte auf die Lichter der Stadt. „Cassie ist vor zwei Jahren gestorben. Kurz bevor ich nach Hope's Crossing kam."

Er hatte es gewusst. Hatte die schreckliche Wahrheit in den Schatten ihrer Augen gesehen.

„Es tut mir leid." Die Worte schienen ihm unzureichend. Kurz nach Taryns Unfall hatten die Ärzte ihm zu verstehen gegeben, dass er mit dem Schlimmsten rechnen müsse. Und in den langen Wochen des Komas hatte er alle möglichen Gefühle durchlebt, Angst und Schuld und Trauer und Schmerz.

Doch dann war ein Wunder geschehen. Taryn war von allein aus dem Koma erwacht und begann nun, Schritt für Schritt wieder sie selbst zu werden.

„Es tut mir so leid", wiederholte er.

„Ich habe zwei Jahre mit ihr gehabt. Das war ein wundervolles Geschenk."

Er sah sie an, sie war so zart und hübsch und doch so stark. „Das ist also der Grund, warum Sie Ihren Beruf aufgegeben haben. Warum Sie mir mit Taryn nicht helfen wollten."

Sie sagte nichts, zuckte nur mit den Schultern.

„Gut zu wissen. Dann lag es also nicht nur an Ihrer Abneigung mir gegenüber." Ein Lächeln huschte über ihr Gesicht. „Nun, das hat auf jeden Fall auch eine Rolle gespielt." Sie wurde wieder ernst. „Um ehrlich zu sein, Brodie, hatte das Ganze weder etwas mit Ihnen noch mit Taryn zu tun. Cassies Tod hat mir ... nun, das Herz gebrochen. Ich konnte diese Arbeit nicht mehr ausüben. Es war einfach zu schmerzhaft für mich. Ich habe mit einem Patienten gearbeitet und bin plötzlich grundlos in Tränen ausgebrochen. Manchmal habe ich mich im Büro verschanzt, nur weil ich nicht die Kraft hatte, den Therapieraum zu betreten. Wenn ich mein eigenes Kind nicht retten konnte, wie sollte ich dann einem anderen helfen können? Und warum sollte ich es überhaupt erst versuchen?"

Sein Herz zog sich zusammen. Wie hatte sie diesen Schmerz nur überstanden?

„Da ich meinen Patienten nicht mehr das geben konnte, was sie brauchten, war es an der Zeit aufzuhören. Aber was sollte ich mit dem Rest meines Lebens anfangen? Ihre Mutter kam gerade zur richtigen Zeit und hat mich nach Hope's Crossing eingeladen."

„Und hier sind Sie geblieben."

Die Lichter der Stadt spiegelten sich in den blauen Tiefen ihrer Augen. „Ich bin geblieben. Ich kann es nicht erklären, aber Hope's Crossing hat all die wütenden, schreienden Stimmen in mir zum Verstummen gebracht. Im Schmuckladen zu arbeiten gibt mir einen gewissen Frieden, genauso wie das Wandern in den Bergen und das Herstellen meines eigenen Schmucks."

„Das meinte meine Mutter also, als sie sagte, sie wisse genau, wie hoch der Preis für Sie sei."

„Ich hätte ablehnen können."

„Aber das haben Sie nicht." Wieder erschütterte es ihn, wie wunderschön sie war, diese Fülle von seidig blondem Haar, ihre zarten Gesichtszüge. „Und wir haben Sie aus diesem Frieden herausgerissen und Sie gezwungen, in Ihrem alten Beruf zu arbeiten. Ich wünschte, ich hätte das gewusst."

„Hätten Sie dann nicht versucht, mich zu überreden?"

Sie betrachtete ihn mit ehrlicher Neugier, ohne jeglichen Vorwurf, und er wusste nicht, was er entgegnen sollte. Er wollte gern überzeugt sein, dass er Verständnis für ihren Schmerz gehabt hätte. Aber seine Tochter hatte überlebt, allen Widrigkeiten zum Trotz, und er war wild entschlossen, alles dafür zu tun, dass sie ein möglichst normales Leben führen konnte.

„Ich weiß es nicht", antwortete er schließlich. „Aber es tut mir wirklich leid, wie sehr wir Ihnen zugesetzt haben."

Es schien sie zu überraschen, dass er sich entschuldigen konnte, und jetzt fragte er sich wirklich, was sie eigentlich von ihm dachte.

„Es ist schon in Ordnung. Ich versuche einfach, die Schweiz zu sein. Neutral und auf Distanz."

„Und, funktioniert es?"

„Nein", murmelte sie reumütig. Über ihre Schulter konnte er Woodrose Mountain sehen, groß und mächtig in der aufkommenden Dunkelheit. „Ich kann nicht gerade behaupten, dass Taryn eine einfache Patientin ist, aber sie ist wirklich zäh. Gut, sie beschwert sich über so ziemlich alles, aber irgendwann macht sie es. Und ab und zu schimmert jene Taryn durch, die sie in Wahrheit ist. Und dann ist sie unwiderstehlich. Aber ich schätze, das wissen Sie."

Brodie war mehr als schockiert, feststellen zu müssen, dass Taryn nicht länger die einzige unwiderstehliche Frau in seinem Leben war. Unsichtbare Fäden zogen ihn zu Evie hin. Je mehr er dagegen ankämpfte, desto fester schlangen sie sich um ihn.

„Danke, dass Sie uns nicht gleich in die Wüste geschickt haben." Seine Stimme klang dunkel, ein wenig heiser, und er konnte nur hoffen, dass ihr das nicht auffiel.

„Nun, das kann immer noch passieren."

Da musste er lachen. Sie blinzelte leicht, und ihr Blick wanderte zu seinem Mund. Die Fäden zogen sich noch ein wenig fester zu.

Er wollte sie küssen. Dieses Bedürfnis war fast wie ein körperlicher Schmerz. Er wollte sie an sich pressen und seinen Mund auf diese herrlichen Lippen drücken, sie berühren und schmecken.

Aber das wäre nicht besonders klug gewesen. Es lag einfach nur an diesem kühlen, herrlichen Sommerabend, der brachte ihn auf dumme Ideen. Besser nicht weiter darüber nachdenken, sondern sie einfach nach Hause fahren lassen.

„Gute Nacht, Evie. Danke für alles." Er hielt ihr die Autotür auf.

„Gern geschehen. Wir sehen uns morgen früh."

Sie drückte sich an ihm vorbei. Und kurz bevor sie auf den Fahrersitz glitt, zögerte sie einen Moment, die Augen riesig in der Dunkelheit. Sie schien noch etwas sagen zu wollen, doch stattdessen streckte sie sich und gab ihm einen Kuss auf die Wange. „Gute Nacht, Brodie", murmelte sie.

Einen Moment lang stand er regungslos da, doch dann umfasste er sie gerade noch rechtzeitig, bevor sie einsteigen konnte. Er wusste, dass dieser Augenblick lebenswichtig war, fast fühlte er sich wie vor einem Sprung, wenn die Ski sich vom Schnee lösten und er nur noch von den Aufwinden getragen wurde. Diesen Moment hatte er immer geliebt, das Flattern im Magen. Danach war er süchtig gewesen.

Doch nichts in seinem Leben – nicht der erste Gewinn einer Meisterschaft, nicht das Eröffnen seines ersten Restaurants – ließ sich mit diesem perfekten Moment vergleichen, als er den Kopf senkte und Evaline Blanchard küsste.

# 6. Kapitel

Ihre Lippen waren seidenweich, und sie schmeckten kühl und süß wie die Abendluft. Zuerst erstarrte Evie, er spürte, wie all ihre Muskeln sich anspannten. Wahrscheinlich war sie genauso überrascht wie er selbst.

Verzweifelt suchte er nach einer Erklärung, hätte gern eine geistreiche Bemerkung über Sommernächte und wunderschöne Frauen und unwiderstehliche Verlockungen gemacht. Und gerade, als er sich zwang, den Kuss zu beenden, fühlte er ihre Hand an seiner Hüfte. Sie beugte sich ihm vorsichtig entgegen wie ein Kind, das erst den Zeh ins Wasser streckt, bevor es hineinspringt.

Ihre sanfte, vorsichtige Hingabe erregte ihn mehr, als wenn sie sich die Kleider vom Leib gerissen und ihn auf den Rücksitz ihres Wagens geworfen hätte. Er sehnte sich danach, seinen Körper an ihren zu pressen, aber er zwang sich, ganz zärtlich zu bleiben. Sanft wie ein Lufthauch.

Es war einfach perfekt. Draußen mit ihr an diesem Sommerabend, ihre Lippen auf seinen, während eine kühle Brise sie umspielte und die Eule leise schrie.

Sie duftete frisch und würzig nach Blumen, und am liebsten hätte er sein Gesicht an ihrem Hals vergraben.

Das hier war Evie. Die nervige, rechthaberische, streitlustige Evie. Wie konnte er sich derart von einer Frau angezogen fühlen – ihrer mit atemberaubender Lust gemischten Zärtlichkeit – wenn er nicht mal sicher war, dass er sie überhaupt mochte?

Als er Reifen auf dem Asphalt hörte, lichtete sich der Nebel in seinem Kopf. Beweg dich. Jetzt. Langsam drang dieser Befehl in sein Bewusstsein, und es gelang ihm gerade noch, einen Schritt zurückzutreten, bevor der silberne BMW-Geländewagen seiner Mutter in die Auffahrt bog.

Evie schien Schwierigkeiten mit dem Atmen zu haben – was er bestens verstehen konnte. Auch er hatte das Gefühl, nicht genug Luft zu bekommen, um sein Hirn wieder mit Sauerstoff zu versorgen. Also stand er nur da und starrte sie mit einer Mischung aus Bestürzung und

Unbehagen an – und dem Wunsch, sie einfach wieder an sich zu ziehen und zu küssen.

Katherine parkte neben Evies Wagen, und er konnte sehen, wie Evie überlegte, ob sie einfach wegfahren oder erst noch mit seiner Mutter sprechen sollte. Sie blieb, wo sie war, wobei er vermutete, dass sie einfach nur die Zeit brauchte, um nach diesem unglaublichen Kuss wieder zu Atem zu kommen.

„Tut mir leid, dass ich so spät dran bin", sagte seine Mutter fröhlich lächelnd. „Hätte nicht gedacht, dass ich beim Friseur so lange brauche. Chet war gar nicht glücklich darüber, wie lange ich meinen grauen Haaransatz ignoriert habe. Und danach musste ich ein paar Sachen einkaufen. Aber zumindest sehe ich dich noch kurz, bevor du nach Hause fährst."

Sie drückte eine Wange an Evies, dann trat sie zurück. Brodie konnte deutlich den Moment erkennen, in dem seine Mutter die Spannung zwischen ihnen bemerkte – ein winziges Runzeln der Augenbrauen, dann warf sie ihm einen schnellen, durchbohrenden Blick zu.

„Entschuldigung. Habe ich euch bei irgendwas gestört?"

Er sah Evie an, die leicht rot geworden war. „Aber gar nicht", sagte sie schnell. „Ich wollte gerade fahren. Und wir haben noch kurz über den heutigen Tag gesprochen."

Ganz sicher fiel seine Mutter nicht darauf herein, vor allem, da Evie sich weigerte, ihn anzusehen.

„Ach tatsächlich?", entgegnete sie höflich.

„Ja", sagte Evie. Ihre Stimme klang ein wenig brüchig, und sie räusperte sich, bevor sie fortfuhr: „Außerdem habe ich Brodie gefragt, ob ich Taryn morgen mit in den Schmuckladen nehmen kann. Ich habe Hannah Kirk versprochen, ihr mit den Ohrringen für ihre Mutter zu helfen. Ich dachte, es würde Taryn guttun, mal rauszukommen."

„Oh, das wird Taryn bestimmt Spaß machen. Sie hat mich immer so gern im Laden besucht."

„Ich hoffe, dass sie das an einige Dinge erinnert, die sie früher so gemocht hat."

„Wunderbare Idee." Seine Mutter strahlte, obwohl sie nach wie vor einen Verdacht zu hegen schien. „Wenn ich dir dabei irgendwie helfen kann, lass es mich wissen."

„Das werde ich." Evie schien dringend gehen zu wollen, ihr Blick flitzte zwischen Katherine und der Straße und ihrem Wagen hin und her.

Auch wenn er nicht direkt wollte, dass sie ging – nach diesem Kuss hätte er sie nur zu gern in die Büsche hinter sich gezerrt –, war er auch nicht scharf darauf, dass seine Mutter ihr irgendwelche unangenehmen Fragen stellte.

„Dann sehen wir uns morgen beim Bewerbungsgespräch", sagte er.

Er wünschte wirklich, ihren Gesichtsausdruck deuten zu können, doch das war in dem dämmrigen Licht schwierig, insbesondere, da sie ihn nach wie vor nicht ansah. „Genau. Ich bin Punkt acht Uhr dreißig da."

„Und vergessen Sie Ihre Lederhosen nicht."

„Meine … oh." Die Schweiz. Sie schüttelte den Kopf. „Ich schätze, dafür ist es viel zu spät. Meinen Sie nicht?", murmelte sie, dann kletterte sie in ihren Wagen und drehte den Zündschlüssel um.

Er sah ihr einen Moment lang nach, wie sie die kurvige Straße hinunterfuhr, dann wandte er sich zögernd seiner Mutter zu – nur um festzustellen, dass sie Evie nicht hinterherschaute. Sondern *ihn* musterte, mit fest zusammengepressten Lippen.

„Fang gar nicht erst damit an", sagte sie streng.

„Womit?"

„Evie ist eine gute Freundin von mir. Ich liebe sie wie eine Tochter. Und ich lasse nicht zu, dass du ihr wehtust."

Er runzelte die Stirn, mehr als verärgert über diese Unterstellung. Gut, er hatte früher als Skispringer eine Menge Frauen kennengelernt – er war jung gewesen und ein ziemlich guter Sportler. Skihasen hatten damals einfach zwangsläufig zu seinem Leben gehört.

Verglichen mit den anderen Jungs im Team war er allerdings fast ein Mönch gewesen. Und außerdem war das alles lange her. Frau und Kind hatten ihn ziemlich ausgebremst – zumal besagte Frau und Mutter besagten Kindes selbst ein Partygirl gewesen war, das lieber in den Après-Ski-Kneipen herumhing, als sich um das Kind zu kümmern.

Marcy war verantwortungslos, egoistisch und verwöhnt gewesen. Als sie sich kennenlernten, hatte Brodie sich weniger für ihren Charakter als für ihren damals legendären Ruf interessiert. Jetzt kam es ihm furchtbar kindisch vor, aber im Grunde war er mit ihr zusammengewesen, um seinen Vater noch mehr zu ärgern. Ihre Schwangerschaft aber hatte seine ganze Welt auf den Kopf gestellt. Einer von ihnen musste nach Taryns Geburt der Erwachsene sein, und dieser Job fiel automatisch ihm zu.

Er richtete seine Aufmerksamkeit wieder auf seine Mutter. „Warum sollte ich Evie wehtun?"

„Ich behaupte ja nicht, dass du absichtlich rücksichtslos wärst."

„Nicht? Sprich weiter. Das ist äußerst interessant."

Sie seufzte. „Sei nicht sauer, Brodie. Du weißt, dass ich dich liebe. Es ist nur ... Evie braucht Wärme und Leidenschaft. Einen Mann, der sie vergöttert."

*Und keinen kalten, gefühllosen Kerl, wie sein verdammter Vater einer gewesen war.* Das sagte Katherine zwar nicht – vermutlich dachte sie es nicht mal –, aber so interpretierte Brodie ihre Worte.

Schätzte sie ihn wirklich so ein? Als kalt und gefühllos? Okay, vielleicht hatte seine desaströse Ehe ihn ernüchtert, buchstäblich und im übertragenen Sinne. Er hatte kein Kind gewollt, aber als Marcy schwanger geworden war, hatte Brodie sofort seinen Ehrgeiz vom Sport auf eine berufliche Karriere umgeleitet, um seiner Familie finanziell ein sorgenfreies Leben zu ermöglichen.

Und das habe ich verdammt gut hinbekommen, dachte er, als er sein großes Haus am Fuße der Berge betrachtete. Das konnte niemand bestreiten.

Er suchte nicht nach heißer Leidenschaft. Marcy hatte praktisch nur aus überbordenden Gefühlen bestanden, und wie war das für alle Beteiligten ausgegangen? Als sie schließlich für immer gegangen war, hatte Brodie nichts als Erleichterung verspürt.

„Du bildest dir da was ein." Er nahm ihre Einkaufstaschen aus dem Auto. „Ich suche nicht nach einer Beziehung, und schon gar nicht nach einer mit Evie Blanchard. Falls es dir noch nicht aufgefallen sein sollte – ich habe im Moment genug um die Ohren, Mom. Für eine Frau habe ich gar keine Zeit. Und selbst wenn: Evie ist wirklich nicht mein Typ, wenn ich dich daran erinnern darf."

Zumindest musste er sich das selbst immer wieder in Erinnerung rufen. Egal, wie zärtlich und einzigartig dieser Kuss gewesen war, so hatten sie doch rein gar nichts gemeinsam.

„Was stimmt denn nicht mit ihr?", fragte Katherine. „Sie ist eine wundervolle Frau, tausendmal besser als deine coolen Geschäftspartnerinnen, mit denen du so gerne und diskret verkehrst. Wobei du dir immer einbildest, dass ich nichts davon mitbekomme."

Brodie lachte ungläubig auf. Er kapierte einfach nicht, wie der weibliche Verstand funktionierte. Da erzählte seine Mutter ihm erst, dass er die Finger von ihrer Freundin lassen sollte, nur um dann sauer zu sein, wenn er genau das versprach.

„Evie ist vollkommen in Ordnung." Abgesehen von ihrem sentimentalen Herz, von ihrer Leidenschaft, mit der sie gegen die Ungerechtigkeit der Welt ankämpfte, und davon, dass er jedes Mal den Kopf verlor, wenn er ihr näher als zehn Meter kam. „Wir haben nur nichts gemeinsam. Was auch egal ist, denn sie arbeitet ja nur noch kurze Zeit mit Taryn. Und danach werden wir uns wieder genauso höflich ignorieren wie zuvor, wenn wir uns bei Stadtplanungstreffen gegenübersitzen."

„Sei nett zu ihr, ja?", bat Katherine nach kurzem Schweigen. „Du hast keine Ahnung, wie viel wir mit Taryns Therapie von ihr verlangen."

Auf einmal wurde er wütend, aus Gründen, die er selbst nicht so recht verstand. „Doch, das weiß ich. Sie hat mir von ihrer Adoptivtochter erzählt. Und ich möchte dich daran erinnern, dass ich davon keine Ahnung hatte. Während du genau wusstest, was es sie kostet – und sie trotzdem gefragt hast."

Katherine sah ihn zugleich schuldbewusst und überrascht an. „Sie hat dir von Cassie erzählt? Das kann ich nicht glauben. Evie spricht eigentlich nie über ihre Tochter. Ich glaube, dass weder Claire noch Alex oder Maura etwas darüber wissen, obwohl sie gute Freundinnen sind."

Ja, warum hatte sie ausgerechnet ihm davon erzählt? Warum bloß? Er wusste nicht genau, was er davon halten sollte.

Mit einem Mal wünschte er fast, dass sie es nicht getan hätte. Er wollte die Uhr zwanzig Minuten zurückdrehen, bis zu dem Moment, als er in Taryns Zimmertür gestanden und gesehen hatte, wie Evie mit seiner Tochter scherzte und lachte.

„Der Punkt ist, dass ich es *jetzt* weiß. Weil es so schwer ist, jemand Gutes zu finden, wollte ich Evie eigentlich überreden, bei uns zu bleiben. Das kann ich nun natürlich nicht mehr, also muss ich mich weiter auf die Suche nach einem passenden Kandidaten machen."

Er wollte auf keinen Fall, dass Evie ihre Entscheidung irgendwann bereute. Und wenn das bedeutete, dass er sie nie mehr küssen durfte – nun, dann musste er dieses Opfer eben bringen. Egal, wie schwer es ihm fiel.

„Gönn mir mal eine Pause, Junge, und mach etwas langsamer." Jacques hörte nicht auf sie, sondern rannte weiter in irrem Tempo den Woodrose-Mountain-Weg hinauf, mit wedelndem Schwanz und der Schnauze am Boden, um die Spur eines möglichen Feindes aufzunehmen.

Am liebsten hätte sie das Joggen heute Morgen ausfallen lassen. Den Wecker auszustellen und kurz vor Sonnenaufgang aufzustehen war ihr schwerer gefallen, als mit leeren Händen aus einem Schmuckladen zu gehen. Doch Jacques brauchte einmal richtigen Auslauf.

Einerseits wäre sie lieber im Bett geblieben, andererseits war da ein leichtes, freudiges Kribbeln in ihrem Bauch, wenn sie daran dachte, was heute vor ihr lag. Tatsächlich konnte sie es kaum erwarten, mit Taryn ins *String Fever* zu gehen. Die Arbeit mit ihr machte Evie Spaß, von der Lähmung, die sie nach Cassies Tod befallen hatte, war nichts mehr zu spüren. Sie genoss die Herausforderung, den richtigen Zugang zu Taryn zu finden. Denn nur wenn ihr das gelang, konnte sie entscheidend zu ihrer Genesung beitragen.

Ihre Freunde in L. A. hatten sie immer gefragt, warum sie sich auf Kinder spezialisiert hatte und nicht auf lukrativere Felder wie Geriatrie oder Sporttherapie – und warum sie ausgerechnet die schwersten Fälle übernahm.

Ihre Antwort hatte abgedroschen geklungen, aber der Wahrheit entsprochen. Den Kindern wirklich helfen zu können war ungeheuer motivierend gewesen. Noch immer wärmte sie das Wissen, dass es in Kalifornien ehemalige Patienten gab, die durch ihre Hilfe ein eigenständiges Leben führen konnten. Natürlich war sie nicht so arrogant zu glauben, niemand sonst hätte so viel erreicht. Aber Tatsache war, dass es nun einmal *sie* war, die es geschafft hatte.

Vielleicht war sie ihren Patienten immer ein wenig *zu* nahe gekommen, das mochte schon sein. Jeder Einzelne war ihr wichtig gewesen, nicht nur Cassie. Sie hatte sich über ihre Fortschritte gefreut, hatte sie besucht, wenn sie im Krankenhaus lagen, verängstigte Eltern getröstet – und mehr als einmal war sie nach einer Therapiestunde, in der ein Kind große Schmerzen durchstehen musste, in Tränen ausgebrochen.

Aber nie hatte sie ihre beruflichen Grenzen derart überschritten wie bei Cassie. Sie und Cassies Mutter waren mit der Zeit Freundinnen geworden – zunächst, weil sie beide so leidenschaftlich gerne Schmuck fertigten.

Meredith war Lehrerin gewesen, hatte sich aber mit Schmuck etwas Geld dazuverdient, damit ihr Kind die Pflege bekam, für die ihre Krankenversicherung nicht aufkommen wollte.

Sie hatte Merediths Stärke immer bewundert, ihre Entschlossenheit, alles für ihr Kind zu tun, egal, was es kostete.

Wie Brodie, dachte Evie jetzt, als sie Jacques den Berg hinauffolgte, wo sich der Frühnebel durch die Espen und Kiefern schlängelte. Meredith hätte alles für Cassie getan, aber gegen ihre eigene Krankheit konnte sie nichts ausrichten.

Als bei Meredith Brustkrebs diagnostiziert worden war, hatte Evie sie unterstützt, so gut es ging. Vor allem hatte sie sich um Cassie gekümmert, als Meredith wegen der Chemotherapie zu schwach dazu gewesen war.

Nach einem Jahr hatte der Brustkrebs gestreut und das Lymphsystem angegriffen. Merediths einzige Sorge war gewesen, wer sich nach ihrem Tod um Cassie kümmern würde. Genau wie Evie hatte sie keine Familie, auf die sie zählen konnte – in Merediths Fall gab es nur einen drogensüchtigen Bruder.

Evie hatte Meredith und Cassie an jenem Tag zu sich zum Abendessen eingeladen. Sie aßen Hühnersalat und Frühlingsrollen auf der Terrasse, während der Wind durch die Pfefferbäume wehte.

„Ich muss mich der Wahrheit stellen", sagte Meredith, das Gesicht ausgemergelt und blass unter dem Kopftuch. Cassie streichelte gerade Evies pummelige Katze und war außer Hörweite. „Niemand kann mir mehr helfen. Ich werde bald sterben."

Zuerst protestierte Evie, sagte, dass sie alternative Behandlungsmethoden finden würden, aber Mere blieb fest. „Ich weiß das wirklich zu schätzen, und ich habe deinen Optimismus immer bewundert, Evie. Aber ich muss realistisch sein. Ich werde sterben. Vielleicht habe ich noch ein paar Monate, vielleicht etwas mehr, aber es wäre dumm, die Realität zu ignorieren. Und ich muss Vorkehrungen für Cassie treffen, solange ich noch dazu in der Lage bin."

Das Herz schwer vor Trauer, hielt Evie ihre Hand, erstaunt, wie ruhig ihre Freundin war.

„Wie kann ich helfen?", fragte sie.

„Witzig, dass du fragst." Meredith lächelte sie verlegen an. „Du sollst wissen, dass es auch andere Möglichkeiten gibt, das möchte ich von vornherein klarstellen. Weil ich genau weiß, wie viel ich von dir verlange, und ich möchte nicht, dass du dich zu irgendetwas verpflichtet fühlst."

„Mere …" Sie wusste noch, wie groß die Furcht plötzlich gewesen war, wie sie wünschte, das Unvermeidliche noch irgendwie abwehren zu können.

„Ich bitte dich, darüber nachzudenken, Cassie nach meinem Tod zu adoptieren."

Und einfach so, in einem einzigen Moment, während der Wind noch blies und die Sonne über dem Ozean unterging und ein paar Rotkehlchen in den Bäumen sangen, wurde ihre ganze Welt aus den Angeln gehoben.

Meredith bestand darauf, dass sie in Ruhe darüber nachdachte, sie wollte Evies Antwort erst in einer Woche wissen. Sieben Tage lang kämpfte Evie mit sich. Sie wusste sehr genau, was diese Verantwortung für ihr Leben bedeuten würde. Schließlich hatte sie selbst jahrelang miterlebt, wie Eltern unter der Last eines kranken Kindes fast zusammengebrochen waren.

Zugleich aber wusste sie tief im Herzen, dass eine Adoption das Richtige war.

Und tatsächlich habe ich diesen Schritt nie bereut, dachte sie jetzt, als sie Jacques dabei zusah, wie er die Nase ins Gras drückte. Sie hatte Cassie sehr geliebt – ihr Lachen, ihre Lebensfreude, die Liebe, die sie mit vollen Händen verschenkte. Auch wenn sie damals schon gewusst hätte, wie alles endete, hätte sie auf diese zwei Jahre mit Cassie niemals verzichten wollen.

Sie blieb stehen, um sich einen Moment auszuruhen, und drückte eine Hand auf den Schmerz in ihrer Brust, der nichts mit körperlicher Überanstrengung zu tun hatte.

Sie konnte Hope's Crossing von oben sehen, lieblich in dem frühen Morgenlicht. Es würde wieder ein schöner Augusttag werden, perfekt für einen Abstecher in den Schmuckladen.

„Komm, Jacques", rief sie und machte sich auf den Rückweg. Sie hatte gerade noch genug Zeit, um zu duschen und sich umzuziehen, bevor sie sich mit Brodie zu einem weiteren Bewerbungsgespräch treffen sollte. Sie musste sich beeilen. Seufzend joggte sie bergab. Ein paar Wildblumen blühten noch, indischer Malerpinsel und die allgegenwärtige Akelei, doch der bald einsetzenden Kälte würden auch sie nicht standhalten.

Deswegen wollte sie den Anblick genießen, solange es noch ging.

Aus irgendeinem Grund dachte sie jetzt an das hübsche Haus auf der Insel Burano bei Venedig, das im Morgenlicht ähnlich bunt geleuchtet hatte.

Nachdem sie ihre Praxis geschlossen hatte, war sie eine Weile durch die Welt gereist. Venedig war der erste Halt auf ihrer Reise gewesen, und während eines Ausflugs nach Murano hatte sie die Glasbläser besucht, die vor Jahrhunderten auf die Insel auswandern mussten, weil die vorsichtigen Venezianer Angst vor der Brandgefahr hatten, die von Glasbläsereien ausgingen.

Damals hatte sie eine kleine Tasche mit wunderschönen Glasperlen gefüllt, vielleicht aus einem Impuls heraus, vielleicht als eine Art Hommage an das Hobby, das Meredith und sie geteilt hatten. Und daraufhin begann sie, überall auf der Welt Schmuck zu sammeln: alten Modeschmuck in englischen Secondhand-Läden, Muscheln und kleine Steine in Afrika, feine silberne Perlen auf Bali. Als sie nach Amerika zurückkehrte, wusste sie, dass sie ihren Lebensunterhalt künftig mit dem Gestalten von Schmuck verdienen wollte.

Es war richtig gewesen, ihren alten Beruf an den Nagel zu hängen, auch wenn sie ihn ab und zu vermisste. Und doch stand sie nun wieder da, wo alles begonnen hatte. Einmal mehr versuchte sie mit aller Kraft, das Schicksal eines Mädchens nicht zu nahe an sich heranzulassen.

Als sie an eine steile Böschung kam, verlangsamte sie ihr Tempo. Hier lief sie immer besonders vorsichtig. Ein unbedachter Schritt, ein verknackster Knöchel, und ein unvorsichtiger Läufer konnte in die Tiefe stürzen. Kurz darauf stieß Jacques ein höfliches Begrüßungsbellen aus.

Hoffentlich kein Stinktier – das wäre ja ein toller Start in den Tag. Vorsichtig ging sie näher zum Abhang. Sie entdeckte ein Mountainbike neben dem Pfad und etwas Gelbes auf einem felsigen Vorsprung. Ein Junge, wie ihr auf einmal klar wurde. Er stand direkt am Rand und starrte auf die etwa hundert Meter tiefer liegende Stadt.

Es wäre ein Leichtes, hier den Tod zu finden. Ein falscher Schritt, ein kleines Stolpern – absichtlich oder unabsichtlich –, und das war's.

Sie dachte an ihre Mutter, die mit einer Überdosis Tabletten ihre körperlichen und emotionalen Schmerz zum Verstummen gebracht hatte, und beugte sich dann schnell vor. „Guten Morgen."

Der Junge musste Jacques' Bellen gehört haben, und doch schien er überrascht, einen Menschen zu sehen.

„Hey", murmelte er.

Charlie Beaumont trug schwarze Fahrradhosen und ein knallgelbes Oberteil, das einen scharfen Kontrast zu seinem düsteren Gesicht bildete.

Sie mochte diesen Jungen nicht besonders. Wie denn auch, nachdem seinetwegen die Tochter einer Freundin gestorben und die Enkelin einer anderen schwer verletzt worden war. Aber etwas an seiner Körperhaltung, die hängenden Schultern und der verzweifelte Blick in seinen Augen, hielt sie davon ab weiterzugehen.

„Ist der perfekte Tag für eine Radtour."

Er sah sie kühl an. „Ach ja?"

„Fährst du hinauf zum Crystal Lake?" Der Gletschersee lag noch etwa zwei Meilen höher und war ein beliebtes Ziel von Mountainbikern.

„Weiß noch nicht." Seine Worte waren knapp, aber sie hatte das Gefühl, dass er nicht wirklich unfreundlich war. Sondern traurig, fast schon hoffnungslos.

„Du bist Charlie Beaumont, richtig? Ich bin Evie Blanchard. Ich arbeite im *String Fever*, dem Schmuckladen in der Stadt. Ich kenne deine Mutter und deine Schwester."

„Schön für Sie", sagte er.

Sie konnte auch einfach weitergehen. Brodie wartete auf sie, und sie hatte den Verdacht, dass er sich nicht besonders freuen würde, wenn sie ausgerechnet wegen dieses Jungen zu spät käme.

Auf der anderen Seite würde sie sich ein Leben lang Vorwürfe machen, wenn sie ihn ganz allein hier an der Felskante stehen ließe und er sich etwas antäte.

Eigentlich sollte sie kein Mitleid mit diesem Jungen haben, nach allem, was er getan hatte. Betrunken mit einem Pick-up voller Jugendlicher vor der Polizei zu flüchten, nachdem sie verschiedene Einbrüche in der Gegend begangen hatten. Er war ein arroganter Bursche, dessen Eltern ihn abwechselnd ignorierten und mit Geld überschütteten.

Es war aber genauso offensichtlich, dass dieser Junge litt.

Sie trat etwas näher, und Jacques schien der Ansicht zu sein, dass er damit die Erlaubnis hatte, dasselbe zu tun. Er lief durch das Geröll und Gebüsch auf den Jungen zu und stellte dann die Pfoten genau neben ihn auf den Felsrand.

„Dieses unhöfliche Vieh ist mein Hund Jacques. Keine Sorge, er ist lieb. Fast schon zu lieb, um genau zu sein. Jacques, das ist Charlie."

Der Labradoodle wedelte eifrig mit dem Schwanz. Zaghaft tätschelte Charlie zweimal seinen Kopf, als ob er nicht besonders oft mit Tieren zu tun hätte. Zu schade, dachte sie. Ihrer Erfahrung nach waren Kinder, die sich um ein kleines Wesen kümmern mussten, verantwortungsvoller und weniger egoistisch als andere.

„Du bist schon früh unterwegs." Sie hockte sich auf einen Stein in einem gewissen Abstand zu Charlie, damit er sich nicht bedrängt fühlte.

„Ist die beste Zeit zum Fahrradfahren. Da kommen einem nicht so viele Idioten in die Quere."

Entweder war er wirklich sehr gern allein, oder Charlie Beaumont hatte momentan einfach Schwierigkeiten, mit anderen Menschen umzugehen. Vermutlich Letzteres.

Er blickte die steile Felswand herab, und wieder begannen ihre Alarmglocken zu schrillen. „Manchmal ist es für dich bestimmt leichter, allein zu sein", sagte sie ruhig.

„Was soll das denn heißen?"

Sie überlegte kurz, ob sie ihm etwas vormachen sollte, doch vermutlich war er sowieso von zu vielen Menschen umgeben, die ihm niemals ehrlich die Meinung sagten. „Nur, dass du im Augenblick nicht gerade der beliebteste Junge der Stadt bist."

Sein Gesicht verdüsterte sich vor Zorn – doch zugleich glaubte sie, Traurigkeit in seinen Augen zu sehen. „Denken Sie wirklich, dass mich die Meinung der Leute in diesem beschissenen Kaff interessiert?"

„Sag du es mir."

„Hope's Crossing kann mich mal kreuzweise. Mir doch scheißegal." Seine Hände zitterten ein wenig, als er Jacques' lockiges Fell streichelte.

Sie verscheuchte eine Fliege von ihrem Arm. „Wie witzig. Ich glaube das nämlich nicht."

„Wieso nicht?"

„Natürlich ist es dir nicht egal, was die Leute über dich sagen."

Er sah sie nicht an, sondern blickte wieder in den Abgrund. „Macht mir nichts aus. Es stimmt doch schließlich, oder nicht? Ich habe Layla umgebracht und Taryn zum Vollkrüppel gemacht."

Was für eine schwere Bürde für einen Siebzehnjährigen, auch wenn er selbst schuld daran war. Lag wohl an ihrem viel zu sentimentalen Herz, wie Brodie es ausgedrückt hatte, dass ihr dieser aufsässige Junge ehrlich leidtat.

„Sie ist kein Vollkrüppel."

Er runzelte die Stirn. „Sie sitzt im Rollstuhl. Sie kann nicht sprechen. Brittney Jones, eine ihrer bescheuerten Freundinnen aus dem Cheerleader-Team, sagt, dass sie nicht mal selbst essen kann."

Plötzlich kam ihr eine Idee, eine vollkommen unpassende, um genau zu sein. Sie schob sie schnell zur Seite.

„Bevor ich nach Hope's Crossing gekommen bin, war ich Physiotherapeutin. Und jetzt stellte ich gerade ein Therapieprogramm zusammen, das Taryn helfen soll." Falls das Mädchen irgendwann mal bereit war, dieses Programm auch tatsächlich durchzuziehen. Aber das behielt sie lieber erst mal für sich.

Zumindest sah er sie jetzt an, statt weiterhin in die Tiefe zu starren. „Wie geht es ihr?", fragte er. „Macht sie Fortschritte?"

„Ja, wenn auch langsam. Es geht schon etwas besser."

Diese Idee ließ sie einfach nicht los. Sie war völlig verrückt, aber einige ihrer besten Ideen waren verrückt gewesen. „Warum besuchst du sie nicht einfach mal und überzeugst dich selbst davon?", stieß sie hervor, ohne noch länger darüber nachzudenken.

Er schnappte nach Luft. „Das kann ich nicht!"

„Wieso nicht? Ich glaube, Taryn würde sich freuen. Sie ist ständig von Therapeuten und Krankenschwestern umgeben. Bestimmt sehnt sie sich ab und zu nach einem Gespräch, bei dem es nicht um Medikamente und Übungen geht."

„Ihr Dad würde mich niemals ins Haus lassen. Der würde mir in den A... – ähm, Hintern treten, wenn ich es versuche."

Damit hatte er vermutlich recht. Brodie würde ausflippen, wenn er wüsste, was sie dem Jungen gerade vorschlug. Aber sie hatte das Gefühl, auf diese Weise zwei Fliegen mit einer Klappe zu schlagen. Taryn hätte außer Hannah noch jemanden in ihrem Alter, mit dem sie reden konnte. Und es würde Charlie von diesem Felsrand ablenken, vielleicht sogar davon, dass die Leute in der Stadt ihn behandelten wie einen Aussätzigen.

„Wir gehen später zusammen ins *String Fever*. Wenn du Taryn treffen möchtest, könntest du auch kommen. Auf diese Weise würde ihr Vater das gar nicht erfahren."

Zwar ging sie mit diesem Vorschlag ein hohes Risiko ein, aber aus irgendeinem Grund fühlte es sich richtig an.

„Sie will mich bestimmt nicht sehen."

„Vielleicht nicht. Aber das wissen wir erst, wenn wir es versucht haben. Komm einfach kurz rein und sag Hallo. Das ist alles. Bestimmt bedeutet es Taryn eine Menge, zu wissen, dass sie dir nicht total egal ist." Evie sah ihn prüfend an. „Ich finde, das zumindest schuldest du ihr, meinst du nicht?"

Charlie schloss einen Moment lang die Augen, sog scharf die Luft ein, vergrub die Finger in Jacques' Fell und atmete dann langsam wieder aus.

„Ich weiß nicht recht."

„Wir werden ungefähr ab halb zehn für eine Stunde dort sein." Sie pfiff Jacques zu sich. „Komm, mein Junge."

Der Hund zögerte kurz, doch schließlich gehorchte er.

Einen Moment lang hatte Evie Bedenken. War es nicht fahrlässig, den Jungen allein hier stehen zu lassen, wenn er wirklich über Selbstmord nachdachte? Sie würde nie darüber hinwegkommen, wenn er sich etwas antat und sie es hätte verhindern können, indem sie einfach länger geblieben oder mit ihm zusammen den Berg hinabgestiegen wäre.

Nein. Zwar starrte er noch immer auf die Stadt hinunter, aber er schien nicht mehr ganz so verzweifelt zu sein wie zuvor. Jetzt wirkte er eher nachdenklich.

Sie hätte es nicht wirklich erklären können, aber ihr Bauchgefühl sagte ihr, dass die Gefahr eines Selbstmordes – ob tatsächlich oder nur eingebildet – vorüber war.

Mit Jacques zusammen joggte sie den Weg hinab und ließ den Jungen allein.

# 7. Kapitel

„Nein. Nein, nein, nein."

Taryn riss die Arme in die Höhe, um zu verhindern, dass Evie den Rollstuhl über die Rampe hinab auf die Straße ließ. Seit Evie hinter dem Laden auf den Parkplatz gebogen war, hatte Taryn praktisch nichts anderes als Nein von sich gegeben.

Evie biss die Zähne zusammen. „Ich habe Hannah versprochen, ihr mit den Ohrringen für ihre Mom zu helfen. Ich habe ihr mein Wort gegeben. Und du warst einverstanden."

„Und jetzt ... hab ich es ... mir ... anders überlegt. Ich will nicht."

So viele Worte an einem Stück hatte Taryn in ihrer Gegenwart noch nie gesagt. Doch statt sich über diesen Fortschritt zu freuen, musste Evie gegen die aufsteigende Wut ankämpfen. Dass sie an dem Ganzen auch noch selbst schuld war, machte es nur noch frustrierender.

Sie hatte sich den ganzen Morgen beeilen müssen. Die Zeit mit Charlie auf dem Berg hatte ihren Terminplan durcheinandergeworfen. Von dem Bewerbungsgespräch mit einem weiteren ungeeigneten Kandidaten hatte sie nur noch die letzten fünf Minuten miterlebt, und jetzt kamen sie auch noch zu spät ins Spring Fever. Hoffentlich wartete Hannah auf sie.

„Warum möchtest du denn auf einmal nicht mehr? Früher bist du doch immer gerne hergekommen und hast dir alle möglichen Schmuckanleitungen angesehen."

„Ist nicht mehr ... dasselbe."

Evie kniete sich neben den Rollstuhl. Ihr Herz flog diesem Mädchen zu, das fast alles verloren hatte. Was für eine Rolle spielte da ihr blöder Terminplan? Es ging um Taryn, nur sie zählte.

„Nein. Es ist nicht mehr dasselbe. Aber manche Dinge haben sich nicht verändert. Und ganz bestimmt wird es dir immer noch Spaß machen, Schmuck herzustellen. Alle Mädchen lieben Schmuck, oder nicht?"

Taryn warf ihr einen Seitenblick zu und zuckte mit den Schultern.

„Ich verspreche dir, dass alles gut geht. Es ist noch früh, der Laden hat noch gar nicht geöffnet. Deine Mutter und Claire Bradford sind da. Und Hannah. Nur Menschen, die dich mögen und dir helfen wollen."

Sie hatte beschlossen, Charlies Namen nicht zu erwähnen. Wozu auch? Wahrscheinlich würde er sowieso nicht kommen.

„Es wird dir Spaß machen, ganz sicher. Freust du dich denn gar nicht, mal aus dem Haus zu kommen? Ich weiß ja nicht, wie es dir geht, aber mir hängt Mrs Olafsons fürchterliches Essen langsam zum Hals raus. Wenn ich noch mal einen ganzen Teller von ihren Zucker-plätzchen essen muss, dann werde ich mich wohl übergeben."

Taryn kicherte. Mrs Olafson war eine fantastische Köchin, die je-der im Haus schätzte. Evie würde nach Beendigung ihres Jobs ver-mutlich zehn Kilo zugenommen haben.

„Wir gehen jetzt in den Laden, helfen Hannah mit den Ohrringen und fahren in einer Stunde wieder nach Hause. Und in der Zwi-schenzeit überlegst du dir, was du selbst gern machen würdest. Viel-leicht ein einfaches Armband oder so etwas. Was immer du willst, ich helfe dir."

Taryn hob die Hände. Obwohl die Funktion ihrer rechten Hand sich erheblich verbessert hatte, konnte sie die linke nach wie vor kaum gebrauchen. „Ich kann … keinen Schmuck … machen."

„Aber sicher. Wir fangen ganz langsam an. Glaub mir, wenn die alten Damen mit Arthritis das können, dann kannst du es auf jeden Fall auch. Also ein Armband, ja? Bist du bereit?"

Taryn nickte seufzend. Überwältigt von ihrem Mut beugte Evie sich vor, löste die Sicherungsgurte und ließ den Rollstuhl die Rampe hinuntergleiten.

Ihr Weg führte sie durch das Tor und den kleinen eingezäunten Garten, in dem es nach Lavendel und Melisse duftete. Vor etwa einer Stunde hatte sie Jacques in den Garten gelassen, damit er dort mit seinem besten Freund spielen konnte, Claires altem Basset Chester. Die beiden Hunde kamen ihnen entgegen, Chester im Wackelgang, Jacques mit eleganten großen Sprüngen.

„Oh!" Taryn presste sich an die Rückenlehne ihres Rollstuhls.

„Keine Angst, Süße. Du kennst doch Chester, Claires Hund. Er ist schon ewig im Laden. Und der prachtvolle andere Kerl hier ist mein Labradoodle Jacques."

Zu Evies Freude tapste Jacques auf Taryn zu, legte das Kinn auf ihr Bein und sah sie mit diesem seelenvollen Blick an, den er perfek-tioniert hatte.

Wenn es sich hier um die Comicversion des Lebens gehandelt hätte, wären rosa glitzernde Herzen und Blumen zwischen dem Mädchen und dem Hund hin- und hergeflattert, denn so wie es aussah, waren die beiden einander auf der Stelle verfallen.

Evie hielt den Atem an, als Taryn die linke Hand hob, jene Hand, die sie sonst lieber ungenutzt ließ, und durch das lockige Fell streichelte.

„So süß", rief sie aus.

„Sei vorsichtig." Evie lächelte erfreut und spürte, wie ihr Tränen in die Augen stiegen – aus einem albernen Grund, den sie sich selbst nicht erklären konnte. „Er ist ein typischer Mann und wird nicht gerne als süß bezeichnet."

Taryn, die anscheinend all ihre Befürchtungen vergessen hatte, kicherte, streichelte den Hund erneut und bewegte ihre linke Hand mehr als jemals während der Ergotherapie.

Obwohl Hannah vielleicht tatsächlich bereits auf sie wartete, wollte Evie diesen besonderen Moment nicht zerstören, genauso wenig wie Taryns improvisierte Therapie. Deswegen blieben sie noch eine Weile im Garten und genossen die süße und kühle Sommerluft, während die Vögel in den Bäumen laut zwitscherten.

Irgendwann aber war es an der Zeit hineinzugehen. „Wenn du magst, kann Jacques mitkommen und uns mit dem Schmuck helfen. Gut, er kann nicht sonderlich geschickt mit der Zange umgehen, aber er ist auf jeden Fall sehr unterhaltsam."

Taryn kicherte erneut – welch ein wunderschöner, heller Klang in der Morgenluft.

„Er wird sich gut benehmen", fuhr Evie fort. „Und wenn nicht, dann muss eben Chester dafür sorgen."

Claires Hund schenkte ihr seinen typischen Gesichtsausdruck, der an ein missmutiges Grinsen erinnerte, dann wackelte er zur Tür. Evie war erleichtert zu sehen, dass Taryns Unbehagen sich aufgelöst hatte wie Frühnebel in der Sonne. Sie lächelte sogar noch, als Evie die Hintertür aufstieß und sie hineinschob.

„Da seid ihr ja", rief Katherine aus. „Wir hatten schon Angst, ihr würdet nicht kommen."

„Aber wirklich! Wir warten ja schon seit einer *Ewigkeit*!", stimmte Claire ihr zu. Sie war so ein offener und netter Mensch, dass man sie einfach mögen musste. In schlechten Momenten war Evie manchmal von all dieser Wärme und Freundlichkeit fast ein wenig überfordert.

„Entschuldigt die Verspätung", sagte sie. „Es war irre viel los heute Morgen."

„Macht nichts. Jetzt seid ihr ja da. Hi, Taryn." Alex McKnight, Claires beste Freundin von Kindesbeinen an, lächelte Taryn an, und Evie konnte nur hoffen, dass eine weitere Person ihre Patientin nicht aus der Fassung brachte.

Taryn hielt sich an Jacques fest, als ob sie nicht wagte, ihn loszulassen. Dem Hund schien es nichts auszumachen, wie Evie überrascht feststellt. So lieb Jacques von Natur aus auch war, diese Ruhe war selbst für ihn untypisch.

„Komm zum Tisch, Liebling", lud Katherine ihre Enkelin ein. Evie schob sie ein Stück näher und lächelte, als Jacques brav nebenhertrottete.

„Hannah ist noch nicht da?"

Claire schüttelte den Kopf. „Wahrscheinlich ist es gar nicht so leicht für sie, von zu Hause loszukommen, sonst wäre sie bestimmt schon hier. Aber ich bin sicher, dass sie gleich kommt."

Manchmal fragte Evie sich, warum Claire immer wieder so unerschütterlich an das Gute in allen Menschen glaubte, vor allem, da sie doch den Beweis des Gegenteils am eigenen Leib erfahren hatte.

„Woran arbeitet ihr drei?", fragte sie.

„Katherine braucht noch ein hübsches Design für den Unterricht heute Abend. Wir suchen gerade eines aus."

„Wie schön. Während ihr das macht und wir auf Hannah warten, können Taryn und ich ja schon mal mit einem Armband anfangen. Ich dachte, wir nehmen keine zu schweren Perlen, damit es einfacher für sie ist, damit umzugehen. Und etwas Weiches, damit es sich gut anfühlt, wenn sie es trägt. Vielleicht Fimo? Was meint ihr?"

Claires Augen leuchteten auf. „Da hab ich was! Gestern erst neu reingekommen, ich hab's noch nicht mal ausgepackt."

Sie sprang vom Stuhl auf und eilte in ihr Büro, wo die Waren vor dem Auspacken gelagert wurden.

„In der Zwischenzeit suche ich uns eine Schnur aus", sagte Evie. „Ich dachte an etwas Elastisches, damit du das Armband leichter anund ausziehen kannst. Was meinst du?"

„Gut. Danke schön." Taryn formulierte jedes Wort sehr sorgfältig.

Katherines Lippen bebten ein wenig, während sie ihre Enkelin mit einer Mischung aus Liebe und Stolz betrachtete, und Evie befürchtete schon, sie würde anfangen zu weinen. Auf ihrem Weg zu den Bänderrollen legte sie Katherine eine Hand auf die Schulter.

„Danke", murmelte Katherine.

Evie lächelte. „Braucht sonst noch jemand etwas?"

„Wie wäre es mit etwas Großem, Dunklem und Umwerfendem?", fragte Alex. Und schon tauchte Brodie vor Evies geistigem Auge auf. Sie dachte an diesen unglaublichen Kuss, den sie einfach nicht vergessen konnte. Ihr Magen krampfte sich zusammen, sie spürte, wie sie rot wurde.

„Damit kann ich dir nicht helfen, es sei denn, Claire hat da gestern auch eine Lieferung bekommen."

„Wozu sollte ich?", rief Claire aus dem Büro. „Riley ist groß, dunkel und umwerfend genug für mich."

„Halt. Stopp. Das will ich gar nicht hören." Alex warf der kichernden Taryn einen Blick zu und verdrehte die Augen.

Evie musste lächeln. Alex tat zwar immer so, als ob sie ein Problem damit hätte, dass ihre beste Freundin und ihr jüngerer Bruder ein Paar waren, aber in Wahrheit freute sie sich für die beiden.

Sie wählte gerade eine passende Schnur aus, als die Türglocke zaghaft bimmelte, als sei jemand nicht sicher, ob er wirklich hereinkommen sollte. Kurz darauf trat Charlie Beaumont in den Laden. Er trug jetzt Shorts und ein Poloshirt und wirkte, als wäre er lieber ganz woanders.

Evies Magen zog sich zusammen. Okay, das war wirklich eine dumme Idee gewesen. Was hatte sie sich nur dabei gedacht?

„Hallo", sagte sie leise. „Ich war nicht sicher, ob du kommen würdest."

„Ich hätte auch nicht kommen sollen. Das ist eine dumme Idee." Er sah zur Eingangstür, dann wieder zu ihr. Obwohl er nach außen hin trotzig wirkte, war sein Blick gehetzt. Wahrscheinlich war es nicht gut, schon wieder Mitleid mit ihm zu haben, aber sie konnte nicht anders.

„Ich sollte gehen", murmelte er.

„Wegrennen ist eine dumme Idee. Aber das muss ich dir nicht sagen, oder?"

Seine Lippen wurden schmal, aber zumindest lief er nicht zurück zur Tür. Das war dann wohl ein gutes Zeichen.

„Taryn ist hinten im Werkraum. Komm mit."

Sie bewunderte ihn wirklich für seinen Mumm, denn er stieß zwar hörbar den Atem aus, folgte ihr aber in den hinteren Bereich des Ladens.

Ups. Vielleicht hätte sie die anderen vorwarnen sollen. Dann wären nicht alle derart geschockt über Charlies plötzliches Auftauchen gewesen.

Claire kam gerade mit einem kleinen Päckchen aus dem Büro. Ihr Mund klappte auf. Beinahe wäre sie gestolpert. Alex warf eine Tasse Perlen um, mit denen sie gerade arbeitete. Und Katherine starrte ihn einfach nur an.

„Schaut mal, wer hier ist." Evie schlug einen fröhlichen Ton an. „Ich habe Charlie heute Morgen auf dem Woodrose-Mountain-Weg getroffen. Er hat nach Taryn gefragt, und da habe ich erzählt, dass wir uns alle heute im Schmuckladen treffen. Er wollte vorbeikommen und Hallo sagen."

Alex' grüne Augen glühten vor Wut, aus Katherines Gesicht war eine eisige Maske geworden.

Okay. Das war dann wohl die schlechteste Idee ihres Lebens gewesen. Manchmal ließ sie sich von ihrem Mitgefühl und guten Absichten einfach überwältigen.

So war sie schon immer gewesen, auch früher, als sie auf ihre zwei Jahre jüngere Schwester aufpassen musste. *Kümmere dich um Elizabeth, Evaline. Du bist die Ältere. Lass sie nicht zu weit ins Wasser gehen. Du bist für sie verantwortlich.*

Und dann hatte sie versagt. Sie war nicht da gewesen, um Lizzie zu schützen, und konnte nur noch hilflos im Krankenhaus neben ihrem Bett sitzen und mitansehen, welche schrecklichen Schmerzen Lizzie wegen ihrer Verbrennungen zweiten und dritten Grades leiden musste – und sie hatte auch nicht die Infektion verhindern können, die schließlich zu ihrem Tod führte.

Und Cassie. Trotz all der Liebe und Pflege hatte sie dieses Kind nicht retten können.

Vielleicht würde sie eines Tages klug genug sein, es erst gar nicht mehr zu versuchen.

Aber was jetzt? Irgendwie musste sie dieses Problem, das sie sich selbst zuzuschreiben hatte, ja lösen. Doch bevor ihr auch nur die geringste Idee kam, hörte sie eine Stimme.

„Char-lie. Hi." Taryn sprach die Worte sehr langsam, aber deutlich. Und zu Evies Überraschung hörte sie auf, Jacques zu streicheln, und streckte dem Jungen die Hand hin. Ihr Lächeln war breit und ehrlich.

Charlie sah auf ihre Hand und dann wieder zu Evie, als ob er sie um eine Anleitung bitten wollte.

„Hey, Tare. Ähm, wie läuft es so?" Er schüttelte ihre Hand.

„Ging schon mal besser", erwiderte Taryn.

Charlie versteifte sich und schien schon wieder bereit, aus dem Laden zu fliehen, doch da verzog Taryn den Mund zu einem Grinsen. „Dir?", fragte sie.

„Ähm, alles okay."

Okay. So weit, so gut. Niemand schleuderte irgendwelche Sachen auf ihn, obwohl Alex so aussah, als wollte sie ihm am liebsten mit ihrer Zange die Augen ausstechen.

„Hier ist die elastische Schnur", sagte Evie, als sich das Schweigen etwas zu lange ausdehnte. „Claire, wo ist der tolle Fimo-Schmuck, von dem du gesprochen hast?"

Das schien die Spannung ein wenig zu lockern. Diese Wirkung hatte sie beim gemeinsamen Schmuckfertigen schon öfter bemerkt.

„Hier, bitte schön", sagte Claire einigermaßen steif. „Die sind gerade erst von unserem Lieferanten in Oregon reingekommen."

Evie sah bewundernd in die Schachtel voller Fimo-Figuren in allen möglichen Formen und Farben. „Wow. Du hattest recht, die sind wirklich wunderschön. Ich glaube, sie passen gut zu den neuen Abstandshaltern."

Die Schmucksteine klickten leise, als Claire die Schachtel etwas abrupt auf den Tisch stellte.

„Welche möchtest du nehmen, Taryn?"

Evie schüttete eine Handvoll auf den Tisch, und nach einem kurzen Moment begann Taryn, sie zu durchsuchen. Nach etwa einer Minute pflückte sie mühsam ein pinkfarbenes Gänseblümchen aus dem Stapel, danach ein grünes Röhrchen mit pinken Tupfen.

„Ah, perfekt", sagte Evie. Und dann, ohne nachzudenken, stellte sie einen Stuhl neben Taryn. „Hier, Charlie. Vielleicht kannst du Taryn helfen, das Armband zu machen."

„W-wie?" Er fuhr herum, als ob sie ihn aufgefordert hätte, im Garten ein paar Hasenbabys totzutreten. „Ich kenne mich mit so was gar nicht aus."

„Ich zeige dir, wie es geht. Zuerst musst du in der Schachtel nach weiteren Figuren suchen, die so aussehen wie die beiden. Fang mal mit jeweils zehn an, obwohl wir vielleicht gar nicht so viele brauchen. Ich denke, wir nehmen das einfache A-B-C-B-Muster, was denkst du, Taryn? Gänseblümchen, Abstandshalter, grünes Röhrchen, Abstandshalter, Gänseblümchen, Abstandshalter und so weiter. Hier. Ich mache es mal vor.“

Sie fädelte schnell genug Figuren auf, um zu demonstrieren, was sie meinte, dann reichte sie ihm die Schnur. „Du bist dran. Taryn, deine Aufgabe ist es, jeweils die Figur oder den Abstandshalter hochzuhalten, den du haben möchtest – mit der rechten Hand. Und so ruhig, dass Charlie die Schnur durchziehen kann. Verstanden?“

„Ja“, sagte Taryn. Sie schien tatsächlich begeistert von der Idee zu sein – was Evie niemals erwartet hätte.

Und dann richtete jeder seine Aufmerksamkeit wieder auf sein eigenes Projekt an dem Werktisch, wobei Evie die gelegentlichen bösen Blicke Richtung Charlie durchaus bemerkte.

Der Junge sagte zuerst kein Wort, doch irgendwann begann er, Taryn von einem neuen Film zu erzählen und von einem Wasserfall, den er auf einer Fahrradtour zum Silver Strike Reservoir entdeckt hatte.

Es war jedes Mal sichtlich anstrengend für Taryn, nach einem neuen Fimo-Steinchen zu greifen, aber sie gab nicht auf. Mit vor Konzentration gerunzelter Stirn kämpfte sie so lange, bis sie es fest zwischen Daumen und Zeigefinger hielt, damit Charlie die Schnur hindurchfädeln konnte.

Genau genommen waren die beiden wirklich süß, aber Evie befürchtete, dass nur sie am Tisch so dachte.

„Ich habe gestern was Neues angefangen, eine elegante Draht-Perlenkette. Ich gehe schnell hinauf und hole sie. Hannah ist ja sowieso noch nicht hier.“

Niemand antwortete ihr, entweder waren sie alle zu konzentriert oder ignorierten sie einfach. Sie konnte nur hoffen, dass Ersteres der Fall war und sie mit ihrer verrückten Idee nicht gerade ihre Freundschaften aufs Spiel setzte. Sie steuerte auf die Hintertür zu und wollte sie gerade zuziehen, als Claire ihr hinterherkam.

„Was hast du vor, Evie?“, flüsterte Claire.

„Ich hole meine Kette.“

„Du weißt genau, was ich meine. Mit Charlie Beaumont.“ Claire zeigte durch das Fenster, und Evie konnte sehen, dass Charlie und Taryn ihre beiden dunklen Köpfe zusammengesteckt hatten.

Sie seufzte. „Er ist doch selbst fast noch ein Kind, Claire. Jeder in der Stadt behandelt ihn wie den Antichristen.“

„Hast du vielleicht Layla vergessen? Sie ist seinetwegen tot. *Meine* Kinder wären auch beinahe ums Leben gekommen.“

Claire ging es inzwischen wieder gut, aber auch sie war gemeinsam mit ihren Kindern in diesen Unfall verwickelt gewesen. Charlie hatte sie bei dem Versuch, während eines Schneesturms der Polizei zu entkommen, von der Straße abgedrängt. Sie waren mit dem Wagen ins Wasser gestürzt. Hätte Riley sie nicht gerettet, wären Claire und ihre Kinder an diesem Tag in dem eisigen Wasser erfroren.

„Natürlich habe ich Layla nicht vergessen oder sonst etwas aus dieser schrecklichen Nacht! Charlie Beaumont hat wirklich einen schlimmen Fehler gemacht, vor allem, weil er Alkohol getrunken hatte. Seinetwegen hat sich das Leben so vieler Menschen vollkommen verändert. Ich weiß das."

„Warum also hilfst du ihm? Er sollte im Gefängnis sitzen und nicht frei herumlaufen, als ob nichts geschehen wäre."

„Es ist nicht so, dass ihm die ganze Sache nicht zu schaffen macht, Claire."

„Toll. Dann meinetwegen Jugendarrest."

Offenbar sah Claire doch nicht immer nur das Gute im Menschen, stellte Evie fest, und fand es beinahe erfrischend, dass ihre Freundin auch mal wütend auf jemanden sein konnte.

Aber was sollte sie dazu sagen? Durch Charlies Fehler hatte Claire körperliche wie auch seelische Verletzungen davongetragen. Noch immer fiel es ihr schwer, mit dem verletzten Handgelenk Schmuck zu fertigen, auch wenn ihr trotz der Schmerzen wunderschöne Stücke gelangen.

„Tut mir leid", sagte sie leise. „Ich hätte ihn nicht einladen sollen. Ich dachte einfach nur, dass es gut für Taryn sein könnte. Ich habe das Gefühl, dass sie ihre Freunde schrecklich vermisst."

Claire wirkte ein wenig besänftigt. Wieder warf sie einen Blick zurück in den Laden, wo Taryn gerade über einen Witz von Charlie lachte.

„Ich kann mir vorstellen, wie hart es für eine Fünfzehnjährige ist, zu allem anderen auch noch ihr soziales Umfeld zu verlieren."

„Es ist meine Schuld, dass er hier ist. Soll ich ihn jetzt etwa bitten zu gehen?"

Claire dachte einen Moment nach, dann seufzte sie. „Wenn es Taryn wirklich hilft, dann ist es wohl in Ordnung."

„Ich hätte dich erst um Erlaubnis fragen sollen. Tut mir leid."

Zu ihrer großen Erleichterung kam Claire auf sie zu, um sie zu umarmen. Tränen stiegen Evie in die Augen, und die Anspannung in den Schultern, die sie zuvor gar nicht wahrgenommen hatte, ließ ein wenig nach.

„Du musst mich nicht um Erlaubnis fragen, wenn du Leute in den Laden einlädst. Guter Gott, bin ich denn so eine Tyrannin?", meinte Claire.

„Ja. Hier zu arbeiten ist schlimmer als in einer Strafkolonie. Jede Nacht falle ich ins Bett und frage mich, wie ich den nächsten Tag überstehen soll."

Claire umarmte sie noch einmal und lachte. „Du hast wirklich ein weiches Herz, Evie. Wenn du nicht aufpasst, bringt dich das noch mal in Schwierigkeiten."

Weil sie zum Beispiel einen Job annehmen könnte, den sie überhaupt nicht haben wollte, nur um Katherine nicht zu verletzen? „Danke für die Warnung", sagte sie trocken.

„Dafür sind Freundinnen doch da, oder?" Claire lächelte, dann musterte sie Evie scharf. „Schminkst du dich seit Neuestem irgendwie anders?"

Evie schnitt eine Grimasse. Bei dem ganzen Chaos hatte sie völlig vergessen, wie sie aussah. „Ich habe Taryn erlaubt, mich zu schminken. Wir hatten einen Deal, und ich habe meinen Teil eingehalten. Ist auch eine Form von Ergotherapie, richtig?"

Claires Gesicht wurde weich. „Jetzt muss ich gleich weinen. Du bist so ein wunderbarer Mensch, Evie. Und ich bin stolz darauf, deine Freundin zu sein."

Evie verdrehte die Augen. „Übertreib nicht. Aber trotzdem danke."

Dann lief sie die Treppe zu ihrer Wohnung hinauf und schnappte sich die Kette, die sie am Abend zuvor zu fertigen begonnen hatte, um sich von Brodies Kuss abzulenken.

Danach ging sie kurz ins Badezimmer, um einen Blick in den Spiegel zu werfen. Es sah gar nicht so schlimm aus wie befürchtet. Der Lidschatten war etwas verschmiert und das Rouge zu auffällig. Schnell wischte sie das Gröbste mit einem Papiertuch weg, dann eilte sie mit der Kette wieder nach unten.

Zum Glück schien die Atmosphäre nicht mehr ganz so eisig zu sein – womöglich lag die Temperatur sogar ein, zwei Grad über dem Gefrierpunkt. Noch immer durchaus ungemütlich, aber zumindest waren keine Erfrierungen mehr zu erwarten.

Claire erzählte gerade, wie Riley und Owen versucht hatten, hinter ihrem schönen alten Backsteinhaus in der Blackberry Lane ein Baumhaus zu bauen, und Katherine und Alex amüsierten sich köstlich über die Geschichte.

Charlie blieb noch etwa zehn Minuten, so lange, bis er und Taryn genug Schmucksteinchen für ein Armband aufgezogen hatten. „Gib mal her", bot Evie an, als Charlie sie Hilfe suchend anblickte. Schnell verknotete sie die beiden Enden. „Gut gemacht, ihr zwei. Es ist wirklich hübsch geworden." Sie half Taryn, das Armband über die Hand zu ziehen.

„Ich gehe dann mal besser", sagte Charlie abrupt.

„Vielen ... Dank", brachte Taryn heraus und hob die Hand, um ihr neues Schmuckstück zu präsentieren.

„Keine Ursache. Das hat, ähm, Spaß gemacht. Bis dann."

Bevor Evie noch irgendetwas zu ihm sagen konnte, hastete er mit angespanntem Gesicht aus dem Laden. Zähes Schweigen füllte den Raum.

„Okay, ich möchte mich erst entschuldigen, bevor ihr loslegt", wandte Evie sich an Katherine und Alex, als die beiden sich gleichzeitig zu ihr umdrehten. „Ich habe ihn total spontan eingeladen. Und ich hätte nie damit gerechnet, dass er wirklich vorbeikommt, das schwöre ich."

„Warum ... nicht?"

Sie starrte Taryn verwundert an, unsicher, was sie antworten sollte.

Katherine nahm ihre Hand. „Weil er dir wehgetan hat, Liebling."

Taryn runzelte die Stirn. „Wie denn?"

Die vier Frauen sahen einander an. Schließlich war es Evie, die sprach: „Er hat den Wagen gefahren. Daran erinnerst du dich doch, oder?"

Taryn zog die Brauen noch fester zusammen. „Es war nicht ... seine Schuld."

Evie wusste nicht genau, was sie entgegnen sollte. Niemand, nicht einmal Charlies Vater oder einer seiner Anwälte, bestritten, dass Charlie in dieser schicksalhaften Nacht den Unfallwagen gesteuert hatte. Riley McKnight hatte ihn am Steuer sitzen sehen und versucht, ihn zum Halten zu bringen.

„Warum sagst du das?", erkundigte sich Katherine, doch bevor Taryn antworten konnte, wurde die Tür aufgerissen und Hannah Kirk kam hereingestürzt.

„Tut mir so leid, dass ich zu spät bin. Meine Mom hatte einen Termin beim Scheidungsanwalt, und ich musste auf meine kleinen Brüder aufpassen. Ich dachte, ich könnte rechtzeitig los, aber der Termin dauerte länger als geplant. Ich bin fast verrückt geworden. Und dann wollte ich anrufen, habe aber die Nummer nicht gefunden. Tut mir leid."

„Macht nichts", beschwichtigte Evie sie. „Wir hatten jede Menge zu tun. Taryn, zeig ihr dein Armband."

Taryn hielt den Arm hoch, damit Hannah ihr Werk bewundern konnte. „Hübsch. Wirklich hübsch! Ist es jetzt zu spät für die Ohrringe? Das wäre schon in Ordnung. Ich kann auch ein anderes Mal wiederkommen."

„Was meinst du, Taryn? Können wir noch eine Weile hierbleiben?"

Taryn lächelte. „Immer noch … besser … als Therapie."

In der nächsten Stunde spazierten ein paar Kundinnen in den Laden, überwiegend Touristinnen. Manche warfen dem Mädchen im Rollstuhl neugierige Blicke zu, doch die meisten schienen es kaum wahrzunehmen.

Als Hannah mit Evies Hilfe die Ohrringe halb fertig hatte, zögerte sie kurz. „Vielen, vielen Dank. Ähm. Ich habe nur für die Benutzung der Werkzeuge bezahlt. Wie viel kosten die Steine?", fragte sie schließlich.

„Nichts", beruhigte Evie sie. „Das sind alte Steine, die schon lange herumliegen. Ich wusste gar nicht, was ich mit ihnen anfangen sollte. Wirklich. Ich bin froh, dass du sie gebrauchen kannst."

„Sind Sie sicher?"

„Ganz sicher. Ich hoffe, deine Mutter freut sich."

„Das wird sie, ganz bestimmt. Vielen Dank. Ihnen allen. Das war der schönste Tag seit Langem."

„Uns hat es auch Spaß gemacht, oder, Taryn?"

Taryn lächelte, aber ihre Augen wirkten etwas glasig, und Evie fragte sich, ob das alles vielleicht doch zu viel für sie gewesen sei. „Wir gehen jetzt besser", sagte sie zu Katherine und Claire. „Danke für eure Hilfe."

„Müsst ihr wirklich?", gab Katherine zurück.

Evie zeigte auf Taryn, die jetzt sehr erschöpft aussah. „Ja, es ist besser."

Auf der kurzen Fahrt durch die Stadt und dann den Berg hinauf schlief Taryn ein. Sie öffnete nicht einmal die Augen, als sie in die Auffahrt bogen. Evie überlegte einen Moment. Sollte sie Taryn einfach in dieser unbequemen Position schlafen lassen oder sie wecken, damit sie sich im Haus richtig ausruhen konnte?

Sie war noch zu keinem Entschluss gelangt, als die Haustür aufging und Brodie auf sie zukam. Er trug dunkle Hosen und ein hellblaues Hemd, das ihn besonders männlich wirken ließ.

Ihr Magen zog sich heftig zusammen, und am liebsten hätte sie sich selbst eine Ohrfeige verpasst. Sie musste endlich aufhören, so kindisch auf ihn zu reagieren. Sie führte sich auf wie ein Teenie, der in den Captain der Footballmannschaft verknallt war und in seiner Nähe jedes Mal zu kichern anfing.

„Was ist los?", fragte er. „Ich habe von meinem Büro aus gesehen, wie Sie vor ein paar Minuten angekommen sind. Haben Sie Probleme mit der Rampe, oder warum kommen Sie nicht rein?"

„Keine Probleme", erwiderte sie leise und deutete auf Taryn, die sich noch immer nicht gerührt hatte. „Sie ist eingeschlafen. Und ich dachte, ich gönne ihr noch ein paar Minuten, bevor ich sie zum Mittagessen und unseren Nachmittagsübungen hereinbringe."

„Wie ist es im Schmuckladen gelaufen?"

Sie überlegte, ob sie ihm von Charlic erzählen sollte, entschied sich aber dagegen. Gut, sie war vielleicht ein Riesenfeigling, aber zumindest für diesen Moment wollte sie einem Streit aus dem Weg gehen. Katherine oder Taryn würden ihm wahrscheinlich sowieso davon erzählen.

Davon abgesehen – ihre verrückte Idee hatte funktioniert. Taryn war aufmerksam und engagiert gewesen und hatte in dieser halben Stunde mit Charlie vermutlich mehr für ihre Feinmotorik getan als in der ganzen vergangenen Woche.

„Sehr gut", antwortete sie deshalb nur und entschied, dass sie das Gespräch nicht länger durchs halb geöffnete Autofenster führen wollte.

Nachdem sie sich mit einem kurzen Blick in den Rückspiegel davon überzeugt hatte, dass Taryn noch immer nicht aufgewacht war, stieg Evie aus dem Wagen und schloss leise die Tür.

„Ich glaube, es hat ihr Spaß gemacht", fuhr sie fort. „Sie hat ein sehr hübsches Armband gebastelt, das sie Ihnen ganz bestimmt voller Stolz zeigen wird."

Brodie musterte sie prüfend. „Wahrscheinlich wollen Sie jetzt hören, dass ich mich geirrt habe."

Sie lachte. „Nein. Viel lieber würde ich hören, dass ich recht hatte."

Ein Lächeln erhellte sein Gesicht, und mit einem Mal wirkte er weniger streng und bedrohlich. „Sie hatten recht. Bitte schön, ich habe es gesagt. Und es hat auch nur ein bisschen wehgetan." Er sah sie lange an. „Im Ernst, ich möchte mich bedanken, Evie. Dafür, dass Sie uns gezwungen haben, die Komfortzone zu verlassen. Sie haben in Taryns Leben wirklich schon viel verändert."

„Ich hoffe einfach, ihr in der kurzen Zeit, die ich hier bin, helfen zu können", entgegnete sie.

Einen Moment lang schien es ihn zu ärgern, dass sie ihn an ihre Abmachung erinnerte, doch dann riss er sich zusammen. „Sie sind heute Morgen so schnell verschwunden, wir konnten nach dem Bewerbungsgespräch gar nicht mehr reden. Was halten Sie von Ms Martin?"

„Sie scheint auf jeden Fall zu wissen, was sie tut", sagte sie vorsichtig.

„Aber?"

„Nun, es war ein Bewerbungsgespräch, und das kann einen ganz schön unter Druck setzen, aber sie schien mir kein besonders warmherziger Mensch zu sein."

„In welcher Hinsicht?" Er schien ehrlich überrascht, und sie fragte sich, worauf er sich während des Gesprächs konzentriert hatte, wenn ihm das nicht aufgefallen war.

„Sie hat in der halben Stunde nicht ein einziges Mal gelächelt oder gelacht, nicht einmal am Anfang, als wir nur ein paar freundliche Worte über ihre Familie und Kollegen ausgetauscht haben."

Er runzelte die Stirn. „Sind Sie sicher?"

„Ja. Ich habe darauf geachtet. Sie hat jede einzelne Frage beantwortet, als säße sie vor einem parlamentarischen Untersuchungsausschuss."

„Vielleicht ist sie einfach ein ernster Mensch. Das muss doch nicht schlecht sein. Nicht jeder ist permanent eine Stimmungskanone."

Ach so. *Deswegen* war es ihm nicht aufgefallen. Brodie selbst war schließlich einer der zurückhaltendsten, vorsichtigsten Menschen, die sie je getroffen hatte – zumindest meistens. Den leidenschaftlichen Kuss konnte man allerdings nicht dazuzählen, aber an den wollte sie wirklich nicht öfter als ein- oder – ähm – zweimal alle fünf Minuten denken.

„Das stimmt. Es kann Vorteile haben, immerzu ernst zu sein. Für einen Bestatter zum Beispiel.“

Oder für einen umwerfenden Geschäftsmann, bei dem einer Frau jede Menge Ideen kamen, wie sie ihn etwas aufheitern könnte …

Hastig schob sie diesen Gedanken zur Seite. „Ich bin nur nicht sicher, ob so jemand eine widerspenstige Fünfzehnjährige motivieren kann.“

„Freundlichkeit bringt einen Menschen nicht immer weiter. Sehen Sie sich meine Eltern an. Meine Mutter ist wahrscheinlich die freundlichste, liebevollste Frau der ganzen Stadt. Aber was Motivation betrifft – ich habe mich vor allem immer für meinen Vater angestrengt, der wirklich ein verdammt ernster Mistkerl war, wie Ihnen jeder in der Stadt bestätigen könnte.“

Sie hatte hin und wieder ein paar Worte über Katherines Ehemann aufgeschnappt, der anscheinend sehr strikt und kompromisslos gewesen war. Auf einmal tat Brodie ihr leid. Ihr eigener Vater war auch unerreichbar gewesen, stets beschäftigt mit seinen politischen Ämtern in Santa Barbara. Dann war er an Herzversagen gestorben – wahrscheinlich nicht zuletzt, weil er sich nie die Zeit genommen hatte, über die Verrücktheiten des Lebens auch mal zu lachen.

„Und Sie glauben, Taryn würde sich so motivieren lassen?“, wollte sie wissen.

„Sie finden also nicht, dass ich diese Frau einstellen sollte.“

„Diese Entscheidung kann ich Ihnen nicht abnehmen, Brodie. Sie sind Taryns Vater. Sie müssen tun, was Sie für das Beste halten.“

„Und wenn ich denke, das Beste wäre, dass Sie so lange mit ihr zusammenarbeiten, bis Sie keine Hilfe mehr braucht?“ Kaum hatte er die Worte ausgesprochen, schien er sie bereits zu bereuen.

Evie kniff die Lippen fest zusammen. Er wusste doch, dass sie das nicht tun konnte. Dass jeder Tag, den sie mit Taryn – und mit Brodie – verbrachte, ein Stich ins Herz war.

„Zwei Wochen, das hatten wir vereinbart. Nicht länger.“

Es schmerzte, die Enttäuschung in seinen Augen zu sehen, aber darauf konnte sie keine Rücksicht nehmen. Wenn sie jetzt einknickte, würde sie in Nullkommanichts so mit Taryns und Brodies

Leben verstrickt sein, dass sie sich kaum mehr würde befreien können.

„Dann suche ich weiter. Aber wenn ich niemanden finde, der uns beiden gefällt, werde ich am Ende doch noch Ms Martin nehmen müssen."

„Kapiert. Lassen Sie mich wissen, wenn ich bei weiteren Gesprächen dabei sein soll."

„Das werde ich."

Sie verfielen in Schweigen, und wieder war sie sich seiner Nähe schmerzhaft bewusst. Obwohl sie einige Schritte voneinander entfernt standen, konnte sie sein Aftershave riechen, das sehr maskulin war und zweifellos teuer. Der Duft erinnerte sie an lange Spaziergänge in den Bergen nach einem Regenschauer, wenn die Luft frisch und würzig war.

Das alberne Schulmädchen in ihr hätte am liebsten eine Weile hier gestanden und seinen Duft eingeatmet. Sie sah auf, nur um festzustellen, dass er den Blick wieder auf ihre Lippen gesenkt hatte. Ihr Herz begann heftig zu klopfen.

Dieser verdammte Typ. Gerade hatte sie sich selbst davon überzeugt, dass sie ihre Beziehung auf einer rein beruflichen Ebene halten konnten. Und da musste er ihren Mund anstarren und damit vollkommen idiotische Wünsche in ihr wecken – wie zum Beispiel, sich auf ihn zu stürzen, ihn am Kragen zu packen und endlich, endlich wieder von ihm geküsst zu werden.

Er musste das beenden. Auf der Stelle. Er verbrachte sowieso schon zu viel Zeit mit diesen Fantasien über Evie. Ständig musste er an ihr üppiges, blondes Haar und ihre zarten Lippen denken, an ihre schönen, leicht mandelförmigen Augen. Und das war einfach nur verrückt. Schließlich hatte er sich geschworen, nichts in dieser Richtung zu unternehmen.

„Taryn schläft noch immer. Vielleicht sollte ich sie wecken", sagte Evie nach einer Weile und schaute in den Wagen.

Brodie fragte sich, ob das leidenschaftliche Aufblitzen in ihren Augen nur eine Täuschung gewesen war. Nein. Eher nicht. Er war sich ziemlich sicher, dass er sich die sexuelle Spannung zwischen ihnen nicht nur einbildete.

„Soll ich Ihnen dabei helfen, sie ins Haus zu bringen?"

„Nein, das kann ich schon allein." Nachlässig wischte sie sich eine

Haarsträhne von der Wange, und er hätte am liebsten die Hand ausgestreckt und sie berührt.

Sie vermied es, ihn anzusehen. „Oh, beinahe hätte ich es vergessen. Ich wollte noch etwas mit Ihnen besprechen. Künftig möchte ich mehr Unternehmungen in die Therapie einbauen. Erstens, um Taryn noch mehr zu motivieren, aber auch, damit sie es nicht verlernt, mit Menschen umzugehen. Unsere Stunden im Schmuckladen haben ihr offenbar wirklich großen Spaß gemacht."

Er wollte nicht darüber reden. Viel lieber wollte er sie an den nächstbesten sonnenwarmen Baumstamm drücken und sie so lange küssen, bis sie beide ins Gras sinken würden.

„Wären ihre Freundinnen wirklich hilfreich für die Therapie?"

„Ein wenig vielleicht. Wir könnten ein paar der Mädchen an den Pool einladen. Oder sie könnten sich gegenseitig frisieren. Schmuck zu fertigen funktioniert auch immer."

„Meine Mutter und Sie glauben, dass Schmucksteine alle Probleme der Welt lösen können."

„Zumindest ist es ein Anfang."

Schmunzelnd schüttelte Brodie den Kopf. „Nun, das mit den Freundinnen jedenfalls scheint mir sinnvoll zu sein. Solange wir hier nicht von wilden Partys bis spät in die Nacht sprechen."

Ihr Lächeln war hübscher als die einheimischen Wildblumen, die seine Gärtner so sorgfältig gepflanzt hatten. „Noch nicht. Aber wir arbeiten daran. Ich dachte, wir könnten mit Hannah und ein paar anderen beginnen. Vielleicht ist Taryn motivierter, wenn jemand dabei ist und unsere Therapie mehr nach Spaß als nach Arbeit aussieht."

Wie sollte er sich bloß auf diese wichtigen Fragen konzentrieren, wenn sein bescheuertes einseitiges Männerhirn nur an ihr Lächeln denken konnte – und an ihr leises, begehrliches Aufseufzen, als er sie geküsst hatte? Er zwang sich zur Konzentration, so gut es ging.

„Freundinnen. Äh, ja. Taryn war immer sehr kommunikativ. Gleich nach der Geburt hat sie schon im Babyzimmer mit dem Kind im Nachbarbettchen gequasselt."

„Oh. Und noch etwas. Sie versteht sich bestens mit meinem Hund. Hätten Sie etwas dagegen, wenn ich Jacques morgen mitbringe? Er ist sehr gut erzogen, versprochen."

„Wenn man Ihnen den kleinen Finger gibt ..." Wieder schüttelte er den Kopf.

„Dann nehme ich die ganze Hand, ich weiß. Aber wenn Sie mir

Zitronen geben, dann mache ich Limonade daraus. Ich bin, was man ein Multitalent nennt."

Er lachte. Es war einfach ein perfekter Moment, hier im Sonnenschein zu stehen, das Summen der Bienen in den Blumen, die Luft süß und klar, und diese schöne Frau neben sich, die ihn irgendwie immer wieder zum Lachen brachte.

„Apropos Limonade", sagte sie. „Ich habe große Lust auf Mrs Olafsons Pfirsichlimonade. Und aufs Mittagessen natürlich. Ich schätze, wir sollten Taryn jetzt aufwecken."

In dem Moment, als sie die Tür des Minibusses aufschob, hörte er ein Auto die Auffahrt hinaufkommen. Wahrscheinlich seine Mutter, die zum Mittagessen kam. Doch als Brodie sich umdrehte, sah er, dass es sich um einen Lieferwagen handelte.

Merkwürdig. Er erwartete nichts, und normalerweise wurde sowieso alles in sein Büro geliefert, wo seine Assistentin sich darum kümmern konnte. Nun, vielleicht hatte Katherine etwas bestellt.

„Wohnt hier die Familie Thorne?", fragte der Fahrer, nachdem er ausgestiegen war.

„Ja. Ich bin Brodie Thorne."

„Ich benötige Ihre Unterschrift, bitte."

Brodie unterschrieb auf dem elektronischen Block, dann nahm er das Paket entgegen, und der Mann verschwand wieder.

„Taryn scheint aufzuwachen", sagte Evie. Was ihn nicht überraschte, nachdem gerade ein Lieferwagen an ihr vorbeigerumpelt war.

„Ich bringe das schnell rein, dann helfe ich Ihnen." Er betrachtete den Aufkleber. „Hey, das ist für Taryn!"

„Für Taryn? Erwarten Sie noch medizinisches Zubehör?"

„Nicht, dass ich wüsste. Und das wird normalerweise direkt von unserer Krankenkasse geliefert. Hier steht kein Absender drauf."

„Jetzt bin ich aber neugierig. Da sie sowieso schon wach ist, sollten wir es ihr gleich geben."

Evie drückte einen Knopf am Schlüsselbund, um die automatische Rampe auszufahren. Dann beugte sie sich in den Wagen und löste die Gurte. Währenddessen sprach sie leise mit Taryn. Brodie konnte zwar nicht hören, was sie sagte, sah aber, dass Taryn schläfrig lächelte und Evie eine Hand auf das Haar seiner Tochter legte. Etwas in seiner Brust regte sich.

„Hi … Dad." Taryn sah ihn mit halb geschlossenen Augen an, und das erinnerte ihn an ihre gemeinsamen Snowboard-Ausflüge, wenn sie früh aufgestanden waren, um in ein anderes Skigebiet in Colorado zu fahren.

„Hi, Schneckchen." Er hatte in den letzten Jahren zu viel Distanz zwischen ihnen entstehen lassen, sich viel zu sehr in seine Geschäfte vertieft und zugleich viel zu hohe Erwartungen an Taryn gestellt. Wie schrecklich, dass seine Tochter erst beinahe ums Leben kommen musste, damit er das begriff.

„Schau", sagte sie und hielt ihm den Arm hin, genau wie Evie es vorausgesehen hatte. Er betrachtete das hübsche Armband aus pinkfarbenen und grünen Fimo-Steinen.

„Schön", sagte er.

„Das habe ich mit Char…"

„Lasst uns mal reingehen", unterbrach Evie sie hastig und schob Taryn im Rollstuhl Richtung Haus.

Verwundert sah Brodie sie an. Wieso hatte sie es auf einmal so eilig?

„Du hast ein Paket bekommen", erzählte er seiner Tochter. „Willst du es aufmachen?"

„Wirklich? Für … mich?"

Sie hatte es immer geliebt, an Weihnachten ihre Geschenke auszupacken – nur in den letzten Jahren nicht mehr, als sie sich Geld gewünscht hatte, um sich selbst etwas zu kaufen.

„Wie wäre es, wenn ich Mrs O. bitte, das Mittagessen am Pool zu servieren? Dort kannst du dann dein Paket öffnen."

„Okay. Zuerst … Toilette."

„Wird gemacht." Evie brachte sie in ihr Zimmer, während er auf der Suche nach Mrs Olafson durchs Haus ging. Eigentlich hatte er keine Zeit zum Mittagessen, er war nur kurz nach Hause gekommen, um ein paar Kleinigkeiten zu erledigen. Aber nachdem er seine Tochter und somit alles, was zählte, fast verloren hatte, wollte er so viel Zeit wie irgend möglich mit ihr verbringen.

Zehn Minuten später saßen sie zu dritt an dem gedeckten Tisch neben dem Pool. Der künstliche Wasserfall reflektierte plätschernd das Sonnenlicht.

„Mrs O. hat Hühnchen-Sandwiches gemacht. Die mag ich am liebsten", bemerkte Brodie.

„Sie … liebt … dich", zog Taryn ihn auf.

Entgeistert stellte er fest, dass er tatsächlich rot wurde, als er Evie ansah. Mrs O. war fast sechzig Jahre alt, Herrgott noch mal.

„Sie weiß einfach nur zu schätzen, dass ich ihr ein anständiges Gehalt zahle und sie nicht an den Wochenenden arbeiten muss."

„Das ist … aber … nicht alles."

„Warum machst du nicht einfach dein Päckchen auf?", lenkte er ab. „Ich will unbedingt wissen, wer dir etwas geschickt hat, und vor allem, was."

„Ich habe extra eine Schere mitgebracht", mischte Evie sich ein. Trotz ihrer unkonventionellen Art war sie immer außerordentlich gut auf alles vorbereitet, das hatte Brodie bereits öfter festgestellt. Wegen seines ADS hatte er selbst größte Schwierigkeiten, vorauszudenken, und bewunderte es, wenn Menschen sogar zwei oder drei Schritte im Voraus planen konnten.

Taryn begann, mit dem Paket zu kämpfen. Wo er am liebsten eingesprungen wäre und sich selbst darum gekümmert hätte, gab Evie nur ein wenig Hilfestellung und ließ seine Tochter das meiste allein machen. Wie klug sie war. Taryn würde sich bemuttern und umsorgen lassen, solange es nur ging, und das schien Evie instinktiv begriffen zu haben.

Endlich war das Päckchen geöffnet, und sowohl seine Tochter als auch Evie starrten hinein.

„Was ist es?", fragte er, weil er nichts sehen konnte.

„Eine Spielkonsole", sagte Evie. „Eine, für die man keine Fernbedienung braucht. Man kann sie durch eigene Bewegung steuern."

„Und ein paar Spiele", ergänzte Taryn, offensichtlich überrascht.

„Das ist ja fantastisch", rief Evie aus. „Überleg mal, wie viel Spaß wir damit haben werden."

„Echt?", fragte Taryn.

„Ja klar! Wir überlegen uns, wie wir Beachvolleyball oder Fußball oder Tanz in deine Therapie einbauen können. Und dafür brauchst du nicht mal eine Fernsteuerung!"

„Okay!" Taryn wirkte nicht überzeugt.

„Wer hat das geschickt?", wollte Brodie wissen. Wahrscheinlich seine Mutter, vermutete er.

„Hier ist eine Karte." Evie zog sie aus dem Paket und reichte sie ihm. Ihre Finger berührten sich nur kurz, und doch sprang sofort ein Funke über. Schnell zog sie die Hand zurück.

„Willkommen zu Hause", las er. Darunter war ein kleiner Engel gemalt.

Evie sah über seine Schulter, und es faszinierte ihn, wie ihr Gesicht vor Aufregung leuchtete. „Wow, Taryn. Du hast ein Geschenk vom Hoffnungsengel bekommen!"

„Wirklich?"

„Sieht so aus", sagte Brodie. „Jedenfalls ist ein Engel darauf."

„Wie ... die ... Blumen."

„Blumen?", wiederholte Evie fragend.

„Nach dem Unfall hat Taryn jede Woche frische Blumen bekommen, ohne Absender – aber immer war ein kleiner Engel auf der Karte", erklärte Brodie.

Er hatte eigentlich vorgehabt, den Blumenhändler ausfindig zu machen und festzustellen, wer zum Teufel diese Blumen schickte, aber Katherine hatte es ihm ausgeredet. Sie fand, dass das Geheimnis um den Hoffnungsengel die Sache noch viel spannender machte.

„Wie cool", rief Evie. „Mir hat der Engel noch nie was geschenkt. Claire allerdings hat nach ihrem Unfall ein tolles Paket bekommen."

Brodie verstand dieses Theater um den „Hoffnungsengel" einfach nicht, der seit ungefähr einem Jahr das Gesprächsthema der Stadt war. Irgendjemand beging anonym gute Taten. Mal war es ein Umschlag voll Bargeld, dann wieder wurden Arztrechnungen bezahlt oder Körbe voll Süßigkeiten vor Türen gestellt.

Die Gerüchteküche der Stadt kochte über, jeder spekulierte, wer der Wohltäter sein mochte – der Hoffnungsengel hatte die Stadt sogar zu einem Nachbarschaftstag inspiriert, den Claire Bradford, seine Mutter und ein paar Kundinnen des Schmuckladens organisiert hatten.

Er hielt das Ganze für vollkommenen Blödsinn. Man musste sich schon selbst helfen, statt sich auf andere zu verlassen. „Ich dachte, der Hoffnungsengel hätte inzwischen aufgegeben. Er – oder sie – kann schließlich nicht jedem helfen."

Angesichts seines Zynismus kniff Evie die Augen zusammen. „Wahrscheinlich nicht. Manchmal kann eine einfache freundliche Geste genau das sein, was jemand braucht, um aus seinem dunklen Loch herauszukommen."

„Klingt, als hätten Sie Erfahrung", erwiderte er, obwohl es ihn nun wirklich nichts anging.

„Ihre Mutter war mein Engel", erklärte sie schlicht. „Sie hat mich nach Hope's Crossing eingeladen, als ich genau das brauchte. Ich finde, der Engel ist wie Ihre Mutter. Oft genug habe ich sogar gedacht, dass es Katherine *ist*. Denn der Hoffnungsengel hat ein untrügliches Gespür dafür, wie er jemandem am besten helfen kann. Und ich kennen niemanden, der ein solches Talent dafür hat wie Katherine. Claire meint, der Engel könnte eine ganze Gruppe von Leuten sein, die zusammenarbeiten. Wenn das stimmt, dann ist Ihre Mutter auf jeden Fall dabei."

„Meine Mutter? Im Ernst?"

„Sicher. Wieso nicht?"

„Ich weiß nicht. Es mag Ihnen vielleicht entgangen sein, aber meine Mutter war in den letzten Monaten ein wenig abgelenkt. Sie hätte wirklich nicht die Zeit gehabt, durch die Stadt zu marschieren und Geschenke zu verteilen."

„Nun, wer immer es auch ist, ich finde den Engel einfach wunderbar."

„Das ... könnte Spaß machen", brachte Taryn sich ein und deutete mit dem Kinn auf das Paket. „Vielleicht ... könnte ich ... mit meinen Freundinnen spielen."

Evie berührte Taryns Finger, die regungslos auf der Tischplatte lagen. „Großartige Idee. Wir werden gleich welche einladen, ja?"

Taryn lächelte ihr zu, und als Brodie die beiden so betrachtete, stieg etwas Zartes und zugleich Beängstigendes in ihm auf. Er wollte das nicht. Schließlich hatte er genug Sorgen im Moment und wollte nicht auch noch darüber nachdenken, ob er sich gerade in eine Frau verliebte wie Evaline Blanchard, die so gar nicht zu ihm passte.

Er sprang genau in dem Moment auf, in dem Mrs Olafson mit einem Tablett Sandwiches auf die Terrasse kam.

„Tut mir leid", sagte er abrupt, „aber mir ist gerade eingefallen, dass ich einen Termin habe. Davor muss ich noch ein paar Papiere unterschreiben. Mrs O., würde es Ihnen etwas ausmachen, mein Sandwich einzupacken? Dann kann ich es auf der Fahrt essen."

„Natürlich nicht", antwortete seine Haushälterin.

„Musst du ... wirklich?" Taryn sah ihn enttäuscht an.

„Ja, wirklich. Du solltest schon mal anständig mit der Spielekonsole trainieren, denn wenn ich nach Hause komme, kannst du mich mit welchem Spiel auch immer ordentlich über den Tisch ziehen.“

„Tanzen“, entschied Taryn, und er stöhnte auf.

Vielleicht war an der Sache mit dem Hoffnungsengel doch was dran.

# 8. Kapitel

Mann, war sie müde.

Nach diesem Tag wollte Evie nur noch so schnell wie möglich in ihre Wohnung und ein heißes Bad in der antiken Wanne nehmen, von der sie vermutete, dass sie noch aus der Zeit des Bordellbetriebs in diesem Haus stammte.

Das Stadtzentrum von Hope's Crossing machte sich für einen langen Donnerstagabend bereit. Als sie die Main Street entlangfuhr, konnte Evie die Besucherscharen in den Läden sehen, die länger geöffnet hatten, und die Schlange vor dem *Sugar Rush*, das für sein Eis und seine unglaubliche leckeren Brombeer-Toffees berühmt war.

Obwohl Hope's Crossing mit seinem fantastischen Skigebiet vor allem ein Wintersportort war, hatte die Stadt sich in den vergangenen Jahren bemüht, auch in den Sommermonaten Touristen anzuziehen, die hier wandern, Radtouren unternehmen, fischen und Quad fahren konnten.

Die Stadt brauchte den Tourismus, um zu überleben, das konnte sie durchaus verstehen. Es gab hier keine Industrie, die Reisenden waren Hope's Crossings einzige Chance. Andererseits erschwerten die Touristen den Einheimischen das Leben auch – beispielsweise wenn es um endlose Parkplatzsuchen ging oder um die unverschämt hohen Preise in den Supermärkten, die nicht nur die Urlauber, sondern auch die Bewohner zahlen mussten.

Sie sah, dass in Mauras Buchhandlung *Dog-Eared Books & Brew* einiges los war. Heute war der Buchclub-Abend, wie ihr mit schlechtem Gewissen wieder einfiel. Wegen der vielen Kunstmärkte hatte sie in diesem Sommer fast jeden Buchclub-Abend verpasst. Aber sie nahm sich fest vor, daran im Herbst etwas zu ändern.

Außerdem wollte sie für Maura dann auch wieder eine bessere Freundin sein. Maura schien den Tod ihrer Tochter einigermaßen verwunden zu haben – zumindest hatte sie wieder angefangen zu arbeiten. Diese tägliche Routine half ihr wahrscheinlich, mit ihren überwältigenden Schuldgefühlen zurechtzukommen. Was sonst konnte eine trauernde Mutter denn tun? Das Leben musste ja

weitergehen. Rechnungen mussten bezahlt, Verpflichtungen eingehalten werden.

Evie konnte sich nur zu gut daran erinnern, wie es war, diese Fas-
sade aufzubauen wie in einer Geisterstadt, hinter deren Gebäuden
sich nichts als Leere verbarg.

Sie steuerte auf ihren üblichen Parkplatz hinter dem *String Fever*
zu, der zum Glück tatsächlich noch frei war, trotz des Trubels in
der Stadt. Sie nahm sich fest vor, Maura so bald wie möglich zum
Mittagessen einzuladen, am besten gleich, wenn ihre Arbeit mit
Taryn erledigt war. Ob es ihr nun gefiel oder nicht, teilten Maura
und sie diese schreckliche Erfahrung, ein Kind verloren zu haben.
Die Umstände waren zwar vollkommen unterschiedlich, doch
wusste sie um den tiefen Schmerz, den Maura nie wieder ganz
loswerden würde.

Als sie den kleinen Garten hinter dem Laden betrat, war sie nicht
überrascht, dass Jacques sie nicht begrüßte. Claires süßer achtjähriger Sohn Owen hatte sich bereit erklärt, ein paarmal am Tag mit
ihm spazieren zu gehen, solange sie für Brodie arbeitete. Owen
hatte ihn wahrscheinlich nach der letzten Runde in ihre Wohnung
gebracht.

Jacques würde es gefallen, morgen mit Taryn zu spielen. Sie hatte
bereits die eine oder andere Idee, wie sie ihn unauffällig in die Therapie
einbeziehen konnte. Was Brodie wohl von einem – nicht haarenden –
Hund hielt, der in seinem Pool einem Stock hinterherschwamm, den
Taryn ihm zuwarf?

Im Garten blieb sie einen Moment stehen, um die Ruhe zu genießen,
den Duft nach Blumen und Erde und sonnengewärmten Steinen. Die
Sterne schienen in den Bergen von Colorado so viel näher zu sein als
in Kalifornien.

Sie hatte Muskelkater und streckte die Arme weit nach oben und
hinten – eine Yogahaltung des Sonnengrußes –, hielt die Pose einige
Zeit und spürte, wie heilende Energie sie durchströmte.

Manchmal empfand sie es als genauso beruhigend und heilend,
Schmuck zu gestalten. Aber im Moment glaubte sie, nicht mehr die
Kraft zu haben, sich auf irgendetwas zu konzentrieren. Sie wollte
einfach nur in die Badewanne und das spannende Buch lesen, das
heute Abend im Buchclub besprochen wurde.

„Entschuldigung."

Sie erschrak so sehr, dass sie die Pose nicht länger halten konnte und beinahe nach hinten umgekippt wäre. Im blassen Straßenlicht entdeckte sie Charlie Beaumont, der direkt vor dem Gartentor stand.

„Tut mir leid, ich wollte Sie nicht erschrecken. Ich bin nur zufällig, ähm, vorbeigeradelt und habe Sie gesehen."

Tat dieser Junge von morgens bis abends eigentlich nichts anderes, als mit seinem Mountainbike durch die Gegend zu fahren? Er war immerhin siebzehn, also natürlich alt genug, um allein unterwegs zu sein. Aber die Frage lag nahe, ob er es bei sich zu Hause vielleicht nicht aushielt.

Sie sollte ihn einfach wegschicken. Sowieso hatte sie ein schlechtes Gewissen, weil sie Brodie nichts von ihm erzählt und dann auch noch Taryn unterbrochen hatte, als sie das Zusammentreffen gerade ausplaudern wollte.

Es war einfach nicht der richtige Moment gewesen, jetzt, wo sie und Brodie eine Art Waffenstillstand geschlossen zu haben schienen.

„Macht nichts", sagte sie und ging auf Charlie zu, der mittlerweile an das Gartentor gelehnt stand. Er hätte natürlich auch einfach den Riegel aufschieben und in den Garten kommen können, aber es schien, als brauche er diese Barriere, damit niemand ihm zu nahe kam.

„Danke für deine Hilfe heute", begann sie. „Ich glaube, Taryn hat wirklich Spaß gehabt. Sie hat das Armband den ganzen Nachmittag herumgezeigt."

„Ja. Also. Das ist es, was ich, ähm, Sie eigentlich fragen wollte. Ich meine, ob ich, ähm, ob Sie, also … kann ich irgendwas tun, um Ihnen mit Taryn zu helfen? Ich würde sie gern wieder besuchen, wenn das okay ist und alles. Ich könnte mit ihr ein bisschen spazieren gehen oder … ihr bei den Hausaufgaben helfen oder so. Oder wir könnten noch ein Armband machen. Das war nicht schlecht."

Evie kniff die Augen zusammen. „Kommt darauf an. Woher kommt dieses Angebot so plötzlich?"

„Ich will nur helfen. Das ist alles."

„Und es hat nichts mit deinem anstehenden Prozess zu tun?"

Charlie wandte den Blick ab. „Ich habe meinem Dad heute erzählt, dass ich im Schmuckladen war, und er meinte, es wäre gut, wenn ich Taryn weiterhin helfen würde. Um damit dem Richter zu zeigen, dass ich, also … ehrlich bereue und so."

„Und tust du das?"

Er antwortete lange nicht, sondern starrte nur auf die schwarzen, schroffen Umrisse der Berge unter den glitzernden Sternen. Als er Evie wieder ansah, waren seine Augen genauso dunkel wie die Berge. „Wollten Sie schon mal ein ganz neues Leben anfangen?"

„Ja", sagte sie leise. „Ich glaube, das geht irgendwann jedem so. Allerdings habe ich nach dreißig Jahren auf dieser Erde gelernt, dass man nicht wieder von vorn anfangen kann. Aber man kann die Richtung wechseln. Das ist nicht immer einfach, aber zumindest möglich."

„Ich möchte einfach Taryn wiedersehen. Wäre das in Ordnung?"

Evie wusste nicht genau, was sie darauf antworten sollte. Auf der einen Seite hatte Taryn sich heute Morgen zu ihrer Überraschung sehr gefreut, Charlie zu sehen. In den sieben Tagen, die sie jetzt mit Taryn arbeitete, hatte sie das Mädchen nie so fröhlich gesehen – nicht einmal, wenn sie ihre idiotischen MTV-Sendungen schaute.

Auf der anderen Seite war da Brodie.

Er würde durchdrehen, wenn er wüsste, dass sie auch nur über Charlies Vorschlag nachdachte. Er hasste den Jungen. Und wer konnte ihm das verübeln? Charlie hatte getrunken und dann am Steuer gesessen. Nur dadurch waren so viele Leben für immer zerstört worden.

Sie konnte Brodie verstehen. Wenn jemand ihrem Kind solche Verletzungen zugefügt hätte, dann hätte sie den Schuldigen mit bloßen Händen in der Luft zerrissen.

Einen Moment überlegte sie noch, dann seufzte sie. Letztlich vertraute Brodie darauf, dass sie die richtigen Entscheidungen für die Pflege seiner Tochter traf. Er hatte ihr das alleinige Sagen in dieser Hinsicht überlassen.

Sie konnte ihm erklären, dass Taryn die Besuche von Charlie guttaten. Und dass es Taryn half, ausgerechnet mit dem Jungen zusammenzuarbeiten, der für ihre Situation verantwortlich war.

Und außerdem, was konnte er im schlimmsten Fall tun? Sie feuern? Den Job wollte sie sowieso nicht, sie tat Katherine nur einen Gefallen. Wenn er sie hinauswarf, konnte sie wieder das tun, was sie liebte, nämlich im *String Fever* arbeiten und zu ihrem hart erkämpften Frieden zurückfinden.

Zwar erschien diese Vorstellung jetzt nur noch halb so verlockend wie noch vor einer Woche, aber sie war viel zu müde, um sich darüber Gedanken zu machen.

„Lass uns eines klarstellen", sagte sie.

„Okay", erwiderte er vorsichtig.

„Du kannst Taryn unter einer Bedingung besuchen. Okay?"

„Kommt drauf an."

„Du musst hier und jetzt entscheiden, warum du es wirklich tun willst. Möchtest du Taryn nur helfen, um dem Richter und der Jury zu zeigen, wie sehr du deinen Fehler bereust? Dann bleib zu Hause. Oder willst du wirklich aus ganzem Herzen helfen, weil du weißt, dass es einfach das Richtige ist und du es Taryn schuldig bist? Das hier könnte dein Moment sein, die Richtung in deinem Leben zu ändern, Charlie."

Sie vermutete, dass er Nein sagen würde. Der mürrische, bockige Junge mit dem Mountainbike würde ihr jetzt sagen, dass sie zum Teufel gehen sollte.

Doch er blickte wieder hinauf zu den dunklen Bergen und den Sternen, dann sah er sie an. „Ja. Okay. Ich schätze, das ist nur fair. Wann soll ich kommen?"

Ihr Magen machte einen kleinen Satz. Mist. Und was sollte sie jetzt tun? Sie konnte ja schlecht sagen, dass sie es sich in den letzten zwanzig Sekunden anders überlegt hatte.

Also blieb ihr nichts anderes übrig, als mit ihm einen Termin zu vereinbaren und sich später zu überlegen, wie sie das Brodie beibringen sollte.

„Passt dir zehn Uhr morgen früh?"

„Klar. Hab ja sonst nichts zu tun."

„Das ist nicht mein Problem. Dann sehen wir uns um zehn. Rechne am ersten Tag mal mit einer Dreiviertelstunde, und dann schauen wir, wie es läuft."

Er nickte, wollte sich gerade abwenden und drehte sich noch einmal um. „Danke, Ms Blanchard."

„Bedank dich nicht zu früh. Mit Taryn ist es momentan nicht ganz so einfach." Kurz überlegte sie, ob sie ihm die bittere Wahrheit sagen sollte. Ja, Charlie musste sie hören. Wenn Brodie jetzt hier wäre, hätte er hautnah erfahren, dass sie nicht *immer* ein weiches Herz hatte.

„Du solltest eines wissen, Charlie." Ihre Stimme klang schärfer als beabsichtigt. „Das heute im Schmuckladen war nichts im Vergleich zu der richtigen Therapie. Es bedeutet harte, schmerzhafte und frustrierende Arbeit, wenn man mehr oder weniger alles neu lernen muss. Ich habe bisher noch keinen Tag mit Taryn erlebt, wo sie nicht an irgendeinem Punkt in Tränen ausgebrochen ist."

Tränen der Wut meistens, aber das sagte sie ihm nicht, vor allem, weil sein Gesicht sowieso schon kalkweiß geworden war.

„Wenn du das wirklich durchziehen willst", fuhr sie etwas sanfter fort, „dann musst du der Wahrheit ins Gesicht sehen. Du kannst nicht länger davor weglaufen. Du wirst wissen, dass jede frustrierende Übung, die sie machen muss, jeder schmerzhafte Muskelkrampf deine Schuld ist."

Er wirkte wie ein kleiner geprügelter Hund. Aber er hatte nun einmal einen fruchtbaren, dummen Fehler gemacht, und in diesem Punkt hatte Brodie recht: Charlies Eltern taten nicht gut daran, ihm die Konsequenzen seines Handelns ersparen zu wollen.

„Ich bin bereit", erwiderte er leise, aber fest. Und sie musste gegen den irrationalen Impuls ankämpfen, die Arme über den Zaun zu strecken, um ihn zu umarmen. „Dann bis morgen."

Sie sah, wie er wieder auf sein Mountainbike stieg und schnell davonfuhr. Am Ende der Straße bog er auf die steile Bergstraße ein. Sie sprach ein kleines Gebet für ihn – und für Maura und Taryn und Brodie und jeden anderen, dem er diesen endlosen Schmerz bereitet hatte.

„Komm schon, Taryn, hör auf zu jammern.

Evie blickte sie düster an, sie war enttäuscht, das konnte Taryn sehen.

„Du kannst das. Ich weiß, dass du mit mir Spielchen treibst. Du hast das doch schon mal gemacht. Nur noch ein paar Schritte, dann kannst du dich wieder an den Handläufen festhalten. Bitte mach mit."

Alles tat weh. Ihre Beine, ihr Rücken, ihr Kopf. Das war viel zu anstrengend, und wofür? Sie würde nie wieder ganz gesund werden, und es war sowieso einfacher, im Rollstuhl zu sitzen, weil dann niemand von ihr erwartete, normal zu sein.

Wenn Evie erst einmal wusste, dass sie es konnte, würde sie sie immer und immer wieder zwingen zu gehen, und sie hasste es. Sie musste um ihr Gleichgewicht kämpfen wie ein großes, dummes Baby und sah dann wie eine Idiotin aus. „Ich kann nicht."

„Ich weiß, dass du es kannst. Es sind nur ein paar Schritte. Wenn du in der Lage bist, ein Armband zu machen, dann kannst du auch fünf kleine Schritte gehen."

„Das ist … langweilig." Eine Lüge, aber die Wahrheit wollte sie nicht sagen.

Evie stieß einen unwilligen Laut aus. „*Du* findest das langweilig? Dann stell dir mal vor, wie es ist, die ganze Zeit an dir rummeckern zu müssen. Das ist auch nicht gerade aufregend, Liebes."

Taryn musste lächeln, trotz der Schmerzen, sie konnte nicht anders. Sie mochte Evie. Evie war hübsch und witzig. Manchmal allerdings war sie auch traurig, obwohl Taryn nicht wusste, worüber.

Sie mochte Evie – aber das hieß noch lange nicht, dass sie sich deshalb derart quälen ließ.

„Wie wäre es damit? Wenn du die Schritte machst und wir hinterher mit den Dehnungsübungen fertig sind, kannst du noch ein Armband machen. Oder vielleicht ein Paar Ohrringe. Ich habe die Utensilien dafür in meinem Wagen", schlug Evie vor.

Durchs Fenster sah sie die Berge, die Sonne schien. Im Krankenhaus hatte sie die Sonne so sehr vermisst. „Draußen? Mit Jock?" Sie konnte Jacques' Namen einfach nicht richtig aussprechen, aber sie würde es weiter versuchen. Vielleicht hasste sie es zu gehen, aber Evies Hund liebte sie.

„Sicher. Es ist ein herrlicher Morgen. Wenn wir fertig sind, können wir uns auf die Terrasse setzen und an deiner Fingerfertigkeit arbeiten."

„Ich will nicht an meiner F-Fingerf … daran arbeiten." Solche Ausdrücke waren nach wie vor zu schwierig für ihre widerspenstigen Lippen. Sie zu denken war kein Problem, aber sobald sie versuchte, die Worte zu formulieren, war es, als ob ihr Mund einfror. „Keine Arbeit. Einfach nur … Schmuck machen."

„Was für ein Pech auch. Das eine kannst du nicht ohne das andere haben. Also los, versuch es noch ein letztes Mal."

Seufzend stand sie auf. Evie würde sowieso nicht nachgeben. Es gelang ihr, einen Fuß vorzuschieben, dann den anderen. Und noch ein Schritt. Mrs Olafson stand in der Tür, ihr Gesichtsausdruck war schwer zu deuten.

„Ms Blanchard, wir haben ein Problem."

Was für ein Problem? Taryn erstarrte und hielt sich an den Handläufen fest.

„Was ist denn?"

„Da ist jemand an der Tür und … ich bin nicht sicher, was ich tun soll." Mrs Olafsons rundes Gesicht war ganz rot, die Lippen hatte sie fest zusammengekniffen, als ob sie etwas Schlechtes gegessen hätte.

„Oh." Evie war auf einmal auch merkwürdig, irgendwie nervös. „Ähm, wer ist es?"

„Ein Junge. Er möchte Taryn besuchen."

Ein Junge? Im Spiegel betrachtete sie ihr hässliches, lockiges Haar, den Jogginganzug und ihre blöden, verdrehten Beine.

„Was für ... ein Junge?", fragte sie.

Die Haushälterin wirkte jetzt geradezu erschüttert. „*Dieser* Junge. Der Beaumont-Junge."

Oh. Taryn stieß den Atem aus. Bloß Charlie. Keine große Sache.

Evie sah noch immer nervös aus, vielleicht sogar etwas schuldbewusst. „Ist schon gut, Mrs Olafson. Ich habe ihm gesagt, dass er vorbeikommen kann."

Mrs Olafson schwieg lange. „Das wird Mr Thorne nicht gefallen. Überhaupt nicht."

Evies Wangen röteten sich. „Dessen bin ich mir mehr als bewusst."

„Es ist einfach nicht richtig, nach allem, was er getan hat. Es ist nicht richtig!"

Taryn erstarrte. Warum waren alle so wütend auf Charlie? Sie konnte das nicht begreifen.

„Es ist etwas schwierig, da stimme ich Ihnen zu." Evie seufzte. „Wir haben uns gestern im Schmuckladen getroffen, und Taryn hat sich gut mit ihm unterhalten. Später dann kam er zu mir nach Hause und fragte, ob er sie wieder besuchen dürfe. Und ich finde, das kann nicht schaden."

„Nicht schaden? Wie können Sie so etwas sagen?"

„Charlie ist ... mein F-freund." Vor allem das F bereitete Taryn Schwierigkeiten. „Bitte, Mrs O. Er soll reinkommen."

Die Haushälterin runzelte die Stirn. „Das wird Mr Thorne überhaupt nicht gefallen", wiederholte sie.

„Ich werde es ihm erklären", sagte Evie. „Sie werden da nicht hineingezogen, das verspreche ich Ihnen. Ich übernehme die volle Verantwortung. Ich werde Mr Thorne sagen, dass Sie Charlie nicht hereinlassen wollten, aber ich darauf bestanden habe."

„Es ist nicht richtig", grummelte die Haushälterin wieder, doch dann verließ sie das Zimmer und kam kurz darauf mit Charlie zurück.

Taryn hatte gestern schon bemerkt, dass er sein Haar wachsen ließ. Kurz mochte sie es lieber.

„Hey." Er ließ die Schultern hängen, als stünde er im Büro des Schuldirektors. Vielleicht wollte er gar nicht wirklich hier sein.

„Hi, Charlie. Danke, dass du gekommen bist." Evie lächelte leicht. „Wir üben gerade das Gehen. Taryn, warum zeigst du Charlie nicht, wie gut du schon bist?"

Sie warf Evie möglichst unauffällig einen bösen Blick zu, die natürlich wusste, dass sie vor Charlie schlecht rumjammern konnte.

„Nicht f-fair", murrte sie.

Evie schnitt eine Grimasse. „Ich bin ganz schön hinterhältig, nicht wahr?"

„Ja", sagte Taryn, musste aber schon wieder lachen. Mit Charlie im Zimmer fühlte es sich irgendwie besser an. Er war ihr Freund, er besuchte sie, und auf einmal fand sie es gar nicht mehr so schlimm, dass Evie sie so schwer schuften ließ.

„Komm her, Charlie", sagte Evie. „Du kannst dich hier auf die andere Seite stellen und ihren Arm halten. Falls sie beschließt, nicht mehr laufen zu wollen, musst du sie auffangen."

„Werde ich nicht", widersprach Taryn.

Evie strahlte. „Das habe ich mir gedacht."

Taryn wollte sich vor Charlie nicht blamieren. Als er ihren Ellbogen umfasste, holte sie tief Luft und versuchte mit ihrer ganzen Gedankenkraft, die Beine in Bewegung zu setzten. Yippie! Es funktionierte. Sie machte einen weiteren Schritt. Noch mal Yippie! Sie ging sieben Schritte, mehr als jemals zuvor. Am Ende des Zimmers angekommen, blieb sie stehen. Erschöpft.

„Jetzt zurück", sagte Evie.

Sie warf ihr einen bösen Blick zu, doch Evie lächelte nur.

„Das ist unglaublich", befand Charlie. „Ich wusste gar nicht, dass du schon so weit gehen kannst. Gut gemacht, T!"

Was blieb ihr anderes übrig, als sich umzudrehen und zurückzugehen. Vollkommen durchgeschwitzt kam sie an ihrem Rollstuhl an. Charlie schien es nichts auszumachen. Er war nur ein Freund und nicht in sie verliebt oder so. Er war in Layla verliebt gewesen. Aber Layla war tot. Sie versuchte, nicht daran zu denken, weil dann ihre Knie zu zittern anfingen.

„Hier ist dein Stuhl. Mach eine kurze Pause, und dann versuchen wir es noch einmal. Dieses Mal vielleicht nicht ganz so weit."

Sie war so ein Weichei geworden. Ständig müde. Erleichtert ließ sie sich in den Rollstuhl sinken. „Kann ich … was trinken?"

„Natürlich!", rief Evie. „Ich gehe schnell in die Küche und hole uns Wasser."

Als sie gegangen war, zog Charlie sich einen Stuhl heran und setzte sich neben sie. „Im Ernst, Taryn, das war einfach toll!"

„Nicht … wirklich." Allein konnte sie einfach nicht weit gehen. Nur ein paar Schritte. Vielleicht brauchte sie künftig in der Schule eine Gehhilfe. Oder sie musste in eine Art Sonderschule.

„Glaub mir. Das war der Hammer. Ich hatte ja keine Ahnung, Taryn."

Ihr wurde ganz warm ums Herz. Sie fühlte sich auch nicht mehr so erschöpft und war einfach nur froh über seinen Besuch.

„Seit wann kannst du wieder gehen?"

„Ein … paar Wochen."

„Bald kannst du schon wieder in den Bergen wandern."

„Das sagt … Evie auch."

„Und sie hat recht. Weißt du, ich dachte, du würdest nie wieder gehen können. Das haben alle gesagt. Ich weiß, wie gern du immer Ski und Mountainbike gefahren bist, und dieser ganze Cheerleader-Kram, und ich … das war wirklich schrecklich für mich, weißt du? Zu denken, dass du dein Leben lang im Rollstuhl sitzen wirst."

Sie sah ihn nicht an, sondern betrachtete die Gewichte und alles andere in ihrem Zimmer. Sie fürchtete, dass sie vielleicht trotzdem für immer im Rollstuhl sitzen musste … zumindest, wenn sie nicht bald anfing, härter zu trainieren. Es tat weh, und sie wollte keine Schmerzen mehr haben. Schmerzen bedeuteten auch, dass es ihr langsam wieder besser ging, und sie wusste nicht, ob sie das verdient hatte.

„Hey, ich wollte dich nicht traurig machen. Tut mir leid."

Sie schüttelte den Kopf. „Ist schon okay."

Er schien irgendwie niedergedrückt und wütend und ängstlich auf einmal. „Es ist nicht okay. Was ich getan habe. Ich meine, Layla. Verdammt. Und du."

„Ich will nicht … über Layla … sprechen."

Er setzte sich etwas zurück. „Ich weiß. Ich weiß."

Sie wollte auch nicht weinen, nicht vor Charlie. Evie kam gerade im richtigen Moment mit einem Tablett zurück.

„Mrs Olafson hat sehr widerwillig etwas Limonade gemacht. Ich

395

glaube zwar nicht, dass sie vergiftet ist, aber vielleicht sollte ich als Erste einen Schluck nehmen. Wenn ich umkippe, könnt ihr den Notarzt rufen. Aber sorgt bitte dafür, dass der süße Dougie Van Duran dann die Mund-zu-Mund-Beatmung macht."

Taryn lächelte leicht. Sie war froh, dass Evie zurückgekommen war. Sie konnte einfach nicht über Layla nachdenken. Das tat mehr weh, als eine Meile zu gehen.

*Mein Fehler*, dachte Taryn. *Alles mein Fehler.*

Ab und zu funktionierten ihre haarsträubenden Ideen also doch.

Charlie blieb eine Dreiviertelstunde, so wie sie es am Abend zuvor besprochen hatten. Lang genug, um Taryn zu ermutigen, aber nicht so lange, dass sie sich zu langweilen begannen.

Taryn hatte mit Charlie und Jacques im Zimmer gar keine Zeit, müde oder genervt zu sein. Immer wenn es erste Anzeichen gab, dass sie aufhören wollte, kam Jacques zu ihr und stupste sie mit dem Kopf an. Oder Charlie sagte etwas Lustiges oder Fieses, und dann musste sie lachen und versuchte es erneut.

Von ihrer üblichen Gereiztheit war nichts mehr zu bemerken, wie durch Zauberhand hatte sie sich in der Sommerbrise aufgelöst. Taryn lachte und redete, und vor allem: Sie machte alles, worum Evie sie bat. Als Charlie auf seine Uhr sah und sagte, dass er aufbrechen müsse, konnte Taryn sogar schon drei oder vier Schritte ganz allein gehen, was ein geradezu wundersamer Fortschritt war.

„Komm wieder", bat Taryn nachdrücklich.

Der Junge starrte sie einen Moment lang mit gemischten Gefühlen an, dann nickte er. „Ich komme in ein paar Tagen, wenn Ms Blanchard einverstanden ist."

Was hätte Evie da sagen sollen? Sosehr sie sich vor Brodies Reaktion fürchtete, es war einfach nicht zu übersehen, wie positiv Taryn sich verändert hatte – und das durfte sie nicht aufs Spiel setzen.

Sie konnte nur hoffen, dass Charlie sich nicht doch noch davor drücken würde, Zeit mit einem schwer kranken Mädchen zu verbringen.

Nun, sie musste wohl einfach darauf vertrauen, dass er sein Wort hielt. Wenn nicht, würde es Taryn das Herz brechen, das spürte sie.

Trotzdem war es nicht richtig, dass sie hinter Brodies Rücken handelte, und sie sollte ihm eigentlich spätestens heute Abend davon erzählen. Nur war ihr leider klar, dass sie damit alles ruinieren würde.

Normalerweise ging ihr Ehrlichkeit über alles, aber sie konnte das Risiko nicht eingehen, dass er weitere Besuche verbot. Nicht bevor sie ganz sicher sein konnte, dass Taryns unglaubliche Fortschritte nicht einfach nur Zufall waren. Wenn er nichts von Charlies Besuchen wusste, konnte er sie auch nicht verbieten.

„Das war l-lustig", verkündete Taryn, nachdem Charlie gegangen war. Wahrscheinlich bemerkte sie nicht einmal, dass sie ihre linke Hand benutzte, um Jacques' Kopf zu tätscheln. Die Knochen in dieser Hand waren bei dem Unfall gesplittert, und sonst beschwerte sie sich immer, wenn Evie sie aufforderte, die Hand zu benutzen.

„Siehst du? Ich sagte doch, dass Therapie gar nicht so übel ist."

„Mit Charlie zusammen vielleicht."

Evie schüttelte den Kopf, dann sagte sie: „Es ist viel zu schön, um im Haus zu bleiben. Wir werden nicht mehr viele Sommertage haben. Vielleicht können wir heute wieder draußen zu Mittag essen und dann Schmuck machen, wie versprochen. Als ich heute Morgen in meinen Kalender gesehen habe, ist mir aufgefallen, dass da jemand bald Geburtstag hat. Irgendwelche Ideen?"

Taryn dachte angestrengt nach, dann lächelte sie. „Oma!"

„Genau. Und ich habe auch eine Auswahl meiner Lieblingsglasperlen im Auto. Du kannst dir die Farben aussuchen, die deiner Oma gefallen."

Brodies Gärtner hat wirklich einen außerordentlich schönen Platz geschaffen, dachte sie kurz darauf, als sie sich am Pool auf die große Terrasse mit mehreren Ebenen setzten. Brodie hatte Rampen bauen lassen, damit Taryn mit ihrem Rollstuhl bequem vorankam.

Sie konnte sich im Moment nichts Schöneres vorstellen, als an diesem perfekten Nachmittag auf dieser schönen Terrasse zu sitzen, umgeben von süßem Duft nach Salbei und Kiefern und Gänseblümchen.

Ein Hüttensänger huschte durch die Bäume. Das brachte Glück. Sie betrachtete sein buntes Gefieder und dachte daran, dass sich in wenigen Wochen die Blätter verfärben und die Hüttensänger woanders hinfliegen würden, um dort den Winter zu verbringen.

Taryn schien es gut zu gehen. Während sie die Glasperlen auf dem Tablett durchsuchte, summte sie eine Melodie vor sich hin, die Evie nicht erkannte.

„Was ist ... das?" Taryn hielt eine ungewöhnliche Perle hoch.

„Die habe ich auf der Insel Capri bei einer winzigen alten Frau mit dem Gesicht eines Gartenzwergs gekauft."

„Gefällt mir."

„Du kannst sie behalten, wenn du magst. Wenn wir mit der Kette für deine Oma fertig sind, kannst du dir selbst eine machen. Nur mit dieser Perle."

„Vielen ... Dank!"

Taryn schenkte ihr dieses schiefe Lächeln, und etwas Zartes und Warmes rührte sich in Evies Brust. Das war nicht gut. Überhaupt nicht gut. Unbehaglich rutschte sie auf ihrem Stuhl herum. Die Zuneigung, die sie für Taryn empfand, machte ihr Angst. Sie mochte dieses Mädchen inzwischen viel zu gern, trotz der Stimmungsschwankungen und allem. Genau das hatte sie vermeiden wollen. Dass sie viel zu tief in das Leben dieser Familie eintauchte.

Die letzte Woche war anstrengend gewesen, ja, aber zugleich auch ungeheuer befriedigend. Taryn konnte inzwischen viel besser allein essen. Und sie machte ihre Übungen bereitwilliger, auch wenn sie immer noch schimpfte und stöhnte.

Außerdem sah sie immer öfter Taryns frühere Persönlichkeit aufblitzen, die Evie so unwiderstehlich fand.

Wie sollte sie jemals die Kraft finden, dieses Mädchen wieder allein zu lassen?

„Nirgendwo anders sollte man an einem schönen Sommernachmittag sein."

Sie fuhr herum und sah Brodie mit verschränkten Armen an den Rahmen der Terrassentür gelehnt stehen. Er klopfte mit der Schuhspitze nervös auf den Boden, wie es seine Art war.

Ansonsten aber wirkte er sehr entspannt, als ob er schon eine Weile dort gestanden hätte, und sie fragte sich, wie lange er sie schon beobachtete.

Auf einmal war sie wütend auf ihn. Das alles war sein Fehler. Wäre er nicht gewesen, würde sie jetzt nicht hier sitzen und spüren, wie die Mauer um ihr Herz nach und nach bröckelte.

„Es ist ... schön", sagte Taryn mit einer nur kurzen Pause zwischen den Wörtern. Ihre Sprache hatte sich viel schneller gebessert als ihre körperliche Beweglichkeit, aber das war Evies Erfahrung nach nicht ungewöhnlich.

„Was dagegen, dass ich euch beiden Gesellschaft leiste? Mrs Olafson sagte, dass das Mittagessen gleich fertig ist. Sie hat mir auch gesagt, wo ich euch finde."

Was hatte sie ihm noch erzählt? Da er aber nicht wütend zu sein schien, konnte sie davon ausgehen, dass die Haushälterin kein Wort über Charlie verloren hatte. Mrs Olafson hatte auch ein schönes Schmuckstück verdient, beschloss Evie spontan.

„Du kannst mir ... helfen", sagte Taryn.

„Hey, ich wollte eine Pause machen und nicht arbeiten."

„Ist keine Arbeit. Sondern ... Spaß", verkündete seine Tochter.

Er warf Evie einen fragenden Blick zu. Sie zuckte mit den Schultern. „Anscheinend habe ich sie hinüber auf die dunkle Seite der Schmuckgestalterinnen gezogen. Damit ist meine Arbeit hier wohl erledigt."

„Noch nicht ganz", zog er sie auf. „Sie haben mir noch eine Woche versprochen."

Wie sollte sie noch eine ganze Woche durchstehen, wo die beiden ihr doch jetzt schon viel zu sehr ans Herz gewachsen waren?

„Und was genau machen wir?"

„Was für Omas ... Geburtstag."

Er zog die Augenbrauen hoch. „Ist der schon bald? Mist. Dann sollte ich wohl schnellstens ein Geschenk besorgen. Das habe ich total vergessen."

„Ich dachte ... ich wäre die ... mit dem Hirnschaden."

Zehn volle Sekunden lang starrte er Taryn an, bevor er in Lachen ausbrach. Evie fiel ein, begeistert, dass Taryn über ihren Zustand Scherze machen konnte. Dann trafen sich Brodies und ihre Blicke, und ihr Lächeln erstarb. Da war wieder diese erotische Spannung zwischen ihnen, und sie dachte daran, wie er sie im Mondschein gegen ihre Autotür gepresst hatte, seine Lippen auf ihren, und sie wollte die Arme um ihn schlingen und ihn nie wieder loslassen.

Oh, das war so was von *überhaupt nicht* gut.

„Hilfst du mir?", bat Taryn ihren Vater.

„Klar, Kleines. Sag mir einfach, was ich tun soll."

Mit stockenden Worten erklärte sie ihm das einfache Design, das sie schon kannte, und dann steckten sie die dunklen Köpfe zusammen und begannen gemeinsam zu basteln. Und Evie, über ihr eigenes Schmuckstück gebeugt, hatte alle Zeit der Welt, weiter ihren sorgenvollen Gedanken nachzuhängen.

Sie war froh, als Mrs Olafson ungefähr eine Viertelstunde später das Mittagessen servierte – zumindest, bis sie ihr Gesicht sah. Die Haushälterin wirkte, als hätte sie gerade in eine saure Zitrone gebissen, und Evie zuckte innerlich zusammen, weil dieses Gesicht natürlich allein ihr galt.

Die Frau hatte wirklich eine dicke Entschuldigung verdient dafür, dass Evie sie zwang, ihren Arbeitgeber zu hintergehen.

Trotz Mrs Olafsons schlechter Laune war das Essen fantastisch wie immer – Salat mit Gorgonzola und Erdbeeren, dazu Lachssandwiches mit einer köstlichen Dillsoße.

„Wie können Sie bei dem fantastischen Essen nur so fit bleiben?“ Brodie lächelte. „Wozu, denken Sie, habe ich das Schwimmbad bauen lassen? Wenn ich nicht jeden Morgen schwimmen würde, müsste ich es bitter bezahlen.“

Taryn brauchte nur wenig Hilfe beim Essen. Mit dem Salat hatte sie einige Probleme, aber es landete davon mehr in ihrem Mund als auf dem Teller. Sie verschüttete auch ihr Getränk nicht mehr wie vor Kurzem noch.

Das ist es, was einen Therapeuten süchtig machen kann, dachte Evie insgeheim: den täglichen Fortschritt zu sehen, der einem Patienten das Leben erleichtert.

Sie sprachen während des Essens über alles Mögliche, über Schmuck, ein neues asiatisches Restaurant, das in der Stadt eröffnet hatte, und Brodies Vergangenheit als Skispringer.

„Geht es dir gut, Liebling?“, erkundigte sich Brodie nach etwa einer halben Stunde, und da erst fiel Evie auf, dass Taryn ihr Sandwich aus der Hand gelegt und schon länger nichts mehr zum Gespräch beigetragen hatte.

Taryn lächelte. „Müde.“

„Wir hatten einen anstrengenden Morgen“, erklärte Evie. „Du hast heute wirklich hart gearbeitet. Möchtest du dich etwas in deinem Zimmer ausruhen, bevor wir mit den Nachmittagsübungen beginnen? Den Schmuck können wir auch ein anderes Mal machen.“

Taryn nickte, und Brodie stand auf. „Ich bringe dich hinein und helfe dir ins Bett.“

„Und ich räume den Tisch ab.“

„Darum kann sich Mrs Olafson kümmern.“

„Und ich auch“, erwiderte Evie. In ihrem Elternhaus hatte es immer einen Koch und eine Haushälterin gegeben, dennoch hatte ihre

Mutter stets darauf bestanden, dass Evie und ihre Schwester selbst aufräumten. Davon abgesehen wollte sie bei Mrs Olafson ein bisschen gut Wetter machen.

Als sie das Geschirr in die Küche brachte, rollte die Haushälterin gerade Teig aus.

„Das können Sie neben die Spüle stellen. Ich kümmere mich später darum."

Kurz fragte sie sich, ob sie die Teller nicht besser in die Spülmaschine räumen sollte, doch vermutlich war es unter diesen Umständen besser, dem Wunsch der Haushälterin zu entsprechen.

„Danke für das Essen. Es war wie immer köstlich. Sie haben da wirklich eine Gabe."

Mrs Olafson antwortete nicht, sondern ließ nur das Nudelholz ziemlich heftig über den Teig rollen. Evie atmete tief durch.

„Sie finden, dass ich nicht das Recht hatte, Charlie einzuladen. Aber Sie hätten Taryn heute sehen sollen, Mrs Olafson. Nur für mich hätte sie sich niemals so angestrengt."

„Es ist nicht richtig. Ich möchte niemanden belügen."

„Das würde ich auch nie von Ihnen verlangen. Meinetwegen können Sie Brodie jetzt sofort davon erzählen, wenn Sie das für richtig halten. Er ist in Taryns Zimmer."

Mrs Olafson sah sie an. „Er wird nicht zulassen, dass der Junge noch einmal ins Haus kommt."

„Das weiß ich."

Die Haushälterin zögerte. „Und Sie sagen, sie hat seinetwegen härter trainiert?"

„Sie ist dreimal durch das ganze Zimmer gegangen, ohne sich zu beklagen."

„Das ist viel."

„Allerdings." Evie hielt den Atem an, während die Frau zu überlegen schien.

„Ich werde erst einmal nichts sagen. Aber trotzdem gefällt mir die Sache nicht."

„Danke, Mrs Olafson. Und noch einmal ein großes Lob für das Mittagessen. Es ist fantastisch, wie Sie sich um die Familie kümmern. Die beiden können froh sein, Sie zu haben."

Nun schien sie einigermaßen versöhnt zu sein, aber trotzdem hatte Evie ein schlechtes Gewissen, sie überhaupt in so eine Situation gebracht zu haben.

Als sie Taryns Zimmertür öffnete, kam Brodie gerade heraus. Erstaunlich leise für einen so großen Mann.

„Schläft sie schon?"

„Fast. Ihr Hund jedenfalls schläft schon längst. Er hat sich neben Taryns Bett zusammengerollt. Offenbar haben Sie die beiden heute ganz schön gefordert."

Das war der perfekte Moment, ihm von Charlie zu erzählen. Aber sie brachte es nicht über sich. „Taryn hat sich wirklich sehr bemüht", sagte sie stattdessen und fühlte sich wie ein elender Feigling. „Sie hat eine Pause verdient."

„Genau wie Sie."

„Ich hatte gerade erst eine wunderschöne Mittagspause, und davor habe ich schon eine Stunde lang meinen Schmuck gemacht. Das nenne ich nicht gerade schwere körperliche Arbeit."

„Ich weiß, dass Taryn keine einfache Patientin ist."

„So schlimm ist sie nun auch wieder nicht", widersprach Evie.

„Und trotzdem wollen Sie nicht länger mit ihr arbeiten?"

Sie lachte leise. „Netter Versuch, Brodie."

„Ich hatte mir geschworen, Sie nie wieder darauf anzusprechen, nachdem Sie mir an diesem Abend von Ihrer Tochter erzählt haben. Aber irgendwie kann ich wohl nicht anders. Tut mir leid."

„Sie können weiter fragen, und ich kann weiter Nein sagen." Außerdem wollte sie nicht daran erinnert werden, was an diesem Abend noch geschehen war.

„Ein Geschäftsmann braucht immer einen Plan B. Ich habe noch einige Bewerbungsunterlagen in meinem Büro. Da Taryn ja sowieso schläft, könnten Sie vielleicht einmal einen Blick darauf werfen und mir mit der Auswahl helfen."

„Natürlich. Gern."

Sie gingen den Gang hinunter zu seinem Büro, und zu ihrem eigenen Ärger ließ sie die Erinnerung an diesen Kuss einfach nicht los. Noch immer konnte sie die Wärme seiner Lippen spüren und die harten Muskeln unter ihren Händen, als sie törichterweise die Arme um ihn geschlungen hatte.

Vielleicht war es nicht gerade die klügste Idee, jetzt mit ihm allein zu sein. Was er wohl dazu sagen würde, wenn sie Mrs Olafson als Anstandsdame dazurief? Andererseits deutete nichts darauf hin, dass er sie jemals wieder küssen wollte.

Was ausgesprochen erleichternd war. Zumindest versuchte sie, sich das einzureden.

Sein Büro war sehr maskulin eingerichtet. In satten Erdfarben gestrichen, mit großen Doppeltüren und einem unglaublichen Blick über das Tal. Sie war schon ein paarmal während der Bewerbungsgespräche hier gewesen.

Als er begann, Papiere in einer Mappe durchzublättern, fiel ihr Blick auf die gerahmten Fotos auf dem Regal über dem Schreibtisch. Sie trat etwas näher heran. Die meisten Bilder waren von Taryn in verschiedenen Altersstufen, und sie fand diese unerwartete Zurschaustellung seiner Sentimentalität äußerst sympathisch.

Vor allem ein Foto zog ihre Aufmerksamkeit auf sich. Es war offenbar an einem sonnigen Wintertag geschossen worden und zeigte ein kleines, etwa dreijähriges Mädchen mit großen blauen Augen und dunklen Locken. Es trug einen rosa Skianzug, hockte auf einem Snowboard und grinste von einem Ohr zum anderen. Über das Kind gebeugt stand eine zierliche Frau, das kastanienrote Haar zu Zöpfen geflochten.

„Ist das Taryns Mutter?", fragte sie.

Brodie sah etwas unkonzentriert von der Mappe auf und brauchte einen Moment, bis er antwortete. „Richtig. Das ist Marcy. Und bevor Sie jetzt glauben, dass ich Bilder von ihr als eine Art Beweis meiner unsterblichen Liebe zu ihr aufhebe, dann kann ich Ihnen versichern, dass es *nicht* so ist. Ich möchte nur, dass Taryn ihre Mutter nicht vergisst. Und weil dieses Bild mich immer daran erinnert, dass ein Leben sich von einer Sekunde auf die andere ändern kann."

Warum glaubte er, an diese schlichte Tatsache des Lebens erinnert werden zu müssen?

Er nahm ihr das Bild aus der Hand und betrachtete es eine Weile, dann stellte er es kopfschüttelnd zurück aufs Regal. „Marcy hat sich kurze Zeit später aus dem Staub gemacht. Ich war gerade nicht in der Stadt, was vermutlich der Grund war, dass sie sich diesen speziellen Tag ausgesucht hat. Zumindest hat sie sich noch die Zeit genommen, Taryn bei meiner Mutter abzugeben, bevor sie mit einem Typen durchgebrannt ist, den sie auf der Skipiste kennengelernt hat."

„Wow. Und Sie waren völlig ahnungslos?"

„Ich hätte es wissen müssen. Das mit uns hatte schon lange nicht mehr funktioniert. Es gab einige Anzeichen dafür, dass sie uns verlassen wollte, die ich aber alle ignoriert habe. Sie hat ständig diese

Andeutungen gemacht, aber ich war viel zu beschäftigt damit, Geld zu verdienen. Für den Fall, dass Sie es nicht sowieso schon ahnen, kann ich Ihnen versichern, dass unsere Beziehung nicht gerade im Himmel geschlossen wurde. Ehrlich gesagt habe ich sie vor allem geheiratet, um meinen Vater zu ärgern."

Sie stieß ein raues Lachen aus, obwohl nichts an der Geschichte amüsant war. „Ein toller Grund, den Bund fürs Leben zu schließen."

„Zumindest der Grund dafür, dass wir überhaupt ein Paar wurden. Marcy war ein richtiges Partygirl. Sie ist völlig unerschrocken Ski gefahren und hat wie wild gefeiert. Genauso wie ich. Mein Vater konnte sie nicht ausstehen, was mich nur noch mehr angestachelt hat. Ich war mit 21 nicht gerade besonders reif, das gebe ich gern zu."

„Das sind die wenigsten", murmelte sie.

„Marcy und ich hatten einfach nur unseren Spaß, keiner hat es wirklich ernst gemeint. Und dann wurde sie schwanger."

„Das muss ein Schock für Sie beide gewesen sein." Tatsächlich fiel es ihr nicht gerade leicht, sich Brodie als wilden jungen Mann vorzustellen, obwohl sie Gerüchte darüber gehört hatte. Sie wusste, dass er ein aufstrebender Skispringer gewesen war und für Olympia trainiert hatte. Aber es bereitete ihr Schwierigkeiten, dieses Bild mit dem rastlosen Unternehmer in Einklang zu bringen, der er geworden war. Doch wahrscheinlich hatte er als Skispringer ähnlich viel Ehrgeiz an den Tag gelegt wie als Geschäftsmann.

„Ich wollte kein Kind. Aber Marcy war trotz allem im tiefsten Innern katholisch und hätte die Schwangerschaft niemals abgebrochen. Zuerst habe ich sie dazu gedrängt, das Baby zur Adoption freizugeben, denn mich fest zu binden war zu jener Zeit das Letzte, was ich wollte." Schuldbewusst sah er sie an. „Manchmal denke ich, für Taryn wäre es besser gewesen, bei anderen Eltern aufzuwachsen. Aber stattdessen haben Marcy und ich beschlossen zu heiraten."

„Wie können Sie so etwas sagen? Sie lieben Taryn."

„Ich liebe sie, aber ich war nicht gerade ein besonders guter Vater."

Er sprach leise, mit zusammengekniffenen Lippen und verschattetem Blick, und ihr Herz wurde schwer. Es berührte sie zutiefst, dass er sich ihr anvertraute. Vermutlich gab es nicht viele Menschen, mit denen er darüber sprach. Zugleich bekam sie es mit der Angst zu tun. Innerhalb weniger Tage hatte sich ihre Beziehung vollkommen verändert. Keine Spur von Abneigung mehr. Im Gegenteil – sie empfand viel mehr für ihn, als sie sich eingestehen wollte.

Sacht berührte sie ihn am Arm. „Alle Eltern denken, dass sie etwas falsch gemacht haben. Das scheint ein universelles Gesetz zu sein. Machen Sie sich deswegen nicht fertig, Brodie."

Sie spürte, wie seine Muskeln unter ihren Fingern zuckten. „Ich habe zu viel von ihr erwartet. In den letzten Jahren habe ich ihr ständig im Nacken gesessen. Wegen ihrer Noten, wegen Jungs, Klamotten und weil ich fand, dass sie viel zu viel Zeit im Internet verbringt."

„Sie meinen, wie es jeder besorgte Vater tun würde?"

„Ich habe viel gearbeitet, und in den wenigen Stunden, die ich mit ihr verbracht habe, war die Stimmung meistens angespannt. Ich habe einfach nicht kapiert, was zum Teufel sie eigentlich von mir wollte."

*Deine Liebe. Einfach nur deine Liebe.*

„Obwohl meine Mom eingesprungen ist, war es hart für Taryn, so jung ihre Mutter zu verlieren", fuhr er nach einem Moment fort. „Ich glaube, es war sogar noch schwerer, weil Marcy in den ersten Jahren immer unangemeldet vorbeikam, wenn ihr der Sinn danach stand, und ihr dann alle möglichen Versprechungen gemacht hat. Wollen Sie hören, was für ein egoistischer, furchtbarer Mensch ich bin? Für mich war es geradezu eine Erleichterung, als Marcy beim Heli-Skiing irgendwo in Chile ums Leben kam. Zwar habe ich um all die verpassten Chancen getrauert und um die Frau, von der ich mir einredete, sie vor Jahren geliebt zu haben. Aber nach ihrem Tod konnte sie Taryn wenigstens nicht mehr länger das Herz brechen."

„Sie sind kein furchtbarer Mensch, Brodie." Dabei wäre es so viel einfacher gewesen, wenn es so wäre. Sie konnte spüren, wie die Risse in der Mauer um ihr Herz immer tiefer wurden, konnte fast das Krachen hören, als große Stücke davon abbrachen wie Eisplatten, die im arktischen Meer schmolzen.

„Ich hätte versuchen müssen, meine Ehe zu retten und Taryn ein normales Leben zu ermöglichen. Mit einer Mutter, die nicht ständig nach einer neuen Herausforderung sucht, bis sie dabei ums Leben kommt."

Sie versuchte, sich gegen diese Zärtlichkeit zu wehren, die sie für ihn empfand, und wäre am liebsten weggelaufen, so weit weg wie nur möglich.

„Ich kenne Sie zwar nicht gut, aber inzwischen doch ein bisschen. Und ich zweifle keine Sekunde daran, dass Sie alles in Ihrer Macht Stehende getan haben. Denn eines kann ich Ihnen versichern – Sie sind der zielstrebigste Mensch, den ich je getroffen habe."

„Ist das ein Kompliment oder eine Beleidigung?"

Vor wenigen Wochen noch hätte womöglich etwas Spott in ihren Worten gelegen. Damals war Brodie für sie ein Mann gewesen, der sich nahm, was er wollte, ungeachtet der Konsequenzen. Sie hatte mit eigenen Augen gesehen, wie er seine Macht ausspielte, wie er einen Raum voller Amtsträger auf seine Seite ziehen konnte.

Was sie früher für Arroganz gehalten hatte, erkannte sie jetzt als visionäres Denken und Willensstärke. Er wusste, was er wollte – und anders als die meisten Menschen tat er dafür, was getan werden musste. Egal, ob es um ein Bauprojekt ging oder um die Genesung seiner Tochter.

„Ein Kompliment", murmelte sie. „Definitiv ein Kompliment."

„Dann nehme ich das gern an."

Ihre Blicke trafen sich, und auf einmal schien die Luft zwischen ihnen zu knistern und Funken zu schlagen. Sie wusste, dass er sie küssen wollte. Das erkannte sie an seinen geweiteten Pupillen und daran, dass er schwer schluckte.

Er wollte sie wieder küssen. Und genau das wollte sie auch.

„Taryn ist inzwischen bestimmt wach", murmelte sie und bemerkte peinlich berührt, wie heiser ihre Stimme war.

„Das bezweifle ich", entgegnete er. „Sie schläft normalerweise sehr tief."

Sie musste gehen, solange sie noch konnte. *Beweg dich.* Aber ihre Beine spielten einfach nicht mit. Mit einem merkwürdigen Gefühl von Unausweichlichkeit beobachtete sie, wie Brodie den Schreibtisch umrundete und direkt vor ihr stehen blieb.

„Evaline", murmelte er. Nur das, nur ihren Namen, und sie war verloren. Sie wehrte sich nicht, als er sie an sich zog, eine Hand auf ihre Wange legte und den Kopf senkte, um sie zu küssen.

Er schmeckte einfach herrlich, nach Kirschen und einem Hauch Schokolade, was wahrscheinlich an dem kleinen Stück Kuchen lag, das er zum Nachtisch gegessen hatte. Ihr war schon immer klar gewesen, dass Schokolade noch einmal ihr Untergang sein würde, allerdings nicht gerade auf diese sehr spezielle Weise.

Der erste Kuss war sanft und zart gewesen. Dieser jedoch war leidenschaftlicher, fordernder.

Einfach … wow.

Sie öffnete die Lippen und schmiegte sich an ihn.

Lieber Himmel. Seine Küsse waren unglaublich. Wer hätte gedacht, dass der ernste Brodie Thorne derart ungestüm küssen konnte, dass sie am liebsten jede Vernunft über Bord geworfen und mindestens eine Woche in seinen Armen gelegen hätte, nur um hinter das Geheimnis seiner Lippen zu kommen.

Irgendwie – und sie war sich dessen nur vage bewusst – hob er sie auf den Schreibtisch. Die Hitze, die er ausstrahlte, war einfach berauschend. Sie drang durch Evies Haut und wärmte all die kalten Stellen tief in ihrem Innern.

Sie küssten sich lange und hätten vielleicht nie wieder damit aufgehört, wenn nicht plötzlich das Telefon geklingelt hätte.

Brodie richtete sich etwas auf, in seinen Augen lag eine Mischung aus Begehren und Bedauern. Wieder klingelte es, und sie rutschte auf der Tischplatte etwas nach hinten. „Möchtest du nicht rangehen?"

„Besser nicht. Wer weiß, was ich sagen würde? Ich glaube nicht, dass im Moment irgendeine Hirnwindung in meinem Kopf richtig funktioniert." Er betrachtete sie einen langen Moment. „Das hier ist ein Problem, oder?"

Sie schluckte trocken und wollte nichts anderes, als sich wieder gegen seine Brust sinken zu lassen. Aber sie war hier, um ihre Arbeit zu erledigen, und nicht, um ihren Arbeitgeber zu küssen und darüber alles zu vergessen, sogar ihre Patientin.

„Kommt darauf an, was du unter *Problem* verstehst."

Seufzend trat er einen Schritt zurück. „Ich weiß, dass ich tief in deiner Schuld stehe. Was du für Taryn tust, ist einfach unglaublich. Sie macht große Fortschritte, und ich möchte das auf keinen Fall gefährden."

„Es war nur ein Kuss, Brodie."

„Ein ziemlich spektakulärer Kuss."

Sie würde sich davon nicht beeinflussen lassen. Zumindest nahm sie sich das vor. „Mach dir keine Gedanken. Ich verstehe selbst nicht so ganz, woher diese ... Anziehung zwischen uns kommt. Mir ist klar, wie verrückt das ist."

„*So* verrückt nun auch wieder nicht", murmelte er.

„Wie bitte?"

„Du bist eine schöne Frau, Evie. Du hast mir sofort gefallen, als du zum ersten Mal in Hope's Crossing aufgetaucht bist."

„Das stimmt nicht. Als ich deine Mutter besucht habe, konntest du mich nicht ausstehen!"

„Das ist etwas übertrieben. Vielleicht habe ich dir nicht über den

Weg getraut. Ich tendiere dazu, die Menschen, die ich liebe, beschützen zu wollen. Und ich habe mich über diese Freundschaft mit meiner Mutter gewundert, das kann ich nicht leugnen. Aber dieses Misstrauen hat nichts daran geändert, dass ich, ähm, ziemlich unangebrachte Fantasien über dich hatte. Zum Beispiel habe ich mich monatelang gefragt, wie es sich wohl anfühlen würde, die Finger in diesem wunderschönen Haar zu vergraben."

Sie erschauerte, erregt von seinen Worten. Sie musste ihn dazu bringen, den Mund zu halten, wenn sie noch irgendwie unbeschadet dieses Büro verlassen wollte. Aber sie tat gar nichts, und er fuhr fort, sie weiter mit süßen, gemurmelten Worten zu verführen.

„Seit du in meinem Haus bist, ist es nur noch schlimmer geworden. Nicht nur das, ich beginne nach und nach, eine absolut unglaubliche Frau in dir zu entdecken. Stark und liebevoll, klug, mitfühlend, witzig. Wie könnte irgendein Mann auf der Welt dich nicht küssen wollen?"

Ihr stockte der Atem. Am liebsten hätte sie sich in seine Arme geworfen.

Aber das durfte sie nicht. Wenn er wüsste, dass sie Charlie in sein Haus gelassen hatte, würde er sie nicht einmal halb so wundervoll finden. Wohl eher verlogen und hinterhältig.

Dieser Gedanke gab ihr endlich die Kraft, sich von ihm abzuwenden. Wie hatte er es ausgedrückt? *Unangebracht.* Diese ganze Küsserei war vollkommen unangebracht, wo sie ihn doch die ganze Zeit belog.

Mit größter Anstrengung – und Bedauern – hüpfte sie vom Schreibtisch. „Ich sehe jetzt mal besser nach Taryn."

Er sah sie reumütig an. „Ich hatte recht. Das hier ist ein Problem."

„Nur, wenn wir es so weit kommen lassen. Tun wir einfach so, als ob es diesen Kuss und den davor nie gegeben hätte. Was immer der Grund war – Stress, zu viel Nähe, keine Ahnung – es war ein Fehler. Ja, ich fühle mich zu Ihnen hingezogen." Sie siezte ihn jetzt bewusst wieder. „Würde ich auf der Main Street eine Umfrage machen, würden die meisten Frauen in der Stadt dasselbe sagen. Aber ich kann mich im Moment … auf so etwas nicht einlassen. Ich bin hier, um Taryn zu helfen. Das ist alles. Wir sind an einem kritischen Punkt in ihrer Therapie angekommen und sollten uns beide nur auf dieses eine Ziel konzentrieren."

„Das Ziel. Richtig."

„Und jetzt werde ich mich um Ihre Tochter kümmern. Die Ergo-therapeutin kommt heute, und ich muss dafür sorgen, dass Taryn rechtzeitig wach ist."

Tja, und nun hatten sie doch nicht über einen möglichen Kandi-daten gesprochen, der sie ersetzen sollte. Aber, dachte Evie, wäh-rend sie auf Taryns Zimmer zusteuerte, darauf kann er ruhig selbst kommen. Sie jedenfalls würde jetzt nicht noch einmal in dieses Büro zurückkehren – es hatte sie schließlich ihre ganze Kraft gekostet zu gehen.

# 9. Kapitel

Es war nur ein Kuss gewesen. Einfach nur Lippen auf Lippen, dazu eine Mischung äußerst gut zusammenpassender Pheromone, um die Sache interessant zu machen. Eine Woche später probierte Brodie noch immer, sich von dieser Tatsache zu überzeugen – und sich gleichzeitig auszureden, noch einmal zu versuchen, sie zu küssen.

Evie hatte ihm unmissverständlich klargemacht, dass sie an mehr nicht interessiert war. Egal, wie sehr die Luft jedes Mal erzitterte, wenn sie im selben Raum waren. Ihre Priorität war Taryn, und diese Anziehungskraft zwischen ihnen bedeutete nichts als eine unerwünschte Ablenkung von ihrem eigentlichen Ziel.

Unter anderen Umständen hätte er sich darüber amüsiert, dass ausgerechnet Evie Blanchard mit ihrem guten Herzen, den hippie-artigen Klamotten und ihrer Begeisterung für selbst gemachten Schmuck so kühl und geschäftsmäßig sein konnte.

Aber sie hatte natürlich recht. Von dieser Anziehungskraft einmal abgesehen, waren sie sich in den wichtigen Fragen des Lebens nach wie vor uneinig. Er liebte Regeln, Ordnung und Ruhe, aber Evie war bunt und chaotisch, leidenschaftlich und begeisterungsfähig.

Und doch. Da gab es auch eine Zartheit und Verletzlichkeit, die ihn reizte, egal, wie verrückt das auch sein mochte.

Er konnte seit über einer Woche nicht aufhören, an sie zu denken. Mitten in einer Geschäftsbesprechung erinnerte er sich plötzlich an ihren schön geschwungenen Mund, ihren süßen, blumigen Duft, und seine Gedanken begannen zu rauschen wie die Blätter der Espen, die sich jetzt, Ende August, golden färbten.

Deswegen war er ihr so weit wie möglich aus dem Weg gegangen. Meistens war er erst nach Hause gekommen, wenn sie schon Feierabend hatte, und hatte den Großteil der Arbeit in seinem Büro in Hope's Crossing erledigt.

Nur ein einziges Mal hatte er etwas mehr Zeit mit ihr verbracht, am Mittwoch, als Evie sich bereit erklärt hatte, bei einem weiteren Bewerbungsgespräch anwesend zu sein. Die Frau war perfekt gewesen – jung, enthusiastisch und energiegeladen. Evie hatte sie umgehend akzeptiert. Wobei er sich fragte, ob allein Stephanie Kramers Zeugnisse der Grund dafür waren oder nicht auch zum Teil Evies Wunsch, endlich wieder in ihren Schmuckladen zurückzukehren.

Stephanie wollte die Stelle unbedingt haben, konnte aber nicht sofort beginnen, weshalb Evie zögernd zugestimmt hatte, noch eine Woche länger zu bleiben. Bis nach dem Labor Day.

Taryn hatte in den letzten zehn Tagen Fortschritte gemacht, die geradezu an ein Wunder grenzten. Inzwischen konnte sie ohne Hilfe mehrere Schritte allein gehen, und ihr Wortschatz und ihre Aussprache waren um Klassen besser als im Krankenhaus.

Er war Evie zutiefst dankbar, dass sie sich bereit erklärt hatte, länger zu bleiben, obwohl das natürlich bedeutete, dass er sich eine weitere Woche zusammenreißen und einen gesunden Abstand zu ihr halten musste.

Doch selbst wenn er nicht zu Hause war, fiel es ihm zunehmend schwer, sich auf irgendetwas richtig zu konzentrieren.

In diesem Moment zum Beispiel war eigentlich eine wichtige Besprechung mit seinen Anwälten angesetzt, um über den Bau einer Rehabilitationsklinik in der Altstadt von Hope's Crossing zu sprechen. Sie hatten ein Areal ins Auge gefasst, auf dem mehrere abbruchreife Häuser standen. Doch dann war ihm aufgefallen, dass er das Wichtigste vergessen hatte. Wie ein Schuljunge, der seine Hausaufgaben auf dem Küchentisch liegen gelassen hatte, musste er nach Hause rennen.

Evies Ankunft an diesem Morgen hatte ihn offenbar so durcheinandergebracht, dass er nicht mehr an die Verträge gedacht hatte, die er für die Besprechung dringend brauchte.

Nun wollte er möglichst unbemerkt in sein Büro schleichen, sich die Verträge schnappen und wieder verschwinden. Kein Wortgeplänkel mit Evie, keine kleinen Vertraulichkeiten und auf gar keinen Fall ein weiterer Kuss.

Wirklich verdammt schade.

Im Haus war es still. Es war der Tag, an dem Mrs Olafson immer einkaufen ging, aber zumindest hatte er erwartet, Taryns Lieblingsmusik zu hören, zu der sie immer trainierte, oder Geräusche von der Spielkonsole, die der Hoffnungsengel geschickt hatte. Zumindest Gelächter und Geplauder.

Aber nichts. Nur Stille.

Der Bus stand noch vor der Tür, also mussten sie zu Hause sein.

Neugierig geworden, steckte er den Kopf in Taryns Zimmer, nur um festzustellen, dass es leer war. Vielleicht waren sie am Pool. Morgens war es in den Bergen zwar bereits ziemlich kühl, aber das Becken war beheizt, und man konnte bis zum ersten Schneefall darin schwimmen.

Oder sie waren spazieren gegangen. Evie hielt sich gern draußen auf, bei Sonne und frischer Luft blühte sie geradezu auf. Das konnte er gut verstehen. Ihm fiel es draußen beispielsweise auch leichter, klar zu denken, was vielleicht an seinem ADS lag.

Die Verträge zu vergessen war ziemlich typisch für die Konzentrationsschwierigkeiten. Die Schulzeit war ein Albtraum für ihn gewesen, weil er ständig Hausaufgaben, anstehende Tests und Schreiben der Lehrer vergessen hatte. Sein Vater hasste die Schwäche seines Sohnes und konnte nicht begreifen, warum Brodie sich nicht einfach ein bisschen mehr anstrengte.

Er hatte es versucht, aber die einzige Rettung war schließlich der Sport gewesen. Wenn er schwamm, Ski fuhr oder joggte, schienen alle Verbindungen in seinem Hirn mit einem Mal tadellos zu funktionieren.

Heute, als Erwachsener, hatte er Techniken gelernt, um das Chaos in seinem Kopf zu beseitigen, doch manchmal, wenn er gestresst war, machte er noch immer dieselben Fehler. Diese Verträge waren das perfekte Beispiel dafür. Er hätte sie nicht vergessen dürfen. Das Treffen mit seinen Anwälten war der wichtigste Termin an diesem Tag.

Am besten hätte er sie nach dem Lesen gleich in seine Laptop-Tasche gesteckt, dann hätte er sich jetzt nicht abhetzen müssen. Er nahm die Unterlagen von seinem Schreibtisch, steckte sie unter den Arm und eilte in die Küche, um von dem Bananenkuchen zu essen, den Mrs Olafson gebacken hatte. Heute Morgen – trotz des verführerischen Dufts im ganzen Haus – hatte er es viel zu eilig gehabt, um sich ein Stück zu genehmigen.

Das Fenster über der Spüle stand offen, von draußen drang ein leises Bellen herein, und er sah eine Bewegung. Ah. Dort waren sie also. Das hätte er sich denken können. Der Garten mit seinem herrlichen Blick über Hope's Crossing war inzwischen Evies und Taryns Lieblingsplatz.

Er hatte noch zwanzig Minuten, bevor er bei dem neu angesetzten Termin sein musste, genug Zeit also, um kurz Hallo zu sagen und wieder zu gehen, ohne dabei irgendwelche Grenzen in Bezug auf Evie zu überschreiten.

Er ging auf die Terrasse und wollte gerade „Guten Morgen" sagen, als ihm die Worte im Hals stecken blieben.

Volle dreißig Sekunden lang starrte er wortlos auf die Szene, die sich ihm bot. Seine Gedanken waren wie gelähmt. Dann stieg rasende, glühende Wut in ihm auf.

„Was zum Teufel soll das?"

Evie wirbelte herum, Schuldgefühle und Panik in ihren blauen Augen. Sie öffnete den Mund, sagte aber keinen Ton. Stattdessen richtete sie die Aufmerksamkeit wieder auf Taryn, die – ohne Hilfe – im Garten stand und Jacques einen Ball hinwarf.

Der Hund fing den Ball ohne Probleme, aber selbst er schien zu spüren, dass hier etwas nicht in Ordnung war. Er trottete auf Taryn zu und blieb vor ihr stehen.

Vage war Brodie sich der anderen bewusst. Da war Evie. Taryn. Der Hund. Doch seine ganze Aufmerksamkeit war auf den Jungen konzentriert, der neben Taryn stand und so weiß geworden war wie der Woodrose Mountain im Januar.

Er spürte, dass er die Verträge in der Hand zerknüllte, konnte seine Faust aber nicht öffnen. Charlie Beaumont sah aus, als wäre er am liebsten weggerannt, doch er blieb wie festgefroren stehen.

„Lass meine Tochter in Ruhe, du verdammter Mistkerl."

„Wenn er sich bewegt, könnte sie stürzen." Evies Stimme war ruhig, was ihn nur noch wütender machte. Er schleuderte die Verträge auf den Terrassentisch, dann stellte er geistesgegenwärtig eine mit Gartenblumen gefüllte Vase darauf, damit die Papiere nicht davonflattern konnten.

Charlie Beaumont. Der Junge, der es lustig gefunden hatte, mit einer Horde Teenager betrunken einen Lastwagen zu fahren, in verschiedene Geschäfte einzubrechen – einige von Brodie waren auch darunter gewesen – und damit das Leben vieler Menschen zu zerstören.

Wenn er nicht gewesen wäre, würde Taryn nächste Woche wieder in die Schule gehen. Sie würde das Cheerleader-Camp besuchen, ständig SMS an ihre Freundinnen schreiben und sich bald um einen Collegeplatz bewerben.

Stattdessen musste sie die einfachsten Dinge neu lernen, während Charlie Beaumont danebenstand, und sich – vermutlich – über sie lustig machte.

Er musste sich schwer zusammenreißen, um nicht loszustürmen, Taryn hochzuheben und sie weit, weit wegzutragen, weg von diesem Scheißkerl, der seinem Mädchen so wehgetan hatte.

Dann richtete er seinen Zorn gegen Evie, die ja offenbar mit der ganzen Sache einverstanden war. Sie stand da, mit vollkommen ruhigem Gesicht. Geradezu heiter sah sie aus, während er nichts anderes wollte als schreien und fluchen und irgendetwas zerschlagen. Am besten irgendetwas, das mit Charlie Beaumont zusammenhing.

„Das ist doch einfach nicht zu fassen! Was zum Henker hat er hier zu suchen?"

„Im Moment arbeiten wir an Taryns Multitasking-Fähigkeiten. Taryn wirft Jacques den Ball hin und versucht gleichzeitig, das Gleichgewicht zu halten. Sie braucht also motorisches Geschick und muss sich zugleich konzentrieren. Charlie ist da, um im Notfall Hilfestellung zu geben."

„Sie wissen genau, dass ich das nicht meinte."

Nun wirkte Evie doch ein wenig beunruhigt. Gut so. Wurde auch Zeit.

„Wenn Sie mich jetzt anschreien wollen, sollten wir Taryn erst auf die Terrasse bringen. Sie kann nicht so lange stehen."

Zu seiner großen Überraschung drehte Taryn sich mit Evies und Charlies Hilfe um und ging mühsam Schritt für Schritt zurück. Charlie schnappte sich die Gehhilfe, als Evie ihn darum bat, und stellte sie vor Taryn hin, die daraufhin ohne Hilfe die vier niedrigen Stufen zur Terrasse hinaufging. Seit wann konnte sie Treppen steigen? Er hatte ja keine Ahnung gehabt, welch unglaubliche Fortschritte sie machte.

Stolz mischte sich unter seinen Zorn, außerdem Verwirrung, als er sah, wie Charlie ihr die Gehhilfe abnahm und sanft ihren Ellbogen umfasste, damit sie sich auf einen Terrassenstuhl sinken lassen konnte – als hätte er das schon hundertmal zuvor getan.

Als Taryn sicher saß, den Hund zu ihren Füßen, stopfte Charlie die Hände in die Hosentaschen. Immerhin sah er Brodie direkt in die Augen, auch wenn er dabei zu Tode erschrocken wirkte.

„Ich gehe jetzt besser", sagte er leise.

„Gute Idee." Brodie wusste, dass er wie ein Vollidiot klang, doch solange Charlie in der Nähe war, konnte er für nichts garantieren. „Wobei – du solltest zumindest bleiben, bis ich erfahren habe, was hier los ist und warum ich dich nicht wegen Hausfriedensbruchs einbuchten lassen soll."

„Dad, halt." Taryn warf ihm einen empörten Blick zu, der ihn schmerzhaft an die Zeit vor ihrem Unfall erinnerte. „Reg dich nicht auf. Es ist g-gut."

„Sehe ich nicht so."

„Charlie ist mein F-freund. Mit ihm ... macht Therapie ... Spaß."

„Wie lange kommt er schon hierher?"

Evie sah aus, als ob sie darauf lieber nicht antworten wollte, doch dann seufzte sie. „Seit unserem ersten Ausflug ins *String Fever*. Er kommt jeden Morgen für ein oder zwei Stunden, danach ist Hannah Kirk dran. Ich hätte es Ihnen sagen sollen. Bloß ... mir war klar, wie Sie darauf reagieren würden."

„Wie soll ich denn reagieren, wenn jemand, dem ich das *Leben* meiner eigenen Tochter anvertraut habe, mich dermaßen hintergeht?" Er dachte daran, wie sie sich geküsst hatten, und an all seine Gefühle für sie, die er seit Wochen zu unterdrücken versuchte.

Er war niemand, der anderen einfach so vertraute. Er war mit einem Vater aufgewachsen, der ihn ständig wie einen Versager behandelt hatte, das hatte ihn reizbar und vorsichtig werden lassen. Aber Evie hatte er mehr vertraut als jeder anderen Frau zuvor, von seiner Mutter einmal abgesehen. Wie konnte sie Charlie in dieses Haus bringen, in das Leben seiner Tochter, obwohl sie doch wusste, wie sehr er diesen Jungen hasste? Den Jungen, der einfach alles zerstört hatte?

„Ich hätte es Ihnen sagen sollen. Es nicht zu tun war falsch von mir, und dafür bitte ich um Entschuldigung. Aber ich habe das alles nur getan, um Taryn zu helfen."

Er öffnete den Mund, um zu widersprechen, schloss ihn dann allerdings wieder. Zwar gefiel es ihm nicht, seine Tochter allein mit Charlie auf der Terrasse zu lassen, zugleich aber wollte er nicht vor zwei Teenagern und einem sehr neugierig dreinschauenden Hund streiten!

„Ms Blanchard. Könnte ich kurz drinnen mit Ihnen sprechen?"

Bei seinem eiskalten Ton wurde auch ihr Blick kühl, sie sah überhaupt nicht mehr wie die zärtliche Frau aus, die er geküsst hatte. In diesem Moment wurde ihm bewusst, dass sie ihm bei ihrem letzten Kuss dies hier bereits verheimlicht hatte ...

„Selbstverständlich. Du kannst Jacques auch vom Stuhl aus den

Ball zuwerfen", wandte sie sich an Taryn. „Versuche mal, mit der linken Hand von unten zu werfen. Ja, genau so. Sehr gut."

Sie ging ihm voraus in die Küche, die nach der kühlen Bergluft stickig wirkte.

„Sie haben ihn fast zwei Wochen lang einfach in mein Haus gelassen."

„Er hilft ihr sehr. Sie sollten das mal sehen, Brodie. Wenn Charlie auftaucht, ist Taryn hundertmal motivierter. Wenn er da ist, gelingen ihr in einer halben Stunde Dinge, die ich mit ihr nicht mal nach mehreren Tagen erreiche."

„Sie wissen, dass ich das niemals erlaubt hätte. Sie hatten kein Recht, ihn in mein Haus zu lassen."

„Falsch. Sie haben mir dieses Recht gegeben!"

Er hatte sie schon verärgert erlebt, jedoch noch nicht wütend. Jetzt starrte sie ihn mit erhitzten Wangen an. Er weigerte sich zu bemerken, wie wunderschön sie aussah. „Ich wollte das alles gar nicht tun, schon vergessen?", fuhr sie fort. „Aber Sie waren einverstanden, dass ich das alleinige Sagen habe, wenn es um Taryns Therapie geht."

„Deswegen haben Sie also so vehement darauf bestanden? Weil Sie das von Anfang an geplant hatten?"

„Natürlich nicht", erwiderte sie. „Ich habe Charlie vorher gar nicht gekannt."

„So etwas jedenfalls habe ich mit ,alleinigem Sagen' nicht gemeint."

„Dann sollten Sie das nächste Mal genauer sein. Sie meinen also, ich darf alles versuchen – nur nicht das Einzige, was zu funktionieren scheint?"

Verblüfft sah er sie an. Was konnte er darauf entgegnen, ohne schon wieder wie der größte Vollidiot zu klingen? „Sie hätten es mir sagen müssen."

„Ja. Absolut. Sie hatten das Recht, davon zu erfahren. Ich hätte es Ihnen schon sagen müssen, als Charlie zum ersten Mal gekommen ist. Ich möchte ganz ehrlich zu Ihnen sein, Brodie. Ich war einfach zu feige. Und das ist das Einzige, wofür ich mich bei Ihnen entschuldigen möchte. Aber schon an diesem ersten Tag konnte ich sehen, dass Charlie zu Taryn wirklich durchdringt. Ich hatte Angst, dass Sie ihm verbieten würden, weiterhin zu kommen. Ich habe diese Lüge vor mir selbst gerechtfertigt, indem ich mir sagte, dass

Ihnen das Ergebnis wichtiger sein würde als die Methode, die ich wähle. Das war falsch, und es tut mir leid."

Verdammt. Er wollte nicht, dass sie sich entschuldigte. Er wollte einfach nur, dass dieser Junge aus seinem Haus verschwand.

„Wenn ich ihn nur sehe, möchte ich am liebsten irgendwas zertrümmern."

„Ich weiß." Sie sah ihn verständnisvoll an und legte eine Hand auf seinen Arm. Es war ihre Art, körperlich zu kommunizieren. Die Wärme ihrer Haut besänftigte ihn ein wenig, auch wenn er nicht hätte erklären können, wie sie das anstellte. Wie schaffte sie das so einfach? Sie musste ihn nur berühren, und sein Gehirn wurde zu Pudding. Das fand er mehr als nur etwas verwirrend.

„Ich kann Ihre Wut auf ihn vollkommen nachvollziehen, Brodie, und ich werfe sie Ihnen auch nicht vor. Aber ob es Ihnen gefällt oder nicht, als er in den Schmuckladen kam, war bei Taryn auf einmal ein Schalter umgelegt. Und das konnte ich einfach nicht ignorieren. Sie haben doch selbst gesagt, dass sie in der letzten Woche unglaubliche Fortschritte gemacht hat."

„Das lag an Ihnen und Ihrer harten Arbeit."

Zu seinem Bedauern zog sie ihre Hand zurück und schüttelte den Kopf. „Ich würde ja gern die ganzen Lorbeeren einheimsen, aber es liegt nicht an mir. Ja, auch bei mir hat sie Fortschritte gemacht, langsam und stetig, aber sie hat dabei immer gegen mich gekämpft. Wenn Charlie hier ist, strengt sie sich dreifach an. Und bei Hannah vielleicht doppelt so sehr – Charlie scheint irgendeine magische Gabe zu haben."

Am liebsten hätte er die Zeit zurückgedreht bis zu dem Zeitpunkt, als er noch keine Ahnung gehabt hatte, was da hinter seinem Rücken vor sich ging. Er wollte sich damit nicht auseinandersetzen. Wenn Evie recht hatte und Charlie seiner Tochter wirklich half, wie konnte er den Jungen dann aus seinem Haus werfen?

Durchs Küchenfenster sah er sie. Taryn lachte über etwas, das Charlie sagte, sie wirkte sorglos und glücklich. Beim Lachen schien sie etwas gespuckt zu haben, denn Charlie griff nach einem Tuch und tupfte ihr so selbstverständlich die Mundwinkel ab, dass Taryn es vielleicht gar nicht bemerkte.

Seine Brust wurde eng, es fühlte sich an, als ob der kleinste Windstoß etwas in ihm zerschmettern könnte.

„Und was ist mit Beaumont? Warum macht er das?" Seine Stimme klang erstickt, und er räusperte sich. All die vielen Träume, die er für seine Tochter gehabt hatte – dieser Junge hatte sie in einer einzigen Nacht zerstört.

Evie antwortete nicht sofort. Sie schwieg so lange, dass er schließlich den Blick von der Szene auf der Terrasse abwandte und sie ansah. „Ich weiß nicht, ob Sie die Wahrheit hören möchten", sagte sie schließlich. „Ich glaube nämlich, dass es ihm Spaß macht. Anfangs kam er möglicherweise, weil er ein schlechtes Gewissen hatte und …" Sie hielt inne. „Okay, auch das wird Ihnen nicht gefallen. Aber Charlie sagte, dass sein Vater die Besuche gut findet, weil er hofft, dass sie ihm beim Prozess positiv angerechnet werden."

Die Wut, die bereits abgekühlt war, kochte von Neuem hoch. „Dieser beschissene Mistkerl. Und Sie haben da mitgespielt, obwohl Sie wissen, dass Bürgermeister Beaumont seinen Sohn am liebsten mit einem kleinen Klaps auf die Hand davonkommen lassen will?"

„Mich interessiert nur, was das Beste für Taryn ist. Sie können mir mit allen möglichen Argumenten kommen, aber sie ist für mich das Wichtigste."

„Wenn Charlie seine Besuche benutzt, um seine Strafe zu mindern, dann werde ich Sie persönlich dafür verantwortlich machen."

„Klingt fair."

„*Fair*? Wissen Sie eigentlich, wie sehr ich dieses Wort hasse? In unserem Leben ist in den vergangenen vier Monaten überhaupt nichts fair gewesen! Auch nicht, dass der eine Mensch, dem ich vertraue, mich dermaßen hintergeht."

„Dann werfen Sie mich doch raus. Wenn Sie das, was ich getan habe, so schrecklich finden, kann ich sofort gehen. Es dauert nur noch ein paar Tage, bis die neue Therapeutin anfängt. Bestimmt kommen Sie so lange auch ohne mich zurecht."

Er fuhr sich mit einer Hand durchs Haar. „Wie kann ich Sie denn rauswerfen? Sehen Sie sich meine Tochter doch an. Sie ist ein vollkommen anderer Mensch als noch vor zwei Wochen."

„Dann vertrauen Sie mir, Brodie", flehte sie. „Und glauben Sie mir, dass ich niemals etwas tun würde, das Taryn verletzt. Ich versuche nur, ihr zu helfen. Ich wusste, dass Sie gegen Charlies Besuche sind, aber ich habe sie zugelassen, weil er Taryn wirklich hilft. Nur deswegen bin ich dieses Risiko eingegangen."

Was sollte er dagegen denn einwenden? Evie hatte ihnen ursprünglich wegen ihrer eigenen schmerzhaften Vergangenheit nicht helfen wollen. Und nun war sie schon länger als zwei Wochen hier, einen endlosen Tag nach dem anderen, immer heiter und geduldig. All das machte sie nur für Taryn. Und er hatte längst kapiert, dass sie den Jungen nicht aus Hinterhältigkeit ins Haus gelassen hatte.

Gleich nach dem Unfall, in diesen schrecklichen, dunklen Tagen, als die Ärzte nicht wussten, ob Taryn ihre Verletzungen überhaupt überleben würde, hatte Brodie Gott geschworen, alles, wirklich alles in seiner Macht Stehende zu tun, um seiner Tochter zu helfen, wenn er sie nur weiterleben ließ. Aber verdammt. An so etwas hatte er nun wirklich nicht gedacht.

„Ich finde es furchtbar."

„Ich weiß." Wieder berührte sie seinen Arm. Und wie zuvor konnte er spüren, wie die Spannung von ihm wich und sein Ärger sich auflöste.

Sie zögerte einen Moment, und dann, bevor er so recht begriff, was sie da tat, umarmte sie ihn zart.

Unsicher, wie er reagieren sollte, erstarrte er. Brodie gehörte nicht zu den Menschen, die gern andere umarmten, wahrscheinlich, weil sein Vater solche Gefühlsäußerungen immer abgelehnt hatte. Was Katherine allerdings nie davon abgehalten hatte. Vielleicht war sein Vater streng und hart gewesen, doch das hatte seine Mutter mit ihrer bedingungslosen Liebe wieder aufgewogen.

Evies einfache, unerwartete Umarmung war tröstlich und beruhigend. Er konnte nicht anders, als seine Arme ebenfalls um sie zu schlingen und sie fest an sich zu drücken.

So standen sie eine lange Zeit, ohne zu sprechen, und keiner schien es eilig zu haben, diese zarte Verbindung zwischen ihnen wieder zu lösen.

Sie war es dann, die als Erste zurücktrat, und er sah etwas Zärtliches und Weiches in ihren Augen, bevor sie die Lider darüber senkte und ihre Finger ineinander verschränkte. „Wenn Sie es absolut nicht ertragen können, Charlie im Haus zu haben, dann werde ich ihm jetzt sagen, dass er gehen und nicht wiederkommen soll. Garantiert wäre Taryn nicht glücklich darüber, aber das ist Ihr Haus und Sie sind ihr Vater. Sie haben das letzte Wort."

Es war verlockend. Wirklich verlockend. Taryn würde schon darüber hinwegkommen, da war er sich fast sicher. Die neue Therapeutin begann nächste Woche mit ihrer Arbeit, und vielleicht würde das Taryn so sehr ablenken, dass sie Charlie vergaß.

Das war ungefähr so wahrscheinlich, wie seine Mutter sich einen Totenkopf auf die Stirn tätowieren lassen würde.

„Er kann weiterhin kommen, aber ich möchte ihn nicht sehen. Sorgen Sie dafür, dass er nur im Haus ist, wenn ich es *nicht* bin.“

Ihr Lächeln war atemberaubender als ein Sonnenstrahl, der nach Wochen grauen Himmels durch die Wolken brach. Und mit einem Mal hatte er das Gefühl, dass er so ziemlich alles tun würde, damit sie ihn noch einmal so anlächelte.

„Sie sind ein guter Vater, Brodie. Taryn kann von Glück sagen, Sie zu haben.“

Dessen war er sich im Augenblick nicht so sicher. Charlie Beaumont auch nur in ihre Nähe zu lassen war schließlich vielleicht ein riesiger Fehler.

Hatte sie sich schon einmal zuvor dermaßen in einem Menschen geirrt?

Obwohl sie eigentlich zurück zu Taryn und Charlie auf die Terrasse gehen sollte, blieb Evie noch eine Weile in der Küche und beobachtete, wie Brodie in seinen luxuriösen Geländewagen stieg. Sie war immer sehr stolz auf ihre Menschenkenntnis gewesen, doch was Brodie Thorne betraf, hatte sie offenbar vollkommen falschgelegen.

Sie hatte diesen Mann immer für ein kaltes, humorloses Wesen gehalten. Doch so, wie sie ihn in den letzten Wochen kennengelernt hatte, konnte sie diesen Eindruck nicht aufrechterhalten. Vom ersten Moment an hatte sie ihn nicht leiden können. Immer wieder hatte sie sich gefragt, wie Katherine – so warm und großzügig und liebevoll – bloß einen so widerwärtigen Sohn haben konnte.

Doch ein solcher Mann hätte bei ihrem Streit niemals klein beigegeben, sondern so lange getobt und geschrien, bis er bekommen hatte, was er wollte.

Gut, Brodie war sauer gewesen, und das konnte sie ihm wirklich nicht übel nehmen. Er hätte Charlies Besuche unterbinden und Evie nach Hause schicken können. Wahrscheinlich wäre es sogar sein gutes Recht gewesen, die Polizei zu verständigen – auch wenn sie kaum glaubte, dass Riley McKnight den Jungen wirklich wegen Hausfriedensbruchs festgenommen hätte.

Aber trotz allem hatte er Charlies Anwesenheit nicht verboten. Er stellte seine eigenen Wünsche zum Wohl seiner Tochter zurück, und Evie wusste nicht so genau, was sie davon halten sollte.

Oder davon, dass sie diesem verrückten Impuls nachgegeben und ihn einfach umarmt hatte. Ihr war noch immer ganz schwindlig, so innig hatte sich die Umarmung angefühlt, so vertraut und zart. Sie seufzte. Besser nicht darüber nachdenken. In wenigen Tagen hatte sie ihren Job hier erledigt, und danach würden sich ihre Wege kaum noch kreuzen.

Als sie auf die Terrasse zurückkam, sah Charlie ihr mit ernster Miene entgegen. „Ich sollte gehen", sagte er.

„Das musst du nicht."

„Genau genommen doch. Ich habe gleich einen Termin mit meinen Anwälten."

So bemerkenswert vernünftig Brodie auch mit Charlies Besuch umgegangen war, jetzt war sie froh, dass er diesen letzten Satz nicht gehört hatte.

„Danke. Du warst uns heute eine große Hilfe."

„Kein Problem." Seine Stimme klang merkwürdig, und sie sah ihn prüfend an. Aber er hatte den Blick auf Taryn gerichtet und wirkte schuldbewusst und traurig.

„Bis bald, T."

„Bis … bald." Sie hob die Hand und winkte.

Jacques folgte ihm zum Gartentor und wartete, als wollte er sich davon überzeugen, dass der Junge sicher nach Hause kam.

„Mein Dad war sauer", stellte Taryn fest.

„Ja." Evie ließ sich auf einen Stuhl sinken. „Und er hatte auch allen Grund dazu. Wir hätten ihm sagen müssen, dass Charlie vorbeikommt. Aber ich war einfach zu feige. Warum hast du es nie erwähnt?"

Taryn zuckte mit den Schultern. „Er mag Charlie nicht. Hat ihn noch nie gemocht. Kann er wiederkommen?"

„Fürs Erste schon."

„Super."

„Du solltest damit rechnen, dass Charlie vielleicht nicht mehr oft vorbeikommt, Taryn. Ich weiß, es macht dir viel Spaß mit ihm, aber ich kann dir nicht versprechen, dass es so weitergeht. Wenn ich nächste Woche wieder im Laden arbeite, hat die neue Therapeutin vielleicht ganz andere Vorstellungen. Und dein Vater könnte seine Meinung ändern und doch noch verbieten, dass Charlie zu Besuch kommt."

„Das ist so bescheuert."

„Es ist überhaupt nicht bescheuert, wenn dein Vater wütend darüber ist, was dir passiert ist. Er liebt dich. Alle Eltern wollen nur eines, nämlich, dass ihren Kinder nichts geschieht. Dein Dad hat das Gefühl, versagt zu haben – und er gibt Charlie die Schuld dafür.“

„Ich sag doch immer wieder … es ist nicht Charlies Schuld.“

Darüber hatten sie bereits gesprochen, und Evie war nicht in der Stimmung, schon wieder davon anzufangen. Deswegen wechselte sie das Thema. „Hey, ich habe eine Idee. Nachdem deine Oma heute Geburtstag hat, könnten wir doch in die Stadt fahren und sie überraschen!“

„Ins *String Fever*?“

„Wir halten kurz und fragen, ob Katherine Lust auf ein gemeinsames Mittagessen hat. Wie klingt das?“

„Okay, denke ich.“


Taryn schwieg, als Evie sie ins Badezimmer brachte, damit sie sich Gesicht und Hände waschen und etwas Make-up auflegen konnte.

Die Pflegerinnen kamen inzwischen nur noch zweimal am Tag. Morgens, um ihr beim Duschen und Ankleiden zu helfen, und abends, um ihr Medikamente zu geben und sie ins Bett zu bringen. Da sie sich inzwischen selbst vom Rollstuhl auf andere Stühle hieven konnte, war Taryn in der Lage, das meiste selbst zu erledigen, was eine erhebliche Verbesserung darstellte.

Kurz darauf fuhren sie an der Highschool vorbei, und als Evie in den Rückspiegel sah, bemerkte sie, wie Taryn aus dem Fenster starrte, die Lippen zusammengepresst und mit unglücklichem Blick.

Sie alle konzentrierten sich immer so sehr auf das große Ganze, darauf, dass Taryn ihre körperlichen Funktionen zurückgewann. Darüber vergaßen sie all die kleinen Dinge, die sie verloren hatte. Unterricht, Football-Turniere, Lagerfeuer im Canyon mit Freunden, während die Blätter der Bäume sich bunt verfärbten.

Die Hope's Crossing Highschool hatte geplant, Lehrer zu schicken, die Taryn helfen sollten, den Stoff vom vergangenen Schuljahr aufzuholen. Vielleicht sollte sie Brodie vorschlagen, dass Taryn darüber hinaus ein oder zwei Stunden pro Tag ganz normal zur Schule ging, damit sie regelmäßig unter Gleichaltrigen war.

Ja, das sollte sie tun. In wenigen Tagen aber war das alles nicht mehr ihre Angelegenheit. Ihre Nachfolgerin würde am Dienstag nach dem Labor Day beginnen, in weniger als einer Woche, und dann würde Evie für immer aus dem Leben der Thornes verschwinden.

Der Gedanke hätte sie aufheitern sollen. Sie sehnte sich ja danach, dass alles wieder normal verlief, dass dieser kurze Ausflug in ihren alten Beruf ein für alle Mal ein Ende fand. Aber jetzt dachte sie daran, dass sie nicht mehr jeden Morgen den Berg hinauf Richtung *Aspen Ridge* fahren würde, dass Taryn sie nicht jeden Tag mit einem gespielten Seufzen und dem Ausruf: „Sind Sie schon wieder da?" begrüßen würde. Kein köstliches Essen von Mrs Olafson mehr. Wie leer ihre Tage sein würden.

Oh, das stimmte nicht. Sie arbeitete leidenschaftlich gern im *String Fever* – Kunden beraten, mit Claire plaudern, aus Schmucksteinen etwas Schönes und Einzigartiges kreieren war ihr Lebensinhalt geworden.

Aber das hier gefiel ihr eben auch. Jeder Tag hielt eine neue Herausforderung für sie bereit, eine weitere Überraschung, und das würde sie schrecklich vermissen. Sie konnte sich noch so oft einreden, dass sie Abstand von ihrem alten Beruf brauchte, in Wahrheit fand sie ihn nach wie vor zutiefst erfüllend.

Diese Erkenntnis traf sie wie ein Schlag. Nervös fuhr sie ein paarmal um den Block, bis sie einen Parkplatz gefunden hatte, der breit genug war, dass sie die Rollstuhlrampe ausfahren konnte.

„Grandma wird sich freuen", sagte Taryn, als Evie den Motor abstellte.

Ihr gelang ein Lächeln, obwohl sie in Wahrheit vollkommen durcheinander war. „Könnte sein, dass sie schon etwas vorhat. Oder dass im Laden zu viel los ist und sie nicht gehen kann", warnte Evie sie. „Vielleicht hätten wir vorher anrufen sollen."

„Dann wäre es ja keine Überraschung mehr." Taryns noch immer schiefes Grinsen war ziemlich breit und frech.

Evie seufzte. Wem wollte sie eigentlich etwas vormachen? Sie hatte an diesem Mädchen schon längst einen Narren gefressen.

Sie ließen Jacques in den Garten, wo Chester bereits wartete, als hätte er ihr Kommen geahnt. Er wackelte auf Jacques zu und begann, ihn begeistert zu beschnüffeln.

„Wie es duftet", seufzte Taryn.

„Das ist der Lavendel. Außerdem Flammenblumen und Zitronenmelisse."

„Sind das … Ihre Blumen?"

„Ich pflanze ab und zu welche und gieße sie. Deine Grandma hat den Garten angelegt, als der Laden noch ihr gehörte. Und Claire hat dann damit weitergemacht."

„Ist schön hier."

„Ich bin gern frühmorgens im Garten und sehe mir den Sonnenaufgang an. Dann duften die Blumen besonders intensiv", sagte Evie. „Du solltest im nächsten Frühjahr auch einen Garten anlegen. Bestimmt würde dein Vater dir einen Teil des Grundstücks überlassen."

Ihrer Erfahrung nach konnte Gärtnern eine fantastische Therapie sein, sowohl psychisch als auch physisch. Taryn könnte auch am Südfenster ihres großen Zimmers ein kleines Gewächshaus anlegen, vielleicht mit Estragon, Rosmarin und eventuell ein oder zwei Tomatenstauden …

Sie hielt inne. In ein paar Tagen ging Taryns Therapie sie nichts mehr an. Das musste sie jetzt endlich verstehen. Die neue Therapeutin würde die entsprechenden Entscheidungen treffen, und genau das war es ja auch, was sie wollte, nicht wahr?

Einen Moment noch genoss sie den wunderschönen Garten, dann schob sie den Rollstuhl zur Tür. Katherine und Claire saßen am Werktisch und arbeiteten an einigen Schmuckstücken, während eine Kundin sich bei den Halsketten umsah.

Katherine wirkte erfreut. „Hallo, ihr zwei! Was für eine schöne Überraschung", rief sie aus.

„Hi, Grandma. Alles Gute zum Geburtstag."

„Danke dir! Bisher hatte ich schon einen wunderbaren Tag."

„Kannst du mit uns … zu Mittag essen?", erkundigte sich Taryn.

Bedauernd hob Katherine die Hände, doch gerade als sie etwas entgegnen wollte, wurde sie von Claire unterbrochen. „Natürlich kann sie."

„Aber du wolltest heute doch früher gehen", protestierte Katherine.

„Keine Sorge. Ich habe wirklich alle Zeit der Welt. Die Kinder sind bei Jeff und Holly und turteln mit ihrem neuen Schwesterchen, das wirklich unglaublich süß ist, wie ich zugeben muss."

Wieder hätte Evie am liebsten die Augen verdreht. Sie kannte nicht viele Frauen, die sich liebevoll über das neue Kind ihres Exmannes äußern würden. Aber so war Claire nun mal.

„Riley muss für irgendwelche Ermittlungen nach Denver, und ich fahre mit, um ein paar Dinge für die Hochzeit zu erledigen. Aber erst am Nachmittag. Ich habe also alle Zeit der Welt. Heute ist dein Geburtstag, und ich kann mir für dich nichts Schöneres vorstellen, als beim Mittagessen mit Taryn zu feiern."

„Gut", rief Taryn glücklich.

„Sollen wir ins Café gehen?", schlug Katherine vor.

Evie zögerte. Sie hatte eigentlich eher daran gedacht, etwas zu bestellen und dann im Garten oder im Laden zu essen. Taryn wurde immer noch nervös, wenn andere sie beim Essen beobachteten. Aber sie beschloss, die Entscheidung Taryn zu überlassen.

„Taryn?"

Taryn wirkte einen Moment unentschlossen, dann nickte sie. „Okay."

„Gebt mir eine Minute, damit ich mir die Lippen nachziehen und meine Tasche holen kann", sagte Katherine.

Während sie im Hinterzimmer war, nutzte Taryn die Zeit, sich ein paar Schmuckzeitschriften anzusehen, die neu hereingekommen waren. Evie nahm Claire zur Seite, um mit ihr über den nächsten Kunsthandwerksmarkt zu sprechen und über die Schmuckstücke, die sie dafür noch brauchte.

„Wir alle finden es wirklich toll, wie hart du diesen Sommer gearbeitet hast. Es ist nicht leicht, das alles ganz allein zu machen. Aufbauen, die ganze Zeit am Stand stehen und die Kunden beraten."

„Mir macht es Spaß", erklärte Evie wahrheitsgemäß.

„Und wie läuft es mit Taryn?", fragte Claire leise.

„Falsche Frage heute", erwiderte sie.

„Wieso, was ist passiert?"

Sie seufzte. „Ich hab's vermasselt. Weißt du noch, wie Charlie Taryn geholfen hat, ein Armband zu machen?"

Claire stieß zischend die Luft aus. „Wie könnte ich das vergessen? Ich musste an diesem Nachmittag mindestens vier Ibuprofen und ein halbes Fläschchen Magentropfen nehmen."

„Tut mir leid." Evie umarmte sie kurz. „Die Sache ist nur, dass Taryn seitdem wirklich aufgeblüht ist. Und deswegen, ähm, habe ich Charlie erlaubt, auch ins Haus zu kommen, um ihr bei der Therapie zu helfen. Und ich habe Brodie nichts davon erzählt – ja, ich war zu feige –, aber heute kam er unerwartet nach Hause und hat ihn gesehen."

„Oh-oh. Erwischt." Claire sah zugleich mitfühlend und entsetzt aus.

Evie seufzte verdrossen. „Okay, das war nicht gerade besonders clever von mir. Aber Taryn freut sich immer, wenn er kommt, und strengt sich dann viel mehr an als sonst. Gerade jemand wie Brodie muss doch wissen, dass der Zweck manchmal die Mittel heiligt, verstehst du?"

„Und, redet er noch mit dir?"

Sie dachte an die spontane Umarmung in der Küche, wie er nach kurzem Zögern die Arme um sie geschlungen und sie lange festgehalten hatte.

„Er sagt, Charlie kann weiterhin kommen, solange er ihn nicht sehen muss. Aber eigentlich spielt es sowieso keine Rolle mehr. Dienstag ist mein letzter Tag mit Taryn, und dann muss die neue Therapeutin entscheiden, ob sie Freunde in den Therapieplan einbauen will oder nicht. Ich jedenfalls werde sie dazu ermutigen, aber es ist ihre Entscheidung."

„Evie, wenn du mehr Zeit brauchst, ist das kein Problem, das weißt du."

„Mehr Zeit wofür?", fragte Katherine, die aus dem Hinterzimmer zurückkam. Sie sah elegant aus wie immer. Evie konnte nur hoffen, dass sie selbst zumindest annähernd so gut altern würde wie Brodies Mutter.

„Mehr Zeit, um herauszufinden, wie du es schaffst, jeden Tag jünger und schöner auszusehen", sagte sie prompt.

Katherine verdrehte die Augen, doch bevor sie etwas entgegnen konnte, läutete die Türglocke und ein Paar kam in den Laden.

Evie hätte beinahe gelacht, als sie alle gleichzeitig ein leises Stöhnen ausstießen, als ob sie es vorher geübt hätten.

„Guten Tag, Genevieve", begrüßte Claire die Frau. Groß und schlank mit kunstvoll gesträhntem blondem Haar und wie immer perfekt geschminkt, lächelte Charlies ältere Schwester sie der Reihe nach an.

Die Beaumonts gehörten zu den wohlhabendsten Familien in Hope's Crossing, und Genevieve genoss es, ihren Reichtum zur Schau zu stellen.

In den letzten neun Monaten hatte sie sich aufgeführt wie Brautzilla auf Anabolika – herrisch, selbstverliebt und übertrieben anspruchsvoll. Claire war zu ihrem Bedauern in diese Beaumont-Danforth-

Hochzeit verwickelt, weil sie sich bereit erklärt hatte, das Mieder des Hochzeitskleides mit ausgewählten Perlen zu verzieren.

Genau genommen schon zum zweiten Mal, da Genevieves Bruder Charlie das erste Hochzeitskleid bei der Einbruchserie mit seiner Clique zerschlitzt hatte.

Eigentlich fand Evie es ganz sympathisch, dass Genevieve nervös wegen der Hochzeit war.

Wobei von Nervosität in diesem Moment, als Genevieve mit einem außerordentlich gut aussehenden Mann Ende zwanzig vor ihnen stand, nun wirklich nichts zu bemerken war.

„Sie haben zwar gesagt, das Kleid sei erst in ein paar Wochen fertig, aber Sawyer ist nur kurz in der Stadt, und er *muss* es einfach sehen.“

„Das bringt Unglück“, warnte Taryn, und ihre Worte klangen klarer artikuliert als jemals zuvor.

Genevieve wirbelte zu Taryn herum, die mit einer Schmuckzeitschrift in der Hand in ihrem Rollstuhl saß. Als sie Taryn erkannte, warf sie ihrem Verlobten einen unbehaglichen Blick zu.

Evie fiel es nicht schwer, diesen Blick zu deuten. Taryns Anwesenheit erinnerte Genevieve an den Skandal, in den ihre Familie verwickelt war und den sie mit Sicherheit am liebsten vergessen hätte. Gens Verlobter, Sawyer Danforth, war der Sohn eines mächtigen Politikers in Colorado und, wie man hörte, auf dem besten Weg, in die Fußstapfen seines Vaters zu treten.

Wenn man den Gerüchten Glauben schenken konnte, befürchtete Gen, für die Familie Danforth nun keine gute Partie mehr zu sein. Immerhin stand ihrem jüngeren Bruder wegen der Einbruchsserie und des Todes von Layla Parker eine saftige Gefängnisstrafe bevor.

„Ich bin nicht abergläubisch“, sagte Gen nach einer unangenehmen Pause. „Und Sawyer ist es auch nicht, oder, Darling?“

Ihr Verlobter hob beide Hände. „Zieh mich da nicht mit rein. Du bist diejenige, die unbedingt möchte, dass ich das Kleid sehe. Ich habe dir doch gesagt, dass ich dich auch so heiraten würde, wie du heute aussiehst. Nämlich perfekt.“

Da Genevieve ein schlichtes, kurzärmliges Oberteil und einen Rock in Cremeweiß trug, fand Evie seine Worte ziemlich süß.

„Ach, hör auf.“ Genevieve schlug ihm leicht auf den Arm. „Du bist manchmal so ein Spinner. Jedenfalls musst du das Kleid sehen.

Es ist einfach umwerfend. Ein bisschen wie das von Prinzessin Catherine, aber es funkelt mehr."

„Ich fürchte, ich habe es nicht hier", sagte Claire und schenkte ihnen dieses unendlich geduldige Lächeln, das nur sie so perfekt beherrschte. Evie verstand nicht, wie sie es nach all den Monaten mit Genevieve immer noch auf ihr Gesicht zaubern konnte. Sie selbst hätte sich längst ein paar dicke Schmucksteine in die Ohren gestopft, um das ständige Gemecker nicht mehr hören zu müssen.

„Nach allem, was mit dem letzten Kleid geschehen ist, bewahre ich es lieber zu Hause hinter Schloss und Riegel auf."

Taryn stieß ein merkwürdiges Geräusch aus, es klang wie ein kleines Seufzen. Außerdem bewegte sie sich unruhig in ihrem Rollstuhl, und Evie fragte sich, ob sie einen Krampf hatte oder etwas Ähnliches.

„Sie wohnen doch nicht weit von hier, richtig?", erkundigte sich Gen mit großen Augen. „Wir können gerne warten, während Sie es holen."

Sawyer schüttelte den Kopf, in seinen fröhlichen blauen Augen blitzte auf einmal Bedauern auf. Armer Kerl. Bis Gen irgendwann kapiert hatte, dass sie nicht der Mittelpunkt der Welt war, stand ihm eine ziemlich anstrengende Zeit bevor.

„Ich kann im Moment den Laden nicht alleinlassen", erklärte Claire mit ihrer unendlich ruhigen Stimme. „Katherine hat Geburtstag, und Evie und Taryn wollen sie zum Essen ausführen."

„Alles Gute!" Sawyer strahlte Katherine an.

Evie, Katherine und Claire waren von seinem umwerfenden Lächeln wie hypnotisiert. Dann endlich schüttelte Claire ein wenig den Kopf, als müsste sie sich auf diese Weise aus seinem Bann befreien. „Tja, nun. Ich muss also hierbleiben und mich um meine Kunden kümmern. Und danach bin ich ein paar Tage nicht in der Stadt."

„Aber Sawyer bleibt nur bis Samstag."

„Kein Problem." Sawyer schenkte ihnen allen ein weiteres Lächeln, und selbst Katherine schien dahinzuschmelzen. Mit so einem Lächeln und diesem Aussehen reichte ein halbes Hirn, um eines Tages ein sehr beliebter Politiker zu werden. „In ein paar Wochen bin ich wieder hier", fuhr er fort. „Und dann kann ich ja vielleicht schon das fertige Kleid bewundern."

„Aber es ist jetzt schon *fast* fertig", beharrte Genevieve. Wenn es nach ihr ginge, würde Claire ihren Laden abschließen und nach Hause rennen.

„Mir macht es wirklich nichts aus, noch etwas zu warten. Aber trotzdem vielen Dank", sagte er. Und wieder lächelte er sie alle an und zwinkerte Taryn sogar zu, was Evie bezaubernd fand. „Komm jetzt, Darling. Wir haben Plätze im *Le Passe Montagne* reserviert."

„Das Restaurant gehört meinem Sohn", erklärte Katherine. „Sie sollten auf jeden Fall die Crème brulée probieren, die ist einfach göttlich."

„Danke für den Tipp, das werden wir." Ein letztes Lächeln, dann griff Sawyer nach Gens Arm und schob sie aus dem Laden.

„Wow." Katherine blinzelte. „So langsam verstehe ich, warum Genevieve es nicht erwarten kann, ihn zu heiraten."

„Er ist süß", sagte Taryn.

„Vielleicht sollten wir nicht ins Café, sondern ins *Le Passe* gehen, damit wir ihn alle anstarren und dabei eine Crème brulée genießen können", schlug Evie vor.

Katherine lachte. „Mir reicht das Café vollkommen. Zu viel Süßes ist gar nicht gut."

Evie und Claire prusteten los, während Taryn den Witz noch immer nicht verstanden hatte.

„Noch einmal danke, Claire", fuhr Katherine fort. „Sollen wir dir vielleicht etwas zu essen mitbringen?"

„Ah, gerne. Ein Hühnersalat-Sandwich wäre heute einfach perfekt."

„Ich lasse uns eins von Dermot einpacken", versprach Katherine. „Wollen wir?"


Die Leute starrten sie an.

Früher war das Café Taryns Lieblingsrestaurant gewesen, vom *Le Passe* und dem Steakhouse ihres Vaters einmal abgesehen. Das Essen war gut und preiswert, und all ihre Freunde kamen auch gerne hierher.

Aber jetzt war alles anders.

Taryn rutschte in ihrem Rollstuhl herum, das Kinn auf die Brust gesenkt. Sie wollte wieder nach Hause, wo sie nicht angegafft wurde, als müsste sie jeden Moment ihr Essen ausspucken oder sabbern oder so etwas.

Sie hätte auch versuchen können, zu Fuß hineinzugehen, aber sie sah dann immer aus wie Frankensteins Braut, und die Leute hätten nur noch mehr gestarrt.

Und dabei saßen sie noch nicht einmal an einem Tisch. Im Café war die Hölle los, und sie mussten auf einen Platz warten.

Sie wollte nach Hause, aber das ging nicht. Ihre Grandma hatte Geburtstag. Und deswegen musste sie diese Blicke irgendwie aushalten.

„Ja, sieh mal an! Meine drei Lieblingsmädchen!" Dermot Cain, der Besitzer des Cafés, strahlte sie an. Mr Caine war nett. Er hatte weißes Haar und blaue Augen und lächelte genauso oft wie Katherine. „Wie komme ich zu der Ehre, Sie alle drei auf einmal bei mir begrüßen zu dürfen?"

„Heute ist Katherines Geburtstag, und wir wollen ein wenig feiern", erklärte Evie.

„Wunderbar!" Mr Cain ergriff Katherines Hände, die winzig und weiß in seinen Pranken wirkten, und Taryns Großmutter errötete etwas. „Ich habe gerade einen Brombeerkuchen aus dem Ofen geholt. Ich werde drei Stücke für Sie aufheben. Das ist mein Geburtstagsgeschenk. Was sagen Sie?"

„Klingt herrlich", befand Evie. „Dermot, wie es scheint, ist der hintere Teil geschlossen. Könnten Sie vielleicht eine Ausnahme machen und uns dort, ein bisschen abseits von dem ganzen Trubel, einen Tisch geben?"

Evie fragte natürlich ihretwegen. Das sollte ihr eigentlich peinlich sein, aber dann lächelte Mr Cain sie an. „Aber natürlich. Natürlich! Die Plätze sind ganz speziell für Geburtstagskinder reserviert und genau richtig für meine drei Lieblingsdamen. Hier entlang!"

Grandma ging voraus, und Evie schob den Rollstuhl. Dieser Teil des Restaurants befand sich um die Ecke, und Taryn atmete auf. Hier war es ruhig und kühl. Und das Beste: Niemand starrte mehr.

„Perfekt", sagte Evie. „Vielen Dank, Dermot."

Mr Caine reichte ihnen die Speisekarte. „Ich verrate Ihnen ein kleines Geheimnis. Die Truthahn-Wraps sind heute ausgesprochen gut. Ich habe eine besondere Zutat untergemischt." Er zwinkerte Taryn zu. „Zitronendill aus meinem eigenen Garten. Aber egal, wofür Sie sich entscheiden, ich werde es für Sie besonders lecker machen."

Bevor er ging, nahm er noch einmal Grandmas Hand. „Und alles, alles Gute zum Geburtstag, Katherine, meine Liebe", sagte er, und sein irischer Akzent war stärker als sonst. Dann küsste er ihr die Hand. Taryn riss die Augen auf.

„Ich wusste gar nicht, dass Dermot so ... charmant sein kann",
meinte Evie, nachdem er gegangen war.

„Ach was", erwiderte Grandma, aber sie war schon wieder rot,
und außerdem sah sie Mr Caine hinterher. Grandma und Mr Caine?
Das war zu schräg. Fast so schräg wie die Szene heute Morgen, als
sie durchs Küchenfenster gesehen hatte, wie ihr Dad Evie umarmte.
Taryn wusste immer noch nicht, was sie davon halten sollte. Sie
mochte Evie, jedenfalls meistens. Aber ihr Dad hatte keine Freundin
gehabt, seit ... nun, seit sie denken konnte. Aber vielleicht waren sie
nicht zusammen. Vielleicht mochten sie sich einfach. Sie umarmte
ihre Freunde auch immer. Früher zumindest.

„Oh, seht mal", rief Evie aufgeregt. „Maura und Sage."

Durchs Fenster sah Taryn, wie die beiden das Restaurant betraten,
und ihr Magen zog sich zusammen.

Die Augen ihrer Großmutter leuchteten auf. „Frag sie, ob sie sich
zu uns setzen wollen. Wir können zusammenrücken."

Angst und Schuld krochen wie Schlangen durch Taryns Bauch. Sie
wollte nicht, dass Laylas Mutter und Schwester an diesen Tisch kamen. Sie konnte ihnen nicht in die Augen sehen.

Die beiden mussten sie hassen. Layla war tot, und sie war schuld
daran. Layla hatte an diesem Abend überhaupt nicht mitgehen wollen, aber Taryn hatte sie überredet.

Und dann noch alles andere.

Alles war nur ihretwegen geschehen.

Sie verlagerte unbehaglich das Gewicht und wünschte, einfach
aufstehen und aus dem Café laufen zu können, ohne hinzufallen.

„Geht es dir gut?", erkundigte sich Evie leise.

„Müde", flüsterte sie. Gelogen.

„Möchtest du lieber gehen?", bot Evie mit besorgtem Blick an.

Wenn sie lange genug stöhnte, würde Evie sie bestimmt nach
Hause bringen. Das wäre eine Möglichkeit, aber nicht wirklich fair.
Immerhin hatte ihre Grandma Geburtstag, und sie durfte ihr den Tag
nicht ruinieren.

„Nein. Noch nicht."

„Okay. Sag einfach Bescheid, wenn du nicht mehr kannst."

Vor allem im Kopf fühlte sie sich müde. Manchmal tat es richtig weh
zu denken. Ihr ging es immer besser, und jeden Tag schienen ihre Gedanken weniger verwirrt und unklar zu sein. Teilweise lag es daran,
dass sie jetzt nicht mehr so viele Medikamente nehmen musste. Aber

anscheinend wurde sie tatsächlich langsam gesund. Mit Charlie an ihrer Seite hatte sie sich wirklich große Mühe gegeben, aber vielleicht sollte sie das jetzt einfach lassen.

Sie hatte es nicht verdient, gesund zu werden. Denn Layla war ihretwegen gestorben.

„Wer ist denn jetzt im Buchladen, wenn ihr beide zusammen Mittag essen geht?", fragte Evie, als Maura McKnight-Parker und ihre Tochter Sage sich zu ihnen setzten.

Fast hatte sie damit gerechnet, dass Maura ablehnen würde, sich mit an den Tisch zu setzen, vor allem, nachdem sie Taryn entdeckt hatte. Aber nach kurzem Zögern hatte sich Maura gefasst und die Einladung angenommen. Evie wusste, wie schwer es für sie sein musste. Für Genevieve war der Anblick des Mädchens vielleicht unangenehm gewesen, aber für Maura musste er die himmelschreiende Erinnerung an alles sein, was sie verloren hatte.

Man konnte ihren Schmerz direkt greifen, und Evie hätte am liebsten Mauras Hand gedrückt und ihr zugeflüstert, wie gut sie ihre Trauer verstehen konnte. Doch bisher hatte sie ihren Freundinnen noch keinen Ton über Cassie erzählt. Bei ihrer Ankunft in Hope's Crossing war der Schmerz zu frisch gewesen, um darüber zu sprechen. Katherine wusste Bescheid, und das reichte zunächst. Und dann später war einfach nie der richtige Augenblick gekommen. Sie hätte ja schlecht mitten in einem Gespräch sagen können: *Ach, und übrigens, ich habe eine behinderte Tochter adoptiert und sie zwei Jahre lang geliebt, und dann ist sie gestorben. Tut mir leid, dass ich das nie zuvor erwähnt habe.*

Doch warum hatte sie dann Brodie davon erzählt? Die Antwort auf diese Frage wusste sie selbst nicht so genau.

„Ruth ist im Laden", beantwortete Sage schließlich Evies Frage, als Maura schwieg. Mauras ältere Tochter lächelte, sie sah ein wenig feenhaft aus mit ihrem lockigen braunen Haar und den großen grünen Augen unter langen Wimpern. „Sie ist in diesem Sommer zum Glück immer wieder eingesprungen."

„Wer hätte das gedacht?", murmelte Katherine. „Wie gut, dass Ruth die Arbeit im Buchladen so viel Freude macht."

Ruth Tatum war Claires Mutter, eine schwierige Frau, die sich bis vor ein paar Monaten den lieben langen Tag beklagt und die Fehler immer bei den anderen gesucht hatte. Das hatte sich geändert, seit sie sich unerwartet angeboten hatte, Maura in der Buchhandlung zu helfen – und dort nun regelrecht aufblühte.

Diese verschneite Aprilnacht hat viele Leben auf ganz unerwartete Weise verändert, dachte Evie und sagte laut: „Sie hat sich vollkommen gewandelt." Sie fand es immer wieder aufs Neue faszinierend, wenn Menschen ihr Leben umkrempelten. Ruth war dafür ein leuchtendes Beispiel.

„Nun, sie hat sich nicht *komplett* verändert." Mauras Lächeln erreichte ihre Augen nicht, aber zumindest wirkte es nicht verzweifelt. „Heute Morgen erst hat sie einen Kunden ganz schön angefahren. Sie erklärte ihm, dass sie nicht wissen könne, ob ein bestimmter Dreißig-Dollar-Bilderband seiner Mutter gefallen würde, da sie seine Mutter nie getroffen habe. Ich musste sie zur Seite nehmen und freundlich daran erinnern, dass man immer Ja sagt, wenn ein Kunde fragt, ob ein Buch seiner Mutter/Schwester/Frau wohl gefällt."

Katherine, Sage und Evie lachten. Maura lächelte wieder dieses halbe Lächeln, doch Taryn schien nach wie vor bestürzt und abgelenkt.

„Wann fängt das College wieder an, Liebes?", wandte Katherine sich an Sage.

Das Mädchen warf seiner Mutter einen schnellen Blick zu. „Ich überlege, ob ich nicht noch ein weiteres Semester aussetzen soll."

„Nein, sollst du nicht", sagte Maura. Einen Moment lang überlagerte Entschiedenheit die Trauer in ihren Augen. „Wir haben doch darüber gesprochen. Du gehst zurück aufs College."

Sage schien mindestens genauso entschieden. „Ich denke, ich sollte noch eine Weile in der Stadt bleiben und dann im Januar mit dem Studium weitermachen."

„Um was zu tun? Kaffee zu kochen? Dafür kann ich Leute anstellen. Du gehst zurück!"

„Das werde ich, sobald sich die Lage hier etwas beruhigt hat."

„Hier ist alles in Ordnung", erwiderte Maura scharf. Ganz offensichtlich führten die beiden diese Diskussion nicht zum ersten Mal. „Ruth und ich bekommen das mit dem Laden allein hin. Du gehörst aufs College."

„Falsch. Wenn du mich brauchst, kommst du an erster Stelle, Mom."

„Dann lasst uns abstimmen", sagte Maura an sie alle gewandt.

„Wer dafür ist, dass Sage wieder aufs College geht, hebe jetzt bitte die Hand."

Taryn streckte ohne ein Lächeln die Hand in die Höhe, Katherine auch, und Evie schloss sich ihnen an, obwohl sie beide Gesichtspunkte verstehen konnte. Sie wusste, wie es war, eine trauernde Mutter zu haben, und auch sie war einmal eine pflichtbewusste Tochter gewesen, die sich nach dem Tod der Schwester um ihre Mutter kümmern wollte.

Sie hatte direkt nach dem verheerenden Brand ein Semester ausfallen lassen, und dann noch eines, als ihre Schwester an ihren schweren Verletzungen gestorben war. Im Herbst dann hatte ihre Mutter sie überredet, wieder aufs College zu gehen – und kurz darauf hatte sich ihre Mom mit einer Überdosis Tabletten das Leben genommen.

Natürlich war es richtig gewesen, zurück aufs College zu gehen. Ihre Mutter hatte genauso darauf bestanden wie Maura jetzt, und doch fragte Evie sich seitdem, ob sie den Selbstmord hätte verhindern können.

Wenn sie zu Hause geblieben wäre, hätte ihre Mutter dann vielleicht einen anderen Ausweg gesehen?

Natürlich waren die Umstände nicht dieselben. Maura war von einer großen, liebevollen Familie umgeben. Die McKnights kümmerten sich seit Laylas Tod rührend um sie. Ihre Mutter Mary Ella und ihre Schwestern Angie und Alex. Außerdem war ihr Bruder Riley nach vielen Jahren aus Nordkalifornien in die Heimat zurückgekehrt und hatte mit Claire hier ein neues Leben begonnen.

„Du musst wieder zurück", betonte Maura. „Du kannst deine Zukunft nicht aufs Spiel setzen, wenn du Architektin werden willst."

Sage sah aus, als sei für sie die Diskussion noch nicht beendet, doch sie wurde von einem Kellner unterbrochen, einem jungen Mann mit Dreadlocks, der besser auf ein Surfbrett gepasst hätte als hierher – und von dem Evie fast sicher war, dass er im Winter im Skiresort arbeitete.

„Hallo, Ladys. Ich bin Logan und werde Sie heute bedienen. Entschuldigen Sie, dass es etwas gedauert hat. Aber mein Chef hat mir strikte Order gegeben, Ihnen sämtliche Wünsche zu erfüllen – ansonsten würde er mir das Fell über die Ohren ziehen. Und das Risiko will ich natürlich nicht eingehen. Möchten Sie zunächst die Getränke bestellen, oder haben Sie schon zu essen gewählt?"

Evie hatte noch keinen Blick in die Speisekarte geworfen, aber da sie die Truthahn-Wraps sowieso am liebsten mochte, folgte sie Dermots Empfehlung, ebenso wie Katherine und Maura. Sage bestellte einen Gemüseburger.

„Taryn?", fragte Evie. „Was ist mit dir?"

„Pommes", sagte sie. „Und ... Käsesandwich."

Nachdem sie ihre Bestellung aufgegeben hatten, eilte der eifrige Surfer-Kellner davon. Katherine, diplomatisch wie immer, wechselte das Thema, bevor Maura und Sage ihre Diskussion erneut aufnehmen konnten.

„Der Hoffnungsengel hat wieder schwer gearbeitet. Habt ihr davon gehört?"

„Nein. Was ist geschehen?" Gespannt beugte Evie sich vor.

„Ihr wisst ja, welche Probleme Gretchen Kirk hat, seit ihr idiotischer Ehemann mit einer Bedienung aus Breckenridge durchgebrannt ist. Nun, offenbar hat sie eines Morgens jede Menge Pakete für ihre Kinder bekommen. Kleidung, Schuhe, Rucksäcke, Schulhefte. Alles Mögliche. Und als sie das Schulgeld bezahlen wollte, erfuhr sie, dass da schon jemand schneller gewesen war."

„Was für eine großartige Idee", rief Claire aus. „Ich wünschte, ich wäre selbst darauf gekommen."

Evie bemerkte, wie Taryn die Stirn runzelte. Hannah hatte bei ihren Besuchen nichts dergleichen erwähnt.

„Gibt es neue Spekulationen über seine Identität?", fragte Evie. „Claire, bist du noch immer davon überzeugt, dass es sich um eine ganze Gruppe handelt und nicht nur um einen einzigen Wohltäter?"

„Die Spekulationen werden sogar immer wilder", erwiderte Katherine. „Irgendjemand behauptet, dass es sich um einen Filmstar handelt, der in eine Villa oben im Silver Strike Reservoir gezogen ist."

„Ich habe auch was vom Engel bekommen." Taryn hatte die ganze Zeit so still dagesessen, dass ihr plötzlicher Einwurf alle zu überraschen schien. Sage lächelte sie an, doch Maura starrte mit angespanntem Gesicht auf ihr Wasserglas.

„Was denn?", wollte Sage wissen.

„Eine Spielkonsole zum Trainieren. Macht w...wirklich ... Spaß."

Evie krümmte sich innerlich. Hoffentlich erzählte Taryn jetzt nicht, dass ihr liebster Gegner Charlie Beaumont hieß. Schließlich war er für den Tod von Mauras Tochter verantwortlich. Doch zu ihrer Erleichterung versank Taryn wieder in Schweigen.

Logan brachte ihnen wenige Minuten später das Essen mit einigen Extras, die Dermot zweifellos speziell für ihren Tisch bestimmt hatte.

„Ich sollte öfter mit dir hierherkommen, wenn man dann derart bevorzugt behandelt wird", zog Evie Katherine auf. Amüsiert stellte sie fest, dass Taryns Großmutter knallrot wurde. Dermot Caine war schon seit Jahren verwitwet, genauso wie Katherine. Eigentlich interessant, dass sie nie zusammen ausgegangen waren. Vielleicht brauchten sie nur einen kleinen Anstoß …

Ihre Gedanken wurden unterbrochen, als noch jemand in diesen hinteren Teil des Restaurants kam und dabei wirkte, als ob ihm der Laden gehörte. Harry Lange war einer der unbeliebtesten Männer der Stadt.

„Oh. Dieser Mensch", zischte Katherine, als Harry sich an einen Tisch am anderen Ende des ansonsten leeren Raumes setzte. „Er bildet sich ein, dass ihm die ganze verdammte Stadt gehört."

„Gut, dass Mary Ella nicht hier ist", sagte Evie. „Sie würde vermutlich ein Glas Wasser über seinem Kopf ausschütten." Mary Ella, Mauras Mutter, lag seit vielen Jahren aus Gründen, die niemand in der Stadt kannte, mit Harry Lange im Clinch.

Lange war als Einziger hier sogar noch wohlhabender als die Beaumonts. Er hatte ein großes Stück Land oben beim Silver Strike Canyon verkauft, auf dem dann das Skiresort entstanden war. Vielleicht glaubte er, die Leute wie Dreck behandeln zu können, weil er reicher war als sonst jemand in der Stadt. Er war grob und aggressiv, und Evie stellten sich jedes Mal die Nackenhaare auf, wenn sie mit ihm zu tun hatte – was glücklicherweise selten der Fall war.

Es war, als hätte der Mann eine riesengroße Regenwolke mitgebracht. Katherine warf ihm ein paar düstere Blicke zu, während Sage ihn interessiert musterte. Maura schob das Essen auf ihrem Teller hin und her und sah ihn absichtlich *nicht* an.

Die Stimmung hellte sich nur noch einmal kurz auf, als Dermot Caine höchstpersönlich seinen köstlichen Brombeerkuchen servierte. Kein Mensch auf der Welt konnte diesen Kuchen mit seiner buttrig goldenen Kruste und der saftigen Füllung essen und gleichzeitig schlechte Laune haben.

„Wir sollten dann mal besser zurückgehen, bevor Ruth noch alle Kunden verschreckt", schlug Maura schließlich vor, noch immer, ohne Harry eines Blickes zu würdigen, der sich hinter einer Zeitung vergraben hatte. „Noch mal alles Gute zum Geburtstag, Katherine. Danke, dass wir mitfeiern durften. Und danke, Evie, für die Einladung. Das nächste Mal bin ich dran."

„Gern geschehen. Schön, dass ihr da wart." Evie stand auf, um Maura zu umarmen, und wieder schwor sie sich im Stillen, ihre Freundin so bald wie möglich zu besuchen.

„Ich sollte auch gehen", meinte Katherine bedauernd und nahm die kleine Tüte mit Claires Mittagessen vom Tisch. „Claire ist schon zu lange allein im Laden, sie muss jetzt langsam wirklich nach Hause und packen. Vielen Dank für die Einladung. Was für ein wunderbares Geburtstagsgeschenk!"

„Das war Taryns Idee." Evie zwinkerte dem Mädchen zu.

Katherine drückte die Hand ihrer Enkelin. „Dann freut es mich umso mehr."

Sie gingen zusammen die Main Street entlang bis zum *String Fever*, wo Evie geparkt hatte.

Inzwischen waren nur noch wenige Sommergäste hier, der Verkehr hatte sich beruhigt, und in den Geschäften war weniger los. An diesem Wochenende war Labor Day, und danach würde zwei Monate lang Ruhe in Hope's Crossing einkehren, bevor die Skisaison begann. Obwohl sie erst seit einem Jahr in der Stadt lebte, war ihr die Zeit, in der die Bewohner die Stadt für sich hatten, am liebsten.

Nachdem sie sich von Katherine verabschiedet hatten, half sie Taryn in den Bus. Während der ganzen Fahrt sah das Mädchen schweigend aus dem Fenster.

War das Mittagessen zu viel für Taryn gewesen? Im *String Fever* schien es ihr noch gut gegangen zu sein, aber im Café hatte sie kaum einen Ton gesagt.

Evie versuchte noch ein paarmal ohne Erfolg, Taryn zum Sprechen zu bewegen. Als sie beim Haus ankamen und sie den Rollstuhl die Rampe hinunterließ, bemühte sie sich, trotz Taryns versteinerten Gesichts fröhlich zu bleiben. „Als du beim Essen von der Spielekonsole erzählt hast, ist mir aufgefallen, dass wir schon ziemlich lange kein Tennis mehr gespielt haben. Lust auf ein Match?"

„Zu müde", entgegnete Taryn knapp.

„Okay." Evie bemühte sich weiter um einen freundlichen Ton. „Kann ich verstehen. Das war ganz schön anstrengend. Ruh dich doch eine Weile aus, und dann schauen wir mal, wie du dich später fühlst."

„Ich will nicht spielen. Sie können nach Hause gehen."

Evie blinzelte überrascht. Das klang ganz nach der Taryn, die sie vor Wochen kennengelernt hatte. „Noch nicht. Ich habe noch eine Menge zu tun, wie Behandlungsberichte schreiben und dafür sorgen, dass für Stephanie nächste Woche alles gut vorbereitet ist."

„Gehen Sie nach Hause", wiederholte Taryn. „Ich will heute nichts mehr tun."

„Bist du sicher?" Evie runzelte die Brauen. „Morgen komme ich nur einen halben Tag, schon vergessen?"

„Nein. Ich bin ja nicht … behindert!"

Evie richtete sich auf. „Das weiß ich. Und deswegen solltest du auch wissen, dass ich dieses Wort nicht mag."

„Mir egal … was Sie … mögen."

Taryns Gesicht war leicht gerötet, vielleicht hatte sie sich heute wirklich viel zu sehr angestrengt. Ein ruhiger Nachmittag war vielleicht gar keine schlechte Idee.

„Ich schätze, dann bist du wohl froh, mich nur noch ein paar Tage ertragen zu müssen."

„Ja!"

Taryn mühte sich ab, um allein mit dem Rollstuhl ins Haus zu kommen, dann knallte sie die Tür hinter sich zu. Wenn Evie nicht den Schmerz in ihren Augen gesehen und sie nicht so gerngehabt hätte, wäre sie vielleicht selbst wütend und verletzt gewesen.

Doch in Wahrheit kostete es sie große Mühe, Taryn nicht zu folgen, um sie in die Arme zu schließen und ihr zu sagen, dass alles gut werden würde. Dass sie bald wieder gesund wäre und ihr diese Monate dann nur noch wie ein schlechter Traum erscheinen würden.

Aber leider konnte sie nichts Derartiges versprechen.

# 10. Kapitel

Taryns Laune hatte sich am nächsten Tag sogar noch verschlechtert. Sie weigerte sich, ihre Übungen zu machen, verdrehte ständig die Augen oder ließ sich in den Rollstuhl plumpsen, wenn Evie ihr gerade helfen wollte aufzustehen.

Am frühen Nachmittag war Evie mit den Nerven am Ende. Zum Glück hatte sie sowieso vor, heute eher Feierabend zu machen, um sich in Ruhe auf den Kunsthandwerksmarkt in Crested Butte vorbereiten zu können.

„Warum ist Charlie nicht hier?", fragte Taryn, als Evie ihr zum Muskelaufbau eine Zwei-Kilo-Hantel reichte.

Erstaunt zog Evie die Augenbrauen hoch. Sie hatten heute Morgen bereits zweimal über Charlie gesprochen. Lag es an den Medikamenten, dass Taryns Kurzzeitgedächtnis nicht zu funktionieren schien, oder hatte sie womöglich kleine Krampfanfälle?

Es konnte natürlich auch sein, dass Taryn ihre Worte mit voller Absicht ignoriert hatte.

„Er hat gesagt, dass er heute nicht kommen kann, weil er einen Termin mit seinen Anwälten hat. Morgen muss er vor Gericht, das weißt du doch."

„Er sollte da sein."

„Das findet er sicher auch. Trotz deiner schlechten Laune wäre er wahrscheinlich lieber hier, als sich mit Anwälten rumzuschlagen."

„Ich hab keine ... schlechte Laune." Taryn starrte sie düster an. „Therapie ist einfach ... doof und langweilig. So wie Sie."

Sie war bockig wie eine übermüdete Vierjährige, aber Evie schluckte einen entsprechenden Kommentar hinunter. „Das ist bitter." Sie zwang sich zu einem Lächeln. „Und ich dachte, wir hätten heute so viel Spaß zusammen gehabt. Tja. Und jetzt noch drei Bizeps-Curls."

„Nichts macht Spaß. Ich *hasse* das!" Mit mehr Kraft und Energie, als sie bisher an den Tag gelegt hatte, schleuderte Taryn die Hantel von sich. Evie konnte nicht mehr rechtzeitig ausweichen. Die Hantel traf sie seitlich am Gesicht, prallte auf ihre Schulter und knallte dann zu Boden.

Schmerz jagte durch ihren Körper, sie taumelte ein paar Schritte zurück. Aus den Augenwinkeln bemerkte sie Jacques, der sich beschützend vor sie gestellt hatte, obwohl er Taryn sonst so anhimmelte.

„Hey!"

Sie hörte Brodies Stimme hinter sich, doch sie konnte sich nicht umdrehen.

„Sag, dass das ein Missgeschick war", knurrte er an Taryn gewandt und tauchte dann in ihrem Gesichtsfeld auf. Noch immer konnte sie nur verschwommen sehen, ihr war schwindlig vor Schmerz.

„Therapie ist doof und langweilig." Taryn streckte das Kinn vor. „Ich hab's so satt!"

Endlich bekam Evie wieder Luft, der erste stechende Schmerz wurde etwas stumpfer. Sie war sich nicht ganz sicher, was mehr wehtat, ihr Gesicht oder ihre Schulter. Das würde zweifellos ein paar hübsche Blutergüsse nach sich ziehen.

Wegen der Schulter machte sie sich keine großen Gedanken, aber die nächsten vier Tage auf dem Kunsthandwerksmarkt wollte sie wirklich nicht aussehen, als ob sie Weltmeisterin im Federgewicht geworden wäre.

Sie drückte kurz eine Hand auf die Wange und sah dann, dass ihre Finger blutig waren. Zwar war hatte die Hantel keine scharfen Kanten, doch das reine Gewicht musste ein Stück Haut an der Wange aufgerissen haben. Wenn sie Glück hatte, waren nicht auch noch ein paar Knochen gebrochen.

Nie zuvor hatte sie Brodie so zornig gesehen. Sein Gesicht war wutverzerrt, seine Augen funkelten. „Und wenn du es noch so langweilig findest", fuhr er seine Tochter an, „hast du noch lange nicht das Recht, jemanden zu verletzten, der dir helfen will."

„Sie ist gemein. Sie … quält mich. Ich hasse sie!"

Taryns Worte verletzten sie mehr als alles andere. Denn auch wenn sie niemals beste Freundinnen werden würden – was bei der Basis ihrer Beziehung nur normal war –, hatte sie sich doch eingebildet, inzwischen gut mit Taryn zurechtzukommen. Von den letzten beiden Tagen einmal abgesehen.

„Vor einem Monat noch konntest du weder aufstehen noch einen vollständigen Satz sprechen", rief Brodie. „Und sieh dich jetzt an. Das alles hast du Evie zu verdanken."

Evie trat einen Schritt vor. „Du hast wirklich hart dafür gearbeitet, Taryn. Das weiß dein Vater auch. Ich glaube, wir sind beide einfach erschöpft und brauchen mal eine Pause. Ich gehe heute sowieso früher, dann hast du ein langes Wochenende vor dir und kannst dich etwas ausruhen. Und am Dienstag nach dem Labor Day übernimmt sowieso Stephanie."

„Ich hoffe ... sie ist nicht auch so eine Zicke."

„Halt jetzt den Mund. Auf der Stelle!" Brodie starrte seine Tochter an. „Du magst Evie. Das hast du mir gestern Abend erst gesagt."

„Ist schon gut", versuchte Evie leise, ihn zu beschwichtigen. Keiner von den beiden sollte mitbekommen, wie tief gekränkt sie war.

„Nein, ist es nicht." Er wandte sich wieder an Taryn. „Du hast wirklich Schlimmes durchgemacht, Taryn, das wissen wir alle. Aber du kannst deine Wut nicht an anderen auslassen, vor allem nicht an jemandem, der dir nur zu helfen versucht. Du entschuldigst dich auf der Stelle – dafür, dass du Evie verletzt hast, und für deine Unhöflichkeit."

Sie sah ihn trotzig an. „Oder was? Muss ich dann im Zimmer bleiben ... ohne Freunde ... und den ganzen Tag Therapie machen?"

Einen Moment lang schien Brodie nicht recht zu wissen, wie er reagieren sollte. Dann zog er die Augenbrauen zusammen. „Wenn du die Therapie so hasst, gut. Dann können wir es auch lassen. Du möchtest für immer so bleiben, wie du jetzt bist? In Ordnung. Evie, Sie brauchen nächste Woche nicht mehr zu kommen. Und ich rufe Stephanie an und sage ihr, dass sie die ganze Sache vergessen soll. Wir brauchen sie nicht mehr. Taryn ist der Ansicht, dass die Therapie vorbei ist. Sie hat ihrer Meinung nach genug Fortschritte gemacht."

Taryn senkte den Blick und sah auf ihre Hände. „Das ... will ich nicht."

„Was dann?"

„Ich weiß nicht." Ihre Stimme war zittrig, die Worte klangen verwaschen. Mit einem Mal schien ihr Zorn verflogen zu sein, sie sank in ihrem Stuhl zusammen. „Ich hasse die Therapie nicht. Und Evie auch nicht."

Obwohl ihre Wange pochte und wahrscheinlich Blut auf ihr Lieblings-T-Shirt tropfte, machte Evie einen Schritt auf sie zu und streichelte ihr übers Haar. „Ich weiß, Liebes. Ich weiß."

Taryn drückte ihr Gesicht in Evies Hand und begann zu weinen. Erschrocken warf Evie Brodie einen Blick zu. Wie erstarrt beobachtete er die beiden.

Zittrig holte Evie Luft, ein merkwürdiges, tief in ihrem Innern vergrabenes Gefühl stieg in ihr auf. Sie hatte vor Jahren einmal alte, körnige Fotografien von einem Dammbruch gesehen, und etwas in dieser Art schien gerade vor sich zu gehen. Als ob all ihre Gefühle, die sie so lange zurückgehalten hatte, erst einen kleinen Riss in der Wand gefunden hätten, dann noch einen und immer weitere, bis der Damm nun brach. Zärtlichkeit überwältigte sie – nicht nur für dieses Mädchen, das so viel durchgemacht hatte, sondern auch für Brodie, diesen starken, beschützenden und besorgten Vater, dem das Wohl seiner Tochter über alles ging.

„Tut mir leid. Ich bin ... schrecklich", murmelte Taryn.

„Ja. Manchmal." Evie lächelte. „Ich fürchte, ich kann auch ein bisschen streng sein. Ich freue mich einfach so über deine Fortschritte, dass ich manchmal glatt vergesse, wie hart du sie dir erarbeitet hast."

„Ich hätte die ... Hantel ... nicht werfen dürfen. Sie bluten immer noch."

Evie konnte spüren, wie das Blut über ihre Wange lief. Auf einmal wollte sie nur so schnell wie möglich weg, das Blut abwischen und allein sein, um irgendwie mit diesem Gefühlsansturm zurechtzukommen.

„Mach dir keine Gedanken, das wird schon wieder. Ich wollte sowieso in einer Stunde Feierabend machen. Jetzt gehe ich eben etwas früher, und dann kann ich mich zu Hause darum kümmern."

Brodie sah sie mit ernstem Gesicht an. „Vergessen Sie's. Ich lasse Sie nicht blutüberströmt allein nach Hause fahren."

„Blutüberströmt ist etwas übertrieben."

„Dann eben verletzt. Wie auch immer, wir müssen die Wunde erst mal säubern."

Sie wollte ablehnen, spürte aber, dass dies einer der Augenblicke war, in denen Brodie sich nicht umstimmen ließ. Und im Moment fühlte sie sich nicht in der Lage, mit ihm zu streiten. Eine kluge Frau, sagte sie sich, muss auch mal nachgeben können.

Was war da eben geschehen?

Brodie steuerte Evie zu dem kleinen Gästebad beim Eingang, wo sich das Medizinschränkchen befand. Wahrscheinlich hätte er Verbandszeug und Desinfektionsspray auch in Taryns Zimmer finden können, aber er wollte einen Moment mit Evie allein sein.

„Setzen Sie sich. Ich reinige jetzt die Wunde und sehe mir den Schaden an."

„Wirklich, Brodie. Ich kann das selbst. Ich brauche keine Krankenschwester."

„Mein Haus, meine Verantwortung. Hinsetzen!"

Nach kurzem Zögern gab sie nach und hockte sich auf die kleine Bank. Er wusch sich die Hände und suchte dann nach den Desinfektionstüchern, mit denen er früher Taryns aufgeschlagene Knie und blutige Ellbogen gesäubert hatte, wenn sie mal wieder kopfüber von der Schaukel gefallen war oder einen Salto übers Fahrrad gemacht hatte.

Aber er wollte jetzt nicht daran denken, dass er seiner Tochter nicht mehr mit einem Kuss und einem Pflaster helfen konnte.

Seufzend richtete er seine Aufmerksamkeit auf Evie. Ihre Wange sah schlimm aus, blutverschmiert, und wieder fuhr ihm dieser Stich in den Magen wie zuvor, als er genau in dem Moment ins Zimmer gekommen war, als Taryn die Hantel von sich geschleudert hatte.

„Ich kann nicht fassen, dass Taryn ihre Wut an Ihnen ausgelassen hat. So ist sie eigentlich nicht."

„Sie hatte ein paar schwierige Tage", erwiderte Evie. „Ich vermute, dass sie frustriert ist, weil sie im Moment kaum Fortschritte macht. Und weil sie trotz der harten Arbeit noch immer so viele Einschränkungen hinnehmen muss."

„Das ist aber keine Entschuldigung für ihr Verhalten."

„Sie dürfen nicht vergessen, dass sie noch immer ein Teenager ist. Und Teenager sind nicht gerade dafür bekannt, emotional stabil zu sein."

Er setzte sich neben sie auf die Bank, griff nach ihrem Kinn und drehte ihren Kopf zu sich. Ihre Haut war so weich. Er musste gegen den Wunsch ankämpfen, die Finger über ihre Wangen wandern zu lassen, über ihren Hals, ihre wunderschönen Lippen ...

Hastig richtete er seine Aufmerksamkeit wieder auf das, was zu tun war. „Das könnte jetzt etwas brennen."

Er spürte, wie sie zusammenzuckte und instinktiv vor ihm zurückwich, doch dann rührte sie sich nicht mehr, während er den Schnitt säuberte, der an den Kanten mittlerweile ganz fahl und blutleer war. Mit dem herrlichen blonden Haar und den blauen Augen sah sie wie ein verletzter Engel aus.

„Und? Muss es genäht werden?" Ihre Stimme klang ein wenig heiser, und aus irgendeinem Grund errötete sie leicht.

„Sieht nicht danach aus. Aber Sie brauchen ein Pflaster."

„Haben Sie zufällig eines mit Spiderman drauf? Den mag ich am liebsten."

Da musste er lächeln. „Sie stehen auf Männer in Strumpfhosen?"

„Nein, eher auf das Spinnennetz, das er aus seinem Handgelenk schleudert."

Brodie stand auf und begann, das Medizinschränkchen zu durchwühlen. „Tja, da muss ich Sie leider enttäuschen. Ich habe nur ganz einfache hautfarbene Pflaster."

„Schon okay." Sie grinste ihn an. „Ich kann ja später noch ein Smiley draufmalen."

Er betrachtete sie lange, und wieder stieg diese Zärtlichkeit in ihm auf. Wie stellte sie das nur an? Sie hatte so viel Schlimmes erlebt, und trotzdem war es ihr gelungen, aus ihrem dunklen Loch hervorzukommen und anderen Menschen ihre Hand hinzustrecken. Er mochte sie, er mochte sie viel mehr, als er es sich vor ein paar Wochen hätte vorstellen können. Sie war süß und witzig, nett und mitfühlend.

Sie brachte ihn zum Lachen und erinnerte ihn immer wieder daran, dass man das Leben genießen und nicht meistern sollte.

Er war verrückt nach ihr.

Mit leicht zitternden Fingern klebte er das Pflaster auf ihre Wange. „So, bitte sehr. Das ist schon viel besser."

Jetzt war sie auch aufgestanden, und unvermittelt beugte er sich vor, damit er sanft mit den Lippen über ihre Verletzung streichen konnte. Doch als er ihre Haut spürte, süß und weich, nach Blumen und Gewürzen duftend, konnte er nicht mehr aufhören. Er ließ die Lippen zur anderen Wange wandern, um dann zielsicher auf ihren Mund zuzusteuern.

Nur ein freundschaftlicher Kuss. Zwanglos. Leicht. Angenehm.

Theoretisch. Doch dann waren ihre Lippen so seidig, und ihr leises Aufseufzen löste ein erregendes Prickeln in ihm aus.

Sie schmeckte köstlich, nach Beeren und Sahne, und er konnte einfach nicht genug davon bekommen. Er küsste sie wieder und wieder. Sie schlang die Arme um seinen Nacken, er nahm wahr, wie sie mit seinem Haar spielte, und betrachtete das als Aufforderung, es ihr gleichzutun. Sie hatte ihr Haar locker mit einer Spange zusammengehalten, die er jetzt öffnete. Am liebsten hätte er sein Gesicht für mehrere Wochen in dieser herrlichen Fülle vergraben, allerdings war ihr Mund viel zu bezaubernd, um sich davon loszureißen, und so glitt er einfach nur mit den Fingern durch ihr seidiges Haar.

„Brodie", murmelte sie dicht an seinen Lippen, und er musste ein wenig lächeln, weil sie so atemlos klang. Sein Kuss wurde leidenschaftlicher, er wollte nichts anderes, als sich ganz und gar darin zu verlieren.

Aber dann brach die Realität wieder über ihn herein. Sie standen in der Gästetoilette, Himmel noch mal. Nicht gerade der romantischste Ort, um die Frau zu verführen, die er einfach nicht mehr aus dem Kopf bekam. Mit größter Mühe löste er sich von ihren Lippen.

„Das ist total verrückt", raunte er heiser, die Stirn gegen ihre gepresst.

Ihre Brust hob und senkte sich, während sie um Atem rang. Er bemerkte es und fand es unglaublich sexy.

„Kannst du laut sagen", erwiderte sie. „Ich mag dich ja nicht mal."

Er beschloss, nicht gekränkt zu sein, zumal sie die Arme noch immer fest um seinen Hals geschlungen hatte.

„Und was müsste ein Mann tun, damit du deine Meinung über ihn änderst?" „Brodie ..."

„Ich frage aus rein hypothetischen Gründen." Am liebsten hätte er sie gegen die Wand gedrückt und so lange geküsst, bis keiner von ihnen mehr klar denken konnte. Stattdessen trat er einen Schritt zurück.

Sie stand einen Moment lang wie erstarrt da, dann verschränkte sie die Hände ineinander. „Ich werde meine Meinung nicht ändern. Dienstag ist mein letzter Arbeitstag hier. Das weißt du, oder?"

„Im Augenblick halte ich das sogar für gut. Wenn du nicht mehr meine Angestellte bist, dann kannst du mich auch nicht wegen sexueller Belästigung verklagen, nur weil ich dich zum Abendessen einladen möchte."

Sie kaute auf ihrer Unterlippe – am liebsten hätte *er* das für sie übernommen. „Wieso?"

„Man munkelt, dass ich ab und zu auch etwas essen muss. Und immerhin gehören mir fünf Restaurants."

„Wieso möchtest du mit *mir* essen gehen?"

„Ich mag deine Gesellschaft." Einen Moment lang rang er mit sich, doch dann beschloss er, die Wahrheit zu sagen. „Ich mag dich, Evie. Mehr, als ich es je gedacht hätte, aber es ist so."

Sie starrte ihn an, ihre großen blauen Augen schimmerten leicht. „Es ist nicht echt. Das mit uns. Das ist dir doch auch klar, oder?"

Er lehnte sich ans Waschbecken, verschränkte die Arme vor der Brust und fragte sich, warum es ihr so wichtig war, ihn auf Distanz zu halten. „Komisch. Für mich fühlt es sich ziemlich echt an."

Sie atmete tief durch. „Das glaube ich. Dass es sich für dich echt anfühlt, meine ich. Aber es ist nicht … ähm … ungewöhnlich, dass Patienten oder deren Angehörige unpassende Gefühle für Therapeuten oder Ärzte … entwickeln. Wenn einem jemand in einer … schwierigen Zeit zur Seite steht, kann man schnell Dankbarkeit mit etwas anderem verwechseln."

Mit ihren vor Nervosität geröteten Wangen war sie einfach umwerfend. „Du sagst also, ich bilde mir das alles nur ein. Dass du die Arme um mich gelegt und meinen Kuss erwidert hast zum Beispiel? Dass du meinen Namen gemurmelt hast, so leise und sexy, dass ich es noch immer hören kann?", fragte er.

Jetzt errötete sie noch tiefer. „Nein. Ich … nein. Aber das ist nicht … ich bin im Moment nicht bereit für eine Beziehung."

„Ich habe nicht von Beziehung gesprochen. Nur von einem gemeinsamen Abendessen."

Sie presste den Mund zu einer dünnen Linie zusammen und wandte den Blick ab. „Im Moment solltest du dich ausschließlich auf deine Tochter konzentrieren, meinst du nicht?"

„Sag mir nicht, worauf ich mich konzentrieren soll, Evie. In den letzten fünf Monaten hat sich so gut wie alles nur um sie gedreht. Das weißt du." Er richtete sich auf, verärgert darüber, dass sie Hindernisse sah, wo keine sein mussten. „Meine Firma hat darunter gelitten. Ich habe einige lukrative Projekte bis auf Weiteres auf Eis gelegt und seit Monaten keine Frau auch nur angesehen. Genau genommen bis zu dem Moment, als du in unser Leben gekommen ist."

„Bis du mich in euer Leben *gezerrt* hast! Ich wollte das nämlich nicht, schon vergessen? Ich möchte einfach nicht hier hineingezogen werden, verstehst du das denn nicht?"

„Nicht so richtig." Seine Stimme klang viel zu streng, aber er konnte es nicht ändern. „Das zwischen uns ist nicht nur eine rein körperliche Sache. Also lüg mich nicht an. Du bist mir wichtig, und ich habe das Gefühl, dass es dir nicht anders ergeht. Diese Behauptung, du wolltest im Moment keine Beziehung haben, ist Blödsinn. Du hast einfach nur Angst."

„Sehr richtig." Zitternd stieß sie den Atem aus. „Du machst mir Angst, Brodie. Du und Taryn. Ich habe die letzten zwei Jahre damit verbracht, mein Leben Stück für Stück neu zusammenzusetzen. Und mir ging es einigermaßen gut, bis du mich gebeten hast, euch zu helfen. Und jetzt möchte ich mein altes Leben zurück, kannst du das nicht verstehen?"

Er wollte ihr widersprechen, wollte ihr sagen, dass sie so etwas Unglaubliches nicht einfach wegwerfen konnte, aber da hatte sie die Toilette schon verlassen und war auf dem Weg zurück in Taryns Zimmer.

Er folgte ihr. Taryn hatte sich während ihrer Abwesenheit anscheinend selbst aufs Bett manövriert. Noch immer erstaunte es ihn, wie viel sie in den vergangenen Wochen gelernt hatte. Sie lag ausgestreckt da, den Hund neben sich, und zappte durch die Fernsehkanäle.

„Ich werde, wie besprochen, etwas früher gehen", erklärte Evie mit tonloser Stimme. „Schönes Wochenende, Taryn! Ich bringe dir was aus Crested Butte mit."

Es dauerte etwas, bis Taryn den richtigen Knopf gedrückt hatte, um den Fernseher leiser zu stellen. „Es tut mir wirklich leid … dass ich Ihnen wehgetan habe", sagte sie zerknirscht.

„Mir geht's gut. Dein Dad hat das wieder in Ordnung gebracht."

„Sieht … gut aus."

Evie lächelte. „Verwegen, oder?"

„Ja." Taryn tätschelte noch immer Jacques' Kopf.

„Komm, Jacques. Zeit zu gehen." Evie schüttelte die Leine, doch der Hund rührte sich nicht von der Stelle.

„Jacques", wiederholte Evie.

Taryn sah zu dem Hund, dann zu Evie. „Kann er nicht hierbleiben … während Sie weg sind?"

„Taryn", mahnte Brodie. Warum sollte Evie nach allem, was heute geschehen war, ihren Hund in deiner Obhut lassen?

„Ich werde gut … auf ihn aufpassen. Versprochen."

Zu seiner Überraschung schien Evie tatsächlich darüber nachzudenken. „Es ist immer ziemlich langweilig für ihn, tagelang am Stand herumzusitzen. Bestimmt würde er viel lieber bei dir bleiben, aber bist du sicher? Er macht auch eine Menge Arbeit."

„Ja, ich bin sicher! Wir werden viel Spaß haben."

„Ganz bestimmt. Jacques mag dich sehr."

„Er darf also bleiben?"

„Das muss dein Vater entscheiden."

Zum ersten Mal, seit er ins Zimmer gekommen war, sah sie ihn an, und er wusste nicht, wohin mit all seinen Gefühlen für diese Frau.

Sie wollte nicht ohne ihren Hund gehen, das konnte er in ihren Augen sehen, doch sie war bereit dazu, nur um Taryn eine Freude zu machen. Das war typisch Evie. Kein Wunder, dass er sie einfach nicht vergessen konnte.

„Sicher. Er kann bleiben. Falls du dich morgen danach fühlst, können wir alle zusammen einen Spaziergang um den See machen."

„Das wäre toll! Danke, Dad."

„Gern geschehen."

„Ich werde deiner Großmutter Näpfe und Futter und sein Lieblingsspielzeug mitgeben."

„Gute Idee", sagte Brodie. „Und viel Erfolg auf dem Markt."

Ich bin nicht halb so großmütig wie Evie, dachte er. Ich bin nicht bereit, das aufzugeben, was ich unbedingt haben will. Sie. Und wenn ich um sie kämpfen muss, nun, verdammt, dann werde ich das tun.

# 11. Kapitel

„Was können Sie mir über diese herrlichen grünen Steine sagen?"
Evie lächelte die Frau an, die eines ihrer Lieblingsschmuckstücke
in der Hand hielt. „Das ist antiker Bakelit. Ich habe vor Jahren eine
ziemlich ramponierte alte Halskette in einem Secondhandladen in
Kalifornien entdeckt. Sie sah ziemlich scheußlich aus, die Hälfte der
Steine fehlte und das Design war wirklich nicht schön. Deswegen
habe ich aus den Steinen etwas Neues gemacht und sie mit ganz normalen Modeschmuckperlen gemischt."

„Wunderschön. Ich möchte auch unbedingt lernen, Schmuck zu
machen! Ich habe schon seit *Ewigkeiten* vor, endlich einen Kurs zu
besuchen." Die Frau war mollig, hatte kurze rote Haare, trug
Designerjeans, eine maßgeschneiderte Bluse und konventionellen,
geschmackvollen Schmuck.

Das war es, was Evie an den Kunsthandwerksmärkten besonders
mochte: mit netten Menschen über ihre Leidenschaft zu sprechen.
Die meisten Leute stellten einfach nur die üblichen Fragen, meist
über den Preis, aber hin und wieder war jemand darunter, der ehr-
liches Interesse zeigte.

„Sie können sich nicht vorstellen, wie viel altmodischen Schmuck
ich zu Hause herumliegen habe." Die Frau, die sich als Sandy vorgestellt hatte, verdrehte die Augen. „Meine Mutter hatte drei
Schwestern, und keine von ihnen hatte eine Tochter. Können Sie
das glauben? Und deshalb habe ich alles geerbt, unter anderem
auch die schreckliche Schmuckkollektion in der Form kleiner
Kätzchen, die meiner Schwiegermutter gehörte. Der ganze Kram
liegt in Schachteln verpackt im Haus herum. Ich würde wahnsinnig
gern, wie Sie sagten, etwas Neues daraus machen."

„Sie müssen nur ein paar Knoten beherrschen, dann brauchen Sie
noch die wichtigsten Werkzeuge und ein paar Ideen. Ich kenne einige
Läden in der Stadt, wo Sie einen Anfängerkurs machen können."

„Das wäre schön, aber ich bin nur übers Wochenende hier. Mein
Mann ist Fotograf und hat hier auch einen Stand. Wir wohnen eigentlich in Golden."

„Ich arbeite in einem Laden in Hope's Crossing, dem *String Fever*."

„Oh. Ich mag Hope's Crossing! So eine hübsche Stadt. Wir sind letzten Winter mit unseren Kindern dort zum Skifahren gewesen. Nun, mein Mann vielmehr. Ich bin ja eher der Wellness-und-Massagen-Typ. Wir hatten das Apartment eines Freundes gemietet."

Evie lächelte. „Falls Sie diesen Winter wieder in Hope's Crossing sind, dann kommen Sie auf jeden Fall vorbei. Unsere Anfängerkurse beginnen jeden Samstag."

„Das werde ich. Vielen Dank!" Die Frau strahlte sie an. „Wissen Sie, ich glaube, ich nehme die Kette. Mein Mann wird sich zwar aufregen, aber er kann wirklich nicht erwarten, dass ich mir tagelang all diese schönen Sachen ansehe und nie etwas kaufe."

„Sehr gern. Ich hoffe, Sie haben viel Freude damit. Vielleicht interessiert es Sie, dass der Gewinn dieser speziellen Kette an eine Stiftung geht. Die Stiftung wurde zu Ehren eines Mädchens gegründet, das vor ein paar Monaten bei einem tragischen Unfall ums Leben kam."

„Oh, wie traurig."

„Genauer gesagt geht sowieso ein Teil des gesamten Gewinns an die Stiftung, aber einige Schmuckstücke habe ich extra nur zu diesem Zweck gemacht. Im Augenblick haben wir genug Geld, um zwei Stipendien zu vergeben. Wir hoffen, dass es letztlich drei werden, zumal der Vater des Mädchens gerade selbst eine große Summe gespendet hat."

Was er sich problemlos leisten konnte. Chris Parker hatte sich mit seinem aktuellen Album gerade Doppel-Platin geholt, aber das erwähnte Evie nicht.

„Meine beste Freundin hat in ein paar Wochen Geburtstag. Sie würde sich über ein Schmuckstück bestimmt freuen – und für den guten Zweck gebe ich gern auch etwas mehr aus."

Am Ende kaufte Sandy drei Ketten, einen klobigen Ring und eine große Uhr mit Perlenarmband. Außerdem steckte sie eine Visitenkarte des *String Fever* in die Tasche.

„Jetzt wird mein Mann einen regelrechten Anfall bekommen. Er sollte wohl besser ein paar Fotografien mehr verkaufen", sagte sie leise lachend. „Ich hoffe, wir sehen uns im Winter – auch wenn mein Mann bestimmt hofft, dass unsere Wege sich nie wieder kreuzen."

Nachdem Sandy gegangen war, ließ der Besucherstrom nach. Evie setzte sich, beobachtete träge ein paar Kunden am Keramikstand gegenüber und hätte sich am liebsten im Schatten ausgestreckt, um eine kleine Siesta zu halten.

Sie vermisste Jacques. Er war ein guter Gesellschafter, und außerdem zog er auch immer wieder Kunden an, die eigentlich nur Fragen über seine recht unbekannte Rasse stellen wollten und am Schluss mit einer Kette oder einem Armband in der Tasche wieder gingen.

Taryn hatte wahrscheinlich ihre Freude mit ihm. Und Brodie? War er mit den beiden wirklich um das Silver Strike Reservoir spaziert, so wie er es versprochen hatte? Sie liebte diesen Weg. Im Herbst, wenn die Blätter der Ahornbäume sich rot färbten und die Espen in tiefem Gold leuchteten, war er besonders schön. Außerdem war der Rundweg asphaltiert und relativ eben – gut mit dem Rollstuhl befahrbar. Vielleicht konnte Taryn sogar einige Schritte gehen. Sie hätte ihm vorschlagen sollen, die Gehhilfe mitzunehmen, damit sie …

Sie drückte eine Hand auf ihre schmerzende Schulter. Der Schnitt auf der Wange war nur klein gewesen, und der Bluterguss heilte bereits ab, doch die Schulter, auf die diese Zwei-Kilo-Hantel geprallt war, tat noch immer sehr weh.

War das nicht immer so? Dass jene Wunden am meisten schmerzten, die dem Rest der Welt verborgen blieben?

Sie lehnte sich in ihrem bequemen Gartenstuhl zurück. Wenn sie jetzt die Augen schloss, würde sie sich in Gedanken sofort in Brodies Gästetoilette wiederfinden und die Wärme seiner Finger spüren, als er ihr das Blut abwischte und das Pflaster aufklebte. Und dann dieser unglaubliche Kuss, der sich ihr so tief ins Gedächtnis gebrannt hatte, dass die Erinnerung daran immer wieder, auch in den unpassendsten Momenten, hochkam.

*Du bist mir wichtig, und ich habe das Gefühl, dass es dir nicht anders ergeht.*

Auf der langen Fahrt von Hope's Crossing nach Crested Butte hatte sie kaum an etwas anderes denken können. Das konnte doch unmöglich sein Ernst sein? Wie sie von seiner Mutter wusste, war Brodie nicht besonders wild auf eine langfristige Beziehung. Er traf sich selten mit Frauen, und wenn, dann suchte er sich dafür immer kühle und reservierte Geschäftsfrauen aus. Wahrscheinlich verbrachten sie dann einen Großteil der Zeit damit, ihre Aktienpakete miteinander zu vergleichen.

Deswegen konnte er nicht ernsthaft an ihr interessiert sein.

*Ich bin im Moment nicht bereit für eine Beziehung*, hatte sie ge-

sagt, und das stimmte ja auch. Was Männer betraf, war ihre Erfolgs-
bilanz eher bescheiden. Manchmal fragte sie sich, ob der frühe Tod
ihres Vaters daran schuld war, dass sie jeden Mann, der ihr zu nahe
kam, von sich stieß. Das war bei ihrem ersten festen Freund genauso
gewesen wie Jahre später bei ihrem Verlobten.

Paulo, ihr Freund vom College, war das komplette Gegenteil von
ihr gewesen. Ein brillanter Wissenschaftler, der wahrscheinlich eines
Tages das Heilmittel für alle möglichen Krankheiten entdecken
würde. Ein leidenschaftlicher Italiener, der es liebte, raffinierte Ge-
richte zu kochen, tiefgründige philosophische Diskussionen zu führen und mit wilden Gesten seine Meinung über alles kundzutun,
was ihn interessierte – egal, ob es um Tiere ging oder um Fellini-
Filme.

Sie liebte ihn wirklich sehr – oder glaubte es zumindest. Im letzten
Collegejahr beschlossen sie, zusammenzuziehen und eine gemein-
same Zukunft zu beginnen. Doch dann veränderte dieser schreckliche
Brand einfach alles.

Sie fuhr sofort nach Hause, um ihrer Mutter und ihrer Schwester
beizustehen, und die Liebe blieb auf der Strecke, weil sie Anrufe
nicht annahm, E-Mails nicht beantwortete und Besuche in der letzten Sekunde absagte.

Paulo war nicht der Typ, der eine Beziehung einfach so dahin-
plätschern ließ, und deshalb stellte er Evie auf seine laute, leidenschaftliche Art zur Rede. Einen schlechteren Zeitpunkt hätte er nicht
wählen können. Ihre Schwester lag im Sterben, ihre Mutter war noch
immer schwer verletzt. Sie konnte einfach keine Geduld für seine
dramatische Aktion aufbringen, was sie ihm auch unmissverständlich klarmachte.

Sechs Jahre später dann dasselbe Muster, dieses Mal mit ihrem
Verlobten. Craig Anderson war Arzt in einer Rehaklinik, sie liebten
es, gemeinsam zu wandern und Mountainbike zu fahren, im Sommer gingen sie segeln, im Winter zum Skilanglauf. Es war einfach
perfekt.

Doch drei Monate, bevor sie sich an ihrem Lieblingsstrand in
Santa Barbara das Jawort geben wollten, hatte Meredith sie gebeten,
Cassie zu adoptieren.

Craig war dagegen. Er konnte nicht begreifen, warum sie ihren
Lebensstil, den sie sich beide so hart erarbeitet hatten, aufs Spiel setzen wollte. Warum sich ein schwer behindertes Kind aufbürden, das

im Rollstuhl saß und rund um die Uhr gepflegt werden musste? Was würde aus ihren Wander- und Segeltouren werden?

Sie hörte ihm wortlos zu und musste ihm in einigen Punkten sogar recht geben. Aber sie konnte nicht zulassen, dass Cassie in eine Pflegefamilie kam. Zu oft hatte sie gesehen, wie solche Kinder hin und her geschoben wurden, bis sie schließlich in einem Heim landeten, wo überarbeitete Pfleger sich um sie kümmerten. Da sie Cassie liebte, konnte sie ihr so etwas nicht antun, schon gar nicht, wenn sie doch die finanziellen Mittel und die berufliche Qualifikation besaß, um ihr ein schönes Heim zu bieten.

Als sie sich weigerte, Cassie aufzugeben, stellte Craig sie vor die Wahl. Ein Leben mit ihm oder die Vormundschaft für Cassie. Ganz einfach. Und genauso einfach entschied sie sich für Cassie, ohne es auch nur einen Tag bereut zu haben.

Craig heiratete nur sechs Monate nach ihrer Trennung ein Mädchen, das er beim Bergsteigen kennengelernt hatte.

Manchmal wunderte Evie sich selbst, mit welcher Leichtigkeit sie diese beiden Trennungen verwunden hatte, und sie fragte sich, ob mit ihr etwas nicht stimmte. Ob es etwas gab, das sie davon abhielt, sich jemals mit ganzem Herzen auf einen Mann einzulassen.

Sie hatte schließlich Freunde, die sich leidenschaftlich liebten. Claire und Riley beispielsweise. Die Luft um sie herum erzitterte immer vor Glück, wenn die beiden zusammen waren. Evie beneidete sie insgeheim darum und fürchtete sich gleichzeitig davor. Doch wenn sie ganz ehrlich war, dann wollte sie ebenfalls von ganzem Herzen lieben und genauso wiedergeliebt werden. Warum also konnte sie sich einem Mann gegenüber nie ganz öffnen?

Ihre Mutter hatte ihren Vater auf diese Weise geliebt, allerdings war diese Liebe eher einseitig gewesen. Das Leben ihres Vaters hatte sich immer nur um seine Arbeit gedreht und nicht um seine Familie, und Evie hatte mit eigenen Augen mitansehen müssen, wie ihre Mutter darunter litt. Nach dem Tod ihres Mannes verschloss sie sich vollkommen und überließ es Evie, sich um ihre kleine Schwester zu kümmern.

Evie seufzte leise. Sie befürchtete, dass Brodie auf dem besten Weg war, ihren Widerstand zu brechen. Wahrscheinlich wehrte sie sich deshalb mit Händen und Füßen gegen ihn. Dabei hatte er sie doch nur zum Essen eingeladen und sie nicht etwa gebeten, bei ihm einzuziehen, Himmel noch mal. Was war schon dabei, mit ihm essen zu gehen?

Zwei ältere Damen – offensichtlich Schwestern – kamen zu ihrem Stand herübergeschlendert und ließen ihre Finger über die Schmuckstücke wandern. Evie freute es immer, wenn jemand der Versuchung nicht widerstehen konnte, die Steine anzufassen. Ihr selbst ging es schließlich genauso.

„Die ist aber hübsch", rief eine der Frauen aus und hielt eine Kette aus Halbedelsteinen in die Höhe, die Claire im Sommer gemacht hatte.

„Jeder dieser Steine ist aus Colorado", erklärte Evie, dankbar für die Ablenkung. „Wir arbeiten mit einem Mann in Denver zusammen, der die Steine sammelt und dann für uns herrichtet."

„Schön, einfach wunderschön", begeisterte sich die Frau.

„Dann kauf sie, May", meinte die andere. „Du kannst dir damit selbst ein Geburtstagsgeschenk machen."

„Oh, das sollte ich besser nicht", erwiderte May.

„Probieren Sie die Kette doch mal an." Evie zog einen Handspiegel unter dem Ladentisch hervor.

Die ältere Dame zögerte einen Moment, willigte dann ein, und Evie wusste, dass die Kette so gut wie verkauft war. Wenn eine Kundin erst einmal ein Schmuckstück anlegte, standen die Chancen gut, dass sie auf das Gefühl auf der Haut nicht mehr verzichten wollte.

Und so war es auch in diesem Fall. May betrachtete sich von allen Seiten im Spiegel und zog anschließend ihre Kreditkarte aus der Tasche. Am Ende erstanden sie und ihre Schwester zwei Paar Ohrringe und eine weitere Kette mit einer antiken Kameebrosche als Anhänger.

Würde sie einmal wie diese alte Frau sein, die für sich selbst ein Geburtstagsgeschenk kaufte, weil es sonst niemand tat? Oder würde sie eines Tages doch noch das Risiko eingehen und einen Mann vorbehaltlos lieben?

Fast zu Hause.

Das freudige Gefühl, das sie immer ergriff, wenn sie nach Hope's Crossing zurückkehrte, erstaunte sie jedes Mal aufs Neue. Beim Anblick der Berge war der Stress des vergangenen Wochenendes sofort verflogen.

Ein Sturm zog auf. Blitze ließen die Berggipfel aufleuchten, schwerer Donner folgte. Sie liebte es, bei Gewitter durch ihr großes Fenster auf die Main Street zu schauen und die Blitze über die Berge zucken zu sehen.

Und heute würde sie es sogar noch mehr genießen, denn die wenigen Schmuckstücke, die sie nicht verkauft hatte, befanden sich sicher verpackt im Kofferraum ihres Wagens und würden in den nächsten Monaten nur noch im *String Fever* verkauft werden. Die Zeit der Kunsthandwerksmärkte war für dieses Jahr vorbei.

Das ganze Wochenende über war herrliches Wetter gewesen, und der Markt hatte riesige Besuchermengen angezogen. Sie hatte mehr verkauft als jemals zuvor, doch jetzt war sie froh, dass wieder etwas Ruhe einkehren würde.

Wie erwartet, waren die Straßen der Stadt menschenleer. Sie fühlte sich, als wäre sie nicht nur ein paar Tage, sondern wochenlang weg gewesen. Sehr zu ihrem Verdruss hatte Brodies Kuss sie so durcheinandergebracht, dass sie vergessen hatte, das Ladekabel für ihr Handy mitzunehmen. Ohne Telefon hatte sie sich zwar mehr als verloren gefühlt, jedoch einfach keine Zeit gefunden, in Crested Butte ein neues Ladekabel zu kaufen.

Der Woodrose Mountain ragte über der Stadt auf, und auf einmal sehnte sie sich danach, im Mondlicht durch die Berge zu wandern. Was bei dem Gewitter aber wahrscheinlich nicht die beste Idee war.

Sie vermisste ihren verrückten Hund. Am liebsten hätte sie ihn direkt abgeholt, andererseits wollte sie Brodie heute nicht mehr über den Weg laufen. Also war es wohl besser, noch einen Tag zu warten.

Es donnerte, als sie hinter dem Laden parkte. Regentropfen begannen zu fallen. Mit dem Koffer rannte sie zum Gartentor, brauchte einen Moment, bis sie das Tor geöffnet hatte – und wurde dann von einem vertrauten, wohlerzogenen Bellen begrüßt.

Sie erstarrte. Unmöglich. Brodie hätte Jacques niemals einfach hierher gebracht und dann allein gelassen, vor allem nicht bei diesem Wetter. Wahrscheinlich hatte sie sich das Bellen nur eingebildet.

Als sich ihre Augen an die Dunkelheit gewöhnt hatten, sah sie Jacques auf sich zurennen, sein Fell schimmerte, als der Mond einen kurzen Moment durch die dunklen Wolken spähte.

Und der Hund war nicht allein. Brodie erhob sich von einem Gartenstuhl.

„Brodie! Was machst du denn hier?"

„Auf dich warten."

Seine dunkle Stimme jagte ihr einen erregenden Schauer über den Rücken, sie musste schlucken. „Das wird ja langsam zu einer schlechten Angewohnheit."

In der Dunkelheit wirkte sein Gesicht bleich. „Wem sagst du das. Aber ich wollte unbedingt mit dir sprechen."

Ihr Herz schlug schneller. „Ah ja?"

„Meine Mutter sagte mir, dass du am Abend zurückkommst. Und ich hoffte, dich jetzt noch zu erwischen."

„War Jacques wirklich *so* eine Last?"

Er streichelte den Hund hinter den Ohren und heimste dafür einen verzückten Blick ein. „Wie bitte? Nein. Taryn hat viel Spaß mit ihm gehabt. Und es stimmt, er ist wirklich sehr gut erzogen. Wir haben seine Gesellschaft genossen."

Wie zur Unterstreichung seiner Worte erschütterte ein mächtiger Donnerschlag das Haus. Evie zuckte zusammen, und Jacques eilte sofort an ihre Seite, drückte seinen schlanken Körper an sie, und ihr Herz schwoll an vor Liebe zu diesem Wesen, das seine Liebe so großzügig verteilte.

Jetzt fiel der Regen stärker, es roch herrlich nach Erde und Blumen und nassen Ziegelsteinen. Ein weiterer Blitz zerteilte den Himmel, gefolgt von Donnergrollen.

„Lass uns hineingehen, bevor wir hier völlig durchgeweicht werden. Wir können uns oben unterhalten."

„Gute Idee." Bevor sie protestieren konnte, nahm er ihr den Koffer aus der Hand und lief vor ihr die schmale Treppe hinauf.

Wie erwartet, war es in ihrer Wohnung wieder so stickig wie schon beim ersten Mal, als er sie besucht hatte. Sie öffnete die Fenster, und kühle Luft ließ die Vorhänge flattern.

„Möchtest du etwas trinken?"

„Du hast eine lange Fahrt hinter dir und brauchst jetzt wirklich nicht die perfekte Gastgeberin zu spielen. Setz dich!"

Sie war tatsächlich sehr erschöpft und ließ sich auf das Sofa sinken. Er setzte sich in den bequemen Sessel, den sie auf einer Möbelmesse in Denver erstanden hatte.

Jacques spazierte durch die Wohnung, beschnüffelte jede Ecke, als ob er sich erst wieder mit der Wohnung vertraut machen müsste, und Evie dachte, wie schön es wäre, wenn Brodie sie jetzt in die Arme schließen würde. Wenn sie sich zur Abwechslung einmal an jemanden anlehnen könnte.

„Was ist los, Brodie?"

Er seufzte. „Ich brauche einen Rat."

Und da kam er ausgerechnet zu ihr? „Aber sicher. Worum geht es?"

„Du hast doch von Charlies Verhandlung gehört, oder?"

„Oh, die hatte ich ja ganz vergessen. Nein, ich habe nichts gehört. Der Akku meines Handys ist leer, und ich hatte kein Ladekabel dabei."

„Ach so. Deswegen hast du meine Anrufe nicht beantwortet. Ich versuche schon seit Tagen, dich zu erreichen. Ich dachte, dass du mir vielleicht absichtlich aus dem Weg gehst."

„Warum sollte ich das tun?", fragte sie in unschuldigem Ton, der allerdings nicht einmal sie selbst überzeugte. Wahrscheinlich wäre sie tatsächlich nicht ans Handy gegangen, auch wenn es funktioniert hätte.

„Das habe ich mich auch gefragt. Jedenfalls gehe ich morgen auf Geschäftsreise und wollte unbedingt vorher mit dir sprechen."

„Tut mir leid. Fang am besten ganz von vorn an. Was ist bei der Verhandlung geschehen?"

„Du wirst es nicht glauben."

„Dann erzähl endlich, Himmel noch mal", rief sie aus.

Er machte ein klägliches Gesicht. „Ich hab es selbst noch nicht richtig verarbeitet, wenn ich ehrlich bin. Charlie hat sich in allen Punkten für schuldig bekannt. Fahrlässige Tötung, Alkoholkonsum unter 21, Alkohol am Steuer, alles. Jeder war total überrascht."

Sie starrte ihn an, nicht sicher, was sie entgegnen sollte. *Ach, Charlie*, dachte sie. „Und sein Vater war damit einverstanden?"

„Er scheint keine Ahnung gehabt zu haben. Er und die Anwälte haben sich fast in die Hosen gemacht und mit allen Mitteln versucht, Charlie zum Schweigen zu bringen."

„Und das Gericht hat ihm das abgenommen?"

Brodie nickte ernst. „Wenn du Charlie gehört hättest, würdest du es verstehen. Er war sehr überzeugend. Er sagte, dass er zutiefst bereue, was geschehen sei, und dass er bereit sei, für seine Fehler geradezustehen. Richterin Kawa blieb gar nichts weiter übrig, als ihn beim Wort zu nehmen."

Sie versuchte, sich Bürgermeister Beaumont und seine Frau Laura vorzustellen, die so sehr darauf gehofft hatten, dass ihr Sohn ungeschoren aus dem Ganzen hervorgehen würde. Warum auch nicht, sie hatten ja wirklich genug Geld und Macht, um ihn da rauszupauken.

Aber vielleicht handelte es sich ja einfach um eine gut durchdachte Strategie – mildernde Umstände wegen eines kompletten Schuldeingeständnisses oder so etwas.

Sie richtete ihre Aufmerksamkeit wieder auf Brodie, der offensichtlich auf eine Reaktion von ihr wartete. Allerdings verstand sie noch immer nicht, was das Ganze mit ihr zu tun hatte und wieso er ihren Rat brauchte. „Aber genau das wolltest du doch, oder nicht?"

„Ja. Natürlich. Seinetwegen ist ein Mädchen gestorben, und das Leben eines anderen wurde fast zerstört. Dafür muss er bezahlen." Er fuhr sich mit einer Hand durchs Haar.

„Aber?"

„Ich weiß nicht. Nichts. Nur … im Gerichtssaal ist mir plötzlich klar geworden, dass er fast noch ein Kind ist. Gerade mal siebzehn Jahre alt."

Zum ersten Mal zeigte er Mitgefühl für den Jungen, und ihr wurde so warm ums Herz, dass sie am liebsten geweint hätte.

„Danke, dass du mir davon erzählt hast", brachte sie schließlich hervor. „Aber ich verstehe immer noch nicht, wie ich dir helfen kann."

„Taryn ist außer sich. Sie hat gehört, wie ich mit meiner Mutter darüber gesprochen habe, und ist völlig ausgeflippt. Seit Freitag besteht sie darauf, vor Gericht auszusagen. Und du musst mir helfen, sie davon abzubringen."

„Weshalb?"

„Weil sie auf dich hört. Sie vertraut dir. Du bist auf eine ganz besondere Weise zu ihr durchgedrungen wie kein anderer seit dem Unfall."

Sie schüttelte den Kopf. „Nicht *ich* bin zu ihr durchgedrungen, Brodie. Ich verstehe nicht, warum du mir nicht richtig zuhörst. Charlie war es, der ihr helfen konnte."

„Vielleicht hat er ihr geholfen, aber du hast eine Bindung zu ihr aufgebaut. Auf mich wird sie nicht hören, aber vielleicht kannst du ihr sagen, dass es ein Fehler wäre, vor Gericht zu erscheinen."

„Was wäre so schlimm daran?"

Er sprang auf, ging zum Fenster und lehnte sich ans Fensterbrett. „Sie hat zweifellos einen weiten Weg hinter sich. Verglichen mit dem Tag, als sie aus der Klinik kam, ist sie jetzt ein anderes Mädchen.

Aber vor der ganzen Stadt in einem überfüllten Gerichtssaal auszusagen, das ist einfach zu viel für sie. So weit ist sie noch lange nicht."

Sie konnte ihn verstehen. Er machte sich Sorgen um sein Kind und wollte es vor Schaden bewahren. Wie sollte sie ihm nur begreiflich machen, dass Taryn selbst entscheiden musste, wie weit sie gehen wollte. Dazu war sie durchaus in der Lage. Wenn sie also der Ansicht war, dass sie eine Aussage durchstehen würde, dann musste Brodie ihr diese Chance zugestehen.

„Ich werde jetzt etwas sagen und hoffe, dass du es nicht falsch verstehst."

Er lachte rau. „Wenn so ein Satz vorausgeschickt wird, folgt normalerweise ein ziemlicher Knaller."

„Ich weiß, dass du immer nur in Taryns Interesse handelst. Und sie weiß das auch. Du bist ein guter Vater und willst deine Tochter beschützen. Das bewundere ich wirklich, Brodie."

„Aber?"

Ein Blitz zuckte hinter ihm auf, und das laute Donnern, das folgte, machte sie nervös. Eigentlich wollte sie nicht ausgerechnet jetzt mit ihm diskutieren, wo sie so furchtbar erschöpft war. Aber da er am nächsten Tag die Stadt verließ, war das ihre letzte Möglichkeit, für Taryn eine Lanze zu brechen.

Sie holte tief Luft, stand ebenfalls auf und stellte sich neben ihn ans Fenster. „Du musst Taryn mehr vertrauen. Du tust ihr keinen Gefallen, wenn du sie immerzu beschützt und zu Hause einsperrst, wo sie sicher ist. Früher oder später muss sie wieder hinaus in die Welt. Ich glaube, du solltest sie auch wieder zur Schule gehen lassen. Und du solltest sie vor Gericht aussagen lassen, wenn sie das möchte. Sie ist viel stärker, als du glaubst."

Er schloss die Augen. „Jeder Vater hofft, dass er seine Tochter zu einem starken und belastbaren Menschen erzogen hat. Aber nicht jeder Vater hat dasselbe durchgemacht wie ich in den letzten vier Monaten. Nicht jeder Vater hat seine Tochter in den Armen gehalten und gewusst, dass nur ein Dutzend Maschinen sie am Leben halten. Nicht jeder Vater hat Tag für Tag am Bett seines Kindes gesessen und gebetet, dass es noch irgendwo in diesem verletzten, reglosen Körper zu finden ist. Als sie im Koma lag, glaubte ich, sie verloren zu haben. Fast zwei verdammte Monate lang habe ich jedes Mal, wenn ich ins Krankenhaus gegangen bin, gefürchtet, heute könnte der Tag sein."

Wieder blitzte es hinter ihm. Tränen brannten in ihrem Hals, als sie den Schmerz in seinen Augen sah. Er war kein Mann, der leicht über seine Gefühle sprach, und es berührte sie zutiefst, dass er sich ihr gegenüber öffnen konnte.

„Okay, vielleicht bin ich überfürsorglich. Vielleicht muss ich sie loslassen. Aber ich möchte nicht, dass sie nach allem, was geschehen ist, noch mehr verletzt wird. Kannst du das nicht verstehen?"

„Doch", murmelte sie, überwältigt von dem Bedürfnis, ihn zu trösten, seinen Schmerz zu lindern. Und obwohl eine innere Stimme sie davor warnte, schlang sie die Arme um seine Hüfte und spendete ihm den einzigen Trost, den sie zu geben hatte. Einen langen Moment rührte er sich nicht, dann nahm er sie fest in die Arme und klammerte sich an sie wie an einen Rettungsring.

So standen sie lange in ihrer kleinen Wohnung, während draußen das Gewitter tobte und Regen gegen das Fenster prasselte. Sanfter Frieden schien sich in einer weiten Fläche um sie herum auszubreiten, ruhig und süß.

Als ihr mit einem Mal die ganze Wahrheit aufging, hätte sie am liebsten losgeweint: Sie war dabei, sich in ihn zu verlieben. Aber darüber musste sie später nachdenken, wenn er wieder fort war. Jetzt ging es erst einmal um etwas anderes.

„Ich verstehe vollkommen, dass du deine Tochter beschützen willst, Brodie. Du hast alles dafür getan, damit sie wieder ein selbstständiges Leben führen kann." Ihre nächsten Worte wählte sie besonders sorgfältig. „Aber glaubst du nicht, dass Taryn sich nach all dem das Recht verdient hat, selbst über ihr Schicksal zu entscheiden?"

Er starrte sie an, dann schloss er die Augen und zog sie fester an sich. Es war ein überwältigendes Gefühl, wie ihre beiden Herzen sich ganz sanft miteinander verbanden, und am liebsten wäre sie davongelaufen.

„Verdammt. Warum musst du immer so klug sein?"

Oh, wenn er wüsste. Sie war in vielerlei Hinsicht so schrecklich dumm. Sie hätte damals bei ihrem Nein bleiben sollen, schließlich hatte sie doch instinktiv gespürt, dass die Arbeit mit Taryn ihr Leben vollkommen auf den Kopf stellen würde. Dass all die sorgsam errichteten Mauern einstürzen und sie nicht mehr länger beschützen würden.

Das neue Leben, das sie sich in Hope's Crossing aufgebaut hatte –

sicher und ruhig und bequem – würde davonwehen wie Herbstlaub im Wind.

Sie war dabei, sich in Brodie Thorne zu verlieben, obwohl sie doch ganz genau wusste, dass die Geschichte für sie nicht gut ausgehen würde.

Das alles war ihr vollkommen klar – doch als er den Kopf senkte, um sie zu küssen, war sie nicht in der Lage, sich von ihm zu lösen. Sie ließ sich in seine Umarmung sinken, und das fühlte sich aller Vernunft zum Trotz richtig an.

Zuerst war es nicht viel mehr als ein leichtes Streifen der Lippen, sanft und träge wie stiller Regen kurz vor der Morgendämmerung. Diese umwerfende Zärtlichkeit ließ auch noch ihren letzten Widerstand bröckeln. Brodie lehnte sich ans Fensterbrett und zog Evie zwischen seine langen, ausgestreckten Beine.

Hinter ihm leuchtete ein Blitz auf. Würde sie jemals wieder ein Gewitter in Hope's Crossing sehen können, ohne dass jeder einzelne Blitz sie daran erinnerte, wie Brodie die Arme um sie schlang und sie küsste, bis ihr die Knie weich wurden?

Sie küssten sich lange. Kühle Luft drang durchs Fenster, der Regen lief über die Fensterscheibe. Das Unwetter ließ langsam nach.

Ihre innere Stimme rief ihr ärgerlich zu aufzuhören, bevor sie zu weit gingen, aber sie ignorierte die Warnung. Auch als er sie zum Sofa zog, protestierte sie nicht. Sie war viel zu beschäftigt damit, sich an seinen wunderbar männlichen und festen Körper zu schmiegen.

Und noch weniger hatte sie einzuwenden, als er die Lippen über ihre Wangen hinab zu ihrem Hals wandern ließ, sein heißer Atem so sinnlich auf ihrer Haut.

Während er die Knöpfe ihrer Bluse öffnete, war aus der warnenden Stimme nur noch ein kaum hörbares Wimmern geworden. Sie fing gerade an, Brodie zu lieben, und hier mit ihm zusammen zu sein, während der Regen leise ans Fenster prasselte, fühlte sich unglaublich richtig an.

# 12. Kapitel

Dahin waren seine guten Absichten.

Vorhin im Garten noch hatte er sich eingeredet, dass er nur gekommen sei, um Evie um ihre Hilfe zu bitten. Er vertraute ihr eben –
manchmal überraschte es ihn, wie sehr.

Und so hatte sein großartiger Plan ausgesehen: Er wollte Evie bitten, Taryn von einer Aussage vor Gericht abzubringen, dann würde
er brav nach Hause verschwinden, und danach würden sich ihre
Wege nicht mehr allzu oft kreuzen, da ihre Zeit mit Taryn schon fast
um war.

Aber dann hatte sie ihn tröstend in die Arme genommen, und er
hatte ihr einfach nicht länger widerstehen können. Welcher Mann
wäre dazu in der Lage gewesen? Evie Blanchard war so schön und
sanft und liebevoll.

Er begehrte sie mit einer Heftigkeit, die seinen Verstand völlig be-
nebelte. Noch nie hatte er sich so sehr gewünscht, mit einer Frau
vollkommen zu verschmelzen, und dieses Gefühl warf ihn komplett
aus der Bahn.

Er wollte alles von ihr. Wollte sie spüren und berühren und ihren
Körper erforschen, bis er ganz genau wusste, was ihr das größte Ver-
gnügen bereitete …

Ihre Haut war warm und duftete nach Blumen. Evie trug eine
blassgrüne Bluse, die ihre exotisch mandelförmigen Augen geheim-
nisvoll leuchten ließ. Doch jetzt, als er mit den Lippen ihren Hals
streifte und sich gleichzeitig mit den Knöpfen ihrer Bluse beschäftigte, schloss sie diese Augen halb.

Obwohl er erregter war als jemals zuvor in seinem Leben, wollte
er die ganze Nacht damit verbringen, diese geheimen kleinen Stellen
zu entdecken. Stellen wie die Vertiefung direkt über ihrem Schlüs-
selbein.

Er presste die Lippen darauf … und erstarrte, da sie auf einmal
scharf die Luft einsog und ihre Schulter bewegte.

Er stützte sich auf dem Ellbogen ab. „Habe ich dir wehgetan?"

Mit verhangenen Augen starrte sie ihn an. „Wie bitte?"

„Du hast aufgestöhnt. Und es war kein Mach-das-noch-mal-Stöhnen."

„Tut mir leid." Sie räusperte sich leise. „Ich, ähm, habe das gar nicht gemerkt."

Ob sie auch nur eine Ahnung davon hatte, wie erregend es war, dass sie von dieser instinktiven Reaktion gar nichts mitbekommen hatte?

„Ich habe dich verletzt." Er schob ihren Kragen etwas zur Seite, um in dem dämmrigen Licht der perlenverzierten Wohnzimmerlampe einen Blick auf ihre Schulter werfen zu können. Als er den apfelgroßen dunklen Bluterguss entdeckte, runzelte er die Stirn.

„Was ist da passiert?", rief er aus. Doch kaum hatte er die Worte ausgesprochen, da erinnerte er sich wieder an die Szene mit Taryn. Die Hantel hatte nicht nur Evies Gesicht, sondern auch ihre Schulter getroffen.

„Das war Taryn, stimmt's?"

Evie schaute ihn an, noch immer konnte er die Erregung in ihren Augen lesen. „Ja. Sieht allerdings schlimmer aus, als es ist."

„Lügnerin." Seine Tochter hatte sie verletzt, und er hatte nichts Besseres zu tun, als über sie herzufallen wie ein gieriger Teenager.

Er richtete sich auf. „Ich hatte vollkommen vergessen, was da am Donnerstag passiert ist. Tut mir leid, Evie. Ich schätze, Charlies Verhandlung hat es aus meinem Gedächtnis gelöscht."

Mit jeder Sekunde, die verstrich, schien sie wieder ihre Fassung zurückzugewinnen, bis sie schwer seufzte und von ihm wegrutschte. Er konnte nichts anderes machen, als zu beobachten, wie sie aufstand und sich in den Sessel neben dem Sofa setzte. Sie faltete die Hände wie zum Gebet. Und es war eindeutig erkennbar, wie sich die Mauern um sie herum wieder aufrichteten.

Jetzt, wo sein Körper pulsierte und seine Nerven vor Lust zu summen schienen, wünschte er, ihre Schmerzen einfach ignoriert zu haben. Er hätte vollenden sollen, wonach sie beide sich so sehr verzehrten.

„Mach dir keine Gedanken", murmelte sie. „Ist keine große Sache."

Am liebsten hätte er sie wieder an sich gerissen, aber sie schien so distanziert. Der Moment war vorüber. Verdammt.

„Evie", begann er, nicht sicher, was er eigentlich sagen wollte, doch sie schüttelte den Kopf.

„Nicht. Wir müssen damit aufhören, Brodie."

„Warum? Wir sind doch beide erwachsen. Keiner von uns ist gebunden. Und wir können nicht einfach ignorieren, dass da etwas zwischen uns ist."

„Du vielleicht nicht, aber ich kann das."

Er runzelte die Stirn. „Doch warum sollten wir?"

Jacques tapste zu ihr – er schien wohl der Meinung, ihnen genug Privatsphäre gegönnt zu haben –, und Evie vergrub die Finger in seinem kurzen, lockigen Fell. „Du kannst das wahrscheinlich nicht verstehen, weil du dein Leben lang hier gelebt hast", fuhr sie fort. „Ich allerdings … ich brauche Hope's Crossing. Es ist nicht leicht zu erklären, doch dieser Ort ist meine Heimat geworden. Hier habe ich meinen Frieden gefunden, Freunde. Ich mag mein Leben. Was geschieht wohl, wenn wir dieser Leidenschaft nachgeben und miteinander schlafen?"

„Keine Ahnung, ich weiß nur, dass es mit Sicherheit unglaublich wäre."

Sie schloss kurz die Augen, und nachdem sie sie wieder geöffnet hatte, war ihr Blick kühl. „Das ist mir auch bewusst. Aber es würde nicht funktionieren, Brodie. Wie denn auch? Wir sind viel zu unterschiedlich. Begehren ist einfach nicht genug. Und dann, wenn die Geschichte mit uns vorbei ist, was wird dann aus mir? Ich könnte nicht länger in Hope's Crossing bleiben. Ich müsste gehen, und das wäre schrecklich."

„Dir ist eine Stadt wirklich wichtiger als das, was wir beide haben könnten?"

Nachdrücklich schüttelte sie den Kopf. „Das ist jetzt allzu simpel ausgedrückt, meinst du nicht? Ich möchte mich einfach schützen."

Was konnte er dagegen einwenden? Sie hatte doch recht. Sie waren tatsächlich sehr unterschiedlich. Sie war Farbe und Chaos, Leidenschaft und Wärme. Und in seinem Kopf herrschte wahrlich schon genug Chaos, auch wenn er sein Leben lang dagegen ankämpfte. Sosehr er sich auch zu ihr hingezogen fühlte, sosehr sein Körper sich nach ihr sehnte, Evie bedrohte alles, was er sich so hart erarbeitet hatte. War er bereit, diesen Preis zu zahlen?

„Das war's dann also", meinte er.

„Tut mir leid."

„Mir auch", entgegnete er schroff.

„Aber ich werde trotzdem morgen früh mit Taryn sprechen."

Er war so durcheinander, dass er einen Moment brauchte, um sich zu erinnern. Richtig. Eigentlich war er ja gekommen, damit sie Taryn diese Aussage vor Gericht ausredete.

„Nein", meinte er. „Wenn sie aussagen will, werde ich sie nicht davon abhalten. Wie du sagtest – sie hat sich das Recht verdient, ihre eigenen Entscheidungen zu treffen."

Ihre schönen Gesichtszüge wurden wieder weich, sie öffnete die Lippen, um etwas zu sagen, aber er hielt es nicht länger in dieser Wohnung aus.

„Tut mir leid, dass ich dich belästigt habe ... was Taryn betrifft und alles andere."

„Brodie ..."

Es wäre nicht klug, sie jetzt anzusehen. „Und danke für deine unermüdliche Arbeit. Du hast viel mehr erreicht, als ich mir hätte träumen lassen. Meine Assistentin wird morgen einen Scheck an die Layla-Parker-Stiftung schicken. Und die Summe verdoppeln, die wir abgesprochen hatten."

„Das musst du nicht tun", sagte sie leise.

„Werde ich aber. Gute Nacht, Evie."

Er steuerte auf die Tür zu, öffnete sie aber erst, als er sie hinter sich „Auf Wiedersehen" flüstern hörte.

Eine schlaflose Nacht nach einem anstrengenden Wochenende nach einer sogar *noch* anstrengenderen Woche – das war keine gute Kombination.

Evie war am nächsten Morgen, als sie ihren letzten Therapietag mit Taryn begann, vollkommen erschöpft. Insgeheim befürchtete sie, auf Brodie zu treffen, doch er war nirgends zu sehen. Dafür war Taryns neue Therapeutin gekommen.

Stephanie Kramer war jung und klug und platzte fast vor Energie. Sie und Taryn schienen sich bereits hervorragend zu verstehen. Ein Teil von Evie war zutiefst erleichtert, dass sie die Verantwortung für Taryn abgeben konnte. Zugleich beunruhigte es sie, wie schwer ihr der Abschied fiel.

Sie würde Taryn vermissen. Bei diesem Gedanken angekommen, wurde der Kloß in ihrem Hals noch größer. Tja, und genau davor hatte sie sich die ganze Zeit gefürchtet! Tief im Herzen hatte sie gewusst, dass es ihr nach all der harten Arbeit schwerfallen würde, das Mädchen einer anderen Therapeutin zu überlassen.

Aber daran war nun nichts mehr zu ändern. Himmel noch mal, ihre Nachfolgerin war bereits fest engagiert. Sie konnte ja schlecht zu ihr sagen: *Ähm, Entschuldigung, ich hab's mir anders überlegt. Hauen Sie wieder ab.*

Und selbst wenn sie es könnte, würde sie es nicht tun, schon gar nicht nach der letzten Nacht mit Brodie. Sie brauchte einen klaren Schnitt, und zwar jetzt, solange es zwar schwierig war zu gehen, aber noch nicht unmöglich.

„Ich denke, das ist dann alles. Wir haben das Wichtigste mehrfach durchgesprochen. Ich habe Ihnen die Übungen gezeigt, die wir im Pool machen und hier mit den Geräten, außerdem kennen Sie den Terminplan der anderen Therapeuten. Haben Sie noch weitere Fragen?"

Stephanie schüttelte ihren dunklen Pferdeschwanz. „Ich glaube nicht. Ihre Berichte sind erstaunlich genau. Wenn ich noch Fragen habe, kann ich Sie jederzeit anrufen, richtig?"

„Ja, natürlich. Meine Telefonnummer steht auf den Berichten, und wenn Sie mich nicht erreichen, dann können Sie es auch im Schmuckladen versuchen."

„Toll. Ich bin superfroh über diesen Job. Wir werden jede Menge Spaß haben."

Sie wird ihre Sache ganz bestimmt gut machen, sagte Evie sich im Stillen. „Und bringen Sie Taryn so oft es geht in den Laden, damit wir Schmuck herstellen können."

„Ich würde gern was … für Hannah machen", meldete Taryn sich zu Wort, die auf der Matte saß, den begeisterten Jacques bürstete und auf diese Weise gleichzeitig ihre Arm- und Schulterpartie trainierte.

„Das ist eine hervorragende Idee. Hannah wird sich freuen."

„Kann Jacques mich … manchmal besuchen?"

„Das bekommen wir bestimmt irgendwie hin." Sie sah, wie sehnsüchtig Taryn den Hund betrachtete. „Vielleicht kann ihn deine Großmutter ab und zu vorbeibringen. Und natürlich kannst du ihn immer im Laden besuchen."

„Ich werde ihn vermissen." Taryn seufzte leise.

„Du wirst ihn regelmäßig sehen, keine Sorge."

Evie schnappte sich die Kiste, in der sich ihre persönlichen Sachen befanden – Schmucksteine, ein Buch und ein Sweatshirt. „Nun, das war's dann."

„Vielen … Dank." Taryn sah aus, als hätte sie Tränen in den Augen, und der Kloß in Evies Hals wurde noch dicker.

„Gern geschehen, Liebes."

Sie konnte sich nicht einfach nur mit einem Winken verabschieden, also stellte sie die Kiste wieder ab und kniete sich neben Taryn auf die Matte. Dann zog sie das Mädchen in die Arme, und ihr fiel auf, dass Taryn nicht mehr so zerbrechlich wirkte wie vor fast einem Monat, als sie aus der Rehaklinik gekommen war. Zu ihrer großen Freude erwiderte Taryn die Umarmung mit überraschender Kraft.

„Du warst toll, Taryn", murmelte sie. „Vergiss nie, dass du das alles selbst erreicht hast."

Taryn schüttelte den Kopf und schniefte leise. Nach kurzem Zögern stand Evie wieder auf, nahm Jacques' Leine und verließ das Zimmer.

Mrs Olafson wartete mit einer Tüte in der Hand an der Eingangstür auf sie. „Da sind die Haferkekse drin, die Sie immer so gern mochten", erklärte sie ein wenig barsch, und Evie konnte nicht anders, als sie ebenfalls zu umarmen.

„Danke für alles, was Sie für unser Mädchen getan haben", fügte die Haushälterin leise hinzu.

*Das war nicht ich*, wollte sie schon wieder protestieren, beschloss aber, es ausnahmsweise einmal zu lassen. Einen Teil von Taryns Genesung konnte sie sich tatsächlich auf die Fahne schreiben. Ja, das Mädchen hatte die Arbeit selbst gemacht, aber Evie hatte ihm den Weg gezeigt, und darauf würde sie für immer stolz sein.

Jacques wimmerte leise, als sie ihm bedeutete, auf den Rücksitz ihres Wagens zu springen.

„Ich weiß, Kumpel. Ich bin auch traurig", sagte sie.

Und dann begann er zu jaulen. Als wüsste er, dass er nicht mehr zurückkommen würde. Heiße Tränen brannten hinter Evies Lidern, sie musste ein paarmal blinzeln. Als sie nach der kurzen Fahrt durch die Stadt hinter dem *String Fever* parkte, winselte Jacques noch immer.

Evie drehte sich um und betrachtete ihren traurig dreinblickenden Hund, dann sah sie zum Woodrose Mountain hoch, der in der Nachmittagssonne so friedlich wirkte.

Plötzlich wusste sie, was zu tun war. Obwohl es höllisch wehtat, war es das Beste für alle Beteiligten.

Von ihr einmal abgesehen.

„Warte hier", sagte sie leise. Sie kurbelte beide Fenster herunter, damit der Hund genug Luft hatte, dann lief sie schnell in ihre Wohnung, bevor sie noch ihre Meinung ändern konnte. Sie kippte den Inhalt der Kiste, die sie gerade in Brodies Haus gepackt hatte, über dem Sofa aus und warf hinein, was sie brauchte. Danach rannte sie mit wehem Herzen wieder die Treppe hinunter.

Brodie wird das wahrscheinlich nicht gefallen, dachte sie, als sie wieder den Berg hinauffuhr, doch etwas gesunder Ärger war in seinem Fall vielleicht gar nicht das Schlechteste. Wenn er sauer auf sie war, würde er endlich diese verführerischen, herzzerreißenden Küsse unterlassen.

Mrs Olafson sah sie überrascht an. „Haben Sie etwas vergessen?"

„In gewisser Weise." Sie lief zurück in Taryns Zimmer. Dabei musste sie sich die ganze Zeit auf die Lippen beißen, um nicht laut aufzuschluchzen. Was sie zu tun im Begriff war, schmerzte mehr, als sie es sich jemals hätte vorstellen können – aber sie wusste einfach, dass es das Richtige war.

Taryn lag noch immer auf der Matte und balancierte mit den Beinen auf einem kleinen Ball. Sie sah erstaunt auf, als Evie mit Jacques das Zimmer betrat.

„Hallo!"

Evie holte zitternd Luft, die ihr fast die Lungen zu verbrennen schien. „Würdest du Jacques gern behalten?"

Taryn starrte erst Evie mit aufgerissenen Augen an, dann den Hund. „Wie bitte? Sie meinen … für immer?"

Evie nickte. Dabei umklammerte sie die Leine so fest, dass sich die Fingernägel in ihr Fleisch gruben. „Obwohl er äußerst verständnisvoll ist und ich versuche, so oft wie möglich mit ihm spazieren zu gehen, ist es nicht wirklich fair, einen so großen Hund wie Jacques in einer kleinen Wohnung im zweiten Stock zu halten. Das sollte sowieso nie eine dauerhafte Lösung sein. Ich wollte mich nur so lange um ihn kümmern, bis ich ein gutes Zuhause für ihn gefunden habe. Und ich glaube, das habe ich jetzt."

Sie lächelte, obwohl ihr schier das Herz brach. Aber es stimmte. Sie hatte Jacques nur kurze Zeit bei sich behalten wollen, sich dann aber nach wenigen Tagen in diesen großen, freundlichen Kerl verliebt, und aus einer Übergangslösung waren Wochen und dann Monate geworden.

„Hier bei dir hat er genug Platz, um rumzulaufen und sich auszustrecken, außerdem kann er dir auch weiterhin bei der Therapie helfen."

„Oh." Taryn wirkte noch immer fassungslos und schien nicht zu wissen, was sie sagen sollte.

„Wenn du die Verantwortung nicht übernehmen willst, ist das in Ordnung. Dann vergessen wir die ganze Sache einfach. Aber wenn du und dein D…Dad ihn in eure Familie aufnehmen wollt, dann bin ich sicher, dass er hier sehr glücklich wird." Ihre Stimme brach, und sie spürte selbst, wie ihr Kinn bebte.

„Ja! Ja! Sind Sie … sicher? Sie lieben … Jacques."

„Das tue ich. Aber du liebst ihn auch, und irgendwie habe ich das Gefühl, dass ihr zwei euch braucht."

Wie um ihre Worte zu unterstreichen, machte Jacques sich von ihr los und tapste auf Taryn zu, leckte ihr über die Wange und stupste sie mit der Schnauze an. Das Mädchen warf ihre Arme um den Hund und drückte ihn fest an sich. Evie musste so schnell wie möglich hier raus, bevor sie tatsächlich noch in Tränen ausbrach.

„Danke. Tausend Dank."

„Gern geschehen." Mit größter Mühe zwang Evie sich zu einem Lächeln. „Dein Dad wird wahrscheinlich nicht besonders begeistert sein, aber wenn er etwas sagt, richte ihm von mir aus, dass du dir auch das hier verdient hast."

„Auch?"

„Er wird schon wissen, was ich meine. Damit wir uns richtig verstehen: Ich möchte dich in ein paar Wochen sehen, wie du mit Jacques ohne den Rollstuhl spazieren gehst."

Taryns Gesicht leuchtete, als sie den Hund erneut umarmte. Die meisten fünfzehnjährigen Mädchen würden sich vielleicht nicht dermaßen über einen Hund freuen, aber die letzten Wochen hatten Taryn und Jacques eng zusammengeschweißt. Vielleicht hatte Evie in ihrem tiefsten Innern bereits länger geahnt, wie die Sache letztlich ausgehen würde.

„Werden Sie ihn nicht vermissen?", fragte Taryn.

Mehr, als sie sagen konnte. Ihre Wohnung würde schrecklich leer sein, wenn er sie morgens nicht mit seiner feuchten Nase weckte oder sich nachts nicht eine Armlänge entfernt neben ihrem Bett einrollte. Vielleicht würde sie in jeder Zimmerecke seinen Geist sehen.

„Ich komme schon klar", sagte sie fest, mehr zu sich selbst als zu Taryn. „Hier gehört er hin."

Vor lauter Tränen konnte sie fast nichts mehr sehen, aber sie umarmte erst Jacques fest, dann Taryn. Der Hund sah sie ein paar Sekunden lang verwirrt an, dann ließ er sich zu Taryns Füßen auf den Boden plumpsen, als ob er tatsächlich genau dort hingehörte.

Nachdem sie irgendetwas gemurmelt hatte, eilte sie aus dem Zimmer und stürmte wortlos an einer erschrockenen Mrs Olafson vorbei.

Der Hoffnungsengel ist bestimmt höchst zufrieden mit mir, dachte sie, als sie ins Auto stieg. Vielleicht würde es ihm sogar imponieren – dass jemand seine eigenen Bedürfnisse zurückstellte, damit jemand anders genau das bekam, was er brauchte. Selbst wenn es wie verrückt wehtat.

Sie setzte sich hinters Steuer, rieb mit den Handballen energisch über die Augen, dann stieß sie ein tiefes Seufzen aus und ließ den Motor an.

„Bist du sicher, dass du nicht mitkommen willst? Zu unserem Mädchenabend in der Lodge? Es ist das erste Mal, dass Holly das Baby bei Jeff lässt", verkündete Claire. „Wir schließen schon Wetten ab, wann sie aufhören wird, so zu tun, als ob sie sich amüsiert, und nach Hause fährt, weil sie Angst hat, dass er dem Baby die Windel falsch herum anziehen könnte oder so was."

Evie schüttelte lachend den Kopf. Sie konnte einfach nicht begreifen, dass Claire tatsächlich darauf bestanden hatte, die neue Frau ihres Exmannes in ihren Freundeskreis aufzunehmen. Aber Claire fand nun einmal, dass Jeff und Holly und sie und Riley – sobald sie geheiratet hatten – gemeinsam für ihre Kinder verantwortlich waren. Und sie wollte eine gute Beziehung zu der Frau haben, bei der Owen und Macy die Hälfte der Zeit verbrachten.

Evie an ihrer Stelle hätte bestimmt immer wieder eine Möglichkeit gefunden, Holly unauffällig mit einer Schmuckzange zu kneifen – aber sie hatte auch nie behauptet, ein genauso guter Mensch wie Claire zu sein.

„Wir werden viel Spaß haben, das darfst du nicht verpassen." Alex McKnight grinste, ihre grünen Augen leuchteten. Alex war eigentlich immer lustig und aufgekratzt, doch manchmal hatte Evie das Gefühl, dass sich hinter dieser Fröhlichkeit eine andere Person verbarg.

„Ach bitte, Evie", rief Mary Ella McKnight – Alex' Mutter und Claires Freundin und künftige Schwiegermutter. „Ohne dich ist es einfach nicht dasselbe!"

Sie schüttelte erneut den Kopf. „Lieber nicht. Ihr habt ja keine Ahnung, wie viel Arbeit in den letzten Wochen liegen geblieben ist. Ich muss noch mindestens fünf Schmuckstücke bis Mitte September fertigstellen. Das schaffe ich nicht, wenn ich mich nicht langsam mal dahinterklemme."

Obwohl es durchaus verlockend war, mit ihren Freundinnen wegzugehen, mit ihnen zu lachen und zu reden und zu essen. Dunkle Wolken schienen über ihrem Leben aufgezogen zu sein, was nicht zuletzt daran lag, dass Jacques nicht mehr bei ihr war. Irgendwie fühlte sie sich ... verloren.

„Tja, das ist der Preis des Ruhms, schätze ich." Mary Ella lächelte ihr warm zu.

Eher der Preis, den sie dafür bezahlte, dass sie Katherines und Brodies Bitte nachgegeben und sich dann in einen gewissen Mann mit blauen Augen verliebt hatte, für den sogar das Lächeln eine ernste Angelegenheit war.

„Ja, so in etwa", murmelte sie. Sosehr sie sich einen Moment lang auch gewünscht hatte, den Abend mit ihren Freundinnen verbringen zu können, so sehr sehnte sie sich nach dem friedlichen Gefühl, das sie immer überkam, wenn in ihren Händen etwas Wunderschönes entstand.

„Katherine und Ruthie treffen wir direkt dort", sagte Alex. „Selbst Maura will nach Feierabend vielleicht noch vorbeikommen. Das hoffe ich wirklich sehr, ich glaube, sie fühlt sich ziemlich allein, seit Sage wieder auf dem College ist."

„Ich wünsche euch allen einen tollen Abend. Und das nächste Mal bin ich dabei, versprochen. Ich werde einfach hierbleiben, weil meine Werkzeuge sowieso schon ausgepackt und auch alle Schmucksteine zur Hand sind."

Claire runzelte die Stirn. „Bist du sicher? Nach dem Einbruch habe ich ein ungutes Gefühl, wenn du ganz allein im Laden bleibst, vor allem jetzt, wo nicht mal mehr Jacques ..." Leicht errötend korrigierte sie sich. „Wo niemand dir Gesellschaft leistet."

Evie ignorierte den kleinen Stich, den vertrauten Schmerz, der sie immer durchfuhr, wenn sie an Jacques dachte. Sie hatte es immer so genossen, wenn er mit ihr im Laden gewesen war. Nicht, weil er sie beschützen musste, sondern weil seine Anwesenheit so beruhigend gewesen war.

„Schon gut, mach dir keine Sorgen. Jetzt haut schon ab und amüsiert euch. Ich verspreche, dass ich beim nächsten Mal wieder dabei bin."

Die Frauen sahen so aus, als ob sie noch weiter widersprechen wollten, doch zum Glück schien Mary Ella zu spüren, dass Evie sich nach Ruhe sehnte. Sie schob ihre Tochter und Claire zur Tür, und dann war es endlich herrlich still im Laden.

Evie verriegelte die Tür und schaltete die Alarmanlage ein. Dann stand sie einen Moment bewegungslos da, umgeben von all den Schmucksteinen und Perlen, die sie so liebte, und dem Duft einer von Claires Vanillekerzen.

Sie atmete ein paarmal tief ein. Dann ging sie ins Büro, stellte im Radio einen Sender mit klassischem Jazz ein – jener Musik, zu der sie am liebsten arbeitete – und kehrte an die Werkbank zurück.

Mit Miles Davis, Chet Baker und Bill Evans ging ihr die Arbeit leicht von der Hand, und nach nicht einmal einer Stunde hatte sie bereits das erste Schmuckstück fertiggestellt. Gerade als sie tief versunken über Nummer zwei saß, klopfte es an der Tür.

Evie verdrehte die Augen. Der Laden hatte geschlossen, das war doch offensichtlich. Es hing ein entsprechendes Schild in der Eingangstür, außerdem waren die Lichter im Verkaufsraum gelöscht. Wahrscheinlich konnte der Besucher sie im hinteren Teil arbeiten sehen und ging davon aus, dass sie nichts dagegen hatte, auf die Schnelle noch etwas zu verkaufen.

Sie beschloss, das Klopfen zu ignorieren und weiterzuarbeiten.

Was ungefähr dreißig Sekunden lang funktionierte, bis der Besucher nur noch eindringlicher klopfte. Mit einem lauten Seufzen legte Evie die kleine Drahtzange zur Seite und ging zur Tür, um dem unerwünschten Besucher klarzumachen, dass er gern am nächsten Morgen wiederkommen könne.

Doch als sie die Frau vor dem Laden erkannte, verließ sie der Mut zu einer rüden Bemerkung – es war Laura Beaumont, Charlies Mutter. Sie tippte nicht direkt ungeduldig mit der Schuhspitze auf den Boden, stand aber offenbar kurz davor. Zaghaft öffnete Evie die Tür, und die Frau war bereits an ihr vorbei in den Laden gestürmt, bevor sie auch nur ein Wort hatte sagen können.

„Ich muss mit Ihnen reden." Die Frau des Bürgermeisters wirkte äußerst aufgeregt. Ihre sonst mit Unmengen Haarspray fixierte Frisur, die höchstens ein Tornado hätte zerzausen können, war zerwühlt, und der Lippenstift sah aus, als ob sie ihn in höchster Eile aufgetragen hätte.

„Aber sicher. Kommen Sie doch herein", murrte Evie, dann setzte sie ein gezwungenes Lächeln auf.

„Ich wollte gerade um den Laden gehen und an Ihrer Wohnungstür klingeln, als ich gesehen habe, dass Sie noch arbeiten."

„Ich muss heute Abend noch einige Aufträge erledigen." Sie hoffte, dass Mrs Beaumont den dezenten Hinweis verstand, doch Charlies Mutter ging ungerührt weiter in den Laden und hinterließ dabei die Duftfahne eines teuren, blumigen Parfüms. Selbst in ihrem derangierten Zustand wirkte sie noch elegant und kontrolliert. Laura besorgte ihre gesamte Garderobe in sehr teuren Boutiquen in Denver und wäre lieber tot umgefallen, als in Hope's Crossing direkt einkaufen zu gehen, wie Evie wusste.

Laura steuerte auf die Werkbank zu, nahm das Schmuckstück in die Hand, das Evie zuvor beendet hatte – eine aufwändig gearbeitete Kette, für die sie eine alte Vier-Strang-Perlenkette umgearbeitet hatte.

„Gefällt mir. Ich habe das perfekte Kleid dazu. Wie viel?"

„Die ist nicht zu verkaufen. Es handelt sich um eine Auftragsarbeit."

„Können Sie nicht noch eine zweite machen?"

„Ich fürchte, diese ist ein Einzelstück. Ich habe sie aus einem alten Schmuckstück einer Kundin gefertigt. Ich könnte sie also nicht noch einmal machen, selbst wenn ich es wollte."

Laura zog ein Gesicht. „Aber etwas Ähnliches."

„Vielleicht." Vielleicht auch nicht. Wenn es nach Evie ging, konnte Laura es auch gern selbst versuchen. Sie beteuerte doch immer, wie sehr sie das Schmuckmachen liebte, auch wenn sie die schwierige Arbeit immer den anderen überließ. „Was kann ich für Sie tun, Laura?"

Laura nahm ein paar übrig gebliebene blaue Perlen in die Hand und ließ sie durch die Finger rinnen. Mit einem Mal war von ihrer sonst so hochmütigen Art nichts mehr zu bemerken, ihre Augen wirkten seltsam verletzlich. „Ich möchte Sie um etwas bitten. Es geht nicht um mich, verstehen Sie, denn meinetwegen würde ich so etwas nicht von Ihnen verlangen. Es geht um Charlie."

Evie versteifte sich. „Aha?"

„Er hat sich schuldig bekannt. Das wissen Sie, oder?"

„Ich habe davon gehört."

Laura sank auf den Klappstuhl gegenüber der Werkbank. „Er darf nicht ins Gefängnis gehen. Das darf er einfach nicht! Er ist doch noch ein Junge." Dann hielt sie inne. Offenbar erwartete sie eine Reaktion auf ihren dramatischen Ausbruch.

„Tut mir leid", sagte Evie schließlich. „Aber ich bin nicht sicher, was das mit mir zu tun hat."

„Ich brauche Ihre Hilfe. Ich möchte, dass Sie eine Aussage machen. Dass Sie dem Gericht sagen, wie sehr er Ihnen mit dem Thorne-Mädchen geholfen hat."

Ach Mist. Evie stieß den Atem aus. Ja, Charlie tat ihr leid. Egal, was er getan hatte, sie mochte den Jungen und fand es bemerkenswert, dass er sich hinstellte und gegen den Willen seiner Familie die Verantwortung übernehmen wollte. Aber deswegen musste sie nicht gleich vor Gericht Partei für ihn ergreifen. Sie konnte sich nur zu gut vorstellen, wie Brodie *darauf* reagieren würde.

„Ich …", begann sie und brach ab.

„Sie *müssen* es einfach tun", beschwor Laura sie, doch in ihrer Bitte schwang gleichzeitig ein unüberhörbarer Unterton von Arroganz mit. „Er ist siebzehn Jahre alt. Und da er sich vor dem Erwachsenenstrafgericht schuldig bekannt hat, wird er in ein Erwachsenengefängnis kommen. Und das wird er nicht überleben! Wenn Sie sich für ihn einsetzen, wird das Gericht vielleicht mildernde Umstände anerkennen."

Mildernde Umstände. Waren die in diesem Fall wirklich angebracht? Layla Parker war tot, und trotz der Fortschritte würde Taryn bis ans Ende ihres Lebens mit den Folgen des Unfalls zu kämpfen haben.

„Das kann ich mir kaum vorstellen, Laura", entgegnete sie so sanft wie möglich. „Was Charlie getan hat, war ein großer Fehler. Finden Sie nicht, dass er Strafe verdient hat?"

Lauras Hände zitterten ein wenig. „Mein Sohn hat einen schrecklichen Fehler gemacht, ja. Aber er tut sein Bestes, das sehen Sie doch auch, oder nicht? Er hilft Ihnen mit diesem Mädchen, richtig?"

Mit *diesem Mädchen*, als ob es sich bei Taryn um irgendeine namenlose Unannehmlichkeit handelte. Als was würde sie wohl Layla bezeichnen? „Ja. Charlie war sehr geduldig mit Taryn, und sie hat sich immer gefreut, wenn er kam. Ich denke, seine Besuche waren hilfreich."

„Am Anfang war ich nicht gerade begeistert davon. Ich dachte, es wäre ein Fehler. Und in gewisser Weise denke ich das noch immer.

Ohne diesen Kontakt mit ihr hätte er niemals die Schuld auf sich genommen. Schon gar nicht gegen den Willen seines Vaters und seiner Anwälte."

Da musste Evie ihr zustimmen. Zwar hatte sie Brodie gegenüber nichts dergleichen erwähnt, aber sie war davon überzeugt, dass Charlie durch seine Besuche erst richtig begriffen hatte, wie schwer verletzt Taryn war. Sie musste daran denken, was sie zu Charlie gesagt hatte, als er sie im Garten abgefangen und gefragt hatte, ob er Taryn besuchen dürfe.

*Du kannst nicht länger weglaufen. Du wirst wissen, dass jede frustrierende Übung, die sie machen muss, jeder schmerzhafte Muskelkrampf, deine Schuld ist.*

„Ich muss gestehen", fuhr Laura fort, „dass Charlie seit ein paar Wochen irgendwie ... anders ist. Ich kann es nicht richtig erklären. Er ist nicht mehr so rastlos, nicht mehr so überspannt."

Evie dachte daran, wie verzweifelt er an jenem Morgen auf dem Woodrose Mountain gewesen war, und an ihre Angst, dass er sich etwas antun könnte. „Manchmal braucht man einfach nur ein Ziel. Vielleicht hat er erkannt, wie gut es einem selbst tut, wenn man anderen seine Hilfe anbietet."

Die Worte blieben ihr fast im Hals stecken, als die Wahrheit ihr ins Gesicht schlug wie die Hantel, die Taryn von sich geschleudert hatte.

Sie war die schlimmste Heuchlerin der Welt! Sie hatte sich vollkommen in sich zurückgezogen und sich geweigert, anderen zu helfen. Sie hatte entschieden, dass es wichtiger war, sich selbst zu schützen, als jemals wieder einen anderen Menschen wirklich nahe an sich heranzulassen.

Oh, natürlich hatte sie so oberflächliche Dinge getan wie am Giving-Hope-Day den Zaun einer alten Nachbarin zu streichen oder Geld für die Layla-Stiftung zu sammeln. Doch bei all dem hatte sie immer streng darauf geachtet, sich niemandem wirklich zu öffnen.

Seit Cassies Tod vor zwei Jahren hatte sie ignoriert, was im Leben wirklich zählte – nämlich, sich selbst zu vergessen, indem man anderen half.

Sie *selbst* könnte auch ein Ziel gebrauchen. Oh, natürlich liebte sie ihre Arbeit im Schmuckladen. Aber war es nicht viel wichtiger, anderen dabei zu helfen, ein erfülltes Leben führen zu können?

Laura spielte mit der Drahtzange herum. „Letztes Jahr wäre er noch beinahe von der Schule geflogen, und jetzt redet er davon, für seine Fehler einstehen zu wollen, den Schulabschluss zu machen und dann auf ein College zu gehen. Auf einmal möchte er Medizin studieren. Das hat er mir gesagt. Er möchte Arzt werden oder Physiotherapeut, so wie Sie."

Ich bin keine Physiotherapeutin mehr, wollte Evie automatisch beteuern, aber diese Worte kamen ihr auf einmal so schal vor. Sie arbeitete vielleicht nicht mehr als Physiotherapeutin, aber sie konnte nicht davor weglaufen, was ihr tief im Herzen wichtig war. Die Wochen mit Taryn hatten ihr doch aufgezeigt, wie sehr sie diese Arbeit noch immer liebte.

„Also, werden Sie es tun?", fragte Laura.

Sie hatte keine Ahnung, was sie darauf entgegnen sollte. Auf keinen Fall wollte sie Brodie hintergehen – wenn ihre Aussage vor Gericht für mildernde Umstände sorgte, würde er sie mit Sicherheit als illoyal betrachten. Auf der anderen Seite war sie einfach nicht sicher, dass eine harte Strafe wirklich das Beste für den Jungen war.

Schließlich seufzte sie. „Laura, ich werde vor Gericht nur von Charlies Besuchen erzählen und schildern, was genau er mit Taryn trainiert hat. Aber ich werde mich nicht dazu äußern, ob diese Tatsache seine Strafe beeinflussen sollte. Ich werde mich nicht für mildernde Umstände aussprechen, sondern nur die Fakten darlegen. Darüber müssen Sie sich im Klaren sein."

Laura presste die Lippen zu einer dünnen Linie zusammen. „Ich schätze, das muss dann wohl reichen. Ich gebe unseren Anwälten Bescheid. Wir brauchen Sie am Freitagnachmittag um dreizehn Uhr vor Gericht. Ich lasse Ihren Namen in die Zeugenliste aufnehmen", sagte sie und klang dabei so gönnerhaft, als ob sie gerade eine Einladung zu einem wichtigen gesellschaftlichen Ereignis ausgesprochen hätte.

Was habe ich mir da nur eingebrockt? fragte sich Evie, als sie Laura verabschiedet hatte und die Alarmanlage wieder einschaltete. Das war's dann wohl mit ihrem ruhigen, entspannten und produktiven Abend. Jetzt würde sie sich die ganze Nacht darüber Gedanken machen, ob Brodie ihr diesen Verrat jemals verzeihen würde.

# 13. Kapitel

Er hätte sich am liebsten selbst geohrfeigt. Wie hatte er auch nur eine Sekunde glauben können, dass das hier eine gute Idee war? Brodies Bauchmuskeln waren aufs Äußerste angespannt, als er den Rollstuhl aus dem Fahrstuhl schob. In diesem Stockwerk fand die Verhandlung gegen Charlie Beaumont statt. Am liebsten hätte er auf dem Absatz kehrtgemacht und wäre mit ihr wieder nach Hause gefahren. Diese dumme Idee konnte sich nur als komplettes Desaster herausstellen.

Seine Schritte hallten auf den Holzböden des alten Gerichtsgebäudes wider, in denen früher einmal Pferdediebe und Wegelagerer verurteilt worden waren. In seinem Kopf hämmerte der Schmerz dazu im selben Takt.

Im Gegensatz zu ihm war Taryn ruhig und gefasst. Sie saß mit ordentlich gefalteten Händen in ihrem Rollstuhl und betrachtete interessiert die hohen Decken und die altmodischen Verzierungen an den Türrahmen.

Sie sah sehr hübsch aus. Ihr Haar, inzwischen wieder etwas länger, wurde von einem perlenbesetzten Reif aus dem Gesicht gehalten. Sie hatte sich mit Stephanie Kramers Hilfe sogar selbst geschminkt.

Wäre dieser verdammte Rollstuhl nicht gewesen, dann hätte sie fast wie die Cheerleaderin ausgesehen, die sie einmal gewesen war.

Mit stolzgeschwellter Brust dachte er, dass seine Tochter hundertmal mehr Mumm hatte als die meisten Mädchen in ihrem Alter. Was aber noch lange nicht hieß, dass er mit ihrem Vorhaben einverstanden war.

„Du kannst es dir noch überlegen, Kleines."

„Nein, ich möchte es tun." Ihre Stimme war klar und fest, nicht das geringste Zögern war zu erkennen.

Trotzdem wollte er sie am liebsten irgendwo hinbringen, wo sie in Sicherheit war. Wie konnte ein Vater zulassen, dass sein Mädchen so etwas durchmachte? Er blieb vor der Tür stehen. Rein rechtlich könnte er ein Machtwort sprechen und ihr diesen ganzen Unsinn verbieten. Immerhin war sie noch minderjährig.

Aber er musste Evie zustimmen. Taryn hatte sich das Recht verdient, ihre eigene Entscheidung zu treffen. Sie hatte einen langen, harten Weg hinter und einen noch längeren vor sich. Wenn sie das hier wirklich tun wollte – und das hatte sie ihm in der vergangenen Woche immer wieder versichert –, dann durfte er es ihr nicht verbieten.

Aber er musste es deswegen trotzdem nicht gut finden.

Schwer seufzend schob er sie in den Gerichtssaal, wo sofort das Gemurmel der Zuschauer abbrach. Natürlich – Taryns Erscheinen im Rollstuhl bewirkte genau den Wirbel, den er befürchtet hatte.

Der Gerichtssaal war voll besetzt. Da die Staatsanwaltschaft beschlossen hatte, wegen der Schwere des Falls nicht vor dem Jugendgericht, sondern dem normalen Strafgericht zu verhandeln, war die Vernehmung öffentlich. Und wie es schien, wollten viele Bewohner der Stadt den Ausgang höchstpersönlich miterleben. Einige Ladenbesitzer, bei denen in jener Nacht eingebrochen worden war, saßen auf den Zuhörerbänken. Maura McKnight-Parker und ihre Familie füllten eine komplette Reihe aus.

Und zu seiner Überraschung entdeckte er weiter hinten Evie. Sie saß in der Nähe des Gangs und warf ihm ein unsicheres Lächeln zu, dann rutschte sie einen Stuhl weiter, um ihm Platz zu machen.

Da sie nicht der voyeuristische Typ war wie viele andere hier, war sie wohl als moralische Unterstützung für Taryn gekommen. Sie zu sehen, so hübsch und für ihre Verhältnisse konservativ gekleidet – dunkelblauer Blazer, weiße Seidenbluse –, hatte sofort eine beruhigende Wirkung auf ihn.

Und obwohl er sich den Grund nicht so recht erklären konnte, war er zutiefst dankbar dafür. Denn mit Evie an seiner Seite konnte er vielleicht diese Verhandlung durchstehen, ohne Taryn mittendrin durch die Hintertür wieder aus dem Saal zu schaffen.

Nachdem er den Rollstuhl in dem breiten Gang geparkt hatte, setzte er sich neben Evie. Ihr Duft – süß und rein und undefinierbar – lag leicht in der Luft. Wie froh er war, sie zu sehen.

Das ergab natürlich überhaupt keinen Sinn. Es schien eine Ewigkeit her zu sein, dass sie sich so zärtlich geküsst hatten, unabhängig davon, wie oft er daran denken musste. Er hatte sie aus Kalifornien ein Dutzend Mal anrufen wollen, nur um ihre ruhige und vernünftige Stimme zu hören. Ein paarmal hatte er ihre Nummer sogar tatsächlich gewählt, doch dann wie ein verunsicherter Teenager hastig wieder aufgelegt.

Sie wollte nicht mit ihm zusammen sein, das hatte sie ihm mehr als deutlich gesagt, und das musste er wohl schweren Herzens respektieren. „Danke, dass du gekommen bist", begann er, nachdem sich das Schweigen zwischen ihnen zu lange ausgedehnt hatte.

Sie blickte auf ihre Hände hinab. „Du solltest mir besser noch nicht danken, Brodie."

„Wieso nicht?"

Bevor sie antworten konnte, verstummte das Gemurmel der Zuschauer erneut, denn nun betraten Laura und William Beaumont mit ihrem Sohn und einem Team von Anwälten den Raum.

Die Beaumonts wirkten wie eine Einheit, stabil und unverwüstlich. Charlie schien nicht begeistert von Taryns Anwesenheit zu sein, düster starrte er in ihre Richtung.

Brodie versuchte, seine eigene Reaktion zu analysieren, als die Familie den Gang entlang nach vorn ging. Mrs Beaumont blieb auf seiner Höhe stehen. Sie wirkte aristokratisch gelangweilt von dieser ganzen Geschichte, allerdings glaubte Brodie, ein nervöses Zucken ihrer Augenlider zu sehen.

„Ich war mir nicht sicher, ob Sie kommen würden", sagte sie. Einen Moment lang dachte er, dass sie ihn meinte, doch dann begriff er, an wen sie sich gewandt hatte.

„Ich sagte doch, dass ich komme", entgegnete Evie steif.

„Danke", murmelte Laura, dann setzte sie sich weiter vorn neben ihren Mann und ihren Sohn.

Er runzelte die Stirn. „Warum bedankt sie sich bei dir?", wollte er wissen. „Weshalb bist du hier?"

Ihre Blicke trafen sich. „Ich soll für Charlie aussagen."

Einen Moment lang konnte er sie nur anstarren, in seinem Bauch breitete sich eine Mischung aus Wut und tiefer Verletzung aus. Er fühlte sich betrogen. Sie war also nicht gekommen, um ihn und Taryn zu unterstützen. Sie war hier, um sich für diesen verdammten Charlie Beaumont einzusetzen. Die Ruhe, die er bei ihrem Anblick empfunden hatte, verwandelte sich in einen Wirbelsturm aus Zorn. „Und du warst einverstanden?"

Sie schien mit seiner Wut gerechnet zu haben. Natürlich. Und trotzdem war sie bereit auszusagen – das verletzte ihn fast noch mehr als alles andere.

„Ja", sagte sie nur.

„Du und dein verdammtes weiches Herz. Es ist schon schlimm

genug, dass du mich überredet hast, Taryn heute aussagen zu lassen. Und jetzt willst du dem Gericht erzählen, wie leid es diesem armen, missverstandenen Goldjungen tut und dass er schon genug gelitten hat. Dabei hat dieser kleine Scheißkerl, den du offenbar für einen Engel hältst, die Zukunft meiner Tochter zerstört."

„Falsch. Sie hat eine Zukunft", widersprach Evie leise. „Und zwar eine strahlende Zukunft. Und nicht zuletzt, weil dieser *kleine Scheißkerl* ihr dabei geholfen hat."

Er hätte sie am liebsten angebrüllt und laut geflucht, doch in diesem Moment trat der Gerichtsdiener nach vorn.

„Erheben Sie sich zu Ehren der Vorsitzenden Richterin Kawa."

Alle außer Taryn standen auf, und Ivy Kawa betrat den Gerichtssaal, schmal und klein und doch härter als jeder Wildwest-Richter, der jemals auf dieser Richterbank Platz genommen hatte.

Natürlich kannte er sie persönlich – Hope's Crossing war trotz der oftmals überwältigenden Touristenströme eine Kleinstadt –, aber nicht besonders gut. Wenn er sich recht erinnerte, spielte ihr Mann mit William Beaumont Golf. Allerdings war er davon überzeugt, dass Richterin Kawa sich davon in keiner Weise beeinflussen lassen würde.

In knappen Worten erklärte die Richterin den Zweck dieser Verhandlung. Nach Charlies Schuldbekenntnis sollte eine gerechte Strafe für ihn festgelegt werden. „Bitte keine Dramen und keine hysterischen Ausbrüche. Das hier ist ein Gerichtsverfahren."

Taryn zappelte ein wenig in ihrem Rollstuhl. „Wenn du es dir anders überlegt hast, brauchst du es nur zu sagen, Liebling", flüsterte Brodie ihr zu. „Wir müssen nicht bleiben."

„Doch, ich schon."

„Ich meine ja nur." Obwohl er sie keines Blickes mehr würdigte, spürte er Evies Anwesenheit neben sich überdeutlich. Ihr Verrat brannte wie Feuer in seinem Bauch.


Sie wollte ihn so gern berühren – eine Hand auf seinen Arm legen oder wenigstens ihre Schulter gegen seine drücken. Irgendetwas.

Aber sein ganzer Körper strahlte Wut aus, und deswegen ließ sie ihre Hände sorgsam gefaltet im Schoß liegen, während sie den Aussagen verschiedener Ladenbesitzer lauschte, die über die Einbrüche in dieser Nacht berichteten.

Mike Payson von *Mike's Bikes* erzählte von seinen finanziellen Verlusten, aber auch allgemein von dem Gefühl, überfallen worden zu sein, und der unterschwelligen Bedrohung, die ihn bis heute nicht mehr losließ.

Claire sprach über ihren Unfall und die daraus resultierenden Verletzungen und darüber, wie Macy und Owen sich jedes Mal versteiften, wenn sie aus irgendeinem Grund den Silver Strike Canyon hinauffahren mussten.

Und die ganze Zeit fragte Evie sich, ob es irgendeine Möglichkeit gab, ihren Namen von der Zeugenliste streichen zu lassen. Darüber grübelte sie sogar noch nach, als nach etwa einer Dreiviertelstunde der Gerichtsdiener ihren Namen rief.

Mit flatternden Nerven stand sie auf, um auf dem Podest vor der Richterbank Platz zu nehmen. Zumindest musste sie nicht in den Zeugenstand.

„Bitte nennen Sie für das Protokoll Ihren vollen Namen und Ihren Beruf", wies Richterin Kawa sie an.

Evie holte tief Luft. „Mein Name ist Evaline Marie Blanchard. Ich bin …" Sie zögerte nur den Bruchteil einer Sekunde. „Ich bin ausgebildete Physiotherapeutin", fuhr sie dann mit fester Stimme fort. „In den vergangenen Wochen habe ich für Taryn Thorne ein intensives Rehaprogramm zusammengestellt und mit ihr direkt gearbeitet."

„Und Sie wollen eine Aussage zugunsten des Angeklagten machen?"

„Nein", sagte sie und war sich des überraschten Gemurmels in den Zuschauerreihen vage bewusst. „Als ich gebeten wurde, eine Aussage zu machen, habe ich ganz klar gesagt, dass ich nur sachlich über meine Zusammentreffen mit dem Angeklagten sprechen werde. Über eine in meinen Augen angemessene Strafe werde ich keine Aussage treffen."

„Fahren Sie fort", forderte die Richterin sie mit gerunzelter Stirn auf.

Evie umklammerte das Blatt mit den Aufzeichnungen, über die sie sich die letzten zwei Tage den Kopf zerbrochen hatte. „Vor einigen Wochen habe ich Charlie Beaumont zufällig auf einem Wanderweg in den Bergen getroffen. Im Laufe des Gesprächs habe ich erwähnt, dass ich Taryn Thornes Physiotherapeutin war, und er hat nach ihrem Befinden gefragt. Weil ich dachte, dass es Taryn motivieren würde, Kontakt mit Jugendlichen in ihrem Alter zu haben – und weil ich wusste, dass Charlie und Taryn vor dem Unfall befreundet waren –, habe ich ihm erlaubt, sie zu besuchen. Und zwar ohne das Wissen und ohne die

Zustimmung ihres Vaters, wie ich hinzufügen möchte. Taryn schien sich über seine Besuche zu freuen, und sie machte in der Therapie größere Fortschritte als davor. Als Charlie fragte, ob er wiederkommen könne, habe ich Ja gesagt, obwohl ich mir nicht sicher war, ob es wirklich förderlich für die Therapie wäre."

Sie hob den Kopf und sah, dass Maura sie mit ernstem Blick beobachtete. Brodie blickte knapp an ihr vorbei, und ihr Magen krampfte sich zusammen. Aber jetzt war es zu spät. Sie saß hier fest, ob es ihr passte oder nicht.

Evie räusperte sich, weil sie es auf einmal eilig hatte, die ganze Sache hinter sich zu bringen. „In den letzten drei Wochen hat Charlie sie dann regelmäßig während ihrer Therapiesitzungen besucht. Meistens viermal die Woche, immer für eine Stunde. Zu meiner größten Überraschung war er bemerkenswert geduldig und sanft mit ihr, und Taryn hat in dieser Zeit unglaubliche Fortschritte gemacht. Sie kann inzwischen wieder längere Zeit aufrecht stehen, sie kann einige Schritte ohne Hilfe gehen, und ganz allgemein hat ihre körperliche Kraft zugenommen. Ob das an Charlie liegt, kann und will ich nicht beurteilen. Vielen Dank."

Kurz und knapp, ohne Schnörkel oder Ausschmückungen. Ob die Richterin ihren Worten Bedeutung zumaß oder nicht, lag nicht in ihrer Hand.

Sie verließ das Podium. Am liebsten wäre sie schnurstracks aus dem Saal gelaufen, aber das wäre feige gewesen. Außerdem konnte sie nicht gehen, bevor sie gehört hatte, was Taryn so dringend loswerden wollte.

Zumindest hätte sie sich lieber woanders hingesetzt, doch jeder Stuhl war besetzt. Zaghaft ging sie zu ihrem Platz zurück und spürte, wie Brodies Missfallen brennend heiß auf sie abstrahlte.

Sie wollte ihm sagen, wie leid es ihr tue, aber dann ärgerte sie sich darüber. Sie hatte nichts ungeheuerlich Schlimmes getan, sondern einfach Tatsachen geschildert. Wenn er noch immer nicht begreifen wollte, wie sehr Charlie seiner Tochter geholfen hatte, dann war das sein Problem, nicht ihres.

Nachdem ein Sonntagsschullehrer erklärt hatte, was für ein guter Junge Charlie immer gewesen sei, und sein Fußballtrainer beteuert hatte, wie sehr er sich immer für sein Team eingesetzt habe, war Taryn an der Reihe.

Evie spürte, dass Brodie sich versteifte, und trotz allem wollte sie nichts anderes, als ihn zu berühren, um ihm ihre Unterstützung zu signalisieren. Doch ohne sie eines Blickes zu würdigen, erhob er sich, schob den Rollstuhl seiner Tochter nach vorn und stellte die Bremse fest.

Umständlich richtete Taryn sich auf.

Richterin Kawa beobachtete sie zunächst verwirrt, dann mit zunehmender Überraschung. „Junge Dame, Sie müssen nicht aufstehen. Bleiben Sie ruhig sitzen."

Taryn schüttelte den Kopf und klammerte sich an der Tischkante fest. „Nein. Ich möchte ... stehen."

„Wenn Sie sicher sind. Aber natürlich dürfen Sie sich jederzeit wieder setzen."

Taryn nickte, dann warf sie Brodie über die Schulter einen Blick zu. „Dad. Setz dich hin", sagte sie, und jemand kicherte.

Brodie schien während ihrer Aussage lieber bei ihr bleiben zu wollen, doch nach kurzem Zögern kehrte er zu seinem Platz zurück und ließ sich steif neben Evie nieder.

„Mein Name ist Taryn Thorne." Sie formulierte die Worte sehr deutlich, und Evie platzte fast vor Stolz. Unglaublich, welche Fortschritte Taryn seit ihrer Entlassung aus der Klinik gemacht hatte.

„Ich wurde bei dem Unfall verletzt. Ich kann noch immer nicht ... besonders gut gehen und ich spreche etwas k...komisch. Aber es wird besser. Charlie ist mein Freund. Er hilft mir bei der Therapie, egal, wie langweilig sie ist."

Sie schwieg einen Moment, lange genug, dass Evie Brodies angespannte Nervosität spüren konnte. Er schien kurz davor aufzuspringen, um wieder an die Seite seiner Tochter zu eilen.

„Und ich möchte aussagen", fuhr Taryn schließlich fort, „dass Charlie nicht ins Gefängnis gehen sollte. Auf keinen Fall. Es wäre falsch. Nichts von all dem ... ist seine Schuld."

Charlie sprang auf. „Doch! Hören Sie nicht auf sie."

„Junger Mann, Sie befinden sich in einem Gerichtssaal. Sie können nicht einfach drauflosreden. Bitte nehmen Sie wieder Platz", sagte die Richterin streng.

„Sie weiß doch gar nicht, was sie redet. Sie kann sich nicht erinnern!"

„Doch. Doch ... ich erinnere mich. An alles." Taryn umklammerte die Tischplatte noch fester. „Wir waren so dumm. Und Charlie kann nichts dafür. Das alles war ... meine Idee. In die Läden einzubrechen, meine ich. Ich war sauer auf meinen Dad. Er wollte mir verbieten, weiterhin … Cheerleaderin zu sein, weil ich schlechte Noten hatte und oft zu spät nach Hause gekommen bin. Ich wollte ihm wehtun."

Brodies Kiefermuskeln spannten sich an, er sog laut den Atem ein. Evie konnte nicht länger einfach nur neben ihm sitzen und nichts tun. Er hatte eine Hand zur Faust geballt, auf die sie jetzt sanft ihre eigene legte. Nach einem Moment konnte sie spüren, wie seine Anspannung etwas nachließ. Er öffnete die Finger und nahm ihre Hand, obwohl er sie noch immer nicht ansah.

„Layla, Charlie, Jason, Aimee und ich waren in dem Auto. Jason Hoyt und Aimee T…Taylor. Jason wusste … wie man Alarmanlagen ausschaltet und Türen aufbricht. Ich weiß nicht, woher. Jedenfalls war es viel zu … einfach. Nachdem wir ein paar Sachen aus dem Laden meines Dads geklaut haben, haben wir beschlossen, noch bei anderen einzubrechen. Nur aus S…spaß."

Taryn wirkte schuldbewusst und klein hinter dem Tisch. Ihre Lippen zitterten, aber sie stand noch immer aufrecht. „Es ging nicht ums Geld. Wir waren … dumm und … uns war langweilig, schätze ich. Jason und Aimee waren high. Ich nicht. Und Layla und Charlie auch nicht. Im *String Fever* haben wir aus Versehen eine Kiste mit Perlen umgeworfen … und Jason fand das total lustig. Er hat noch andere umgeworfen, und wir alle dann auch. Wir haben ein … totales Chaos angerichtet. Hinterher tat mir das wirklich leid, mir war ganz schlecht. Ich mag Claire. Aber dann habe ich alles nur noch schlimmer gemacht."

Evie richtete den Blick auf Charlie und entdeckte etwas, das ihr die ganze Zeit über verborgen geblieben war. Wie hatte sie das nur übersehen können? Taryn war bis über beide Ohren in den Jungen verliebt. Auch wenn sie immer betonte, dass sie und Charlie nur Freunde waren, gingen ihre Gefühle für ihn unübersehbar viel, viel tiefer.

„Ich habe … mir eine Schere geschnappt und das Hochzeitskleid seiner Schwester zerfetzt. Das war dumm. Ich weiß nicht, warum ich das gemacht habe. Aber Charlies Eltern ignorieren ihn immer. Das hat ihm wehgetan. Ihnen ging es ständig nur um diese bescheuerte Hochzeit. Er hatte die Nase voll davon … und ich wollte ihm helfen."

Inzwischen wirkte sie ziemlich wacklig auf den Beinen, und Evie war sich nicht sicher, ob Taryn noch lange würde stehen können. Sie wollte nach vorn gehen und sie festhalten, aber die Richterin hätte eine Unterbrechung sicher nicht gutgeheißen.

„Am nächsten Abend hat Jason erzählt, dass es da ein leer stehendes Ferienhaus gibt, wo wir abhängen und einen Film gucken könnten. Da wäre jede Menge … Bier im Kühlschrank. Charlie wollte keins. Er war der Fahrer." Eine Träne rollte über Taryns Wange, und Brodie stieß ein leises Knurren aus, das außer ihr vermutlich niemand hören konnte. „Wir … haben ihn überredet. Wir haben ihn so lange aufgezogen, bis er auch Bier getrunken hat."

„Taryn, halt die Klappe." Wieder sprang Charlie auf, die Hände zu Fäusten geballt. „Das spielt doch jetzt gar keine Rolle. Das alles ist völlig unwichtig."

„Junger Mann, ich muss Sie erneut bitten, still zu sein, oder ich lasse Sie aus dem Gerichtssaal entfernen. Haben Sie das verstanden?"

„Sie muss das nicht tun. Das alles ist meine Schuld. Ich habe getrunken. Und ich bin zu schnell gefahren. Es ist meine Schuld!"

„Mr Beaumont, setzen Sie sich! Und Sie, Ms Thorne, dürfen fortfahren."

Taryn schluckte, und eine zweite Träne folgte der ersten. Nach langem Zögern sank Charlie wieder auf die Bank und vergrub das Gesicht in den Händen.

„Kann … ich mich jetzt … setzen?", fragte Taryn leise.

„Natürlich", sagte die Richterin. Bevor Brodie aufspringen konnte, hatte der Gerichtsdiener ihr bereits den Rollstuhl hingeschoben. Als Taryn saß, reichte er ihr das Mikrofon. Taryn hielt es im Schoß.

„Also … Layla wollte nicht in dem Ferienhaus bleiben. Sie wollte … nach Hause. Sie sagte, es sei f…falsch und wir sollten gehen. Charlie fand das auch. Er meinte, wir sollten mit all dem aufhören und dass wir sonst … echt in Schwierigkeiten geraten könnten. Jason nannte ihn einen … Schlappschwanz."

Das letzte Wort schien ihr peinlich zu sein, und Evie wäre am liebsten nach vorn gestürzt, um sie in die Arme zu reißen und ihr zu sagen, dass sie damit aufhören solle. Brodie zerquetschte ihre Hand beinahe.

„Ch…Charlie meinte, dass er und Layla jetzt fahren würden, und wir könnten dann ja gern zu Fuß nach Hause gehen. Also sind wir alle bei ihm eingestiegen." Ihre Stimme zitterte, sie wischte sich mit einer Hand die Tränen von den Wangen.

„Genug", meinte Brodie. „Sie muss jetzt damit aufhören."

„Ms Thorne, möchten Sie eine Pause machen?", fragte Richterin Kawa sanft.

Taryn schüttelte den Kopf. „Nein. Ich ... möchte jetzt alles erzählen. Ist das okay?"

„Fahren Sie fort."

Sie sah unglücklich und verloren aus, wie sie da in ihrem Rollstuhl saß. Hatte sie diese Last die ganze Zeit mit sich herumgeschleppt? War dies der Grund, warum sie sich geweigert hatte, bei der Therapie mitzumachen?

„Ich habe mich nicht angeschnallt. Und Layla auch nicht. Ich weiß nicht, wieso. Wir haben es einfach nicht getan. Charlie sagte auf der Rückfahrt, dass er sich stellen und der Polizei erzählen würde, was er getan hat. Wir haben gestritten und durcheinandergeschrien, und dann haben wir ... hinter uns das Polizeilicht gesehen. Charlie hat geflucht. Er wollte anhalten." Sie schluchzte leise. „Ich sagte ihm, dass er weiterfahren soll. Ich habe ihn angebrüllt, immer wieder. *Fahr, los, fahr weiter!* Ich wusste, mein Dad ... würde mich umbringen."

„Sei einfach still, Taryn", schrie Charlie, aber sein bleicher Vater packte ihn am Arm.

„Nein!", schrie sie zurück. „Es war nicht dein ... F...Fehler. Du wolltest anhalten. Wir alle haben dir gesagt, dass du schneller fahren sollst. Sogar ... Layla. Sie sagte, dass ihr Onkel – er ist Polizist und saß an dem Abend mit im Streifenwagen – uns bestimmt nicht bei Schnee und Eis verfolgen würde. Und dass wir alle dann einfach nach Hause gehen könnten. Wir hätten dich anhalten lassen sollen. Es tut mir so leid. Es ist meine Sch...Schuld. Das alles war ... meine Idee. Ich hätte ... sterben sollen. Nicht Layla. Nicht Layla."

Jetzt schluchzte sie laut. Brodie sprang auf, eilte zu seiner Tochter und nahm sie in die Arme. Weinend drückte Taryn sich an seine Brust, und schweren Herzens betrachtete Evie diese beiden Menschen, die sie so sehr liebte.

Mit Tränen in den Augen sah sie Maura an, die wie erstarrt wirkte, verloren. Ihre Mutter Mary Ella zog sie fest in die Arme.

Selbst die Richterin wirkte erschüttert. Energisch schlug sie ein paarmal mit dem Hammer auf den Tisch. „Ruhe bitte. Ruhe! War das alles, was Sie sagen wollten, Ms Thorne?"

Noch immer an Brodies Brust geschmiegt, nickte Taryn.

„In diesem Fall denke ich, dass wir alle eine Pause benötigen. Die Verhandlung wird in einer Viertelstunde fortgesetzt."

Evie blieb einen Moment lang sitzen, nicht sicher, was sie tun sollte. Arme, arme Taryn. Sie glaubte wirklich, für die Katastrophe in dieser Nacht verantwortlich zu sein. Und wahrscheinlich dachte sie auch, dass sie ihre Verletzungen und Schmerzen mehr als verdient habe.

Immer und immer wieder hatte sie ihnen gesagt, dass Charlie keine Schuld traf, doch niemand hatte ihr zugehört.

Jetzt sah sie, dass Brodie versuchte, Taryn aus dem Gerichtssaal zu schieben. Doch wegen der Zuschauer, die für die Pause dem Ausgang zustrebten, kam er nicht durch die Gänge. Evie kannte dieses unerklärliche Phänomen, dass die meisten Menschen einen Rollstuhl selbst dann nicht wahrnahmen, wenn er sie praktisch überrollte. Sie sprang auf, um den Weg frei zu machen.

Kurz darauf hatten sie es geschafft. Evie stand mit den beiden auf dem Flur des Gerichtsgebäudes, als wären sie eine Einheit wie die Beaumonts. Aber dieser Eindruck täuschte.

„Es tut mir leid, Dad", sagte Taryn. „Es tut mir so leid. Ich weiß ... dass du mich jetzt hasst."

„Ich hasse dich nicht. Ich könnte dich niemals hassen, Liebling."

Evie wollte diesen privaten Moment nicht stören. Doch als sie sich langsam entfernen wollte, hielt Taryn sie zu ihrer Überraschung am Arm fest. „Danke ... Evie. Ich musste einfach die Wahrheit sagen. Niemand hat mir ... zugehört."

Das war also der Grund, warum sie unbedingt vor Gericht hatte aussagen wollen – die Schuldgefühle hatten sie innerlich zerfressen. Evie konnte nur beten, dass ihr jetzt diese überschwere Last von den Schultern genommen war und Taryn sich ab sofort wirklich auf ihre Genesung konzentrieren konnte.

„Habe ich dir schon mal gesagt, dass du so ziemlich der mutigste Mensch bist, den ich je getroffen habe?", fragte Evie sanft. Dann zog sie Taryn in die Arme und schloss die Augen. Wie leer ihr Leben ohne Taryn und Brodie sein würde.

Als sie sich wieder aufgerichtet hatte, stellte sie fest, dass Brodie sie mit undurchschaubarem Blick betrachtete. Er öffnete den Mund, um etwas zu sagen, doch in diesem Moment kam Maura zu ihnen, das Gesicht kreidebleich. Evie hätte sich beinahe beschützend vor Taryn gestellt, so wie Jacques es wahrscheinlich getan hätte, aber das war natürlich albern. Maura würde dem Mädchen niemals etwas antun, egal, wie unerträglich ihr eigener Schmerz war.

„Taryn, es machen sich schon genug Leute Vorwürfe …" Ihre Stimme brach. „Layla hätte nicht gewollt, dass du diese Schuld mit dir herumschleppst, Liebes." Sie legte Taryn kurz eine Hand auf die Schulter, dann ging sie zurück in den Gerichtssaal.

Taryn blickte ihr nach, einen abwesenden Ausdruck in den Augen.

„Sie hat recht", bestätigte Evie. „Manchmal sind Tragödien genau das. Tragische Zufälle. Niemand hat Schuld daran. Sicher, man hätte andere Entscheidungen treffen können. Du hättest verstehen können, dass dein Dad für dich immer nur das Beste wollte. Er liebt dich und wollte dich nicht einfach nur bestrafen. Du hättest dich entscheiden können, mit ihm zu sprechen. Jeder Einzelne von euch hätte die ganze Zeit verhindern können, was geschehen ist."

Taryn sagte noch immer nichts, und Evie runzelte die Stirn. Irgendetwas war nicht in Ordnung. „Taryn?"

Auf einmal fiel Taryns Kopf nach hinten, als hätte jemand die Fäden einer Marionette durchgeschnitten. Ihre Glieder begannen zu zucken. Evie sah, dass ihre Pupillen geweitet waren und die Augen sich unkontrolliert bewegten. Sie schnappte erschrocken nach Luft. „Taryn!"

„Was hat sie? Was geschieht da gerade?", fragte Brodie erschrocken.

„Ich glaube, sie hat einen Anfall."

„Einen Anfall? Aber der letzte ist schon Monate her! Ich dachte, das wäre ein für alle Mal vorbei."

„Offenbar nicht." Sie hatte jetzt nicht genug Zeit, ihm zu erklären, dass epileptische Anfälle eine häufige Nebenerscheinung von schweren Gehirnverletzungen waren – eine Art Kurzschluss in der komplizierten Verdrahtung des Hirns.

„Wir müssen sie sofort aus dem Stuhl herausheben und sie auf die Seite legen. Auf diese Weise können wir ihr das Atmen erleichtern."

Ohne Zögern nahm Brodie seine Tochter auf den Arm und legte sie auf den Boden. Dann rollte er sie auf die Seite, während Evie ihr Kinn an die Brust drückte, um zu verhindern, dass Taryn sich verschluckte.

„Soll ich einen Notarzt rufen?" Trotz der Hektik erkannte sie das überwältigende Vertrauen in seinem Blick.

„Wir sollten ihr ein paar Minuten Zeit geben, vielleicht schafft sie es allein. Ihr habt nicht zufällig ein Medikament gegen Krampfanfälle in Taryns Tasche?"

„Nein." Besorgt sah er sie an. „Ich glaube nicht. Wie gesagt, sie hatte seit der Klinik keine Anfälle mehr. Wir dachten, das wäre vorbei. Verdammt, ich hätte sie heute nicht aussagen lassen dürfen. Ich wusste, dass es zu viel für sie ist."

Erinnerungen überwältigten sie, schmerzhaft und erdrückend. Sie konnte das nicht ertragen. Nicht schon wieder. Cassie war nach einem epileptischen Anfall im Schlaf gestorben, ihr Herz hatte aufgehört zu schlagen. Am nächsten Morgen hatte Evie sie gefunden und versucht, sie wiederzubeleben, während sie verzweifelt auf den Krankenwagen gewartet und ihre Tochter angefleht hatte, zu ihr zurückzukommen. Obwohl sie längst gewusst hatte, dass es zu spät war.

Nein. Das war die Vergangenheit. Das Heute zählte. Taryn brauchte sie.

„Gut, ruf den Krankenwagen", sagte sie schließlich, als der Anfall nach ein, zwei Minuten nicht vorüber war.

Brodie wählte 911, während Evie Taryns Puls überprüfte, der zum Glück gleichmäßig war. In diesem Moment hasteten Mary Ella, Claire und Katherine auf sie zu.

„Wir haben gerade davon gehört." Katherine kniete sich neben ihre Enkeltochter. „Ach, Baby."

„Was können wir tun?", fragte Claire.

„Haltet uns einfach die Leute vom Hals", bat Evie. „Taryn würde nicht wollen, dass jeder sie anstarrt."

Kurz darauf stürzten die Rettungssanitäter mit einer Trage die Treppe hinauf. Wieder musste Evie gegen den Impuls ankämpfen, einfach wegzulaufen.

„Jemand hat gesagt, dass es Taryn nicht gut geht. Was ist passiert?"

Als sie sich umdrehte, sah sie Charlie, der sich durch die Zuschauermenge drängte, das Gesicht blass und angespannt. „Sie hat einen Anfall", sagte Evie. „Das ist nicht ungewöhnlich bei Patienten mit Gehirnverletzungen."

„Ist sie … sie wird doch wieder gesund?"

„Ganz bestimmt", versicherte Evie, obwohl sie Cassie vor sich sehen konnte, reglos und kalt.

Charlie stöhnte auf „Sie hätte heute nicht kommen dürfen."

Aus den Augenwinkeln warf sie Brodie einen Blick zu. Endlich waren die beiden einmal einer Meinung. Die Notärzte legten Taryn auf die Trage, und Brodie trat einen Schritt zur Seite, damit sie ihre Arbeit verrichten konnten. Evie wollte ihn berühren, ihn beruhigen, aber sie wusste nicht, wie er darauf regieren würde.

„Ich glaube, sie wollte einfach die Wahrheit sagen", meinte sie. „Es hat ihr die ganze Zeit zu schaffen gemacht, dass die Leute dir die Schuld gaben. Dabei hast du ja wohl versucht, die Sache noch rechtzeitig zu stoppen. Warum hast du das nie gesagt?"

Er ließ die Notärzte nicht aus den Augen. „Das spielt doch überhaupt keine Rolle. Ich bin gefahren. Ich war verantwortlich. Ich hätte einfach anhalten können, als Chief McKnight das Polizeilicht angeschaltet hat. Ich hätte auf die anderen nicht hören dürfen. Nichts von all dem wäre passiert, wenn ich meinen Mann gestanden und Nein gesagt hätte."

Brodie, der bisher ihrem Gespräch keine Beachtung geschenkt hatte, drehte sich um, zögerte einen Moment und legte dann eine Hand auf Charlies Schulter.

Erschrocken sah der Junge ihn an, als befürchtete er, dass Brodie ihn schlagen würde, dann stieß er erleichtert den Atem aus. Brodie richtete seine Aufmerksamkeit wieder auf die Notärzte, die sich jetzt bereit machten, Taryn zum Krankenwagen zu bringen.

Evie musste gegen die Tränen ankämpfen, als sie sah, wie er neben seiner Tochter herging. In diesem Moment liebte sie ihn so sehr, dass ihr die Luft wegblieb, es tat weh und war gleichzeitig unendlich schön.

Und da wurde ihr klar, dass sie auf einmal keine Angst mehr hatte. Taryn würde es gut gehen. Sie wusste es einfach. Die ersten Maßnahmen der Notärzte wirkten bereits, das unkontrollierte Zucken hatte nachgelassen. Bei Cassie war es anders gewesen.

Sie stand neben Charlie und sah zu, wie die Notärzte und Brodie mit der Trage den Aufzug bestiegen. Brodie ließ die Hand seiner Tochter keine Sekunde lang los.

Sie liebte Brodie Thorne. Wenn Taryn in der Lage war, sich im Gerichtssaal hinzustellen und die ganze Schuld auf sich zu nehmen, und wenn Brodie seine Wut auf Charlie überwinden und ihm vergeben konnte, dann konnte sie mit Sicherheit den Mumm aufbringen, endlich ihr Herz zu öffnen.

# 14. Kapitel

Er hasste Krankenhäuser.

Brodie hätte nach den letzten vier Monaten wirklich nichts dagegen gehabt, nie mehr eines von innen sehen zu müssen. Und doch war er wieder hier, in der Kinderklinik in Denver, und saß am Bett seiner schlafenden Tochter.

Der Anfall hatte insgesamt zwanzig Minuten gedauert. Als der Rettungsdienst Taryn in die Notaufnahme des kleinen Krankenhauses in Hope's Crossing gebracht hatte, war er schon vorbei gewesen. Doch um wegen ihrer Vorgeschichte kein Risiko einzugehen, hatten die Ärzte sie nach Denver bringen lassen, in das Krankenhaus, in dem sie beide nach dem Unfall so viele dunkle Stunden erlebt hatten.

Er kannte jeden Quadratzentimeter des Krankenhauses. So dankbar er den Ärzten war, die ihr Bestes taten, um Kindern zu helfen, repräsentierten diese Wände für ihn vor allem diese schreckliche Angst, die er damals gehabt hatte.

Der unbequeme Stuhl knarrte etwas, als er das Gewicht verlagerte, und Taryn öffnete die Augen. Zuerst war ihr Blick noch verschwommen, dann lächelte sie ihn an.

„Dad?"

„Ich bin hier, Liebling."

„Geh nach Hause. Mir ... geht es gut."

Taryn war schläfrig von den Medikamenten und den Nachwirkungen des langen Anfalls. Sie konnte kaum die Augen offen halten. Die Ärzte hatten einen Ausdruck für ihren Zustand. Postiktal – wenn der Körper seine Systeme herunterfuhr, damit das Gehirn sich wieder einrichten konnte. Er selbst würde es einfach ‚vollkommen erledigt' nennen.

„Ich gehe nirgendwohin, Liebling, höchstens mal einen Happen essen. Ruh dich einfach aus. Wenn du aufwachen solltest und ich nicht hier bin, dann bin ich unten in der Cafeteria, komme aber gleich zurück."

Sie schwieg so lange, dass er schon dachte, sie sei wieder eingeschlafen, doch dann öffnete sie die Augen erneut. „Bist du ... böse?"

Und wieder dachte er an ihre stockenden Worte in dem Gerichtssaal, wie schon den ganzen Nachmittag und Abend. *Mein Fehler …
meine Idee … ich war sauer auf meinen Dad.*

Seine Brust schmerzte, er griff nach ihrer Hand und drückte sie sanft. „Nein, Liebling. Ich bin nicht böse auf dich. Wie könnte ich? Du hast für deine Fehler mehr als bezahlt. Wir alle haben Fehler gemacht. Ich verspreche, dass ich dir künftig besser zuhören werde, und ich hoffe, dass du das nächste Mal mit mir sprichst, wenn du mit mir nicht klarkommst."

„Das wird … nicht wieder vorkommen."

„Das ist schön zu hören." Er drückte ihre Hand noch einmal, und sie schloss die Augen. Gerade als er die Hand zurückziehen wollte, sah sie ihn wieder an.

„Was ist mit Charlie?"

Eine merkwürdige Mischung aus Wut und Schuldgefühlen stieg in ihm auf, sobald er an Charlie Beaumont dachte. Seit April hatte er seinen Hass auf den Jungen genährt und ihm die Schuld für alles gegeben, was Taryn durchzustehen hatte. Noch immer wusste er nicht genau, wie er über diese Gefühle hinwegkommen sollte. Ein Teil von ihm gab Charlie nach wie vor die Schuld. Der Junge war gefahren, und selbst der geringe Alkoholwert in seinem Blut hatte seine Reaktionsfähigkeit eingeschränkt. Charlie hätte einfach Nein sagen können, egal, wie sehr die anderen ihn bedrängt hatten.

Aber seine Wut war nicht mehr so brennend wie noch an diesem Morgen, und nach Taryns Worten im Gerichtssaal wusste er nicht mehr genau, was er eigentlich denken sollte.

Evie würde bestimmt sagen, dass er verzeihen müsse, um weiterzumachen.

Immer wenn er daran dachte, wie ruhig und gelassen sie im Gerichtssaal neben ihm gesessen hatte, zog sich sein Magen merkwürdig zusammen. Ohne sie hätte er es kaum durchgestanden – nicht Taryns Zeugenaussage und auch nicht den epileptischen Anfall, auf den Evie mit professioneller Sicherheit reagiert hatte.

„Muss er … ins Gefängnis?", fragte Taryn.

Er wusste nicht genau, was er antworten sollte. Richterin Kawa hatte vor etwa zwei Stunden das Urteil verkündet. Seine Mutter, die auf sein Bitten hin im Gericht geblieben war, hatte ihn angerufen und gesagt, dass Charlie zu einem Jahr Jugendgefängnis verurteilt worden sei, gefolgt von einer dreijährigen Bewährungszeit.

Außerdem wurde ihm der Führerschein bis zu seinem 21. Lebensjahr abgenommen.

„Ein Jahr Jugendarrest", erklärte er Taryn. „Die Richterin hat aber einen Spielraum gelassen. Er kann wegen guter Führung früher entlassen werden."

„Ein Jahr", flüsterte sie. „Ich werde ihn vermissen."

Er konnte seine nächsten Worte selbst nicht fassen. „Wir können ihn ja besuchen, wenn du magst. Aber du musst mir versprechen, dass du ab sofort alles daransetzt, gesund zu werden."

„Das möchte ich ... jetzt", sagte sie.

Wieder wurde ihm schwer ums Herz, als er sich vorstellte, welche Last Taryn die ganze Zeit mit sich herumgeschleppt hatte. „Das weiß ich."

Sie schenkte ihm ein halbes Lächeln und schloss die Augen wieder. Als er sicher sein konnte, dass sie eingeschlafen war, ließ er ihre Hand los, lehnte sich zurück und lauschte dem leisen Brummen der Infusionspumpe und dem Summen der anderen Geräte im Raum.

Dann musste er weggedämmert sein, denn irgendwann wurde er davon wach, dass die Tür leise geöffnet wurde. Er ging davon aus, dass es sich um eine der Krankenschwestern handelte, deshalb ließ er die Augen geschlossen, bis der Duft von Wildblumen in sein Bewusstsein drang.

Als er die Augen öffnete, stand Evie vor ihm. Sie trug noch immer Rock, Bluse und Blazer wie vor Gericht, anscheinend war sie noch nicht zu Hause gewesen. In der Hand hielt sie ein paar Tüten.

Ihre Blicke trafen sich, und Brodie strich sich mit einer Hand durchs Haar. Sofort spürte er wieder, wie Ruhe ihn durchströmte. Tatsächlich war er überglücklich, dass sie da war.

„Entschuldige, ich habe dich geweckt", flüsterte sie und warf Taryn einen Blick zu. „Als ich dich schlafen sah, wollte ich einfach nur ein paar Sachen und eine kleine Notiz hierlassen. Deine Mutter hat mir Kleider zum Wechseln mitgegeben. Und außerdem habe ich mir von Dermot ein paar Sandwiches einpacken lassen, falls ihr hungrig seid."

Als sein Magen wie aufs Stichwort knurrte, fiel ihm wieder ein, dass er seit heute Morgen nichts gegessen hatte. Und jetzt war es schon nach neunzehn Uhr. Ja, er hatte Hunger, aber vor allem hatte er das Bedürfnis, die Arme um sie zu schlingen.

„Das klingt fantastisch. Ich könnte auf der Stelle ein halbes Dutzend von Dermots Sandwiches verdrücken."

„Ich glaube nicht, dass er so viele eingepackt hat", gab sie lächelnd zurück und streckte ihm eine Tüte hin. „Aber das sollte für den Anfang reichen. Es sind auch Pommes frites und ein Stück Kuchen dabei."

„Danke." Er wollte so vieles sagen, all die Worte, die seit letzter Woche in seinem Kopf herumspukten.

„Wie geht es ihr?", erkundigte sich Evie.

„Gut. Sie ist ziemlich erschöpft. Die Ärzte wollen auf Nummer sicher gehen und zunächst einmal abwarten, ob sie nicht noch einen Anfall bekommt. Doch so wie es bisher aussieht, können wir morgen nach Hause gehen."

„Das hoffe ich." Sie machte einen Schritt auf das Bett zu und betrachtete Taryn mit zärtlichem Blick.

Ihm wurde schon wieder ganz warm ums Herz. Sie liebte seine Tochter, das konnte er deutlich an ihrem Gesicht ablesen. Obwohl sie so viel Schmerz und Trauer durchgemacht hatte, war Evie in der Lage, seinem Mädchen gegenüber das Herz zu öffnen. Sie hatte sogar ihren heiß geliebten Hund aufgegeben, nur um Taryn zu helfen.

War es denn ein Wunder, dass er diese Frau wie verrückt liebte?

Als diese Erkenntnis ihn traf, ließ er sich auf dem unbequemen Krankenhausstuhl zurücksinken.

Er liebte Evaline Blanchard. Dafür, dass sie seine Tochter liebte, und aus Tausend Gründen mehr.

Sie brachte ihn zum Lachen, wenn das Leben ihm mal wieder so furchtbar ernst erschien. Und erst jetzt begriff er, wie sehr er sich schon immer nach solchen leichten und hellen Momenten gesehnt hatte.

Außerdem brachte sie es fertig, in jedem Menschen das Gute zu sehen. So wie sie Charlie die Hand gereicht hatte, als alle anderen in der Stadt ihn am liebsten gesteinigt hätten.

Und das Wichtigste: Sie ließ ihn ruhig werden, was auf den ersten Blick überhaupt keinen Sinn ergab. Evie war kein stiller Mensch. Sie war lebhaft und leidenschaftlich. Sie liebte all diese bunten Schmucksteine. Doch wenn sie bei ihm war, schien sich das Chaos in seinem Kopf zu legen.

Er brauchte sie, so wie er die Berge brauchte, und er war verdammt noch mal nicht bereit, sie kampflos aufzugeben.

„Ich muss an die frischer Luft", sagte er schroff. Zu schroff offenbar, denn sie warf ihm einen besorgten Blick zu.

„Soll ich vielleicht so lange bei Taryn bleiben?"

„Ich möchte, dass du mich begleitest." So nervös, wie er auf einmal war, würde er bestimmt alles vermasseln. „Das wäre schön", fügte er hastig hinzu. „Hättest du Lust, mit mir einen kleinen Spaziergang durch den Meditationsgarten zu machen? Dort gibt es auch Tische, an denen wir diese köstlichen Sandwiches essen können."

„Können wir Taryn denn allein lassen?"

„Ich glaube kaum, dass sie bald aufwacht. Sie ist ziemlich erschöpft. Und ich habe ihr gesagt, dass ich mir etwas zu essen holen werde. Wir lassen einfach die Tür offen, damit die Krankenschwestern sie hören können."

Nach einem kurzen Halt im Schwesternzimmer, wo sie Bescheid sagten, dass sie kurz in den Garten gehen wollten, nahmen sie den Fahrstuhl.

„Du hast bestimmt gehört, wie Charlies Verhandlung ausgegangen ist", begann sie.

Er wollte nicht über Charlie sprechen. Er wollte ihr sagen, wie verrückt er nach ihr war, und sie fragen, was er tun müsse, damit sie bei ihm blieb. „Katherine hat mich vorhin angerufen."

„Bist du wütend? Weil er nur ein Jahr Jugendstrafe bekommen hat? Das muss dir ziemlich wenig erscheinen."

Er schwieg so lange, bis der Lift das Erdgeschoss erreicht hatte. „Ich denke, Richterin Kawa hat richtig entschieden", sagte er und war selbst überrascht, dass er es auch meinte. Inzwischen war er tatsächlich der Ansicht, dass Charlie in den Jugendstrafvollzug gehörte und nicht wie ein Erwachsener verurteilt werden sollte. Der Gerechtigkeit musste Genüge getan werden, keine Frage, aber man konnte einem Jungen gegenüber, der einen dummen Fehler gemacht hatte, ruhig etwas großzügig sein.

Evie stieg nicht aus, sondern sah ihn nur an, mit liebevollem Blick. Vielleicht waren die Hürden, die er nehmen wollte, doch nicht so hoch wie befürchtet. „Das finde ich auch."

Die Fahrstuhltüren begannen, sich wieder zu schließen. Schnell streckte Brodie den Arm vor die Lichtschranke, dann zog er Evie hinter sich ins Foyer des Krankenhauses.

Der Garten war wunderschön mit kleinen Wasserfällen, einem gurgelnden Bach, hohen Bäumen und bunten Herbstblumen. Tief atmete Evie die frische Luft ein.

„Okay, ich muss das jetzt loswerden, und danach können wir uns hinsetzen und du bekommst dein Essen", sagte sie mit einem nervösen Unterton in der Stimme.

Hungrig war er sowieso nicht mehr. Am liebsten hätte er die Tüte mit den Sandwiches einfach auf den Boden plumpsen lassen, um Evie fest in die Arme zu schließen.

„Was musst du loswerden?"

Sie stopfte die Hände in ihre Jackentaschen. „Ich möchte mich bei dir entschuldigen. Oder es zumindest erklären."

„Geht es um deine Aussage? Ich sollte mich wohl eher entschuldigen, dass ich deshalb so wütend war. Ich hätte wissen müssen, dass du so etwas tust. So bist du einfach, Evie."

*Und das ist einer der Gründe, warum ich dich von ganzem Herzen liebe.*

„Nein, das meine ich nicht. Obwohl mir auch das leidtut. Es war nicht richtig, dich damit zu überraschen, du hättest zumindest eine kleine Vorwarnung verdient." Sie atmete tief durch, dann seufzte sie. „Was ich eigentlich meine, ist, dass ich während Taryns Anfall so ausgeflippt bin."

„Ausgeflippt? Soweit ich mich erinnere, warst du die Einzige, die ruhig geblieben ist. Ich möchte mir gar nicht ausmalen, was ohne dich geschehen wäre, Evie."

„Gut. Ich bin froh, dass es dir nicht aufgefallen ist. Wahrscheinlich bin ich nur innerlich ausgeflippt."

„Aber wieso? Wie es scheint, hast du jede Menge Erfahrung mit epileptischen Anfällen."

Sie blickte einen Moment hinauf zu den Sternen, dann sah sie ihn wieder an. „Die Situation hat einfach eine Menge Erinnerungen in mir wachgerufen. Cassie ist während eines epileptischen Anfalls gestorben. Und ich hatte solche Angst um Taryn."

Brodie starrte sie an, überwältigt und ehrfürchtig und vor allem bis über beide Ohren verliebt. Obwohl sie vor Schreck wie gelähmt hätte sein müssen, hatte sie alles Notwendige für Taryn getan. Sie hatte dafür gesorgt, dass seiner Tochter nichts Schlimmeres geschah.

Er konnte einfach nicht anders. Nachdem er die Tüte auf der Bank abgestellt hatte, zog er sie an sich. Seufzend schmiegte sie sich in seine Arme, als ob sie die ganze Zeit nur darauf gewartet hätte.

„Ich dachte, dass ich inzwischen gut damit zurechtkomme", murmelte sie, die Wange an seine Brust gepresst. „Und meistens ist es ja auch so, aber ab und zu zieht es mir noch immer den Boden unter den Füßen weg. Ich vermisse sie."

„Ich weiß. Ich weiß, Liebling." Er streichelte mit einer Hand über ihr Haar, dann strich er ihr eine Haarsträhne hinters Ohr. Sie weinte nicht, stieß nur ein zittriges Seufzen aus, die Arme fest um ihn geschlungen.

„Niemand hat dir deine Angst angemerkt, Evie. Und das nenne ich echten Mut, weißt du. Dass man die Angst zwar selbst spürt, aber trotzdem handelt. Du bist wirklich die Letzte, die sich entschuldigen muss. Aber ich, ich habe dir so viel zu verdanken. Alles. Nicht nur wegen heute, nicht nur, weil du so ruhig und stark bei dem ganzen Chaos geblieben bist. Nein, auch wegen der letzten Wochen. Du hast mir wieder Hoffnung gegeben, Evie. Hast du überhaupt eine Ahnung, was für ein Geschenk das für mich ist?"

Als sie schluckte und ihm ein zittriges Lächeln zuwarf, umschloss er ihr Gesicht mit beiden Händen und küsste Evie. Der Kuss war sanft und zart und erschütterte ihn bis ins Innerste.

Er liebte diese Frau von ganzem Herzen. Und so hielt er sie in dem stillen Garten in den Armen, während die Sterne über ihnen funkelten, und wollte sie nie mehr loslassen.

Brodies herrliche Lippen auf ihren, die zärtliche Berührung seiner Hände, all das raubte ihr fast den Verstand. Sie konnte nicht anders, als reglos dazustehen und diesen umwerfenden Moment auszukosten.

„Das habe ich gebraucht." Brodies Stimme klang heiser. „Von der Sekunde an, als du vorhin in Taryns Zimmer gekommen bist, konnte ich an nichts anderes denken, als dich endlich wieder in meinen Armen zu halten, und dass dann alles wieder gut werden würde."

Die Tränen, gegen die sie schon die ganze Zeit angekämpft hatte, begannen jetzt zu fließen. Etwas Schöneres hatte sie noch nie in ihrem Leben gehört. Sie schlang die Arme noch fester um ihn, das Herz randvoll mit Liebe für diesen Mann.

Sie liebte ihn. Nichts anderes war mehr wichtig, nicht die Unterschiede zwischen ihnen und auch nicht die Angst davor, wieder einen geliebten Menschen zu verlieren.

Das hier war wirklich, und es fühlte sich richtig an. Sie liebte ihn mit jeder Faser ihres Körpers. Sie konnte nicht mehr in ihr sicheres und ruhiges Leben zurückkehren. Zwar hatte sie geglaubt, ihren

Frieden in Hope's Crossing gefunden zu haben, doch da hatte sie sich wohl nur etwas vorgemacht. Sie hatte sich in einen Kokon eingesponnen und alles von sich ferngehalten, das diesen falschen Frieden hätte gefährden können.

Und jetzt musste sie ihre um sich errichteten Mauern einreißen und sich wieder hinaus in die kalte und manchmal beängstigende Welt wagen.

„Eines noch", murmelte Brodie nach einem weiteren Kuss, der sein Herz höherschlagen ließ. „Du sagst zwar, dass du im Gerichtsgebäude ausgeflippt bist, aber für mich warst du eine Oase der Ruhe und des Friedens, Evie. Und das ist es, was ich am meisten an dir liebe."

Evie blinzelte, wahrscheinlich hatte sie sich verhört. Hatte er gerade wirklich das L-Wort ausgesprochen? Sowie sie die Augen aufriss, sah sie, dass er sie mit einer Zärtlichkeit anblickte, bei der ihr der Atem stockte und gleichzeitig die kältesten Stellen ihrer Seele wärmte.

„Ich weiß, dass du keine Beziehung mit mir willst." Seine Stimme klang rau. „Aber betrachte das jetzt als faire Vorwarnung. Ich bin ein Mann, der nicht aufgibt, wenn er etwas wirklich will. Vor allem, wenn es um die eine Frau auf der Welt geht, die mich glücklich macht, die das Chaos in meinem Kopf zum Stillstand bringt. Ich liebe dich, und ich brauche dein Lachen und … die Fröhlichkeit, die du in mein Leben bringst. Deswegen sage ich dir hier und jetzt, dass ich alles dafür tun werde, damit du deine Meinung änderst und uns beiden eine Chance gibst."

Er drückte sie noch fester an sich, als ob er befürchtete, dass sie sich von ihm losreißen und eine Diskussion beginnen könnte. Stattdessen lächelte sie ihn an, mit bebenden Lippen, und wieder spürte sie, wie Tränen über ihre Wangen liefen. „Okay."

Er sah sie an. „Okay was?"

„Okay. Du hast mich überzeugt."

Verwirrung lag in seinen blauen Augen. „Einfach so?"

Sie lachte und fragte sich, ob ihr Lachen tatsächlich so zittrig klang, wie sie es sich einbildete. Sie liebte diesen Mann. Er war gut und ehrlich, stark und anständig. Er arbeitete hart und liebte seine Tochter hingebungsvoll. Wie könnte sie ihn *nicht* lieben?

„Offen gestanden war ich sowieso schon überzeugt. Ich schätze, tief im Innern wusste ich es schon länger, aber mein Kopf hat noch eine Weile gebraucht, um es zu kapieren. Ich liebe dich, Brodie. Du bist … alles für mich. Du und Taryn. Ich kann mir nicht vorstellen, wieder in mein altes Leben zurückzukehren. Ich *möchte* nicht zurück."

Er starrte sie an, fassungslos zunächst, dann leuchtete sein Gesicht vor Glück auf.

„Evie", sagte er leise und küsste sie wieder. Sie schmiegte sich an ihn, das Herz leichter als jemals zuvor. Sie küssten sich lange in diesem Garten, wo der schrille Lärm eines großstädtischen Krankenhauses gedämpft und weit entfernt zu sein schien.

Sie konnte nicht fassen, wie glücklich sie nach einem solch turbulenten Tag war. Fast kam es ihr unwirklich vor. Alles war ihr so leer und schwarz erschienen, nachdem der Notarztwagen mit Taryn und Brodie davongebraust war – und jetzt stand sie hier, die Arme des geliebten Mannes um sich, und auf einmal war die Zukunft strahlender und schöner als die schönsten Schmucksteine im *String Fever*.

„Ich sollte besser wieder zu Taryn gehen", sagte er schließlich, Bedauern in der Stimme.

„Jetzt hast du dein Sandwich nicht gegessen." Sie lachte leise.

„Komisch. Im Moment ist mir Essen ziemlich egal." Lächelnd küsste er sie auf die Stirn. In der letzten halben Stunde hatte er öfter gelächelt als im ganzen letzten Monat. *Ihretwegen.* Sie machte ihn glücklich – gab es ein größeres Geschenk auf der Welt?

„Ich esse oben in Taryns Zimmer."

„Wenn du magst, kann ich noch etwas bleiben."

Und wieder lächelte er. „Nichts wünsche ich mir mehr."

„Meinst du, Taryn … ist einverstanden?", fragte Evie. „Mit … uns?"

Er lachte. „Ich glaube, sie wird durchdrehen vor Glück. Stephanie ist toll und alles, und sie macht ihre Arbeit auch wirklich gut, aber Taryn hat dich furchtbar vermisst. Außerdem gibt es da so einen traurig dreinschauenden Hund, der überglücklich sein wird, wenn du wieder da bist."

„Ich habe ihn auch vermisst."

„Wo wir gerade davon sprechen – ich konnte es nicht fassen, als ich von meiner Geschäftsreise zurückkam und Jacques es sich in meinem Haus gemütlich gemacht hatte."

Sie spürte, dass sie rot wurde. „Ja, wahrscheinlich hätte ich erst mit dir sprechen sollen. Aber irgendwie erschien es mir genau der richtige Moment zu sein."

„Das meine ich nicht. Evie. Du liebst diesen Hund. Wie konntest du ihn einfach Taryn geben?"

Sie dachte an die ersten Nächte ohne Jacques in ihrer Wohnung und daran, wie sie sich am liebsten zusammengerollt und in den Schlaf geweint hätte. „Sie hat ihn mehr gebraucht als ich", erwiderte sie nur.

Mit einem Blick voller Wärme und Zärtlichkeit sah er sie an. „Kein Wunder, dass ich vollkommen verrückt nach dir bin", murmelte er.

Sie küsste ihn, die Arme fest um seinen Hals geschlungen. „Das klingt vielleicht bescheuert und nach New Age, aber ich habe festgestellt, dass man alles im Leben irgendwie zurückbekommt. Nenn es Karma oder Kismet oder was auch immer, aber es ist so."

„Willst du damit sagen, dass dein Hund uns zusammengebracht hat?", fragte er lachend.

Der Hund und ein mutiges Mädchen und diese schreckliche Tragödie, die so viele Leben auf unerwartete Weise verändert hatte. Ihres eingeschlossen.

„Es sind schon merkwürdigere Dinge passiert", sagte sie.

„Nun, ich nenne es weder Karma noch Kismet oder Schicksal", flüsterte er an ihren Lippen. „Ich nenne es einfach perfekt."

Und sie war ganz seiner Meinung.

# EPILOG

Zum zweiten Mal feierte der Ort nun seinen jährlichen Giving-Hope-Day, und er begann hell und sonnig.

Evie verstaute ihren Werkzeugkoffer und Unmengen von Pinseln und Farbwannen, die sie in den letzten Wochen gekauft hatte, im Kofferraum ihres Geländewagens. Dann hielt sie einen Augenblick inne, um in das klare Blau des frühen Junimorgens zu blicken. Ein paar hohe Wolken zogen über den Himmel – hoffentlich wurde die von der Wettervorhersage auf zwanzig Prozent eingeschätzte Regenwahrscheinlichkeit von der achtzigprozentigen Chance auf Sonnenschein weggefegt.

Nach der vielen Arbeit, die sie und die anderen Mitarbeiterinnen des Schmuckladens in den Nachbarschaftstag gesteckt hatten, damit er noch erfolgreicher wurde als im Jahr zuvor, wäre es zu schade, wenn ein Unwetter alles zunichtemachte. In einer Stunde würden Hunderte Einwohner von Hope's Crossing im Gemeindezentrum zusammenkommen, um sich die Aufgaben für diesen Tag zuteilen zu lassen. Sie würden im Canyon Müll sammeln, Picknicktische im Park streichen oder älteren Mitbürgern bei der Gartenarbeit helfen. Evie betete, dass die Wolken schön weit oben und vor allem trocken blieben.

Diesmal hatten sich doppelt so viele Freiwillige für den Giving-Hope-Tag angemeldet wie im Jahr zuvor, außerdem wurden noch immer Sachspenden für die Versteigerung anlässlich der abendlichen Tanzveranstaltung abgegeben.

Sie erschauerte vor Glück, als ihr Blick auf die Blautanne vor der Eingangstür des weitläufigen, aus Zedernholz und Glas gebauten Hauses fiel, das seit drei Monaten ihr Zuhause war.

Welchen Unterschied ein Jahr machen konnte!

Ihr Leben hatte sich in den vergangenen zwölf Monaten vollkommen verändert. Zwar hatte sie wirklich gern in ihrem kleinen, einsamen Apartment über dem *String Fever* gewohnt, und sie war dankbar für den Frieden und die Ruhe, die sie dort gefunden hatte. Doch als sie jetzt den gewundenen Weg hinaufging, der zum Haus führte, war sie einmal mehr erstaunt, wie schnell es zu ihrem liebsten Ort auf der ganzen Welt geworden war. Manchmal hatte sie den Eindruck, dass die Mauern und Wände kaum in der Lage waren, so viel Liebe und Glück in ihrem Inneren festzuhalten.

Bevor Evie die Haustür erreichte, wurde sie schon aufgestoßen, und Jacques tappte ins Freie. Er sah ziemlich zufrieden mit sich aus.

„Jetzt erzähl mir nicht, dass du Türen öffnen kannst", sagte sie und streichelte ihn liebevoll zwischen den Ohren.

„Noch nicht", rief Taryn von der Türschwelle aus. Sie trug das gelbe T-Shirt der freiwilligen Helfer, Jeansshorts und Tennisschuhe. Das bunte Blumenarmband, das sie und Charlie Beaumont vor so langer Zeit zusammen gebastelt hatten, funkelte an ihrem Handgelenk. „Gib ihm nur noch etwas Zeit, dann kriegt er das bestimmt hin."

Ihre Stieftochter trat aus der Tür und steuerte mit einem fast unmerklichen Schwanken auf den Geländewagen zu.

Manchmal hatte Evie das Gefühl, ihr Herz müsste platzen vor Stolz über Taryns Fortschritte in den letzten neun Monaten, vor allem, da sie selbst keine unwichtige Rolle dabei gespielt hatte.

Ein Fremder, der nichts von den letzten schwierigen Monaten wusste, würde vielleicht nur ein hübsches dunkelhaariges Mädchen mit großen blauen Augen sehen. Und dieses leicht schiefe, gewinnende Lächeln bemerken, das immer wirkte, als ob sie sich im Stillen über etwas amüsierte.

Evie hatte Brodie von Anfang an gesagt, dass Taryn wahrscheinlich nie wieder dieselbe sein würde wie vor dem Unfall. Von ihrem etwas unsicheren Gang abgesehen würde sie weiterhin ab und zu Schwierigkeiten mit ihrem Erinnerungsvermögen haben. Noch immer musste sie manchmal mitten im Gespräch nach dem richtigen Wort suchen, und es konnte sein, dass sie über gewisse Ausdrücke stolperte.

Doch sie hatte gerade ihr Junior Year in der Highschool abgeschlossen und war sogar vor einem Monat zur beliebtesten Schülerin des Jahrgangs gewählt worden – unter Strömen von Tränen und Umarmungen und stehenden Ovationen ihrer Klassenkameraden.

Jacques, ihr ergebener Gefährte, ließ sich mitten auf dem Weg auf den Boden plumpsen, als wollte er sie auffordern, sich etwas zu beeilen. Zwischen den beiden hatte sich eine tief gehende Freundschaft entwickelt, die mit jedem Tag noch inniger zu werden schien.

„Ist das dein Ernst?", fragte Evie, als sie die Leine in Taryns Händen bemerkte. „Willst du Jacques wirklich mitnehmen? Meinst du nicht, dass er uns nur im Weg ist?"

„Wieso denn? Ich brauche ihn zur moralischen Unterstützung. Aber vorsichtshalber habe ich seine Therapiehund-Weste dabei, nur für den Fall, dass jemand was einzuwenden hat. Dann sage ich eben, er muss mir helfen."

Katherine hatte diese kleine grüne Weste genäht und eigentlich als Scherz gemeint, aber Evie war der Ansicht, dass mehr als nur ein Körnchen Wahrheit in der Bezeichnung Therapiehund steckte. In den langen Monaten der Therapie hatte er Taryn mehr geholfen als Evie selbst. Deswegen hatte sie ihn in letzter Zeit auch bei der Behandlung einiger ihrer Patienten eingesetzt.

Denn auch das hatte sich im letzten Jahr verändert. Durch ihre Arbeit mit Taryn war ihr klar geworden, dass sie tief im Herzen immer Therapeutin bleiben würde, auch wenn ihr Verstand ständig neue Ausreden erfand, um diese Tatsache zu leugnen. Zwar arbeitete Evie nach wie vor stundenweise im *String Fever*, doch es bereitete ihr wieder große Freude, sich um einige wenige, sorgfältig ausgewählte Patienten zu kümmern.

„Ist dein Dad fertig?"

„Ich glaube, er ist direkt hinter mir."

„Bin schon da", ertönte eine etwas unkonzentrierte Stimme. Wie auf Knopfdruck kam Brodie aus der Tür, sein vom Duschen noch feuchtes Haar lockte sich in seinem Nacken. Er hatte einen Thermobecher mit dampfenden Kaffee in der Hand und las gerade eine Nachricht auf seinem Smartphone. Obwohl sie erst vor einer Dreiviertelstunde an ihn geschmiegt im Bett gelegen hatte, durchfuhr sie bei seinem Anblick ein glücklicher Schauer. So war es immer, wenn sie ihn sah, selbst nach drei Monaten Ehe.

Sie konnte nur hoffen, dass sie nach fünfzig Jahren noch genauso empfinden würde.

Er schob das Telefon in seine Jeanstasche. „Tut mir leid. Ich habe endlich eine Nachricht von dem Stadtplaner in Gunnison bekommen. So wie es aussieht, wurde der Bau unseres neuen Sportwarenladens genehmigt."

„Ach Brodie, das sind ja tolle Neuigkeiten!" Wochenlang hatte er mit der Stadtverwaltung um einen Standort für die Erweiterung seines Unternehmens gerungen.

Als sie die Arme um ihn legte, umschlang er sie fest und gab ihr einen langen und so wundervollen Kuss, dass sie wünschte, noch immer mit ihm im Bett zu liegen und die Decke über ihre beiden Köpfe ziehen zu können.

„Okay. Geht's dann mal langsam weiter?", grummelte Taryn. Evie löste sich von Brodie und sah, wie ihre Stieftochter die Augen verdrehte.

Aber das war bloßes Theater. Taryn hatte Evie begeistert in ihrer Familie aufgenommen – wie Katherine auch. Als Brodie und Evie nach Charlies Verhandlung im September ihre Beziehung öffentlich gemacht hatten, hätte Katherine nicht glücklicher sein können. Und bei ihrer Hochzeit im März – einer stillen Zeremonie in der kleinen Stadtkirche – hatte sie gelacht und geweint und Evie herzlich in ihrer kleinen Familie willkommen geheißen.

Brodie sah sie mit diesem Lächeln an, bei dem noch immer ihre Zehen zu kribbeln begannen. „Ja, ich schätze, du hast recht. Wir sollten uns besser beeilen. Wir können ja nicht die ganze Stadt warten lassen."

Er hielt Evie die Wagentür auf, dann half er Taryn – und Jacques – auf den Rücksitz.

„Das wird richtig toll", verkündete Taryn, als ihr Vater sich hinters Steuer setzte und die Auffahrt hinunterfuhr. „All meine Freunde reden noch immer davon, wie viel Spaß sie letztes Jahr hatten. Ich bin mit Hannah am Gemeindezentrum verabredet, wir wollen zusammen rauf in den Canyon zum Müllsammeln."

„Es ist fantastisch, dass du dieses Jahr dabei sein kannst", sagte Evie.

Und sie war sicher, dass die Einwohner von Hope's Crossing darüber genauso begeistert sein würden. Nicht wenige betrachteten Taryns Genesung als kleines Wunder. Das Mädchen war für sie zu einer Art Talisman geworden, ein Symbol der Hoffnung und Heilung nach dem tragischen Autounfall, der in so vielen Leben tiefe Wunden hinterlassen hatte. Obwohl Taryn bei Charlies Verhandlung einen Großteil der Verantwortung für den Unfall übernommen hatte, schien ihr niemand deswegen Vorwürfe zu machen.

Brodie drückte Evies Hand, und sie sah die Zärtlichkeit in seinem Blick. Wie hatte sie ihn jemals für kalt und herzlos halten können? Ja, er behielt seine Gefühle oft für sich, doch dadurch wurden die Momente, wenn er sich vollkommen öffnete, nur umso wertvoller.

Sie fuhren gerade durch das Tor von *Aspen Ridge*, als Evie einen Fahrradfahrer bemerkte, der ihnen entgegenkam. Merkwürdig, da doch alle anderen sich momentan auf den Weg zum Gemeindezentrum machten.

„Warte!", schrie Taryn. „Dad, halt an!"

Brodie runzelte die Stirn. „T, wir sind bereits zu spät dran."

„Ich weiß. Aber halt trotzdem an."

Er hatte kaum abgebremst, als Taryn schon die Tür aufstieß und, dicht gefolgt von Jacques, auf den Fahrradfahrer zustürzte.

Der Junge riss den Fahrradhelm herunter und schleuderte ihn von sich, um Taryn aufzufangen, die ihn beinahe umgerannt hätte. Evie sog scharf die Luft ein, als sie ihn erkannte.

„Beaumont", stieß Brodie hervor, und Evie warf ihm hastig einen Blick zu. Umklammerte er vielleicht gerade das Lenkrad etwas fester? Denn es war tatsächlich Charlie Beaumont, auch wenn er sein Haar etwas länger und wilder trug als bei seinem Haftantritt im Jugendgefängnis von Denver vor neun Monaten.

„Ich schätze, die Gerüchteküche hatte ausnahmsweise mal recht", murrte Brodie. „Ich hatte schon gehört, dass er früher entlassen werden sollte."

„Und das hast du uns nicht erzählt?"

„Du weißt doch, dass man Gerüchten nicht unbedingt glauben kann. Ich wollte erst sicher sein, bevor ich es Taryn gegenüber erwähne. Damit sie sich nicht umsonst Hoffnungen macht."

Obwohl Taryn und Charlie sich E-Mails und Briefe geschrieben und ab und zu telefoniert hatten – Taryn durfte ihn sogar ein paarmal besuchen –, verhielt sich Brodie dem jungen Mann gegenüber noch immer sehr reserviert.

Als er den Motor abgestellt hatte und ausstieg, um Charlie zu begrüßen, hielt Evie es für besser, ihm zu folgen, auch wenn Brodie inzwischen nicht mehr ganz so wütend auf Charlie war wie noch vor einiger Zeit.

Doch zu ihrer Erleichterung streckte Brodie die Hand aus. Charlie, einen Arm noch immer um Taryns Schulter gelegt, schüttelte sie. Evie glaubte, eine neue Reife an ihm zu entdecken. Diese Rastlosigkeit, die ihn immer umgeben hatte, schien verschwunden.

„Du hättest anrufen sollen", rief Taryn. Es tat fast weh, zu sehen, wie ihr Gesicht vor Glück leuchtete. „Warum hast du mir nicht gesagt, dass du nach Hause kommst?"

Charlie kraulte Jacques zwischen den Ohren, und der Hund sah mit fast genauso viel Hingabe zu ihm auf wie Taryn. „Ich wusste es ja selbst nicht genau. Die letzten Tage waren ziemlich verrückt, und ich wollte erst sicher sein, dass ich wirklich früher entlassen werde."

„Du hast mir vor drei Tagen eine E-Mail geschickt und nicht mal erwähnt, dass das überhaupt passieren könnte!"

Er zuckte mit den Schultern. „Es hätte auch schiefgehen können. Deswegen wollte ich lieber noch warten." Geschickt wechselte er das Thema. „Du siehst toll aus, Taryn. Wirklich toll. Und super, wie du gehen kannst. Du brauchst ja nicht mal mehr einen Stock."

Taryn warf Evie einen Seitenblick zu. „Evie ist eine Sklaventreiberin. Sie sagte, wenn ich ihre Brautjungfer werden wollte, dann müsste ich erst den Stock loswerden."

„Das stimmt", bestätigte Evie trocken. „Du kennst mich ja. Brautzilla. An meinem schönsten Tag musste einfach alles perfekt sein."

„Und das war es bestimmt auch. Gratulation zur Hochzeit."

Evie ergriff Brodies Hand. Auch nach drei Monaten perlte das Glück noch in ihr, und sie wusste nicht, wie sie es jemals in Schach halten sollte. „Vielen Dank. Wir haben uns sehr über dein Tablett gefreut und es gestern Abend erst wieder benutzt. Es muss ja ziemlich lange gedauert haben, das Holz so zu schleifen und zu polieren."

Er wirkte verlegen. „In der Schreinerei zu arbeiten hat zu den angenehmeren Beschäftigungen gehört."

„Du musst bald mal zum Essen kommen, dann kannst du selbst sehen, wie gut es in unser Esszimmer passt."

„Vielleicht." Er blickte zu ihrem Auto. „Wahrscheinlich sind Sie gerade auf dem Weg in die Stadt zum Giving-Hope-Day. Lassen Sie sich bitte nicht aufhalten. Ich wollte nur schnell Hallo sagen und Taryn Bescheid geben, bevor sie es von den anderen erfährt."

„Warum kommst du nicht mit uns?", fragte Taryn plötzlich.

Charlies Lachen klang nicht mehr so rau wie noch vor neun Monaten. „Ich glaube nicht, dass die Leute das gut finden würden. Überleg mal, Taryn. Dieser Tag ist zum Gedenken an Layla. Heute ist schließlich ihr Geburtstag. Ich gehöre nicht dorthin."

„Aber natürlich", erklärte Taryn heftig. „Du gehörst genauso dahin wie ich. Warum solltest du nicht mithelfen? Layla war auch deine Freundin."

„Komm schon, Taryn. Du weißt genau, warum."

Ein kämpferisches Licht leuchtete in den Augen ihrer Stieftochter auf. Diesen eigensinnigen Blick kannte Evie sehr gut. Sie hatte ihn während der Therapiestunden oft genug gesehen, um zu wissen, wie unnachgiebig Taryn war, sobald sie sich etwas in den Kopf gesetzt hatte.

„Ich möchte aber, dass du mit uns kommst. Du musst einfach, Charlie. Schließ dein Fahrrad ab, dann kannst du mit uns fahren."

Brodie sprach zum ersten Mal, seit er aus dem Wagen gestiegen war. „Taryn, lass den Jungen selbst entscheiden."

Charlie zog die Augenbrauen hoch. „Siehst du? Dein Vater weiß auch, dass das ein Fehler wäre."

„So habe ich das nicht gemeint", widersprach Brodie vorsichtig. „Um genau zu sein, halte ich es sogar für eine sehr gute Idee. Ich schätze, dass inzwischen sowieso jeder von deiner Entlassung weiß. Auf diese Weise könntest du das Gerede und die Blicke gleich auf einmal hinter dich bringen."

„Himmel, wenn Sie es so ausdrücken: Wie könnte ich da nur Nein sagen?"

Brodie überging seinen sarkastischen Ton. „Früher oder später wirst du dich den Leuten stellen müssen. Also stehst du am besten schon heute deinen Mann, dann kannst du zugleich Layla gedenken. Vielleicht gucken die Leute komisch, aber niemand wird etwas sagen – nicht, wenn du mit uns und Taryn kommst."

Evies Hals wurde eng, und sie fragte sich, ob sie diesen Mann tatsächlich jeden Tag noch ein bisschen mehr lieben konnte.

Charlie starrte ihn einen langen Moment an, unzählige Emotionen wanderten über sein Gesicht, dann schließlich seufzte er. „Sie haben wahrscheinlich recht. Das ist, als ob man seine Medizin mit einem einzigen großen Schluck runterwürgen würde, statt sie wochenlang jeden Tag zu nehmen."

Evie schluckte die Tränen hinunter, die sie in ihren Augen aufsteigen fühlte, und lächelte. „Wir können dein Fahrrad in die Garage stellen und dich dann mit in die Stadt nehmen."

„Yeah. Okay."

Als Charlie auf das Haus zusteuerte, stiegen sie wieder in den Wagen und folgten ihm.

„Bist du wirklich bereit dafür?", fragte Brodie sie leise, als sie vor dem Haus hielten und Taryn ausstieg, um Charlie zu helfen. „Es stimmt schließlich. Einige Leute werden gar nicht begeistert sein, ihn zu sehen. Manche können die Vergangenheit nicht ruhen lassen, auch nachdem die Wahrheit über diese Nacht ans Licht gekommen ist."

Sie nickte. „Charlie braucht das. Ich glaube sogar, die ganze Stadt braucht es. Ein Heilungsprozess ist fast immer chaotisch und schmerzhaft und nur selten angenehm. Das haben wir alle in den letzten Monaten schließlich gelernt."

Brodie zog ihre Hand an seine Lippen, es war eine seiner spontanen Gesten, die sie immer zutiefst rührten. „Ich liebe dich, Evie Thorne."

„Wenn mich das nicht zur glücklichsten Frau in ganz Hope's Crossing macht", murmelte sie lächelnd.

Als Taryn und Charlie auf dem Rücksitz saßen, Jacques zufrieden zwischen sie gequetscht, fuhr Brodie den Berg hinab in die Stadt, die unter ihnen ausgebreitet lag.

Auf der anderen Seite des Tals glitzerten die noch immer schnee-bedeckten Gipfel von Woodrose Mountain. Evie genoss die warmen Sonnenstrahlen und die Gewissheit, dass ihre Zukunft in Hope's Crossing – Regenwolken hin oder her – voller Licht und Glück und Frieden war. Etwas anderes würde sie gar nicht zulassen.

– ENDE –

Informationen zu unserem Verlagsprogramm, Anmeldung zum Newsletter und vieles mehr finden Sie unter:

*www.harpercollins.de*